DEZENOVE MINUTOS

JODI PICOULT

DEZENOVE MINUTOS

Tradução
Regiane Winarski

1ª edição

Rio de Janeiro-RJ / Campinas-SP, 2013

Editora: Raïssa Castro
Coordenadora Editorial: Ana Paula Gomes
Copidesque: Maria Lúcia A. Maier
Revisão: Cleide Salme
Projeto Gráfico: André S. Tavares da Silva
Imagens da Capa: Comstock/Getty Images

Título original: *Nineteen minutes: a novel*

Copyright © Jodi Picoult, 2007
Todos os direitos reservados.
Publicado mediante acordo com Atria Books, uma divisão da Simon & Schuster, Inc.

Tradução © Verus Editora, 2013

ISBN: 978-85-7686-202-4

Direitos reservados em língua portuguesa, no Brasil, por Verus Editora. Nenhuma parte desta obra pode ser reproduzida ou transmitida por qualquer forma e/ou quaisquer meios (eletrônico ou mecânico, incluindo fotocópia e gravação) ou arquivada em qualquer sistema ou banco de dados sem permissão escrita da editora.

Verus Editora Ltda.
Rua Benedicto Aristides Ribeiro, 55, Jd. Santa Genebra II, Campinas/SP, 13084-753
Fone/Fax: (19) 3249-0001 | www.veruseditora.com.br

CIP-BRASIL. CATALOGAÇÃO NA FONTE
SINDICATO NACIONAL DOS EDITORES DE LIVROS, RJ

P666d

Picoult, Jodi, 1966-
 Dezenove minutos / Jodi Picoult ; tradução Regiane Winarski. - Campinas, SP : Verus, 2013.

 Tradução de: Nineteen minutes
 ISBN 978-85-7686-202-4

 1. Ficção americana. I. Winarski, Regiane. II. Título. III. Título: Dezenove minutos.

12-8947 CDD: 813
 CDU: 821.111(73)-3

Revisado conforme o novo acordo ortográfico

Para Emily Bestler,
a melhor editora e a aliada mais dedicada que
uma garota poderia querer, que cuida para
que eu dê o melhor de mim sempre.
Obrigada pelo olhar aguçado, pela torcida e,
acima de tudo, por sua amizade.

AGRADECIMENTOS

Você sabe que o parágrafo vai ser intrigante quando começo agradecendo ao homem que veio até minha casa me ensinar como atirar com uma pistola em uma pilha de madeira em meu próprio quintal: o capitão Frank Moran. Agradeço também ao colega dele, o tenente Michael Evans, pelas informações detalhadas sobre armas de fogo, e ao chefe de polícia Nick Giaccone, por responder a zilhões de perguntas de última hora por e-mail sobre busca, apreensão e todas as coisas relacionadas à polícia. Um louvor especial à detetive Claire Demarais por ser a rainha da ciência forense e por guiar Patrick por uma cena de crime de proporções gigantescas. Aos meus muitos amigos e familiares que também são especialistas em suas áreas, que me deixaram compartilhar suas histórias ou que foram os primeiros a opinar: Jane Picoult, dr. David Toub, Wyatt Fox, Chris Keating, Suzanne Serat, Doug Fagen, Janine Scheiner, Conrad Farnham, Chris e Karen van Leer. Obrigada a Guenther Frankenstein pela contribuição generosa de sua família à expansão da Biblioteca Howe, de Hanover, e por permitir o uso de seu maravilhoso nome. A Glen Libby, que respondeu pacientemente a minhas perguntas sobre a vida na prisão do condado de Grafton, e a Ray Fleer, subxerife do condado de Jefferson, que me forneceu materiais e informações sobre o tiroteio na escola de Columbine. Agradeço igualmente a David Plaut e Jake van Leer, pelas piadas de matemática *realmente* ruins; a Doug Irwin, por me ensinar a economia da felicidade; a Kyle van Leer e Axel Hansen, pela premissa por trás do jogo Hide-n-Shriek; a Luke Hansen, pelo programa de C++; e a Ellen Irwin, pelo gráfico de popularidade. Sou agradecida, como sempre, à equipe da editora Atria Books, que me faz parecer muito melhor do que realmente sou: Carolyn Reidy, David Brown, Alyson Mazzarelli, Christine Duplessis, Gary Urda, Jeanne Lee, Lisa Keim, Sarah Branham e à incansável Jodi Lipper. A Judith Curr, obrigada por me elogiar sem parar para respirar. A Camille McDuffie, obrigada por me tornar uma dessas coisas raras no mundo editorial: uma marca registrada. A Laura Gross, um trago de uísque escocês e saúde, porque não consigo imaginar esse negócio sem você. A Emily Bestler, bem, dê uma olhada na dedicatória. Um aceno muito especial vai para a juíza Jennifer Sargent, sem cujo envolvimento a personagem de Alex não poderia existir. E a Jennifer Sternick, minha própria promotora: você é uma das mulheres mais inteligentes que já conheci e consegue tornar o trabalho divertido demais, para o bem de todos nós (vida longa ao King Wah); então, obviamente, a culpa é sua por eu ficar pedindo a sua ajuda sem parar. Obrigada, como sempre, a minha família – Kyle, Jake e Sammy –, que garante que eu me lembre do que realmente importa na vida; e a meu marido, Tim – razão pela qual sou a mulher mais sortuda na face da Terra. Por fim, gostaria de agradecer a um grupo de pessoas que foram o coração e a alma deste livro: os sobreviventes de verdadeiros tiroteios em escolas nos Estados Unidos e os que ajudaram com os resultados emocionais: Betsy Bicknase, Denna O'Connell, Linda Liebl e o incrível Kevin Braun – obrigada por terem a coragem de revisitar suas lembranças e pela gentileza de me permitir pegá-las emprestadas. E, por fim, aos milhares de jovens por aí que são um pouco diferentes, um pouco assustados, um pouco impopulares: este é para vocês.

Parte 1

Se não mudarmos a direção na qual seguimos,
acabaremos chegando ao local para
onde estamos indo.

– Provérbio Chinês

Quando você ler isto, espero que eu já tenha morrido.

Não se pode desfazer uma coisa que aconteceu; não se pode retirar uma palavra que já foi dita em voz alta. Você vai pensar em mim e desejar que tivesse me convencido a não fazer isso. Você vai tentar decidir qual teria sido a coisa certa a dizer, a fazer. Acho que eu deveria dizer: <u>Não se culpe, não é culpa sua</u>, mas seria mentira. Sabemos que não cheguei aqui por conta própria.

Você vai chorar no meu velório. Vai dizer que não precisava ter sido assim. Vai agir como todo mundo espera que você aja. Mas vai sentir saudade de mim?

E o mais importante: eu vou sentir saudade de você?

Será que eu ou você realmente queremos ouvir a resposta a essa pergunta?

6 de março de 2007

Em dezenove minutos, você pode cortar a grama da frente de casa, pintar o cabelo, ver um terço de um jogo de hóquei. Em dezenove minutos, você consegue assar pãezinhos ou que um dentista faça uma obturação no seu dente; pode dobrar as roupas lavadas de uma família de cinco pessoas.

Dezenove minutos foi o tempo que os Tennessee Titans demoraram para vender todos os ingressos das eliminatórias do campeonato de futebol americano. É a duração de uma série de TV tipo *sitcom*, sem os comerciais. É a distância de carro da fronteira de Vermont até a cidade de Sterling, em New Hampshire.

Em dezenove minutos, você pode pedir e receber uma pizza. Pode ler uma história para uma criança ou trocar o óleo do carro. Pode andar um quilômetro e meio. Pode costurar uma bainha.

Em dezenove minutos, você pode parar o mundo ou simplesmente pular dele.

Em dezenove minutos, você pode se vingar.

Como sempre, Alex Cormier estava atrasada. Ela levava trinta e dois minutos de carro da casa dela, em Sterling, até a corte superior no condado de Grafton, New Hampshire, e isso se passasse a toda a velocidade por Orford. Desceu a escada correndo de meia-calça, segurando os sapatos de salto e os arquivos que tinha levado para casa no fim de semana. Retorceu os cabelos volumosos cor de cobre em um nó e os prendeu acima da nuca com grampos, transformando-se na pessoa que precisava ser antes de sair.

Alex era juíza da corte superior havia trinta e quatro dias. Ela acreditava que, depois de ter provado sua determinação como juíza do tribunal regional nos cinco anos anteriores, desta vez a nomeação seria mais fácil. Mas, aos quarenta anos, ela ainda era a juíza mais jovem do estado. Ainda tinha de lutar para se estabelecer como profissional justa – sua história como defensora pública a precedia no tribunal, e os promotores presumiam que ela se aliaria com a defesa. Quando Alex se candidatara anos antes à magistratura, tinha sido com o sincero desejo de se certificar de que as pessoas fossem tratadas como inocentes até que fossem provadas culpadas. Mas ela nunca previu que, como juíza, talvez não recebesse o mesmo benefício da dúvida.

O cheiro de café fresco levou Alex até a cozinha. Sua filha estava debruçada sobre uma caneca fumegante à mesa, lendo um livro escolar. Josie parecia exausta. Os olhos azuis estavam vermelhos; os cabelos castanhos, presos em um rabo de cavalo desajeitado.

– Não me diga que ficou acordada a noite toda! – exclamou Alex.

Josie nem ergueu o olhar.

– Não vou dizer que fiquei acordada a noite toda – ecoou.

Alex se serviu de uma xícara de café e se sentou na cadeira à frente dela.

– De verdade?

– Você me pediu pra não dizer uma coisa – disse Josie. – Não pediu a verdade.

Alex franziu a testa.

– Você não devia tomar café.

– E você não devia fumar.

Alex sentiu o rosto esquentar.

– Eu não...

– Mãe – Josie suspirou. – Mesmo quando você abre as janelas do banheiro, ainda consigo sentir o cheiro nas toalhas. – Ela olhou para frente, desafiando Alex a citar seus outros vícios.

A própria Alex não tinha nenhum outro vício. Não tinha *tempo* para vícios. Ela teria gostado de dizer que sabia que Josie também não tinha vícios, mas só estaria fazendo a mesma inferência que o resto do mundo fazia quando conhecia Josie: uma menina bonita, popular, aluna nota dez, que sabia melhor do que ninguém as consequências de não andar na linha. Uma garota destinada a grandes coisas. Uma jovem mulher que era exatamente o que Alex esperara que a filha fosse quando crescesse.

Josie já sentira muito orgulho de ter mãe juíza. Alex se lembrava da filha anunciando aos quatro ventos seu trabalho para os funcionários do banco, para os empacotadores do mercado, para os comissários de voo. Perguntava a Alex sobre os casos e as decisões. Mas tudo mudara três anos antes, quando Josie entrara no ensino médio e o canal de comunicação entre elas fora lentamente se fechando. Alex não achava necessariamente que Josie estivesse escondendo alguma coisa além do que qualquer adolescente esconderia, mas era diferente: uma mãe comum poderia julgar metaforicamente os amigos da filha, mas Alex podia fazer isso legalmente.

– O que está na agenda de hoje? – perguntou Alex.

– Teste sobre um capítulo do livro. E na sua?

– Acusação – respondeu Alex, dando uma olhada por cima da mesa e tentando ler o livro de Josie de cabeça para baixo. – Química?

– Catalisadores – Josie esfregou as têmporas. – Substâncias que aceleram a reação, mas que não são modificadas por ela. Como quando você tem monóxido de carbono e hidrogênio e coloca zinco e óxido de cromo e... o que foi?

– Só estou tendo um pequeno flashback de por que tirei C em química orgânica. Você já tomou café da manhã?

– Café – disse Josie.

– Café não conta.

– Conta quando *você* está com pressa – observou Josie.

Alex pesou todos os custos de chegar cinco minutos mais atrasada ou ter outra mancha no registro cósmico de boa mãe. *Uma garota de dezessete anos não deveria ser capaz de cuidar de si mesma de manhã?* Alex começou a tirar ingredientes da geladeira: ovos, leite, bacon.

– Uma vez, avaliei uma admissão emergencial involuntária para o hospital psiquiátrico do estado de uma mulher que achava que era o Emeril.* O marido pediu a internação quando ela colocou meio quilo de

---

* Emeril Lagasse: chef de cozinha norte-americano que apresenta um programa de televisão. É conhecido pelo estilo jovial de receber os convidados e pelo uso de bordões, como "Bam!". (N. da T.)

bacon no liquidificador e correu atrás dele pela cozinha com uma faca gritando *Bam!*

Josie ergueu os olhos do livro.

– Sério?

– Ah, pode acreditar, não consigo inventar esse tipo de coisa. – Alex quebrou um ovo na frigideira. – Quando perguntei por que ela tinha colocado meio quilo de bacon no liquidificador, ela olhou pra mim e disse que provavelmente nós duas cozinhávamos de jeitos diferentes.

Josie ficou de pé e se encostou na bancada, observando a mãe cozinhar. As tarefas domésticas não eram o forte de Alex. Ela não sabia fazer carne assada, mas tinha orgulho de ter decorado os números de telefone de todos os restaurantes chineses e pizzarias de Sterling que ofereciam entrega grátis.

– Relaxe – disse Alex secamente. – Acho que consigo fazer isso sem botar fogo na casa.

Mas Josie pegou a frigideira das mãos dela e colocou as fatias de bacon, como marinheiros deitados bem juntinhos.

– Por que você se veste assim? – perguntou.

Alex olhou para a própria saia, para a blusa e os sapatos de salto e franziu a testa.

– Por quê? Está muito com cara de Margaret Thatcher?

– Não, quero dizer... pra que tanto? Ninguém sabe o que você está usando debaixo da toga. Você poderia usar, tipo, calça de pijama. Ou aquele suéter que você tem desde a época de faculdade que tem buracos nos cotovelos.

– Mesmo que as pessoas não *vejam*, ainda devo me vestir... bem, *ajuizadamente*.

Uma sombra percorreu o rosto de Josie e ela se ocupou no fogão, como se a mãe tivesse dado a resposta errada. Alex ficou olhando para a filha – para as unhas roídas, para as sardas que ela tinha atrás da orelha, para a repartição do cabelo em zigue-zague –, mas viu a garotinha pequena que a esperava na janela da casa da babá ao pôr do sol, porque sabia que era a hora que ela ia buscá-la.

– Nunca usei pijama pra trabalhar – admitiu Alex –, mas às vezes fecho a porta do escritório e tiro uma soneca no chão.

Um sorriso lento e surpreso surgiu no rosto de Josie. Ela encarou a confissão da mãe como se fosse uma borboleta que esbarrara sem querer em sua mão – um evento tão surpreendente que você não poderia chamar a atenção para ele sem correr o risco de perdê-lo. Mas havia quilômetros para dirigir e réus para acusar e equações químicas para interpretar, e, quando Josie colocou o bacon para escorrer sobre folhas de papel-toalha, o momento havia escapado.

– Ainda não entendo por que *eu* tenho que tomar café da manhã e *você* não – murmurou Josie.

– Porque você tem que atingir uma certa idade para ganhar o direito de arruinar a própria vida – disse Alex, apontando para os ovos mexidos que Josie estava misturando na frigideira. – Promete que vai comer tudo?

Josie olhou nos olhos dela.

– Prometo.

– Então já vou indo.

Alex pegou a caneca térmica de café. Quando saiu com o carro de ré da garagem, sua cabeça já estava concentrada na decisão que teria de escrever naquela tarde; no número de acusações que o funcionário teria acrescentado à sua pauta; nos requerimentos que teriam caído como sombras na sua mesa entre a tarde de sexta e aquela manhã. Ela estava presa em um mundo distante de casa, onde naquele exato momento sua filha raspava os ovos mexidos da frigideira e os jogava no lixo, sem comer nenhum pedaço.

Às vezes, Josie pensava em sua vida como um quarto sem portas e sem janelas. Um quarto suntuoso, claro – no qual metade dos adolescentes da Sterling High daria o braço direito para entrar –, mas também um quarto de onde não se podia fugir. Ou ela era alguém que não queria ser, ou era alguém que ninguém queria.

Josie ergueu o rosto para o jato do chuveiro, com água tão quente que marcava a pele de vermelho, tirava o fôlego e embaçava as janelas. Contou até dez e saiu da ducha para ficar de pé, nua e pingando, em frente ao espelho. O rosto estava inchado e vermelho; o cabelo, grudado nos ombros em mechas grossas. Então se virou de lado, observou a barriga reta e a encolheu um pouco. Ela sabia o que Matt via quando olhava para ela, o que Courtney e Maddie e Brady e Haley e Drew viam. Só desejava conseguir ver também. O problema era que, quando Josie se olhava no espelho, reparava no que estava debaixo da pele, em vez de o que tinha sido pintado em cima dela.

Ela entendia a aparência que *devia* ter e como *devia* agir. O cabelo era escuro, longo e liso; as roupas eram da Abercrombie & Fitch; o som que ouvia era Dashboard Confessional e Death Cab for Cutie. Gostava de sentir os olhos das outras garotas da escola quando se sentava no refeitório usando a maquiagem emprestada de Courtney. Gostava do modo como os professores já sabiam seu nome no primeiro dia de aula. Gostava de que os garotos olhassem para ela quando andava pelo corredor com o braço de Matt apoiado sobre seus ombros.

Mas havia uma parte dela que se perguntava o que aconteceria se ela contasse a todos seu segredo – que, às vezes, era difícil sair da cama e exibir o sorriso de outra pessoa; que estava flutuando no ar, uma pessoa falsa que ria das piadas certas, sussurrava a fofoca certa e atraía o cara certo, uma pessoa falsa que quase tinha esquecido como era ser *real*... e que, quando pensava no assunto, não queria lembrar, porque doía bem mais do que isso.

Não havia ninguém com quem conversar. Se você *duvidasse* de seu direito de ser um dos privilegiados, do grupo popular, então você já não tinha lugar lá. E Matt... Bem, ele se apaixonara pela Josie superficial, como todo mundo. Nos contos de fadas, quando a máscara caía, o belo príncipe ainda amava a garota, independentemente do que tinha acontecido – e esse simples fato a transformaria em princesa. Mas no ensino médio não era assim. O que a tornava princesa era estar com Matt. E, por uma estranha lógica circular, o que fazia Matt estar com ela era o fato de ela ser uma das princesas da Sterling High.

Ela também não podia confiar na mãe. "Não se deixa de ser juíza quando se sai do tribunal", sua mãe costumava dizer. Era por isso que Alex Cormier nunca tomava mais de um copo de vinho em público; era por isso que nunca gritava ou chorava. Julgamento era uma palavra bem adequada, pois ela se sentia avaliada o tempo todo. Tinha de andar na linha e pronto. Muitas das realizações das quais a mãe de Josie tinha mais orgulho – as notas da filha, a aparência dela, a aceitação no grupo "certo" – não tinham sido conquistadas porque Josie as desejava, mas porque ela tinha medo de ser algo menos do que perfeita.

Josie enrolou uma toalha no corpo e foi para o quarto. Tirou uma calça jeans do armário e colocou duas camisetas de manga comprida e decotadas, uma por cima da outra. Olhou para o relógio; se não quisesse se atrasar, era melhor ir andando.

Mas, antes de sair do quarto, hesitou. Sentou-se na cama e remexeu debaixo do criado-mudo em busca do saco Ziploc que prendera à madeira. Dentro havia um estoque de Ambien, comprimidos retirados um a um do vidrinho que o médico receitara à mãe para insônia, de modo que ela nunca reparou. Josie demorara quase seis meses para discretamente reunir apenas quinze comprimidos, mas concluiu que, se tomasse tudo com meio copo de vodca, daria certo. Ela não tinha um plano de verdade de se matar na próxima terça, nem quando a neve derretesse, nem nada concreto assim. Era mais um plano reserva: quando a verdade surgisse e ninguém quisesse mais se aproximar dela, era lógico que Josie também não iria querer ficar perto de si mesma.

Ela colocou os comprimidos debaixo do criado-mudo e desceu a escada. Quando entrou na cozinha para colocar as coisas na mochila, encontrou o livro de química ainda aberto e uma rosa vermelha na cadeira que usara.

Matt estava encostado no canto, na geladeira; devia ter entrado pela porta aberta da garagem. Como sempre, ele fez a cabeça dela flutuar pelas estações: o cabelo dele era de todas as cores do outono; os olhos, do azul intenso do céu de inverno; o sorriso, tão largo quanto o sol de qualquer verão. Estava usando um boné virado para trás e a camiseta de hóquei do time de Sterling por cima de uma camiseta térmica que certa vez Josie subtraíra por um mês inteiro e escondera na gaveta de calcinhas, para poder sentir o cheiro dele quando precisasse.

– Você ainda está brava? – ele perguntou.

Josie hesitou.

– Não era eu quem estava furiosa.

Matt se afastou da geladeira e passou os braços por sua cintura.

– Você sabe que não consigo evitar.

Uma covinha surgiu na bochecha direita dele, e Josie já se sentiu amolecendo.

– Não é que eu não quisesse ver você. É que eu realmente *tinha* que estudar.

Matt tirou o cabelo do rosto dela e a beijou. Era exatamente esse o motivo pelo qual ela pedira que ele não fosse lá na noite anterior. Quando estava com ele, ela se sentia flutuando. Às vezes, quando ele a tocava, ela se imaginava desaparecendo em uma nuvem de vapor.

Ele tinha gosto de xarope de bordo e de desculpas.

– Sabe de uma coisa? É tudo culpa sua – ele disse. – Eu não agiria como um louco se não te amasse tanto.

Naquele momento, Josie não se lembrou dos comprimidos que estava juntando no quarto; não se lembrou de chorar no chuveiro; não se lembrou de nada além da sensação de ser amada. *Tenho sorte*, disse a si mesma, com a palavra ecoando na mente como um laço prateado. *Sorte, sorte, sorte.*

Patrick Ducharme, o único detetive da força policial de Sterling, estava sentado em um banco no canto do vestiário, ouvindo os policiais do turno da manhã implicarem com um novato com excesso de gordura na área da cintura.

– Ei, Fisher – disse Eddie Odenkirk –, é você quem vai ter o bebê ou é sua esposa?

Quando o resto do pessoal riu, Patrick ficou com pena do garoto.

– Está cedo, Eddie – disse ele. – Você não pode ao menos esperar até tomarmos uma xícara de café?

– Eu esperaria, capitão – Eddie riu –, mas parece que o Fisher já comeu todos os donuts e... que *diabos* é isso?

Patrick seguiu o olhar de Eddie para baixo, para os próprios pés. Não costumava trocar de roupa no vestiário com os policiais, mas fora correndo para a delegacia naquela manhã, em vez de ir de carro, a fim de gastar as delícias consumidas em excesso no fim de semana. Tinha passado o sábado e o domingo no Maine com a garota que era a atual dona do seu coração: sua afilhada, uma menina de cinco anos e meio chamada Tara Frost. A mãe dela, Nina, era a amiga mais antiga de Patrick e o único amor que ele provavelmente nunca superaria, embora estivesse muito bem sem ele. Durante o fim de semana, Patrick tinha perdido deliberadamente umas dez mil partidas de Candy Land, bancado o cavalinho inúmeras vezes, se deixado pentear e – e esse foi seu principal erro – deixado Tara pintar de rosa suas unhas do pé, o que Patrick tinha se esquecido de tirar.

Ele olhou para os pés e encolheu os dedos.

– As garotas acham sexy – disse, mal-humorado, enquanto os sete homens no vestiário lutavam para não rir de uma pessoa hierarquicamente superior a eles. Patrick colocou as meias, os sapatos e saiu andando, ainda segurando a gravata. *Um*, contou ele. *Dois, três.* Na hora certa, as gargalhadas explodiram no vestiário e o seguiram pelo corredor.

Patrick entrou em sua sala, fechou a porta e se olhou no pequeno espelho que havia nos fundos. O cabelo preto ainda estava úmido do banho; o rosto, vermelho por causa da corrida. Então passou a gravata ao redor do pescoço, fez o nó e se sentou à mesa.

Setenta e dois e-mails haviam chegado no fim de semana, e normalmente qualquer número acima de cinquenta significava que ele não chegaria em casa antes das oito da noite durante toda a semana. Deu uma olhada neles, acrescentando notas a uma lista de coisas para fazer – lista essa que nunca diminuía, não importando quanto ele trabalhasse.

Hoje, Patrick tinha de levar drogas para o laboratório do estado. Não era nada de mais, exceto por serem quatro horas do seu dia que simplesmente desapareciam. Tinha um caso de estupro perto de fechar, tendo o meliante sido identificado em um álbum de fotos de faculdade, e o depoimento dele transcrito e pronto para ser encaminhado ao promotor-geral. Tinha um celular que havia sido furtado de um carro por um morador de rua. Tinha resultados de exames de sangue que chegariam do laboratório depois de uma invasão a uma joalheria e uma audiência de acusação na corte superior. E em cima da mesa já estava a primeira nova queixa do dia – um roubo de carteira em que os cartões de crédito tinham sido usados, deixando uma trilha para Patrick rastrear.

Ser o detetive de uma cidade pequena exigia que Patrick atirasse para todos os lados, o tempo todo. Ao contrário de policiais que ele conhecia e que trabalhavam para departamentos da cidade, em que tinham vinte e quatro horas para solucionar um caso antes de ele ser arquivado, era obrigação de Patrick pegar tudo que passava por sua mesa, sem exceção. Era difícil ficar empolgado com um caso de cheque sem fundos ou com um furto que geraria ao criminoso uma multa de duzentos dólares, quando custava aos contribuintes cinco vezes mais para que Patrick se dedicasse a ele por uma semana. Contudo, todas as vezes que ele começava a pensar que seus casos não eram particularmente importantes, via-se cara a cara com uma vítima: a mãe histérica cuja carteira tinha sido furtada; os proprietários idosos da joalheria, cuja aposentadoria tinha sido roubada; o professor perturbado que sofrera roubo de identidade. Patrick sabia que a esperança era a medida exata da distância entre ele e a pessoa que ia pedir ajuda. Se ele não se envolvesse, se não desse cem por cento de si, aquela vítima seria vítima para sempre. E era por isso que, desde que entrara para a polícia de Sterling, ele tinha conseguido resolver cada um de seus casos.

Mesmo assim, quando se deitava na cama sozinho, à noite, e refletia sobre sua vida, não se lembrava dos sucessos comprovados, só dos fracassos potenciais. Quando andava nas imediações de um celeiro vandalizado, ou encontrava um carro roubado, já depenado e abandonado na mata, ou entregava um lenço de papel para a garota aos prantos que tinha sido estuprada em um encontro, Patrick não conseguia deixar de sentir que era tarde demais. Ele era detetive, mas não *detectava* nada. As coisas sempre lhe caíam no colo já quebradas.

Era o primeiro dia quente de março, um daqueles em que você começava a acreditar que a neve derreteria logo e que junho estava mesmo quase chegando. Josie se sentou no capô do Saab de Matt, no estacionamento dos alunos, pensando que estava mais perto do verão que do começo do ano letivo, que em breves três meses ela seria membro oficial da turma de formandos.

Ao lado dela, Matt se apoiou no para-brisa e virou o rosto para o sol.

– Vamos matar aula – disse ele. – O tempo está bom demais pra ficarmos presos aí o dia todo.

– Se você matar, vai pro banco.

O campeonato estadual de hóquei começava naquela tarde, e Matt jogava na direita. Sterling tinha vencido no ano anterior e tinha todas as expectativas de repetir o feito.

– Você vai ao jogo – disse Matt, e aquela não era uma pergunta, mas uma afirmação.

– Você vai golear?

Matt sorriu com malícia e a puxou para cima dele.

– Não faço isso sempre? – disse ele, mas não estava mais falando de hóquei, e ela sentiu um rubor subir pelo pescoço acima da echarpe.

De repente, Josie sentiu uma chuva sólida nas costas. Os dois se ergueram e viram Brady Pryce, jogador de futebol americano, andando de mãos dadas com Haley Weaver, a rainha do baile. Haley lançou uma segunda chuva de moedas, o jeito da Sterling High de desejar boa sorte a um atleta.

– Arrebenta hoje, Royston – disse Brady.

O professor de matemática também estava atravessando o estacionamento, com uma pasta surrada de couro preto e uma garrafa térmica com café.

– Oi, sr. McCabe – gritou Matt. – Como fui no teste de sexta?

– Por sorte, você tem outros talentos com que contar, sr. Royston – disse o professor, enfiando a mão no bolso. Então piscou para Josie quando jogou as moedas de um centavo, que caíram do céu nos ombros dela como confetes, como estrelas despencando.

Faz sentido, pensou Alex, ao colocar suas coisas na bolsa novamente. Ela tinha trocado de bolsa e deixado a chave em casa. Então, não conseguiu passar pela entrada de funcionários, nos fundos da corte superior. Apesar de ter tocado o interfone um milhão de vezes, ninguém parecia estar por perto para abrir a porta.

– Droga – murmurou baixinho, andando ao redor de poças e tomando cuidado para não estragar os sapatos de salto de couro de crocodilo. Uma das vantagens de estacionar nos fundos era *não* ter que fazer isso. Ela podia cortar pelo escritório dos funcionários até sua sala, e, se os planetas estivessem alinhados, talvez até o tribunal, sem provocar um atraso na agenda.

Apesar de a entrada pública da corte ter uma fila de vinte pessoas, os seguranças reconheceram Alex porque, ao contrário do circuito de cortes do distrito, em que você pulava de uma corte a outra, ela ficaria fixa ali por seis meses. Os seguranças sinalizaram para que ela fosse para a frente da fila, mas, como ela estava carregando chaves, uma caneca térmica de aço inoxidável e só Deus sabia mais o que na bolsa, os detectores de metal dispararam.

O alarme era um chamariz; todos os olhos no saguão se viraram para ver quem tinha sido pego. Alex abaixou a cabeça, se apressou pelo piso polido e quase perdeu o equilíbrio. Ao tombar para frente, um homem atarracado esticou a mão para ajudá-la.

– Ei, linda – disse ele maliciosamente. – Gostei dos seus sapatos.

Sem responder, Alex se soltou da mão dele e seguiu em direção à área dos funcionários. Nenhum dos outros juízes da corte superior precisava lidar com isso. O juiz Wagner era um cara legal, mas com um rosto que parecia uma abóbora apodrecida depois do Halloween. A juíza Gerhardt tinha *blusas* mais velhas que Alex. Quando Alex foi para o tribunal pela primeira vez, achou que ser uma mulher relativamente jovem e moderadamente atraente era uma coisa *boa*, um voto contra os clichês, mas, em dias como aquele, não tinha tanta certeza.

Ela largou a bolsa no escritório, vestiu a toga e levou cinco minutos para tomar o café e rever a agenda. Cada caso tinha sua própria pasta, mas casos de criminosos reincidentes ficavam juntos, presos por um elástico, e às vezes os juízes escreviam bilhetes em post-its uns para os outros e deixavam dentro de cada pasta. Alex abriu um e viu o desenho de um boneco com barras na frente do rosto – um sinal da juíza Gerhardt de que era a última chance do infrator e que, na próxima vez, ele deveria ser preso.

Ela tocou a campainha para anunciar ao segurança do tribunal que estava pronta para começar e esperou para ouvir a fala:

– Todos de pé, a meritíssima senhora juíza Alexandra Cormier iniciará a audiência.

Para Alex, entrar em um tribunal sempre dava a sensação de que ela estava pisando no palco pela primeira vez em uma estreia na Broadway. Você sabia que haveria público, sabia que os olhares estariam centrados em você, mas isso não impedia que sua respiração ficasse suspensa por um instante, sem conseguir acreditar que era você que elas tinham ido ver.

Alex se dirigiu rapidamente para detrás da bancada e se sentou. Havia setenta acusações agendadas para aquela manhã e o tribunal estava lotado. O primeiro réu foi chamado e entrou cabisbaixo.

– Sr. O'Reilly – disse Alex, e, quando o homem a olhou nos olhos, ela o identificou como o sujeito do saguão. Ele estava evidentemente desconfortável agora que tinha se dado conta de com quem tinha flertado. – O senhor é o cavalheiro que me ajudou há pouco, não é?

Ele engoliu em seco.

– Sim, Meritíssima.

– Se o senhor soubesse que eu era a juíza, sr. O'Reilly, teria dito "Ei, linda, gostei dos seus sapatos"?

O réu olhou para baixo e pesou a impropriedade contra a honestidade.

– Acho que sim, Meritíssima – disse ele após um instante. – São sapatos lindos *mesmo*.

O tribunal todo ficou em silêncio, na expectativa da reação dela. Alex sorriu largamente.

– Sr. O'Reilly – disse ela –, tenho que concordar.

Lacy Houghton se inclinou sobre a lateral da cama e parou bem na frente do rosto da paciente em lágrimas.

– Você consegue fazer isso – disse ela com firmeza. – Você *consegue* fazer isso e vai fazer.

Depois de dezesseis horas de trabalho de parto, estavam todos exaustos: Lacy, a paciente e o futuro pai, que estava encarando a hora da verdade com a percepção cada vez maior de que era supérfluo, de que naquele momento sua esposa preferia a parteira a ele.

– Quero que fique atrás da Janine – Lacy disse a ele – e que apoie as costas dela. Janine, quero que olhe pra mim e dê outro empurrão caprichado...

A mulher trincou os dentes e fez força, perdendo todo o senso de si no esforço de criar outra pessoa. Lacy esticou a mão para sentir a cabeça do bebê, guiá-lo pela barreira de pele e rapidamente passar o cordão acima da cabeça dele sem perder o contato visual com a paciente.

– Nos próximos vinte segundos, seu bebê vai ser a pessoa mais nova deste planeta – disse Lacy. – Quer conhecê-la?

A resposta foi um forte empurrão. Uma onda de intenção, um rugido cheio de propósito, um fluxo de um corpo escorregadio e roxo que Lacy rapidamente levou aos braços da mãe, para que, quando o bebê chorasse pela primeira vez, já estivesse posicionado para ser acalentado.

A paciente começou a chorar de novo. Dessa vez as lágrimas tinham uma melodia completamente diferente daquela quando a dor se misturava a elas. Os novos pais se inclinaram sobre o bebê e formaram um círculo fechado. Lacy deu um passo para trás e observou. Havia muito trabalho para uma parteira fazer mesmo depois do momento do nascimento, mas, por enquanto, queria fazer contato visual com esse pequeno ser. Os pais veriam um queixo parecido com o da tia Marge ou um nariz que lembrava o do vovô, mas Lacy veria um olhar tomado de sabedoria e paz, com quatro quilos de pura possibilidade. Recém-nascidos lhe lembravam pequenos Budas, com rostos cheios de divindade. Mas não durava muito. Quando Lacy via os mesmos bebês uma semana depois, nos exames regulares, eles tinham virado pessoas normais, porém pequenas. Aquela santidade desapareceria de alguma forma, e Lacy sempre ficava se perguntando onde nesse mundo ela ia parar.

Enquanto a mãe estava do outro lado da cidade ajudando no parto do mais novo residente de Sterling, Peter Houghton estava despertando. O pai bateu na porta do quarto dele, já saindo para o trabalho, como se fosse seu despertador. No andar de baixo, uma tigela e uma caixa de cereal estariam esperando por ele. Sua mãe se lembrava de fazer isso mesmo quando era chamada às duas da madrugada. Haveria também um bilhete dela desejando um bom-dia na escola, como se fosse simples assim.

Peter afastou as cobertas. Foi até a escrivaninha, ainda usando a calça do pijama, se sentou e entrou na internet.

As palavras no quadro de mensagens estavam borradas. Ele pegou os óculos, que deixava ao lado do computador. Depois de colocá-los, deixou cair o estojo dos óculos sobre o teclado – e, de repente, estava vendo uma coisa que esperava nunca mais ver de novo.

Então esticou a mão e apertou CONTROL ALT DELETE, mas ainda conseguia ver, mesmo depois que a tela ficou vazia, mesmo depois de fechar os olhos, mesmo depois de começar a chorar.

Em uma cidade do tamanho de Sterling, todo mundo conhecia todo mundo, desde sempre. De algumas formas, isso era reconfortante, como uma grande família estendida que você às vezes ama e às vezes odeia. Em outras ocasiões, isso assombrava Josie: como agora, com ela de pé na fila do refeitório atrás de Natalie Zlenko, uma lésbica de primeira que muito tempo antes, no segundo ano, convidara Josie para brincar e a convencera a fazer xixi no gramado da frente como um garoto. "No que você estava pensando?", disse a mãe dela quando foi buscá-la e a encontrou de traseiro nu e agachada em cima dos narcisos. Mesmo agora, uma década depois, Josie não conseguia olhar para Natalie Zlenko, com os cabelos curtos e a câmera que sempre carregava, sem se perguntar se ela também ainda pensava naquilo.

Do outro lado de Josie estava Courtney Ignatio, a fêmea alfa da Sterling High. Com os cabelos louro-mel caindo sobre os ombros como um véu de seda e a calça jeans de cintura baixa da Fred Segal comprada por catálogo e entregue pelo correio, ela criara um grupo de clones. Na bandeja de Courtney havia uma garrafa de água e uma banana. Na de Josie, um prato de batatas fritas. Já tinha passado da segunda aula e, como a mãe dela previra, Josie estava faminta.

– Ei – disse Courtney, alto o bastante para Natalie ouvir –, dá pra dizer pra *vagitariana* deixar a gente passar?

As bochechas de Natalie ficaram vermelhas e ela se encostou na barra do bufê de saladas para que Courtney e Josie pudessem passar. Elas pagaram pela comida e atravessaram o refeitório.

Sempre que entrava lá, Josie se sentia uma naturalista observando diferentes espécies em seu habitat natural e nada acadêmico. Havia os *geeks*, reclinados sobre seus livros escolares e rindo de piadas de matemática que ninguém mais *queria* entender. Atrás deles ficavam os maníacos por arte, que fumavam cigarro de cravo no circuito de arvorismo atrás da escola e desenhavam mangás nos cantos dos cadernos. Perto do balcão de temperos ficavam os imundos, que tomavam café preto e esperavam o ônibus que os levaria para a escola técnica três cidades depois para aulas à tarde, e os drogados, já doidões às nove da manhã. Também havia os desajustados – jovens como Natalie e Angela Phlug, amigas por afinidade, porque ninguém mais queria ser amigo delas.

E havia a turma de Josie. Eles ocupavam duas mesas, não por serem muitos, mas por se acharem muito importantes: Emma, Maddie, Haley, John, Brady, Trey, Drew. Josie lembrava que, quando começou a andar com essa turma, confundia o nome de todo mundo. Eles eram fáceis de confundir a *esse* ponto.

E eram todos meio parecidos também – os garotos de camiseta marrom de hóquei e boné virado para trás, com mechas de cabelo passando no vão sobre a testa como o início de um incêndio; as garotas, cópias idênticas de Courtney após cuidadosa observação. Josie entrou despretensiosamente para o centro do grupo porque também era parecida com Courtney. O cabelo era escovado para ficar liso como cristal; os saltos tinham quase oito centímetros, mesmo ainda havendo neve no chão. Se ela parecesse igual por fora, tornava-se bem mais fácil ignorar o fato de que não sabia realmente como se sentia por dentro.

– Oi – disse Maddie, quando Courtney se sentou ao lado dela.
– Oi.
– Você soube da Fiona Kierland?

Os olhos de Courtney se iluminaram; fofoca era um catalisador tão bom quanto qualquer outro de origem química.

– A que tem cada peito de um tamanho?
– Não, essa é a Fiona do segundo ano. Estou falando da Fiona caloura.
– A que sempre carrega uma caixa de lenços por causa da alergia? – disse Josie, sentando-se em uma cadeira.
– Ou não – disse Haley. – Adivinhem quem foi internada em uma clínica por cheirar coca.
– Não *acredito*.
– E esse nem é o escândalo todo – acrescentou Emma. – O traficante era o líder do grupo de estudos bíblicos que se reúne depois da aula.
– Ai, meu *Deus*! – disse Courtney.
– *Exatamente*.
– Oi – disse Matt, sentando-se na cadeira ao lado de Josie. – Por que demorou tanto?

Ela se virou para ele. Nesse lado da mesa, os rapazes estavam enrolando bolinhas de papel com as embalagens dos canudos e conversando sobre o final do esqui de primavera.

– Quanto tempo você acha que o *halfpipe* vai ficar aberto em Sunapee? – perguntou John, soprando uma bolinha pelo canudo em um garoto que estava dormindo na mesa ao lado.

O garoto era da turma eletiva de linguagem de sinais de Josie do ano anterior. Como ela, ele estava no terceiro e penúltimo ano. Seus braços e pernas eram magros e brancos, esticados como os de um bicho-pau; a boca estava escancarada enquanto ele roncava.

– Errou, otário – disse Drew. – Se Sunapee fechar, Killington ainda vai estar aberto. Lá tem neve até agosto. – A bolinha de papel com cuspe caiu no cabelo do garoto.

Derek. O nome do garoto era Derek.

Matt olhou para as batatas fritas de Josie.

– Você não vai comer *isso*, vai?
– Estou morrendo de fome.

Ele beliscou a lateral da cintura dela, para medir e criticar ao mesmo tempo. Josie olhou para as batatas. Dez segundos antes, elas estavam douradas e tinham cheiro de paraíso; agora, ela só conseguia ver a gordura que manchava o prato de papelão.

Matt pegou um punhado e passou o resto para Drew, que jogou uma bolinha com cuspe na boca do garoto que dormia. Com um engasgo, Derek acordou assustado.

– Legal! – Drew bateu na mão de John.

Derek cuspiu em um guardanapo e esfregou a boca com força. Olhou ao redor para ver quem mais estava olhando. Josie de repente se lembrou de um movimento da linguagem de sinais, apesar de ter esquecido quase todos assim que fez a última prova. Um punho fechado movido em círculo queria dizer *me desculpe*.

Matt se inclinou e beijou o pescoço dela.

– Vamos sair daqui – e puxou Josie até que ela ficasse de pé, virando-se para os amigos. – Até mais – disse ele.

O ginásio da Sterling High School era no segundo andar, em cima do que teria sido a piscina, se o financiamento tivesse sido aprovado quando a escola estava planejando expandir, e do que acabou se tornando três salas de aula, que ressoavam com o som de pés calçados de tênis no chão e de bolas de basquete quicando. Michael Beach e seu melhor amigo, Justin Friedman, dois calouros, estavam sentados na lateral da quadra de basquete enquanto o professor de educação física falava sobre o mecanismo de driblar pela centésima vez. Aquele era um exercício inútil – os garotos daquela aula eram como Noah James, já excelentes jogadores, ou como Michael e Justin, fluentes em élfico, mas que definiam *home run** como o que você fazia depois da escola para não ser pendurado pela cueca nos ganchos de casaco do vestiário. Eles estavam sentados de pernas cruzadas, com os joelhos protuberantes, ouvindo os tênis brancos do treinador Spears guincharem como ratos enquanto ele corria de um lado para o outro da quadra.

---

* *Home run* é uma etapa de jogos de beisebol, mas em tradução literal significa "correr para casa". (N. da T.)

– Aposto dez dólares que vou ser o último escolhido pro time – murmurou Justin.

– Eu queria que a gente pudesse sair da aula – reclamou Michael. – Talvez tenha um treino de incêndio.

Justin sorriu.

– Um terremoto.

– Uma ventania.

– Gafanhotos!

– Um ataque terrorista!

Dois tênis pararam na frente deles. O treinador Spears olhou para baixo com os braços cruzados.

– Vocês dois querem me contar o que é tão engraçado no basquete?

Michael olhou para Justin e depois para o treinador.

– Na verdade, nada – disse ele.

Depois de tomar banho, Lacy Houghton fez uma caneca de chá-verde e andou calmamente pela casa. Quando as crianças eram pequenas e ela ficava sobrecarregada com o trabalho e com a vida, Lewis lhe perguntava o que podia fazer para tornar as coisas melhores. Aquilo era uma grande ironia para ela, considerando a profissão de Lewis. Como professor na faculdade de Sterling, sua especialidade era a economia da felicidade. Sim, aquele realmente era um campo de estudo, e sim, ele era especialista. Ministrara seminários, escrevera artigos e fora entrevistado pela CNN sobre medir os efeitos do prazer e da boa sorte em uma escala monetária – mas ficava perdido quando se tratava de descobrir do que Lacy gostaria. Será que ela queria sair para jantar em um bom restaurante? Fazer as unhas dos pés? Tirar uma soneca? Mas, quando ela lhe contou o que desejava, ele não conseguiu entender. Ela queria ficar sozinha em casa, sem nada urgente para fazer.

Então abriu a porta do quarto de Peter e colocou a caneca sobre a cômoda, para poder arrumar a cama dele. "Pra quê?", dizia Peter, quando ela o mandava arrumar. "Vou bagunçar tudo de novo mais tarde."

Na maior parte do tempo, ela não entrava no quarto do filho quando ele não estava lá. Talvez fosse por isso que, a princípio, ela tenha sentido que havia alguma coisa de errado ali, como se uma parte imprescindível estivesse faltando. No começo, achou que era a ausência de Peter que fazia o quarto parecer meio vazio, mas depois reparou que o computador – um zumbido intenso, com a tela sempre verde – estava desligado.

Então esticou os lençóis e prendeu as beiradas; puxou a colcha sobre eles e afofou os travesseiros. Diante da porta, fez uma pausa e sorriu: o quarto estava perfeito.

Zoe Patterson estava se perguntando como era beijar um cara de aparelho. Não que fosse uma possibilidade para ela no futuro próximo, mas achou que era uma coisa que tinha que considerar antes que o momento a pegasse desprevenida. Na verdade, ela se perguntava como seria beijar um cara e ponto-final – mesmo um que não fosse ortodonticamente prejudicado, como ela. E, honestamente, havia lugar melhor do que uma aula idiota de matemática para deixar a mente vagar?

O sr. McCabe, que achava que era o Chris Rock da álgebra, estava fazendo sua rotina diária de comédia *stand-up*.

– Dois garotos estão na fila do almoço quando o primeiro se vira pro amigo e diz: "Não tenho dinheiro! O que devo fazer?" E o amigo responde: "2x + 5!"

Zoe olhou para o relógio. Contou junto com o ponteiro dos segundos até dar 9h50 em ponto e pulou da cadeira para entregar um passe para o sr. McCabe.

– Ah, ortodontista – leu ele em voz alta. – Bom, cuide pra que ele não prenda sua boca pra sempre, srta. Patterson. Então, o amigo diz: "2x + 5". Um binômio. Entenderam? *Buy-no-meal?!**

Zoe colocou a mochila no ombro e saiu da sala. Ela tinha que encontrar a mãe em frente à escola às dez horas – era difícil estacionar por ali, então sua mãe ia parar só o tempo de Zoe entrar. No meio do horário de aulas, os corredores ficavam vazios e com eco; parecia que se caminhava pela barriga de uma baleia. Zoe parou na secretaria para assinar sua saída na prancheta e quase atropelou um garoto na pressa de partir.

Estava quente o bastante para abrir o casaco e pensar no verão, no acampamento de futebol e em como seria quando o expansor de pala-

---

* *Buy no meal*: com pronúncia similar a *binomial*, "binômio" em inglês, significa "não compre comida". (N. da T.)

to fosse finalmente removido. Se você beijasse um cara sem aparelho e apertasse muito, será que cortaria as gengivas dele? Alguma coisa dizia a Zoe que, se você fizesse um cara sangrar, provavelmente não ficaria com ele novamente. E se ele usasse aparelho também, como aquele louro de Chicago que tinha acabado de ser transferido e sentava na frente dela na aula de inglês (não que ela gostasse dele nem nada, apesar de ele *ter* se virado para devolver a lição dela e ter ficado assim um *tantinho* demais...)? Será que eles ficariam presos como engrenagens emperradas e teriam que ser levados ao pronto-socorro? Quão humilhante *isso* seria?

Zoe passou a língua pelos pedaços de metal que tinha na boca. Talvez pudesse entrar temporariamente em um convento.

Suspirou e olhou para o final do quarteirão para ver se o Explorer verde da mãe estava na fila de carros. E, naquele momento, alguma coisa explodiu.

Patrick estava parado no sinal vermelho em seu carro de polícia, esperando para entrar na estrada. Ao lado dele, no banco do passageiro, havia um saco de papel com uma cápsula de cocaína dentro. O traficante que pegaram na escola tinha admitido que era cocaína, mas Patrick tinha que desperdiçar metade do dia levando-a para o laboratório estadual para que alguém de jaleco branco pudesse dizer o que ele já sabia. Mexeu no botão de volume do rádio da polícia bem a tempo de ouvir o corpo de bombeiros ser mandado para a escola por causa de uma explosão. Devia ser o boiler; a escola era velha o bastante para a estrutura interna estar desmoronando. Ele tentou lembrar onde ficava o boiler na Sterling High e se perguntou se teriam sorte para sair da situação sem nenhum ferido.

Tiroteio...

O sinal ficou verde, mas Patrick não se mexeu. O disparo de uma arma em Sterling era uma coisa muito rara para fazer com que ele focasse a atenção na voz no rádio, esperando uma explicação.

Na escola de ensino médio... Sterling High...

Aos poucos, a voz no rádio ficava mais rápida e mais intensa. Patrick fez a volta com o carro e seguiu em direção à escola com as luzes piscando. Outras vozes começaram a transmitir em explosões estáticas:

policiais comunicando suas posições na cidade; o supervisor de plantão tentando coordenar a força de trabalho e pedindo ajuda de Hanover e Lebanon. As vozes se sobrepunham e se misturavam, até que não fosse possível entender uma só palavra.

Sinal mil, disse a voz do rádio. *Sinal mil.*

Em toda sua carreira de detetive, Patrick só ouvira esse chamado duas vezes. Uma vez no Maine, quando um pai endividado pegou um policial como refém, e outra em Sterling, durante um potencial roubo de banco que acabou sendo alarme falso. Sinal mil significava que todo mundo tinha de sair do rádio imediatamente e deixá-lo livre para os comunicados. Significava que aquilo com que estavam lidando não era um acontecimento de rotina para a polícia.

Significava vida ou morte.

O caos era uma constelação de alunos correndo para fora da escola e pisoteando os feridos. Um garoto segurando um cartaz em uma janela do andar de cima com a palavra SOCORRO. Duas garotas se abraçando e soluçando. O caos era o sangue derretendo cor-de-rosa na neve; era o gotejar de pais que se transformou em fluxo e depois em rio furioso, gritando o nome dos filhos desaparecidos. O caos era uma câmera de TV na sua cara, ambulâncias em número insuficiente, policiais em número insuficiente e nenhum plano de como reagir quando o mundo que você conhecia se partia em pedaços.

Patrick parou em cima da calçada e pegou o colete à prova de balas na parte de trás do carro. A adrenalina já pulsava em seu corpo, fazendo a visão periférica se embaçar e seus sentidos ficarem mais apurados. Encontrou o chefe O'Rourke de pé com um megafone no meio da confusão.

– Ainda não sabemos com o que estamos lidando – disse o chefe de polícia. – A UOE está a caminho.

Patrick não estava nem aí para a Unidade de Operações Especiais. Até que a equipe da SWAT chegasse lá, mais cem tiros poderiam ser disparados; uma criança poderia ser morta. Ele pegou a arma.

– Vou entrar.

– De jeito nenhum. Não é o protocolo.

– Não tem porra de protocolo pra isso – respondeu Patrick. – Você pode me demitir depois.

Ao sair correndo pelos degraus da escola, percebeu vagamente dois outros policiais de patrulha desobedecendo às ordens do chefe de polícia e se juntando a ele. Patrick mandou cada um seguir por um corredor diferente e entrou pelas portas duplas, passando por alunos que estavam se empurrando para tentar sair. Alarmes de incêndio soavam tão alto que Patrick teve de se esforçar para ouvir os tiros. Então segurou o casaco de um garoto que passava por ele.

– Quem é? – ele gritou. – Quem está atirando?

O garoto balançou a cabeça, mudo, e se soltou. Patrick o viu correr como louco pelo corredor, abrir a porta e sair em um retângulo de luz do sol.

Os estudantes corriam ao redor dele como se ele fosse uma pedra em um rio. A fumaça se espalhava e queimava os olhos. Patrick ouviu outra sequência de tiros e precisou se controlar para não sair correndo cegamente na direção deles.

– Quantos são? – ele gritou, quando uma garota passou.

– Eu... eu não sei...

O garoto ao lado dela se virou e olhou para Patrick, dividido entre lhe dar informações e sair correndo dali.

– É um garoto... está atirando em todo mundo...

Isso bastava. Patrick se jogou contra a corrente, como um salmão nadando rio acima. Folhas de papel se espalhavam pelo chão; cartuchos de bala rolavam sob seus pés. Painéis do teto tinham sido atingidos, e uma fina camada de poeira cobria os corpos feridos, contorcidos no chão. Patrick ignorou tudo isso e agiu de forma contrária a quase todo seu treinamento – passando correndo por portas que podiam esconder um meliante, ignorando salas que deveriam ser revistadas –, seguindo em frente com a arma na mão e o coração batendo em cada centímetro da pele. Mais tarde, ele se lembraria de outras coisas que viu e não teve tempo de registrar imediatamente: as grades dos dutos de aquecimento que tinham sido soltas para que os alunos pudessem se esconder ali dentro; os sapatos deixados para trás por garotos que correram para a rua descalços; a previsão sombria representada pelos contornos de cenas de crime no chão do lado de fora da sala de biologia, onde alguns alunos estiveram contornando o próprio corpo em papel pardo para um trabalho.

O detetive correu por corredores que pareciam seguir em círculos.

– *Onde?* – gritava cada vez que passava por um aluno em disparada, sua única ferramenta de navegação. Viu gotas de sangue e alunos caídos, mas não se permitiu voltar o olhar novamente. Subiu pela escadaria principal e, assim que chegou ao topo, uma porta se abriu. Patrick se virou e apontou a arma quando uma jovem professora caiu de joelhos com as mãos erguidas. Por trás do rosto branco e oval havia outros doze, sem expressão e assustados. Patrick sentiu cheiro de urina.

Baixou a arma e fez sinal para ela em direção à escada.

– Vão – ele mandou, mas não ficou tempo o bastante para ver se eles realmente foram.

Ao virar numa parede, Patrick escorregou em sangue e ouviu outro tiro, alto o bastante para doer nos ouvidos. Então entrou pelas portas duplas abertas do ginásio e olhou rapidamente os corpos espalhados, o suporte de bolas virado e as bolas encostadas na parede mais distante, mas nem sinal do atirador. Ele sabia, dos tempos em que monitorou jogos escolares, que tinha chegado à extremidade da Sterling High, o que significava que ou o atirador estava escondido ali, ou tinha passado por ele e Patrick não o tinha identificado... Ou ainda que, naquele momento, o tinha encurralado no ginásio.

Patrick se virou para a entrada novamente para ver se era esse o caso, mas ouviu outro tiro. Correu para uma porta que levava para fora do ginásio, uma em que não tinha reparado em sua rápida avaliação do local. Era um vestiário, com azulejos brancos nas paredes e no chão. Olhou para baixo, viu sangue perto dos pés e levantou a arma pelo canto da parede.

Dois corpos estavam caídos na extremidade do vestiário. Na outra, mais perto de Patrick, um garoto baixo e magro estava agachado ao lado de um conjunto de armários. Ele usava óculos de aro de metal, que estavam tortos no rosto fino. Estava tremendo muito.

– Você está bem? – sussurrou Patrick, evitando falar alto e entregar sua posição para o atirador.

O garoto apenas piscou.

– Onde ele está? – disse Patrick apenas com um movimento de boca.

O garoto tirou uma arma de debaixo da coxa e a apontou para a própria cabeça.

Uma nova onda de calor percorreu o corpo de Patrick.

– Não se mexa! – gritou ele, mirando no garoto. – Solte a arma, senão eu atiro. – Ele começou a suar nas costas e na testa, sentindo as mãos unidas escorregando na arma enquanto mirava, determinado a perfurar o garoto de balas se fosse necessário.

Patrick deixou o dedo indicador passar de leve sobre o gatilho na hora em que o garoto abriu os dedos como uma estrela-do-mar. A arma caiu no chão e deslizou pelo piso.

Então ele atacou imediatamente. Um outro policial, que Patrick nem tinha notado que o estava seguindo, pegou a arma do chão. Patrick colocou o garoto de barriga para baixo e o algemou, apertando a coluna dele com o joelho.

– Você está sozinho? Quem está com você?

– Só eu – gemeu o garoto.

A cabeça de Patrick girava e sua pulsação parecia um tambor militar, mas ele ouviu vagamente o policial passando a informação pelo rádio.

– Sterling, temos um elemento preso; não temos conhecimento de mais ninguém.

Tão discretamente como tinha começado, tudo terminou – pelo menos tanto quanto uma coisa assim podia ser considerada terminada. Patrick não sabia se havia armadilhas ou bombas na escola; não sabia quantos mortos havia; não sabia quantos feridos o Centro Médico Dartmouth-Hitchcock e o Ambulatório Alice Peck poderiam receber; não sabia como processar uma cena de crime tão grande. O alvo tinha sido derrubado, mas a que custo implacável? O corpo todo de Patrick começou a tremer por saber que, para tantos alunos, pais e cidadãos naquele dia, ele mais uma vez tinha chegado tarde demais.

Ele deu alguns passos e ficou de joelhos, mais porque suas pernas simplesmente falharam, mas fingiu ser intencional, fingiu que queria verificar os dois corpos na extremidade do local. Percebeu vagamente o atirador sendo empurrado para fora do vestiário pelo outro policial, para uma viatura que aguardava lá fora. Não se virou para ver o garoto ir embora; em vez disso, se concentrou no corpo diretamente à sua frente.

Um garoto, usando uma camisa de uniforme de hóquei. Havia uma poça de sangue sob a lateral do corpo dele e um ferimento de bala na testa. Patrick esticou a mão para pegar um boné que tinha caído a cerca de um metro de distância, com as palavras STERLING HOCKEY bordadas. Girou a beirada nas mãos, em um círculo imperfeito.

A garota deitada ao lado dele tinha o rosto virado para baixo, com sangue saindo da têmpora. Estava descalça, e as unhas dos pés estavam pintadas de rosa intenso, do mesmo tom que Tara tinha usado em Patrick. Isso fez o coração dele parar. Essa garota, assim como sua afilhada, o irmão dela e um milhão de outras crianças neste país, tinha acordado e ido para a escola sem jamais imaginar que estaria em perigo. Ela confiava em todos os adultos, professores e diretores para que a mantivessem em segurança. Era por isso que essas escolas, depois do 11 de Setembro, tinham professores com crachás na roupa o tempo todo e trancavam as portas durante o dia. O inimigo sempre era considerado alguém de fora, não o garoto sentado ao seu lado.

De repente, a garota se mexeu.

– *Me... ajuda...*

Patrick se ajoelhou ao lado dela.

– Estou aqui – disse ele, com um toque delicado ao avaliar a condição da jovem. – Está tudo bem. – Ele a virou o bastante para ver que o sangue vinha de um corte no couro cabeludo, e não de um ferimento à bala, como tinha suposto. Então passou as mãos pelos membros dela e ficou murmurando palavras que nem sempre faziam sentido, mas que a fariam sentir que não estava mais sozinha. – Qual é o seu nome, querida?

– Josie... – A garota começou a se debater, tentando ficar de pé. Patrick se colocou estrategicamente entre ela e o garoto. Ela já estava em choque; ele não precisava que ela surtasse. Ela colocou a mão na testa e, quando sentiu que estava suja de sangue, entrou em pânico.

– O que... *aconteceu*?

Ele deveria ter ficado lá e esperado que os paramédicos chegassem para pegá-la. Deveria ter pedido ajuda pelo rádio. Mas *deveria* não parecia mais se aplicar, e então Patrick ergueu Josie nos braços e a levou para fora do vestiário, onde ela quase tinha sido morta. Desceu rapidamente as escadas e passou pelas portas da frente da escola, como se pudesse salvar a ela e a si mesmo.

Dezessete anos antes

Havia catorze pessoas sentadas à frente de Lacy, se você contasse o fato de que cada uma das sete pessoas na aula pré-natal estava grávida. Algumas delas estavam equipadas com cadernos e canetas e tinham passado a última hora e meia anotando dosagens recomendadas de ácido fólico, os nomes dos teratogênicos e as dietas sugeridas para uma futura mãe. Duas tinham ficado verdes no meio da discussão sobre parto normal e correram para o banheiro com enjoo matinal – que, é claro, podia durar o dia inteiro e era como dizer verão quando você estava falando das quatro estações do ano.

Ela estava cansada. Tinha voltado da licença-maternidade havia só uma semana, e parecia extremamente injusto que, se não estivesse acordada a noite toda com seu próprio bebê, tivesse de se ocupar com o parto de outra pessoa. Seus seios doíam, como um lembrete desconfortável de que precisava usar a bomba de novo, para que pudesse deixar leite com a babá para Peter no dia seguinte.

Ainda assim, ela amava demais o trabalho para abrir mão dele completamente. Tivera notas para entrar na faculdade de medicina e tinha pensado em ser ginecologista e obstetra, até se dar conta de que tinha uma profunda incapacidade de ficar sentada ao lado de uma paciente sem sentir a dor dela. Os médicos erguem um muro entre eles e seus pacientes; enfermeiras os derrubam. Ela entrou em um programa que a formaria como enfermeira-parteira, o que a encorajava a se concentrar na saúde emocional da futura mãe em vez de apenas nos sintomas. Talvez isso tenha feito alguns médicos do hospital a considerarem estranha, mas Lacy realmente acreditava que, quando você perguntava a uma paciente: "Como você está se sentindo?", o que havia de errado não era nem de longe tão importante quanto o que estava certo.

Ela esticou a mão para além do modelo de plástico do feto em crescimento e ergueu um guia campeão de vendas sobre gravidez.

– Quantas de vocês já viram este livro antes?

Sete mãos se ergueram.

– Certo. Não comprem este livro. Não leiam este livro. Se já houver um exemplar na sua casa, joguem fora. Este livro vai te convencer de que você vai ter hemorragias, convulsões, cair morta ou qualquer uma das centenas de coisas que não acontecem em uma gravidez normal. Acreditem, o número de gestações normais é bem maior que qualquer coisa que esses autores digam.

Ela olhou para o fundo, onde uma mulher estava com a mão na lateral do corpo. *Com câimbras?*, pensou Lacy. *Gravidez ectópica?*

A mulher estava com um terninho preto e os cabelos presos em um rabo de cavalo arrumado e baixo. Lacy a viu beliscar a cintura de novo, dessa vez puxando um pequeno *pager* preso à saia, e então ficar de pé.

– Eu... Humm, me desculpe. Preciso ir.

– Não dá pra esperar uns minutinhos? – perguntou Lacy. – Vamos começar a visita à ala da maternidade.

A mulher entregou a papelada que tinham pedido que preenchesse durante a visita.

– Tenho uma coisa mais urgente pra resolver – disse ela, e saiu apressada.

– Bem – disse Lacy –, talvez seja uma boa hora pra uma pausa pra ir ao banheiro.

Quando as seis mulheres restantes saíram da sala, ela olhou para o formulário que tinha em mãos. *Alexandra Cormier*, leu. E pensou: *Vou ter de ficar de olho nessa.*

Na última vez que Alex defendeu Loomis Bronchetti, ele tinha invadido três casas e roubado equipamentos eletrônicos, que depois tentou vender nas ruas de Enfield, em New Hampshire. Apesar de Loomis ser diligente o bastante para arquitetar todo o esquema, ele não se deu conta de que, em uma cidade pequena como Enfield, um equipamento de som bacana poderia chamar a atenção.

Aparentemente, Loomis tinha aumentado seu currículo criminal na noite anterior quando, com dois amigos, decidiu ir atrás de um traficante de drogas que não levou maconha o suficiente para todos. Drogados, eles amarraram o cara pelos pés e mãos e o jogaram no porta-malas. Loomis bateu na cabeça do cara com um taco de beisebol, rachando o crânio dele e o fazendo ter convulsões. Quando ele começou a se engasgar com o próprio sangue, Loomis o virou para que conseguisse respirar.

– Não consigo acreditar que estão me acusando de agressão – disse Loomis para Alex por entre as barras da cela. – Eu salvei a vida do cara!

– Bom – disse Alex –, talvez pudéssemos usar isso, se não tivesse sido você quem provocou o ferimento.

– Você tem que conseguir menos de um ano pra mim. Não quero ser mandado pra prisão em Concord...

– Você podia ter sido acusado de tentativa de assassinato, sabia?

Loomis fez cara feia.

– Eu estava fazendo um favor pra polícia tirando um verme daqueles das ruas.

Alex sabia que o mesmo poderia ser dito sobre Loomis Bronchetti, se ele fosse condenado e enviado para a prisão estadual. Mas o trabalho dela não era julgá-lo. Era dar duro, apesar de suas opiniões pessoais sobre um cliente. Era mostrar uma face para Loomis sabendo que tinha outra escondida. Era não deixar seus sentimentos interferirem na capacidade de fazer Loomis Bronchetti ser absolvido.

– Vamos ver o que posso fazer – disse ela.

Lacy entendia que todos os bebês eram diferentes, criaturas pequeninas com suas próprias peculiaridades, hábitos, irritações e desejos. Mas, de alguma maneira, ela tinha esperado que a segunda incursão na maternidade fosse produzir um filho como o primeiro: Joey, um garoto de ouro que fazia os transeuntes virarem a cabeça e pararem-na enquanto ela empurrava o carrinho para dizer como o filho dela era lindo. Peter era tão lindo quanto Joey, mas definitivamente era um bebê mais difícil. Ele chorava de cólica e tinha de ser tranquilizado na cadeirinha do carro sobre a secadora de roupas em funcionamento. Mamava e de repente afastava a cabeça do seio dela.

Eram duas horas da manhã e Lacy estava tentando fazer Peter voltar a dormir. Ao contrário de Joey, que caía no sono como se estivesse dando um grande passo para o precipício, Peter lutava a cada passo do caminho. Ela batia nas costas dele e esfregava em círculos entre as clavículas enquanto ele soluçava e chorava. Na verdade, ela também tinha vontade de chorar. Nas últimas duas horas, tinha assistido inúmeras vezes ao mesmo comercial das facas Ginsu. Tinha contado as listras no braço do sofá até ficarem embaçadas. Estava tão exausta que *tudo* doía.

– Qual é o problema, rapazinho? – ela suspirou. – O que posso fazer pra te deixar feliz?

A felicidade era relativa, segundo o marido dela. Apesar de a maior parte das pessoas rirem quando Lacy contava que o emprego do marido envolvia colocar um preço na alegria, isso era simplesmente o que os economistas faziam: encontrar valores para as coisas intangíveis da vida. Os colegas de Lewis na Faculdade de Sterling tinham apresentado trabalhos sobre o empurrão relativo que a educação podia dar, ou a assistência de saúde universal, ou a satisfação no emprego. A disciplina de Lewis não era menos importante, apesar de não ortodoxa. Ela o tornara um convidado popular na NPR (National Popular Radio), no programa de Larry King, em seminários corporativos. Por algum motivo, o processamento de grandes quantidades de dados parecia mais sexy quando você começava a falar do valor em dólares de uma gargalhada ou de uma piada boba sobre louras. Fazer sexo regularmente, por exemplo, era equivalente – em termos de felicidade – a receber um aumento de cinquenta mil dólares no salário anual. No entanto, receber um aumento de cinquenta mil dólares não seria tão empolgante se todo mundo tivesse o mesmo aumento. Seguindo pelo mesmo caminho, o que fez você feliz uma vez talvez não o fizesse feliz agora. Cinco anos atrás, Lacy teria dado qualquer coisa por uma dúzia de rosas trazidas para casa pelo marido; agora, se ele oferecesse a ela a oportunidade de um cochilo de dez minutos, ela cairia no chão em um ataque de satisfação.

Deixando as estatísticas de lado, Lewis ficaria registrado na história como o economista que concebeu a fórmula matemática para a felicidade: R/E, ou Realidade dividida por Expectativas. Havia duas maneiras de ser feliz: melhorando sua realidade ou diminuindo suas expectativas. Uma vez, em um jantar na casa de vizinhos, Lacy perguntou a ele o que acontecia se você não tivesse expectativas. Não se podia dividir por zero. Isso significava que, se você se deixasse levar pela vida, nunca conseguiria ser feliz? No carro, na mesma noite, Lewis a acusou de tentar fazê-lo passar vergonha.

Lacy não gostava de se permitir pensar se Lewis e a família eram realmente felizes. Era de se imaginar que o homem que desenvolveu a fórmula teria descoberto tudo sobre a felicidade, mas não funcionava assim. Às vezes, ela se lembrava daquele velho adágio, "Os filhos do sapateiro andam descalços", e se perguntava: *E os filhos do homem que sabe o valor da felicidade?* Atualmente, quando Lewis ficava até tarde no escritório, trabalhando em mais um prazo de publicação, e Lacy estava tão exausta que podia adormecer de pé no elevador do hospital, ela tentava se convencer de que aquela era apenas uma fase que eles estavam passando: um campo de treinamento de bebês que certamente se transformaria um dia em alegria, satisfação, união e todos os outros parâmetros que Lewis colocava nos programas de computador. Afinal, ela tinha um marido que a amava, dois garotos saudáveis e uma carreira satisfatória. Ter o que se quer não é a própria definição de ser feliz?

Em determinado momento, ela percebeu que – milagre dos milagres – Peter tinha adormecido em seu ombro, com a bochecha macia como um pêssego pressionada contra a sua pele. Subiu a escada na ponta dos pés, colocou-o delicadamente no berço e olhou para o outro lado do quarto, para a cama onde Joey estava. A lua o iluminava como um discípulo. Então ela imaginou como Peter seria quando chegasse à idade de Joey. E se perguntou se era possível ter tanta sorte duas vezes.

Alex Cormier era mais nova do que Lacy pensava. Tinha vinte e quatro anos, mas se portava com confiança suficiente para fazer as pessoas pensarem que era uma década mais velha.

– E então – disse Lacy, se apresentando –, como acabou aquele assunto urgente?

Alex olhou para ela sem entender, mas depois lembrou: o tour pela ala da maternidade do qual tinha escapado uma semana antes.

– Ele se declarou culpado pra diminuir a pena.

– Então você é advogada? – Lacy perguntou, erguendo os olhos das anotações.

– Defensora pública – e o queixo de Alex se ergueu um pouco, como se estivesse pronta para ouvir um comentário depreciativo de Lacy sobre o fato de ela se unir aos bandidos.

– Deve ser um trabalho muito desgastante – disse Lacy. – Seus chefes sabem que você está grávida?

Alex balançou a cabeça.

– Isso não é problema – ela respondeu secamente. – Não vou tirar licença-maternidade.

– Talvez você mude de ideia quando...

– Não vou ficar com o bebê – anunciou Alex.

Lacy se recostou na cadeira.

– Tudo bem – respondeu. Afinal, não era seu papel julgar uma mãe pela decisão de abrir mão do filho. – Podemos então falar sobre outras opções – continuou. Com onze semanas, Alex ainda podia interromper a gravidez, se desejasse.

– Eu ia fazer um aborto – disse Alex, como se tivesse lido a mente de Lacy. – Mas não fui à consulta. – Ela olhou para frente. – Duas vezes.

Lacy sabia que era possível alguém ser terminantemente a favor do aborto, mas não estar disposta a tomar essa decisão ou não ser capaz de tomá-la, e era exatamente aí que a questão da escolha interferia.

– Muito bem, então – disse ela. – Posso lhe dar informações sobre adoção, se você ainda não fez contato com agências. – Ela enfiou a mão em uma gaveta e pegou alguns panfletos que iam desde agências de adoção afiliadas a uma variedade de religiões a advogados especializados em adoções particulares. Alex pegou os panfletos e os segurou como cartas de baralho. – Mas, por enquanto, podemos apenas nos concentrar em como você está.

– Estou ótima – Alex respondeu tranquilamente. – Não fico enjoada, não me sinto cansada – e olhou para o relógio. – Mas vou chegar atrasada em um compromisso.

Lacy percebeu que Alex era o tipo de pessoa acostumada a estar no comando de tudo em sua vida.

– Não tem nada de errado em diminuir o ritmo quando se está grávida. Seu corpo pode precisar.

– Eu sei cuidar de mim.

– Que tal deixar alguém ajudar de vez em quando?

Uma sombra de irritação cruzou o rosto de Lacy.

– Olha, eu não preciso de terapia. Honestamente. Agradeço sua preocupação, mas...

– Seu parceiro apoia sua decisão de abrir mão do bebê? – Lacy perguntou.

Alex virou o rosto por um momento. Mas, antes que Lacy pudesse encontrar as palavras certas para atrair a atenção dela, Alex fez isso sozinha.

– Não tem parceiro – disse ela friamente.

A última vez em que o corpo de Alex tomou o controle, em que fez o que a mente dela mandou não fazer, ela concebeu esse bebê. Tinha começado de maneira bem inocente: Logan Rourke, o professor de simulação de julgamentos, a chamou para a sala dele para dizer que ela tinha comandado o tribunal com competência; Logan disse que nenhum jurado conseguiria tirar os olhos dela, e que nem ele tinha conseguido. Alex achava que Logan era Clarence Darrow, F. Lee Bailey e Deus em uma só pessoa. O prestígio e o poder podiam tornar um homem tão atraente a ponto de tirar o fôlego. Esses atributos o transformaram naquilo que ela tinha procurado a vida toda.

Ela acreditou quando ele disse que não tinha visto uma aluna tão perspicaz quanto ela em seus dez anos como professor. Acreditou quando ele disse que seu casamento estava acabado, exceto pelas aparências. E acreditou quando ele a levou para casa depois da aula, prendeu o rosto dela entre as mãos e disse que ela era o motivo de ele conseguir sair da cama de manhã.

O direito era um estudo de detalhes e fatos, não de emoções. O erro fundamental de Alex foi se esquecer disso quando se envolveu com Logan. Ela se viu adiando planos, esperando as ligações dele, que às vezes aconteciam e às vezes não. Fingia que não o via flertando com as alunas de direito do primeiro ano que olhavam para ele como ela costumava olhar. E, quando ficou grávida, se convenceu de que eles foram feitos para passarem o resto da vida juntos.

Logan falou para ela se livrar do bebê. Ela marcou o aborto, mas se esqueceu de anotar a data e a hora na agenda. Depois remarcou, mas percebeu tarde demais que era na mesma hora de uma prova final. Depois disso, procurou Logan.

– É um sinal – disse ela.

– Talvez – ele respondeu –, mas não significa o que você está pensando. Seja racional – disse Logan. – Uma mãe solteira nunca vai conseguir ser advogada. Ela teria que escolher entre a carreira e o bebê.

O que ele realmente queria dizer era que ela teria que escolher entre ter o bebê e ficar com ele.

A mulher parecia familiar de costas, daquela maneira que as pessoas parecem quando você as vê fora de contexto: o funcionário do mercado na fila do banco, o carteiro sentado em uma das fileiras do cinema. Alex olhou por mais um segundo, depois se deu conta de que era o bebê que a estava distraindo. Andou pelo corredor do tribunal até o balcão do funcionário, onde Lacy Houghton estava pagando uma multa de estacionamento.

– Precisa de advogada? – perguntou Alex.

Lacy olhou para frente e o bebê conforto balançou em seu braço. Ela levou um momento para localizar o rosto, pois não via Alex desde a visita inicial, um mês antes.

– Ah, oi! – disse ela sorrindo.

– O que traz você pro meu lado da floresta?

– Ah, estou pagando a fiança do meu ex... – Lacy esperou que Alex arregalasse os olhos e riu. – Estou brincando. É uma multa de estacionamento.

Alex ficou olhando para o rosto do filho de Lacy. Ele estava com um gorro azul amarrado no queixo, e as bochechas pareciam se espalhar sobre as extremidades do tecido de lã. Ele estava com o nariz escorrendo e, quando reparou que Alex estava olhando para ele, deu um sorriso largo.

– Quer tomar um café? – perguntou Lacy.

Ela colocou dez dólares em cima da multa e os enfiou pelo buraco da janelinha de pagamento, depois puxou o bebê conforto um pouco mais para cima do braço e saiu do prédio até um Dunkin' Donuts do outro lado da rua, parando para dar uma nota de dez dólares a um mendigo que estava do lado de fora do fórum. Alex revirou os olhos, pois tinha visto aquele sujeito em um bar perto dali no dia anterior, quando saía do trabalho.

Na lanchonete, Alex observou Lacy tirar com facilidade camadas de roupas do bebê e colocá-lo no colo. Enquanto falava, pôs um cobertor no ombro e começou a amamentar Peter.

– É difícil? – perguntou Alex de repente.

– Amamentar?

– Não só isso – disse Alex. – Tudo.

– Definitivamente, é uma habilidade adquirida – Lacy respondeu, elevando o bebê até o ombro. Os pés calçados com botas chutaram o peito dela, como se ele estivesse tentando se afastar. – Em comparação ao *seu* trabalho, a maternidade deve ser moleza.

Isso fez Alex pensar imediatamente em Logan Rourke, que tinha rido dela quando ela disse que aceitaria um emprego na defensoria pública. "Você não vai durar uma semana", dissera ele. "É mole demais pra isso."

Ela às vezes se perguntava se era boa defensora pública por causa de sua capacidade ou por estar tão determinada a mostrar para Logan que ele estava errado. De qualquer modo, Alex tinha uma personalidade cultivada no trabalho, uma que estava lá para dar aos criminosos voz igual no sistema legal, sem deixar que os clientes a afetassem.

Já tinha cometido esse erro com Logan.

– Você teve oportunidade de fazer contato com alguma das agências de adoção? – perguntou Lacy.

Alex não tinha nem levado os panfletos que recebera. Ainda deviam estar na bancada da sala de exames.

– Fiz algumas ligações – ela mentiu. Isso de fato estava na lista de coisas a fazer no trabalho, mas sempre aparecia algo mais importante.

– Posso fazer uma pergunta pessoal? – disse Lacy, e Alex assentiu devagar, pois não gostava de perguntas pessoais. – O que fez você decidir abrir mão do bebê?

Ela tinha mesmo tomado essa decisão? Ou a decisão tinha sido tomada *por* ela?

– Não é uma boa hora – disse Alex.

Lacy riu.

– Não sei se existe uma boa hora para ter um bebê. Sua vida fica de cabeça pra baixo.

Alex olhou para ela.

– Gosto da minha vida com o lado certo pra cima.

Lacy mexeu na camiseta do bebê por um momento.

– De certa forma, o que você e eu fazemos não é tão diferente.

– A taxa de reincidência deve ser mais ou menos a mesma – disse Alex.

– Não... Quero dizer que nós duas vemos as pessoas quando elas estão mais cruas. É isso que eu amo em ser parteira. Você vê como a pessoa é forte quando encara uma situação verdadeiramente dolorosa. – Ela olhou para Alex. – Não é incrível o modo como, quando você tira tudo, as pessoas são tão parecidas?

Alex pensou nos réus que passaram por sua vida profissional. Todos se misturavam em sua mente. Mas isso era porque, como Lacy havia falado, éramos todos parecidos? Ou porque Alex tinha se tornado especialista em não olhar muito de perto?

Ela observou Lacy colocar o bebê sobre o joelho. As mãos dele bateram na mesa e ele fez barulhinhos úmidos. De repente, Lacy ficou de pé e empurrou o bebê na direção de Alex, de forma que ela teve de segurá-lo para que ele não caísse no chão.

– Tome, segure o Peter. Preciso ir ao banheiro.

Alex entrou em pânico. *Espere*, pensou ela. *Não sei fazer isso.* As pernas do bebê chutaram, como um personagem de desenho caindo de um penhasco.

Alex o colocou no colo meio sem jeito. Ele era mais pesado do que ela imaginava, e sua pele parecia veludo úmido.

– Peter – disse ela formalmente. – Sou a Alex.

O bebê esticou a mão em direção ao copo de café, e ela se inclinou para frente para empurrá-lo para longe. O rosto de Peter se contraiu todo e ele começou a chorar.

Os gritos eram agudos, ricos em decibéis, cataclísmicos.

– Pare – Alex implorou, quando as pessoas ao redor começaram a olhar. Ela ficou de pé e bateu nas costas de Peter como Lacy tinha feito, desejando que ele se cansasse, contraísse laringite ou apenas tivesse pena da total inexperiência dela. Alex, que sempre tinha a resposta inteligente perfeita, que podia ser jogada em qualquer situação legal difícil e cair de pé sem nem uma gota de suor, se viu completamente perdida.

Ela se sentou e segurou Peter pelas axilas. Àquela altura, ele estava vermelho como um tomate e sua pele estava tão furiosa e escura que os poucos cabelos louros brilhavam como platina.

– Escute – disse ela –, posso não ser o que você quer agora, mas sou tudo o que tem.

Com um derradeiro soluço, o bebê ficou quieto. Ele olhou nos olhos de Alex como se estivesse tentando reconhecê-la.

Aliviada, ela o colocou no canto do braço e se empertigou. Olhou para a parte de cima da cabeça dele, para a pulsação que transparecia pela moleira.

Quando relaxou o modo como o segurava, ele também relaxou. Será que era fácil *assim*?

Alex passou o dedo pela parte macia na cabeça de Peter. Ela conhecia a biologia por trás disso: as placas do crânio se deslocavam o bastante para facilitar a passagem pelo canal de parto e acabavam se fundindo depois do primeiro ano do bebê. Era uma vulnerabilidade com a qual todos nós nascíamos e que acabava virando a cabeça dura dos adultos.

– Me desculpe – disse Lacy ao voltar para a mesa. – Muito obrigada.

Alex lhe devolveu o bebê como se estivesse sendo queimada.

A paciente tinha sido transferida de um parto em casa de trinta e seis horas. Como seguidora fiel da medicina natural, tinha feito pouco acompanhamento pré-natal, não tinha feito amniocentese nem ultrassons, mas os recém-nascidos tinham a capacidade de conseguir o que queriam e precisavam quando se tratava de chegarem ao mundo. Lacy colocou as mãos na barriga trêmula da mulher, como uma curandeira. *Três quilos,* pensou, *com o bumbum aqui em cima e a cabeça embaixo.* Um médico colocou a cabeça na porta.

– Como estamos indo?

– Diga pra UTI neonatal que estamos em trinta e cinco semanas – ela disse –, mas parece que está tudo bem.

Quando o médico se afastou, ela se posicionou entre as pernas da mulher.

– Sei que isso está acontecendo pelo que parece uma eternidade, mas, se você conseguir trabalhar comigo só mais uma hora, você vai ter esse bebê.

Ao instruir o marido para ficar atrás da esposa, segurando-a ereta quando ela começou a fazer força, Lacy sentiu o *pager* vibrar na cintura do uniforme azul. Quem poderia ser? Ela já estava de plantão; a secretária sabia que estava auxiliando um parto.

– Vocês podem me dar licença? – disse ela, deixando uma enfermeira em seu lugar enquanto saía para usar o telefone. – O que está acontecendo? – perguntou Lacy quando a secretária atendeu.

– Uma das duas pacientes está insistindo em ver você.

– Estou um pouco *ocupada* – disse Lacy com firmeza.

– Ela disse que espera. Pelo tempo que precisar.

– Quem é?

– Alex Cormier – respondeu a secretária.

Normalmente, Lacy teria dito para a secretária mandar a paciente falar com outra parteira, mas havia alguma coisa de elusivo em Alex Cormier, algo que ela não conseguia identificar – e que não estava certo.

– Tudo bem – disse Lacy –, mas avise que pode demorar.

Então desligou e correu de volta para a sala de parto, onde colocou as mãos entre as pernas da paciente para verificar a dilatação.

– Pelo visto, você só precisava que eu saísse – brincou. – Você chegou a dez centímetros. Na próxima vez em que sentir vontade de fazer força... vá com tudo.

Dez minutos depois, Lacy segurava uma garotinha de um quilo e meio. Enquanto os pais se maravilhavam com ela, Lacy se virou para a enfermeira e se comunicou com o olhar. Alguma coisa tinha dado terrivelmente errado.

– Ela é tão pequena – exclamou o pai. – Tem algum... Ela está bem?

Lacy hesitou, porque não sabia a resposta. *Um cisto fibroide?*, pensou. A única certeza que tinha era de que havia bem mais coisa dentro da mulher do que um bebê de um quilo e meio. E que a qualquer momento a paciente começaria a sangrar.

Em seguida Lacy esticou a mão em direção à barriga da paciente e, ao apertar o útero, parou.

– Alguém falou que vocês iam ter gêmeos?

O pai ficou pálido.

– Tem dois aí?

Lacy sorriu. Ela conseguia lidar com gêmeos. Gêmeos. Isso era um bônus, não um terrível desastre médico.

– Bom, agora só tem um.

O homem se agachou ao lado da esposa e beijou a testa dela, em deleite.

– Você ouviu isso, Terri? *Gêmeos*.

A esposa não tirou os olhos da pequena recém-nascida.

– Que bom – disse ela calmamente. – Mas não vou empurrar outro bebê pra fora.

Lacy riu.

– Ah, acho que posso fazer com que você mude de ideia.

Quarenta minutos depois, Lacy deixou a família feliz, com as filhas gêmeas, e seguiu pelo corredor até o banheiro dos funcionários, onde jogou água no rosto e vestiu outro uniforme. Subiu as escadas até o escritório das parteiras e olhou para o grupo de mulheres sentadas com os braços apoiados em barrigas de todos os tamanhos, como luas em fases diferentes. Uma ficou de pé, indecisa e com os olhos vermelhos, como se tivesse sido puxada magneticamente pela chegada de Lacy.

– Alex – disse ela, lembrando só naquele instante que tinha outra paciente esperando. – Poderia me acompanhar?

E então a levou para uma sala de exames vazia e se sentou em uma cadeira diante dela. Naquele momento, Lacy reparou que o suéter de Alex estava ao contrário. Era azul-claro com gola canoa. Mal dava para perceber, se não fosse a etiqueta aparecendo no pescoço. Isso era algo que poderia acontecer com qualquer pessoa na correria, com alguém chateado... mas provavelmente não com Alex Cormier.

– Eu tive um sangramento – disse Alex com a voz firme. – Não muito, mas... humm, um pouco.

Seguindo o comportamento de Alex, Lacy respondeu calmamente.

– Por que não damos uma olhada, por via das dúvidas?

Lacy levou Alex pelo corredor até a sala de ultrassom. Convenceu um técnico a deixá-las furarem a fila de pacientes e, quando estava com Alex deitada na mesa, ligou a máquina e mexeu o transdutor pela barriga dela. Com dezesseis semanas, o feto parecia um bebê, pequeno, magrelo, mas incrivelmente perfeito.

– Está vendo isso? – perguntou Lacy, apontando para o cursor que piscava, um pequeno batimento branco e preto. – É o coração do bebê.

Alex virou o rosto, mas não antes de Lacy ver uma lágrima descer pela bochecha dela.

– O bebê está bem – ela disse. – E é perfeitamente normal ter um pouco de escape ou manchas na calcinha. Não foi nada que você fez que provocou isso e não tem nada que possa fazer pra que pare.

– Achei que estava tendo um aborto.

– Quando você vê um bebê normal, como acabamos de ver, a chance de aborto é de menos de um por cento. Vou dizer de outro modo: sua chance de ter um bebê normal é de noventa e nove por cento.

Alex assentiu e limpou os olhos na manga.

– Que bom.

Lacy hesitou.

– Não é meu papel dizer isso, de verdade. Mas para alguém que não quer o bebê, Alex, você parece bastante aliviada em saber que ele está bem.

– Eu não... Não posso...

Lacy olhou para a tela do ultrassom, onde a imagem do bebê de Alex estava congelada por um momento.

– Apenas pense nisso – disse ela.

– Já tenho família – disse Logan Rourke mais tarde no mesmo dia, quando Alex contou para ele que pretendia ficar com o bebê. – Não preciso de outra.

Naquela noite, Alex fez uma espécie de exorcismo. Encheu a churrasqueira de carvão, acendeu o fogo e queimou todos os trabalhos que fizera na faculdade para Logan Rourke. Ela não tinha fotos dos dois nem bilhetes românticos. Em retrospecto, percebeu quanto ele tinha sido cuidadoso, quão facilmente podia ser apagado da vida dela.

A partir daquele momento, decidiu que o bebê seria só dela. Ficou sentada olhando as chamas e pensou no espaço que ele ocuparia dentro dela. Imaginou seus órgãos se deslocando, a pele se esticando. Imaginou seu coração encolhendo, até ficar pequeno como uma pedrinha, para abrir espaço. Ela não pensou se estava tendo aquele bebê para provar que não tinha imaginado o seu relacionamento com Logan Rourke ou para aborrecê-lo tanto quanto ele a tinha aborrecido. Como qualquer advogado competente sabe, você nunca faz à testemunha a pergunta cuja resposta não quer saber.

Cinco semanas depois, Lacy não era mais apenas a parteira de Alex. Era também sua confidente, sua melhor amiga e seu suporte. Embora Lacy não costumasse socializar com as pacientes, por Alex ela tinha quebrado as regras. Disse para si mesma que foi porque Alex, que tinha decidido ficar com o bebê, realmente precisava de apoio, e não havia mais ninguém com quem ela se sentisse à vontade.

Lacy admitiu que esse foi o único motivo pelo qual decidiu sair com as colegas de Alex naquela noite. A simples ideia de uma noite só de mulheres, sem bebês, perdia a graça com aquelas companhias. Lacy devia ter se dado conta de que dois tratamentos de canal teriam sido melhores que jantar com um bando de advogadas. Todas gostavam de se ouvir falar, isso ficou claro. Ela deixou a conversa fluir à sua volta, como se fosse uma pedra em um rio, e enchia constantemente a taça de vinho com Coca de uma jarra.

O restaurante era italiano, com molho de tomate ruim e um chef que carregava no alho. Ela se perguntou se havia restaurantes americanos na Itália.

Alex estava no meio de uma discussão acalorada sobre um julgamento que tinha ido para a decisão do júri. Lacy ouviu termos desconhecidos serem mencionados na mesa: FLSA, Singh *versus* Jutla, incentivos. Uma mulher vermelha sentada à direita de Lacy balançou a cabeça.

— É mandar um recado – disse ela. – Se você indeniza por perdas por um trabalho ilegal, está sancionando uma empresa como acima da lei.

Alex riu.

— Sita, vou aproveitar o momento pra te lembrar de que é a única acusadora na mesa e que não tem como você vencer essa.

— Somos todas suspeitas para falar. Precisamos de um observador objetivo – disse Sita, sorrindo para Lacy. – Qual é a sua opinião sobre alienígenas?

Talvez ela devesse ter prestado mais atenção na conversa. Aparentemente, o papo tinha dado uma virada e ficado interessante quando Lacy se distraiu.

— Bom, não sou especialista, mas acabei de ler um livro sobre a Área 51 e o acobertamento por parte do governo. Falava em detalhes sobre mutilação de gado. Acho muito estranho o fato de uma vaca em Nevada ficar sem rins e a incisão não demonstrar nenhum trauma ao tecido nem perda de sangue. Tive uma gata que acho que foi abduzida por alienígenas. Ela desapareceu por exatas quatro semanas e, quando voltou, tinha marcas de queimaduras triangulares nos pelos das costas, como aqueles círculos nas plantações. – Lacy hesitou. – Mas sem o trigo.

Todo mundo na mesa ficou olhando para ela em silêncio. Uma mulher com a boca muito pequena e o cabelo curto e louro piscou para Lacy.

– Estávamos falando sobre imigrantes ilegais.

Lacy sentiu uma onda de calor subir pelo pescoço.

– Ah – disse ela. – Claro.

– Bom, se vocês quiserem saber a minha opinião – disse Alex, chamando a atenção para si –, acho que a Lacy devia ir pro Departamento de Trabalho em vez da Elaine Chao. Ela com certeza tem mais experiência...

Todo mundo caiu na gargalhada e Lacy ficou observando. Ela se deu conta de que Alex podia se encaixar em qualquer lugar. Ali, com a família de Lacy no jantar, em um tribunal ou provavelmente tomando chá com a rainha. Ela era um camaleão.

Lacy concluiu que não sabia de que cor um camaleão era antes de começar a mudar.

Havia um momento em cada exame pré-natal em que Lacy canalizava sua curandeira interior: ela colocava as mãos na barriga da paciente e adivinhava, só pelo toque, em que posição o bebê estava. Isso sempre a fazia lembrar das casas mal-assombradas aonde ela levava Joey no Halloween – você enfiava a mão atrás de uma cortina e tateava em uma tigela de espaguete frio como se fossem intestinos, ou um cérebro feito de gelatina. Não era uma ciência exata, mas basicamente havia duas partes duras em um feto: a cabeça e o bumbum. Se você balançasse a cabeça do bebê, ela giraria no eixo da coluna vertebral. Se você balançasse o bumbum, ele sacudia. Mexer a cabeça só fazia a cabeça se mexer; mexer o bumbum fazia o bebê todo se mexer.

Ela passou as mãos por cima da barriga de Alex e a ajudou a se sentar.

– A boa notícia é que o bebê está ótimo – disse Lacy. – A má notícia é que, nesse momento, ele está na posição errada. De bumbum pra baixo.

Alex ficou imóvel.

– Vou precisar de cesárea?

– Temos oito semanas até decidirmos isso. Tem muita coisa que podemos fazer pra tentar virar a cabeça do bebê antes.

– Como o quê?

– Moxibustão. – Ela se sentou na frente de Lacy. – Vou te dar o nome de uma acupunturista. Ela vai acender um pequeno bastão de artemísia e segurar perto do seu dedinho do pé. Vai fazer a mesma coisa do outro lado. Não vai doer, mas vai ficar quente e um pouco desconfortável. Quando você aprender a fazer isso em casa, se começar agora, tem uma boa chance de o bebê virar em até duas semanas.

– Me cutucar com um bastão vai fazer o bebê virar?

– Bom, não necessariamente. É por isso que também quero que você coloque uma tábua de passar encostada no sofá, pra fazer um plano inclinado. Você deve se deitar nela, com a cabeça para baixo, três vezes por dia durante quinze minutos.

– Nossa, Lacy. Tem certeza que não quer que eu use um cristal também?

– Pode acreditar, qualquer uma dessas coisas é bem melhor do que a versão médica de virar o bebê... e do que a recuperação de uma cesárea.

Alex cruzou as mãos em cima da barriga.

– Eu não acredito muito nesses papos de antigamente.

Lacy deu de ombros.

– Por sorte, não é você quem está na posição errada.

Não é recomendável que se dê carona para os clientes até o tribunal, mas, no caso de Nadya Saranoff, Alex abriu uma exceção. O marido de Nadya era violento e a largara por outra mulher. Não pagava pensão para os dois filhos, embora ganhasse bem e o emprego de Nadya no Subway pagasse 5,25 dólares por hora. Ela tinha reclamado com o Estado, mas a justiça era lenta demais, então foi até o Walmart e roubou uma calça e uma camiseta branca para o filho de cinco anos, que ia começar na escola na semana seguinte e estava precisando de roupa.

Nadya tinha se declarado culpada. Por não ter dinheiro para pagar uma multa, recebeu uma sentença deferida de trinta dias na cadeia – o que, como Alex estava lhe explicando agora, queria dizer que ela só cumpriria a pena depois de um ano.

– Se você for presa – disse ela enquanto estavam de pé do lado de fora do banheiro feminino do tribunal –, seus filhos vão sofrer muito. Sei que você estava desesperada, mas sempre tem outra opção. Uma igreja, o Exército da Salvação...

Nadya enxugou os olhos.

– Eu não podia ir até a igreja nem até o Exército da Salvação. Não tenho carro.

Certo. Foi por isso que Alex lhe deu carona.

Alex se armou contra a solidariedade quando Nadya entrou no banheiro. Seu trabalho era conseguir um bom acordo para sua cliente, o que ela tinha conseguido, considerando que era o segundo furto dessa mulher. O primeiro tinha sido em uma farmácia: ela roubara Tylenol infantil.

Então pensou em seu bebê, que a fazia deitar de cabeça para baixo apoiada em uma tábua de passar e segurar tortuosas e pequenas adagas perto dos dedos mindinhos dos pés todas as noites, na esperança de que ele mudasse de posição. Que tipo de desvantagem poderia ser chegar ao mundo de costas?

Depois de dez minutos, Alex bateu na porta do banheiro.

– Nadya?

Ela encontrou a cliente em frente à pia, chorando.

– Nadya, o que foi?

A mulher baixou a cabeça, envergonhada.

– Acabei de ficar menstruada e não tenho dinheiro para comprar absorventes.

Alex procurou uma moeda na bolsa para colocar na máquina da parede, mas, quando o tubo de papelão saiu da máquina, algo estalou dentro de sua cabeça e ela entendeu que, apesar de aquele caso ter sido resolvido, ainda não estava encerrado.

– Me encontre lá fora – ela ordenou. – Vou pegar o carro.

E então ela levou Nadya até o Walmart – a cena do crime – e colocou três caixas grandes de Tampax no carrinho.

– Do que mais você precisa?

– De calcinhas – sussurrou Nadya. – Esta era minha última.

Alex andou pelos corredores comprando camisetas, meias, calcinhas e pijamas para Nadya; calças, casacos, gorros e luvas para os filhos dela; caixas de biscoitos, sopa em lata, macarrão e bolinhos. Desesperada, ela fez o que tinha de fazer naquele momento, apesar de ser exatamente o que a defensoria pública aconselhava os advogados a não fazerem; mas ela estava completamente ciente de que nunca havia feito isso por um cliente e jamais o faria de novo. Gastou oitocentos dólares na mesma loja que havia dado queixa contra Nadya, porque era mais fácil consertar o que estava errado do que visualizar sua filha chegando a um mundo que a própria Alex nem sempre conseguia suportar.

A catarse terminou no momento em que ela entregou o cartão ao caixa e ouviu a voz de Logan Rourke na mente. "Coração mole", era assim que ele certa vez a chamara.

Bem. Ele devia saber.

Tinha sido o primeiro a parti-lo em pedaços.

Muito bem, pensou Alex calmamente. *Então morrer é assim.*

Outra contração percorreu seu corpo como balas arrebentando metal.

Duas semanas antes, na consulta de trinta e sete semanas, Alex e Lacy tinham conversado sobre medicação para dor.

– O que você pensa sobre isso? – perguntara Lacy, e Alex fizera uma piada:

– Acho que devia ser importada do Canadá.

Ela disse a Lacy que não pretendia usar medicação para dor, que queria um parto natural, que não era possível que doesse tanto.

Mas doía.

Ela pensou em todas as aulas de parto que Lacy a obrigara a fazer – em que ficava com a própria Lacy, porque todas as outras mulheres tinham marido ou namorado para ajudar. Elas viram fotos de mulheres em trabalho de parto, mulheres com rostos vermelhos e dentes trincados, mulheres fazendo barulhos pré-históricos. Alex tinha zombado disso. *Estão mostrando os piores casos*, disse para si mesma. *As pessoas têm níveis diferentes de tolerância à dor.*

A contração seguinte se contorceu pela coluna dela como uma cobra, enrolou-se na barriga e fez os dentes se cerrarem. Alex caiu de joelhos no chão da cozinha.

Nas aulas, ela aprendera que o trabalho de parto podia durar doze horas ou mais.

Àquela altura, se não estivesse morta, daria um tiro na cabeça.

Quando Lacy estava em treinamento para ser parteira, passou meses andando com uma régua e medindo tudo. Agora, depois de anos de trabalho, conseguia bater o olho em um copo de café e saber que tinha nove centímetros de diâmetro, que a laranja ao lado do telefone na área de enfermagem tinha oito. Ela tirou os dedos do meio das pernas de Alex e retirou as luvas de látex.

– Você está com dois centímetros – disse, e Alex caiu no choro.

– Só dois? Não vou conseguir fazer isso – ofegou Alex, retorcendo a coluna para fugir da dor. Ela tinha tentado esconder o desconforto atrás da máscara da competência que costumava usar, mas acabou percebendo que, na pressa, devia tê-la esquecido em algum lugar.

– Sei que você está decepcionada – disse Lacy –, mas o negócio é o seguinte: você está ótima. Sabemos que, quando a mulher está bem aos dois centímetros, também estará aos oito. Vamos encarar uma contração de cada vez.

O trabalho de parto era difícil para todo mundo, Lacy sabia, mas especialmente para as mulheres que tinham expectativas, listas e planos, porque nunca era do jeito que elas achavam que ia ser. Para ter um bom trabalho de parto, era preciso deixar o corpo assumir, em lugar da mente. Revelar-se até as partes mais esquecidas. Para alguém como Alex, que estava tão acostumada a estar no controle de tudo, isso podia ser arrasador. O sucesso só vinha à custa de perder a aparência de tranquilidade, com o risco de se transformar em alguém que ela não queria ser.

Lacy a ajudou a sair da cama e a guiou para a sala de hidromassagem. Baixou a luz, colocou música instrumental e desamarrou a camisola da paciente. Alex já tinha passado do ponto da vergonha; àquela altura, Lacy concluiu que ela tiraria a roupa na frente de uma população prisional masculina inteira se isso garantisse que as contrações parariam.

– Pode entrar – disse Lacy, deixando que Alex se apoiasse nela enquanto afundava na hidromassagem. Havia uma reação pavloviana à água quente; às vezes, o simples fato de entrar na banheira diminuía os batimentos cardíacos.

– Lacy – ofegou Alex –, você tem que me prometer...
– Prometer o quê?
– Que não vai contar pra ela. Pro bebê.
Lacy segurou a mão de Alex.
– Contar o quê?
Alex fechou os olhos e encostou a bochecha na beirada da banheira.
– Que no começo eu não a queria.
Antes de ela poder responder, Lacy viu a tensão tomar conta da amiga.
– Vamos respirar fundo agora – disse ela.
Sopre a dor pra longe de você, sopre-a entre as mãos, imagine-a como a cor vermelha. Fique de quatro. Puxe-se para dentro, como areia em uma ampulheta. Vá para a praia, Alex. Deite na areia e sinta como o sol está quente.
Minta para si mesma até que seja verdade.

Quando está com muita dor, você se recolhe. Lacy tinha visto isso mil vezes. A endorfina faz efeito – a morfina natural do corpo – e leva você para bem longe, aonde a dor não consegue chegar. Uma vez, uma paciente que tinha sofrido abuso se afastou tão intensamente que Lacy teve medo de não conseguir fazer contato de novo e trazê-la a tempo de fazer força. Ela acabou cantando uma cantiga de ninar em espanhol para a mulher.

Havia três horas que Alex tinha se recomposto, graças ao anestesista, que lhe aplicou uma peridural. Ela dormiu por um tempo e jogou cartas com Lacy. Mas agora o bebê tinha baixado e ela estava começando a ter fortes contrações.

– Por que está doendo de novo? – perguntou, com o tom de voz aumentando.
– É assim que a peridural funciona. Se aumentarmos a dose, você não consegue fazer força.
– Não posso ter um bebê – disse Alex. – Não estou pronta.
– Bom – disse Lacy –, talvez devêssemos falar sobre isso.
– *Onde* eu estava com a cabeça? O Logan estava certo, eu não sei que diabos estou fazendo. Não sou mãe, sou advogada. Não tenho na-

morado, não tenho cachorro... não tenho nem uma planta que eu não tenha matado. Nem sei como colocar uma fralda.

– O desenho fica na frente – disse Lacy, segurando a mão de Alex e colocando-a entre as pernas, onde o bebê estava coroando.

Alex afastou a mão rapidamente.

– Isso é...?

– É.

– Ele está saindo?

– Quer você esteja pronta ou não.

E veio outra contração.

– Ah, Alex, estou vendo as sobrancelhas... – disse Lacy, puxando o bebê delicadamente pelo canal de parto, mantendo a cabeça flexionada. – Sei como queima... aqui está o queixo dela... que linda... – Ela limpou o rosto do bebê e fez sucção na boca. Então passou o cordão acima do pescoço do bebê e olhou para a amiga. – Alex – disse ela –, vamos fazer isso juntas.

Lacy guiou as mãos trêmulas de Alex para aninharem a cabeça do bebê.

– Fique assim; vou empurrar pra baixo pra pegar os ombros...

Quando o bebê deslizou para as mãos de Alex, Lacy o soltou. Aliviada e soluçando, Alex aninhou contra o peito o pequeno corpo que se contorcia. Como sempre, Lacy ficou tocada ao ver quanto um recém--nascido é *disponível*, quanto ele é presente. Ela esfregou a base das costas do bebê e observou os olhos azuis enevoados observarem primeiro a mãe.

– Alex – disse Lacy –, ela é toda sua.

Ninguém quer admitir isso, mas coisas ruins vão continuar acontecendo. Talvez seja porque tudo é uma cadeia de eventos, e muito tempo atrás alguém fez a primeira coisa ruim, e isso fez com que outra pessoa fizesse outra coisa ruim, e assim por diante. Como aquele jogo em que você sussurra uma frase no ouvido de alguém, e essa pessoa sussurra para outra, e no final sai tudo errado.

Mas, por outro lado, talvez coisas ruins aconteçam porque é o único jeito de conseguirmos lembrar como são as coisas boas.

Horas depois

Uma vez, em um bar, a melhor amiga de Patrick, Nina, perguntou qual era a pior coisa que ele já tinha visto. Ele respondeu a verdade: quando estava no Maine, um cara tinha cometido suicídio se amarrando com arame ao trilho do trem; ele foi literalmente partido em dois. Havia sangue e partes do corpo para todos os lados; policiais experientes chegaram à cena do crime e começaram a vomitar nos arbustos. Patrick tinha se afastado para se recompor e se viu olhando para a cabeça do homem, com a boca ainda arredondada em um grito silencioso.

Aquela não era mais a pior coisa que Patrick tinha visto.

Ainda havia alunos saindo da Sterling High enquanto equipes de emergência começavam a fazer buscas no prédio para cuidar dos feridos. Dezenas de crianças tinham cortes e hematomas por causa do tumulto, alguns estavam ofegantes ou histéricos, e outros tantos estavam em choque. Mas a prioridade de Patrick era cuidar das vítimas dos tiros, que estavam deitadas no chão entre o refeitório e o ginásio, com uma trilha de sangue que registrava os movimentos do atirador.

O alarme de incêndio ainda estava tocando, e os sprinklers criaram um rio no corredor. Embaixo da água que caía do teto, dois paramédicos estavam inclinados sobre uma garota que tinha levado um tiro no ombro direito.

– Vamos colocá-la em uma maca – disse o paramédico.

Patrick percebeu que a conhecia, e um tremor percorreu-lhe o corpo. Ela trabalhava na locadora da cidade. Na semana anterior, quando ele alugou *Perseguidor implacável*, ela disse que ele tinha um débito de 3,40 dólares. Ele a via todas as noites de sexta, quando alugava um DVD, mas nunca tinha perguntado o nome dela. Por que nunca perguntou?

Enquanto a garota choramingava, o paramédico pegou uma caneta e escreveu "9" na testa dela.

– Não temos identificação de todos os feridos – ele disse a Patrick.

– Então começamos a numerá-los.

Quando a aluna foi colocada em uma maca, Patrick esticou a mão por cima dela para pegar uma manta plástica amarela antichoque, que todos os policiais tinham na parte de trás do carro. Ele a rasgou em pedaços, olhou para o número na testa da garota e escreveu um "9" correspondente em um dos quadrados.

– Deixe isso no lugar onde ela estava – instruiu. – Assim, mais tarde, podemos descobrir quem ela é e onde foi encontrada.

Um paramédico esticou o pescoço numa quina do corredor.

– O Hitchcock disse que todos os leitos estão ocupados. Temos alunos em fila no gramado esperando, mas as ambulâncias não têm pra onde ir.

– E o Alice Peck?

– Também está lotado.

– Então ligue pra Concord e diga que as ambulâncias estão indo pra lá – ordenou Patrick. Com o canto do olho, ele viu um paramédico que conhecia, um veterano que planejava se aposentar em três meses, se desviar de um corpo e afundar em um sofá, chorando. Patrick agarrou a manga de um policial que estava passando. – Jarvis, preciso da sua ajuda...

– Mas você acabou de me mandar ir pro ginásio, capitão.

Patrick tinha dividido os policiais e as unidades criminais da polícia estadual, para que cada parte da escola tivesse uma equipe. Mas agora ele dava a Jarvis os outros pedaços da manta plástica e uma caneta preta.

– Esqueça o ginásio. Quero que você percorra toda a escola e fale com os paramédicos. Pra cada vítima que tenha sido numerada, você coloca um pedaço de manta numerado no lugar quando ela for transportada.

– Tem uma menina sangrando no banheiro feminino – gritou uma voz.

– Estou indo – disse um paramédico, pegando uma bolsa e correndo até lá.

Certifique-se de não ter esquecido nada, disse Patrick a si mesmo. *Você só tem a chance de fazer isso uma vez.* A cabeça dele parecia de vidro, pesada e fina demais para lidar com o peso de tanta informação. Não dava para estar em todos os lugares ao mesmo tempo; ele não conseguia falar nem pensar rápido o bastante para mandar os homens para onde eles precisavam estar. Não fazia a menor ideia de como processar um pesadelo tão grande, mas tinha de fingir que sabia, porque todo mundo o via como a pessoa no comando.

As portas duplas do refeitório se fecharam atrás dele. Àquela altura, a equipe que trabalhava lá já tinha avaliado e transportado os feridos; só os corpos ficaram para trás. As paredes de concreto estavam marcadas nos locais em que as balas as tinham perfurado ou raspado. Uma máquina de bebidas, com o vidro quebrado e as garrafas furadas, derramava Sprite, Coca e água no chão de linóleo. Um dos técnicos criminais fotografava as provas: mochilas largadas, bolsas e livros. Ele fotografava cada livro de perto, depois de longe, com uma pequena placa amarela para registrar sua localização em relação ao resto da cena. Outro policial examinava padrões de marcas de sangue. Um terceiro e um quarto apontavam para um ponto no canto superior direito do teto.

– Capitão – disse um deles –, parece que temos uma câmera de vídeo.

– Onde está o gravador?

O policial deu de ombros.

– Na sala do diretor, provavelmente?

– Vá descobrir – disse Patrick.

E foi andando pelo corredor principal do refeitório. À primeira vista, parecia um filme de ficção científica: todo mundo estava comendo, conversando e brincando com os amigos, e, num piscar de olhos, todos os humanos foram abduzidos por alienígenas, deixando apenas os artefatos para trás. O que um antropólogo não diria sobre o corpo estudantil da Sterling High, baseado nos sanduíches com apenas uma mordida; nos tubos de gloss labial com uma marca de dedo ainda na superfície; nos cadernos repletos de folhas sobre a civilização asteca e notas sobre a situação do momento: "Eu amo Zach S!!!" "O sr. Keifer é um nazista!!!"

Patrick bateu com o joelho em uma das mesas e um punhado de uvas se espalhou. Uma quicou no ombro de um garoto caído por cima do fichário, com o sangue encharcando o papel pautado. A mão do garoto ainda segurava os óculos com força. Será que ele os limpava quando Peter Houghton chegou e começou o ataque? Será que os tirou porque não queria ver?

Patrick passou por cima do corpo de duas garotas que estavam caídas no chão como gêmeas idênticas, com as minissaias puxadas para o alto das coxas e os olhos ainda abertos. Ao andar até a área da cozinha, olhou as bandejas de ervilhas cinzentas e cenouras e o amontoado úmido do empadão de frango; a explosão de pacotes de sal e pimenta que manchava o chão como confete. As tampas metálicas e brilhantes dos iogurtes Yoplait – morango, frutas vermelhas, limão e pêssego –, que ainda estavam milagrosamente enfileirados perto da caixa registradora, como um pequeno exército impassível. Uma bandeja velha de plástico, com um prato de gelatina e um guardanapo em cima, esperando para receber o resto da refeição.

De repente, Patrick ouviu um barulho. Será que ele poderia ter cometido um erro, será que eles *todos* poderiam ter deixado passar um segundo atirador? Será que sua equipe estava procurando sobreviventes na escola... e correndo risco de vida?

Ele puxou a arma e entrou na cozinha, passando por prateleiras com imensas latas de molho de tomate, vagem e queijo nacho processado, enormes rolos de plástico PVC e alumínio, até chegar à sala refrigerada onde as carnes e os laticínios ficavam guardados. Patrick chutou a porta e o ar frio atingiu suas pernas.

– Parado! – gritou e, por um breve momento, antes de se lembrar do resto, ele quase sorriu.

Uma servente latina de meia-idade, usando uma rede de cabelo que lhe descia pela testa como uma teia de aranha, saiu de detrás de uma pilha de sacos de salada. Com as mãos erguidas, ela tremia.

– *No me tire* – disse, soluçando.

Patrick baixou a arma, tirou a jaqueta e a colocou nos ombros da mulher.

– Acabou – disse ele para acalmá-la, embora soubesse que não era completamente verdade. Para ele, para Peter Houghton, para *toda* Sterling... era apenas o começo.

– Deixe-me ver se eu entendi, sra. Calloway – disse Alex. – A senhora está sendo acusada de dirigir com negligência e causar sérios danos corporais enquanto se inclinava para ajudar um peixe?

A ré, uma mulher de cinquenta e quatro anos com permanente ruim e um terninho pior ainda, assentiu.

– Correto, Meritíssima.

Alex se inclinou sobre os cotovelos na mesa.

– Preciso ouvir isso.

A mulher olhou para o advogado.

– A sra. Calloway estava indo para casa depois de sair da loja de animais com um aruanã prateado – disse o advogado.

– É um peixe tropical de cinquenta e cinco dólares, Meritíssima – disse a ré.

– O saco plástico rolou do banco do passageiro e estourou. A sra. Calloway esticou a mão para pegar o peixe e foi quando... o infeliz incidente aconteceu.

– Por infeliz incidente – esclareceu Alex, olhando para o arquivo –, o senhor quer dizer atropelar um pedestre.

– Sim, Meritíssima.

Alex se virou para a ré.

– Como está o peixe?

A sra. Calloway sorriu.

– Está ótimo – disse. – Dei a ele o nome de Crash.

Com o canto do olho, Alex viu um meirinho entrar no tribunal e sussurrar para o auxiliar, que olhou para Alex e assentiu. Ele escreveu alguma coisa em um pedaço de papel e o meirinho andou até ela.

"Tiroteio na Sterling High", ela leu.

Alex ficou imóvel como uma pedra. *Josie.*

– A corte está em recesso – sussurrou e saiu correndo.

John Eberhard trincou os dentes e se concentrou em se mover mais dois centímetros para frente. Não conseguia ver com todo o sangue que descia pelo rosto, e seu lado esquerdo estava completamente inutilizado. Também não conseguia escutar – os ouvidos ainda zuniam com o estouro do disparo. Mesmo assim, conseguiu rastejar do corredor de cima, onde Peter Houghton atirara nele, até uma sala de materiais de arte.

Pensou nos treinos em que o técnico os fazia patinar de uma linha do gol à outra, cada vez mais rápido, até ficarem ofegantes e cuspindo no gelo. Pensou no modo como, quando você achava que não tinha mais nada para dar, encontrava um tantinho mais. Arrastou-se mais um pouco, enfiando os cotovelos no chão.

Quando chegou às prateleiras de metal com argila, tinta, miçangas e arame, tentou se levantar, mas uma dor cegante atravessou-lhe a cabeça. Minutos depois – ou seriam horas? –, ele voltou à consciência. Não sabia se já era seguro olhar para fora. Estava deitado de costas, e uma coisa fria tocava-lhe o rosto. Vento. Vindo de uma rachadura na janela.

Uma janela.

John pensou em Courtney Ignatio: em como ela estava sentada à frente dele na mesa do refeitório quando a parede de vidro atrás dela estourou; de repente, havia uma flor se abrindo no meio do peito dela, brilhante como uma papoula. Pensou em como cem gritos, todos de uma vez, viraram uma corrente de sons. Lembrou-se de professores colocando a cabeça para fora da sala de aula como esquilos, e do olhar no rosto deles quando ouviram os tiros.

John se apoiou nas prateleiras com uma das mãos, lutando contra o zumbido sombrio que dizia que ele ia desmaiar novamente. Quando conseguiu ficar de pé e se apoiar na estante de metal, estava tremendo. A visão estava tão embaçada que, quando ele pegou uma lata de tinta e a jogou, teve de escolher entre duas janelas.

O vidro quebrou. Dobrado sobre a beirada, ele conseguiu ver carros de bombeiro e ambulâncias. Repórteres e pais empurrando a fita protetora da polícia. Amontoados de alunos chorando. Corpos feridos, espalhados como os trilhos de um trem sobre a neve. Paramédicos levando mais pessoas para fora.

Socorro, John Eberhard tentou gritar, mas não conseguiu formar a palavra. Não conseguia formar *nenhuma* palavra, nem *olhe*, nem *pare*, nem mesmo seu próprio nome.

– Ei – alguém gritou. – Tem um garoto lá em cima!

Chorando, John tentou acenar, mas o braço não obedeceu.

As pessoas começaram a apontar.

– Fique aí – gritou um bombeiro, e John tentou assentir. Mas seu corpo não lhe pertencia mais, e, antes de se dar conta do que tinha acontecido, aquele pequeno movimento o impulsionou pela janela e ele caiu no concreto dois andares abaixo.

Diana Leven, que tinha deixado o emprego de subprocuradora-geral em Boston dois anos antes para entrar para um departamento mais tranquilo e harmonioso, entrou no ginásio da Sterling High e parou ao lado do corpo de um garoto que tinha caído diretamente na linha de três pontos depois de levar um tiro no pescoço. Os sapatos dos técnicos que estavam processando a cena do crime assobiaram no piso envernizado ao tirarem fotos e pegarem cartuchos de bala, colocando-as em sacos plásticos de provas. Quem os estava orientando era Patrick Ducharme.

Diana olhou ao redor para a enorme quantidade de provas – roupas, armas, manchas de sangue, balas atiradas, livros, tênis perdidos – e se deu conta de que não era a única com um enorme trabalho pela frente.

– O que você sabe até agora?

– Achamos que é um atirador só. Já está preso – disse Patrick. – Não sabemos se tinha mais alguém envolvido. O prédio está seguro.

– Quantos mortos?

– Dez confirmados.

Diana assentiu.

– Feridos?

– Ainda não sabemos. Todas as ambulâncias de New Hampshire estão aqui.

– O que posso fazer?

Patrick se virou para ela.

– Armar o circo e se livrar das câmeras.

Ela saiu andando, mas Patrick segurou o braço dela.

– Quer que eu fale com ele?

– Com o atirador?

Patrick assentiu.

– Pode ser a única chance que temos antes de ele estar com um advogado. Se você achar que consegue escapar daqui, vá em frente.

Diana saiu rapidamente do ginásio e desceu a escada, tomando cuidado para se desviar do trabalho dos policiais e dos paramédicos. Assim que saiu do prédio, a mídia grudou nela, com perguntas atormentando como picadas de abelha.

"Quantas vítimas?" "Quais os nomes dos mortos?" "Quem é o atirador?"

"Por quê?"

Diana respirou fundo e tirou o cabelo escuro do rosto. Era a parte de que menos gostava no trabalho, ser a porta-voz diante das câmeras. Embora mais vans fossem chegar ao longo do dia, naquele momento só havia a mídia local de New Hampshire: afiliadas da CBS, da ABC e da FOX. Era melhor aproveitar a vantagem do pessoal da cidade enquanto podia.

– Meu nome é Diana Leven e trabalho na procuradoria-geral. Não podemos liberar nenhuma informação no momento, porque há uma investigação ainda em andamento, mas prometemos dar detalhes assim que possível. O que posso dizer agora é que houve um tiroteio na escola Sterling High nesta manhã. Não está claro quem foi o criminoso, ou criminosos. Uma pessoa foi presa. Ainda não há acusações formais.

Uma repórter forçou caminho até a frente do grupo.

– Quantos alunos morreram?

– Ainda não temos essa informação.

– Quantos foram atingidos?

– Ainda não temos essa informação – repetiu Diana. – Vamos mantê-los informados.

– Quando serão feitas as acusações? – gritou outro jornalista.

– O que você pode dizer para os pais que querem saber se seus filhos estão bem?

Diana apertou os lábios, formando uma linha fina, e se preparou para passar pelo grupo.

– Muito obrigada – disse ela, o que não era uma resposta.

Lacy teve de estacionar a seis quadras da escola, de tão cheia que estava a área. Saiu correndo, segurando os cobertores que os locutores da rádio local pediram que as pessoas levassem para as vítimas em choque. *Já perdi um filho*, pensou ela. *Não posso perder outro.*

A última conversa que ela teve com Peter foi uma discussão. Foi antes de ele ir dormir na noite anterior, antes de ela ser chamada para um parto.

– Eu pedi que você tirasse o lixo – dissera ela. – Ontem. Você não me escuta quando falo com você, Peter?

Peter tinha erguido o olhar da tela do computador.

– O quê?

E se aquela acabasse sendo a última coisa que disseram um para o outro?

Nada que Lacy tinha visto na faculdade de enfermagem ou no trabalho no hospital a tinha preparado para o que viu quando dobrou a esquina. Avaliou o cenário em partes: vidro quebrado, carros de bombeiro, fumaça. Sangue, choro, sirenes. Colocou os cobertores perto de uma ambulância e entrou em um mar de confusão, juntando-se aos outros pais na esperança de encontrar o filho perdido antes de ser tomado pela maré.

Havia crianças correndo pelo pátio lamacento. Nenhuma estava de casaco. Lacy viu uma mãe sortuda encontrar a filha e observou a multidão loucamente, à procura de Peter, ciente de que nem sabia o que ele estava vestindo no dia.

Trechos de conversas chegaram até ela:

"... não o vi..."

"... o sr. McCabe levou um tiro..."

"... ainda não a encontrei..."

"... achei que nunca mais..."

"... perdi meu celular quando..."

"... Peter Houghton estava..."

Lacy se virou, concentrando-se na garota que estava falando, a que tinha reencontrado a mãe.

– Com licença – disse Lacy. – Meu filho... estou tentando encontrá-lo. Ouvi você falar o nome dele. Peter Houghton?

Os olhos da garota se arregalaram e ela chegou mais perto da mãe.

– Era ele quem estava atirando.

Tudo ao redor de Lacy ficou lento: as luzes das ambulâncias, o ritmo dos alunos que corriam, os sons que saíam dos lábios da garota. Talvez não tivesse escutado direito.

Ela olhou para a garota de novo e imediatamente desejou não ter olhado. A garota estava chorando. Por cima do ombro dela, a mãe olhava para Lacy horrorizada, virando-se com cuidado para proteger a filha da visão, como se Lacy fosse um basilisco – como se o olhar dela pudesse transformar alguém em pedra.

Deve ser um engano, por favor, só pode ser um engano, pensou ela na mesma hora em que olhou para a carnificina ao redor e sentiu o nome de Peter inchar como um soluço na garganta.

Desajeitadamente, aproximou-se do policial mais próximo.

– Estou procurando meu filho – disse Lacy.

– Minha senhora, a senhora não é a única. Estamos fazendo o melhor que podemos para...

Ela respirou fundo, ciente de que, daquele momento em diante, tudo seria diferente.

– O nome dele – disse ela – é Peter Houghton.

O salto de Alex ficou preso em um vão na calçada e ela caiu de joelhos. Lutando para se reerguer, agarrou o braço de uma mãe que estava correndo perto dela.

– Os nomes dos feridos... onde estão?

– No rinque de hóquei.

Alex correu para o outro lado da rua, que tinha sido bloqueada para carros e agora era uma área de triagem para a equipe médica colocar os alunos em ambulâncias. Quando os sapatos começaram a atrapalhar – eles eram feitos para um tribunal fechado, não para correr na rua –, ela se abaixou e os tirou, correndo de meias pela calçada molhada.

O rinque de hóquei, que era compartilhado pelo time da Sterling High School e pelos jogadores da faculdade, ficava a uma caminhada de cinco minutos da escola. Alex chegou lá em dois minutos e se viu sendo empurrada por uma multidão de pais determinados a ver as listas manuscritas que tinham sido coladas nos painéis das portas, listas de adolescentes levados para os hospitais locais. Não havia indicação da gravidade dos ferimentos... nem de coisa pior. Alex leu os primeiros três nomes: Whitaker Obermeyer. Kaitlyn Harvey. Matthew Royston.

Matt?

– Não – disse uma mulher ao lado dela. Ela era pequena, tinha olhos intensos e escuros como os de um pássaro e cabelo vermelho. – Não – repetiu, mas dessa vez as lágrimas já tinham começado a cair.

Alex olhou para ela, incapaz de oferecer consolo, por medo de a dor ser contagiosa. De repente, foi empurrada com força pela esquerda e se viu de frente para uma lista de feridos que tinham sido levados para o Centro Médico Dartmouth-Hitchcock.

Alexis, Emma.

Horuka, Min.

Pryce, Brady.

Cormier, Josephine.

Alex teria caído, se não fosse a pressão dos pais ansiosos que a ladeavam.

– Com licença – murmurou, dando lugar a outra mãe frenética e se esforçando para passar pela crescente multidão. – Com licença – ela repetiu, palavras que não eram mais um discurso educado, mas um apelo por absolvição.

– Capitão – disse um sargento quando Patrick entrou na delegacia e olhou para a mulher que estava esperando do outro lado da sala, tensa e determinada. – É ela.

Patrick se virou. A mãe de Peter Houghton era pequena e não parecia nada com o filho. Tinha vários cachos escuros presos no alto da cabeça com uma caneta. Usava uniforme hospitalar e um par de tamancos de borracha. Ele se perguntou rapidamente se ela era médica. Pensou na ironia disso: *Antes de tudo, não fazer mal.*

Ela não parecia uma pessoa que tinha criado um monstro, embora Patrick soubesse que podia ter sido pega de surpresa pelas ações do filho tanto quanto o resto da comunidade.

– Sra. Houghton?

– Quero ver meu filho.

– Infelizmente, é impossível – respondeu Patrick. – Ele está sob custódia.

– Ele tem advogado.

– Seu filho tem dezessete anos. Legalmente, é um adulto. Isso significa que ele mesmo terá que exigir o direito de ter um advogado.

– Mas ele pode não saber... – disse ela, com a voz falhando. – Ele pode não saber que é isso que precisa fazer.

Patrick sabia que, de uma forma diferente, aquela mulher também era vítima das ações do filho. Ele já interrogara muitas vezes pais de menores para saber que a última coisa que ele deveria fazer era fechar uma porta.

– Senhora, estamos fazendo nosso melhor para entender o que aconteceu hoje. E, honestamente, espero que esteja disposta a conversar comigo mais tarde, para me ajudar a entender o que estava passando pela cabeça do Peter. – Ele hesitou e acrescentou: – Eu sinto muito.

Ele entrou na área reservada da delegacia usando as chaves e subiu correndo as escadas para a sala de registro, com a cela adjacente. Peter Houghton estava sentado no chão com as costas apoiadas nas barras, balançando-se devagar.

– Peter – Patrick chamou. – Você está bem?

O garoto virou a cabeça lentamente e olhou para ele.

– Você se lembra de mim?

Peter assentiu.

– Quer uma xícara de café ou alguma outra coisa?

Uma hesitação, e o garoto assentiu de novo.

Patrick chamou o sargento para abrir a cela de Peter e o levou até a cozinha. Já tinha mandado montar uma câmera, para, se fosse necessário, ter a gravação do consentimento verbal de Peter quanto aos seus direitos e, assim, fazê-lo falar. Lá dentro, convidou-o para se sentar à mesa cheia de marcas e serviu duas xícaras de café. Não perguntou como ele gostava – apenas acrescentou açúcar e leite e colocou a xícara na frente dele.

Patrick também se sentou. Ele não tinha dado uma boa olhada no garoto antes – a adrenalina faz isso com a visão –, mas naquele momento o olhava fixamente. Peter Houghton era pequeno, magro, pálido, usava óculos com aro de metal e tinha sardas. Um dos dentes da frente era torto, e o pomo de adão era do tamanho de um punho. Os nós dos dedos eram grossos e estavam rachados. Ele estava chorando em silêncio, o que poderia ter sido o bastante para despertar solidariedade se ele não estivesse usando uma camiseta manchada com o sangue de outros alunos.

– Está se sentindo bem, Peter? – perguntou Patrick. – Está com fome?

O garoto balançou a cabeça.

– Quer mais alguma coisa?

Peter colocou a cabeça sobre a mesa.

– Quero minha mãe – sussurrou.

Patrick olhou para a divisão no cabelo do garoto. Será que ele o tinha penteado naquela manhã pensando: *É hoje que vou matar dez alunos?*

– Eu gostaria de falar sobre o que aconteceu hoje. Você está disposto a fazer isso?

Peter não respondeu.

– Se você explicar pra mim – encorajou Patrick –, talvez eu possa explicar pra todo mundo.

Peter ergueu o rosto, chorando de verdade agora. Patrick sabia que aquilo não ia dar em nada, então suspirou e se afastou da mesa.

– Tudo bem – disse. – Vamos.

Ele levou Peter de volta à cela e o viu se encolher no canto, virado para a parede de cimento. Ajoelhou-se ao lado do garoto em uma última tentativa.

– Me ajude a ajudar você – disse ele, mas Peter só balançou a cabeça e continuou chorando.

Somente quando Patrick saiu da cela e girou a chave na fechadura, ouviu Peter falar de novo.

– Foram eles que começaram – ele sussurrou.

O dr. Guenther Frankenstein trabalhava como legista do estado havia seis anos, exatamente o mesmo tempo que deteve o título de Mister Universo, no começo dos anos 70, antes de trocar os halteres pelo bisturi – ou, como ele gostava de dizer, mudou de construir corpos para desconstruí-los. Seus músculos ainda eram bem definidos e bastante visíveis por baixo da jaqueta para impedir qualquer piada de monstro que incluísse seu sobrenome. Patrick gostava de Guenther. Como não admirar um sujeito que conseguia levantar três vezes o peso do seu corpo e saber, só de olhar um fígado, quantos gramas ele pesava?

De vez em quando, Patrick e Guenther tomavam umas cervejas juntos, e então o ex-fisiculturista lhe contava histórias de mulheres que se ofereciam para passar óleo em seu corpo antes de uma competição ou boas anedotas sobre Arnold antes de se tornar político. Mas, naquele dia, Patrick e Guenther não fizeram brincadeiras e não falaram do passado. Estavam sobrecarregados pelo presente enquanto caminhavam silenciosamente pelos corredores, catalogando os mortos.

Patrick encontrou Guenther na escola depois da entrevista fracassada com Peter Houghton. A promotora só deu de ombros quando Patrick contou a ela que Peter não queria ou não conseguia falar.

– Temos centenas de testemunhas dizendo que ele matou dez pessoas – dissera Diana. – Prenda-o.

Guenther se agachou ao lado do sexto corpo. A garota tinha levado um tiro no banheiro feminino, e seu corpo estava esticado com o rosto para baixo em frente às pias. Patrick se virou para o diretor, Arthur McAllister, que tinha concordado em acompanhá-los para fazer as identificações.

– Kaitlyn Harvey – disse o diretor com voz trêmula. – Era uma garota com necessidades especiais... menina meiga.

Guenther e Patrick trocaram olhares. O diretor não apenas identificava os corpos; ele também fazia discursos fúnebres de uma ou duas frases a cada um deles. Patrick supunha que o homem não conseguia evitar. Ao contrário dele e de Guenther, o diretor não estava acostumado a lidar com a tragédia no curso de sua ocupação normal.

Patrick tinha tentado refazer os passos de Peter, desde o corredor da frente até o refeitório (vítimas 1 e 2: Courtney Ignatio e Maddie Shaw), depois até a escadaria do lado de fora dele (vítima 3: Whit Obermeyer), para o banheiro masculino (vítima 4: Topher McPhee), por outro corredor (vítima 5: Grace Murtaugh), até o banheiro feminino (vítima 6: Kaitlyn Harvey). Agora, enquanto guiava a equipe para o andar de cima, virou à esquerda na primeira sala de aula, seguindo uma linha de sangue até um ponto perto do quadro-negro onde o corpo da única vítima adulta estava... e, ao lado dele, um jovem com a mão pressionada com força sobre o ferimento à bala na barriga do homem.

– Ben? – disse McAllister. – O que você ainda está fazendo aqui?

Patrick se virou para o garoto.

– Você *não* é paramédico?

– Eu... não...

– Você me disse que era paramédico!

– Eu disse que tinha treinamento médico!

– O Ben é escoteiro – disse o diretor.

– Eu não podia deixar o sr. McCabe. Eu... fiz pressão, e está funcionando, está vendo? O sangramento parou.

Guenther tirou com delicadeza a mão coberta de sangue do garoto da barriga do professor.

– É porque ele morreu, filho.

O rosto de Ben desmoronou.

– Mas eu... eu...

– Você fez o melhor que podia – afirmou Guenther.

Patrick se virou para o diretor.

– Por que você não leva o Ben lá pra fora... para que um dos médicos dê uma olhada nele? – *Choque*, ele disse sem emitir som por cima da cabeça do garoto.

Quando saíam da sala de aula, Ben segurou a manga do diretor, deixando-lhe uma marca de mão vermelho-vivo.

– Meu Deus – disse Patrick, passando a mão pelo rosto.

Guenther ficou de pé.

– Venha. Vamos acabar logo com isso.

Eles andaram em direção ao ginásio, onde Guenther confirmou a morte de mais dois alunos – um garoto negro e um branco –, e depois seguiram para o vestiário onde Patrick encurralara Peter Houghton. Guenther examinou o corpo do garoto que Patrick tinha visto antes, o de camisa de hóquei cujo boné fora arrancado da cabeça por uma bala. Enquanto isso, Patrick andou até a área dos chuveiros e olhou pela janela. Os repórteres ainda estavam lá, mas a maior parte dos feridos tinha sido removida. Só havia uma ambulância esperando, em vez de sete.

Tinha começado a chover. Na manhã seguinte, as manchas de sangue na calçada da escola estariam claras; este dia poderia muito bem nunca ter acontecido.

– Interessante – disse Guenther.

Patrick fechou a janela por causa da chuva.

– Por quê? Ele está mais morto do que os outros?

– Está. É a única vítima que levou dois tiros. Um na barriga e um na cabeça. – Guenther olhou para ele. – Quantas armas você encontrou com o atirador?

– Uma na mão dele, uma no chão, aqui, e duas na mochila.

– Nada como ter um plano B.

– Nem me fale – disse Patrick. – Você consegue saber que tiro foi disparado primeiro?

– Não. Mas meu palpite profissional é que deve ter sido o da barriga... pois foi a bala no cérebro que matou o garoto – concluiu Guenther, ajoelhando-se ao lado do corpo. – Talvez ele odiasse esse garoto mais do que todos os outros.

A porta do vestiário foi aberta por um policial de rua encharcado pela chuva repentina.

– Capitão? – disse ele. – Acabamos de encontrar outra bomba caseira no carro de Peter Houghton.

Quando Josie era mais nova, Alex tinha um pesadelo recorrente de estar em um avião que caía com o nariz para baixo. Ela conseguia sentir a força da gravidade, a pressão que mantinha suas costas contra o assento; via bolsas, casacos e malas de mão saindo do compartimento superior e caindo no corredor. *Tenho que pegar meu celular*, ela pensava, com a intenção de deixar para Josie uma mensagem na secretária eletrônica que ela pudesse guardar para sempre, uma prova digital de que Alex a amava e estava pensando nela no momento final. Mas, ainda que ela conseguisse pegar o celular na bolsa e ligar, o processo demorava demais. Então ela batia o telefone no chão, à procura de sinal.

Depois despertava, trêmula e suada, ainda que superasse o sonho: raramente viajava sem a filha e não tomava voos a trabalho. Para afastar o mal-estar do pesadelo, ia ao banheiro jogar água no rosto, mas isso não a impedia de pensar: *Demorei demais.*

Agora, sentada na escuridão silenciosa do quarto de hospital em que a filha dormia sob o efeito do sedativo, Alex se sentiu do mesmo jeito.

O que ela conseguiu descobrir foi que Josie desmaiara durante o tiroteio. Teve um corte na testa, que estava com um curativo, e uma leve concussão. Os médicos queriam que ela passasse a noite lá em observação, por medida de segurança.

Segurança tinha uma nova definição agora.

Alex também descobriu, pela enorme cobertura da mídia, os nomes dos mortos. Um deles era Matthew Royston.

Matt.

Será que Josie estava com o namorado quando ele foi baleado?

Josie esteve inconsciente o tempo todo em que Alex ficou lá. Estava frágil e imóvel sob os lençóis desbotados, com o laço do pescoço da camisola de hospital desamarrado. De tempos em tempos, a mão se mexia involuntariamente. Alex se esticou e a segurou. *Acorde*, pensou ela. *Prove para mim que está bem.*

E se Alex não estivesse atrasada para o trabalho naquela manhã? Será que teria ficado à mesa da cozinha com Josie, conversando sobre as coisas que imaginava que mães e filhas falavam, mas que ela parecia nunca ter tempo para falar? E se tivesse olhado melhor para Josie quando correu escada abaixo e falasse para ela voltar para a cama e descansar um pouco?

E se tivesse levado Josie para uma viagem de última hora para Punta Cana, San Diego, Fiji, todos os lugares que Alex via no computador do trabalho e que pensava em visitar, mas nunca ia?

E se tivesse sido uma mãe presciente naquele dia e não mandasse a filha para a escola?

É claro que havia centenas de outros pais que tinham cometido o mesmo erro honesto que ela. Mas aquele era um conforto superficial para Alex: nenhum dos filhos deles era Josie. Nenhum deles tinha tanto a perder quanto ela.

Quando isso acabar, prometeu Alex silenciosamente, *vamos para uma floresta tropical, ou para as pirâmides, ou para uma praia branca como um osso. Vamos comer uvas direto das parreiras, nadar com tartarugas marinhas, andar quilômetros em ruas de paralelepípedo. Vamos rir, conversar e confessar. Vamos.*

Ao mesmo tempo, uma pequena voz na cabeça dela estava marcando a data desse paraíso. *Depois*, disse a voz. *Porque primeiro esse julgamento vai parar no seu tribunal.*

Era verdade: um caso desses seria encaminhado rapidamente. Alex era a juíza da corte superior no condado de Grafton e continuaria a ser pelos meses seguintes. Apesar de Josie estar na cena do crime, não era tecnicamente vítima do atirador. Se Josie tivesse sido ferida, Alex seria removida automaticamente do caso. Mas, do jeito que as coisas tinham acontecido, não havia conflito legal em Alex ser a juíza, desde que conseguisse separar seus sentimentos pessoais de mãe de uma aluna de ensino médio dos sentimentos profissionais como executora da justiça. Seria seu primeiro grande julgamento como juíza da corte superior, o que daria o tom para o restante de seu período no posto.

Não que ela estivesse realmente pensando nisso naquele momento.

De repente, Josie se mexeu. Alex observou enquanto ela recuperava a consciência até voltar completamente a si.

– Onde estou?

Alex passou os dedos pelos cabelos da filha.

– No hospital.

– Por quê?

A mão dela parou.

– Você se lembra de alguma coisa sobre o dia de hoje?

– O Matt passou lá em casa antes da aula – disse Josie, e se sentou de repente. – Aconteceu um acidente de carro?

Alex hesitou, sem saber o que deveria dizer. Não era melhor Josie saber a verdade? E se esse fosse o jeito de a mente dela se proteger do que tinha testemunhado?

– Você está bem – disse Alex cuidadosamente. – Não se feriu.

Josie se virou para ela, aliviada.

– E o Matt?

Lewis estava chamando um advogado. Lacy agarrou essa preciosa informação contra o peito como uma pedra quente enquanto se balançava para frente e para trás e esperava que ele voltasse para casa. "Vai ficar tudo bem", prometera Lewis, embora ela não entendesse como ele podia fazer uma declaração tão ilusória. "Só pode ser um engano", ele dissera, mas não tinha ido à escola. Não tinha visto o rosto dos alunos, crianças que jamais voltariam a ser crianças.

Tinha uma parte de Lacy que queria tanto acreditar em Lewis – queria pensar que, de alguma forma, aquela situação deplorável podia ser consertada. Mas havia outra parte dela que se lembrava dele acordando Peter às quatro horas da manhã para caçar patos. Lewis tinha ensinado o filho a caçar, sem esperar que Peter fosse encontrar um tipo de presa diferente. Lacy via a caça como um esporte e uma exigência evolutiva; ela até sabia fazer um ótimo ensopado de carne de cervo e teriyaki de ganso, e apreciava qualquer refeição que o hobby de Lewis colocasse na mesa. Mas, naquele momento, pensou: *É culpa dele*, porque assim não podia ser culpa *dela*.

Como você podia trocar a roupa de cama de um garoto toda semana, preparar-lhe o café da manhã, levá-lo ao ortodontista e não o conhecer? Ela tinha suposto que, se as respostas de Peter eram monossilábicas, era por causa da idade. Qualquer mãe teria feito a mesma suposição. Lacy fez uma busca em suas lembranças para ver se encontrava algum sinal, alguma conversa que pudesse ter entendido errado, alguma coisa em que não tivesse prestado atenção, mas só conseguia se lembrar de mil momentos comuns.

Mil momentos comuns que algumas mães jamais voltariam a ter com seus filhos.

Lágrimas surgiram em seus olhos; ela as limpou com o dorso da mão. *Não pense nelas*, repreendeu-se silenciosamente. *Neste momento, você precisa se preocupar consigo mesma*.

Será que Peter também estava pensando isso?

Lacy engoliu em seco e entrou no quarto do filho. Estava escuro, com a cama feita, do jeito que Lacy tinha deixado de manhã, mas agora ela viu o pôster de uma banda chamada Death Wish na parede e se perguntou por que um garoto o penduraria ali. Abriu o armário e viu garrafas vazias, fita adesiva isolante, retalhos rasgados e tudo que passara despercebido.

De repente, Lacy parou. Podia consertar aquilo tudo. Podia consertar para os *dois*. Correu para a cozinha e arrancou três sacos de lixo de cento e vinte e cinco litros do rolo antes de voltar correndo para o quarto de Peter. Começou no armário, enfiando pacotes de cadarços, açúcar, fertilizante de nitrato de potássio e – meu Deus, *canos*? – no primeiro saco. Não tinha planejado o que faria com todas aquelas coisas, mas tiraria tudo de casa.

Quando a campainha tocou, Lacy suspirou aliviada, esperando que fosse Lewis – embora, se estivesse pensando claramente, teria se dado conta de que ele teria simplesmente entrado. Abandonou a bagunça, desceu a escada e encontrou um policial segurando uma pasta azul e fina.

– Sra. Houghton? – ele perguntou.

O que eles podiam querer? Já estavam com o filho dela.

– Temos um mandado de busca. – Ele lhe entregou a papelada e passou por ela, seguido de outros cinco policiais. – Jackson e Walhorne, sigam para o quarto do garoto. Rodriguez, para o porão. Tewes e Gilchrist, comecem no térreo. Precisamos checar também as secretárias eletrônicas e os computadores...

Em seguida, ele reparou que Lacy ainda estava ali de pé, chocada.

– Sra. Houghton, a senhora terá que sair da casa.

O policial a acompanhou até o corredor da frente. Entorpecida, Lacy se deixou levar. O que pensariam quando chegassem ao quarto de Peter e encontrassem aquele saco de lixo? Será que culpariam o garoto? Ou ela, por permitir que ele fizesse o que fez?

Será que já a culpavam?

Uma corrente de ar frio bateu no rosto de Lacy quando a porta da frente se abriu.

– Por quanto tempo?

O policial deu de ombros.

– Até terminarmos – ele respondeu, deixando-a no frio, do lado de fora.

Jordan McAfee era advogado havia quase vinte anos e realmente acreditava ter visto de tudo até aquele momento, quando ele e a esposa, Selena, assistiam pela televisão à cobertura da CNN do tiroteio na Sterling High.

– É como Columbine – disse Selena. – No nosso quintal.

– Só que agora – murmurou Jordan – ainda há uma pessoa viva pra levar a culpa.

Ele olhou para o bebê nos braços da esposa, uma mistura de olhos azuis e pele cor de café de seus genes brancos de origem norte-europeia e dos membros enormes e pele de ébano de Selena. Então pegou o controle remoto para baixar o volume, caso o filho estivesse absorvendo alguma coisa subconscientemente.

Jordan conhecia a Sterling High. Ficava na mesma rua do barbeiro que ele frequentava e a duas quadras da sala que alugava como escritório, no andar de cima do banco. Ele fora o advogado de alguns alunos flagrados com maconha no porta-luvas e de menores surpreendidos com bebidas alcoólicas na faculdade da cidade. Selena, que não era apenas sua esposa, mas também sua investigadora, costumava ir à escola de tempos em tempos para conversar com os adolescentes sobre algum caso.

Eles não moravam ali havia muito tempo. O filho dele, Thomas – a única coisa boa que resultara do malfadado primeiro casamento –, tinha terminado o ensino médio em Salem Falls e agora estava no segundo ano em Yale, onde Jordan gastava quarenta mil dólares por ano para ouvir que ele tinha reduzido seus planos de carreira para se tornar artista, historiador da arte ou palhaço profissional. Jordan tinha finalmente pedido Selena em casamento, e, depois que ela engravidou, eles se mudaram para Sterling – porque as escolas de lá tinham uma reputação muito boa.

Vai entender.

Quando o telefone tocou, e Jordan – que não queria ver a cobertura, mas não conseguia afastar os olhos da televisão – não se mexeu para atender, Selena colocou o bebê nos braços dele e pegou o fone.

– Alô – disse ela. – Como vai?

Jordan ergueu o olhar e levantou as sobrancelhas.

Thomas, ela disse, apenas com o movimento dos lábios.

– Ah, um momento, ele está aqui.

Ele pegou o telefone da mão de Selena.

– Que diabos está acontecendo? – perguntou Thomas. – A Sterling High está no MSNBC.com.

– Não sei nada mais do que você – disse Jordan. – É um pandemônio.

– Conheço alguns alunos de lá. Competimos contra eles no atletismo. É que... não parece *real*.

Jordan ainda conseguia ouvir as sirenes das ambulâncias ao longe.

– Mas é real – disse ele. Houve um clique na linha, uma chamada em espera. – Um minuto, tenho que atender outra ligação.

– É o sr. McAfee?

– Sim...

– Eu, humm... soube que você é advogado. Peguei seu nome com Stuart McBride, da Faculdade Sterling...

Na televisão, uma lista de nomes dos mortos confirmados começou a aparecer, ao lado de fotos do anuário.

– É que estou na linha com outra pessoa – disse Jordan. – Você pode me dar seu nome e número pra eu ligar depois?

– Eu queria saber se você pode ser o advogado do meu filho – disse o homem. – É o garoto que... o da escola que... – A voz gaguejou e falhou. – Estão dizendo que foi o meu filho quem fez aquilo.

Jordan pensou na última vez em que representou um adolescente. Como esse, Chris Harte tinha sido encontrado com uma arma quente nas mãos.

– Você... você aceita o caso dele?

Jordan esqueceu que Thomas estava esperando. Esqueceu Chris Harte e como o caso quase o virou do avesso. Em vez disso, olhou para Selena e para o bebê nos braços dela. Sam se mexeu e segurou o brinco da mãe. Esse garoto, o que entrou na Sterling High aquela manhã e cometeu um massacre, era filho de alguém. E, apesar de uma cidade que sofreria durante anos, e da cobertura da mídia, que já tinha chegado ao ponto de saturação, ele merecia um julgamento justo.

– Aceito – disse Jordan. – Aceito sim.

Finalmente, depois que o esquadrão antibombas desarmou a bomba caseira no carro de Peter Houghton; depois que cento e dezesseis cartuchos de bala foram encontrados espalhados pela escola; depois que o pessoal da reconstituição começou a medir as provas e a localização dos corpos para poder produzir um diagrama da cena; depois de os técnicos criminais tirarem as primeiras centenas de fotos que colocariam em álbuns indexados, Patrick reuniu todo mundo no auditório da escola e ficou em pé no palco, à meia-luz.

– O que temos é uma quantidade gigantesca de informação – disse ele para a multidão reunida à sua frente. – Haverá muita pressão sobre nós para que tudo seja feito rápido e sem erros. Quero todo mundo aqui de novo em vinte e quatro horas, para que possamos ver onde estamos.

As pessoas começaram a ir embora. Na reunião seguinte, Patrick receberia os álbuns de fotos completos, todas as provas que não fossem enviadas para o laboratório e uma lista do que havia sido levado. Em vinte e quatro horas, estaria tão enterrado na avalanche que não saberia qual lado era o de cima.

Enquanto outros voltavam para várias partes do prédio para completar o trabalho que ocuparia a noite inteira e o dia seguinte, Patrick andou até o carro. Tinha parado de chover, e ele planejava voltar para a delegacia e verificar as evidências que tinham sido coletadas na casa dos Houghton, e também queria conversar com os pais, se ainda estivessem dispostos. Mas se viu seguindo com o carro em direção ao centro médico e estacionando. Andou até a entrada de emergência e mostrou o distintivo.

– Olha – disse para a enfermeira –, sei que você recebeu muitos adolescentes hoje. Mas um dos primeiros foi uma garota chamada Josie. Estou tentando encontrá-la.

A enfermeira colocou as mãos sobre o teclado do computador.

– Josie de quê?

– Esse é o problema – ele admitiu. – Não sei.

A tela se encheu de informações e a enfermeira bateu com o dedo na tela.

– Cormier. Está no quarto andar, quarto 422.

Patrick agradeceu e pegou o elevador para subir. Cormier. O nome era familiar, mas ele não conseguiu identificar de início. Afinal, era bem comum, concluiu. Talvez tivesse lido no jornal ou visto em um programa de TV. Ele passou pela estação das enfermeiras e seguiu os números pelo corredor. A porta do quarto de Josie estava entreaberta. A garota estava sentada na cama, envolvida pelas sombras, falando com alguém de pé ao lado dela.

Patrick bateu de leve e entrou no quarto. Josie olhou para ele sem entender; a mulher ao lado dela se virou.

Cormier, percebeu Patrick. *De juíza Cormier*. Ele tinha sido chamado para testemunhar no tribunal dela algumas vezes antes que ela se tornasse juíza da corte superior; tinha ido procurá-la pedindo mandados como último recurso. Afinal, ela tinha a defensoria pública em seu passado, o que, na mente de Patrick, significava que, mesmo que agora fosse escrupulosamente justa, *ainda* tinha jogado do outro lado anteriormente.

– Meritíssima – disse ele. – Eu não sabia que a Josie era sua filha. – Ele se aproximou da cama e se dirigiu à garota. – Como você está?

Josie olhou para ele.

– Eu conheço você?

– Fui eu que carreguei você para... – Ele parou quando a juíza colocou a mão no braço dele e o puxou para longe de Josie.

– Ela não lembra de nada do que aconteceu – sussurrou a juíza. – Por algum motivo, ela acha que sofreu um acidente de carro... e eu... – a voz dela falhou. – Não tive coragem de contar a verdade.

Patrick entendia; quando você ama alguém, não quer ser a pessoa a fazer o mundo dela desmoronar.

– Quer que eu conte?

A juíza hesitou e assentiu com gratidão. Patrick encarou Josie de novo.

– Você está bem?

– Minha cabeça está doendo. Os médicos dizem que tive uma concussão e tenho que passar a noite aqui. – Ela olhou para ele. – Acho que tenho que te agradecer por ter me salvado. – De repente, um brilho cruzou o rosto dela. – *Você* sabe o que aconteceu com o Matt? O cara que estava no carro comigo?

Patrick se sentou na beirada da cama.

– Josie – disse com delicadeza. – Você não sofreu um acidente de carro. Houve um incidente na sua escola. Um garoto entrou e saiu atirando nas pessoas.

Josie balançou a cabeça, tentando afastar aquelas palavras.

– O Matt foi uma das vítimas.

Os olhos dela se encheram de lágrimas.

– Ele está bem?

Patrick olhou para uma dobra no cobertor entre eles.

– Sinto muito.

– Não – disse Josie. – *Não*. Você está mentindo!

Ela bateu em Patrick, no rosto e no peito. A juíza se adiantou e tentou segurar a filha, mas Josie estava fora de si, gritando, chorando, arranhando, e com isso chamou a atenção das enfermeiras no corredor. Duas delas entraram correndo no quarto e mandaram Patrick e a juíza Cormier saírem enquanto lhe administravam um sedativo.

No corredor, Patrick encostou na parede e fechou os olhos. Meu Deus. Teria que fazer isso com todas as testemunhas? Ele estava prestes a pedir desculpas para a juíza por ter perturbado Josie quando ela se virou contra ele do mesmo jeito que a filha.

– Que *diabos* você achou que estava fazendo ao contar a ela sobre o Matt?!

– Mas foi você quem me *pediu* – respondeu Patrick.

– Pra contar a ela sobre a *escola* – disse a juíza. – Não que o namorado morreu!

– Você sabe muito bem que a Josie teria descoberto mais cedo ou...
– Mais tarde – interrompeu a juíza. – *Bem* mais tarde.

As enfermeiras apareceram no corredor.

– Ela está dormindo agora – sussurrou uma delas. – Mais tarde voltamos para dar uma olhada nela.

Os dois esperaram as enfermeiras estarem fora do alcance.

– Olha – disse Patrick com severidade –, hoje eu vi adolescentes que levaram tiros na cabeça, que nunca vão voltar a andar, que morreram por estarem no lugar errado, na hora errada. Sua filha... está em estado de choque... mas é uma das que tiveram sorte.

As palavras dele a atingiram como um tapa. Por apenas um momento, quando Patrick olhou para a juíza, ela não pareceu mais furiosa. Os olhos cinzentos estavam pesados com todos os cenários que, felizmente, não aconteceram, e a boca relaxou de alívio. E então, repentinamente, ela se recompôs e ficou impassível.

– Me desculpe. Não costumo ser assim. Mas é que... foi um dia terrível.

Patrick tentou, mas não conseguiu ver nenhum traço da emoção que a dominara por um instante. *Sem brechas*. Era assim que ela era.

– Sei que você só estava tentando fazer o seu trabalho – disse a juíza.

– Eu *gostaria* de falar com a Josie... mas não foi por isso que vim. Estou aqui porque ela foi a primeira... bom, eu precisava saber se ela estava bem. – Ele deu um pequeno sorriso para a juíza Cormier, do tipo que pode fazer um coração começar a se partir. – Cuide dela – disse Patrick, virando-se e descendo o corredor, ciente do calor do olhar dela em suas costas e de como ele parecia um toque.

Doze anos antes

Em seu primeiro dia no jardim de infância, Peter Houghton acordou às 4h32. Andou até o quarto dos pais e perguntou se já estava na hora de pegar o ônibus da escola. Desde que conseguia se lembrar, ele via o irmão Joey pegar o ônibus, e aquilo era um mistério de proporções dinâmicas: o modo como o sol refletia na frente amarela, a porta que gemia como a mandíbula de um dragão, o suspiro dramático quando ele parava. Peter tinha um carrinho de brinquedo igualzinho ao ônibus que Joey pegava duas vezes por dia, o mesmo ônibus que ele também ia pegar.

A mãe o mandou voltar a dormir até amanhecer, mas ele não conseguiu. O que fez então foi vestir as roupas especiais que a mãe comprara para o primeiro dia de aula e se deitou na cama para esperar. Foi o primeiro a descer para o café da manhã, e a mãe fez panqueca com pedaços de chocolate, a favorita dele. Ela lhe deu um beijo na bochecha e tirou uma foto dele à mesa do café, e depois outra quando ele estava de casaco com a mochila vazia nas costas, como o casco de uma tartaruga.

– Não consigo acreditar que o meu bebê vai pra escola – disse a mãe dele.

Joey, que estava indo para o primeiro ano, mandou que ele parasse de bancar o bobo.

– Você só vai pra escola – disse. – Grande coisa.

A mãe de Peter terminou de abotoar o casaco dele.

– Foi uma grande coisa pra você também – ela emendou.

Em seguida, disse a Peter que tinha uma surpresa para ele. Entrou na cozinha e voltou com uma lancheira do Super-Homem. O super-herói estava com o braço esticado, como se estivesse tentando sair do metal. O corpo dele estava um pouco destacado, como as letras nos livros das pessoas cegas. Peter gostou de pensar que, mesmo que não conseguisse enxergar, poderia identificar que era sua lancheira. Ele a pegou da mão da mãe e a abraçou. Ouviu o barulho de um pedaço de fruta rolando, o som de papel-manteiga amassando e imaginou o que teria lá dentro de almoço, como órgãos misteriosos.

Eles esperaram perto da calçada, e, como Peter sempre tinha sonhado, o ônibus amarelo apareceu no alto da colina.

– Mais uma! – disse a mãe, e tirou uma foto de Peter quando o ônibus estava parando atrás dele. – Joey – ela instruiu –, cuide do seu irmão. – Em seguida, deu um beijo na testa de Peter. – Meu rapazinho – disse ela, e sua boca se apertou, do jeito que ela fazia quando estava tentando não chorar.

De repente, Peter sentiu o estômago virar gelo. E se o jardim de infância não fosse tão legal quanto tinha imaginado? E se a professora parecesse a bruxa daquele programa de TV que o fazia ter pesadelos? E se esquecesse para que lado era a letra E, e todo mundo risse dele?

Hesitante, subiu os degraus do ônibus. O motorista estava com um casaco camuflado e não tinha os dois dentes da frente.

– Tem lugar lá atrás – disse ele, e Peter seguiu pelo corredor, procurando Joey.

O irmão estava sentado ao lado de um garoto que Peter não conhecia. Joey olhou para ele ao passar, mas não disse nada.

– Peter!

Ele se virou e viu Josie batendo no assento vazio ao seu lado. Ela estava com o cabelo preso em um rabo de cavalo e usava saia, apesar de odiar.

– Guardei lugar pra você – disse Josie.

Ele se sentou ao lado dela, já se sentindo melhor. Estava dentro de um *ônibus*. E estava sentado ao lado de sua melhor amiga no mundo todo.

– Que lancheira *legal* – disse Josie.

Ele a ergueu para mostrar como dava para fazer parecer que o Super-Homem estava se mexendo se ele a balançasse. Naquele momento, a mão de alguém surgiu no corredor. Um garoto com braços de macaco e boné virado para trás pegou a lancheira da mão de Peter.

– Ei, esquisito – disse ele –, quer ver o Super-Homem voar?

Antes que Peter entendesse o que estava acontecendo, o garoto mais velho abriu a janela e jogou a lancheira na rua. Peter ficou de pé e virou o pescoço para ver pela porta de emergência que havia no fundo do ônibus. A lancheira se abriu no asfalto, e ele viu sua maçã rolando pela linha amarela pontilhada da rua e desaparecendo sob o pneu de um carro.

– Senta! – gritou o motorista.

Peter afundou no assento. Seu rosto estava frio, mas suas orelhas estavam queimando. Ele ouviu o garoto e os amigos rindo, tão alto como se fosse dentro da cabeça dele. Em seguida, sentiu as mãos de Josie segurarem as dele.

– Tenho um sanduíche de pasta de amendoim – sussurrou ela. – Podemos dividir.

Alex estava na sala de reuniões da prisão, em frente ao mais novo cliente, Linus Froom. Naquela manhã, às quatro horas, ele tinha se vestido de preto, colocado uma máscara de esqui sobre a cabeça e roubado uma loja de conveniência de um posto de gasolina Irving com uma arma. Quando a polícia foi chamada depois que Linus fugiu, encontrou um celular no chão. Ele tocou enquanto o detetive estava sentado em sua escrivaninha.

– Cara – disse a pessoa que ligou –, esse celular é meu. Ele está com você? – O detetive disse que sim e perguntou onde ele o havia perdido. – No posto de gasolina Irving, cara. Fui lá, tipo, meia hora atrás.

O detetive sugeriu que eles se encontrassem na esquina da Route 10 com a Route 25A, que ele lhe entregaria o celular.

Desnecessário dizer que, quando Linus Froom apareceu, foi preso por roubo.

Alex olhou para o cliente do outro lado da mesa arranhada. Naquele momento sua filha estava tomando suco e comendo biscoitos, ou no horário de histórias, ou na aula de desenho com giz de cera, ou qualquer outra coisa em que consistisse o primeiro dia de aula no jardim de infância, e *ela* estava presa em uma sala de reuniões da cadeia do condado com um criminoso burro demais para ser bom no que fazia.

– Está escrito aqui – disse Alex, examinando o relatório policial – que houve uma certa desavença quando o detetive Chisholm leu os seus direitos?

Linus ergueu o olhar. Ele era um garoto, tinha só dezenove anos, com acne e as sobrancelhas unidas, formando uma só.

– Ele achou que eu era burro pra cacete.

– Ele *disse* isso pra você?

– Ele me perguntou se eu sabia ler.

Todos os policiais perguntavam; eles tinham que fazer o criminoso acompanhar quando liam os direitos.

– E a sua resposta, pelo que eu entendi, foi: "Ei, seu merda, eu tenho cara de retardado?"

Linus deu de ombros.

– O que eu *devia* dizer?

Alex apertou o alto do nariz. Seus dias na defensoria pública eram uma confusão exaustiva de momentos assim: uma grande quantidade de energia e tempo gastos com uma pessoa que uma semana, um mês, um ano depois acabaria sentada na frente dela de novo. Mas o que mais ela era qualificada para fazer? Esse era o mundo onde tinha escolhido viver.

O *pager* dela tocou. Ela olhou para o número e silenciou o bipe.

– Linus, acho que você vai ter que se declarar culpado dessa vez.

E o deixou nas mãos do policial de detenção, entrando na sala de uma secretária para pedir para usar o telefone.

– Graças a Deus – disse Alex quando a pessoa atendeu. – Você me salvou de pular de uma janela do segundo andar na cadeia.

– Você esqueceu que ela tem barras – disse Whit Hobart, rindo. – Eu sempre achei que elas foram colocadas não para manter os prisioneiros dentro, mas para impedir que os defensores públicos fugissem quando se dessem conta de como seus casos são ruins.

Whit era o chefe de Alex quando ela entrou para a defensoria pública do estado, mas tinha se aposentado nove meses atrás. Uma lenda por mérito do seu trabalho, ele tinha se tornado o pai que ela nunca teve. Um pai que, ao contrário do dela, a elogiava em vez de criticar. Ela queria que Whit estivesse ali agora, em vez de em alguma comunidade de golfistas na costa. Ele a levaria para almoçar e contaria histórias que a fariam se dar conta de que todo defensor público tinha clientes e casos como o de Linus. E então daria um jeito de deixar a conta para ela, junto com uma motivação renovada para se levantar e recomeçar a luta.

– O que você está fazendo acordado? – disse Alex. – Madrugou pra jogar golfe?

– Não, o maldito jardineiro me acordou com a máquina de soprar folhas. O que estou perdendo?

– Na verdade, nada. Só que a defensoria não é a mesma sem você. Está faltando uma certa... *energia*.

– Energia? Você não está virando uma maluca *new age* fissurada em cristais, está, Al?

Alex sorriu.

– Não...

– Que bom. Porque estou telefonando por isso: tenho um emprego pra você.

– Já *tenho* um emprego. Na verdade, tenho trabalho suficiente para *dois* empregos.

– Três cortes da região estão divulgando vagas no *Bar News*. Você devia se candidatar, Alex.

– Pra ser juíza? – Ela começou a rir. – Whit, o que você anda fumando ultimamente?

– Você seria boa nisso, Alex. É uma ótima tomadora de decisões, é controlada, não deixa as emoções atrapalharem seu trabalho. Você tem a perspectiva da defesa, então entende os litigantes. E sempre foi uma excelente advogada em julgamentos. – Ele hesitou. – Além do mais, não é comum que New Hampshire tenha uma governadora mulher democrata que vá escolher o juiz.

– Obrigada pelo voto de confiança – disse Alex –, mas não sou a pessoa certa pro emprego.

Ela sabia disso porque seu pai tinha sido juiz da corte superior. Alex conseguia se lembrar de girar na cadeira do escritório dele, contando clipes de papel, passando a unha na superfície de feltro verde do mata-borrão para fazer uma marca sombreada. Ela pegava o telefone e falava com o sinal. Fingia. E então, inevitavelmente, seu pai entrava e chamava a atenção dela por mexer em um lápis, em um arquivo ou, que Deus não permitisse, por perturbá-lo.

No cinto, o *pager* voltou a vibrar.

– Olha, tenho que ir pro tribunal. Talvez a gente possa almoçar na semana que vem.

– O expediente dos juízes é regular – acrescentou Whit. – Que horas a Josie chega da escola?

– Whit...

– Pense no assunto – ele disse e desligou.

– Peter – suspirou a mãe –, como você pôde perder a lancheira *de novo*?

Ela contornou o pai dele, que estava se servindo de café, e procurou no fundo da despensa um saco de papel pardo para colocar a merenda do filho.

Peter odiava aqueles sacos. A banana nunca cabia lá dentro, e o sanduíche *sempre* ficava esmagado. Mas o que mais ele podia fazer?

– O que ele perdeu? – perguntou o pai.

– A lancheira. Pela terceira vez este mês – a mãe respondeu, começando a encher o saco de papel: fruta e caixa de suco no fundo, um sanduíche por cima. Ela olhou para Peter, que não estava tomando o café da manhã, mas partindo o guardanapo com uma faca. Até aquela hora, ele tinha feito as letras H e T. – Se você ficar enrolando, vai perder o ônibus.

– Você tem que começar a ser responsável – disse o pai.

Quando o pai falava, Peter visualizava as palavras como fumaça. Elas se acumulavam no aposento por um momento, mas, antes que desse para perceber, sumiam.

– Pelo amor de Deus, Lewis, ele só tem cinco anos.

– Não me lembro de Joey ter perdido a lancheira três vezes durante o primeiro mês de escola.

Peter às vezes observava o pai jogando futebol no quintal com Joey. Os pés deles batiam no chão como pistões e mecanismos loucos – para frente, para trás, para frente –, como se estivessem dançando juntos com a bola entre eles. Quando Peter tentava participar, ficava emaranhado na própria frustração. Na última vez, fizera um gol contra sem querer.

Ele olhou por cima do ombro para os pais.

– Eu não sou o Joey – disse e, apesar de ninguém ter respondido, conseguiu ouvir a resposta: *Nós sabemos*.

– Advogada Cormier? – Alex olhou para cima e viu um ex-cliente de pé em frente à mesa dela, sorrindo de orelha a orelha.

Ela levou um momento para se lembrar dele. Teddy MacDougal ou MacDonald, alguma coisa assim. Ela se lembrava da acusação: agressão simples de violência doméstica. Ele e a esposa tinham ficado bêbados e agrediram um ao outro. Alex tinha conseguido que ele fosse inocentado.

– Tenho uma coisa pra você – disse Teddy.

– Espero que não tenha comprado nada – respondeu ela, e estava falando sério. Ele era um homem de North Country, tão pobre que o piso da casa dele era de terra e a carne que ele guardava no freezer era de caça. Alex não era fã de caça, mas sabia que, para alguns de seus clientes, como Teddy, aquilo não era um esporte, mas uma questão de sobrevivência. E era exatamente por isso que uma condenação para ele teria sido tão arrasadora: teria lhe custado as armas.

– Não comprei. Juro – disse Teddy, sorrindo. – Está na minha picape. Vem.

– Não dá pra trazer pra cá?

– Ah, não. Não dá pra fazer isso.

Ah, que ótimo, pensou Alex. *O que ele poderia ter colocado na picape que não pode trazer pra cá?* Então seguiu Teddy até o estacionamento e, na caçamba da picape, viu um enorme urso morto.

– É pro seu freezer – disse ele.

– Teddy, é enorme. Você poderia se alimentar durante todo o inverno.

– É verdade. Mas pensei em você.

– Muito obrigada. Agradeço de verdade, mas eu não, humm... como carne. E não quero que seja desperdiçada. – Ela tocou no braço dele. – Quero muito que você fique com ele.

Teddy apertou os olhos em direção ao sol.

– Tudo bem.

Ele assentiu para Alex, entrou na picape e saiu do estacionamento com o urso batendo nas laterais da caçamba.

– Alex!

Ela se virou e viu a secretária de pé na porta.

– Acabei de receber uma ligação da escola da sua filha – disse a secretária. – A Josie foi mandada pra sala do diretor.

Josie? Arrumando confusão na escola?

– Por *quê*? – Alex perguntou.

– Ela deu uma surra em um garoto no parquinho.

Alex foi andando em direção ao carro.

– Diga que estou a caminho.

No caminho para casa, Alex lançou olhares para a filha pelo retrovisor. Josie tinha ido para a escola naquela manhã com um cardigã branco e uma calça cáqui; agora, o cardigã estava manchado de terra. Havia ramos nos cabelos dela, que tinham se soltado do rabo de cavalo. O cotovelo do casaco estava rasgado, e o lábio ainda estava sangrando. E, o que era mais incrível, aparentemente ela estava bem melhor que o garoto com quem havia brigado.

– Venha – disse Alex, levando Josie para o banheiro no andar de cima. Lá, ela tirou a blusa da filha, lavou os cortes e os cobriu com antisséptico e band-aids. Sentou-se diante de Josie, no tapete que parecia feito de pele do Come-Come. – Quer conversar sobre o que aconteceu?

O lábio inferior de Josie tremeu e ela começou a chorar.

– É o Peter – disse ela. – O Drew implica com ele o tempo todo e o Peter fica magoado, então hoje eu queria que fosse diferente.

– Não tem professores no parquinho?

– Auxiliares.

– Bom, você devia ter contado pra eles que estavam provocando o Peter. Bater no Drew só torna você tão ruim quanto ele.

– Nós *fomos* falar com os auxiliares – reclamou Josie. – Eles mandaram o Drew e os outros garotos deixarem o Peter em paz, mas eles nunca ouvem.

– Então – disse Alex –, você fez o que achou que era o melhor no momento?

– Fiz. Pelo Peter.

– Imagine se você *sempre* fizesse isso. Vamos supor que você decidisse que gostava do casaco da outra pessoa mais do que do seu e fosse lá e o pegasse.

– Isso seria roubar – disse Josie.

– Exatamente. É por *isso* que existem regras. Você não pode violar as regras, nem mesmo quando parece que todo mundo está fazendo isso. Porque, se você fizer, se *todos* nós fizermos, o mundo inteiro vira um lugar assustador. Um mundo em que casacos são roubados e pessoas levam uma surra no parquinho. Em vez de fazer a *melhor* coisa, às vezes temos que escolher fazer a coisa *mais certa*.

– Qual é a diferença?

– A melhor coisa é o que *você* acha que deveria ser feito. A coisa mais certa é o que *precisa* ser feito, quando você pensa não só em você e em como você se sente, mas também nas outras coisas: em quem mais está envolvido, no que aconteceu antes e no que dizem as regras. – Ela olhou para Josie. – Por que o Peter não revidou?

– Ele achou que ia se meter em encrenca.

– Então, caso encerrado – disse Alex.

Os cílios de Josie estavam molhados de lágrimas.

– Você está brava comigo?

Alex hesitou.

– Estou brava com os auxiliares por não prestarem atenção quando os outros alunos estavam implicando com o Peter. E não estou feliz por você ter dado um soco no nariz do garoto. Mas estou orgulhosa de você querer defender seu amigo. – Ela deu um beijo na testa de Josie. – Vá pegar umas roupas sem buracos, Mulher-Maravilha.

Quando Josie foi para o quarto, Alex permaneceu sentada no chão do banheiro. Ocorreu-lhe que agir com justiça era mais uma questão de estar presente e envolvida que qualquer outra coisa, ao contrário dos auxiliares do parquinho, por exemplo. Você podia ser firme sem ser autoritária; podia fazer questão de conhecer as regras; podia levar todas as evidências em consideração antes de chegar a uma conclusão.

Ser uma boa juíza, Alex percebeu, não era tão diferente de ser uma boa mãe.

Então se levantou, desceu a escada e pegou o telefone. Whit atendeu no terceiro toque.

– Tudo bem – disse ela. – Me diga o que tenho que fazer.

A cadeira era pequena demais para o traseiro de Lacy; os joelhos dela não cabiam debaixo da mesa; as cores nas paredes eram intensas demais. A professora sentada à frente dela era tão jovem que Lacy se perguntou se ela podia ir pra casa e tomar um copo de vinho sem violar a lei.

– Sra. Houghton – disse a professora –, eu queria poder dar uma explicação melhor, mas o fato é que algumas crianças são como um ímã para atrair implicância. Outras crianças veem uma fraqueza e a exploram.

– Qual é a fraqueza do Peter? – ela perguntou.

A professora sorriu.

– Não vejo isso como uma fraqueza. Ele é um menino sensível e meigo, mas isso significa que tem menos chances de correr por aí com os outros garotos, brincando de polícia e ladrão, do que de ficar colorindo figuras em um canto com a Josie. As outras crianças da turma reparam.

Lacy se lembrou do ensino fundamental, quando não era muito mais velha que Peter, e eles chocaram ovos em uma incubadora. Os seis ovos foram a termo, mas um dos pintinhos nasceu com uma perna retorcida. Ele era sempre o último a chegar ao pote de comida e de água, e era mais fraco e hesitante que os irmãos. Um dia, enquanto a turma observava horrorizada, o pintinho deficiente foi bicado até a morte pelos outros.

– O comportamento dos outros meninos não está sendo tolerado – disse a professora, tranquilizando Lacy. – Quando vemos atitudes como essas acontecerem, imediatamente mandamos a criança para a direção. – Ela abriu a boca como se fosse dizer alguma coisa, mas a fechou de volta.

– O quê?

A professora olhou para a mesa.

– Infelizmente, essa atitude pode surtir o efeito contrário. Os garotos identificam o Peter como a razão de estarem encrencados, e isso perpetua o ciclo de violência.

Lacy sentiu o rosto esquentar.

– O que você está fazendo para se certificar de que isso não acontecerá mais?

Ela esperava que a professora falasse sobre uma cadeira do castigo ou alguma punição caso Peter fosse mais uma vez provocado pelo grupo. Mas, em vez disso, a jovem lhe disse:

– Estou mostrando ao Peter como se defender. Se alguém entra na frente dele na fila do almoço ou implica com ele, estou ensinando como ele deve reagir em vez de simplesmente aceitar.

Lacy olhou para ela fixamente.

– Eu... eu não acredito que estou ouvindo isso. Então, se ele é empurrado, tem que empurrar de volta? Se a comida dele for derrubada no chão, ele deve fazer o mesmo?

– É claro que não...

– Você está me dizendo que, para o Peter se sentir seguro na escola, tem que começar a agir como os garotos que fazem isso com ele?

– Não, estou apenas lhe contando a realidade da escola – corrigiu a professora. – Olha, sra. Houghton, posso dizer aquilo que quer ouvir. Posso dizer que o Peter é uma criança maravilhosa, o que ele é mesmo. Posso dizer que a escola vai ensinar tolerância e vai disciplinar os garotos que estão tornando a vida do seu filho um inferno, e que isso será suficiente para acabar com a situação. Mas infelizmente o fato é que, se o Peter quiser que isso acabe, ele vai ter que fazer parte da solução.

Lacy olhou para as próprias mãos. Elas pareciam gigantescas na superfície da pequena carteira.

– Obrigada. Por sua honestidade.

Ela se levantou com cuidado, porque essa é a melhor maneira de se mover em um mundo onde você não se encaixa mais.

Saiu da sala de aula do jardim de infância. Peter estava esperando em um banquinho de madeira debaixo de nichos na parede do corredor. Era tarefa dela como mãe de Peter tornar a estrada à frente dele menos acidentada, para que ele não vacilasse. Mas e se ela não conseguisse fazer isso por ele o tempo todo? Era *isso* que a professora estava tentando dizer?

Então se agachou diante de Peter e segurou as mãos dele.

– Você sabe que eu te amo, né? – disse Lacy.

Peter assentiu.

– Você sabe que eu só quero o que é melhor pra você.

– Sei – o menino respondeu.

– Eu já sei sobre as lancheiras. Sei o que anda acontecendo com o Drew. Ouvi falar que a Josie bateu nele. Sei o tipo de coisas que ele diz pra você. – Lacy sentiu os olhos se encherem de lágrimas. – Na próxima vez que isso acontecer, você tem que se defender. Você *precisa*, Peter, ou eu... vou ter que te dar um castigo.

A vida não era justa. Lacy tinha sido preterida em promoções, independentemente de quanto trabalhasse. Tinha visto mães que se cuidavam meticulosamente terem bebês natimortos, enquanto viciadas em crack tinham bebês saudáveis. Tinha visto garotas de catorze anos morrendo de câncer de ovário antes de terem a chance de viver de verdade. Não se podia lutar contra a injustiça do destino; você só podia encará-la e torcer para que um dia tudo fosse diferente. Mas, de alguma forma, era ainda mais difícil sofrer pelo filho. Foi arrasador para Lacy ser a pessoa a abrir a cortina da inocência, para que Peter visse que, não importando o quanto ela o amasse, não importando o quanto quisesse que o mundo fosse perfeito para ele, ele sempre estaria aquém das expectativas.

Ela engoliu em seco e olhou para Peter, tentando pensar no que poderia fazer para despertar nele o instinto de defesa, que punição o faria mudar de comportamento, mesmo partindo seu coração ter de obrigá-lo a fazer isso.

– Se isso acontecer de novo... você não vai brincar com a Josie durante um mês.

Ela fechou os olhos depois de dar o ultimato. Não era a forma como gostava de agir, mas, ao que tudo indicava, seus conselhos costumeiros – de ser gentil, educado, ser como você quer que os outros sejam – não o tinham ajudado. Se uma ameaça fizesse o filho rugir, tão alto que Drew e todas aquelas crianças horríveis acabassem se afastando com o rabo entre as pernas, então Lacy faria isso.

Ela tirou o cabelo de Peter do rosto e observou a dúvida nas feições dele. E por que não? A mãe dele nunca tinha falado nada do tipo antes.

– Ele é um valentão. Um idiota em miniatura. Mas vai crescer e virar um idiota grande, e você... você vai crescer e virar uma pessoa incrível. – Lacy sorriu largamente para o filho. – Um dia, Peter, todo mundo vai saber o seu nome.

Havia dois balanços no parquinho, e às vezes você tinha que esperar sua vez para se balançar. Quando isso acontecia, Peter cruzava os dedos e torcia para que pegasse o que não tinha sido enrolado na barra de cima por um garoto do quinto ano, o que fazia com que o assento ficasse alto e difícil de subir. Ele tinha medo de cair ao tentar subir no balanço, ou, o que seria ainda mais constrangedor, de nem conseguir subir.

Quando esperava com Josie, ela sempre escolhia aquele balanço. Ela fingia gostar, mas Peter sabia que ela só estava fingindo não saber quanto ele *não gostava*.

Hoje, no recreio, eles não estavam se balançando. Em vez disso, giravam o assento de forma que as correntes ficassem completamente emaranhadas, depois levantavam os pés e rodopiavam. Peter às vezes olhava para o céu e imaginava que estava voando.

Quando pararam, o balanço dele e o de Josie esbarraram um no outro e seus pés se embolaram. Ela riu, e eles prenderam os tornozelos até que ficassem ligados como uma corrente humana.

Peter se virou para ela.

– Quero que as pessoas gostem de mim – disse de repente.

Josie inclinou a cabeça.

– Mas as pessoas *gostam* de você.

Peter soltou seus pés dos dela.

– Estou falando das outras pessoas, não de você.

Alex demorou dois dias inteiros para preencher o formulário de candidatura a juíza, e, enquanto o preenchia, uma coisa incrível aconteceu: ela se deu conta de que *realmente* queria ser juíza. Apesar do que tinha dito a Whit, apesar de suas reservas iniciais, estava tomando as decisões certas pelos motivos certos.

Quando a Comissão de Seleção Judicial a convocou para uma entrevista, deixou claro que não fazia isso com qualquer pessoa. Que, se Alex estava sendo entrevistada, ela estava sendo seriamente considerada para o cargo.

O trabalho da comissão era dar à governadora uma lista curta de candidatos. As entrevistas da comissão judicial foram conduzidas na velha mansão do governador, Bridges House, em East Concord. Elas foram agendadas em horários diferentes, e os candidatos entravam por uma porta e saíam por outra, presumivelmente para que ninguém soubesse quem mais estava concorrendo ao emprego.

Os doze membros da comissão eram advogados, policiais, diretores executivos de organizações pró-vítimas. Eles olharam com tanta intensidade para Alex que ela achou que seu rosto fosse explodir em chamas. Também não ajudou o fato de ela ter ficado acordada durante metade da noite com Josie, que tinha tido um pesadelo com uma jiboia e não queria voltar a dormir. Alex não sabia quem eram os outros candidatos, mas apostaria que não eram mães solteiras que tinham que cutucar aquecedores com um galho às três da manhã para provar que não havia cobras escondidas ali dentro.

– Gosto do ritmo – disse ela com cuidado, respondendo a uma pergunta. Ela sabia que havia respostas que eles esperavam ouvir. O truque era mesclar as frases feitas e as respostas esperadas com parte de sua personalidade. – Gosto da pressão de tomar decisões rápidas. Sou rigorosa com as leis da evidência. Já estive em tribunais com juízes que não estudam o caso antecipadamente, e sabemos que assim as coisas não funcionam direito.

Então hesitou, olhou para os homens e mulheres e se perguntou se deveria assumir um papel, como a maior parte das pessoas que se candidatavam a cargos no judiciário – e que tinham percorrido o glorificado caminho da promotoria pública –, ou se deveria ser ela mesma e permitir que sua formação na defensoria aparecesse discretamente.

Ah, que diabos.

– Acho que o motivo pelo qual eu quero muito ser juíza é por amar a maneira como um tribunal é um ambiente de oportunidades iguais. Quando você entra num tribunal, por aquele curto período, seu caso é a coisa mais importante do mundo para todas as pessoas naquela sala. O sistema funciona para *você*. Não importa quem você é nem de onde vem; seu tratamento vai depender da lei escrita, não de variáveis socioeconômicas.

Um dos membros do comitê olhou para suas anotações.

– O que você acha que faz de alguém um bom juiz, sra. Cormier?

Alex sentiu uma gota de suor escorrer pelas costas.

– Ser paciente, porém firme. Estar no controle, mas não ser arrogante. Conhecer as leis da evidência e as regras de um tribunal. – Ela fez uma pausa. – Não deve ser o que vocês estão acostumados a ouvir, mas acho que um bom juiz deve ser fera em tangrama.

Uma mulher mais velha de uma organização pró-vítima piscou sem entender.

– Como?

– Tangrama. Eu sou mãe. Minha filha tem cinco anos, e existe um jogo que é o contorno geométrico de uma figura, pode ser um barco, um trem, um pássaro, e você tem que construir essa figura partindo das peças de um quebra-cabeça: triângulos e paralelogramos, alguns maiores que os outros. É fácil para uma pessoa com boa visão espacial, porque você tem que pensar fora dos parâmetros convencionais. E ser juiz é assim. Você tem todos os fatores concorrentes: as partes envolvidas, as vítimas, a aplicação da lei, a sociedade, até os *precedentes*. E precisa usar isso para solucionar o problema dentro de certos parâmetros.

No silêncio desconfortável que veio em seguida, Alex virou a cabeça e conseguiu ver por uma janela o próximo entrevistado entrando no vestíbulo. Ela piscou, certa de ter visto errado, mas não podia esquecer os cachos grisalhos pelos quais já tinha passado os dedos; não dava para tirar da mente a geografia das maçãs do rosto e do maxilar que tinha contornado com os próprios lábios. Logan Rourke, seu ex-professor, seu antigo amante, o *pai* de sua filha, entrou no prédio e fechou a porta.

Aparentemente, ele também era candidato.

Alex respirou fundo, ainda mais determinada a conquistar o cargo do que no minuto anterior.

– Sra. Cormier? – disse novamente a mulher mais velha, e Alex se deu conta de que não ouvira a pergunta na primeira vez.

– Sim. Me desculpe.

– Perguntei quanto você se sai bem quando joga tangrama.

Alex olhou nos olhos dela.

– Senhora – ela respondeu, dando um largo sorriso –, sou a campeã estadual de New Hampshire.

A princípio, os números só pareceram mais gordos. Mas começaram a se embaralhar um pouco, e Peter teve de chegar mais perto para identificar se era um 3 ou um 8. A professora o mandou para a enfermeira, que tinha cheiro de saquinhos de chá e chulé e o fez olhar um cartaz na parede.

Os óculos novos eram leves como uma pena e tinham lentes especiais que não arranhariam nem se caíssem e voassem pela caixa de areia. A armação era de metal, fina demais, na opinião dele, para sustentar os pedaços de vidro curvos que faziam seus olhos parecerem os de uma coruja: enormes, brilhantes e muito azuis.

Quando Peter colocou os óculos, ficou impressionado. De repente, as manchas ao longe se coagularam e viraram uma fazenda com silos, campos e manchas nas vacas. As letras na placa vermelha formavam a palavra PARE. Havia linhas finas, como as dobras de seus dedos, nos cantos dos olhos da mãe. Todos os super-heróis tinham acessórios – o cinto do Batman, a capa do Super-Homem –, e esse era o dele, que lhe dava visão de raio-X. Ele ficou tão empolgado com os óculos novos que dormiu com eles.

Somente quando foi para a escola, no dia seguinte, ele entendeu que, com a visão mais aguçada, vinha uma audição perfeita: *quatro olhos, cego como um morcego*. Os óculos não eram mais uma marca de distinção, mas apenas uma cicatriz, mais uma coisa que o tornava diferente de todo mundo. E isso nem era o pior.

Quando o mundo entrou em foco, Peter percebeu como as pessoas olhavam para ele. Como se ele fosse a frase final de uma piada.

E Peter, agora com a visão perfeita, baixou os olhos para não precisar ver.

– Somos mães subversivas – sussurrou Alex para Lacy ao se sentarem com os joelhos dobrados e altos como os de um gafanhoto em uma das mesas pequenas durante o Dia de Escola Aberta. Ela pegou o material dourado usado para ensinar matemática – palitos coloridos representando unidades com duas, três, quatro e cinco partes – e o organizou, formando um palavrão.

– Tudo é divertido até alguém virar juíza – disse Lacy, e desmanchou a palavra com a mão.

– Está com medo que eu expulse você do jardim? – Alex riu. – E sobre essa história de virar juíza, vai ser tão difícil quanto eu ganhar na loteria.

– Vamos ver – disse Lacy.

A professora se inclinou entre elas e entregou para cada uma um pequeno pedaço de papel.

– Hoje estou convidando todos os pais a escreverem uma palavra que melhor descreva seu filho. Mais tarde, vamos fazer uma colagem de amor com elas.

Alex olhou para Lacy.

– Uma colagem de *amor*?

– Pare de ser antijardim de infância.

– Não sou. Na verdade, acho que tudo que você precisa saber sobre a lei, você aprende no jardim. Você sabe: não bata nos outros, não pegue o que não é seu, não mate ninguém, não estupre.

– Ah, sim, eu me lembro dessa aula. Foi bem depois do recreio – disse Lacy.

– Você sabe o que quero dizer. É um contrato social.

– E se você presidisse uma audiência e tivesse de aplicar uma lei em que não acreditasse?

– Primeiro de tudo, esse é um grande *se*. Segundo, eu aplicaria a lei. Mesmo me sentindo péssima, eu aplicaria – disse Alex. – As pessoas não precisam de um juiz com interesses pessoais, pode acreditar.

Lacy recortou a beirada do papel, formando uma franja.

– Se você se torna o trabalho, então quando você vai ser *você*?

Alex sorriu e empurrou o material dourado para formar outra palavra de baixo calão.

– Em reuniões do jardim de infância, eu acho.

De repente, Josie apareceu, de bochechas rosadas e agitada.

– Mamãe – disse ela, puxando a mão de Alex enquanto Peter subia no colo de Lacy –, acabamos.

Eles estavam no canto dos blocos de montar, criando uma surpresa. Lacy e Alex ficaram de pé, passaram pela estante de livros, pela pilha de pequenos tapetes e pela mesa de ciências com o experimento do apodrecimento da abóbora, cuja casca marcada e corpo afundado fizeram Alex se lembrar do rosto de um promotor que ela conhecia.

– Essa é a nossa casa – anunciou Josie, empurrando um bloco que servia de porta da frente. – Nós somos casados.

Lacy cutucou Alex.

– Eu sempre quis me dar bem com os pais da noiva.

Peter estava em frente a um fogão de madeira, misturando comida imaginária em uma panela de plástico. Josie colocou um jaleco enorme.

– Hora de ir trabalhar. Volto na hora do jantar.

– Tudo bem – disse Peter. – Vamos ter almôndegas para o jantar.

– Qual é o seu trabalho? – Alex perguntou a Josie.

– Sou juíza. Mando as pessoas pra cadeia o dia todo e depois volto pra casa pra comer *epasguete*. – Ela andou em volta da casa de blocos e entrou pela porta da frente.

– Senta – disse Peter. – Você está atrasada de novo.

Lacy fechou os olhos.

– É só impressão minha ou isso está parecendo um espelho nada agradável?

Eles observaram Josie e Peter colocarem os pratos de lado e irem para outra parte da casa de blocos, um quadrado menor dentro do maior. Ali eles se deitaram.

– Aqui é a nossa cama – explicou Josie.

A professora chegou atrás de Alex e Lacy.

– Eles brincam de casinha o tempo todo – disse ela. – Não é fofo?

Alex viu Peter se encolher de lado. Josie deitou de conchinha atrás dele, passando o braço por sua cintura. Ela se perguntou como a filha tinha formado a imagem de um casal assim na mente, considerando que nunca viu a mãe ter um encontro.

Então viu Lacy se apoiar em um bloco e escrever no pequeno pedaço de papel: DELICADO. Isso descrevia Peter. Ele era delicado, quase exposto. Era preciso alguém como Josie, aconchegada nele como uma concha, para protegê-lo.

Alex pegou um lápis e esticou seu pedaço de papel. Muitos adjetivos lhe passaram pela cabeça – havia tantos para sua filha: "dinâmica", "leal", "inteligente", "sensacional" –, mas ela se viu formando letras diferentes.

Por fim, escreveu: MINHA.

Dessa vez, quando a lancheira bateu no asfalto, ela se abriu, e o carro que vinha atrás do ônibus passou por cima do sanduíche de atum e do saco de Doritos. O motorista, como sempre, não reparou. Os garotos do quinto ano eram tão bons nisso a essa altura que a janela se abriu e fechou antes mesmo de dar tempo de gritar para que parassem. Peter sentiu os olhos se enchendo de lágrimas enquanto os garotos se parabenizavam. Ele ouviu a voz da mãe na cabeça, pois esse era o momento em que tinha de se defender! Mas sua mãe não percebia que isso só pioraria as coisas.

– Ah, Peter – disse Josie, suspirando, quando ele se sentou de novo ao lado dela.

Ele olhou para as luvas.

– Acho que não vou poder ir na sua casa na sexta.

– Por quê?

– Porque minha mãe disse que ia me deixar de castigo se eu perdesse a lancheira de novo.

– Não é justo – disse Josie.

Peter deu de ombros.

– Nada é.

Ninguém ficou mais surpreso que Alex quando a governadora de New Hampshire a escolheu oficialmente de uma lista de apenas três candidatos para um cargo judicial em uma corte distrital. Embora fizesse sentido que Jeanne Shaheen, uma governadora jovem e democrata, quisesse escolher uma juíza democrata, Alex ainda estava um pouco tonta com a notícia quando foi fazer a entrevista.

A governadora era mais jovem do que Alex esperava, e mais bonita. *Que é exatamente o que a maior parte das pessoas vai pensar de mim se eu for para o tribunal,* pensou. Ela se sentou e colocou as mãos debaixo das coxas para que não tremessem.

– Se eu nomear você – disse a governadora –, tem alguma coisa que eu precise saber?

– Você está falando dos esqueletos no meu armário?

Shaheen assentiu. Em se tratando de uma pessoa indicada pela governadora, a questão era se essa pessoa transmitiria uma imagem boa ou ruim para ela. Shaheen queria colocar os pingos nos is antes de tomar a decisão oficial, e, por isso, Alex só podia admirá-la.

– Alguém vai aparecer na reunião do Comitê Executivo da sua indicação e se opor a isso? – perguntou a governadora.

– Depende. Você vai conceder indultos para quem está na prisão estadual?

Shaheen riu.

– Suponho que é onde seus clientes insatisfeitos foram parar.

– É exatamente por isso que estão insatisfeitos.

A governadora se levantou e apertou a mão de Alex.

– Acho que vamos nos dar bem – disse ela.

Maine e New Hampshire eram os únicos dois estados do país que ainda tinham um Conselho Executivo, um grupo que agia como controle direto sobre o poder do governador. Para Alex, isso significava que no mês entre a nomeação e a audiência de confirmação, ela tinha de fazer o que pudesse para tranquilizar cinco homens republicanos antes que eles acabassem com ela.

Ela ligava para eles semanalmente, perguntando se tinham alguma pergunta a fazer. Tinha também de providenciar testemunhas para falar a favor dela na audiência de confirmação. Depois de anos na defensoria pública, isso deveria ser simples, mas o Conselho Executivo não queria advogados. Queria ouvir a comunidade onde Alex trabalhava e morava, desde sua professora do primeiro ano ao policial que a admirava, apesar de seu trabalho para o Lado Negro. A parte delicada era que Alex tinha de cobrar favores para fazer com que essas pessoas se preparassem e testemunhassem, mas também tinha de deixar claro que, se fosse confirmada como juíza, não podia dar nada em troca.

E então, finalmente, chegou a vez de Alex estar na berlinda. Ela se sentou na sala do Conselho Executivo no palácio do governo e respondeu a perguntas que iam de "Qual foi o último livro que você leu?" a "Quem tem a obrigação de fornecer provas em casos de abuso e negligência?". Quase todas as perguntas eram sólidas e acadêmicas, até que lhe fizeram uma pergunta capciosa.

"Sra. Cormier, quem tem o direito de julgar outra pessoa?"

– Bom – ela respondeu –, depende se você está julgando moral ou legalmente. Moralmente, ninguém tem o direito de julgar ninguém. Mas legalmente, isso não é um direito, é uma responsabilidade.

"Qual é a sua posição quanto a armas de fogo?"

Alex hesitou. Ela não era fã de armas. Não deixava Josie ver nada na televisão que mostrasse violência e sabia o que acontecia quando se colocava uma arma na mão de um garoto perturbado, um marido zangado ou uma esposa que havia sido espancada. Já tinha defendido clientes assim muitas vezes para ignorar esse tipo de reação catalítica.

E mesmo assim.

Ela estava em New Hampshire, um estado conservador, diante de um grupo de republicanos apavorados com a ideia de que ela fosse um canhão desgovernado de esquerda. Ela seria responsável por comunidades para as quais caçar não era apenas algo reverenciado, mas necessário.

Alex tomou um gole de água.

– Legalmente – disse –, sou a favor de armas de fogo.

– É uma loucura – disse Alex na cozinha de Lacy. – Você olha os sites de toga e todas as modelos são fortes como jogadores de futebol americano, mas com seios. A percepção pública de uma juíza é que ela parece a Bea Arthur. – Ela se inclinou em direção ao corredor e gritou escada acima. – Josie! Vou contar até dez e vamos embora!

– Tem opções?

– Tem, preto... ou preto. – Alex cruzou os braços. – Pode ser de algodão com poliéster ou só de poliéster. As mangas podem se abrir nos punhos ou não. São todas horríveis. O que eu queria mesmo era alguma roupa que marcasse a cintura.

– Acho que a Vera Wang não faz moda judiciária – disse Lacy.

– Não mesmo. – Ela colocou a cabeça no corredor de novo. – Josie! Já!

Lacy colocou sobre a pia o pano de prato que estava usando para secar uma panela e foi atrás de Alex no corredor.

– Peter! A mãe da Josie tem que ir pra casa! – Vendo que as crianças não respondiam, Lacy subiu a escada. – Devem estar se escondendo.

Alex a seguiu até o quarto de Peter, onde Lacy abriu as portas do armário e olhou debaixo da cama. Depois, seguiram até o banheiro, o quarto de Joey e o quarto do casal. Só quando desceram de novo é que ouviram vozes no porão.

– É pesado – disse Josie.

E Peter:

– Olha. Assim.

Alex desceu pela escada de madeira. O porão de Lacy era um celeiro subterrâneo de cem anos com piso de terra e teias de aranha penduradas como decorações de Natal. Ela foi em direção aos sussurros vindos de um canto do porão, e ali, atrás de uma pilha de caixas e de uma prateleira cheia de potes de geleia caseira, estava Josie, segurando um rifle.

– *Ah, meu Deus* – sussurrou Alex, e Josie se virou, apontando a arma para ela.

Lacy agarrou a arma e a puxou.

– Onde vocês pegaram isso? – perguntou ela, e só então Peter e Josie perceberam que alguma coisa estava errada.

– Foi o Peter – disse Josie. – Ele tinha a chave.

– Chave? – gritou Alex. – Chave de quê?

– Do cofre – murmurou Lacy. – Ele deve ter visto o Lewis pegar o rifle quando foi caçar na semana passada.

– Minha filha vem pra sua casa desde sempre e você tem *armas* por aí?

– Elas não estão por aí – disse Lacy. – Estão trancadas em um cofre de armas.

– Que o seu filho de *cinco anos* consegue abrir!

– O Lewis guarda as balas...

– Onde? – perguntou Alex. – Ou será que devo perguntar pro Peter?

Lacy se virou para o filho.

– Você sabe que não devia ter feito isso. Por que você pegou a arma?

– Eu só queria mostrar pra ela, mãe. Ela *pediu*.

Josie ergueu um rosto amedrontado.

– Não pedi não.

Alex se virou.

– Então agora o seu filho está *culpando* a Josie...

– Ou a *sua* filha está mentindo – respondeu Lacy.

Elas se encararam, duas amigas separadas por causa dos erros dos filhos. O rosto de Alex estava vermelho. *E se*, ela ficava pensando. E se elas tivessem chegado cinco minutos mais tarde? E se Josie tivesse sido ferida, morta? Na sombra desse pensamento, outro despertou: as respostas que ela tinha dado para o Conselho Executivo semanas antes. Quem tinha o direito de julgar outra pessoa?

"Ninguém", ela tinha dito.

Ainda assim, ela estava fazendo exatamente isso.

"Sou a favor de armas de fogo", ela tinha dito.

Isso a tornava hipócrita? Ou ela só estava sendo uma boa mãe?

Alex viu Lacy se ajoelhar ao lado do filho, e isso foi tudo que precisou para dar o clique: a lealdade ferrenha de Josie a Peter de repente só parecia ser um peso arrastando-a para baixo. Talvez fosse melhor para Josie se ela começasse a fazer outros amigos. Amigos que não a fizessem ser chamada até a sala do diretor e que não colocavam rifles nas mãos dela.

Alex puxou Josie para que ficasse ao seu lado.

— Acho que a gente devia ir embora.

— Sim — concordou Lacy, com a voz fria. — Acho que seria melhor.

Elas estavam no corredor de comidas congeladas quando Josie começou a birra.

— Não gosto de ervilha — ela choramingou.

— Você não tem que comer — disse Alex, quando abriu a porta do freezer e o ar frio lhe beijou as bochechas ao pegar o saco de legumes.

— Quero bolacha Oreo.

— Você não vai ganhar Oreo. Já ganhou o biscoito de bichinhos.

Josie estava briguenta havia uma semana, desde o fiasco na casa de Lacy. Alex sabia que não podia impedir a filha de ficar com Peter na escola durante o dia, mas isso não significava que tinha de cultivar o relacionamento, permitindo que ela o chamasse para brincar depois.

Alex colocou um garrafão de água mineral no carrinho e depois uma garrafa de vinho. Pensou melhor e pegou mais uma.

— Você quer frango ou hambúrguer no jantar?

— Quero hambúrguer de tofu.

Alex começou a rir.

— Onde você ouviu falar de hambúrguer de tofu?

— A Lacy fez de almoço. É tipo uma salsicha, mas é melhor pra saúde.

Alex deu um passo à frente quando seu número foi chamado na bancada de carnes.

— Eu gostaria de duzentos e cinquenta gramas de peito de frango desossado.

– Por que *você* consegue o que quer, mas eu nunca consigo o que *eu* quero? – perguntou Josie.

– Acredite, você não é tão coitadinha quanto acha que é.

– Quero maçã – anunciou Josie.

Alex suspirou.

– Será que podemos passar pelo resto do mercado sem você dizer *eu quero* de novo?

Antes de Alex se dar conta do que a filha estava fazendo, Josie, sentada no carrinho, deu um chute na barriga dela.

– Eu te odeio! – gritou Josie. – Você é a pior mãe do mundo!

Alex percebeu com muito desconforto que as outras pessoas olhavam para ela – a senhora de idade que escolhia melões, o funcionário do mercado com as mãos cheias de brócolis. Por que as crianças sempre fazem birra em locais onde você é avaliado por suas ações?

– Josie – disse ela, sorrindo entre dentes –, se acalme.

– Eu queria que você fosse como a mãe do Peter! Queria ir *morar* com eles.

Alex segurou os ombros dela com tanta força que a fez cair no choro.

– Preste atenção – disse em um tom irritado, e em seguida ouviu um sussurro distante e a palavra *juíza*.

O jornal local publicara um artigo sobre sua recente indicação para o tribunal distrital, com uma foto dela. Alex sentira o estalo do reconhecimento ao passar por pessoas no corredor de pães e no de cereais: *Ah, é ela*. Mas, naquele momento, também sentiu o peso dos olhares enquanto a observavam com Josie, esperando que ela agisse... judicialmente.

Então relaxou as mãos.

– Eu sei que você está cansada – disse Alex, alto o bastante para que o mercado inteiro ouvisse. – Sei que quer ir pra casa. Mas você precisa se comportar enquanto estivermos em público.

Josie piscou em meio às lágrimas, ouvindo a voz da razão e se perguntando se uma criatura alienígena tinha feito algo com sua mãe, que normalmente teria gritado com ela ali e mandado que parasse com aquilo.

Uma juíza, Alex de repente se deu conta, não é juíza apenas no tribunal. Ela ainda é juíza quando vai a um restaurante ou dança em uma festa ou quer estrangular a filha no meio do corredor de carnes. Alex tinha recebido um manto para vestir sem se dar conta de que havia um detalhe: jamais poderia tirá-lo.

Se você passasse a vida se concentrando no que todo mundo pensava de você, esqueceria quem realmente é? E se o rosto que você mostrava para o mundo fosse uma máscara... sem nada embaixo?

Alex empurrou o carrinho em direção aos caixas. A essa altura, a criança furiosa tinha voltado a ser uma garotinha comportada novamente. Ela ouviu os soluços cada vez mais baixos de Josie.

– Pronto – disse ela, para se consolar tanto quanto à filha. – Assim não é melhor?

O primeiro dia de Alex no tribunal se passou em Keene. Ninguém além de seu assessor sabia oficialmente que era o primeiro dia dela – os advogados ouviram falar que ela era nova, mas não sabiam direito quando tinha começado – e, ainda assim, ela estava apavorada. Mudou de roupa três vezes, embora ninguém fosse ver debaixo da toga. Vomitou duas vezes antes de sair de casa.

Ela sabia como chegar à sala de audiência, afinal, tinha advogado em casos ali, mas pelo outro lado, centenas de vezes. O assessor era um homem magro chamado Ishmael que se lembrava de Alex de reuniões anteriores e não gostava muito dela, pois ela rira quando ele se apresentou ("Me chame de Ishmael"). Mas hoje ele praticamente caiu aos sapatos de salto dela.

– Bem-vinda, Meritíssima – disse. – Aqui está sua agenda. Vou levar para sua sala e mandaremos o oficial para buscá-la quando estiver pronta. Tem mais alguma coisa que posso fazer pela senhora?

– Não – disse Alex. – Estou bem.

Ele a deixou na sala, que estava gelada. Ela ajustou o termostato, tirou a toga da pasta e a vestiu. Havia um banheiro contíguo, e Alex entrou para se olhar. Estava bem. Com ar de controle.

E talvez parecendo um pouco uma cantora de coral.

Ela se sentou à mesa e imediatamente pensou no pai. *Olhe pra mim, papai*, pensou, apesar de ele já estar em um lugar onde não podia ouvi-la. Ela conseguia se lembrar de dezenas de casos que ele tinha julgado; ele voltava para casa e os contava para ela durante o jantar. O que ela não conseguia se lembrar era dos momentos em que ele não era juiz e era apenas pai.

Alex passou os olhos pelos arquivos de que precisava para os eventos daquela manhã. Em seguida, olhou para o relógio. Ainda tinha quarenta e cinco minutos antes de o tribunal começar a funcionar; a culpa era dela por estar tão nervosa a ponto de chegar tão cedo. Ficou de pé e se alongou. Poderia dar uma estrela naquela sala, de tão grande que era.

Mas ela não daria, porque juízes não fazem isso.

Hesitante, ela abriu a porta do corredor, e imediatamente Ishmael se materializou.

– Meritíssima? O que posso fazer pela senhora?

– Café – disse Alex. – Seria muito bom.

Ishmael deu um pulo tão rápido para atender ao pedido dela que Alex se deu conta de que, se pedisse para ele sair e comprar um presente de aniversário para Josie, ele o entregaria embrulhado antes do almoço. Ela o seguiu até o saguão, compartilhado pelos advogados e pelos outros juízes, e andou em direção à máquina de café. Uma jovem advogada imediatamente se afastou.

– Pode passar, Meritíssima – disse ela, cedendo seu lugar na fila.

Alex pegou um copo de papel. Teria de se lembrar de levar uma caneca para deixar na sala de audiências. Por outro lado, como seu cargo era rotativo e a faria ir para Laconia, Concord, Keene, Nashua, Rochester, Milford, Jaffrey, Peterborough, Grafton e Coos, dependendo do dia da semana, ela precisaria ter muitas canecas. Apertou o botão para pegar o café, mas a máquina só apitou e sibilou, vazia. Sem nem pensar, ela pegou um filtro para fazer mais.

– Meritíssima, a senhora não precisa fazer isso – disse a advogada, constrangida por Alex. E tirou o filtro da mão dela para fazer o café.

Alex ficou olhando para a advogada. Perguntou-se se alguém voltaria a chamá-la de Alex, ou se devia ter o nome mudado oficialmente para Meritíssima. Perguntou-se se alguém teria coragem de lhe dizer se ela ficasse com papel higiênico preso no sapato ao andar pelo corredor, ou se estivesse com espinafre nos dentes. Era uma sensação estranha ser escrutinada tão cuidadosamente e saber ao mesmo tempo que ninguém ousaria dizer na cara dela que alguma coisa estava errada.

A advogada levou para ela um copo de café fresco.

– Eu não sei como a senhora gosta, Meritíssima – disse ela, oferecendo copos com açúcar e creme.

— Assim está ótimo — Alex respondeu, mas, ao esticar a mão para pegar o copo, a manga de punhos largos prendeu na beirada do isopor e o café derramou.

Legal, Alex, ela pensou.

— Ai, meu Deus! — exclamou a advogada. — Sinto muito!

Por que você sente muito, questionou-se Alex, *se foi minha culpa?* A garota já estava pegando guardanapos para limpar a sujeira, então Alex tirou a toga para limpá-la. Por um momento, pensou em não parar nisso, em se despir completamente, até o sutiã e a calcinha, e desfilar pelo tribunal como o imperador dos contos de fadas. "Meu vestido não é lindo?", ela diria, e ouviria todo mundo dizer: "É sim, Meritíssima".

Ela lavou a manga na pia e torceu para que secasse. Em seguida, carregando a toga, foi em direção à sala de audiências. Mas a ideia de ficar ali sentada por meia hora, sozinha, era deprimente demais, então Alex começou a andar pelos corredores do fórum de Keane. Entrou em lugares onde nunca tinha entrado antes e acabou chegando a uma porta de porão que levava a uma área de carga e descarga.

Do lado de fora, encontrou uma mulher com um macacão verde de jardineira, fumando um cigarro. O ar estava carregado de inverno e a geada cobria o asfalto como vidro quebrado. Alex abraçou o corpo — estava possivelmente mais frio ali que na sala de audiências — e assentiu para a estranha.

— Oi — disse ela.

— Oi — a mulher respondeu, expirando fumaça. — Nunca vi você por aqui. Como se chama?

— Alex.

— Sou a Liz. Sou o departamento todo de manutenção da propriedade — ela sorriu. — Onde você trabalha no fórum?

Alex procurou a caixinha de Tic Tac no bolso, não por querer ou precisar de uma bala, mas porque queria ganhar tempo antes que a conversa fosse repentinamente interrompida.

— Humm... — ela murmurou —, eu sou a juíza.

O rosto de Liz mudou imediatamente e ela deu um passo para trás, pouco à vontade.

— Sabe, eu não queria ter dito isso pra você, porque foi tão legal o modo como você acabou de puxar conversa comigo. Ninguém aqui faz isso e... bom, é meio solitário. – Alex hesitou. – Será que você consegue esquecer que eu sou a juíza?

Liz apagou o cigarro com a bota.

– Depende.

Alex assentiu e girou a pequena caixa de plástico com as balinhas na palma da mão. Elas fizeram um barulho quase musical.

– Quer um Tic Tac?

Depois de um momento, Liz estendeu a mão.

– Claro, Alex – disse e sorriu.

Peter tinha adquirido o hábito de vagar pela casa como um fantasma. Ele estava de castigo, o que tinha a ver com o fato de Josie não ir mais lá, apesar de antes eles se encontrarem depois da escola três ou quatro vezes por semana. Joey não queria brincar com ele, pois sempre saía para treinar futebol ou ficava no computador, entretido com um jogo em que tinha de dirigir muito rápido em uma pista com curvas como um clipe de papel. Isso significava que Peter, oficialmente, não tinha nada para fazer.

Uma noite, depois do jantar, ele ouviu movimentos no porão. Não descia lá desde que a mãe o encontrara com Josie e a arma, mas agora foi atraído como uma mariposa para a luz acima da bancada de trabalho do pai, que estava sentado em um banco segurando a mesma arma que causara tantos problemas a Peter.

– Você não devia estar se aprontando pra dormir? – perguntou o pai.

– Não estou cansado – ele respondeu, observando as mãos do pai percorrerem o longo cano do rifle.

– Lindo, não é? É um Remington 721. Calibre 30-06. – O pai de Peter se virou para ele. – Quer me ajudar a limpar?

O garoto olhou instintivamente para a escada, para onde a mãe estava lavando a louça do jantar.

– Eu acho, Peter, que se você se interessa tanto por armas, precisa aprender a respeitá-las. É melhor prevenir do que remediar, não é? Nem a sua mãe pode discordar disso. – Ele aninhou a arma no colo. – Uma arma é uma coisa muito, muito perigosa, mas o que a torna tão perigosa é que a maior parte das pessoas não entende como ela funciona. E, quando você passa a entender, ela é como uma ferramenta, como um martelo ou uma chave de fenda, e não faz nada a não ser que você saiba pegar e usar corretamente. Entendeu?

Peter não tinha entendido, mas não ia dizer isso para o pai. Estava prestes a aprender como usar um rifle de verdade! Nenhum daqueles meninos idiotas da sala dele, que eram tão maus, podia dizer isso.

– A primeira coisa que temos que fazer é abrir o ferrolho, assim, pra ter certeza que não tem balas dentro. Olhe no pente, bem ali. Está vendo alguma bala?

Peter balançou a cabeça.

– Agora olhe de novo. Nunca é demais. Bom, tem um pequeno botão debaixo do receptor, bem na frente do guarda-mato. Empurre esse botão e você vai conseguir remover completamente o ferrolho.

Peter observou o pai tirar a grande catraca prateada que prendia a parte de trás do rifle ao cano, com simplicidade. Ele esticou a mão até a bancada para pegar um vidro de solvente – Hoppes #9, Peter leu – e colocou um pouco do líquido em um pedaço de pano.

– Não há nada como caçar, Peter – disse o pai. – Estar na floresta quando o resto do mundo ainda está dormindo... Ver o cervo erguer a cabeça e olhar diretamente pra você... – Ele afastou o pano, cujo cheiro fez a cabeça de Peter girar, e começou a esfregar o ferrolho com ele. – Aqui – o pai disse. – Por que você não faz isso?

O queixo de Peter caiu. Ele estava sendo instruído para segurar o rifle depois do que tinha acontecido com Josie? Talvez fosse porque o pai estava ali para supervisionar, ou talvez fosse um truque e ele iria ser punido por *querer* segurá-lo de novo. Hesitante, ele esticou as mãos e, como da outra vez, ficou surpreso com o peso. No jogo de computador de Joey, Big Buck Hunter, os personagens carregavam os rifles como se fossem leves como penas.

Não era um truque. O pai queria mesmo que ele ajudasse. Peter o viu pegar outra lata, de óleo de máquina, e derramar um pouco do produto em um pano limpo.

– Limpamos o ferrolho e colocamos uma gota no cão... Quer saber como uma arma funciona, Peter? Venha aqui. – Ele lhe mostrou o cão, um pequeno círculo dentro do círculo do ferrolho. – Dentro do ferrolho, onde não dá pra enxergar, tem uma grande mola. Quando você puxa o gatilho, ele solta a mola, que bate no cão e o empurra só um pouquinho... – Ele afastou o polegar e o indicador só um centímetro, para ilustrar. – Esse cão bate no centro de uma bala de latão... e amassa um pequeno botão de prata chamado espoleta. Esse amassado provoca o disparo, que é a pólvora dentro da cápsula de latão. Você já viu uma bala, o jeito como ela vai ficando mais fina na ponta? Essa parte mais fina é onde fica a bala de verdade, e, quando a pólvora acende, cria uma pressão atrás da bala e a empurra.

O pai de Peter pegou o ferrolho das mãos dele, limpou-o com óleo e o colocou de lado.

– Agora, olhe dentro do cano. – Ele apontou a arma como se fosse atirar em uma lâmpada no teto. – O que você vê?

Peter olhou dentro do cano por trás.

– Parece aquele macarrão que a mamãe faz no almoço.

– É, acho que parece mesmo. Macarrão parafuso? É esse o nome? As voltas dentro do cano são mesmo como um parafuso. Quando a bala é empurrada para fora, essas ranhuras fazem a bala girar. É meio como quando você joga uma bola de futebol americano e a faz girar.

Peter tinha tentado fazer isso no quintal com o pai e Joey, mas sua mão era pequena demais ou a bola de futebol americano era grande demais, e, quando ele tentava fazer um passe, ela acabava caindo nos pés dele.

– Se a bala sai girando, ela consegue voar em linha reta sem desviar. – O pai começou a mexer com uma vara longa que tinha uma argola de arame na ponta. Ele prendeu um pedaço de pano no aro e o mergulhou no solvente. – Mas a pólvora deixa uma sujeira grudenta dentro do cano – continuou. – E é isso que temos que limpar.

Peter viu o pai enfiar a vara dentro do cano e mexer para cima e para baixo, como se estivesse batendo manteiga. Ele colocou um pedaço limpo de pano e passou no cano de novo, e depois outro, até não saírem mais sujos de preto.

– Quando eu tinha a sua idade, meu pai também me ensinou como fazer isso. – Ele jogou o pedaço de pano no lixo. – Um dia, você e eu vamos caçar.

Peter não conseguiu conter a alegria ao pensar nisso. Ele, que não conseguia jogar uma bola de futebol americano, nem driblar com uma de futebol, nem mesmo nadar muito bem, ia sair para *caçar* com o pai? Ele adorou a mera ideia de deixar Joey em casa. E se perguntou quanto tempo teria que esperar por essa aventura, como seria a sensação de fazer uma coisa com o pai que seria só *deles dois*.

– Ah – o pai exclamou. – Agora olhe o cano de novo.

Peter segurou a arma ao contrário, olhando pela saída do cano, com a extremidade da arma contra o rosto, perto do olho.

– Meu Deus, Peter! – disse o pai, tirando-a das mãos dele. – Assim não! Você pegou ao contrário! – Ele virou a arma para que o cano ficasse apontado para o outro lado. – Apesar de o ferrolho estar lá e de ser seguro, *nunca* se olha pela saída de um rifle. Não se aponta a arma pra uma coisa que não se quer matar.

Peter apertou os olhos e olhou pelo cano do jeito *certo*. Estava cegante, prateado, brilhante. Perfeito.

O pai esfregou a parte de fora do cano com óleo.

– Agora, puxe o gatilho.

Peter ficou olhando para ele. Até *ele* sabia que não se fazia isso.

– Não tem problema – respondeu o pai. – É o que precisamos fazer pra engatilhar a arma.

Peter colocou o dedo com hesitação na meia-lua de metal e apertou. Isso soltou uma trava, e o ferrolho que o pai estava segurando voltou ao lugar certo.

Ele viu o pai levar o rifle de volta para o armário de armas.

– Quem não gosta de armas é porque não as conhece – disse o pai. – Se você conhece armas, consegue mexer nelas com segurança.

Peter viu o pai trancar o armário de armas. Ele entendeu o que o pai estava tentando dizer: o mistério do rifle, aquela coisa que tinha feito com que ele roubasse a chave do armário na gaveta de cuecas do pai para mostrar a Josie, não era mais tão atraente. Agora que ele o tinha visto desmontado e montado, viu uma arma de fogo como aquilo que realmente era: pedaços de metal encaixados, a soma de suas partes.

Uma arma não era nada, de verdade, sem uma pessoa por trás.

Se você acredita ou não em destino, é só questão de uma coisa: quem você culpa quando algo dá errado. Você acha que é sua culpa - que, se você tivesse se dedicado mais, se tivesse se esforçado mais, não teria acontecido? Ou você põe a culpa nas circunstâncias?

Conheço gente que vai ouvir falar das pessoas que morreram e vai dizer que foi a vontade de Deus. Conheço gente que vai dizer que foi azar. E tem também o meu favorito: elas só estavam no lugar errado, na hora errada.

Por outro lado, daria para dizer a mesma coisa sobre mim, não é?

O dia seguinte

No sexto Natal de Peter, ele ganhou um peixe. Era um daqueles peixes japoneses de briga, um beta de rabo partido tão fino como um lenço de papel, que balançava como a cauda de um vestido de estrela de cinema. Peter o batizou de Wolverine e passava horas olhando as escamas da cor da lua e os olhos brilhosos. Mas, depois de alguns dias, começou a imaginar como seria ter apenas um aquário para explorar. Ele se perguntava se o peixe encostava na planta de plástico cada vez que passava porque havia uma coisa nova e incrível que tinha descoberto no formato e no tamanho dela, ou porque era uma maneira de contar outra volta.

Peter começou a acordar no meio da noite para ver se seu peixe dormia, mas, independentemente da hora, Wolverine estava nadando. Ele pensava no que o peixe via: um olho aumentado, subindo como um sol pelo vidro grosso do aquário. Ouvia o pastor Ron na igreja falando sobre o fato de Deus ver tudo e se perguntava se ele era assim para Wolverine.

Enquanto estava sentado na cela da cadeia do condado de Grafton, Peter tentou lembrar o que tinha acontecido com o peixe. Ele achava que tinha morrido. Devia até tê-lo *visto* morrer.

Olhou para a câmera no canto da cela, que piscava impassivelmente. Eles – não importava quem fossem – queriam se certificar de que ele não se mataria antes de ser crucificado publicamente. Até agora, a cela não tinha colchão, nem travesseiro, nem mesmo um tapete, só um banco duro e aquela câmera idiota.

Em contrapartida, talvez fosse uma coisa boa. Pelo que ele podia perceber, estava sozinho naquele pequeno aglomerado de celas individuais. Ele tinha ficado apavorado quando o carro do xerife parou na frente da cadeia. Já tinha visto muitos programas de TV e sabia o que acontecia em lugares assim. O tempo todo em que estava sendo fichado, Peter ficou de boca calada, não por ser durão, mas porque tinha medo de começar a chorar se a abrisse e de não lembrar como fazer para parar.

Houve o som parecido com o de uma luta de espadas, de metal sendo arrastado sobre metal, e então passos. Peter ficou onde estava, com as mãos apertadas entre os joelhos e os ombros caídos. Não queria parecer ansioso demais; não queria parecer patético. A invisibilidade, na verdade, era algo em que era bom. Aperfeiçoara essa capacidade ao longo dos últimos doze anos.

Um agente penitenciário parou na frente da cela.

– Você tem visita – disse ele, e abriu a porta.

Peter se levantou lentamente. Olhou para a câmera e seguiu o agente por um corredor cinza.

Quão difícil seria fugir daquela cadeia? E se, como em todos os videogames, ele soubesse um golpe legal de kung fu e derrubasse aquele guarda, depois outro, e outro, até conseguir sair correndo pela porta e respirar ar puro, cujo gosto estava começando a esquecer?

E se tivesse de *ficar* ali para sempre?

Foi nessa hora que ele lembrou o que tinha acontecido com o peixe. Em um movimento arrebatador de direitos dos animais e de humanidade, Peter levou Wolverine até o banheiro e o jogou no vaso sanitário. Concluiu que o encanamento levava a algum grande oceano, como o que a família tinha visitado nas férias de verão anteriores, e que talvez Wolverine conseguisse voltar para o Japão, para seus outros parentes betas. Depois que Peter confidenciou isso ao irmão, Joey contou a ele sobre os esgotos, e que, em vez de dar liberdade ao peixe, Peter o tinha matado.

O agente parou diante de uma porta que dizia SALA DE REUNIÕES. Ele não conseguia imaginar quem o visitaria além dos pais, e não queria vê-los ainda. Eles fariam perguntas que ele não saberia responder, sobre como se podia colocar um filho na cama e não o reconhecer na manhã seguinte. Talvez fosse mais fácil voltar para a câmera na cela, que olhava, mas não fazia julgamentos.

– Pronto – disse o agente, e abriu a porta.

Peter respirou fundo e tremeu. Perguntou-se o que o peixe tinha pensado, pois esperava o azul frio do mar, mas acabou nadando para um monte de merda.

Jordan entrou na cadeia do condado de Grafton e parou no balcão de registro. Ele tinha que assinar sua entrada antes de ir visitar Peter Houghton e deveria pegar um crachá de visitante com um agente penitenciário do outro lado da divisória de vidro. Jordan pegou a prancheta e escreveu o nome, depois a passou pela abertura na parte de baixo da parede de plástico, mas não havia ninguém para pegá-la. Os dois agentes ali dentro estavam olhando para uma pequena TV em preto e branco que estava sintonizada, como todas as outras TVs do planeta, em um noticiário sobre o tiroteio.

– Com licença – disse Jordan, mas nenhum dos dois se virou.

– Quando começou o tiroteio – disse o repórter –, Ed McCabe olhou pela porta da sala de matemática do nono ano e se colocou entre o atirador e os alunos.

A tela cortou para uma mulher que chorava, identificada em letras de forma abaixo do rosto como JOAN McCABE, IRMÃ DA VÍTIMA.

– Ele gostava dos alunos – disse ela, chorando. – Cuidou deles durante todos os sete anos em que deu aula em Sterling, e até o seu último minuto de vida.

Jordan se mexeu com desconforto.

– Oi?

– Só um segundo, amigo – disse um dos agentes, balançando a mão com desatenção na direção dele.

O repórter apareceu de novo na tela granulada, com o cabelo voando como a vela de um barco ao vento leve, e os tijolos monótonos da parede da escola atrás de si.

– Os colegas se lembram de Ed McCabe como um professor comprometido, sempre disposto a dar mais de si para ajudar um aluno, e como um ávido amante da natureza, que costumava falar na sala dos professores sobre seu sonho de fazer uma caminhada até o Alasca. Um sonho – disse o repórter com gravidade – que nunca vai se realizar.

Jordan pegou a prancheta e a enfiou pela abertura no vidro, de forma que caísse no chão. Os dois agentes se viraram ao mesmo tempo.

– Estou aqui para ver meu cliente – disse ele.

Lewis Houghton nunca tinha deixado de comparecer a uma aula nos dezenove anos em que fora professor na Faculdade de Sterling, até aquele dia. Quando Lacy ligou, ele saiu com tanta pressa que nem se lembrou de colocar um aviso no corredor da sala. Imaginou os alunos esperando que ele aparecesse, esperando para tomar notas das palavras que saíssem de seus lábios, como se as coisas que ele tinha a dizer ainda fossem irrepreensíveis.

Que palavra, que trivialidade, que comentário dele tinha levado Peter a isso?

Que palavra, que trivialidade, que comentário poderia tê-lo impedido?

Ele e Lacy estavam sentados no quintal, esperando que os policiais saíssem de casa. Bem, eles tinham ido embora, ou pelo menos um deles, para ampliar o mandado de busca, provavelmente. Lewis e Lacy não podiam entrar na própria casa durante toda a operação. Por um tempo, ficaram de pé em frente à garagem, vendo ocasionalmente os policiais carregarem caixas e sacos cheios de coisas que Lewis esperava – computadores, livros do quarto de Peter – e coisas que não esperava – uma raquete de tênis, uma caixa grande de fósforos à prova d'água.

– O que vamos fazer? – murmurou Lacy.

Ele balançou a cabeça, entorpecido. Para um de seus artigos sobre o valor da felicidade, ele tinha entrevistado pessoas mais velhas com tendências suicidas. "O que sobrou para nós?", disseram eles, e na época Lewis não tinha conseguido entender aquela total falta de esperança. Na época, não conseguia imaginar o mundo ficando tão amargo que não fosse possível ver um jeito de endireitá-lo.

– Não tem nada que *possamos* fazer – respondeu Lewis, e estava falando sério. Ele viu um policial sair com uma pilha de revistas em quadrinhos de Peter.

Quando chegou e encontrou Lacy andando em frente à garagem, ela se lançou nos braços dele.

– Por quê – soluçou ela –, por quê?

Havia mil perguntas dentro daquela, mas Lewis não podia responder a nenhuma delas. Ele abraçou a esposa como se ela fosse um tronco no meio de uma inundação e depois reparou que um vizinho os espiava do outro lado da rua, atrás de uma cortina.

Então eles foram para o quintal e se sentaram no balanço da varanda, cercados por um emaranhado de galhos e neve derretida. Lewis ficou imóvel, com os dedos e os lábios amortecidos pelo frio e pelo choque.

– Você acha – sussurrou Lacy – que é nossa culpa?

Ele olhou para ela fixamente, impressionado com sua coragem: ela colocara em palavras o que ele nem tinha se permitido pensar. Mas o que mais poderia ser dito entre eles? Os tiros foram disparados, e o filho deles estava envolvido. Não dava para discutir com os fatos, só dava para mudar a lente com a qual se olhava para eles.

Lewis baixou a cabeça.

– Não sei.

Por onde começar a analisar essa estatística? Será que tinha acontecido porque Lacy pegava Peter muito no colo quando bebê? Ou porque Lewis fingia rir quando ele caía, torcendo para que o menininho não chorasse se achasse que não havia motivo para chorar? Será que eles deviam ter monitorado de perto o que ele lia, via, ouvia... ou sufocá-lo teria levado ao mesmo resultado? Ou talvez fosse a combinação de Lacy e Lewis juntos. Se os filhos de um casal contavam como currículo, eles haviam falhado terrivelmente.

Duas vezes.

Lacy olhou para o desenho intrincado do piso entre os sapatos. Lewis se lembrava de quando colocara o piso no pátio; ele nivelara a areia e colocara os tijolos ele mesmo. Peter quis ajudar, mas Lewis não deixou. Os tijolos eram muito pesados. "Você pode se machucar", dissera.

Se Lewis tivesse sido menos protetor, se Peter tivesse sentido dor de verdade, será que teria menos probabilidade de causá-la?

– Qual era o nome da mãe do Hitler? – Lacy perguntou.

Lewis olhou para ela sem entender.

– O quê?

– Ela era um monstro?

Ele passou um braço ao redor dela.

– Não faça isso consigo mesma – murmurou.

Ela afundou o rosto no ombro dele.

– Todo mundo vai fazer.

Por apenas um momento, Lewis se permitiu acreditar que todo mundo estava errado, que Peter não podia ser o atirador daquela tragédia. De certa forma, era verdade. Apesar de haver centenas de testemunhas, o garoto que eles viram não era o mesmo com quem Lewis conversara na noite anterior, antes de ir para a cama. Eles haviam conversado sobre o carro de Peter.

– Você sabe que tem que levar pra revisão até o fim do mês – dissera Lewis.

– Sei – respondera Peter. – Já marquei.

Será que estava mentindo sobre isso também?

– O advogado...

– Ele disse que vai ligar pra gente – respondeu Lewis.

– Você disse pra ele que o Peter é alérgico a frutos do mar? Se derem algum pra ele...

– Eu falei – disse Lewis, apesar de não ter falado nada. Imaginou Peter sentado sozinho em uma cela na cadeia pela qual passara durante todo o verão, a caminho de Haverhill Fairgrounds. Pensou em Peter ligando para casa na segunda noite do acampamento, implorando para que fossem buscá-lo. Pensou no filho, que *ainda* era seu filho, apesar de ter feito uma coisa tão horrível que Lewis não conseguia fechar os olhos sem imaginar o pior; e então seu peito pareceu apertado demais e ele não conseguiu respirar direito.

– Lewis? – disse Lacy, se afastando enquanto ele ofegava. – Você está bem?

Ele assentiu e sorriu, mas estava se engasgando com a verdade.

– Sr. Houghton? – Os dois ergueram o olhar e viram um policial de pé na frente deles. – O senhor poderia vir comigo um segundo?

Lacy ficou de pé ao lado dele, mas ele a segurou com uma das mãos. Não sabia aonde o policial o estava levando nem o que precisaria ver. Não queria que Lacy visse se não precisasse.

Ele seguiu o policial e entrou na própria casa, ocupada pelos policiais de luvas brancas que revistavam a cozinha e o armário. Assim que chegaram à porta do porão, ele começou a suar. Sabia para onde estavam indo; era uma coisa sobre a qual tinha meticulosamente evitado pensar desde que recebera a ligação de Lacy.

Outro policial estava de pé no porão, bloqueando a visão de Lewis. Estava uns cinco graus mais frio lá embaixo, mas Lewis estava suando, então limpou a testa com a manga.

– Esses rifles – disse o policial – pertencem ao senhor?

Lewis engoliu em seco.

– Sim. Eu caço.

– O senhor pode nos dizer, sr. Houghton, se todas as suas armas de fogo estão aqui? – O policial deu um passo para o lado para deixar à mostra o armário com porta de vidro.

Lewis sentiu os joelhos fraquejarem. Três de seus cinco rifles de caça estavam dentro do armário, como moças sem par em um baile. Estavam faltando dois.

Até aquele momento, ele não tinha se permitido acreditar naquela coisa horrível sobre Peter. Até aquele momento, tinha sido um terrível acidente.

Agora, Lewis começava a se culpar.

Virou-se para o policial e olhou nos olhos dele sem entregar seus sentimentos. Lewis se deu conta de que aquela era uma expressão que tinha aprendido com o próprio filho.

– Não – disse ele. – Não estão.

A primeira regra não escrita da advocacia de defesa era agir como se você soubesse tudo, quando na verdade não sabia nada. Você estava de frente para um cliente desconhecido que podia ou não ter uma chance de ser absolvido; o truque, entretanto, era ser simultaneamente impassível e impressionante. O primeiro passo era determinar imediatamente os parâmetros do relacionamento: *Sou o chefe; você me conta só o que preciso ouvir.*

Jordan já estivera naquela situação uma centena de vezes – esperando em uma sala de reuniões daquela mesma cadeia que sua próxima fonte de renda chegasse – e realmente acreditava já ter visto de tudo. Esse foi o motivo de ter ficado perplexo ao descobrir que Peter Houghton tinha a capacidade de surpreendê-lo. Considerando a magnitude do tiroteio e o dano causado, o terror nos rostos que Jordan tinha visto na tela da TV... Bem, aquele garoto magrelo, com sardas e quatro-olhos não parecia capaz daquele ato.

Esse foi seu primeiro pensamento. O segundo foi: *Isso vai ser uma vantagem pra mim.*

– Peter – disse ele. – Meu nome é Jordan McAfee. Sou advogado e fui contratado pelos seus pais pra defender você.

E esperou por uma resposta.

– Sente-se – ele disse, mas o garoto ficou de pé. – Ou não – acrescentou. Ele colocou a máscara profissional e olhou para Peter. – Você será acusado amanhã. Não vai ter direito à fiança. Vamos poder falar sobre as acusações de manhã, antes de você ir pro tribunal – e deu um momento para Peter digerir a informação. – De agora em diante, você não vai passar por isso sozinho. Você tem a mim.

Será que era imaginação de Jordan, ou alguma coisa brilhou nos olhos de Peter quando ele disse essas palavras? Foi tudo muito rápido e já não estava mais lá; Peter olhou para o chão, sem expressão.

– Bom – disse Jordan, se levantando. – Alguma pergunta?

Como ele esperava, não houve resposta. Pelo tanto que Peter se envolvera naquela curta conversa, parecia que Jordan estava batendo papo com uma das vítimas menos afortunadas do tiroteio.

Talvez você esteja fazendo isso mesmo, pensou ele, e a voz que ressoou em sua cabeça era muito parecida com a de sua esposa.

– Tudo bem então. Vejo você amanhã. – Ele bateu na porta para chamar o agente penitenciário que levaria Peter de volta à cela, mas de repente o garoto falou.

– Quantos eu consegui atingir?

Jordan hesitou com a mão na maçaneta, mas não se virou para olhar para o cliente.

– Vejo você amanhã – repetiu.

O dr. Ervin Peabody morava do outro lado do rio, em Norwich, Vermont, e trabalhava meio período no programa de psicologia da Faculdade de Sterling. Seis anos antes, tinha sido um dos sete coautores de um trabalho publicado sobre violência escolar, um exercício acadêmico do qual mal se lembrava. Ainda assim, recebeu uma ligação da afiliada da NBC em Burlington, um noticiário matinal a que às vezes assistia enquanto comia uma tigela de cereal pela pura alegria de ver a frequência com que os jornalistas incompetentes faziam besteira.

– Estamos procurando uma pessoa que possa falar sobre o tiroteio do ponto de vista psicológico – dissera o produtor, e Ervin respondera:

– Sou quem você procura.

– Sinais de aviso – disse ele em resposta à pergunta do âncora. – Bom, esses jovens se afastam dos outros. Costumam ser solitários. Falam sobre ferir a si mesmos ou os outros. Não conseguem se adaptar à escola ou são punidos ali. Não têm nenhum tipo de ligação com ninguém que possa fazê-los se sentir importantes.

Ervin sabia que a rede de TV não tinha feito contato com ele em busca de conhecimento, e sim de consolo. O resto de Sterling – o resto do *mundo* – queria saber que garotos como Peter Houghton eram reconhecíveis, como se o potencial de virar um assassino de um dia para o outro fosse uma marca de nascença visível.

– Então existe um perfil genérico de atirador de escola – disse o âncora.

Ervin Peabody olhou para a câmera. Ele sabia a verdade: se dissesse que esses garotos usavam preto, ouviam música estranha ou eram raivosos, estaria falando da maior parte da população adolescente masculina em algum momento da puberdade. Ele sabia que, se um indivíduo profundamente perturbado tivesse a intenção de causar mal, provavelmente conseguiria. Mas também sabia que todos os olhares do vale de Connecticut estavam sobre ele – talvez até de todo o nordeste –, e que isso podia lhe garantir estabilidade profissional em Sterling. Um pouco de prestígio, um rótulo de *especialista*, não seria nada mal.

– Pode-se dizer que sim – ele respondeu.

Era Lewis quem preparava a casa dos Houghton à noite. Começava na cozinha, colocando a louça na máquina de lavar. Trancava a porta da frente e apagava as luzes. Em seguida, ia para o andar de cima, onde Lacy costumava já estar na cama, lendo – se não estivesse na rua, auxiliando em um parto –, e parava no quarto do filho. Dizia para ele desligar o computador e ir dormir.

Aquela noite, ele se viu de pé em frente ao quarto de Peter, olhando para a bagunça feita pela polícia durante a busca. Pensou em ajeitar os livros que sobraram na prateleira, em guardar o que havia nas gavetas da escrivaninha e que tinha sido jogado sobre o tapete. Mas pensou melhor e delicadamente fechou a porta.

Lacy não estava no quarto nem escovando os dentes. Ele hesitou, com os ouvidos em alerta. Havia um ruído que parecia de uma conversa furtiva vindo do aposento de baixo.

Ele refez seus passos, aproximando-se das vozes. Com quem Lacy estaria falando perto da meia-noite?

A tela da televisão emitia um brilho verde e sobrenatural no escritório escuro. Lewis tinha esquecido que *havia* uma TV naquele aposento, de tão pouco que era usada. Viu o logo da CNN e a margem familiar de notícia urgente embaixo. Um pensamento lhe ocorreu: aquela margem não existia antes do 11 de Setembro, até as pessoas estarem tão assustadas a ponto de precisarem saber, ao vivo, o que acontece no mundo que habitam.

Lacy estava ajoelhada no tapete e olhava atentamente o âncora.

– Ainda não se sabe como o homem que atirou obteve as armas nem exatamente que armas eram...

– Lacy – disse ele, engolindo em seco. – Lacy, venha pra cama.

Ela não se mexeu nem deu qualquer indicação de ter ouvido. Lewis passou por ela e encostou a mão em seu ombro ao ir desligar a televisão.

– Os relatórios preliminares estão concentrados em duas pistolas – disse o âncora, antes de sua imagem desaparecer.

Lacy se virou para ele. Os olhos dela lhe lembraram o céu que se vê quando se está dentro de um avião: um cinza sem limites, que é ao mesmo tempo qualquer lugar e nenhum lugar, tudo de uma vez.

– Ficam falando *homem* – disse ela –, mas ele é apenas um garoto.

– Lacy – o marido repetiu, e ela ficou de pé e foi para os braços dele, como se fosse um convite para dançar.

Se você escutar com atenção em um hospital, consegue ouvir a verdade. Enfermeiras sussurram umas com as outras sobre seu corpo imóvel quando você está fingindo dormir; policiais trocam segredos no corredor; médicos entram em seu quarto com a situação de outro paciente nos lábios.

Josie vinha fazendo uma lista mental dos feridos. Parecia que podia brincar de seis graus de separação com qualquer um deles: quando os tinha visto pela última vez; quando tinham cruzado seu caminho; onde estavam em relação a ela quando levaram o tiro. Havia Drew Girard, que agarrara ela e Matt para dizer que Peter Houghton estava atirando pela escola. Emma, que estava sentada a três cadeiras dela no refeitório. E Trey MacKenzie, um jogador de futebol conhecido pelas festas que dava em casa. John Eberhard, que comera as batatas dela naquela manhã. Min Horuka, uma estudante de intercâmbio de Tóquio que no ano passado ficara bêbada no circuito de arvorismo atrás das pistas de corrida e urinara pela janela aberta do carro do diretor. Natalie Zlenko, que estava na frente dela na fila do refeitório. O treinador Spears e a srta. Ritolli, dois ex-professores seus. Brady Pryce e Haley Weaver, o casal vinte entre os formandos.

Havia outros que Josie só conhecia de nome: Michael Beach, Steve Babourias, Natalie Phlug, Austin Prokiov, Alyssa Carr, Jared Weiner, Richard Hicks, Jada Knight, Zoe Patterson, estranhos a quem agora estava ligada para sempre.

Foi mais difícil descobrir os nomes dos mortos. Eles eram sussurrados ainda mais baixo, como se a condição deles fosse contagiosa para o resto das almas infelizes que ocupavam espaço nos leitos de hospital. Josie tinha ouvido boatos: que o sr. McCabe tinha sido morto, assim como Topher McPhee, o traficante de maconha da escola. Para reunir migalhas de informação, ela tentava ver televisão, que fazia a cobertura do tiroteio da Sterling High vinte e quatro horas por dia, mas inevitavelmente sua mãe entrava no quarto e a desligava. Tudo que coletou em suas investidas proibidas na mídia foi que havia dez vítimas fatais.

Matt era uma delas.

Todas as vezes que Josie pensava nisso, alguma coisa acontecia com seu corpo e ela parava de respirar. Todas as palavras que sabia ficavam congeladas na garganta, como uma pedra bloqueando a saída de uma caverna.

Graças aos sedativos, muito disso parecia irreal, como se ela estivesse caminhando pelo piso esponjoso de um sonho, mas, assim que pensava em Matt, tudo se tornava verdadeiro e cru.

Jamais voltaria a beijar Matt.

Jamais o ouviria rir.

Jamais sentiria o peso da mão dele em sua cintura, nem leria um bilhete enfiado por ele em seu armário, nem sentiria o coração bater debaixo da mão dele quando ele desabotoava sua blusa.

Ela sabia que só estava se lembrando de metade de tudo, como se o tiroteio não só tivesse partido a vida dela em antes e depois, mas também tivesse lhe roubado certas capacidades: a capacidade de passar uma hora sem desabar em lágrimas; de ver a cor vermelha sem ficar enjoada; de formar um esqueleto da verdade usando os ossos da memória. Lembrar-se do resto, considerando o que tinha acontecido, seria quase obsceno.

Assim, Josie se viu passando dos momentos desfocados com Matt para os macabros. Ficava pensando em uma frase de *Romeu e Julieta* que a tinha apavorado quando estudaram a peça no nono ano: "Com vermes que são seus criados". Romeu tinha dito para o corpo de Julieta, que parecia estar morta, na cripta dos Capuleto. Das cinzas às cinzas, do pó ao pó. Mas havia uma série de passos no meio disso dos quais ninguém falava, e, quando as enfermeiras sumiam no meio da noite, Josie se via pensando em quanto tempo a pele demorava para se soltar de um crânio; no que acontecia com os olhos; se Matt já tinha deixado de ter a aparência de Matt. E então, acordava e percebia que estava gritando, com uma dúzia de médicos e enfermeiras em volta para segurá-la.

Se você entregava seu coração para uma pessoa e ela morria, ela levava seu coração junto? E então você seria obrigado a passar o resto da vida com um buraco no peito, que não podia mais ser preenchido?

A porta do quarto se abriu e sua mãe entrou.

– E então? – perguntou ela, com um sorriso falso tão largo que dividia sua cabeça como a linha do equador. – Está pronta?

Eram apenas sete horas da manhã, mas Josie já tinha recebido alta. Ela assentiu para a mãe. De certa forma, Josie a odiava agora. Ela estava agindo com muita preocupação, mas era tarde demais, como se tivesse sido necessário acontecer o tiroteio para que ela acordasse para o fato de que não tinha nenhum tipo de relacionamento com Josie. Ela ficava dizendo para Josie que estava ali caso ela precisasse conversar, o que era ridículo. Mesmo se Josie quisesse – e ela *não* queria –, a mãe era a última pessoa no mundo em quem iria confiar. Ela não entenderia. Ninguém entenderia, exceto os outros adolescentes deitados nos outros quartos daquele hospital. Não tinha sido apenas um assassinato na rua, em um lugar qualquer, o que já teria sido bem ruim. Era o pior que poderia acontecer, em um lugar para onde Josie teria que voltar, querendo ou não.

Josie estava usando roupas diferentes das de quando fora levada para o hospital, as quais tinham misteriosamente desaparecido. Ninguém admitia nada, mas ela supôs que estavam cobertas com o sangue de Matt. Sendo assim, eles tinham feito certo em jogá-las fora: não importava quanta água sanitária se usasse nem quantas vezes fossem lavadas, ela sempre conseguiria ver as manchas.

A cabeça ainda doía no local que batera no chão quando desmaiara. Ela tinha cortado a testa e por pouco não precisou de pontos, mas os médicos disseram que queriam observá-la durante a noite. (*Observar o quê?*, Josie se perguntou. *Um derrame cerebral? Um coágulo de sangue? Uma tentativa de suicídio?*) Quando Josie ficou de pé, sua mãe imediatamente apareceu ao seu lado, com um braço à sua volta para servir-lhe de apoio. Isso lembrou a Josie o jeito como ela e Matt às vezes andavam na rua no verão, com as mãos no bolso de trás do jeans do outro.

– Ah, Josie – disse a mãe, e aquilo foi o bastante para ela reparar que tinha começado a chorar de novo. Acontecia com tanta frequência que Josie tinha perdido a capacidade de perceber quando parava e começava. Sua mãe lhe ofereceu um lenço de papel. – Sabe de uma coisa? Você vai começar a se sentir melhor quando chegar em casa. Prometo.

Bem, *dã*. Josie não podia começar a se sentir *pior*.

Mas conseguiu esboçar uma careta, que poderia ter sido um sorriso se você não estivesse prestando muita atenção, porque ela sabia que era o que a mãe precisava naquele momento. Ela havia dado os quinze passos até a porta do quarto de hospital.

– Cuide-se, querida – disse uma das enfermeiras quando Josie passou pela bancada.

Outra enfermeira, a preferida de Josie, que lhe dava pedaços de gelo, sorriu.

– Não volte pra nos visitar, está ouvindo?

Josie seguiu lentamente em direção ao elevador, que parecia ficar mais longe a cada vez que ela olhava. Quando passou por um dos quartos, reparou em um nome familiar na prancheta do lado de fora: HALEY WEAVER.

Haley ia se formar e fora a rainha do baile nos dois últimos anos. Ela e o namorado, Brady, eram o Brangelina da Sterling High – papel que Josie realmente acreditara que ela e Matt tinham boa chance de herdar depois que Haley e Brady se formassem. Mesmo as sonhadoras que suspiravam pelo sorriso sexy e pelo corpo escultural de Brady admitiam que havia justiça poética no fato de ele namorar Haley, a garota mais bonita da escola. Com o cabelo louro-branco, que caía como uma cascata, e os olhos azul-claros, para Josie ela era como uma fada, uma criatura serena e celestial que aparece flutuando para realizar os desejos de alguém.

Havia todos os tipos de história circulando sobre eles: que Brady tinha desistido de bolsas de estudo para jogar futebol americano em faculdades que não tinham cursos de arte para Haley; que Haley tinha feito uma tatuagem com as iniciais de Brady em um lugar que ninguém conseguia ver; que, no primeiro encontro, ele espalhou pétalas de rosas no banco do passageiro do Honda. Josie, que andava com o mesmo grupo de Haley, sabia que quase tudo era bobagem. Foi a própria Haley quem admitira, primeiro, que tinha sido uma tatuagem temporária e, segundo, que não tinham sido pétalas de rosas, mas um buquê de lilases que ele roubou do jardim de um vizinho.

– Josie? – sussurrou Haley de dentro do quarto. – É você?

Josie sentiu a mão da mãe no braço, segurando-a. Então os pais de Haley, que estavam bloqueando a vista da cama, se afastaram.

O lado direito do rosto de Haley estava coberto de curativos; o cabelo estava raspado acima. Ela tinha quebrado o nariz, e o único olho visível estava completamente vermelho. A mãe de Josie inspirou em silêncio.

Ela entrou e se forçou a sorrir.

– Josie – disse Haley. – Ele matou as duas. A Courtney e a Maddie. Depois apontou a arma pra mim, mas o Brady entrou na frente. – Uma lágrima desceu pela bochecha que não estava coberta de curativos. – Sabe quando as pessoas dizem que fariam isso por você?

Josie começou a tremer. Queria fazer mil perguntas a Haley, mas seus dentes batiam com tanta força que não conseguiu emitir uma única palavra. Haley segurou a mão dela, e Josie levou um susto. Queria se afastar. Queria fingir que nunca tinha visto Haley Weaver daquele jeito.

– Se eu te perguntar uma coisa – disse Haley –, você jura que vai me dizer a verdade?

Josie assentiu.

– Meu rosto – sussurrou ela. – Está destruído, não está?

Josie olhou nos olhos de Haley.

– Não – disse ela. – Está ótimo.

As duas sabiam que não era verdade.

Josie se despediu de Haley e dos pais dela, se segurou na mãe e andou ainda mais rápido até o elevador, embora cada passo provocasse a sensação de uma tempestade atrás de seus olhos. De repente ela se lembrou de ter estudado o cérebro na aula de ciências: que uma haste de aço tinha perfurado o crânio de um homem, e ele abriu a boca e falou português, uma língua que nunca tinha estudado. Talvez agora fosse ser assim para Josie. Talvez sua língua materna, de agora em diante, fosse ser uma sequência de mentiras.

Quando Patrick voltou à Sterling High na manhã seguinte, os detetives que estavam na cena do crime tinham transformado os corredores da escola em uma enorme teia de aranha. Com base nos locais onde as vítimas haviam sido encontradas, uma corda foi presa com fita adesiva, formando uma série de linhas irradiando de um lugar onde Peter Houghton tinha feito uma pausa longa o bastante para fazer alguns disparos antes de seguir em frente. As linhas de corda se cruzavam em certos pontos – uma rede de pânico, um gráfico do caos.

Ele ficou parado por um momento no centro da confusão, observando os técnicos esticarem a corda pelos corredores e entre vários armários enfileirados, passando pelas portas. Imaginou como teria sido começar a correr ao som dos tiros, sentir as pessoas empurrando você como uma maré, saber que não era possível se mover mais rápido do que uma bala. Perceber tarde demais que estava encurralado, tal qual a presa de uma aranha.

Patrick escolheu cuidadosamente o caminho pela teia, tomando o cuidado de não perturbar o trabalho dos técnicos. Usaria o que eles fizeram para corroborar as histórias das testemunhas. Todas as 1.026.

A transmissão matinal das três redes de noticiário locais foi dedicada à acusação daquela manhã contra Peter Houghton. Alex estava em pé no quarto, em frente à televisão, segurando uma xícara de café e olhando para o local atrás dos repórteres ansiosos: seu antigo local de trabalho, o tribunal distrital.

Ela tinha colocado Josie para dormir o sono escuro e sem sonhos dos sedados. Para ser completamente sincera, Alex também precisava desse tempo sozinha. Quem poderia adivinhar que uma mulher que tinha se tornado mestra em exibir uma máscara pública acharia tão emocionalmente exaustivo se manter composta na frente da filha?

Ela queria se sentar e ficar bêbada. Queria chorar com a cabeça enterrada nas mãos por ter tanta sorte: sua filha estava a duas portas de distância. Mais tarde, tomariam café da manhã juntas. Quantos pais naquela cidade estavam acordando e se dando conta de que aquilo jamais aconteceria de novo?

Alex desligou a televisão. Não queria comprometer sua objetividade como futura juíza do caso ouvindo o que a mídia tinha a dizer.

Ela sabia que haveria críticas, pessoas que diriam que, por sua filha estudar na Sterling High, ela deveria ser afastada do caso. Se Josie tivesse levado um tiro, ela teria concordado rapidamente. Se Josie ainda fosse *amiga* de Peter Houghton, Alex teria se recusado. Mas, no pé em que as coisas estavam, a avaliação de Alex estava tão comprometida quanto a de qualquer juiz que morasse na área, ou que conhecesse um aluno que frequentasse a escola, ou que fosse pai ou mãe de um adolescente. Acontecia o tempo todo com juízes de North Country – alguém que você conhecia acabaria inevitavelmente em seu tribunal. Quando Alex estava na rotação como juíza distrital, tinha encarado réus que conhecia na vida pessoal: seu carteiro pego com maconha no carro; uma briga doméstica entre seu mecânico e a esposa. Desde que a confusão não envolvesse Alex pessoalmente, era perfeitamente legal – na verdade, *obrigatório* – que ela julgasse o caso. Nessas situações, você simplesmente se retirava da equação. Você se tornava a juíza e nada mais. O tiroteio, como Alex o via, era uma situação dentro das mesmas circunstâncias, só que excepcionalmente intensificada. Na verdade, ela argumentaria que, em um caso com enorme cobertura da mídia como aquele, seria preciso alguém com histórico de defensoria, como Alex, para ser verdadeiramente imparcial com o atirador. E, quanto mais pensava sobre isso, mais firmemente convencida ficava de que a justiça não poderia ser feita sem o envolvimento dela, mais absurdo parecia sugerir que ela não era a melhor juíza para o caso.

Tomou outro gole de café e andou na ponta dos pés do seu quarto até o de Josie. A porta estava aberta, mas a filha não estava lá.

– Josie? – gritou Alex, entrando em pânico. – Josie, você está bem?

– Estou aqui embaixo – Josie respondeu, e Alex sentiu o nó dentro de si se soltar de novo. Desceu a escada e encontrou a filha sentada à mesa da cozinha.

Josie estava usando saia, meia-calça e suéter preto. O cabelo ainda estava úmido do banho, e ela tinha tentado cobrir o curativo na testa com parte da franja. Ela olhou para Alex.

– Pareço bem?

– Pra quê? – perguntou Alex, estupefata. Ela não podia estar pensando em ir para a escola, podia? Os médicos tinham dito para Alex que era possível que Josie nunca se lembrasse do tiroteio, mas será que ela podia apagar da mente o fato de que tinha *acontecido*?

– Pra acusação – disse Josie.

– Querida, não há a menor chance de você chegar perto daquele tribunal hoje.

– Eu preciso ir.

– Você não vai – disse Alex sem inflexão na voz.

Josie parecia estar desmoronando.

– Por que não?

Alex abriu a boca para responder, mas não conseguiu. Não era lógico, era instintivo. Ela não queria que a filha revivesse a experiência.

– Porque eu falei que não – respondeu ela por fim.

– Isso não é resposta – disse Josie em tom acusatório.

– Eu sei o que a mídia vai fazer se vir você no tribunal hoje – disse Alex. – Além disso, sei que nada vai acontecer durante a acusação que vá ser surpresa pra alguém. E sei que não quero deixar você longe dos meus olhos agora.

– Então vá comigo.

Alex balançou a cabeça.

– Não posso, Josie – disse baixinho. – Esse caso vai ser meu.

Então viu Josie empalidecer e percebeu que, até aquele momento, a filha não tinha pensado nisso. O julgamento ergueria um muro ainda mais alto entre elas. Como juíza, haveria informações que ela não poderia compartilhar com a filha, confissões que não poderia mencionar. Enquanto Josie estivesse lutando para seguir em frente depois daquela tragédia, Alex estaria afundada nela até o pescoço. Por que tinha pensado tanto em julgar aquele caso e tão pouco em como ele afetaria sua própria filha? Naquele momento, Josie não ligava se a mãe era uma juíza justa. Ela só queria e precisava de uma mãe, e a maternidade, ao contrário da lei, era algo que nunca tinha sido fácil para Alex.

Do nada, ela pensou em Lacy Houghton, uma mãe que estava em um nível completamente diferente de inferno agora, que teria simplesmente segurado a mão de Josie, sentado com ela e de alguma forma feito aquilo parecer solidário, e não artificial. Mas Alex, que nunca fora do tipo June Cleaver,* precisava voltar muitos anos para encontrar algum momento de ligação, alguma coisa que ela e Josie tivessem feito antes e que poderia funcionar de novo para uni-las.

– Por que você não sobe, troca de roupa e nós fazemos panquecas? Você gostava disso.

– É, quando eu tinha *cinco anos...*

– Cookies com pedaços de chocolate, então.

Josie ficou olhando fixamente para Alex.

– Você fumou crack?

Alex soou ridícula até para si mesma, mas estava desesperada para mostrar para Josie que podia e iria tomar conta dela, e que o trabalho vinha em segundo lugar. Ela se levantou e abriu alguns armários até encontrar um jogo de Scrabble.

– Que tal isso então? – disse Alex, mostrando a caixa. – Aposto que você não consegue ganhar de mim.

Josie passou por ela.

– Você já ganhou a aposta – disse de maneira rude e saiu andando.

O aluno que estava sendo entrevistado pela afiliada da CBS de Nashua se lembrava de Peter Houghton da aula de inglês no nono ano.

– A gente teve que escrever uma história com narrador em primeira pessoa, e podia escolher qualquer pessoa – disse o garoto. – O Peter escolheu John Hinckley.** Pelas coisas que ele dizia, você pensava que ele estava olhando do inferno, mas no final você descobria que era do

---

* June Cleaver: personagem do programa de TV americano dos anos 1950 *Leave It to Beaver*, considerada modelo de mãe ideal. (N. da T.)

** John Hinckley: homem que tentou assassinar o então presidente Ronald Reagan em 1981, numa tentativa de impressionar a atriz Jodie Foster. (N. da T.)

céu. Nossa professora surtou. Ela fez o diretor ler o trabalho e tudo. – O garoto hesitou e passou o polegar pela costura do jeans. – O Peter disse para eles que era licença poética e que o narrador não era confiável, o que a gente também estava estudando. – Ele olhou para a câmera. – Acho que ele tirou A.

No semáforo, Patrick adormeceu. Sonhou que estava correndo pelos corredores da escola, ouvindo tiros, mas todas as vezes que dobrava uma esquina se via flutuando no ar, sem chão para pisar.

Quando uma buzina tocou, ele despertou.

Fez um sinal pedindo desculpas para o carro que passou ao seu lado e então dirigiu até o laboratório criminal do estado, onde os testes de balística eram prioridade. Como Patrick, os técnicos vinham trabalhando sem descanso.

O profissional favorito e de mais confiança dele era uma mulher chamada Selma Abernathy, avó de quatro netos e que sabia mais sobre tecnologia do que qualquer fanático. Ela levantou o olhar e ergueu uma sobrancelha quando Patrick entrou no laboratório.

– Você andou cochilando – disse ela em tom acusatório.

Patrick balançou a cabeça negativamente.

– Palavra de escoteiro.

– Você está com uma aparência boa demais pra quem está exausto.

Ele sorriu.

– Selma, você precisa superar essa quedinha por mim.

Ela empurrou os óculos para cima.

– Querido, sou inteligente o bastante pra me apaixonar por alguém que não transforma minha vida em um inferno. Quer seus resultados?

Patrick a seguiu até a mesa, sobre a qual havia quatro armas: duas pistolas e duas espingardas serradas. Estavam etiquetadas como Arma A, Arma B (as duas pistolas), Arma C e Arma D (as espingardas). Ele reconheceu as pistolas – eram as que encontrara no vestiário, uma na mão de Peter Houghton e a outra a uma pequena distância, no chão.

– Primeiro fiz o teste de digitais latentes – disse Selma, mostrando-lhe os resultados. – A Arma A tinha uma digital que bate com a do suspeito. As Armas C e D não tinham nada. A Arma B tinha uma digital parcial inconclusiva.

Selma indicou com a cabeça o fundo do laboratório, onde enormes barris de água eram usados para os testes de disparo de armas. Ela testara cada arma na água, Patrick sabia. Quando uma bala é disparada, ela gira pelo cano da arma, o que deixa marcas no metal. Como resultado, dá para saber, ao olhar para uma bala, exatamente de qual arma ela foi disparada. Isso ajudaria Patrick a juntar as peças do ataque de Peter Houghton: onde ele tinha parado para atirar, que arma tinha usado.

– A Arma A foi a mais usada durante o tiroteio. As Armas C e D ficaram na mochila encontrada na cena do crime. E isso é uma coisa boa, porque elas provavelmente causariam dano maior. Todas as balas retiradas do corpo das vítimas foram disparadas da Arma A, a primeira pistola.

Patrick se perguntou onde Peter Houghton conseguira aquele arsenal e, ao mesmo tempo, se deu conta de que não era difícil encontrar alguém em Sterling que caçava ou treinava disparos em alvos em um velho lixão no bosque.

– Pelo resíduo de pólvora, sei que a Arma B foi disparada. Mas ainda não houve nenhuma bala recuperada que confirme isso.

– Ainda estão processando...

– Me deixe terminar – disse Selma. – A outra coisa interessante sobre a Arma B é que ela emperrou depois desse único disparo. Quando a examinamos, encontramos dupla alimentação.

Patrick cruzou os braços.

– Não tem digital na arma? – perguntou.

– Tem uma digital parcial no gatilho... provavelmente borrada quando o suspeito a largou, mas não posso garantir.

Patrick assentiu e apontou para a Arma A.

– Foi essa que ele largou quando o encurralei no vestiário. Então, presumivelmente, foi a última que disparou.

Selma ergueu uma bala com uma pinça.

– Você deve estar certo. Esta aqui foi retirada do cérebro de Matthew Royston – disse ela. – E as marcas são consistentes com a Arma A.

O garoto no vestiário, o que foi encontrado com Josie Cormier.

A única vítima que levou dois tiros.

– E a bala na barriga do garoto? – perguntou Patrick.

Selma balançou a cabeça.

– Não ficou alojada. Pode ter sido disparada da Arma A ou da Arma B, mas só vamos saber depois que você me trouxer o projétil.

Patrick olhou para as armas.

– Ele usou a Arma A em toda a escola. Não consigo imaginar o que o fez mudar pra outra pistola.

Selma olhou para ele, que reparou pela primeira vez nas olheiras dela, o preço a pagar pela emergência noturna.

– Não consigo imaginar o que o fez usar qualquer uma das duas.

Meredith Vieira olhou com seriedade para a câmera depois de ter ajustado a postura para uma tragédia nacional.

– Os detalhes continuam se acumulando no caso do tiroteio de Sterling – disse ela. – Para saber mais, passamos para Ann Curry no estúdio. Ann?

A âncora do noticiário assentiu.

– Durante a noite, os investigadores descobriram que quatro armas foram levadas para a Sterling High School, embora apenas duas tenham sido usadas pelo atirador. Além disso, há evidências de que Peter Houghton, o suspeito autor dos disparos, era fã ardoroso de uma banda punk chamada Death Wish, pois escrevia em sites de fãs e baixava letras de música em seu computador. Letras que, em retrospecto, fazem algumas pessoas questionarem o que os adolescentes deveriam ou não ouvir.

A tela verde atrás do ombro dela se encheu com o texto:

Neve negra caindo
Cadáver de pedra andando
Filhos da mãe rindo
Vou explodir todos no meu Dia do Juízo Final.

Filhos da mãe não veem
A besta sangrenta em mim
O ceifeiro trabalha de graça
Vou explodir todos no meu Dia do Juízo Final.

– A música "Judgement Day", da banda Death Wish, é o prenúncio assustador de um evento que se tornou real demais em Sterling, New

Hampshire, ontem de manhã – disse Curry. – Raven Napalm, o vocalista do Death Wish, fez um pronunciamento ontem à noite.

A imagem foi cortada para um homem com um moicano preto, sombra dourada e cinco argolas no lábio inferior, de pé em frente a um grupo de microfones.

– Moramos em um país em que jovens americanos estão morrendo porque os mandamos para outro continente para matar por petróleo. Mas, quando um jovem triste e perturbado que não vê a beleza da vida age de modo errado guiado pela própria fúria e sai atirando em uma escola, as pessoas começam a culpar o heavy metal. O problema não está nas letras de rock, está na construção dessa sociedade.

O rosto de Ann Curry voltou a preencher a tela.

– Falaremos mais sobre a cobertura contínua da tragédia de Sterling conforme o desenrolar dos fatos. Quanto às notícias do país, o Senado defendeu a lei de controle de armas na quarta-feira passada, mas o senador Roman Nelson sugere que esta não será a última vez que falaremos dessa disputa. Ele faz uma participação hoje direto de Dakota do Sul. Senador?

Peter achava que não tinha dormido nada à noite, mas não ouviu o agente penitenciário indo em direção a sua cela. Ele levou um susto ao ouvir a porta de metal se abrindo.

– Tome – disse o homem, e jogou uma coisa para Peter. – Vista isso.

Ele sabia que iria para o tribunal naquele dia; Jordan McAfee o avisara. Supôs que fosse um terno ou alguma coisa do tipo. As pessoas não têm sempre que usar terno no tribunal, mesmo que fossem para lá direto da cadeia? Era para fazê-los parecerem simpáticos. Ele achava que tinha visto na TV.

Mas aquilo não era um terno. Era um Kevlar, um colete à prova de balas.

Na cela que ficava sob o tribunal, Jordan encontrou seu cliente deitado de costas no chão, com um braço sobre os olhos. Peter estava usando um colete à prova de balas, uma aceitação silenciosa do fato de que todo mundo que lotava o tribunal naquela manhã queria matá-lo.

– Bom dia – disse Jordan, e Peter se sentou.

– Ou não – murmurou ele.

Jordan não respondeu e se inclinou mais perto das barras.

– O plano é o seguinte: você está sendo acusado de dez homicídios qualificados e de dezenove tentativas de homicídio qualificado. Vou renunciar à leitura das acusações; vamos falar delas uma a uma em algum outro momento. Agora, só temos que entrar lá e alegar inocência. Não quero que você diga nada. Se tiver alguma pergunta, sussurre para mim. Para todos os fins práticos, você ficará mudo durante a próxima hora. Entendeu?

Peter olhou para ele.

– Perfeitamente – disse de maneira seca. Mas Jordan estava olhando para as mãos de seu cliente.

Elas estavam tremendo.

Da lista de itens retirados do quarto de Peter Houghton:

1. Laptop Dell.
2. CDs de jogos: Doom 3, Grand Theft Auto: Vice City.
3. Três pôsteres de fabricantes de armas.
4. Canos de tamanhos variados.
5. Livros: *O apanhador no campo de centeio*, Salinger; *Da guerra*, Clausewitz; quadrinhos de Frank Miller e Neil Gaiman.
6. DVD: *Tiros em Columbine*.
7. Anuário da Sterling Middle School, com vários rostos circulados com caneta preta. Um rosto circulado e marcado com um x, e as palavras DEIXAR VIVA debaixo da foto. A garota é identificada na legenda como Josie Cormier.

A garota falava tão baixo que o microfone, pendurado em um suporte acima da cabeça dela como uma pinhata, não captava direito o som.

– A sala de aula da sra. Edgar é bem do lado da sala do sr. McCabe, e às vezes a gente conseguia ouvir quando eles arrastavam as cadeiras ou davam respostas – disse ela. – Mas dessa vez ouvimos os gritos. A sra. Edgar... ela empurrou a mesa dela contra a porta e mandou a gente ir pro outro canto da sala, perto das janelas, e sentar no chão. Os tiros pareciam pipoca. E então... – ela parou e secou os olhos. – E então os gritos pararam.

Diana Leven não esperava que o atirador fosse tão novo. Peter Houghton estava algemado e acorrentado, usando o macacão laranja e o colete à prova de balas, mas ainda tinha as bochechas de um garoto que não havia chegado ao fim da puberdade, e ela poderia apostar que ele não precisava fazer a barba. Os óculos também a incomodavam. A defesa iria abusar disso, ela tinha certeza, alegando alguma miopia que tornaria impossível atirar com precisão.

As quatro câmeras que o juiz distrital permitira no tribunal para representar as redes de TV – ABC, CBS, NBC e CNN – ganharam vida como um quarteto de cantores assim que o réu foi levado para o tribunal. Como tudo estava tão silencioso que dava para ouvir o som das suas próprias dúvidas, Peter se virou imediatamente para elas. Diana percebeu que os olhos dele não eram tão diferentes das lentes daquelas câmeras: escuros, cegos, vazios.

Jordan McAfee – um advogado de quem Diana não gostava muito como pessoa, mas admitia um pouco contra a vontade ser muito bom no que fazia – se inclinou em direção ao cliente assim que Peter chegou à mesa da defesa. O meirinho se levantou.

– Todos de pé – gritou ele. – O meritíssimo senhor juiz Charles Albert iniciará a audiência.

O juiz Albert entrou no tribunal com a toga fazendo barulho.

– Sentem-se. Peter Houghton – disse ele, virando-se para o réu.

Jordan McAfee ficou de pé.

– Meritíssimo, renunciamos à leitura das acusações. Gostaríamos de declarar o réu inocente de todas elas, e pedimos que uma audiência preliminar seja marcada para daqui a dez dias.

Isso não foi surpresa para Diana. Por que Jordan iria querer que o mundo todo ouvisse seu cliente ser acusado de dez casos de homicídio qualificado? O juiz se virou para ela.

– Sra. Leven, o estatuto requer que um réu acusado de homicídio qualificado, múltiplos, aliás, permaneça preso sem fiança. Suponho que a senhora não tenha problema com isso.

Diana escondeu um sorriso. O juiz Albert, que Deus o abençoe, tinha conseguido mencionar as acusações mesmo assim.

– Correto, Meritíssimo.

O juiz assentiu.

– Muito bem então, sr. Houghton. O senhor permanece sob custódia.

O procedimento todo levara menos de cinco minutos, e o público não ficaria feliz. As pessoas queriam sangue, queriam vingança. Diana observou Peter Houghton cambalear entre dois assistentes do xerife e se virar para o advogado uma última vez, com uma pergunta nos lábios que não chegou a elaborar. A porta se fechou atrás dele, e Diana pegou sua pasta e saiu do tribunal, direto para as câmeras.

Ela parou diante de vários microfones.

– Peter Houghton acaba de ser acusado de dez homicídios qualificados e de dezenove tentativas de homicídio qualificado, além de vários outros crimes que envolvem posse ilegal de explosivos e armas nessa recente tragédia. As regras de responsabilidade profissional nos impedem de comentar sobre as provas neste momento, mas nossa comunidade pode estar certa de que estamos nos empenhando para levar esse caso adiante, trabalhando exaustivamente em nossas investigações para nos assegurar de que todas as provas sejam coletadas, preservadas e tratadas com propriedade, para que essa tragédia indescritível não passe sem punição.

Ela abriu a boca para continuar, mas se deu conta de que havia outra voz falando, do outro lado do corredor, e que os repórteres estavam abandonando sua declaração improvisada para ouvir Jordan McAfee.

Ele estava muito sério e penitente, com as mãos nos bolsos da calça, e olhou diretamente para Diana.

– Eu me compadeço com nossa comunidade pelas perdas que sofreu e vou representar meu cliente até o fim. Peter Houghton é um garoto de dezessete anos, e está com muito medo. Peço que façam a gentileza de ter respeito pela família dele e se lembrem de que essa é uma questão a ser resolvida no tribunal. – Jordan hesitou, sempre um artista, e fez contato visual com o grupo. – Peço que se lembrem de que o que vocês conseguem ver nem sempre é tudo que parece ser.

Diana deu um sorrisinho de deboche. Os repórteres – e todas as pessoas no mundo inteiro que estavam escutando o discurso cuidadoso de

Jordan – ouviriam esse comentário final e acreditariam que ele tinha uma verdade fabulosa escondida na manga, algo que provaria que seu cliente não era um monstro. Mas Diana sabia a verdade. Ela conseguia traduzir juridiquês porque o falava fluentemente. Quando um advogado lançava uma retórica misteriosa assim, era porque não tinha mais nada para usar em defesa do cliente.

Ao meio-dia, o governador de New Hampshire fez um pronunciamento nos degraus do capitólio em Concord. Ele usava um laço marrom e branco na lapela, as cores da Sterling High, que brotavam em caixas registradoras de postos de gasolina e bancadas do Walmart e estavam sendo vendidos por um dólar, com renda revertida para o Fundo de Apoio às Vítimas de Sterling. Um de seus funcionários havia dirigido quarenta quilômetros para comprar um, porque o governador planejava anunciar sua candidatura para as preliminares do Partido Democrata em 2008 e sabia que aquele era o momento perfeito na mídia para demonstrar compaixão. Sim, ele sentia muito pelos cidadãos de Sterling, principalmente pelos pobres pais dos mortos, mas também havia nele uma parte calculista que sabia que um homem que conseguisse guiar um estado por um dos tiroteios escolares mais trágicos dos Estados Unidos seria visto como um forte líder.

– Hoje, o país todo está de luto com New Hampshire – disse ele. – Hoje, todos nós sentimos a dor que Sterling sente. São todos nossos filhos. – Ele olhou para cima. – Fui a Sterling e conversei com os investigadores, que estão trabalhando duro, sem parar, para entender o que aconteceu ontem. Passei algum tempo com as famílias de algumas vítimas, e no hospital, com os corajosos sobreviventes. Parte de nosso passado e parte de nosso futuro desapareceram nessa tragédia – disse o governador enquanto olhava solenemente para as câmeras. – O que precisamos agora é nos concentrar no futuro.

Josie levou menos de uma manhã para aprender as palavras mágicas: quando queria que a mãe a deixasse em paz, quando estava de saco cheio da mãe a observando como um falcão, tudo que tinha de dizer era que precisava cochilar. A mãe então se afastava, completamente inconsciente de que seu rosto todo relaxava assim que Josie a liberava, e que só então a filha conseguia reconhecê-la.

No andar de cima, no quarto, Josie se sentou no escuro com a persiana fechada e as mãos no colo. Era dia, mas nunca se sabia. As pessoas tinham descoberto mil maneiras de fazer as coisas parecerem diferentes do que verdadeiramente eram. Um quarto podia ser envolvido por uma noite artificial. O botox transformava o rosto das pessoas em uma coisa que elas não eram. O TiVo permitia que você pensasse que podia congelar o tempo, ou pelo menos reorganizá-lo de acordo com seu gosto. Uma acusação em um tribunal se encaixava como um band-aid sobre um ferimento que, na verdade, precisava de um torniquete.

Josie se mexeu no escuro e pegou o saco plástico que tinha escondido, seu suprimento de comprimidos para dormir. Ela não era melhor do que as pessoas idiotas deste mundo que achavam que, se fingissem com bastante dedicação, podiam tornar as coisas verdadeiras. Ela achara que a morte podia ser uma resposta, porque era imatura demais para se dar conta de que na verdade era a maior pergunta de todas.

Ontem, ela não sabia que desenhos o sangue podia fazer quando espirrava em uma parede branca. Não entendia que a vida deixava os pulmões de uma pessoa primeiro e os olhos por último. Ela visualizara o suicídio como uma declaração final, um *foda-se* para todas as pessoas que não entendiam como era difícil para ela ser a Josie que queriam que ela fosse. Ela achara que, se pusesse fim à sua vida, conseguiria ver a reação de todo mundo; que riria por último. Até ontem, não tinha entendido realmente. Morto era morto. Quando você morria, não podia voltar para ver o que estava perdendo. Não tinha a chance de se desculpar. Não tinha uma segunda chance.

A morte não era uma coisa que você podia controlar. Na verdade, ela sempre teria a supremacia.

Ela abriu o saco plástico sobre a mão e colocou cinco dos comprimidos na boca. Andou até o banheiro, abriu a torneira e colocou a cabeça perto até os comprimidos estarem nadando no aquário formado por suas bochechas.

Engula, disse para si mesma.

Mas, em vez disso, Josie caiu de joelhos em frente ao vaso e cuspiu os comprimidos. Jogou o resto deles, ainda presos na mão, e deu descarga antes de poder pensar duas vezes.

Sua mãe subiu a escada porque ouviu o choro. O som atravessou o rejunte, o piso e o gesso que formava o teto do andar de baixo. De fato, ele acabaria se tornando tão parte daquele lar quanto os tijolos e o cimento, embora nenhuma das duas mulheres ainda soubesse. A mãe de Josie entrou no quarto e se sentou ao lado da filha no banheiro.

– O que posso fazer por você, querida? – sussurrou, passando as mãos pelos ombros de Josie, como se a resposta fosse uma tatuagem visível em vez de uma cicatriz no coração.

Yvette Harvey estava sentada no sofá segurando a foto de formatura de oitavo ano da filha, tirada dois anos, seis meses e quatro dias antes de ela morrer. O cabelo de Kaitlyn tinha crescido, mas ainda dava para ver o sorriso torto, o rosto cheio que era um traço da síndrome de Down.

O que teria acontecido se ela não tivesse escolhido fazer a inclusão de Kaitlyn no segundo ciclo do ensino fundamental? Se a tivesse mandado a uma escola para crianças especiais? Será que aquelas crianças eram menos agressivas, menos prováveis de gerar um assassino?

O produtor do *The Oprah Winfrey Show* devolveu a pilha de fotos que Yvette lhe entregara. Ela não sabia, antes daquele dia, que havia níveis de tragédia, que, mesmo que o programa da Oprah chamasse você para pedir que contasse sua história triste, iriam querer ter certeza de que ela era mesmo triste antes de deixar você falar em frente às câmeras. Yvette não tinha planejado mostrar sua dor na televisão – na verdade, seu marido era tão contrário que se recusou a estar presente quando o produtor fosse falar com ela –, mas ela estava determinada. Ela tinha ouvido o noticiário. E agora tinha algo a dizer.

– A Kaitlyn tinha um belo sorriso – disse o produtor.

– Tem sim – respondeu Yvette, mas depois balançou a cabeça. – *Tinha*.

– Ela conhecia Peter Houghton?

– Não. Eles não eram do mesmo ano, não tinham aulas juntos. As de Kaitlyn eram no centro de aprendizado. – Ela apertou o polegar na beirada do porta-retratos de prata até doer. – Todas essas pessoas que estão andando por aí dizendo que Peter Houghton não tinha amigos... que Peter Houghton sofria provocações... Isso não é verdade – disse ela. – Minha filha não tinha amigos. Minha filha sofria provocações todo santo dia. Minha filha era quem se sentia excluída, porque ela era mesmo. Peter Houghton não era desajustado, como todo mundo quer fazer parecer. Peter Houghton foi simplesmente cruel.

Yvette olhou para o vidro que cobria o retrato de Kaitlyn.

– A psicóloga da polícia me disse que a Kaitlyn morreu primeiro – disse ela. – Ela queria que eu soubesse que a Kaitie não sabia o que estava acontecendo e não sofreu.

– Deve ter sido um consolo – disse o produtor.

– E foi. Até começarmos a conversar e nos darmos conta de que a psicóloga disse a mesma coisa para todo mundo que perdeu um filho. – Yvette olhou para frente com os olhos cheios de lágrimas. – O problema é que não tem como todos terem sido o primeiro.

Nos dias seguintes ao tiroteio, as famílias das vítimas receberam muitas doações: dinheiro, comida, serviços de babá, solidariedade. O pai de Kaitlyn Harvey acordou uma manhã depois de nevar um pouco e viu que sua calçada já fora limpa por um samaritano. A família de Courtney Ignatio se tornou beneficiária da igreja mais próxima, cujos membros se uniram para fornecer comida e serviços de limpeza em dias diferentes da semana, com um planejamento rotativo que seguiria até junho. A mãe de John Eberhard ganhou uma van com acesso para deficientes, cortesia da Ford de Sterling, para ajudar o filho a se adaptar à vida de paraplégico. Todos os feridos da Sterling High receberam uma carta do presidente dos Estados Unidos, em papel de carta impecável da Casa Branca, parabenizando-os pela coragem.

A mídia – a princípio uma onda tão indesejada quanto um tsunami – se tornou coisa comum nas ruas de Sterling. Depois de dias vendo suas botas pretas de salto alto afundarem na lama macia do mês de março na Nova Inglaterra, eles foram até o Farm-Way local e compraram sapatos impermeáveis e galochas. Pararam de perguntar na recepção do Sterling Inn por que os celulares não funcionavam e passaram a se reunir no estacionamento do posto de gasolina Mobil, o ponto mais elevado da cidade, onde conseguiam um sinal razoável. Ficavam em frente à delegacia, ao tribunal e ao café local, esperando por qualquer migalha de informação que pudessem usar.

A cada dia em Sterling havia um sepultamento diferente.

O velório de Matthew Royston aconteceu em uma igreja que não era grande o bastante para conter a dor dos presentes. Colegas, pais e amigos da família lotaram os bancos, ficaram de pé nos corredores e se aglomeraram nas portas. Um grupo de alunos da Sterling High foi usando camiseta verde com o número 19 estampado na frente – o número da camisa de hóquei de Matt.

Josie e a mãe se sentaram mais ao fundo, mas isso não a impediu de sentir que todos a olhavam. Ela não tinha certeza se era porque sabiam que ela era namorada de Matt ou porque conseguiam ver a verdade nela.

– Bem-aventurados os que sofrem pela morte – leu o pastor –, pois serão consolados.

Josie tremeu. Ela estava sofrendo? Será que sofrer por uma morte era sentir como se houvesse um buraco no peito, que ficava maior cada vez que você tentava fechá-lo? Ou será que ela era incapaz de sofrer, porque isso significaria lembrar, coisa que não conseguia fazer?

Sua mãe se inclinou para mais perto.

– Podemos ir embora. É só você falar.

Era bem difícil não fazer ideia de quem *ela mesma* era, mas ali, no Depois, ela também não parecia reconhecer ninguém. Pessoas que a ignoraram a vida toda de repente a conheciam pelo nome. Todo mundo ficava sensibilizado quando olhava para ela. E sua mãe era a mais estranha de todas, como uma daquelas pessoas viciadas em trabalho que têm uma experiência de quase morte e passam a ser ativistas ambientais. Josie achou que teria de brigar com a mãe para ir ao enterro de Matt, mas, para sua surpresa, foi a mãe quem sugeriu. O psicólogo idiota com quem Josie tinha de conversar agora, provavelmente pelo resto da vida, ficava falando em *encerramento*. Aparentemente, encerramento significava que ela precisava se dar conta de que perder a *normalidade* era uma coisa que se superava, como perder um jogo de futebol ou sua camiseta favorita. Encerramento também significava que a mãe tinha virado uma máquina emotiva maluca e exagerada, que ficava perguntando se ela precisava de alguma coisa (quantas xícaras de chá uma pessoa consegue beber sem se liquefazer?) e tentava agir como uma mãe normal, ou pelo menos do modo como ela imaginava uma mãe normal. *Se você quer mesmo que eu me sinta melhor*, Josie tinha vontade de dizer, *volte para o trabalho*. Assim, elas poderiam fingir que as coisas tinham voltado ao normal, e, afinal, havia sido a mãe quem a ensinara a fingir.

Havia um caixão na parte da frente da igreja. Josie sabia que não estava aberto; houvera rumores sobre isso. Era difícil imaginar que Matt estava dentro daquela caixa preta envernizada. Que não estava respirando. Que seu sangue tinha sido retirado e que suas veias estavam cheias de produtos químicos.

– Amigos, ao nos reunirmos aqui para relembrar Matthew Carlton Royston, estamos sob a proteção do amor curativo de Deus – disse o pastor. – Temos liberdade para expressar nosso sofrimento, libertar nossa raiva, encarar nosso vazio e saber que Deus se importa.

Ano passado, na aula de história do mundo antigo, eles tinham aprendido como os egípcios preparavam os mortos. Matt, que só estudava quando Josie o obrigava, tinha ficado fascinado. O modo como o cérebro era sugado pelo nariz. As posses que iam para a tumba com o faraó. Os animais de estimação que eram enterrados ao lado dele. Josie estava lendo o capítulo do livro em voz alta, com a cabeça aninhada no colo de Matt. Ele a fez parar ao colocar a mão em sua testa.

– Quando eu morrer – disse ele –, vou levar você comigo.

O pastor olhou para a congregação.

– A morte de um ente querido pode abalar as nossas bases. Quando a pessoa é tão jovem e tão cheia de potencial e de habilidades, os sentimentos de dor e perda podem ser ainda mais intensos. Em épocas assim, buscamos apoio nos amigos e na família, procuramos um ombro para chorar e alguém para nos acompanhar na trilha de sofrimento e dor. Não podemos ter Matt de volta, mas podemos ficar tranquilos sabendo que, na morte, ele encontrou a paz que não teve aqui na terra.

Matt não ia à igreja. Os pais iam e tentavam fazer com que ele fosse, mas Josie sabia que ele odiava. Ele achava que era desperdiçar o domingo e que, se Deus valesse a companhia, provavelmente estaria andando por aí com a capota do Jeep abaixada ou jogando hóquei no gelo, em vez de ficar sentado em um templo abafado respondendo ao que o pastor lia.

O pastor afastou-se para o lado e o pai de Matt se levantou. Josie o conhecia, é claro. Ele contava as piores piadas, com trocadilhos que nunca eram engraçados. Jogara hóquei na UVM até estourar o joelho e tinha muitas esperanças em relação a Matt. Mas, de um dia para o outro, tornou-se uma pessoa com ombros caídos, melancólica, como uma casca que antes guardava a essência toda. Ele ficou de pé e falou sobre a primeira vez em que levou Matt para patinar, sobre ter começado a puxá-lo pela ponta de um taco de hóquei e de como se deu conta, pouco tempo depois, de que o filho não o segurava mais. A mãe de Matt começou a chorar. Eram soluços altos, barulhentos, do tipo que se espalhava nas paredes da igreja como tinta.

Antes de Josie perceber o que estava fazendo, ficou de pé.

– Josie! – sussurrou a mãe com firmeza ao seu lado, agindo naquele instante como uma faísca da mãe que costumava ser, a que nunca faria nada que chamasse atenção.

Josie estava tremendo tanto que seus pés pareciam não tocar no chão, nem quando ela pisou no corredor com o vestido preto que pegou emprestado da mãe, nem quando andou em direção ao caixão de Matt, atraída magneticamente.

Ela conseguia sentir os olhos do pai de Matt, conseguia ouvir os sussurros da congregação. Chegou perto do caixão, tão polido e brilhante que conseguia ver o próprio rosto refletido, uma impostora.

– Josie – disse o sr. Royston, descendo do palanque para abraçá-la. – Você está bem?

A garganta de Josie se fechou como um botão de rosas. Como aquele homem, cujo filho estava morto, podia estar perguntando isso a *ela*? Ela se sentiu dissolver e se perguntou se era possível virar um fantasma sem morrer, se isso era apenas um detalhe.

– Você gostaria de dizer alguma coisa? – perguntou o sr. Royston. – Sobre o Matt?

Antes de ela saber o que estava acontecendo, o pai de Matt a levou até o palanque. Ela percebeu vagamente que a mãe tinha se levantado do banco e estava indo para a frente da igreja. Para fazer o quê? Afastá-la dali? Impedi-la de cometer outro erro?

Josie olhou para a paisagem de rostos que reconhecia, mas simplesmente não conhecia. *Ela o amava*, estavam todos pensando. *Estava com ele quando ele morreu*. A respiração dela ficou presa nos pulmões como uma mariposa.

O que ela diria? A verdade?

Josie sentiu os lábios se retorcerem e o rosto se enrugar. Começou a soluçar com tanta força que o piso de madeira da igreja tremeu e rangeu; com tanta força que, mesmo no caixão fechado, tinha certeza de que Matt conseguia ouvi-la.

– Sinto muito – disse meio engasgada, para ele, para o sr. Royston, para quem quisesse ouvir. – Ah, Deus. Eu sinto muito mesmo.

Ela não reparou na mãe subindo os degraus até o palanque, passando um braço ao redor do seu corpo, levando-a para trás do altar, para um pequeno vestíbulo usado pelo organista. Não protestou quando a mãe lhe entregou um lenço de papel e massageou suas costas. Nem se importou quando a mãe prendeu seu cabelo atrás da orelha, como costumava fazer quando ela era tão pequena que mal conseguia se lembrar do gesto.

– Todo mundo deve me achar uma idiota – disse Josie.

– Não, eles acham que você está com saudade do Matt. – Sua mãe hesitou. – Eu sei que você acha que foi sua culpa.

O coração de Josie estava batendo com tanta força que fazia o tecido do vestido mexer.

– Querida – continuou a mãe –, você não poderia ter salvado o Matt.

Josie pegou outro lenço de papel e fingiu que sua mãe entendia.

Segurança máxima significava que Peter não tinha colega de cela. Também não tinha momentos de recreação. A comida era levada até ele três vezes por dia, na cela. O material de leitura era restrito pelos agentes penitenciários. E, porque todos achavam que ele podia ser suicida, seu quarto se resumia a um vaso sanitário e um banco, sem lençóis, sem colchão, sem nada que pudesse ser transformado em um meio de abandonar este mundo.

Havia quatrocentos e quinze blocos de cimento na parede dos fundos da cela; ele contara. Duas vezes. Desde então, tinha ficado olhando para a câmera que o observava. Peter se perguntou quem estaria do outro lado. Imaginou um grupo de agentes penitenciários amontoados ao redor de uma televisão velha, cutucando uns aos outros e rindo quando Peter tinha que usar o vaso. Ou, em outras palavras, mais um grupo de pessoas que encontraria uma forma de tirar sarro dele.

A câmera tinha uma luz vermelha acesa, um indicador de força e uma lente única que brilhava como um arco-íris. Havia um aro de borracha ao redor da lente que parecia uma pálpebra. Peter pensou que, mesmo se *não* fosse suicida, algumas semanas disso fariam com que se tornasse.

Nunca ficava escuro na cela, o ambiente só ficava na penumbra. Isso nem importava, porque não havia nada para fazer além de dormir. Peter se deitou no banco, se perguntando se era possível perder a audição por falta de uso e se a fala funcionava assim também. Ele se lembrou de ter aprendido em uma das aulas de estudos sociais que, no Velho Oeste, quando os nativos americanos eram jogados na cadeia, eles às vezes morriam. A teoria era que alguém tão acostumado à liberdade espacial não conseguia lidar com o confinamento, mas Peter tinha outra interpretação. Quando a única companhia que você tem é si mesmo, e quando você não quer socializar, só há uma maneira de sair.

Um dos agentes penitenciários tinha acabado de chegar para fazer a vistoria de segurança – uma bota pesada que passava pelas celas – quando Peter escutou:

Eu sei o que você fez.

Puta merda, pensou Peter. *Já estou começando a ficar maluco.*

Todo mundo sabe.

Peter colocou os pés no chão de cimento e olhou para a câmera, mas ela não estava revelando nenhum segredo.

A voz parecia o vento passando pela neve: lúgubre, um sussurro.

– À sua direita – disse a voz, e Peter lentamente ficou de pé e andou até o canto da cela.

– Quem... quem está aí? – perguntou.

– Já estava na hora, porra. Achei que você nunca mais ia parar de choramingar.

Peter tentou ver através das barras, mas não conseguiu.

– Você me ouviu chorando?

– Que porra de bebê – disse a voz. – Vê se cresce, cacete.

– Quem é você?

– Pode me chamar de Carnívoro, como todo mundo.

Peter engoliu em seco.

– O que você fez?

– Nada do que dizem que eu fiz – respondeu Carnívoro. – Quanto tempo?

– Quanto tempo o quê?

– Quanto tempo até o seu julgamento?

Peter não sabia. Era a pergunta que se esquecera de fazer a Jordan McAfee, provavelmente por estar com medo de ouvir a resposta.

– O meu é na semana que vem – disse Carnívoro antes que Peter pudesse responder.

A porta de metal da cela parecia gelo contra sua têmpora.

– Há quanto tempo você está aqui? – perguntou Peter.

– Dez meses – respondeu Carnívoro.

Peter se imaginou naquela cela por dez meses seguidos. Pensou em todas as vezes que contaria os blocos idiotas de cimento, em todas as mijadas que os guardas veriam no aparelho de TV.

– Você matou crianças, não foi? Sabe o que acontece nessa cadeia com caras que matam crianças?

Peter não respondeu. Ele era mais ou menos da mesma idade de todo mundo da Sterling High; não tinha entrado em um berçário nem nada do tipo. E não dava para dizer que ele não teve um bom motivo.

Ele não queria mais falar sobre o assunto.

– Por que você não teve fiança?

Carnívoro riu com deboche.

– Porque dizem que eu estuprei uma garçonete e depois meti uma faca nela.

Será que todos naquela cadeia se achavam inocentes? Durante todo aquele tempo, Peter ficara deitado no banco, se convencendo de que não era como mais ninguém na cadeia do condado de Grafton. Mas, ao que parecia, isso era mentira.

Será que, para Jordan, ele soava como Carnívoro?

– Ainda está aí? – Carnívoro perguntou.

Peter se deitou no banco sem dizer mais nada. Virou o rosto para a parede e fingiu não ouvir enquanto o homem da cela ao lado tentava fazer com que ele respondesse.

A primeira coisa que chamou a atenção de Patrick, mais uma vez, foi como a juíza Cormier parecia mais jovem quando não estava no tribunal. Ela atendeu a porta de jeans e rabo de cavalo, secando as mãos em um pano de prato. Josie estava de pé atrás dela, com o rosto carregando o mesmo olhar vazio que ele já vira uma dezena de vezes nas vítimas que entrevistara. Josie era uma peça vital no quebra-cabeça, a única que tinha visto Peter matar Matthew Royston. Mas, ao contrário do restante das vítimas, tinha uma mãe que conhecia os detalhes do sistema legal.

– Juíza Cormier – disse ele. – Josie. Obrigado por me receberem.

A juíza olhou para ele.

– É perda de tempo. A Josie não lembra de nada.

– Com todo respeito, juíza, é meu dever ouvir isso da própria Josie.

Ele se preparou para uma discussão, mas ela deu um passo para trás para permitir que ele entrasse. Patrick deixou os olhos vagarem pelo vestíbulo, a mesa antiga com uma planta se espalhando pela superfície, as paisagens de bom gosto penduradas na parede. Então era assim que uma juíza vivia. A casa dele era um ponto de parada, um santuário de roupas sujas, jornais velhos e comida há muito vencida, para onde ele ia durante algumas horas entre turnos de trabalho.

Ele se virou para Josie.

– Como está a cabeça?

– Ainda dói – disse ela, com uma voz tão baixa que Patrick teve de se esforçar para ouvi-la.

Ele se virou novamente para a juíza.

– Tem algum lugar onde possamos conversar por alguns minutos?

Ela os levou até a cozinha, que parecia o tipo de cozinha em que Patrick pensava às vezes quando imaginava onde deveria estar na vida. Havia armários de cerejeira, muito sol entrando pela janela saliente e uma fruteira com bananas no balcão. Ele se sentou de frente para Josie, achando que a juíza colocaria uma cadeira ao lado da filha, mas, para sua surpresa, ela ficou de pé.

– Se precisarem de mim – disse ela –, estarei lá em cima.

Josie olhou para ela em pânico.

– Você não pode ficar?

Por um momento, Patrick viu algo se acender nos olhos da juíza – vontade? arrependimento? –, mas desapareceu antes que ele conseguisse identificar o que era.

– Você sabe que eu não posso – ela respondeu com delicadeza.

Patrick não tinha filhos, mas tinha certeza de que, se um deles tivesse chegado tão perto de morrer, teria dificuldade em perdê-lo de vista. Ele não sabia exatamente o que estava acontecendo entre mãe e filha, mas sabia que não devia se envolver.

– Tenho certeza que o detetive Ducharme vai fazer com que seja indolor – disse a juíza.

Isso era em parte um desejo, em parte um aviso. Patrick assentiu para ela. Um bom policial fazia o que podia para proteger e servir, mas, quando a pessoa roubada, ameaçada ou ferida era alguém que você conhecia, tudo ficava diferente. Você fazia algumas ligações a mais, mudava suas responsabilidades para que uma delas passasse a ser prioridade. Patrick tinha vivenciado isso anos atrás, numa escala bem maior, com sua amiga Nina e o filho dela. Ele não conhecia Josie Cormier pessoalmente, mas a mãe dela trabalhava com a lei – meu Deus, ela era da esfera mais alta da lei –, e por isso sua filha merecia ser tratada com delicadeza.

Ele observou Alex subir a escada e pegou um bloco e um lápis no bolso do casaco.

– E então – disse ele. – Como você está?

– Olha só, você não precisa fingir que se importa.

– Não estou fingindo – disse Patrick.

– Nem sei por que você está aqui. Nada do que te disserem vai deixar aquelas pessoas menos mortas.

– É verdade – concordou Patrick –, mas, antes de levarmos Peter Houghton a julgamento, precisamos saber exatamente o que aconteceu. E infelizmente eu não estava lá.

– Infelizmente?

Ele olhou para a mesa.

– Às vezes, acho que é mais fácil ser um dos feridos do que um dos que não conseguiram impedir.

– Eu estava lá – disse Josie, abalada. – E não consegui impedir.

– Ei – disse Patrick –, não é sua culpa.

Nessa hora, ela olhou para ele como se desejasse muito acreditar, mas soubesse que ele estava errado. E quem era Patrick para dizer aquilo? Todas as vezes que ele visualizava o ataque enlouquecido na Sterling High, imaginava o que teria acontecido se ele estivesse na escola no momento em que o atirador iniciara os disparos. Se tivesse desarmado o garoto antes de qualquer um ser atingido.

– Não me lembro de nada do tiroteio – disse Josie.

– Você se lembra de estar no ginásio?

Ela balançou a cabeça.

– E de ir correndo pra lá com o Matt?

– Não. Não me lembro nem de acordar e ir pra escola. É como uma área vazia na minha cabeça.

Patrick sabia, de conversas com os psicólogos designados para trabalhar com as vítimas, que isso era perfeitamente normal. A amnésia era uma das formas de a mente se proteger de reviver algo que faria você desmoronar. De certa forma, ele desejava poder ter a sorte de Josie, poder fazer desaparecer o que tinha visto.

– E Peter Houghton? Você o conhecia?
– Todo mundo sabia quem ele era.
– O que você quer dizer?
Josie deu de ombros.
– Ele era notado.
– Porque era diferente de todo mundo?
Josie pensou sobre isso durante um momento.
– Porque ele não tentava se encaixar.
– Você namorava Matthew Royston?
As lágrimas imediatamente surgiram nos olhos de Josie.
– Ele gostava de ser chamado de Matt.
Patrick pegou um guardanapo de papel e o entregou a Josie.
– Lamento pelo que aconteceu com ele, Josie.
Ela baixou a cabeça.
– Eu também.
Ele esperou que ela secasse os olhos e assoasse o nariz.
– Você sabe por que o Peter poderia não gostar do Matt?
– As pessoas tiravam sarro dele – disse Josie. – Não só o Matt.
Você também?, pensou Patrick. Ele tinha olhado o anuário confiscado no quarto de Peter, com círculos ao redor das fotos de certos adolescentes que viraram vítimas e outros que não. Havia muitas razões para isso, desde o fato de que Peter ficara sem tempo até a verdade de que caçar trinta pessoas em uma escola com mil era mais difícil do que ele imaginara. Mas, de todos os alvos que Peter tinha marcado no anuário, só a foto de Josie tinha sido riscada, como se ele tivesse mudado de ideia. Só o rosto dela tinha embaixo as palavras em letra de forma: DEIXAR VIVA.

– Você conhecia o Peter pessoalmente? Tinha alguma aula com ele?
Ela olhou para frente.
– Já trabalhei com ele.
– Onde?
– Na loja de xerox no centro.

– Vocês se davam bem?

– Às vezes – disse Josie. – Nem sempre.

– Por quê?

– Ele provocou um incêndio lá uma vez e eu dedurei. Ele perdeu o emprego depois disso.

Patrick anotou no bloco. Por que Peter tinha tomado a decisão de poupá-la quando tinha todos os motivos para estar ressentido?

– Antes disso – ele perguntou –, você diria que eram amigos?

Josie dobrou no formato de um triângulo o guardanapo que tinha usado para secar os olhos, depois em outro menor, e em outro menor ainda.

– Não – disse ela. – Não éramos.

A mulher ao lado de Lacy estava usando uma camisa xadrez de flanela, fedia a cigarros e não tinha a maior parte dos dentes. Ela deu uma olhada na saia e na blusa de Lacy.

– É sua primeira vez aqui? – perguntou.

Lacy assentiu. Estavam esperando em um aposento comprido, lado a lado, em uma fileira de cadeiras. Na frente dos pés delas havia uma linha separatória vermelha e uma segunda fileira de cadeiras. Presidiários e visitantes se sentavam como imagens em frente ao espelho, conversando abreviadamente. A mulher ao lado de Lacy sorriu para ela.

– Você vai se acostumar – disse ela.

O pai ou a mãe podia visitar Peter a cada duas semanas, durante uma hora. Lacy foi com uma cesta cheia de muffins e bolos feitos em casa, revistas, livros, qualquer coisa que conseguiu pensar que pudesse ajudar Peter. Mas o agente penitenciário que a recebeu confiscou tudo. Nada de bolos e similares. E nada de material de leitura, não até ser verificado pela equipe da cadeia.

Um homem com a cabeça raspada e braços cobertos de tatuagens seguiu na direção de Lacy. Ela tremeu. Era uma *suástica* tatuada na testa dele?

– Oi, mãe – ele murmurou, e Lacy viu os olhos da mãe removerem a tatuagem, a cabeça raspada e o macacão laranja e enxergarem um garotinho pegando girinos em uma poça de água atrás de casa.

Todo mundo, pensou Lacy, *é filho de alguém.*

Ela afastou o olhar do reencontro deles e viu Peter sendo guiado até a sala de visitas. Por um momento, seu coração parou. Ele parecia magro demais e, por trás dos óculos, seus olhos estavam muito vazios. Mas então ela sufocou o que estava sentindo e lhe deu um largo sorriso. Fingiria que não a incomodava ver seu filho com macacão de cadeia; que não teve que ficar no carro lutando contra um ataque de pânico depois de estacionar lá em frente; que era perfeitamente normal estar cercada de traficantes e estupradores enquanto perguntava ao filho se ele estava comendo direito.

– Peter – disse ela, envolvendo-o nos braços.

Demorou um momento, mas ele retribuiu o abraço. Ela apertou o rosto contra o pescoço dele, como costumava fazer quando ele era bebê, e pensou que iria devorá-lo, mas ele não tinha o cheiro do filho dela. Por um tempo, ela se permitiu alimentar o sonho de que tudo era um engano – *Peter não está na cadeia! Esse é o filho desafortunado de outra pessoa!* –, mas então percebeu o que estava diferente. O xampu e o desodorante que ele tinha de usar ali não eram os que usava em casa; esse Peter tinha um cheiro mais intenso, mais cru.

De repente, deram uma batidinha no ombro dela.

– Senhora – disse o agente penitenciário –, a senhora precisa soltar agora.

Se fosse tão fácil assim, pensou Lacy.

Eles se sentaram em lados opostos da linha vermelha.

– Você está bem? – ela perguntou.

– Ainda estou aqui.

O modo como ele falou, como se esperasse que fosse diferente, fez Lacy tremer. Ela teve a sensação de que ele não estava falando sobre sair pagando fiança, e a alternativa – a ideia de Peter se matar – era uma coisa em que não conseguia pensar. Sentiu a garganta apertar e se viu fazendo a única coisa que tinha prometido não fazer: começou a chorar.

– Peter – ela sussurrou. – *Por quê?*

– A polícia foi lá em casa? – ele perguntou.

Lacy assentiu. Aquilo parecia ter acontecido há tanto tempo.

– Foram no meu quarto?

– Eles tinham um mandado...

– Pegaram as minhas coisas? – Peter exclamou, a primeira emoção que ela via nele. – Você deixou eles pegarem as minhas coisas?

– O que você estava fazendo com aquelas coisas? – ela sussurrou. – Aquelas bombas. As *armas*...?

– Você não entenderia.

– Então me faça entender, Peter – ela disse, arrasada. – Me *faça* entender.

– Não consegui fazer você entender em dezessete anos, mãe. Por que seria diferente *agora*? – O rosto dele se contorceu. – Nem sei por que você se deu ao trabalho de vir.

– Pra ver você...

– Então *olha* pra mim! – gritou Peter. – Por que você não *olha* pra mim, porra?

Ele segurou a cabeça com as mãos e seus ombros estreitos se encolheram com o som de um soluço.

Basicamente, Lacy percebeu que a situação se resumia ao seguinte: você olhava para o estranho à sua frente e concluía categoricamente que ele não era mais seu filho. Ou tomava a decisão de encontrar qualquer resquício do seu filho que conseguisse em meio àquilo que ele tinha se tornado.

Será que aquela era uma escolha para uma mãe?

As pessoas podiam argumentar que monstros não nasciam assim, eles viravam monstros. As pessoas podiam criticar a capacidade dela como mãe, apontar momentos em que Lacy tinha fracassado com Peter por ser branda demais ou firme demais, ausente demais ou presente demais. A cidade de Sterling iria analisar até a morte o que ela tinha feito com o filho, mas e o que ela faria *por* ele? Era fácil ter orgulho do filho que só tirava A e que era popular, um garoto que o mundo amava. Mas o verdadeiro caráter aparecia quando você conseguia encontrar algo para amar em um garoto que todo mundo odiava. E se as coisas que ela fez ou não fez por Peter fossem o critério errado de avaliação? Não era uma marca também evidente da maternidade ver como, desse momento terrível em diante, ela se comportaria?

Ela esticou a mão por cima da linha vermelha até conseguir abraçar Peter. Não se importava se podia ou não. Os guardas poderiam arrancá-la de cima dele, mas, até que isso acontecesse, ela não pretendia soltá-lo.

No vídeo de segurança do refeitório, os alunos estavam carregando bandejas, fazendo o dever de casa e conversando quando Peter entrou segurando uma pistola. Houve uma descarga de balas e uma cacofonia de gritos. O alarme de incêndio disparou. Quando todos começaram a correr, ele atirou de novo, e dessa vez duas garotas caíram. Outros alunos correram por cima delas no desespero de fugir.

Quando as únicas pessoas que ficaram no refeitório foram Peter e as vítimas, ele andou pelas fileiras de mesas observando seu trabalho. Passou pelo garoto em quem havia atirado e que estava em uma poça de sangue em cima de um livro, mas parou para pegar um iPod que tinha sido deixado na mesa e colocar os fones de ouvido, antes de desligá-lo e colocá-lo sobre a mesa novamente. Virou a página de um caderno aberto. E então se sentou em frente a uma bandeja intacta e colocou a arma sobre ela. Abriu uma caixa de cereal Rice Krispies e colocou o conteúdo em uma tigela de isopor. Acrescentou o leite de uma caixinha e comeu todo o cereal antes de se levantar, pegar a pistola e sair do refeitório.

Foi a coisa mais fria e deliberada que Patrick já vira na vida.

Ele olhou para a tigela de macarrão que tinha preparado para o jantar e percebeu que perdera o apetite. Colocou-a de lado, sobre uma pilha de jornais, voltou a imagem e se obrigou a assistir de novo.

Quando o telefone tocou, ele atendeu, ainda perturbado pela imagem de Peter na tela da televisão.

– Que foi?

– Bom, olá pra você também – disse Nina Frost.

Ele derreteu quando ouviu a voz dela; velhos hábitos são difíceis de perder.

– Desculpa. É que estou no meio de uma coisa aqui.

– Posso imaginar. Está em todos os noticiários. Como você está?

– Ah, você sabe – disse ele, quando o que realmente queria dizer era que não estava dormindo à noite, que via o rosto dos mortos sempre que fechava os olhos, que sua boca estava cheia de perguntas que ele tinha certeza de ter se esquecido de fazer.

– Patrick – disse ela, porque era sua amiga mais antiga e porque o conhecia melhor do que qualquer pessoa, melhor até do que ele mesmo. – Não se culpe.

Ele baixou a cabeça.

– Aconteceu na minha cidade. Como posso *não* me culpar?

— Se você tivesse um videofone, eu conseguiria saber se está usando seu cilício ou a capa e as botas — disse Nina.

— Não tem graça.

— Não, não tem — ela concordou. — Mas você deve saber que é vitória certa no julgamento. Você tem o quê? Umas mil testemunhas?

— Mais ou menos isso.

Nina ficou em silêncio. Patrick não precisava explicar para ela — uma mulher que vivera com o arrependimento como companheiro constante — que condenar Peter Houghton não era o bastante. Para Patrick conseguir descansar, ele precisaria entender por que Peter tinha feito aquilo.

Para que pudesse impedir que acontecesse de novo.

De um relatório de investigação do FBI, publicado por agentes especiais encarregados de analisar tiroteios em escolas ao redor do mundo:

Entre atiradores de escola, temos visto similaridade na dinâmica familiar. É comum que o atirador tenha um relacionamento turbulento com os pais, ou tenha pais que aceitem comportamento patológico. Há falta de intimidade dentro da família. Não há limites para o uso de televisão e computador pelo atirador, e às vezes o acesso a armas é facilitado.

No ambiente escolar, encontramos uma tendência de afastamento do processo de aprendizado por parte do atirador. A escola tende a tolerar comportamento desrespeitoso, a ter regras de disciplina desiguais e uma cultura inflexível, com certos alunos sendo privilegiados por professores e funcionários.

Atiradores são mais propensos a ter acesso a filmes, programas de televisão e videogames violentos; a usar drogas e álcool; a ter um grupo similar fora da escola e que apoia o comportamento deles.

Além disso, antes de um ato violento, há evidência de vazamento — uma pista de que algo vai acontecer. Essas dicas podem tomar a forma de poemas, escritos, desenhos, postagens na internet ou ameaças feitas pessoalmente ou não.

Apesar dos itens em comum descritos, não recomendamos o uso deste relatório para criar um checklist que possa prever futuros atiradores escolares. Nas mãos da mídia, isso poderia resultar em rotular muitos estudantes não violentos como potencialmente letais. Na verdade, muitos adolescentes que jamais cometerão atos violentos exibem alguns dos traços da lista.

Lewis Houghton era um ser de hábitos. Todas as manhãs, acordava às 5h35 e corria na esteira que ficava no porão. Tomava banho e comia uma tigela de cereal enquanto olhava as manchetes do jornal. Usava o mesmo casaco, independentemente de quanto estivesse frio ou quente, e estacionava na mesma vaga na área designada para docentes.

Ele já tentara entender matematicamente o efeito da rotina na felicidade, mas havia uma virada interessante no cálculo: a medida de alegria trazida pelas coisas familiares era ampliada ou reduzida conforme a resistência do indivíduo a mudanças. Ou – como Lacy teria dito, "Em inglês, Lewis" – para cada pessoa como ele, que gostava da rotina familiar, havia outra que a achava sufocante. Nesses casos, o quociente de conforto se tornava um número negativo, e fazer o que era habitual acabava afastando as pessoas da felicidade.

Ele achava que era assim com Lacy, que andava pela casa como se nunca a tivesse visto antes, que não conseguia suportar a ideia de voltar ao trabalho. "Como você pode esperar que eu pense no filho de outra pessoa agora?", argumentara ela.

Ela ficava insistindo que eles precisavam *fazer* alguma coisa, mas Lewis não sabia o quê. E, como não podia dar alento nem para a esposa nem para o filho, Lewis decidiu que deveria dar alento para si mesmo. Depois de ficar sentado em casa durante cinco dias após a audiência de acusação de Peter, ele acordou uma manhã e arrumou a pasta, comeu o cereal, leu o jornal e foi trabalhar.

Ele ficou pensando na equação da felicidade enquanto seguia para o escritório. Um dos princípios de sua descoberta – $F = R/E$, ou *felicidade é igual a realidade dividida por expectativa* – era baseado na verdade universal de que você sempre tinha alguma expectativa para o que estava por vir. Em outras palavras, E era sempre um número real, pois não se pode dividir por zero. Mas, recentemente, ele se questionou quanto à verdade disso. A matemática só podia levar um homem até certo ponto. No meio da noite, quando estava desperto e olhando para o teto, sabendo que a esposa estava deitada ao seu lado fingindo dormir e fazendo a mesma coisa que ele, Lewis passou a acreditar que você pode ser condicionado a não ter nenhuma expectativa em relação à vida. Dessa maneira, quando você perdesse o primeiro filho, não sofreria. Quando seu segundo filho estivesse preso por ser o autor de um massacre, você não ficaria arrasado. Era *possível* dividir por zero; o local onde ficava seu coração parecia um desfiladeiro.

Assim que colocou o pé no campus, ele se sentiu melhor. Ali, não era o pai do atirador e nunca tinha sido. Era Lewis Houghton, professor de economia. Ali, ainda estava no topo; não tinha de olhar para sua pesquisa e se perguntar em que ponto tinha começado a degringolar.

Lewis acabara de tirar uma pilha de papéis da pasta quando o diretor do Departamento de Economia enfiou a cabeça pela porta aberta. Hugh Macquarie era um homem grande – Enorme e Cabeludo era como os alunos o chamavam pelas costas –, que assumira a posição com prazer.

– Houghton? O que está *fazendo* aqui?

– Pelo que sei, a faculdade ainda me paga para trabalhar – disse Lewis, tentando fazer uma brincadeira. Ele não sabia fazer brincadeiras, nunca soube. Perdia o momento certo; entregava o final antes da hora.

Hugh entrou na sala.

– Meu Deus, Lewis. Eu não sei o que dizer – hesitou.

Lewis não culpava Hugh. Ele próprio mal sabia o que dizer. Havia cartões da Hallmark para luto, pela perda do animal de estimação querido, por ser demitido do emprego, mas ninguém parecia ter as palavras certas de consolo para uma pessoa cujo filho tinha acabado de matar dez pessoas.

– Pensei em ligar pra sua casa. A Lisa queria levar uma panela de ensopado pra vocês. Como a Lacy está?

Lewis empurrou os óculos no nariz.

– Ah – disse ele. – Você sabe. Estamos tentando manter as coisas da forma mais normal possível.

Quando ele disse isso, visualizou sua vida como um gráfico. Normal era uma linha que se esticava, chegando provocantemente perto de um eixo, mas nunca o alcançando realmente.

Hugh se sentou na cadeira em frente à mesa de Lewis, a mesma que às vezes era ocupada por um aluno que precisava de ajuda em microeconomia.

– Lewis, tire um tempo de licença.

– Obrigado, Hugh. Eu agradeço. – Lewis olhou para uma equação no quadro ao longe, sobre a qual andava refletindo. – Mas agora eu preciso muito estar aqui. Isso me impede de pensar em estar *lá*. – Ele procurou giz e começou a escrever no quadro, uma cadeia longa e adorável de números que o acalmavam por dentro.

Ele sabia que havia diferença entre uma coisa que faz você feliz e uma coisa que não faz você infeliz. O truque era se convencer de que eram a mesma coisa.

Hugh colocou a mão no braço de Lewis, interrompendo a equação.

– Talvez eu tenha me expressado mal. *Precisamos* que você saia de licença.

Lewis olhou para ele.

– Ah. Hum. Entendo – respondeu, apesar de não entender. Se Lewis estava disposto a segregar a vida profissional da vida pessoal, por que a Faculdade de Sterling não podia fazer o mesmo?

A menos que...

Tinha sido esse seu erro desde o começo? Se você não estivesse seguro das decisões que tomava como pai, podia compensar as inseguranças com a confiança que tinha como profissional? Ou a compensação sempre seria frágil, como uma parede de papel que não podia suportar o peso?

– É só por um tempo – disse Hugh. – É melhor assim.

Para quem?, pensou Lewis, mas ficou em silêncio até ouvir Hugh fechar a porta atrás de si ao sair.

Quando se viu sozinho na sala, Lewis ergueu o giz novamente. Olhou para as equações até se combinarem e então começou a escrever furiosamente, um compositor com uma sinfonia indo rápido demais para seus dedos. Por que não tinha percebido isso antes? Todos sabiam que, se você dividisse a realidade pelas expectativas, teria o quociente de felicidade. Mas, quando se invertia a equação – expectativas divididas pela realidade –, não se obtinha o oposto da felicidade. O que se obtinha, Lewis percebeu, era a esperança.

Pura lógica: supondo que a realidade era constante, a expectativa tinha de ser maior do que ela para criar otimismo. Entretanto, um pessimista era alguém com expectativas menores do que a realidade, uma fração de recompensas diminuídas. A condição humana significava que esse número chegava perto de zero sem alcançá-lo, pois nunca se abandonava completamente a esperança – ela podia voltar com força total ao mínimo estímulo.

Lewis se afastou do quadro e observou seu trabalho. Alguém que estava feliz teria pouca necessidade de esperança de mudança. Mas, inversamente, um otimista era assim porque queria acreditar em alguma coisa melhor do que sua realidade.

Então começou a se perguntar se havia exceções à regra, se pessoas felizes podiam ser esperançosas, se os infelizes podiam ter aberto mão de qualquer expectativa de as coisas melhorarem.

E isso fez Lewis pensar no filho.

Ele ficou parado na frente do quadro e começou a chorar, com as mãos e as mangas cobertas do fino pó de giz, como se tivesse se tornado um fantasma.

O escritório do Esquadrão Geek, como Patrick carinhosamente chamava o pessoal técnico que invadia discos rígidos para encontrar provas de pornografia e downloads do *Livro de receitas do anarquista*, estava cheio de computadores. Não apenas aquele retirado do quarto de Peter Houghton, mas vários outros que ficavam na Sterling High, incluindo o da secretaria e alguns da biblioteca.

– Ele é bom – disse Orestes, um técnico que Patrick juraria não ter idade para ter se formado no ensino médio. – Não estamos falando só de programação HTML. O cara sabia o que estava fazendo.

Ele puxou alguns arquivos das entranhas do computador de Peter, arquivos gráficos que não faziam muito sentido para Patrick até o técnico apertar algumas teclas e de repente um dragão tridimensional aparecer na tela cuspindo fogo para eles.

– Uau – exclamou Patrick.

– É. Pelo que consigo ver, ele criou alguns jogos de computador e até os postou para *gamers* em alguns sites em que dá pra fazer isso e receber comentários.

– Tem fórum de mensagens nesses sites?

– Cara, me dê um pingo de crédito – disse Orestes, e clicou em um que já tinha assinalado. – O Peter usava o nome de usuário DeathWish. É...

– ... uma banda – concluiu Patrick. – Eu sei.

– Não é *apenas* uma banda – disse Orestes com reverência, com os dedos voando sobre o teclado. – É a voz moderna da consciência humana coletiva.

– Diga isso para a Tipper Gore.*

– Quem?

Patrick riu.

– Não é da sua época, eu acho.

– O que você ouvia quando era adolescente?

– Homens das cavernas batendo pedras – disse Patrick secamente.

A tela se encheu de uma série de postagens de DeathWish. A maior parte eram dicas de como melhorar determinado gráfico e resenhas sobre outros jogos postados no site. Duas delas citavam letras da banda Death Wish.

– Esta é a minha favorita – disse Orestes, e desceu a tela.

De: DeathWish
Para: Hades1991
Essa cidade é um saco. Nesse fim de semana tem um festival de artesanato em que as velhas rabugentas exibem as merdas que fizeram. Deviam chamar de festival de MERDA. Vou me esconder nas plantas em frente à igreja. Treinar tiro ao alvo quando atravessarem a rua, cada uma vale dez pontos! Uhuu!

Patrick se recostou na cadeira.

– Ah, isso não prova nada.

– É – disse Orestes. – Festivais de artesanato são um saco mesmo. Mas olha isso. – Ele girou na cadeira para alcançar outro terminal sobre uma mesa. – Ele invadiu o sistema de computadores da escola.

– Pra fazer o quê? Alterar as notas?

– Não. O programa que ele criou invadiu o firewall do sistema da escola às 9h58.

– Foi quando a bomba no carro explodiu – murmurou Patrick.

---

* Tipper Gore: esposa do ex-vice-presidente dos Estados Unidos, Al Gore, que durante anos tentou censurar músicas para que não fossem ouvidas por jovens por serem má influência. (N. da T.)

Orestes girou o monitor para que Patrick pudesse ver.

– Isso aqui apareceu em todas as telas de todos os computadores da escola.

Patrick ficou olhando fixamente para o fundo roxo e para as letras vermelhas em chamas que se desenrolaram como um toldo: PRONTOS OU NÃO... AÍ VOU EU.

Jordan já estava sentado à mesa da sala de reuniões quando Peter Houghton foi levado até lá por um agente penitenciário.

– Obrigado – disse ele para o guarda, com os olhos em Peter, que imediatamente verificou toda a sala, com o olhar pairando na única janela.

Jordan já tinha visto isso repetidamente em prisioneiros que havia representado – um humano comum podia rapidamente se transformar em um animal enjaulado. No entanto, era como a questão do ovo e da galinha: eram animais porque estavam na cadeia... ou estavam na cadeia porque eram animais?

– Sente-se – ele disse, e Peter permaneceu em pé.

Inabalável, Jordan começou a falar.

– Quero deixar as regras claras, Peter – disse ele. – Tudo que digo pra você é confidencial. Tudo que você diz pra mim é confidencial. Não posso contar pra ninguém o que você me fala. Mas *posso* dizer pra você não falar com a imprensa, nem com a polícia, nem com mais ninguém. Se alguém tentar fazer contato, você me chama imediatamente. Pode ligar a cobrar. Como seu advogado, eu falo por você. De agora em diante, sou seu melhor amigo, sua mãe, seu pai e seu padre. Está claro?

Peter olhou para ele com raiva.

– Como água.

– Que bom. – Jordan tirou um bloco e um lápis da pasta. – Imagino que você tenha algumas perguntas; podemos começar com elas.

– Odeio esse lugar – Peter desabafou. – Não entendo por que tenho que ficar aqui.

A maior parte dos clientes de Jordan ficava em silêncio e apavorada nos primeiros dias que passava na cadeia, o que acabava dando lugar à raiva e à indignação. Mas, naquele momento, Peter pareceu qualquer outro adolescente, como Thomas na mesma idade, quando o mundo aparentemente girava em torno dele e Jordan apenas vivia ali por acaso. No entanto, o advogado em Jordan afastou o pai que havia nele e começou a se perguntar se Peter Houghton podia realmente *não* saber por que estava na cadeia. Jordan seria o primeiro a dizer que defesas baseadas em insanidade raramente funcionavam e eram superestimadas, mas talvez Peter pudesse ser um caso real, e essa era a chave para conseguir um veredito de inocente.

– O que você quer dizer? – o advogado perguntou.

– Foram eles que fizeram isso comigo, e agora sou eu quem está sendo punido.

Jordan se reclinou e cruzou os braços. Peter não sentia remorso pelo que tinha feito, isso estava claro. Na verdade, considerava-se vítima.

E eis o que é incrível em ser advogado de defesa: Jordan não se importava. Não havia espaço para sentimentos pessoais em sua linha de trabalho. Ele tinha trabalhado com a escória da humanidade antes, com assassinos e estupradores que se viam como mártires. Seu trabalho não era acreditar neles nem julgá-los. Era apenas fazer ou dizer o que precisava para libertá-los. Apesar do que tinha acabado de dizer para Peter, ele não era clérigo, nem psicólogo, nem amigo do cliente. Apenas trabalhava para ele.

– Bom – disse Jordan em tom uniforme –, você precisa entender a posição da cadeia. Para eles, você é apenas um assassino.

– Então são todos hipócritas – disse Peter. – Se vissem uma barata, pisariam nela, não é?

– É assim que você descreveria o que aconteceu na escola?

Peter desviou o olhar.

– Você sabia que eu não tenho permissão pra ler revistas? – ele disse. – E que não posso ir pro pátio de exercícios como todo mundo?

– Não estou aqui pra anotar reclamações.

– Então por que você *está* aqui?

– Para ajudar você a sair daqui – disse Jordan. – E, para que isso aconteça, você precisa conversar comigo.

Peter cruzou os braços e olhou da camisa de Jordan para a gravata e para os sapatos pretos engraxados.

– Por quê? Você não liga porra nenhuma pra mim.

Jordan ficou de pé e colocou o bloco na pasta.

– Quer saber? Você está certo. *Não* ligo porra nenhuma pra você. Só estou fazendo o meu trabalho, porque, ao contrário de você, o Estado não vai pagar minha moradia e minha comida pelo resto da vida. – Ele foi em direção à porta, mas foi detido pela voz de Peter.

– Por que todo mundo está tão chateado com a morte daqueles palhaços?

Jordan se virou lentamente, fazendo uma anotação mental de que a gentileza não tinha funcionado bem com Peter, tampouco a voz da autoridade. O que o fez reagir foi a pura e simples raiva.

– As pessoas estão chorando por eles... mas eles eram uns babacas. Todo mundo está dizendo que eu destruí a vida deles, mas ninguém parecia se importar quando era a *minha* vida que estava sendo destruída.

Jordan se sentou na beirada da mesa.

– Como?

– Por onde você quer que eu comece? – respondeu Peter, amargo. – No maternal, quando a professora trazia lanches e um deles puxava minha cadeira pra que eu caísse e todos rissem? Ou no segundo ano, quando seguraram minha cabeça na privada e ficaram dando descarga, só porque sabiam que podiam? Ou na vez em que me bateram quando eu estava indo pra casa depois da escola e precisei levar pontos?

Jordan pegou o bloco e escreveu PONTOS.

– Quem são *eles*?

– Um bando de garotos – disse Peter.

Os que você queria matar?, pensou Jordan, mas não perguntou.

– Por que você acha que eles te perseguiam?

– Porque são uns babacas? Não sei. Eles são como um bando. Precisam fazer alguém se sentir um merda pra poderem se sentir bem com eles mesmos.

– O que você tentou fazer pra impedir?

Peter riu com deboche.

– Caso você não tenha reparado, Sterling não é exatamente uma metrópole. Todo mundo conhece todo mundo. Você acaba indo pro ensino médio com o mesmo pessoal que frequentava a caixa de areia da pré-escola.

– Você não podia ficar fora do caminho deles?

– Eu tinha que ir pra escola – disse Peter. – Você ficaria surpreso com quanto ela fica pequena quando você passa oito horas por dia lá.

– Então eles faziam isso fora da escola também?
– Quando conseguiam me pegar – Peter respondeu. – Se eu estivesse sozinho.
– E ameaças? Ligações, cartas, essas coisas? – perguntou Jordan.
– Online – disse Peter. – Eles me mandavam mensagens dizendo que eu era um fracassado, coisas assim. E pegaram um e-mail que escrevi e espalharam pra escola inteira... transformaram em piada... – Ele olhou para o outro lado, emudecido.
– Por quê?
– Era... – Ele balançou a cabeça. – Não quero falar sobre isso.
Jordan tomou nota no bloco.
– Você contou pra alguém o que estava acontecendo? Pros seus pais? Pra algum professor?
– Ninguém liga – disse Peter. – Mandam você ignorar. Dizem que vão ficar de olho pra que não volte a acontecer, mas nunca ficam. – Ele andou até a janela e encostou a palma das mãos no vidro. – Tinha uma garota na minha turma de primeiro ano que tinha aquela doença em que a coluna cresce fora do corpo...
– Espinha bífida?
– É. Ela andava de cadeira de rodas e não conseguia sentar nem nada, e antes de ela ir pra aula a professora disse que tínhamos que tratá-la como se ela fosse igual à gente. Só que ela não era igual à gente, e todo mundo sabia, e *ela* também sabia. Então a gente ia ter que mentir na cara dela? – Peter balançou a cabeça. – Todo mundo fala como se não tivesse problema ser diferente, mas os Estados Unidos são um local de miscigenação, e que diabos isso quer dizer? Se é uma miscigenação, então você está tentando fazer todo mundo ficar igual, não é?

Jordan se viu pensando na transição do filho Thomas para o segundo ciclo do ensino fundamental. Eles tinham se mudado de Bainbridge para Salem Falls, um sistema escolar pequeno no qual as pessoas já tinham desenvolvido muros altos contra os intrusos. Por um tempo, Thomas foi um camaleão: chegava da escola, se enfiava no quarto e surgia como jogador de futebol, como ator, como competidor de matemática. Precisou de várias trocas de sua pele adolescente para encontrar um grupo de amigos que permitiu que ele fosse como fosse. O restante do ensino médio de Thomas foi bem tranquilo. Mas e se ele *não* tivesse encontrado aquele grupo de amigos? E se tivesse continuado a trocar de pele até não haver mais nada?

Como se fosse capaz de ler a mente de Jordan, Peter olhou para ele de repente.

– Você tem filhos?

Jordan não falava da vida pessoal com os clientes. O relacionamento deles existia nos confinamentos do tribunal e pronto. As poucas vezes na carreira em que essa regra foi violada quase acabaram com ele pessoal e profissionalmente. Mas ele encarou Peter e disse:

– Dois. Um bebê de seis meses e um filho em Yale.

– Então você entende – disse Peter. – Todo mundo quer que o filho cresça e vá pra Harvard ou seja *quarterback* dos Patriots. Ninguém olha pro bebê e pensa: *Ah, espero que meu filho cresça e se torne uma aberração. Espero que vá pra escola todos os dias e reze pra não chamar a atenção de ninguém.* Mas sabe de uma coisa? Tem crianças crescendo assim todos os dias.

Jordan se viu sem palavras. Havia uma linha tênue entre singular e estranho, entre o que fazia uma criança crescer e ser tão bem ajustada como Thomas ou instável como Peter. Será que todos os adolescentes tinham a capacidade de cair para um lado ou para o outro dessa linha, e será que dava para identificar algum momento único que provocava o desequilíbrio?

De repente ele pensou em Sam naquela manhã, quando estava trocando sua fralda. O bebê tinha segurado os dedos dos pés, fascinado por tê-los encontrado, e imediatamente enfiou o pé na boca. "Olha isso", disse Selena em tom de brincadeira, por cima do ombro dele, "tal pai, tal filho." Enquanto Jordan terminava de vestir Sam, pensou maravilhado no mistério que a vida deve ser para alguém tão novo. Imagine um mundo que parece tão maior do que você. Imagine acordar uma manhã e encontrar um pedaço seu que você nem sabia que existia.

Quando você não se encaixa, se torna super-humano. Consegue sentir os olhos de todo mundo em você, grudados como velcro. Consegue ouvir um sussurro sobre você a um quilômetro de distância. Até consegue desaparecer, mesmo quando parece que ainda está no mesmo lugar. Consegue gritar e ninguém escuta nada.

Você se torna o mutante que caiu no barril de ácido, o Coringa que não consegue tirar a máscara, o homem biônico que não tem membros, mas tem o coração intacto.

Você é a coisa que costumava ser normal, mas isso faz tanto tempo que você não consegue nem lembrar como era.

Seis anos antes

Peter soube que estava condenado no primeiro dia de aula do sexto ano, quando sua mãe apareceu com um presente na hora do café da manhã.

– Sei como você queria isso – disse ela, e esperou que ele desembrulhasse o presente.

Dentro havia um fichário com um desenho do Super-Homem na capa. Ele já *tinha* desejado um. Três anos antes, quando estava na moda.

E conseguiu dar um sorriso.

– Obrigado, mãe – disse, e ela sorriu largamente enquanto ele tentava imaginar todas as formas em que aquele fichário idiota seria usado contra ele.

Josie, como sempre, foi quem o salvou. Ela disse para o zelador da escola que o guidão da bicicleta dela estava ruim e que precisava de fita adesiva para ajeitá-lo até chegar em casa. Na verdade, ela não ia de bicicleta para a escola. Ia a pé com Peter, que morava um pouco mais longe, mas encontrava com ela no caminho. Apesar de eles nunca se encontrarem fora da escola – havia anos, graças a alguma briga entre as mães que nenhum dos dois conseguia lembrar direito –, Josie ainda andava com Peter. E ele agradecia a Deus, porque mais ninguém queria sua companhia. Eles se sentavam juntos no almoço, liam os rascunhos um do outro na aula de inglês, sempre eram parceiros de laboratório. Os verões eram sempre difíceis. Eles podiam trocar e-mails, e de vez em quando se viam no lago da cidade, mas era só. E então, quando setembro chegava, voltavam ao ritmo como se não tivessem perdido nada. Peter concluiu que aquela era a definição de melhor amiga.

Hoje, graças ao fichário do Super-Homem, eles começaram o ano com uma crise. Com a ajuda de Josie, ele fez uma espécie de capa com a fita e um jornal velho que pegaram no laboratório de ciências. Ele podia tirá-la quando estivesse em casa, argumentou ela, para que a mãe não se sentisse ofendida.

Os alunos do sexto ano almoçavam no quarto tempo, às onze horas, mas àquela altura parecia que não comiam havia meses. Josie comprava o lanche – o talento da mãe na cozinha, dizia ela, era limitado a mandar um cheque para as moças do refeitório –, e Peter ficava ao lado dela na fila para comprar uma caixinha de leite. Sua mãe mandava um sanduíche de pão de forma sem casca, um saco de palitinhos de cenoura e uma fruta orgânica que às vezes vinha amassada.

Peter colocou o fichário na bandeja do refeitório. Sentiu vergonha, ainda que o material estivesse coberto com o jornal. Colocou um canudo na caixinha de leite.

– Sabe, não devia fazer diferença que fichário você usa – disse Josie. – Por que você se importa com o que os outros pensam?

Quando iam em direção às mesas, Drew Girard esbarrou com força em Peter.

– Olha por onde anda, retardado – disse Drew, mas era tarde demais. Peter já tinha derrubado a bandeja.

O leite derramou por cima do fichário e transformou o jornal em uma maçaroca que deixou em evidência o desenho do Super-Homem por baixo.

Drew começou a rir.

– Está usando a cueca do Super-Homem também, Houghton?

– Cala a boca, Drew.

– Senão o quê? Você vai me derreter com a sua visão de raio X?

A sra. McDonald, professora de arte que estava tomando conta do refeitório – e que Josie jurava já ter visto cheirando cola no armário de materiais –, deu um passo desanimado para frente. No sétimo ano, havia garotos, como Drew e Matt Royston, que eram mais altos que as professoras, tinham voz grave e faziam a *barba*; mas também havia garotos como Peter, que rezavam todas as noites para a puberdade chegar, mas ainda não tinham visto nenhum sinal.

– Peter, por que você não vai se sentar... – a sra. McDonald suspirou. – O Drew vai levar outra caixa de leite pra você.

Provavelmente envenenada, pensou Peter. Ele começou a secar o fichário com um monte de guardanapos. Mesmo depois de seco, ficaria fedendo. Talvez pudesse dizer à mãe que tinha derramado leite nele no almoço. Afinal, era verdade, mesmo com a ajuda que tivera para que isso acontecesse. E podia ser um incentivo para que ela comprasse um caderno novo e normal, como o de todo mundo.

Por dentro, Peter estava sorrindo: Drew Girard tinha acabado de lhe fazer um favor.

– Drew – disse a professora –, estou falando pra ir *agora*.

Quando Drew deu um passo em direção à área do refeitório com a pirâmide de caixas de leite, Josie esticou o pé sorrateiramente para que ele tropeçasse e caísse de cara no chão. Os outros alunos começaram a rir. Era assim que essa sociedade funcionava: você só ficava por baixo até encontrar alguém para tomar o seu lugar.

– Cuidado com a criptonita – sussurrou Josie, alto o suficiente para Peter ouvir.

As duas melhores coisas de ser juíza de corte distrital, na cabeça de Alex, eram, primeiro, poder lidar com os problemas das pessoas e fazer com que elas se sentissem ouvidas e, segundo, o desafio intelectual. Havia muitos fatores a considerar quando se tomavam decisões: a vítima, a polícia, a ordem pública, a sociedade. E todas tinham de ser levadas em conta no contexto da jurisprudência.

A pior parte do trabalho era que você não podia dar às pessoas o que elas realmente precisavam quando iam para o tribunal: para o réu, um veredito que fosse realmente oferecer tratamento, em vez de punição. Para a vítima, um pedido de desculpas.

Hoje, havia uma garota diante dela que não era muito mais velha que Josie. Usava jaqueta da Nascar, saia preta plissada, tinha cabelo louro e acne. Alex tinha visto garotas como ela no estacionamento, depois que o shopping de New Hampshire fechava à noite, dando cavalo de pau com o carro do namorado. Ela se perguntou se, em algum momento, aquela garota tinha brincado com bichos de pelúcia debaixo da mesa da cozinha e se tinha lido livros debaixo do cobertor com uma lanterna quando devia estar dormindo. Alex nunca deixava de se espantar com a maneira como, com um movimento de mão, a vida de uma pessoa podia seguir em uma direção completamente diferente.

A garota tinha sido acusada de receptação de mercadoria roubada – um colar de ouro de quinhentos dólares que o namorado lhe dera. Alex olhou para ela de cima da bancada. Havia motivo para ela ficar tão alta, e não tinha nada a ver com logística, mas com intimidação.

– Você está renunciando aos seus direitos consciente, voluntária e inteligentemente? E entende que, ao se declarar culpada, está admitindo que a acusação é verdadeira?

A garota piscou.

– Eu não sabia que era roubado. Achei que era um presente do Hap.

– Se você ler a acusação, ela diz que você está sendo acusada de receber esse colar sabendo que era roubado. Se você não sabia que ele era roubado, tem direito de ir a julgamento. Tem direito a defesa. Tem direito que eu indique um advogado para representá-la, porque você está sendo acusada de uma contravenção de classe A, punível com até um ano de cadeia e multa de dois mil dólares. Tem direito que um promotor apresente provas do caso até não haver mais dúvida. Tem direito de ver, ouvir e questionar todas as testemunhas contra você. Tem direito que eu intime o comparecimento à corte de qualquer prova e testemunha a seu favor. Tem direito de apelar contra a decisão na corte superior, ou que a corte superior faça um novo julgamento com jurados se eu cometer algum erro legal ou se você não concordar com a minha decisão. Ao se declarar culpada, você abre mão de todos esses direitos.

A garota engoliu em seco.

– Bom – disse ela –, eu penhorei o colar.

– Você não está sendo acusada por isso – explicou Alex. – Você está sendo acusada por pegar o colar mesmo sabendo que ele era roubado.

– Mas eu quero me declarar culpada – disse a garota.

– Você está me dizendo que não fez o que a acusação diz que fez. Você não pode se declarar culpada de uma coisa que não fez.

No fundo da sala, uma mulher ficou de pé. Parecia uma fotocópia envelhecida da ré.

– Eu falei pra ela *não* se declarar culpada – disse a mãe da garota. – Ela veio aqui hoje e ia fazer isso, mas aí o promotor disse que ela conseguiria um acordo melhor se se declarasse culpada.

O promotor ficou de pé de repente, como um boneco de mola saltando de uma caixa.

– Eu nunca falei isso, Meritíssima. Falei que o acordo hoje era se ela se declarasse culpada, pura e simplesmente. E que, se ela se declarasse inocente e fosse a julgamento, não haveria acordo e a Meritíssima tomaria a decisão que quisesse.

Alex tentou imaginar como seria estar na pele dessa garota, completamente sufocada pela enorme estatura do sistema legal, incapaz de falar a mesma língua que ele. Ela olhava para o promotor e via Monty Hall.* *Quer o dinheiro? Ou quer a porta número 1, que pode esconder um carro conversível ou uma galinha?*

A garota tinha escolhido o dinheiro.

Alex fez sinal para o promotor se aproximar.

– O senhor tem alguma prova que demonstre que ela sabia que o colar era roubado?

– Sim, Meritíssima.

E lhe entregou o relatório policial. Alex passou os olhos em seu conteúdo. Com base no que a garota dissera aos policiais e como eles registraram os fatos, não havia como ela não saber que o colar era roubado.

Alex se virou para a garota.

– Com base nos fatos que constam no relatório policial e na produção de provas, acho que a sua declaração procede. Há provas suficientes aqui para substanciar o fato de que você sabia que o colar era roubado e o aceitou mesmo assim.

– Eu não... não entendi – disse a garota.

– Significa que aceito sua declaração de culpada, se você ainda quiser mantê-la. Mas – Alex acrescentou – você primeiro tem que me dizer que é culpada.

Alex viu a boca da garota se apertar e começar a tremer.

– Tudo bem – ela sussurrou. – Eu fiz isso mesmo.

---

* Monty Hall: apresentador de um programa de TV no qual os participantes tinham a opção de escolher entre três portas para serem abertas, sem saber se a escolha levaria a um bom prêmio ou a um objeto sem valor. (N. da T.)

Era um daqueles dias de outono incrivelmente lindos, do tipo em que você arrasta os pés na calçada de manhã ao andar para a escola porque *não consegue* acreditar que tem que desperdiçar oito horas lá. Josie estava sentada na aula de matemática, olhando para o azul do céu – *celeste*, essa era a palavra da semana, e apenas dizê-la fazia Josie sentir a boca cheia de cristais de gelo. Ela conseguia ouvir os alunos do sétimo ano brincando de pique-bandeira na aula de educação física no pátio do recreio, e o som do cortador de grama quando o zelador passou pela janela da turma dela. Um pedaço de papel caiu em seu colo, por cima de seu ombro. Josie abriu e leu o bilhete de Peter.

> Por que sempre temos que resolver por x? Por que x não pode fazer isso sozinho e nos poupar do inferno???!!!

Ela se virou e esboçou um sorriso. Na verdade, gostava de matemática. Adorava saber que, com esforço suficiente, no final haveria uma resposta que faria sentido.

Ela não se encaixava na turma popular da escola porque era uma aluna que só tirava A. Peter era diferente. Ele tirava B e C, e uma vez tirou D. Também não se encaixava, mas não por ser um crânio – simplesmente por ser Peter.

Se houvesse uma escala de falta de popularidade, Josie sabia que, ainda assim, ficaria em posição mais alta que alguns. De vez em quando, ela se perguntava se ficava com Peter por gostar da companhia dele ou porque estar com ele a fazia se sentir melhor em relação a si mesma.

Enquanto a turma trabalhava na folha de revisão, a sra. Rasmussin navegava na internet. Era uma piada na escola toda – quem conseguia pegá-la comprando uma calça no site da Gap ou lendo sites de fãs de novelas. Um garoto jurou tê-la visto olhando pornografia um dia em que foi até a mesa dela fazer uma pergunta.

Josie terminou rápido, como sempre, e levantou o olhar. Viu a sra. Rasmussin no computador... mas havia lágrimas escorrendo pelas bochechas dela, daquele jeito estranho que acontece quando as pessoas nem percebem que estão chorando.

Ela ficou de pé e saiu da sala sem mandar a turma ficar em silêncio em sua ausência.

Assim que ela saiu, Peter bateu no ombro de Josie.
– Qual é o problema dela?
Antes que Josie pudesse responder, a sra. Rasmussin voltou. Seu rosto estava branco como papel e seus lábios estavam apertados.
– Turma – disse ela –, aconteceu uma coisa horrível.

No centro audiovisual, para onde todos os alunos do ensino fundamental II foram levados, o diretor contou o que sabia: dois aviões haviam se chocado contra o World Trade Center. Outro tinha acabado de cair no Pentágono. A torre sul do World Trade Center tinha desmoronado.
A bibliotecária ligou uma televisão para que todos pudessem ver a cobertura. Embora tivessem sido tirados da aula, o que costumava ser motivo de comemoração, o ambiente estava tão silencioso que Peter conseguia ouvir o próprio coração batendo. Ele olhou para as paredes da sala, para o céu, pelas janelas. Aquela escola não era uma zona segura. Nada era, não importava o que dissessem.
Será que a sensação de estar em guerra era assim?
Peter olhou para a tela. As pessoas estavam chorando e gritando em Nova York, mas mal dava para ver por causa da poeira e da fumaça no ar. Havia fogo por todos os lados, e o som dos carros de bombeiros e alarmes de automóveis. Não parecia com a Nova York que Peter lembrava, da vez que tinha ido lá em férias com os pais. Eles subiram no Empire State Building e estavam planejando um jantar caro no Windows of the World, mas Joey ficou enjoado por comer muita pipoca e eles voltaram para o hotel.
A sra. Rasmussin tinha ido embora da escola. Seu irmão era operador de títulos no World Trade Center.
Tinha sido.
Josie estava sentada ao lado de Peter. Mesmo com alguns centímetros separando as cadeiras, ele conseguia senti-la tremendo.
– Peter – sussurrou ela, horrorizada. – Tem gente *pulando*.
Ele não conseguia enxergar tão bem quanto ela, mesmo de óculos, mas, quando apertou os olhos, percebeu que Josie estava certa. O peito dele doeu ao ver a cena, como se sua caixa torácica tivesse ficado pequena demais de repente. Que tipo de pessoa *faria* aquilo?
Ele próprio respondeu à pergunta. *O tipo que não vê outra solução.*

– Você acha que eles podem atacar a gente *aqui*? – sussurrou Josie.

Peter olhou para ela. Queria saber o que dizer para fazê-la se sentir melhor, mas a verdade era que não se sentia tão bem e não sabia se havia palavras na língua inglesa para afastar aquele terrível tipo de choque, aquela compreensão de que o mundo não é o lugar que você achava que era.

Ele se voltou para a tela para não ter de responder a Josie. Mais pessoas pularam das janelas da torre norte; em seguida, houve um rugido gigantesco, e então o chão abriu suas mandíbulas. Quando o prédio desabou, Peter soltou a respiração que estava prendendo – aliviado, porque agora não conseguia ver mais nada.

O telefone da escola estava completamente sobrecarregado, então os pais caíram em dois grupos: os que não queriam assustar os filhos ao aparecer na escola e os levar para um bunker subterrâneo, e os que queriam superar aquela tragédia com os filhos por perto.

Lacy Houghton e Alex Cormier faziam parte da segunda categoria, e chegaram à escola ao mesmo tempo. Estacionaram lado a lado na área de embarque do ônibus escolar e saíram dos carros. Só então se reconheceram, pois não se viam desde o dia em que Alex escoltara a filha para fora do porão de Lacy, onde ficavam as armas.

– O Peter está... – Alex começou a dizer.

– Não sei. E a Josie?

– Vim buscá-la.

Elas entraram na diretoria juntas e foram instruídas a seguir pelo corredor até o centro audiovisual.

– Não consigo acreditar que estão deixando as crianças verem o noticiário – disse Lacy, correndo ao lado de Alex.

– Eles têm idade suficiente pra entender o que está acontecendo.

Lacy balançou a cabeça.

– *Eu* não tenho idade pra entender o que está acontecendo.

O centro audiovisual estava lotado de alunos, em cadeiras, em mesas, espalhados no chão. Alex levou um tempo para se dar conta do que havia de tão estranho com o grupo: ninguém estava fazendo barulho. Até os professores estavam com as mãos na boca, como se tivessem medo de demonstrar qualquer emoção, porque, quando as comportas se abrissem, tudo o que havia no caminho seria inundado.

Na frente da sala havia uma televisão, e todos os olhos estavam nela. Alex viu Josie porque ela roubara uma de suas faixas de cabelo, a de oncinha.

– Josie – ela gritou, e a filha se virou, quase subindo nos outros alunos para poder chegar logo até a mãe.

Josie a alcançou como um furacão, toda emoção e fúria, mas Alex sabia que em algum lugar lá dentro estava o olho dessa tempestade. E então, como qualquer força da natureza, era preciso se preparar para outro golpe antes de as coisas voltarem ao normal.

– Mamãe – disse ela, chorando. – Acabou?

Alex não sabia o que dizer. Como mãe, deveria ter todas as respostas, mas não tinha. Deveria manter a filha em segurança, mas também não podia prometer isso. Tinha que fazer cara de coragem e dizer para Josie que tudo ia ficar bem, quando ela mesma não sabia se era verdade. Mesmo ao dirigir do tribunal até ali, ela tomou consciência da fragilidade das ruas sob seus pneus, da divisória no céu que podia ser tão facilmente invadida. Passou por poços e pensou na contaminação da água; perguntou-se a que distância ficava a usina nuclear mais próxima.

Ainda assim, tinha passado anos sendo a juíza que os outros esperavam que ela fosse, uma pessoa fria e controlada, que podia chegar a conclusões sem ficar histérica. Certamente podia assumir essa postura com a filha também.

– Estamos bem – disse Alex calmamente. – Acabou.

Ela não sabia que, enquanto falava, um quarto avião caía em um campo da Pensilvânia. Não se deu conta de que a força com que agarrava Josie contradizia suas palavras.

Por cima do ombro de Josie, Alex assentiu para Lacy Houghton, que estava saindo com o filho. Um pouco chocada, ela se deu conta de que Peter estava alto, quase tão alto quanto um homem.

Quantos anos tinham se passado desde que ela o vira pela última vez?

Alex percebeu que dava para perder alguém de vista num piscar de olhos. E prometeu não deixar que isso acontecesse entre ela e a filha. Porque, na verdade, ser juíza não importava tanto quanto ser mãe. Quando o assistente de Alex contou a ela sobre o World Trade Center, seu primeiro pensamento não foi em seus eleitores... foi em Josie.

Durante algumas semanas, Alex manteve a promessa. Reorganizou a agenda para chegar em casa quando Josie chegava; deixava relatórios no escritório em vez de levá-los para casa para ler nos fins de semana; todas as noites, no jantar, elas *conversavam*, e não sobre assuntos à toa. Conversavam sobre *O sol é para todos* e como ele podia ser o livro mais bem escrito do mundo; sobre como perceber quando se estava apaixonada; até mesmo sobre o pai de Josie. Mas chegou uma semana em que um caso particularmente complicado fez com que ela ficasse até mais tarde no trabalho. E Josie começou a conseguir dormir a noite inteira de novo, em vez de acordar gritando. Parte de voltar ao normal significava apagar as fronteiras do que era *anormal*, e, em poucos meses, o que Alex sentira no 11 de Setembro foi lentamente esquecido, como a maré apagando uma mensagem que ela começara a escrever na areia.

Peter odiava futebol, mas estava no time da escola. A política do time era de que qualquer um podia jogar, para que até os garotos que normalmente não se transformariam em atletas pudessem participar. Foi isso e a crença da mãe de que se encaixar significava estar no meio das pessoas que o levaram a uma temporada de treinos à tarde, nos quais ele se via fazendo exercícios de passe e correndo atrás da bola com mais frequência do que a chutava, e a jogos duas vezes por semana, em que ele esquentava bancos de campos escolares por todo o condado de Grafton.

Havia apenas uma coisa que Peter odiava mais do que futebol, e era se vestir para jogar. Depois da aula, ele sempre achava alguma coisa para fazer no armário, ou tinha uma pergunta a fazer para algum professor, para que acabasse chegando ao vestiário quando a maior parte dos outros jogadores já estivesse lá fora se alongando e aquecendo. Assim, em um canto, Peter podia tirar a roupa sem ter que ouvir alguém fazendo piada sobre a forma como seu peito era afundado na parte de baixo e sem ter o elástico da cueca puxado até ela ficar presa entre as bandas do traseiro. Eles o chamavam de Peter Homo, em vez de Peter Houghton, e, mesmo quando ele era o único no vestiário, ainda conseguia ouvir as mãos deles se batendo ao se cumprimentarem e a risada que escorria em sua direção como óleo viscoso.

Depois do treino, ele costumava fazer alguma coisa que garantisse que fosse o último a ir para o vestiário: recolhia as bolas, fazia uma pergunta ao técnico sobre um jogo futuro ou ficava amarrando as chuteiras. Se tivesse muita sorte, quando chegasse para tomar banho, todos já teriam ido embora. Mas hoje, assim que o treino terminou, caiu uma tempestade. O técnico tirou todos os garotos do campo e os levou para o vestiário.

Peter andou lentamente até o armário. Vários garotos já tinham ido para o chuveiro, com toalhas amarradas na cintura. Drew, por exemplo, e seu amigo Matt Royston. Eles riam ao andar e davam socos nos braços um do outro para ver quem dava o golpe mais forte.

Peter virou as costas para o resto dos armários e tirou o uniforme, depois se cobriu rapidamente com uma toalha. Seu coração estava disparado. Ele já conseguia imaginar o que todos viam quando olhavam para ele, porque também se via no espelho: a pele branca como a barriga de um peixe, os nós se destacando na coluna e nas clavículas, os braços sem nem um traço de músculo.

A última coisa que Peter fez foi tirar os óculos e colocá-los na prateleira do armário aberto. Isso fez tudo ficar alegremente embaçado.

Ele baixou a cabeça e entrou no chuveiro, tirando a toalha no último minuto possível. Matt e Drew já estavam se ensaboando. Peter deixou que o jato batesse em sua testa. Ele se imaginou um aventureiro em um rio branco selvagem, sendo massageado por uma cachoeira ao ser puxado pelo turbilhão.

Quando secou os olhos e se virou, conseguiu ver os contornos embaçados dos corpos de Matt e Drew. E a área escura entre as pernas deles: pelos pubianos.

Peter ainda não tinha nenhum.

Matt de repente se virou de lado.

– Meu Deus, para de olhar pro meu pinto.

– Veado de merda – disse Drew.

Peter imediatamente se virou. E se eles estivessem certos? E se essa fosse a razão de seu olhar ter ido naquela direção naquele momento? Pior, e se ele ficasse duro agora, o que estava acontecendo cada vez mais ultimamente?

Isso significaria que ele era gay, não é?

– Eu não estava olhando pra você – disse Peter. – Não consigo enxergar nada.

A risada de Drew ecoou nas paredes azulejadas do banheiro.
– Seu pinto deve ser muito pequeno, Mattie.
De repente, Matt estava segurando Peter pelo pescoço.
– Eu não estou de óculos – disse Peter, sufocando. – Esse é o motivo.

Matt soltou Peter e o empurrou contra a parede, depois saiu do chuveiro. Esticou a mão e tirou a toalha de Peter do gancho, jogando-a debaixo da água. Ela caiu encharcada sobre o ralo central.

Peter a pegou e a enrolou na cintura. O algodão estava encharcado e ele estava chorando, mas achou que talvez as pessoas não percebessem, porque ele todo estava pingando. Todos estavam olhando.

Quando ele estava perto de Josie, não sentia nada. Não queria beijá-la, nem segurar a mão dela, nem nada desse tipo. Ele também não achava que sentia essas coisas por garotos, mas é claro que você tinha que ser gay ou heterossexual. Não dava para não ser *nenhuma* das duas coisas.

Ele se apressou para o canto dos armários e encontrou Matt de pé na frente do seu. Apertou os olhos, tentando ver o que o garoto estava segurando, mas então ouviu: Matt pegou seus óculos, bateu a porta do armário neles e soltou a armação contorcida no chão.

– Agora você *não* consegue me olhar – disse ele, e saiu andando.

Peter se ajoelhou no chão e tentou pegar os pedaços quebrados de vidro. Como não enxergava, cortou a mão. Sentou-se de pernas cruzadas, com a toalha no colo, e levou a palma da mão para perto do rosto, até tudo ficar claro.

No sonho, Alex estava andando pela rua principal completamente nua. Ela entrou no banco e depositou um cheque.
– Meritíssima – disse o caixa, sorrindo. – O dia não está lindo hoje?

Cinco minutos depois, entrou no café e pediu um café com leite desnatado. A barista era uma garota com um improvável cabelo roxo e um piercing que cruzava o alto do nariz na altura das sobrancelhas; quando Josie era pequena e elas iam lá, Alex dizia para ela não olhar fixamente.
– Quer um biscotti com o café, juíza?

Ela entrou na livraria, na farmácia e no posto de gasolina, e em cada lugar sentia que as pessoas a encaravam. Sabia que estava nua. *Eles* sabiam que ela estava nua, mas ninguém disse nada até que ela chegasse aos correios. O funcionário dos correios de Sterling era um homem idoso que trabalhava lá provavelmente desde a época do transporte de correspondência por charrete. Ele entregou um rolo de selos a Alex e furtivamente cobriu a mão dela com a sua.

– Senhora, pode não ser certo o que vou dizer...

Alex ergueu o olhar e esperou.

As linhas de preocupação na testa do funcionário sumiram.

– Mas o vestido que está usando é lindo, Meritíssima – disse ele por fim.

A paciente estava gritando. Lacy conseguia ouvir a garota chorando no final do corredor. Ela correu o mais rápido que pôde, virou no corredor e entrou no quarto de hospital.

Kelly Gamboni tinha vinte e um anos, era órfã e tinha um QI de 79. Fora estuprada por três garotos do ensino médio, que aguardavam julgamento em uma instituição juvenil em Concord. Kelly morava em um abrigo para católicos, então o aborto nunca foi uma opção para ela. Mas, agora, um médico do pronto-socorro tinha considerado medicamente necessário induzir o parto de Kelly, com trinta e seis semanas. Ela estava deitada na cama de hospital com uma enfermeira tentando consolá-la sem conseguir resultados, enquanto abraçava um urso de pelúcia.

– Papai – gritou ela para um pai que tinha morrido anos antes. – Me leva pra casa, papai, isso dói!

O médico entrou no quarto e Lacy foi para cima dele.

– Como você ousa? – disse ela. – Essa paciente é minha.

– Bom, ela foi levada pra emergência e se tornou *minha* – respondeu o médico.

Lacy olhou para Kelly e foi para o corredor; não faria nenhum bem a ela ver os dois brigando.

– Ela chegou reclamando de molhar a calcinha dois dias seguidos. O exame foi consistente com ruptura prematura de membranas – disse o médico. – Está sem febre e o monitoramento fetal está reativo. É completamente razoável induzir. *Além do mais*, ela assinou o formulário de consentimento.

– Pode ser razoável, mas não é *aconselhável*. Ela é mentalmente retardada. Não sabe o que está acontecendo, está apavorada. E certamente não tem capacidade de consentir. – Lacy se virou. – Vou chamar o psicólogo.

– Não vai mesmo – disse o médico, segurando o braço dela.

– Me solta!

Eles ainda estavam gritando um com o outro cinco minutos depois, quando o psicólogo chegou. O garoto que apareceu na frente de Lacy parecia ter a idade de Joey.

– Só pode ser brincadeira – disse o médico, o primeiro comentário dele com o qual ela concordou.

Os dois seguiram o psicólogo até o quarto de Kelly. A essa altura, a garota estava encolhida ao redor da barriga, choramingando.

– Ela precisa de uma peridural – murmurou Lacy.

– Não é seguro com dois centímetros de dilatação – argumentou o médico.

– Não interessa. Ela precisa.

– Kelly? – disse o psicólogo, agachando-se na frente dela. – Você sabe o que é uma cesárea?

– Ãrrã – gemeu Kelly.

O psicólogo se levantou.

– Ela é capaz de consentir, a não ser que haja uma ordem judicial impedindo.

O queixo de Lacy caiu.

– Só *isso*?

– Tenho mais seis pacientes esperando – disse o psicólogo. – Lamento desapontar você.

Lacy gritou quando ele saiu andando.

– Não sou eu que você está desapontando! – Ela se abaixou ao lado de Kelly e apertou a mão dela. – Está tudo bem. Vou cuidar de você. – Então fez uma oração para quem quer que pudesse mover a montanha que era o coração dos homens. Em seguida, ergueu o rosto em direção ao médico. – Antes de tudo, não fazer mal – disse baixinho.

O médico apertou o alto do nariz.

– Vou aplicar a peridural – ele suspirou, e só então Lacy se deu conta de que estava prendendo a respiração.

O último lugar aonde Josie queria ir era jantar com a mãe, para passar três horas vendo maîtres, chefs e outros clientes puxarem o saco dela. Era a comemoração do aniversário de *Josie*, e ela não entendia por que não podia pedir comida chinesa em casa e assistir a um filme. Mas a mãe insistia que não seria uma comemoração se elas ficassem em casa, então lá estava ela, andando atrás da mãe como uma dama de companhia.

Ela estava contando. Foram quatro "É bom ver a senhora, Meritíssima". Três "Sim, Meritíssima". Dois "O prazer é meu, Meritíssima". E um "Para a Meritíssima, temos a melhor mesa da casa". Às vezes Josie lia na revista *People* sobre celebridades que sempre recebiam brindes de fabricantes de bolsas e lojas de sapatos e ingressos de cortesia para estreias na Broadway e para o estádio dos Yankees. Pensando bem, sua mãe era uma celebridade na cidade de Sterling.

– Não consigo acreditar – disse a mãe – que tenho uma filha de *doze* anos.

– Essa é a hora de eu dizer alguma coisa do tipo: você deve ter sido uma criança prodígio?

A mãe riu.

– Bom, isso ia funcionar.

– Vou poder dirigir daqui a três anos e meio – observou Josie.

O garfo da mãe fez barulho contra o prato.

– Obrigada por *isso*.

O garçom foi até a mesa.

– Meritíssima – disse ele, colocando um prato de caviar diante de Alex –, o chef gostaria que vocês aceitassem essa entrada, com os cumprimentos dele.

– Isso é nojento. Ovas de peixe?

– Josie! – A mãe sorriu com tensão para o garçom. – Por favor, agradeça ao chef.

Ela conseguia sentir os olhos da mãe enquanto remexia a comida.

– O quê? – disse em tom desafiador.

– Bom, você falou como uma garotinha mimada, só isso.

– Por quê? Porque não gosto de embriões de peixe debaixo do meu nariz? *Você* também não come isso. Pelo menos *eu* fui sincera.

– E eu fui discreta – disse a mãe. – Você acha que o garçom não vai contar pro chef que a filha da juíza é uma chata?

– Até parece que eu ligo.

– Mas *eu* ligo. O que você faz reflete em mim, e tenho uma reputação a zelar.

– Reputação de quê? De puxa-saco?

– De uma pessoa que está acima de críticas, tanto dentro quanto fora do tribunal.

Josie inclinou a cabeça para o lado.

– E se eu fizesse uma coisa ruim?

– Ruim? Ruim como?

– Vamos dizer que eu fumasse maconha – disse Josie.

A mãe ficou imóvel.

– Você quer me contar alguma coisa, Josie?

– Meu Deus, mãe, não estou *fazendo* isso. É uma hipótese.

– Porque, você sabe, agora que está no fundamental II, vai começar a encontrar garotos que fazem coisas perigosas, ou simplesmente idiotas, e espero que você seja...

– ... forte o bastante pra saber o que não deve fazer – concluiu Josie, ecoando-a em voz cantarolada. – Tá. Entendi. Mas e se, mãe? E se você chegasse em casa e me encontrasse doidona na sala? Você me entregaria?

– O que você quer dizer com entregar?

– Chamar a polícia. Entregar meu estoque. – Josie sorriu. – De maconha.

– Não – disse a mãe. – Eu não entregaria você.

Quando era mais nova, Josie achava que cresceria e ficaria como a mãe, com ossos delicados, cabelos escuros e olhos claros. A combinação de elementos estava lá em suas feições, mas, conforme ela cresceu, começou a se parecer completamente com outra pessoa, alguém que ela não conhecia. Seu pai.

Ela se perguntava se o pai, como ela própria, conseguia decorar as coisas em um estalo e visualizá-las no papel ao fechar os olhos. Ela se perguntava se o pai cantava desafinado e gostava de ver filmes de terror. Ela se perguntava se ele tinha sobrancelhas retas, tão diferentes dos arcos delicados que a mãe tinha.

Ela se perguntava. Ponto.

– Se você não me denunciasse por eu ser sua filha – disse Josie –, você não estaria sendo justa, estaria?

– Eu estaria agindo como mãe, não como juíza – Alex respondeu, esticando a mão por cima da mesa e segurando a dela, o que foi estranho. Sua mãe não era do tipo que gostava de toques. – Josie, você sabe que pode contar comigo. Se precisar conversar, estou aqui pra te ouvir. Você não vai ter problemas com a lei, não importa o que me contar. Não se for com você, nem mesmo se for com um dos seus amigos.

Para ser bem sincera, Josie não tinha muitos amigos. Havia Peter, que ela conhecia desde sempre; apesar de ele não ir mais à casa dela e vice-versa, eles ainda ficavam juntos na escola, e ele era a última pessoa no mundo que Josie conseguia imaginar fazendo alguma coisa ilegal. Ela sabia que um dos motivos para as outras garotas a excluírem era por ela estar sempre do lado de Peter, mas ela dizia a si mesma que não se importava. Não queria ficar cercada de pessoas que só se preocupavam com o que acontecia na novela e que guardavam todo o dinheiro que ganhavam no trabalho como babás para gastar em uma loja de grife; elas pareciam tão falsas às vezes que Josie achava que, se cutucasse uma delas com um lápis, ela estouraria como um balão.

E daí se ela e Peter não eram populares? Ela sempre dizia para Peter que isso não importava; era melhor começar a acreditar.

Josie puxou a mão e fingiu estar fascinada pelo creme de aspargos. Tinha alguma coisa nos aspargos que ela e Peter achavam hilário. Eles tinham feito um experimento uma vez para ver quanto você tinha que comer até seu xixi ficar com cheiro estranho, e foram menos de duas mordidas, ela jurava.

– Pare de usar sua Voz de Juíza – disse Josie.

– Minha o quê?

– Sua Voz de Juíza. É a que você usa quando atende o telefone. Ou quando está em público. Como agora.

A mãe franziu a testa.

– Isso é loucura. É a mesma voz que...

O garçom chegou deslizando como se andasse de patins pelo salão.

– Não quero interromper... mas está tudo ao seu gosto, Meritíssima? Sem precisar de pausa, sua mãe virou o rosto para o garçom.

– Está tudo ótimo – disse ela, e ficou sorrindo até que ele se afastasse. Em seguida, se virou para Josie. – É a mesma voz que eu sempre uso.

Josie olhou para ela e para as costas do garçom.

– Talvez seja – disse.

O outro garoto do time de futebol que preferiria estar em qualquer outro lugar se chamava Derek Markowitz. Ele se apresentou para Peter quando eles estavam sentados no banco durante um jogo contra North Haverhill.

– Quem obrigou você a jogar? – perguntara Derek, e Peter respondera que fora a mãe. – A minha também – ele admitira. – Ela é nutricionista e fanática por boa forma.

No jantar, Peter dizia aos pais que o treino ia bem. Inventava histórias baseadas em jogadas que tinha visto os outros garotos fazerem, feitos atléticos que ele mesmo jamais conseguiria. Fazia isso para poder ver a mãe olhar para Joey e dizer coisas como: "Acho que temos mais de um atleta na família". Quando iam torcer para ele nos jogos e Peter nunca saía do banco, ele dizia que era porque o técnico tinha seus favoritos – o que, de certa forma, era verdade.

Como Peter, Derek era o pior jogador de futebol do planeta. Era tão branco que suas veias pareciam um mapa rodoviário por baixo da pele, e tinha cabelo tão claro que era preciso se esforçar para encontrar as sobrancelhas. Agora, quando estavam em jogos, eles se sentavam um ao lado do outro no banco. Peter gostava dele porque ele levava barras de chocolate escondido para o treino e comia quando o técnico não estava olhando, e porque sabia contar uma boa piada: "Por que o juiz interrompeu o jogo de vôlei dos leprosos? Porque o pé do jogador invadiu a quadra do outro time". "O que é mais engraçado do que grampear Drew Girard a uma parede? Arrancar ele de lá". Chegou a um ponto em que Peter ficava ansioso pelo treino de futebol só para ouvir o que Derek tinha a dizer – embora Peter tenha começado a se preocupar de novo se gostava de Derek só porque ele era Derek, ou porque Peter era gay; então ele se sentava um pouco mais longe, ou dizia a si mesmo que, fosse como fosse, não olharia nos olhos de Derek durante todo o treino, para que ele não tivesse uma impressão errada.

Eles estavam sentados no banco em uma tarde de sexta-feira, vendo todos os outros jogarem contra Rivendell. Sterling devia conseguir dar um banho neles de olhos fechados – não que isso fosse razão suficiente para o técnico escalar Peter ou Derek para participar de um verdadeiro jogo da liga. O placar estava chegando a um ponto humilhante no último minuto do quarto final – Sterling 24 x Rivendell 2 – e Derek estava contando outra piada.

– Um pirata entra em um bar com um papagaio no ombro, uma perna de pau e um volante na calça – disse Derek. – O barman diz: "Ei, você está com um volante na calça". O pirata diz: "Arrrgh, eu sei. Ele está me levando à loucura".

– Bom jogo – disse o técnico, parabenizando cada jogador com um aperto de mão. – Bom jogo. Bom jogo.

– Você vem? – perguntou Derek, se levantando.

– Encontro você lá – disse Peter e, quando se abaixou para amarrar as chuteiras, viu um par de sapatos de mulher parar na frente dele, um par que ele reconhecia, porque sempre tropeçava nele na entrada de casa.

– Oi, querido – disse a mãe sorrindo.

Peter engasgou. Que garoto da idade dele era buscado pela mãe no campo, como se estivesse saindo do maternal e precisasse dar a mão para atravessar a rua?

– Me dê um segundo, Peter – ela falou.

Ele olhou para cima o bastante para ver que o time não tinha ido para o vestiário, como sempre, mas estava por ali para observar sua mais recente humilhação. Quando achou que não podia ficar pior, sua mãe andou em direção ao técnico.

– Técnico Yarbrowski – disse ela. – Podemos dar uma palavrinha?

Me mate agora, pensou Peter.

– Sou a mãe do Peter e estou curiosa para saber por que o senhor não escala o meu filho durante os jogos.

– É uma questão de trabalho em equipe, sra. Houghton, e só estou dando ao Peter a chance de alcançar alguns dos outros...

– Estamos na metade da temporada, e o meu filho tem tanto direito de jogar nesse time quanto qualquer outro garoto.

– Mãe – interrompeu Peter, desejando que houvesse terremotos em New Hampshire, que uma fenda se abrisse debaixo dos pés dela e a engolisse no meio da frase. – Para.

– Está tudo bem, Peter. Vou cuidar de tudo.

O técnico apertou a parte de cima do nariz.

– Vou colocar o Peter em campo no jogo de segunda-feira, sra. Houghton, mas o cenário não vai ser bonito.

– Não precisa ser bonito. Só precisa ser *divertido*. – Ela se virou e sorriu para Peter, sem noção de nada. – Certo?

Peter mal conseguia ouvi-la. A vergonha era um tiro que ecoava em seus ouvidos, só sendo interrompida pelo burburinho dos colegas de equipe. Sua mãe se agachou à sua frente. Ele nunca tinha entendido o que era amar e odiar uma pessoa ao mesmo tempo, mas agora estava começando a entender.

– Quando ele te ver em campo, você vai ser um titular – e bateu no joelho dele. – Te espero no estacionamento.

Os outros jogadores riram quando ele passou.

– Filhinho da mamãe – disseram. – Ela luta todas as suas batalhas, bichinha?

No vestiário, ele se sentou e tirou as chuteiras. Uma das meias tinha um furo no dedão, e ele ficou olhando como se estivesse espantado com isso, e não por estar se esforçando para não chorar.

Quase deu um pulo quando sentiu uma pessoa se sentar ao seu lado.

– Peter – disse Derek. – Está tudo bem?

Ele tentou dizer que sim, mas não conseguiu fazer a mentira passar pela garganta.

– Você sabe qual é a diferença entre esse time e um porco-espinho? – Derek perguntou.

Peter fez que não com a cabeça.

– O porco-espinho espeta pra fora. – Derek sorriu. – Vejo você na segunda.

Courtney Ignatio era uma garota de alcinha. Era assim que Josie chamava a turma dela, por falta de um termo melhor – as garotas que usavam blusinha de barriga de fora e que, durante as apresentações dos alunos, faziam coreografias para músicas como "Bootylicious" e "Lady Marmalade". Courtney foi a primeira aluna do sétimo ano a ter celular. Era rosa, e às vezes até tocava na aula, mas os professores nunca ficavam zangados com ela.

Quando foi escolhida como dupla de Courtney na aula de estudos sociais para fazer uma linha do tempo da Revolução Americana, Josie resmungou, pois tinha certeza de que faria todo o trabalho. Mas Courtney a convidou para trabalhar no projeto na casa dela, e a mãe de Josie disse que, se ela não fosse, *aí sim* acabaria fazendo todo o trabalho. Assim, ela agora estava sentada na cama de Courtney, comendo cookies com pedaços de chocolate e organizando fichas.

– O quê? – disse Courtney, ficando de pé na frente dela com as mãos nos quadris.

– O que *o quê*?

– Por que você está com essa cara?

Josie deu de ombros.

– É o seu quarto. É completamente diferente do meu.

Courtney olhou ao redor, como se visse o quarto pela primeira vez.

– Diferente como?

Courtney tinha um tapete roxo peludo e abajures de contas com lenços de seda para dar um clima. O tampo inteiro de uma cômoda era dedicado a maquiagem. Havia um pôster de Johnny Depp pendurado atrás da porta, e uma prateleira sustentava um aparelho de som moderno. Ela tinha seu próprio aparelho de DVD.

Comparado ao quarto dela, o quarto de Josie era muito simples. Tinha uma estante, uma escrivaninha, uma cômoda e uma cama. Seu edredom parecia a colcha de retalhos da vovó em comparação ao edredom de cetim de Courtney. Se Josie tinha algum estilo, era completamente fora de moda.

– É só diferente – disse Josie.

– Minha mãe é decoradora. Ela acha que todas as adolescentes sonham com isso.

– E você concorda?

Courtney deu de ombros.

– Acho que parece meio um bordel, mas não quero que ela fique triste. Vou pegar o meu fichário e podemos começar...

Quando ela saiu para ir até o andar de baixo, Josie se viu olhando no espelho. Atraída pela cômoda com a maquiagem, começou a pegar tubos e vidros que não conhecia. Sua mãe raramente usava maquiagem; talvez um batom, mas só. Josie pegou o rímel e o abriu, passando os dedos pelas cerdas pretas. Abriu um vidro de perfume e cheirou.

No reflexo no espelho, viu a garota igual a ela pegar um batom – "Totalmente Linda!", dizia o rótulo – e passar nos lábios. A cor fez o rosto dela florescer; deu-lhe vida.

Era mesmo tão fácil assim virar outra pessoa?

– O *que* você está fazendo?

Josie deu um pulo ao ouvir a voz de Courtney. Ela viu pelo espelho a garota se aproximar e pegar o batom das mãos dela.

– Me... me desculpa – Josie gaguejou.

Para sua surpresa, Courtney Ignatio sorriu.

– Na verdade – disse ela –, combinou com você.

Joey tirava notas melhores do que o irmão mais novo; era melhor atleta do que Peter. Era mais engraçado, tinha mais bom senso, conseguia desenhar mais do que uma linha reta e era dele que as pessoas se aproximavam nas festas. Só havia uma coisa, pelo que Peter conseguia perceber (e ele estava contando), que Joey não conseguia fazer: ele não suportava ver sangue.

Quando Joey tinha sete anos e seu melhor amigo caiu por cima do guidão da bicicleta e cortou a testa, foi Joey quem desmaiou. Quando passava um programa de medicina na televisão, ele tinha que sair da sala. Por causa disso, nunca fora caçar com o pai, embora Lewis tivesse prometido aos filhos que, assim que fizessem doze anos, teriam idade para ir com ele e aprender a atirar.

Parecia que Peter havia esperado o outono inteiro por aquele fim de semana. Ele lera sobre o rifle que o pai o deixaria usar, um Winchester modelo 94 30-30 que tinha sido do pai dele antes da compra do Remington 721 30.06 de ferrolho que ele agora usava para caçar cervos. Agora, às quatro e meia da manhã, Peter mal conseguia acreditar que estava com ele nas mãos, com a trava cuidadosamente presa. Ele rastejou pela floresta atrás do pai, com a respiração cristalizando-se no ar.

Tinha nevado na noite anterior, e por isso as condições estavam perfeitas para a caça de cervos. Eles tinham ido lá no dia anterior para encontrar marcas, pontos em árvores vivas onde um cervo tivesse esfregado os chifres várias vezes para marcar território. Agora, era apenas questão de encontrar o mesmo ponto e verificar marcas recentes para ver se o cervo já tinha voltado.

O mundo era diferente quando não havia ninguém nele. Peter tentou acompanhar os passos do pai, colocando a bota na pegada deixada por ele. Fingiu que estava no exército, em uma missão de guerrilha. O inimigo estava logo à frente. A qualquer momento, eles podiam ser surpreendidos em uma troca de tiros.

— Peter — sussurrou o pai por cima do ombro. — Mantenha o rifle apontado pra cima!

Eles se aproximaram do círculo de árvores onde tinham visto as marcas. Elas pareciam recentes, com a parte branca da madeira aparecendo e tiras verdes de tronco raspado. Peter olhou para os próprios pés. Havia marcas, uma bem maior que as outras duas.

— Ele já passou por aqui — murmurou seu pai. — Deve estar seguindo as fêmeas.

Cervos no cio não eram tão inteligentes quanto costumavam ser. Ficavam tão atentos às fêmeas que estavam perseguindo que se esqueciam de fugir dos humanos que os podiam estar caçando.

Peter e o pai caminharam cuidadosamente pelo bosque, seguindo as marcas em direção ao pântano. De repente, o pai ergueu a mão: sinal para ele parar. Peter olhou para cima e viu duas fêmeas, uma mais velha e a outra jovem. Seu pai se virou e movimentou a boca: *Não se mexa*.

Quando o cervo surgiu de detrás da árvore, Peter parou de respirar. Era enorme, majestoso. O largo pescoço sustentava o peso de um chifre com seis pontas. O pai de Peter assentiu imperceptivelmente para a arma. *Vá em frente.*

Peter mexeu desajeitadamente no rifle, que pareceu quinze quilos mais pesado. Levou-o ao ombro e mirou no cervo. Sua pulsação estava tão intensa que a arma tremia.

Ele conseguia ouvir as instruções do pai como se estivessem sendo sussurradas em voz alta naquele momento: *Atire debaixo da pata da frente, na parte baixa do corpo. Se atingir o coração, vai matá-lo na hora. Se errar o coração, vai atingir os pulmões, e ele vai correr por uns cem metros e depois cair.*

O cervo se virou e olhou para ele.

Peter apertou o gatilho e errou o tiro de longe.

De propósito.

Os três cervos reagiram ao mesmo tempo, sem saber onde estava o perigo. Assim que Peter se perguntou se o pai percebera que ele tinha amarelado — ou se tinha simplesmente suposto que Peter atirava mal —, um segundo tiro saiu do rifle do pai. As fêmeas saíram correndo, e o macho caiu como uma pedra.

Peter ficou de pé ao lado do cervo, vendo o sangue ser bombeado do coração.

– Eu não queria roubar seu tiro – disse o pai –, mas, se você recarregasse, eles teriam escutado e fugido.

– Não – disse Peter, sem conseguir tirar os olhos do cervo. – Não tem problema.

Em seguida, vomitou nos arbustos.

Ele conseguia ouvir o pai fazendo alguma coisa atrás, mas não se virou. Ficou olhando fixamente para um monte de neve que tinha começado a derreter. Sentiu o pai se aproximar, sentiu o sangue nas mãos dele e a decepção.

O pai de Peter esticou a mão e bateu em seu ombro.

– Fica pra próxima.

Dolores Keating tinha sido transferida para o fundamental II naquele ano, em janeiro. Ela era uma daquelas alunas que passam despercebidas: não era muito bonita, não era muito inteligente, não criava confusão. Ela se sentava na frente de Peter na aula de francês, com o rabo de cavalo balançando para cima e para baixo enquanto conjugava os verbos em voz alta.

Um dia, quando Peter estava se esforçando para não adormecer na recitação do verbo *avoir* da Madame, ele reparou que Dolores estava sentada em uma mancha de tinta. Achou engraçado, considerando que ela estava usando calça branca, mas então se deu conta de que não era tinta.

– A Dolores ficou menstruada! – ele gritou em voz alta, por puro choque.

Em uma casa cheia de homens – com exceção da mãe, é claro –, a menstruação era um desses grandes mistérios nas mulheres, como o fato de elas conseguirem passar rímel sem arrancar os olhos e prender o sutiã nas costas sem ver o que estavam fazendo.

Todos na sala se viraram, e o rosto de Dolores ficou tão vermelho quanto sua calça. A Madame a levou até o corredor e orientou que procurasse a enfermaria. No assento à frente de Peter havia uma pequena poça de sangue. A Madame chamou o inspetor, mas, àquela altura, a turma estava fora de controle, com os sussurros se espalhando como incêndio no bosque, falando sobre quanto sangue havia, que Dolores agora era uma das garotas que todos sabiam que ficavam menstruadas.

— Keating está sangrando — disse Peter para o garoto ao seu lado, cujos olhos se iluminaram.

— Keating está sangrando — repetiu o garoto, e o cântico se espalhou pela sala. *Keating está sangrando. Keating está sangrando.* Do outro lado da sala, Peter viu Josie. Josie, que começara a usar maquiagem ultimamente. Ela estava cantando com o resto da turma.

A sensação de fazer parte do grupo parecia gás hélio; Peter se sentiu inflar por dentro. Tinha sido ele quem começara. Ao chamar a atenção para Dolores, passara a fazer parte do grupo.

No almoço naquele dia, estava sentado com Josie quando Drew Girard e Matt Royston foram até ele com suas bandejas.

— Soubemos que você viu acontecer — disse Drew, e se sentaram para que Peter contasse em detalhes.

Ele começou a enfeitar: uma colher de chá de sangue virou uma xícara; a mancha na calça branca passou de um tamanho modesto para uma de proporções enormes. Eles chamaram os amigos, alguns até do time de futebol de Peter, mas que não tinham falado com ele nem uma vez durante o ano.

— Conte pra eles também, é hilário — disse Matt, e sorriu como se Peter fosse um deles.

Dolores ficou um tempo longe da escola. Peter sabia que não faria diferença se ela ficasse um mês fora ou mais. As lembranças dos alunos do sexto ano eram armadilhas de ferro, e, pelo resto do período escolar, Dolores sempre seria lembrada como a garota que ficou menstruada na aula de francês e sangrou na cadeira.

Na manhã em que ela voltou, desceu do ônibus e foi imediatamente flanqueada por Drew e Matt.

— Para uma *mulher* — eles disseram, arrastando as palavras —, você não tem peito nenhum.

Ela os empurrou, e Peter não a viu mais até a aula de francês.

Alguém — ele realmente não sabia quem — tinha elaborado um plano. A Madame sempre se atrasava para a aula; tinha que vir do outro lado da escola. Assim, antes de o sinal tocar, todos andariam até a mesa de Dolores e entregariam um absorvente interno que Courtney Ignatio arrumou ao roubar uma caixa da mãe.

Drew foi o primeiro. Quando colocou o absorvente sobre a mesa dela, ele disse:

– Acho que você deixou cair isso.

Seis absorventes depois, o sinal ainda não tinha tocado e a Madame ainda não estava na sala. Peter andou até ela, segurando o tubo embrulhado na mão, pronto para soltá-lo sobre a mesa, mas reparou que Dolores estava chorando.

Não era alto, e mal dava para perceber. Mas, quando Peter esticou a mão com o absorvente, se deu conta de que era assim estar do outro lado, quando *ele* estava sofrendo o inferno nas mãos dos outros.

Então esmagou o absorvente na mão.

– Parem – disse baixinho, e se virou para os três alunos em fila que esperavam a vez de humilhar Dolores. – Parem já com isso.

– Qual é o problema, bichinha? – perguntou Drew.

– Não tem mais graça.

Talvez nunca tenha tido. Mas não era com *ele*, e isso era bom o bastante.

O garoto atrás de Peter o empurrou e jogou o absorvente, que bateu na cabeça de Dolores e rolou para baixo da cadeira de Peter. E então foi a vez de Josie.

Ela olhou para Dolores e depois para Peter.

– Não – ele murmurou.

Josie apertou os lábios e soltou o absorvente sobre a mesa de Dolores.

– Ops – disse ela, e, quando Matt Royston riu, ela foi ficar ao lado dele.

Peter estava esperando. Embora Josie não estivesse andando com ele havia algumas semanas, ele sabia o que ela fazia depois da escola: normalmente, passeava pela cidade para tomar chá gelado com Courtney e companhia e olhar vitrines. Às vezes, ficava de longe observando-a como se observaria uma borboleta que você conheceu como lagarta, se perguntando como a mudança pôde ter sido tão dramática.

Ele esperou até ela ter se separado das outras garotas e a seguiu pela rua que levava à casa dela. Quando a alcançou e segurou seu braço, ela gritou.

– Meu Deus, Peter! Por que você não me mata logo de susto?

Ele tinha pensado no que ia perguntar a ela, porque as palavras não lhe ocorriam facilmente, e sabia que precisava praticar mais do que os outros; mas, quando estava com Josie tão perto, depois de tudo que tinha acontecido, todas as perguntas pareciam um tapa. Então ele se sentou no meio-fio e abriu as mãos no ar.

– Por quê? – perguntou.

Ela se sentou ao lado dele e cruzou os braços sobre os joelhos.

– Não estou fazendo isso pra te magoar.

– Você fica tão falsa com eles.

– Só não sou do jeito que sou com você – disse Josie.

– Como eu falei: falsa.

– Existem diferentes tipos de real.

Peter deu uma risada de desprezo.

– Se é isso que aqueles babacas estão te ensinando, é tudo bobagem.

– Eles não estão me ensinando nada – argumentou Josie. – Estou lá porque *gosto* deles. São divertidos e engraçados, e quando eu estou com eles... – ela parou de repente.

– *O quê?* – perguntou Peter.

Josie o encarou.

– Quando estou com eles – ela disse –, as pessoas gostam de *mim*.

Peter supôs que a mudança *podia* ser extremamente trágica: em um instante, você podia passar de querer matar alguém para querer se matar.

– Não vou mais deixar que tirem sarro de você – prometeu Josie. – É uma coisa boa, não é?

Peter não respondeu. A questão não era ele.

– Eu só... só não posso ficar com você agora – explicou Josie.

Ele ergueu o rosto.

– Não *pode*?

Josie se levantou e se afastou.

– A gente se vê por aí, Peter – ela disse, e saiu da vida dele.

Dá para sentir as pessoas olhando fixamente; é como o calor que sobe do asfalto durante o verão, como uma cutucada nas costelas. Você não precisa ouvir um sussurro para saber que é sobre você.

Eu costumava parar em frente ao espelho do banheiro para ver o que eles ficavam olhando. Queria saber o que fazia a cabeça das pessoas se virar, o que eu tinha que era tão incrivelmente diferente. A princípio, não consegui identificar. Quer dizer, era apenas eu.

Mas aí, um dia, quando me olhei no espelho, eu entendi. Olhei em meus próprios olhos e me odiei, talvez tanto quanto todos eles.

Foi o dia em que comecei a acreditar que talvez eles estivessem certos.

Dez dias depois

Josie esperou até não conseguir mais ouvir a televisão no quarto da mãe – Leno, não Letterman – e deitou de lado para ver o movimento do LED no relógio digital. Às duas horas da manhã, decidiu que era seguro, tirou as cobertas e saiu da cama.

Ela sabia como descer escondida. Tinha feito isso algumas vezes antes para encontrar Matt no quintal. Uma noite, ele mandou uma mensagem de texto para o celular dela: *qro T V agora.* Ela foi de pijama, e por um momento, quando ele a tocou, ela achou que fosse escorregar pelos dedos dele.

Só havia uma parte em que a madeira rangia, e Josie sabia qual era para não pisar nela. No andar de baixo, remexeu na pilha de DVDs em busca do que queria – não queria ser pega assistindo aquele. Em seguida, ligou a televisão e deixou o som tão baixo que precisou se sentar bem perto da TV para ouvir.

A primeira pessoa a aparecer foi Courtney. Ela levantou a mão, bloqueando a pessoa que estava filmando. Mas estava rindo, os cabelos compridos caíam sobre o rosto como uma seda. Fora da imagem, a voz de Brady Pryce: "Faz alguma coisa pra gente mandar pro *Garotas enlouquecidas*, Court". A câmera ficou embaçada por um momento, e surgiu um close de um bolo de aniversário. FELIZ 16 ANOS, JOSIE. Uma série de rostos, inclusive o de Haley Weaver, cantou para ela.

Josie fez uma pausa no DVD. Ali estavam Courtney, Haley, Maddie, John e Drew. Encostou o dedo na testa de cada um deles, recebendo um pequeno choque elétrico a cada uma das vezes.

Em sua festa de aniversário, eles fizeram um churrasco em Storrs Pond. Havia cachorro-quente, hambúrguer e milho cozido. Eles esqueceram o ketchup e alguém teve que voltar até a cidade para comprar no mercadinho. O cartão de Courtney estava assinado BFF, "melhores amigas para sempre", embora Josie soubesse que ela tinha escrito o mesmo no cartão de Maddie um mês antes.

Quando a tela ficou embaçada de novo e seu rosto apareceu, Josie começou a chorar. Ela sabia o que ia acontecer; se lembrava dessa parte. A câmera se afastou e ali estava Matt, com os braços ao redor dela, enquanto ela estava sentada no colo dele na areia. Ele tinha tirado a camisa, e Josie se lembrava da pele quente dele nas partes onde encostava na dela.

Como você podia estar tão vivo em um momento e tudo parar de repente? Não só seu coração e seus pulmões, mas o modo como você sorria lentamente, com o lado esquerdo da boca se curvando antes do direito, e o tom da sua voz, e o hábito de puxar o cabelo quando estava fazendo o dever de matemática?

"Não posso viver sem você", Matt costumava dizer, e agora Josie se dava conta de que ele não precisaria.

Ela não conseguia parar de chorar, então enfiou o punho na boca para se impedir de fazer barulho. Viu Matt na tela como alguém que observa um animal nunca visto antes, para memorizar tudo dele e depois contar para todo mundo o que descobrira. A mão de Matt se espalhou sobre a barriga nua dela e agarrou a beirada do biquíni. Ela se viu afastá-lo e corar.

– Aqui, não – disse sua voz, uma voz engraçada, que não parecia dela nem aos próprios ouvidos. Nunca parecia quando se ouvia em uma gravação.

– Então vamos pra outro lugar – disse Matt.

Josie ergueu a blusa do pijama e abriu a própria mão sobre a barriga. Pôs o polegar para cima, como Matt fizera, encostando na curva do seio. Tentou fingir que era ele.

Ele lhe dera um medalhão de ouro de aniversário, que ela não tirava desde aquele dia, quase seis meses antes. Josie o estava usando no DVD. Ela lembrava que, quando olhou para ele no espelho, a impressão digital de Matt estava atrás, deixada quando ele o prendeu ao redor de seu pescoço. Aquilo foi tão íntimo e, por alguns dias, ela fez tudo que pôde para não tirar a marca.

Na noite em que Josie encontrou Matt no quintal, sob a lua, ele riu do pijama dela, todo estampado com fotos de Nancy Drew.*

– O que você estava fazendo quando te mandei a mensagem? – ele perguntou.

– Dormindo. Por que você precisava me ver no meio da noite?

– Pra ter certeza que você estava sonhando comigo – ele disse.

No DVD, alguém gritou o nome de Matt. Ele se virou sorrindo. Seus dentes eram dentes de lobo, pensou Josie. Afiados e incrivelmente brancos. Ele deu um beijo na boca de Josie.

– Já volto – disse.

Já volto.

Ela apertou o botão de pausa quando Matt ficou de pé. Em seguida, colocou a mão no pescoço e arrancou o medalhão da fina corrente de ouro. Abriu uma das almofadas do sofá e enfiou o cordão no meio do enchimento.

Então desligou a televisão. Fingiu que Matt ficaria suspenso assim para sempre, a centímetros dela, de forma que ainda pudesse esticar a mão e pegá-lo, embora soubesse que o DVD se desligaria antes mesmo de ela sair da sala.

Lacy sabia que o leite tinha acabado. Naquela manhã, quando ela e Lewis se sentaram como zumbis na mesa da cozinha, ela mencionara isso:

– Ouvi falar que vai chover de novo.

– Acabou o leite.

– Você falou com o advogado do Peter?

Lacy ficava arrasada em saber que não poderia visitar Peter até a semana seguinte. Eram regras da cadeia. Saber que Lewis não tinha ido vê-lo a matava. Como ela poderia fazer as coisas de um dia normal sabendo que o filho estava sentado em uma cela a menos de trinta quilômetros?

Havia um momento em que os acontecimentos da vida se tornavam um tsunami. Lacy sabia disso porque já tinha sido tomada pela dor uma vez. Quando isso acontecia, você se via dias depois em território estran-

---

* Nancy Drew: personagem fictícia de livros de mistério. (N. da T.)

geiro, sem raízes. Então a única escolha que você tinha era ir para um lugar mais alto enquanto ainda podia.

E foi por isso que Lacy se viu em uma loja de conveniência de posto de gasolina comprando uma caixa de leite, apesar de todos os seus instintos mandarem que ela fosse dormir debaixo das cobertas. Não era tão fácil quanto parecia: para comprar o leite, ela tinha que primeiro sair da garagem com os repórteres batendo na janela do carro e bloqueando o caminho. Tinha que escapar das vans da imprensa que a seguiam pela estrada. Como resultado, foi comprar leite em um posto de Purmort, em New Hampshire, um lugar aonde quase nunca ia.

– São 2,59 dólares – disse o caixa.

Lacy abriu a carteira e tirou três notas de um dólar. Em seguida, reparou no pequeno cartaz feito à mão ao lado da registradora. "Fundo memorial para as vítimas da Sterling High", dizia o cartaz, com uma lata de café ao lado para receber os donativos.

Ela começou a tremer.

– Eu sei – disse, solidário, o caixa. – Muito trágico, né?

O coração de Lacy estava batendo com tanta força que ela tinha certeza de que o funcionário iria ouvir.

– A gente acaba pensando nos pais, não é? Quer dizer, como é que eles *não* sabiam?

Lacy assentiu, com medo de o som de sua voz arruinar seu anonimato. Era quase fácil demais concordar. Será que já existira um garoto pior? Uma mãe pior?

Era simples dizer que por trás de toda criança terrível havia uma mãe ou um pai terrível, mas e aqueles que fizeram o melhor que podiam? E os que, como Lacy, amaram incondicionalmente, protegeram ferozmente, adoraram fervorosamente – e ainda assim criaram um assassino?

Eu não sabia, Lacy queria dizer. *Não é minha culpa.*

Mas ficou em silêncio porque, verdade seja dita, não tinha certeza se acreditava nisso.

Ela esvaziou o conteúdo da carteira na lata de café, notas e moedas. Entorpecida, saiu do posto de gasolina, deixando a caixa de leite na bancada.

Lacy não tinha nada dentro de si. Tinha dado tudo para o filho. E essa era a maior mágoa de todas – não importa quão espetaculares desejemos que nossos filhos sejam, quão perfeitos finjamos que são, eles estão fadados a decepcionar. No fim das contas, os filhos são mais como nós do que pensamos: completamente arruinados.

Ervin Peabody, o professor de psiquiatria da faculdade, se ofereceu para fazer uma reunião de luto para toda a cidade de Sterling no centro, na igreja branca de madeira. Saiu uma pequena manchete no jornal e folhetos roxos foram pendurados no café e no banco, mas foi o suficiente para espalhar a notícia. Quando a reunião aconteceu, às sete horas da noite, havia carros estacionados a quase um quilômetro de distância; as pessoas se amontoavam nas portas da igreja e na rua. A imprensa, que tinha comparecido em massa para cobrir a reunião, foi afastada por um batalhão de policiais de Sterling.

Selena apertou o bebê com mais força contra o peito quando outra onda de moradores passou por ela.

– Você sabia que ia ser assim? – sussurrou para Jordan.

Ele balançou a cabeça e passou os olhos pela multidão. Reconheceu algumas pessoas que também tinham ido ao tribunal no dia da acusação, mas havia uma enorme quantidade de rostos novos, que não eram intimamente ligados à escola: idosos, estudantes universitários, casais com bebês pequenos. Eles compareceram por causa do efeito propagador, porque o trauma de uma pessoa é a perda da inocência de outra.

Ervin Peabody estava na frente do salão, ao lado do chefe de polícia e do diretor da Sterling High.

– Olá – disse ele, ficando de pé. – Marcamos esta reunião hoje porque ainda estamos todos atordoados. Praticamente de uma hora para outra, tudo mudou ao nosso redor. Podemos não ter todas as respostas, mas pensamos que seria bom para todos se começássemos a conversar sobre o que aconteceu. E ouvir uns aos outros, o que talvez seja ainda mais importante.

Um homem se levantou na segunda fileira, segurando a jaqueta nas mãos.

– Eu me mudei pra cá cinco anos atrás porque minha esposa e eu queríamos ir pra longe da loucura de Nova York. Estávamos iniciando uma família e procurando um lugar que fosse... bom, um pouco mais agradável e hospitaleiro. Por exemplo, quando você passa pelas ruas de Sterling, as pessoas que te conhecem buzinam. Você vai ao banco e o caixa se lembra do seu nome. Não há mais lugares assim nos Estados Unidos, e agora... – Ele parou de falar.

– E agora Sterling não é mais assim – concluiu Ervin. – Sei como pode ser difícil quando a imagem que você tem de alguma coisa não corresponde à realidade; quando o amigo ao seu lado vira um monstro.

– Monstro? – Jordan sussurrou para Selena.

– Bom, o que ele *devia* dizer? Que o Peter era uma bomba-relógio? *Isso* vai fazer com que se sintam seguros.

O psiquiatra olhou para a multidão.

– Acho que o simples fato de vocês estarem aqui hoje mostra que Sterling não mudou. Pode não voltar a ser normal, como conhecíamos... Mas vamos ter que descobrir um novo tipo de normalidade.

Uma mulher levantou a mão.

– E a escola? Nossos filhos vão ter que voltar pra lá?

Ervin olhou para o chefe de polícia e para o diretor.

– Ainda tem uma investigação em andamento na escola – disse o chefe.

– Esperamos terminar o ano letivo em outro local – acrescentou o diretor. – Estamos conversando com a superintendência em Lebanon, para ver se podemos usar uma das escolas vazias de lá.

A voz de outra mulher ecoou:

– Mas eles vão ter que voltar alguma hora. Minha filha só tem dez anos e está morrendo de medo de botar o pé lá. Ela acorda no meio da noite gritando. Acha que tem alguém com uma arma lá, esperando por ela.

– Fique feliz por ela poder ter pesadelos – respondeu um homem. Ele estava de pé ao lado de Jordan, com os braços cruzados e os olhos vermelhos e lívidos. – Vá até ela todas as noites quando ela chorar, abrace sua filha e diga que vai mantê-la em segurança. Minta pra ela, como eu menti.

Um murmúrio percorreu a igreja, como um novelo sendo desenrolado. "É Mark Ignatio. Pai de um dos mortos."

Assim, de repente, uma falha geológica se abriu em Sterling – uma depressão tão profunda e lúgubre que não seria transposta durante muitos anos. Já havia uma diferença na cidade entre os que tinham perdido o filho e os que ainda tinham filhos com quem se preocupar.

– Alguns de vocês conheciam minha filha Courtney – disse Mark, afastando-se da parede. – Talvez ela tenha sido babá de um de seus filhos, ou servido um hambúrguer pra vocês no Steak Shack no verão. Talvez vocês a conhecessem de vista, porque ela era uma garota linda. – Ele se virou para a frente do palco. – Quer me dizer como devo descobrir esse novo tipo de normalidade, doutor? Você não ousaria sugerir que um dia isso fica mais fácil. Que vou conseguir seguir em frente. Que vou esquecer que a minha filha está deitada em um túmulo enquanto um psicopata está vivo e passa bem. – De repente, o homem se virou para Jordan. – Como você consegue viver assim? – falou em tom acusatório. – Como consegue dormir à noite sabendo que está *defendendo* aquele filho da puta?

Todos os olhos do salão se viraram para Jordan. Ao seu lado, ele conseguiu sentir Selena apertando o rosto de Sam contra o peito, protegendo o bebê. Jordan abriu a boca para falar, mas não conseguiu encontrar nenhuma palavra.

O som de botas no corredor o distraiu. Patrick Ducharme estava indo em direção a Mark Ignatio.

– Não consigo nem imaginar a dor que você está sentindo, Mark – disse Patrick, olhando para o rosto sofrido do homem. – E sei que você tem todo o direito de vir aqui e de estar abalado. Mas, pela maneira como o nosso país funciona, as pessoas são inocentes até que se prove o contrário. O sr. McAfee só está fazendo o trabalho dele. – Ele colocou a mão no ombro de Mark e baixou a voz. – Por que não vamos tomar um café?

Quando Patrick estava levando Mark Ignatio em direção à saída, Jordan se lembrou do que queria dizer.

– Eu também moro aqui – disse ele.

Mark se virou.

– Não por muito tempo.

Alex não era apelido de Alexandra, como a maior parte das pessoas supunha. Seu pai simplesmente lhe dera o nome do filho que preferia ter tido.

Depois que a mãe de Alex morreu de câncer de mama quando ela tinha cinco anos, o pai a criou. Não era o tipo de pai que ensinava a andar de bicicleta nem a fazer pedras quicarem na água. Em vez disso, ele lhe ensinou as palavras em latim para coisas como *torneira*, *polvo* e *porco-espinho*; explicou a ela a Declaração dos Direitos dos Cidadãos. Ela usava o desempenho acadêmico para ganhar a atenção dele: vencia competições de soletração e de geografia, tirava sempre A, entrou em todas as faculdades às quais se candidatou.

Ela queria ser como o pai, o tipo de homem que andava pela rua e os lojistas o cumprimentavam, impressionados: "Boa tarde, juiz Cormier". Queria perceber a mudança no tom da voz da recepcionista quando ouvia que era o juiz Cormier na linha.

Se o pai nunca a segurava no colo, nunca lhe dava um beijo de boa-noite, nunca dizia que a amava... Bem, era parte de quem ele era. Com o pai, Alex aprendeu que tudo podia ser reduzido a fatos. Alento, cuidado, amor, todas essas coisas podiam ser esmiuçadas e explicadas, em vez de vivenciadas. E a lei... Bem, a lei sustentava o sistema de crenças do pai. Qualquer sentimento que você tivesse em um contexto de tribunal tinha explicação. Você tinha permissão para ser emotivo em um ambiente lógico. O que você sentia pelos clientes não era o que estava no seu coração, ou ao menos você podia fingir, para que ninguém se aproximasse o bastante para magoar você.

O pai de Alex teve um derrame quando ela estava no segundo ano de direito. Ela se sentou na beira da cama do hospital e disse que o amava.

– Ah, Alex – ele suspirou. – Não vamos nos preocupar com isso.

Ela não chorou no enterro dele porque sabia que ele preferia assim.

Será que seu pai desejara, como ela desejava agora, que a base do relacionamento deles fosse diferente? Será que acabara desistindo de ter esperanças, preferindo a relação professor-aluno em vez de pai e filha? Quanto tempo você podia caminhar em uma pista paralela à da filha antes de perder todas as chances de cruzar com a vida dela?

Ela leu incontáveis sites na internet sobre o luto e seus estágios; estudou os resultados de tiroteios em escolas. Ela sabia pesquisar, mas, quando tentava se conectar a Josie, a filha olhava para ela como se nunca a tivesse visto. Em outras ocasiões, Josie desatava a chorar. Alex não sabia como combater nenhuma das duas reações. Sentia-se incompetente, mas então lembrava que não se tratava de *si mesma*, e sim de *Josie*, e se sentia ainda mais fracassada.

A grande ironia tinha passado despercebida a Alex: ela era mais como o pai do que jamais podia imaginar. Sentia-se à vontade no tribunal, de uma forma que não se sentia dentro da própria casa. Sabia o que dizer para um réu que aparecesse com a terceira acusação de dirigir sob efeito de álcool, mas não conseguia manter uma conversa de cinco minutos com a própria filha.

Dez dias depois dos disparos na Sterling High, Alex entrou no quarto de Josie. Era no meio da tarde e as cortinas estavam fechadas; Josie estava escondida no casulo que fizera com as cobertas. Apesar de seu instinto imediato de abrir a janela e deixar a luz do sol entrar, Alex se deitou na cama e passou os braços ao redor do volume que era a filha.

– Quando você era pequena – disse Alex –, às vezes eu vinha pra cá e dormia com você.

Houve um movimento e Josie tirou o lençol e as cobertas de cima do rosto. Seus olhos estavam vermelhos, e o rosto, inchado.

– Por quê?

Ela deu de ombros.

– Nunca gostei de tempestades.

– Como eu nunca acordei e encontrei você aqui?

– Eu sempre voltava pra minha cama. Eu tinha que ser forte... Não queria que você pensasse que eu tinha medo de alguma coisa.

– Supermãe – sussurrou Josie.

– Mas tenho medo de perder você – disse Alex. – Tenho medo de já ter perdido.

Josie olhou para ela por um momento.

– Também tenho medo de me perder.

Alex se sentou e prendeu o cabelo da filha atrás da orelha.

– Vamos sair daqui – sugeriu ela.

Josie ficou imóvel.

– Não quero sair.

– Querida, seria bom pra você. É como fisioterapia, mas pra mente. Fazer o de sempre, seguir os padrões da rotina. Você acaba lembrando como fazer naturalmente.

– Você não entende...

— Se você não tentar, Jo — disse ela —, significa que ele venceu.

Josie levantou a cabeça de repente. Alex não precisava dizer quem era *ele*.

— Você imaginava? — Alex se ouviu perguntar.

— Imaginava o quê?

— Que ele poderia fazer isso?

— Mãe, eu não quero...

— Eu fico pensando nele quando pequeno — disse Alex.

Josie balançou a cabeça.

— Faz muito tempo — murmurou ela. — As pessoas mudam.

— Eu sei. Mas às vezes ainda consigo ver ele entregando aquele rifle pra você...

— Nós éramos crianças — interrompeu Josie, com os olhos se enchendo de lágrimas. — Éramos burros. — Ela afastou as cobertas, em pressa repentina. — Pensei que você quisesse sair.

Alex olhou para ela. Uma advogada insistiria. Mas uma mãe talvez não.

Minutos depois, Josie estava sentada no banco do passageiro do carro ao lado da mãe. Ela prendeu o cinto de segurança, soltou e prendeu de novo. Alex a observou puxar o cinto para se certificar de que travaria.

Atentou para o óbvio enquanto seguiam: que os primeiros narcisos tinham forçado cabeças corajosas pela neve na divisória da Rua Main; que a equipe da Faculdade de Sterling estava treinando no rio Connecticut, com os remos quebrando o gelo residual; que o termômetro do carro dizia que fazia mais de dez graus. Alex pegou o caminho mais longo intencionalmente, aquele que não passava pela escola. Só uma vez Josie virou a cabeça para olhar a paisagem, quando passaram pela delegacia.

Alex parou em uma vaga em frente à lanchonete. A rua estava cheia de pessoas fazendo compras depois do almoço e pedestres apressados, carregando caixas em direção aos correios, falando em celulares e olhando vitrines. Para quem não soubesse de nada, era um dia comum em Sterling.

— E então — disse Alex, virando-se para Josie —, como estamos?

Josie olhou para as próprias mãos no colo.

— Tudo bem.

— Não é tão ruim quanto você pensava, é?

– Ainda não.

– Minha filha, a otimista. – disse Alex, sorrindo para ela. – Quer dividir um hambúrguer com bacon e uma salada?

– Você ainda nem olhou o cardápio – disse Josie, e as duas saíram do carro.

De repente, um Dodge Dart enferrujado furou um sinal vermelho na Rua Main, com o escapamento dando estouros enquanto se afastava.

– Idiota – murmurou Alex. – Eu devia anotar a placa... – Ela parou de falar quando se deu conta de que Josie tinha desaparecido. – Josie!

Então viu a filha deitada na calçada, com o rosto pálido e o corpo tremendo.

– Foi só um carro. Só um carro. – Ela ajudou Josie a se levantar. Ao redor, as pessoas estavam olhando e fingindo não olhar.

Alex protegeu Josie da visão deles. Tinha falhado de novo. Para alguém famosa por ser boa em avaliação, ela de repente parecia não conseguir fazer nenhuma. Pensou em uma coisa que lera na internet: que, às vezes, quando a questão era luto, você podia dar um passo para frente e três para trás. Ela se perguntou por que a internet não acrescentava que, quando alguém que você ama está sofrendo, isso lhe corta a alma também.

– Tudo bem – disse Alex, com os braços firmes ao redor dos ombros de Josie. – Vamos voltar pra casa.

Patrick tinha se acostumado a viver, comer e dormir trabalhando no caso. Na delegacia, ele agia com tranquilidade e controle – afinal, era o líder daqueles investigadores –, mas em casa questionava cada passo dado. Na geladeira havia fotos dos mortos; no espelho do banheiro, ele criou uma linha cronológica do dia de Peter. Ficava sentado no meio da noite anotando perguntas: O que Peter estava fazendo em casa antes de ir para a escola? O que mais havia no computador dele? Onde havia aprendido a atirar? Como conseguira as armas? De onde viera tanta raiva?

Mas, durante o dia, ele caminhava entre a enorme quantidade de informações a serem processadas e entre a quantidade ainda maior de informações a serem colhidas. Agora, Joan McCabe estava sentada à sua frente. Ela tinha chorado até acabar com a última caixa de lenços da delegacia, e agora tinha toalhas de papel nas mãos.

– Me desculpe – disse ela para Patrick. – Achei que ficaria mais fácil com o tempo.

– Acho que não é assim que funciona – disse ele com delicadeza. – Agradeço a boa vontade e o tempo para vir falar comigo sobre o seu irmão.

Ed McCabe fora o único professor morto no ataque. A sala dele ficava no topo da escadaria, no caminho do ginásio; ele teve a má sorte de sair e tentar impedir o que estava acontecendo. De acordo com os registros da escola, McCabe foi professor de matemática de Peter no primeiro ano do ensino médio. Ele teve média B. Ninguém conseguia se lembrar de ele não se dar bem com o sr. McCabe naquele ano; a maior parte dos alunos nem se lembrava de Peter estar na turma.

– Não tem mais nada que eu possa falar – disse Joan. – Pode ser que o Philip se lembre de mais alguma coisa.

– Seu marido?

Joan ergueu o olhar para ele.

– Não. O companheiro de Ed.

Patrick se recostou na cadeira.

– Companheiro. De...

– O Ed era gay – disse Joan.

Podia ser alguma coisa, mas, por outro lado, podia não ser. Pelo que Patrick sabia, Ed McCabe, que até meia hora atrás era considerado uma vítima da má sorte, podia ser o motivo de Peter ter saído atirando.

– Ninguém na escola sabia – disse Joan. – Acho que ele tinha medo das reações. Ele dizia para as pessoas da cidade que o Philip era seu antigo colega de quarto de faculdade.

Outra vítima, mas que ainda estava viva, era Natalie Zlenko. Ela levara um tiro na lateral do corpo e precisou de cirurgia para remoção do fígado. Patrick achava que se lembrava de ter visto o nome dela como presidente do clube GLAAD (Aliança de Gays e Lésbicas contra a Difamação) da Sterling High. Ela foi uma das primeiras atingidas; o sr. McCabe, um dos últimos.

Talvez Peter Houghton fosse homofóbico.

Patrick entregou seu cartão a Joan.

– Eu gostaria muito de conversar com Philip – disse ele.

Lacy Houghton colocou uma chaleira e um prato de aipo cortado na frente de Selena.

– Estou sem leite. Fui comprar, mas... – a voz falhou, e Selena tentou preencher as lacunas.

– Agradeço muito que você tenha aceitado conversar comigo – disse ela. – Qualquer coisa que possa me contar, vamos usar pra ajudar o Peter.

Lacy assentiu.

– Qualquer coisa – disse. – Pergunte o que quiser.

– Bom, vamos começar com as coisas fáceis. Onde ele nasceu?

– No Centro Médico Dartmouth-Hitchcock – disse Lacy.

– Parto normal?

– Sim. Sem complicações. – Ela sorriu um pouco. – Eu caminhava cinco quilômetros por dia quando estava grávida. Lewis achava que eu ia acabar tendo o Peter em frente à casa de alguém.

– Você o amamentou? Ele se alimentava bem?

– Me desculpe, não vejo por que...

– Porque precisamos saber se ele pode ter um distúrbio cerebral – disse Selena diretamente. – Algum problema orgânico.

– Ah – disse Lacy baixinho. – Sim, eu amamentei. Ele sempre foi saudável. Um pouco menor do que as crianças da idade dele, mas nem Lewis nem eu somos grandes.

– Como foi o desenvolvimento social dele quando criança?

– Ele não tinha muitos amigos – disse Lacy. – Não como o Joey.

– Joey?

– O irmão mais velho do Peter. O Peter é um ano mais novo e muito mais sossegado. Ele sofria provocações por ser pequeno e por não ser tão bom atleta quanto o Joey...

– Que tipo de relacionamento o Peter tem com o Joey?

Lacy olhou para as mãos entrelaçadas.

– O Joey morreu um ano atrás. Em um acidente de carro, por causa de um motorista bêbado.

Selena parou de escrever.

– Sinto muito.

– Sim – disse Lacy. – Eu também.

Selena se reclinou ligeiramente para trás na cadeira. Era loucura, ela sabia, mas, caso a má sorte fosse contagiosa, ela não queria chegar muito perto. Pensou em Sam, que tinha deixado dormindo de manhã no berço. Durante a noite, ele tirou uma das meias; seus dedos dos pés eram gordos como ervilhas; ela mal conseguia evitar beijar a pele cor de caramelo. Muito da linguagem do amor era assim: você devorava a pessoa com os olhos, se embevecia com a imagem dela, engolia a pessoa inteira. O amor era alimento, partido e pulsando na corrente sanguínea.

Então se voltou para Lacy.

– O Peter se dava bem com o Joey?

– Ah, o Peter idolatrava o irmão mais velho.

– Ele falou isso?

Lacy deu de ombros.

– Não precisava. Ele ia a todos os jogos de futebol americano do Joey e torcia tanto quanto nós. Quando ele chegou ao ensino médio, todo mundo esperava grandes coisas dele, por ser o irmão mais novo do Joey.

E Selena sabia que isso podia ser tanto fonte de frustração quanto de orgulho.

– Como o Peter reagiu à morte do Joey?

– Ele ficou arrasado, como nós. Chorou muito. Passou muito tempo fechado no quarto.

– Seu relacionamento com o Peter mudou depois que o Joey morreu?

– Acho que ficou mais forte – disse Lacy. – Fiquei tão devastada. O Peter... deixou que nos apoiássemos nele.

– Ele se apoiou em alguém? Tinha algum relacionamento íntimo?

– Você está falando de garotas?

– Ou garotos – disse Selena.

– Ele ainda estava naquela idade estranha. Sei que convidou algumas garotas pra sair, mas acho que nunca deu em nada.

– Como eram as notas do Peter?

– Ele não tirava só A, como o irmão – disse Lacy –, mas tirava B e de vez em quando C. Sempre dissemos que era pra ele fazer o melhor que conseguisse.

– Ele tinha alguma deficiência de aprendizado?

– Não.

– E fora da escola? O que ele gostava de fazer? – perguntou Selena.

– Ele ouvia música. Jogava videogames. Como qualquer adolescente.

– Você já ouviu as músicas que ele escutava ou jogou algum desses jogos?

Lacy permitiu que um sorriso assombrasse seu rosto.

– Eu tentava não fazer isso.

– Você monitorava o uso que ele fazia da internet?

– Ele só podia usar pra trabalhos da escola. Tivemos longas conversas sobre salas de bate-papo e como a internet não é segura, mas o Peter tinha uma cabeça boa. A gente... – ela se interrompeu e afastou o olhar. – A gente confiava nele.

– Você sabia que downloads ele fazia?

– Não.

– E armas? Sabe onde ele as conseguiu?

Lacy respirou fundo.

– O Lewis caça. Ele levou o Peter uma vez, mas o Peter não gostou muito. As armas sempre ficam trancadas em um armário especial...

– E o Peter sabia onde a chave ficava.

– Sabia – murmurou Lacy.

– E as pistolas?

– Nunca tivemos pistolas em casa. Não tenho ideia de onde vieram.

– Você examinava o quarto dele? Debaixo da cama, nos armários, essas coisas?

Lacy olhou nos olhos dela.

– Sempre respeitamos a privacidade dele. Acho importante um filho ter seu espaço e... – Ela se calou e apertou os lábios.

– E?

– E às vezes, quando você começa a procurar – disse Lacy baixinho –, encontra coisas que não quer ver.

Selena se inclinou para frente com os cotovelos apoiados nos joelhos.

– Quando foi isso, Lacy?

Lacy andou até a janela e abriu a cortina.

– Você tinha que conhecer o Joey pra entender. Ele estava no último ano, era um aluno brilhante, um atleta. E então, uma semana antes da formatura, ele morreu. – Ela deixou a mão passear sobre o tecido. – Alguém tinha que mexer no quarto dele, empacotar tudo, se livrar das coisas que não queríamos guardar. Demorei um tempo, mas acabei fazendo isso. Eu estava mexendo nas gavetas dele quando encontrei as drogas. Só um pouco de pó em uma embalagem de chiclete, uma colher e uma seringa. Eu não sabia que era heroína até procurar na internet. Joguei na privada e descartei a seringa no trabalho. – Ela se virou para Selena com o rosto vermelho. – Não consigo acreditar que estou te contando isso. Nunca contei pra ninguém, nem pro Lewis. Eu não queria que ele nem *ninguém* pensasse mal do Joey.

Lacy se sentou no sofá de novo.

– Eu não entrei no quarto do Peter de propósito, porque tinha medo do que poderia encontrar lá – confessou. – Eu não sabia que podia ser ainda pior.

– Você o interrompia quando ele estava no quarto? Batia na porta, enfiava a cabeça pela porta?

– Claro. Eu ia dizer boa-noite.

– O que ele costumava estar fazendo?

– Estava no computador – disse Lacy. – Quase sempre.

– Você não via o que estava na tela?

– Não sei. Ele fechava.

– Como ele agia quando você o interrompia de repente? Parecia aborrecido? Irritado? Culpado?

– Por que parece que você está julgando o Peter? – disse Lacy. – Você não devia estar do nosso lado?

Selena olhou nos olhos dela com firmeza.

– O único jeito de eu fazer uma investigação precisa e detalhada desse caso é perguntar sobre os fatos, sra. Houghton. É o que estou fazendo.

– Ele era como qualquer adolescente – disse Lacy. – Aguentava quando eu lhe dava um beijo de boa-noite. Não parecia constrangido. Não agia como se estivesse escondendo alguma coisa de mim. É isso que você quer saber?

Selena colocou a caneta sobre a mesa. Quando a pessoa entrevistada começava a ficar na defensiva, era hora de encerrar a entrevista. Mas Lacy ainda estava falando, mesmo sem perguntas.

– Nunca pensei que houvesse algum problema – ela admitiu. – Eu não sabia que o Peter estava abalado. Não sabia que queria se matar. Não sabia de nada disso. – Ela começou a chorar. – Todas aquelas famílias por aí, eu não sei o que dizer pra elas. Queria poder dizer que também perdi uma pessoa. Só que perdi há muito tempo.

Selena passou os braços ao redor da outra mulher, menor do que ela.

– Não é sua culpa – disse, palavras que ela sabia que Lacy Houghton precisava ouvir.

Em um ataque de ironia estudantil, o diretor da Sterling High tinha colocado o Grupo de Estudos da Bíblia na sala ao lado da Aliança de Gays e Lésbicas. Eles se reuniam às terças, às três e meia da tarde, nas salas 233 e 234 da escola. Durante o dia, a sala 233 era onde o sr. McCabe dava aulas. Um membro do Grupo de Estudos da Bíblia era a filha de um pastor local e se chamava Grace Murtaugh. Ela foi atingida no corredor que levava ao ginásio, em frente a um bebedouro. A líder da Aliança de Gays e Lésbicas ainda estava no hospital: Natalie Zlenko, fotógrafa de anuário, tinha se assumido lésbica depois do primeiro ano, quando entrou na sala de reuniões do GLAAD, a sala 233, para ver se havia mais alguém no planeta como ela.

– Não podemos dar nomes. – A voz de Natalie era tão baixa que Patrick teve que se reclinar sobre a cama para escutar.

A mãe de Natalie estava grudada atrás dele. Quando ele foi fazer algumas perguntas à garota, ela disse que era melhor ele ir embora, senão ela chamaria a polícia. Então ele a lembrou de que ele *era* a polícia.

– Não estou pedindo nomes – disse Patrick. – Só estou pedindo seu auxílio para ajudar o júri a entender por que isso aconteceu.

Natalie assentiu e fechou os olhos.

– Peter Houghton – disse Patrick. – Ele foi a alguma reunião?

– Uma vez – disse Natalie.

– Ele disse ou fez alguma coisa que você se lembre?

– Ele não disse nem fez nada, ponto. Apareceu uma única vez e nunca mais voltou.

– Isso acontece com frequência?

– Às vezes – disse Natalie. – Se a pessoa não estiver pronta pra assumir. E às vezes tem uns babacas que querem saber quem é gay pra poder tornar a nossa vida na escola um inferno.

– Na sua opinião, o Peter se encaixava em alguma dessas duas categorias?

Ela ficou em silêncio por bastante tempo, com os olhos ainda fechados. Patrick se afastou, pensando que ela tivesse dormido.

– Obrigado – disse ele para a mãe, e em seguida Natalie falou de novo.

– O Peter era maltratado muito antes de aparecer na reunião – concluiu.

Jordan estava encarregado de Sam enquanto Selena entrevistava Lacy Houghton, e o bebê tinha uma dificuldade incrível para dormir sozinho. No entanto, uma volta de dez minutos de carro o derrubava, então Jordan o agasalhou e o prendeu no assento do carro. Só quando engatou a ré no Saab percebeu que os aros das rodas estavam arrastando no chão; seus quatro pneus tinham sido cortados.

– Merda – exclamou Jordan, e Sam começou a chorar de novo no banco de trás. Ele tirou o bebê, carregou-o para dentro e o prendeu no canguru que Selena usava em casa. Em seguida, ligou para a polícia para denunciar o ato de vandalismo.

Jordan soube que estava encrencado quando o policial não pediu que ele soletrasse seu sobrenome, porque já sabia como escrevê-lo.

– Vamos verificar – disse o policial. – Mas primeiro tem um esquilo em uma árvore que precisa de ajuda pra descer. – A linha ficou muda.

Era possível processar um policial por ser um filho da puta nada solidário?

Por algum milagre – provavelmente os feromônios do estresse –, Sam adormeceu, mas levou um susto e começou a berrar quando a campainha tocou. Jordan abriu a porta e encontrou Selena do lado de fora.

– Você acordou o bebê – ele a acusou, enquanto ela pegava Sam no canguru.

– Então você não devia ter trancado a porta. Oi, docinho – disse Selena com voz doce. – O papai foi um monstro enquanto estive fora?

– Alguém cortou meus pneus.

Selena olhou para ele por cima da cabeça do bebê.

– Ah, você sabe como ganhar amigos e influenciar pessoas. Me deixe adivinhar: os policiais não estão correndo pra anotar sua queixa?

– Não.

– Faz parte, eu acho – disse Selena. – Foi você quem pegou o caso.

– Que tal um pouco de compreensão conjugal?

Selena deu de ombros.

– Não fazia parte do meu juramento na igreja. Se quer uma festa de piedade, arrume a mesa só pra você.

Jordan passou a mão pelo cabelo.

– Você pelo menos conseguiu alguma coisa com a mãe? Tipo, que Peter tem um problema psiquiátrico?

Ela tirou a jaqueta enquanto equilibrava Sam em uma das mãos e depois na outra, desabotoou a blusa e se sentou no sofá para amamentar.

– Não. Mas ele tinha um irmão.

– É mesmo?

– É. Um irmão que, antes de ser morto por um motorista bêbado, era o modelo de filho perfeito.

Jordan se sentou ao lado dela.

– Posso usar isso...

Selena revirou os olhos.

– Só dessa vez, será que você consegue não ser advogado e se concentrar em ser humano? Jordan, essa família estava tão enrolada que não tinha a menor chance. O garoto era um barril de pólvora. Os pais estavam lidando com a própria dor e dormiram no volante. O Peter não tinha a quem recorrer.

Jordan olhou para ela com um sorriso se abrindo no rosto.

– Excelente – disse ele. – Nosso cliente acabou de se tornar digno de compaixão.

Uma semana depois do tiroteio na Sterling High, a escola Mount Lebanon – uma escola de ensino fundamental de primeiro ciclo que tinha se tornado prédio administrativo quando a população escolar de Lebanon diminuiu – foi preparada para receber os alunos do ensino médio, para que concluíssem o ano letivo.

No dia em que as aulas recomeçaram, a mãe de Josie entrou em seu quarto.

– Você não precisa ir – disse ela. – Pode tirar mais algumas semanas, se quiser.

Houve um alvoroço de telefonemas, uma onda de pânico que começou alguns dias antes, quando cada aluno recebeu uma carta escrita avisando que as aulas recomeçariam. "Você vai voltar? Você vai?" Houve boatos: a mãe de quem não ia deixar o filho voltar; quem ia ser transferido para a St. Mary's; quem ia assumir a aula do sr. McCabe. Josie não ligou para nenhuma das amigas. Estava com medo de ouvir as respostas.

Ela não queria voltar para a escola. Não conseguia imaginar ter que andar por um corredor, mesmo que não fosse fisicamente localizado na

Sterling High. Ela não sabia como o superintendente e o diretor esperavam que todos atuassem – pois todos estariam fazendo exatamente isso, atuando, porque sentir alguma coisa real seria terrível. Mas havia outra parte de Josie que entendia que ela tinha de voltar para a escola, que ali era o seu lugar. Os outros alunos na Sterling High eram os únicos que realmente entendiam como era acordar de manhã e desejar aqueles três segundos que vinham antes de você lembrar que sua vida não era mais como antes. Eles eram os únicos que tinham esquecido como era fácil confiar que o chão debaixo dos seus pés era sólido.

Se você estivesse à deriva com mil outras pessoas, ainda podia dizer que estava perdida?

– Josie? – disse a mãe.

– Está tudo bem – ela mentiu.

Sua mãe saiu e Josie começou a pegar os livros. De repente se deu conta de que não fizera a prova de ciências. Catalisadores. Não se lembrava de mais nada sobre o assunto. A sra. Duplessiers não seria má o bastante para dar a prova no dia em que as aulas voltassem, seria? O tempo não parou durante essas três semanas. Ele mudou completamente.

Na última manhã em que fora para a escola, não estava pensando em nada especial. Naquela prova, talvez. Em Matt. Em quanto dever de casa teria naquela noite. Em outras palavras, em coisas normais. Em um dia normal. Não havia nada que o destacasse de qualquer outra manhã na escola, então como Josie podia ter certeza de que aquele dia também não viraria do avesso?

Quando Josie chegou à cozinha, a mãe estava de terno, roupa de trabalho. Ela ficou surpresa.

– Você vai voltar *hoje*? – Josie perguntou.

A mãe se virou, segurando uma espátula.

– Ah – ela respondeu, sem palavras –, só achei que, como você está... Você sempre pode me localizar por meio da minha assistente, se houver algum problema. Juro por Deus, Josie, estarei lá em menos de dez minutos...

Josie afundou em uma cadeira e fechou os olhos. De alguma maneira, não importava que ela ficasse fora o dia todo. Ela ainda imaginava a mãe sentada em casa esperando por ela, só por garantia. Mas era idiotice, não era? Nunca tinha sido assim, então por que seria diferente agora?

Porque sim, sussurrou uma voz na cabeça de Josie. *Tudo está diferente.*

– Eu reorganizei meu horário pra poder pegar você na escola. E se houver algum problema...

– Eu sei. Ligo pra assistente. Tá bom.

A mãe se sentou diante dela.

– Querida, o que você esperava?

Josie olhou para frente.

– Nada. Parei de esperar faz muito tempo. – Ela se levantou. – Você está deixando as panquecas queimarem – disse e voltou para o quarto.

Então afundou o rosto no travesseiro. Não sabia o que havia de errado com ela mesma. Era como se *depois* houvesse duas Josies: a garotinha que não deixava de esperar que tudo fosse um pesadelo, que talvez nunca tivesse acontecido, e a realista, que ainda sofria tanto que atacava qualquer pessoa que se aproximasse demais. O problema era que Josie não sabia qual personalidade assumiria no próximo instante. Ali estava sua mãe, pelo amor de Deus, que não conseguia nem ferver água, mas que estava tentando fazer panquecas para ela antes de ela voltar para a escola. Quando ela era mais nova, imaginara morar no tipo de casa em que, no primeiro dia de aula, a mãe fazia ovos com bacon e servia suco para começar o dia da maneira certa, em vez de enfileirar caixas de cereal e um guardanapo de papel. Bem, ela tinha o que desejara, certo? Uma mãe que se sentava ao seu lado quando ela estava chorando, uma mãe que abandonara temporariamente o emprego que a definia para ficar perto dela. E o que ela fez? Afastou-a. Disse, em todas as entrelinhas: *Você nunca se importou com nada que acontecia na minha vida quando ninguém estava vendo, então não pense que pode começar agora.*

De repente, Josie ouviu o som de um motor parando na porta de casa. *Matt*, pensou antes que pudesse evitar, e então cada nervo de seu corpo se tensionou até doer. De alguma forma, ela não pensara em como seria fisicamente transportada para a escola; Matt sempre a buscava no caminho. Sua mãe, é claro, a teria levado. Mas Josie se perguntou por que não tinha pensado na logística antes. Porque tinha medo? Porque não *queria*?

Da janela do quarto, Josie viu Drew Girard sair do Volvo velho. Quando ela chegou à porta da frente para abri-la, a mãe também já tinha saído da cozinha. Ela estava com o detector de fumaça na mão, arrancado do encaixe de plástico no teto.

Drew estava parado em uma área banhada de sol, protegendo os olhos com a mão livre. O outro braço ainda estava em uma tipoia.

– Eu devia ter ligado.

– Tudo bem – disse Josie.

Ela estava meio tonta. Percebeu que, ao fundo, os pássaros tinham voltado do local para onde iam no inverno.

Drew olhou para Josie e para a mãe dela.

– Achei que talvez você precisasse de carona.

De repente, Matt estava ali de pé com eles; Josie conseguia sentir seus dedos nas costas.

– Obrigada – disse a mãe –, mas hoje eu vou levar a Josie.

O monstro dentro de Josie se manifestou.

– Prefiro ir com o Drew – disse ela, pegando a mochila pendurada no corrimão. – Vejo você na saída.

Sem se virar para ver o rosto da mãe, Josie correu para o carro, que brilhava como um santuário.

Já dentro, ela esperou que Drew desse a partida e saísse da frente de sua casa.

– Seus pais estão assim? – perguntou Josie, fechando os olhos enquanto eles percorriam as ruas. – Não deixam nem você respirar?

Drew olhou para ela.

– Estão.

– Você conversou com alguém?

– Tipo a polícia?

Josie balançou a cabeça.

– Tipo a gente.

Ele diminuiu a marcha.

– Fui ao hospital ver o John algumas vezes – disse Drew. – Ele não conseguia lembrar do meu nome. Não consegue lembrar do nome de coisas como garfo, escova de cabelo e escada. Fiquei sentado lá contando coisas idiotas pra ele, tipo quem ganhou os últimos jogos dos Bruins, mas o tempo todo fiquei me perguntando se ele já sabe que não vai mais poder andar. – No sinal, Drew se virou para ela. – Por que não eu?

– O quê?

– Por que nós fomos os que deram sorte?

Josie não sabia o que dizer. Ela olhou pela janela, fingindo estar fascinada por um cachorro que estava puxando o dono em vez de ser puxado.

Drew parou no estacionamento da escola de Mount Lebanon. Ao lado do prédio havia um parquinho, já que aquela tinha sido uma escola infantil, e, mesmo quando virou prédio administrativo, as crianças do bairro ainda brincavam no escorregador e no balanço. Na frente da escola, estavam o diretor e uma fila de pais, chamando os alunos e os encorajando a entrar.

– Tenho uma coisa pra você – disse Drew, esticando a mão para o banco de trás e pegando um boné que Josie reconheceu. O bordado dele já havia se desfeito, a aba estava desfiada e muito curva. Ele o entregou para Josie, que passou o dedo com delicadeza no contorno interno.

– Ele deixou no meu carro – explicou Drew. – Eu ia dar pros pais dele... depois. Mas aí pensei que você podia querer.

Josie assentiu e o choro lhe subiu à garganta.

Drew apoiou a cabeça no volante. Josie levou um momento para perceber que ele também estava chorando.

Ela esticou a mão e a colocou no ombro dele.

– Obrigada – conseguiu dizer, e colocou o boné de Matt na cabeça.

Ela abriu a porta e pegou a mochila, mas, em vez de ir em direção à escola, passou pelos portões enferrujados e foi para o parquinho. Andou pela caixa de areia, olhou para suas pegadas e se perguntou quantas mudanças no tempo seriam necessárias para fazê-las desaparecer.

Duas vezes Alex pediu licença do tribunal para ligar para o celular de Josie, apesar de saber que ela o deixava desligado durante as aulas. O recado que deixou as duas vezes foi o mesmo: "Sou eu. Só queria saber como você está".

Alex falou para sua assistente, Eleanor, que, se Josie ligasse, era para chamá-la. De qualquer jeito.

Estava aliviada por voltar ao trabalho, mas precisou se forçar a prestar atenção no caso. Havia uma ré no banco que alegava não ter experiência com o sistema judiciário criminal.

– Não entendo o processo do tribunal – disse a mulher, virando-se para Alex. – Posso ir agora?

O promotor estava no meio do interrogatório.

– Primeiro, por que você não conta à juíza Cormier sobre a última vez em que esteve em um tribunal?

A mulher hesitou.

– Acho que foi por causa de uma multa de excesso de velocidade.

– O que mais?

– Não consigo lembrar – disse ela.

– Você não está em condicional? – perguntou o promotor.

– Ah – respondeu a mulher. – Isso.

– Está em condicional por que motivo?

– Não consigo lembrar. – Ela olhou para o teto e enrugou as sobrancelhas, pensativa. – Começa com F... F... F... F... *furto*! Furto, é isso!

O promotor suspirou.

– Não tinha a ver com um cheque?

Alex olhou para o relógio e pensou que, se tirasse a mulher da porcaria do banco, poderia ver se Josie já tinha ligado.

– Que tal *falsificação*? – interrompeu ela. – Também começa com F.

– Assim como *fraude* – observou o promotor.

A mulher olhou para Alex sem entender.

– Não consigo lembrar.

– Vamos fazer um recesso de uma hora – Alex anunciou. – O tribunal volta a se reunir às onze horas.

Assim que passou pela porta que levava à sua sala, ela tirou a toga. Ela a estava sufocando hoje, coisa que Alex não entendia exatamente, pois era assim que sempre se sentira *bem*. A lei era um conjunto de regras que ela entendia, um código de comportamento em que certas ações tinham certas consequências. Ela não podia dizer o mesmo de sua vida pessoal, em que uma escola que deveria ser segura virava um matadouro, em que uma filha gerada dentro dela tinha se transformado em uma pessoa que Alex não entendia mais.

Certo, se era para ser sincera, que ela *jamais* entendera.

Frustrada, ela ficou de pé e entrou na sala da assistente. Duas vezes antes de o julgamento começar, chamou Eleanor por motivos triviais, torcendo para que, em vez de ouvir "Sim, Meritíssima", a assistente fosse baixar a guarda e perguntar a Alex como ela estava, como Josie estava. Que, por um breve momento, ela não fosse a juíza para alguém, mas apenas mais uma mãe tomada por um enorme susto.

– Preciso de um cigarro – disse Alex. – Vou lá pra baixo.

Eleanor ergueu o olhar.

– Certo, Meritíssima.

Alex, pensou ela. *Alex. Alex. Alex.*

Do lado de fora, Alex se sentou no bloco de cimento perto da área de carga e descarga e acendeu um cigarro. Tragou com força e fechou os olhos.

– Isso vai te matar, sabia?

– A velhice também – respondeu Alex, virando-se e vendo Patrick Ducharme.

Ele virou o rosto para o sol e apertou os olhos.

– Eu não esperava que uma juíza tivesse vícios.

– Você deve pensar que dormimos no tribunal.

Patrick sorriu.

– Bom, isso seria idiotice. Não tem espaço pra um colchão.

Ela ergueu o maço.

– Fique à vontade.

– Se você quer me corromper, existem maneiras mais interessantes.

Alex sentiu o rosto ficar quente. Ele não tinha acabado de dizer aquilo, tinha? Para uma *juíza*?

– Se você não fuma, por que veio aqui pra fora?

– Pra fazer fotossíntese. Quando fico preso no tribunal o dia todo, meu feng shui fica péssimo.

– As pessoas não têm feng shui. Só os lugares.

– Tem certeza?

Alex hesitou.

– Bom. Não.

– Pois é. – Ele se virou para ela, e, pela primeira vez, ela reparou que ele tinha uma mecha branca no cabelo, bem no bico de viúva. – Por que está me encarando?

Alex imediatamente desviou o olhar.

– Não tem problema – disse Patrick, rindo. – É albinismo.

– Albinismo?

– É, você sabe. Pele clara, cabelo branco. É recessivo, então ganhei uma tira, como a de um gambá. Estou a um gene de distância de parecer um coelho. – Ele olhou para ela e ficou sério. – Como está a Josie?

Ela considerou erguer uma muralha da China, dizer para ele que não queria falar nada que comprometesse o caso. Mas Patrick Ducharme fez a única coisa que Alex desejava: tratou-a como uma pessoa, e não como uma figura pública.

– Ela voltou pra escola – confidenciou Alex.

– Eu sei. Eu a vi.

– Você... estava lá?

Patrick deu de ombros.

– Estava. Só por garantia.

– Aconteceu alguma coisa?

– Não – ele disse. – Foi... normal.

A palavra pairou entre eles. Nada voltaria a ser normal, os dois sabiam. Dava para consertar o que estava quebrado, mas, se foi você quem consertou, lá no fundo você sempre saberia onde estavam as marcas.

– Ei – disse Patrick, tocando o ombro dela. – Você está bem?

Ela morreu de vergonha ao perceber que estava chorando. Limpou os olhos e se afastou dele.

– Não tem nada de errado comigo – disse, desafiando Patrick a duvidar.

Ele abriu a boca como se fosse falar, mas tornou a fechá-la.

– Vou deixar você com seus vícios, então – disse e voltou para dentro do prédio.

Somente quando Alex voltou para sua sala, percebeu que ele tinha usado o plural. Que ele não só a tinha flagrado fumando, mas também mentindo.

Havia novas regras: todas as portas, exceto as da entrada principal, ficariam trancadas após o início das aulas, apesar de um atirador poder ser um aluno que já estivesse dentro da escola. Não se podia mais entrar com mochila nas salas de aula, apesar de uma arma poder ser carregada secretamente debaixo de um casaco, dentro de uma bolsa ou até mesmo dentro de um fichário com zíper. Todos, tanto alunos quanto funcionários, receberiam cartões de identificação para usar pendurados no pescoço. Era para poder controlar todo mundo, e Josie não conseguiu deixar de pensar que, desse jeito, na próxima vez seria mais fácil saber quem havia morrido.

O diretor falou no alto-falante durante a entrada e acolheu a volta de todos à Sterling High, mesmo não sendo mais na Sterling High. Ele sugeriu um minuto de silêncio.

Enquanto outros adolescentes da sala baixavam a cabeça, Josie olhou ao redor. Ela não era a única que não estava rezando. Alguns garotos estavam passando bilhetes. Dois estavam ouvindo música no iPod. Um cara estava copiando um dever de matemática.

Ela se perguntou se eles, como ela, tinham medo de homenagear os mortos porque os fazia se sentir mais culpados.

Josie se mexeu e bateu o joelho. As mesas e cadeiras levadas para a escola provisória eram para crianças pequenas, não para refugiados do ensino médio. Como resultado, ninguém cabia nelas. Os joelhos de Josie iam até o queixo. Alguns garotos nem conseguiam se encaixar sob as mesas; tinham que escrever com o fichário no colo.

Sou Alice no País das Maravilhas, pensou Josie. *Me vejam cair.*

Jordan esperou que seu cliente se sentasse à sua frente na sala de reuniões da cadeia.

– Me fale sobre o seu irmão, Peter – disse ele.

Ele observou o rosto de Peter, viu a decepção surgir ao se dar conta de que mais uma vez Jordan tinha descoberto uma coisa que ele esperava que fosse permanecer escondida.

– O que tem ele? – disse Peter.

– Vocês se davam bem?

– Eu não matei meu irmão, se é isso que você quer saber.

– Não é isso que eu quero saber. – Jordan deu de ombros. – Só estou surpreso por você não ter falado dele antes.

Peter olhou para ele com raiva.

– Tipo quando? Quando eu tinha que ficar calado na acusação? Ou depois disso, quando você veio aqui e me disse que ia falar e eu ia ouvir?

– Como ele era?

– Olha só, o Joey está morto, o que você já deve saber. Então, não entendo por que falar dele vai me ajudar.

– O que aconteceu com ele? – insistiu Jordan.

Peter passou a unha do polegar na beirada de metal da mesa.

– Ele e suas notas A de garoto de ouro foram atropelados por um motorista bêbado.

– É difícil competir com isso – disse Jordan com cuidado.

– O que você quer dizer?

– Bom, seu irmão era o garoto perfeito, certo? Isso já é difícil, mas aí ele morre e se transforma num santo.

Jordan estava bancando o advogado do diabo para ver se Peter morderia a isca, e deu certo: o rosto do garoto se transformou.

– *Não dá* pra competir com isso – disse Peter com raiva. – *Não dá* pra alcançar.

Jordan bateu com o lápis na beirada da pasta. Será que a raiva de Peter tinha nascido do ciúme ou da solidão? Ou será que o massacre era um meio de finalmente chamar a atenção para si, e não para Joey? Como ele poderia formular uma linha de defesa dizendo que o ato de Peter foi de desespero, não uma tentativa de superar a notoriedade do irmão?

– Você sente falta dele? – perguntou Jordan.

Peter deu um sorrisinho de deboche.

– Meu irmão – disse ele. – Meu irmão, o capitão do time de beisebol; meu irmão, que ficou em primeiro lugar em uma competição estadual de francês; meu irmão, que era amigo do diretor; meu irmão, meu fabuloso irmão, que me largava a um quilômetro do portão da escola pra não ser visto dirigindo comigo no carro.

– Por quê?

– Ninguém ganha vantagem nenhuma andando comigo, ou você ainda não percebeu?

Jordan teve um vislumbre dos pneus do carro, rasgados até o aro.

– O Joey não te defendia quando você era provocado?

– Você está brincando? Foi o Joey que começou.

– Como?

Peter andou até a janela da pequena sala. Um rubor subiu pelo pescoço dele, como se a lembrança pudesse lhe queimar a pele.

– Ele dizia pras pessoas que eu era adotado. Que minha mãe era uma prostituta viciada em crack, e que por isso meu cérebro era todo ferrado. Às vezes ele falava bem na minha cara, e, quando eu ficava puto e partia pra cima dele, ele ria, me derrubava no chão e olhava pros amigos, como se isso fosse prova de que tudo que ele tinha dito era verdade. En-

tão você quer saber se sinto falta dele? – Peter repetiu e encarou Jordan.
– Estou feliz que ele tenha morrido.

Jordan não costumava ficar surpreso, mas Peter Houghton já o tinha chocado várias vezes. Peter era simplesmente o que uma pessoa seria se você depurasse as emoções mais cruas e excluísse qualquer contrato social. Se você sente dor, chore. Se está com raiva, bata.

Se você tem esperança, prepare-se para a decepção.

– Peter – murmurou Jordan –, você queria matá-los?

Jordan imediatamente se amaldiçoou – tinha acabado de fazer a única pergunta que um advogado de defesa nunca deve fazer, deixando Peter pronto para admitir premeditação. Mas, em vez de responder, Peter fez outra pergunta, que tinha uma resposta também perturbadora.

– Bom – disse ele –, o que *você* teria feito?

Jordan colocou outro pedaço de pudim de baunilha na boca de Sam e lambeu a colher.

– Não é pra você – disse Selena.

– Está gostoso. Diferente daquela porcaria de ervilha que você o obriga a comer.

– Perdão por ser uma boa mãe.

Selena pegou uma toalha molhada e limpou a boca de Sam, depois fez o mesmo em Jordan, que se encolheu para longe da mão dela.

– Estou completamente ferrado – disse ele. – Não consigo fazer o Peter ser digno de pena pela morte do irmão, porque ele odiava o Joey. Nem tenho uma defesa legal válida para ele, a não ser que eu tente insanidade, e vai ser impossível provar isso com a montanha de provas de premeditação que a acusação tem.

Selena se virou para ele.

– Você sabe qual é o problema aqui, não sabe?

– Qual?

– Você acha que ele é culpado.

– Ah, pelo amor de Deus. Noventa e nove por cento dos meus clientes são assim, e isso nunca me impediu de conseguir absolvições.

– Certo. Mas, lá no fundo, você não *quer* que Peter Houghton seja absolvido.

Jordan franziu a testa.

– Isso é besteira.

– Uma besteira verdadeira. Você tem medo de gente como ele.

– Ele é um garoto...

– ... que apavora você, pelo menos um pouco. Porque ele não se dispôs a ficar sentado e deixar o mundo continuar cagando em cima dele, e isso não deve acontecer.

Jordan olhou para ela.

– Matar dez estudantes não torna ninguém herói, Selena.

– Torna, para os milhões de outros garotos e garotas que queriam ter coragem pra fazer o mesmo – disse ela simplesmente.

– Excelente. Você pode ser a líder do fã-clube de Peter Houghton.

– Eu não concordo com o que ele fez, Jordan, mas consigo ver de onde vem isso tudo. Você nasceu em berço de ouro e com tudo de ouro. Seja honesto, alguma vez você *não* fez parte do grupo de elite? Na escola, no tribunal ou em qualquer outro lugar? As pessoas te conhecem, te admiram. Você tem passagem livre e nem percebe que outras pessoas nunca têm isso na vida.

Jordan cruzou os braços.

– Você vai começar o discurso de orgulho africano de novo? Porque, pra falar a verdade...

– Você nunca andou pela rua e alguém atravessou pra outra calçada só porque você é negro. Nunca ninguém olhou pra você com nojo porque você está carregando um bebê e esqueceu de colocar a aliança. Você tem vontade de fazer alguma coisa, tomar uma atitude, gritar com as pessoas, dizer que são idiotas, mas não pode. Estar à margem é a sensação mais impotente que existe, Jordan. Você se acostuma tanto com o mundo de uma certa forma que parece não ter como escapar.

Jordan deu um sorriso de deboche.

– Você tirou essa parte final do meu discurso de encerramento no caso de Katie Riccobono.

– A esposa espancada? – Selena deu de ombros. – Mesmo que tenha tirado, é isso mesmo.

De repente, Jordan piscou. Levantou-se, abraçou a esposa e a beijou.

– Você é brilhante *pra cacete*.

– Não vou discutir, mas você *tem* que me contar por quê.

— Síndrome da esposa espancada. É uma defesa legal válida. Mulheres espancadas ficam presas em um mundo que as oprime; elas chegam a um ponto em que se sentem tão constantemente ameaçadas que acabam tomando uma atitude, e realmente acreditam que estão se protegendo, mesmo que o marido esteja dormindo na hora do crime. Isso se encaixa perfeitamente no caso de Peter Houghton.

— Longe de mim querer ser portadora de más notícias, Jordan – disse Selena –, mas o Peter não é mulher nem é casado.

— A questão não é essa. É transtorno de estresse pós-traumático. Quando essas mulheres surtam e atiram no marido ou cortam o pinto deles, não estão pensando nas consequências... só em acabar com a agressão. É isso que o Peter está dizendo desde o começo, ele só queria que tudo *parasse*. E isso é ainda melhor, porque eu não preciso lutar contra a refutação usual do promotor de que uma mulher adulta tem idade suficiente para saber o que está fazendo quando pega a faca ou a arma. O Peter é um garoto. Por definição, ele *não* sabe o que está fazendo.

Monstros não cresciam do nada. Uma dona de casa não virava assassina a não ser que alguém a tornasse uma. O dr. Frankenstein, no caso dela, era um marido controlador. E, no caso de Peter, era toda a Sterling High. Os valentões chutavam, provocavam, socavam, beliscavam, e todos esses comportamentos tinham a intenção de forçar a pessoa a voltar ao seu lugar. Foi nas mãos de seus torturadores que Peter aprendeu a reagir.

No cadeirão, Sam começou a reclamar. Selena o pegou no colo.

— Ninguém nunca fez isso – disse ela. – Não existe síndrome da vítima de bullying.

Jordan pegou o pote de pudim de baunilha de Sam e raspou os restos com o dedo.

— Agora existe – disse ele, saboreando o final do doce.

Patrick estava sentado em frente ao computador do escritório no escuro, passando o cursor pelo jogo criado por Peter Houghton.

Você começava escolhendo um personagem, um entre três garotos: o campeão de soletração, o gênio da matemática ou o nerd do computador. Um era pequeno e magro, com acne. O outro usava óculos. O terceiro era muito acima do peso.

Você não vinha equipado com uma arma. Tinha que percorrer várias salas da escola e usar a inteligência: a sala dos professores tinha vodca para fazer granadas de mão. A sala do boiler tinha uma bazuca. O laboratório de ciências tinha compassos para perfurar e réguas de metal para cortar. A sala de computadores tinha fios para fazer garrotes. A sala de carpintaria tinha motosserras. A sala de artes domésticas tinha liquidificadores e agulhas de crochê. A sala de artes tinha uma fornalha. Era possível combinar materiais para fazer armas de curto alcance: balas flamejantes usando a bazuca e a vodca, adagas ácidas usando produtos químicos e compassos, armadilhas com fios de computador e livros pesados.

Patrick guiou o cursor por corredores, escadas, vestiários, até a sala do inspetor. Enquanto dobrava esquinas virtuais, ele se deu conta de que já tinha percorrido aquele mapa. Era a planta da Sterling High.

O objetivo do jogo era mirar nos atletas, nos valentões e nos alunos populares. Cada um valia certa quantidade de pontos. Se você matasse dois de uma vez, ganhava pontos dobrados. No entanto, você também podia ser ferido. Podia levar socos, ser empurrado contra a parede ou contra um armário.

Se você conseguisse cem mil pontos, ganhava uma escopeta. Se chegasse a quinhentos mil, uma metralhadora. Se passasse de um milhão, montava um míssil nuclear.

Patrick viu uma porta virtual se abrir. "Parado!", gritaram os alto-falantes, e um policial com jaqueta da SWAT apareceu na tela. Ele colocou os dedos nas teclas das setas e se preparou. Por duas vezes, tinha chegado a esse ponto e morreu ou se matou, o que significava perder.

Mas dessa vez ele ergueu a metralhadora virtual e viu o policial cair em uma chuva de sangue.

PARABÉNS! VOCÊ GANHOU HIDE-N-SHRIEK!, dizia a tela. QUER JOGAR DE NOVO?

No décimo dia após o tiroteio na Sterling High, Jordan se sentou no Volvo no estacionamento do tribunal. Como esperava, havia vans brancas da imprensa por todos os lados, com antenas apontadas para o céu como girassóis. Ele bateu com o dedo no volante em sincronia com o CD dos Wiggles, que estava fazendo seu simples trabalho de impedir que Sam desse um chilique no banco de trás.

Selena já tinha entrado no tribunal sem impedimento; ninguém na imprensa a reconheceria como alguém ligada ao caso. Quando ela voltou e se aproximou do carro, Jordan saiu e pegou uma folha de papel que ela lhe entregava.

– Ótimo – disse ele.

– Te vejo mais tarde.

Ela se inclinou para tirar Sam da cadeirinha do carro enquanto Jordan seguia para o tribunal. Assim que um repórter o viu, houve um efeito dominó: lâmpadas se acenderam como uma onda de fogos de artifício, microfones foram enfiados diante do seu rosto. Ele os afastou com o braço esticado e murmurou:

– Sem comentários.

E correu para dentro.

Peter já tinha sido levado para a cela da sala do xerife e aguardava a hora de aparecer no tribunal. Estava andando em um círculo pequeno, falando sozinho, quando Jordan foi levado até lá.

– Então é hoje – disse Peter um pouco nervoso, um pouco sem fôlego.

– Engraçado você dizer isso – disse Jordan. – Você sabe por que estamos aqui hoje?

– Isso é algum tipo de teste?

Jordan ficou olhando para ele.

– É a audiência preliminar – disse Peter. – Foi o que você me disse semana passada.

– Certo. O que não contei é que vamos abrir mão dela.

– Abrir mão? – disse Peter. – O que isso significa?

– Significa que passamos a vez antes mesmo de as cartas serem distribuídas – respondeu Jordan, entregando a Peter o papel que Selena levara ao carro. – Assine.

Peter balançou a cabeça.

– Quero outro advogado.

– Qualquer um que seja minimamente bom vai dizer a mesma coisa...

– O quê? Pra desistir sem nem *tentar*? Você disse...

– Eu disse que faria a melhor defesa que pudesse – interrompeu Jordan. – Já existe a causa provável que leva a acreditar que você cometeu um crime, pois há centenas de testemunhas que alegam ter visto você atirando na escola naquele dia. A questão não é se você cometeu o crime ou não, Peter, é *por que* cometeu. Passar por uma audiência preliminar hoje significa que eles marcam muitos pontos e nós não marcamos nenhum. Seria apenas uma forma de a promotoria liberar provas para a imprensa e para o público antes de terem a chance de ouvir o nosso lado da história. – Ele esticou a mão novamente com o papel em direção a Peter. – Assine.

Peter olhou nos olhos dele, furioso. Em seguida, pegou o papel de Jordan e a caneta.

– Isso é uma *droga* – disse, ao rabiscar sua assinatura.

– Seria pior se houvesse a audiência preliminar. – Jordan pegou o papel, saiu da cela e do escritório do xerife para entregar a renúncia a um funcionário. – Te vejo lá dentro.

Quando ele chegou ao tribunal, o local já estava lotado. A imprensa que tinha recebido permissão de entrar estava na fileira de trás, com as câmeras prontas. Jordan procurou Selena. Ela estava equilibrando Sam no meio da terceira fila atrás da mesa do promotor. *E então?*, perguntou ela com uma rápida elevação de sobrancelhas.

Jordan assentiu bem de leve. *Feito.*

O juiz que presidiria não tinha importância para ele: era alguém que carimbaria o processo e o entregaria para o tribunal onde Jordan teria que montar seu show. O Meritíssimo David Iannucci – o que Jordan se lembrava dele era que tinha feito transplante capilar, e, quando você ficava na frente dele, tinha que se esforçar muito para manter os olhos em seu rosto de fuinha e não na linha marcada no couro cabeludo.

O escrivão anunciou o caso de Peter e dois meirinhos o guiaram por uma passagem. O público, que estava conversando baixinho, ficou em silêncio. Peter não olhou para frente ao entrar; continuou olhando para o chão mesmo quando foi levado para o assento ao lado de Jordan.

O juiz Iannucci passou os olhos pelo papel colocado à sua frente.

– Sr. Houghton, vejo que deseja renunciar à sua audiência preliminar.

Com essa notícia, como Jordan esperava, houve um suspiro coletivo da imprensa, que desejava um espetáculo.

– Sr. Houghton, o senhor entende que hoje eu teria a obrigação de descobrir se há ou não uma causa provável que leve a crer que o senhor cometeu os atos dos quais é acusado, e que, ao renunciar à audiência preliminar, o senhor não requer que eu descubra essa causa provável; e que agora será levado ao grande júri, e que vou entregar esse caso para a corte superior?

Peter se virou para Jordan.

– Ele falou inglês?

– Diga sim – Jordan respondeu.

– Sim – repetiu Peter.

O juiz Iannucci ficou olhando para ele.

– Sim, Meritíssimo – corrigiu.

– Sim, *Meritíssimo* – disse Peter, virando-se para Jordan novamente e falando baixinho: – Continua uma droga.

– Estão dispensados – disse o juiz, e os meirinhos tiraram Peter da cadeira.

Jordan se levantou, abrindo espaço para o advogado de defesa do próximo caso. Aproximou-se de Diana Leven na mesa do promotor, ainda arrumando os arquivos que não teve chance de usar.

– Bom – disse ela, não se dando ao trabalho de olhar para ele. – Não posso dizer que tenha ficado surpresa.

– Quando você vai me mandar as provas da acusação? – perguntou Jordan.

– Não me lembro de ter recebido sua carta requisitando-as.

Então passou por ele e andou rapidamente pelo corredor. Jordan fez uma anotação mental para pedir que Selena digitasse uma carta e a mandasse para a promotoria. Era uma formalidade, mas ele sabia que Diana iria querer segui-la. Em um caso grande assim, o promotor público seguia cada regra ao pé da letra, para que, se o caso fosse revisto em uma apelação, o procedimento não atrapalhasse o veredito original.

Saindo pelas portas duplas da sala do tribunal, ele foi interceptado pelos Houghtons.

– Que diabos foi aquilo? – perguntou Lewis. – Não estamos pagando você pra trabalhar no tribunal?

Jordan contou até cinco mentalmente.

– Conversei sobre isso com meu cliente, o Peter. Ele me deu permissão para renunciar à audiência.

– Mas você não disse *nada* – argumentou Lacy. – Nem deu a ele a chance de dizer.

– A audiência de hoje não teria beneficiado o Peter. Mas teria colocado vocês sob o microscópio de cada câmera do lado de fora do tribunal. Isso vai acontecer de qualquer jeito. Vocês realmente prefeririam que fosse mais cedo, e não mais tarde? – Ele olhou de Lacy Houghton para o marido, e depois para ela de novo. – Eu fiz um favor a vocês – disse Jordan, e os deixou com a verdade entre eles, uma pedra que ficava mais pesada a cada momento.

Patrick estava indo para a audiência preliminar de Peter quando recebeu uma ligação no celular que o fez cantar pneus e seguir na direção oposta, a caminho da loja de armas Smyth's, em Plainfield. O dono da loja, um homenzinho roliço com barba manchada de tabaco, estava sentado no meio-fio chorando quando Patrick chegou. Ao lado dele estava um policial, que indicou a porta aberta com o queixo.

Patrick se sentou ao lado do dono.

– Sou o detetive Ducharme – disse. – Pode me contar o que aconteceu?

O homem balançou a cabeça.

– Foi muito rápido. Ela pediu pra ver uma pistola, uma Smith and Wesson. Disse que queria ter uma arma em casa para se proteger. Perguntou se eu tinha livros sobre o modelo e, quando virei as costas pra procurar... ela... – Ele balançou a cabeça e ficou em silêncio.

– Onde ela conseguiu as balas? – perguntou Patrick.

– Não vendi pra ela – disse o dono. – Ela devia estar com as balas na bolsa.

Patrick assentiu.

– Fique aqui com o policial Rodriguez. Talvez eu tenha mais perguntas.

Dentro da loja de armas havia um borrifo de sangue e massa cinzenta em uma das paredes. O legista, Guenther Frankenstein, já estava inclinado sobre o corpo, deitado de lado no chão.

– Como chegou aqui tão rápido? – perguntou Patrick.

Guenther deu de ombros.

– Eu estava na cidade, em uma exposição de colecionadores de *cards* de beisebol.

Patrick se agachou ao lado dele.

– Você coleciona *cards* de beisebol?

– Bom, não posso colecionar fígados, posso? – Ele olhou para Patrick. – Temos que parar de nos encontrar assim.

— Bem que eu queria.

— Não tem mistério nenhum — disse Guenther. — Ela enfiou a arma na boca e puxou o gatilho.

Patrick reparou na bolsa sobre a bancada de vidro. Mexeu nela e encontrou uma caixa de munição e um recibo do Walmart. Em seguida, abriu a carteira da mulher em busca da identidade, na mesma hora em que Guenther virou o corpo.

Mesmo com o resíduo de pólvora manchando as feições de preto, Patrick a reconheceu antes de ver o nome. Tinha conversado com Yvette Harvey; tinha sido ele a contar para ela que sua única filha — uma menina com síndrome de Down — não tinha sobrevivido ao tiroteio na Sterling High.

Patrick percebeu que, indiretamente, a contagem de vítimas de Peter Houghton ainda estava aumentando.

— Só porque uma pessoa coleciona armas, isso não quer dizer que ela pretende fazer uso delas — disse Peter, com cara de raiva.

Estava estranhamente quente para o fim de março, chegando a trinta graus, e o ar-condicionado da prisão estava quebrado. Os detentos estavam andando nas celas; os guardas estavam todos tensos. A equipe técnica, que tinha sido chamada com a desculpa de melhorar as condições humanas da prisão, estava trabalhando tão devagar que Jordan concluiu que terminariam o serviço na época em que voltasse a nevar. Ele estava sentado na sala de reuniões, que mais parecia uma sauna, com Peter havia duas horas e sentia como se tivesse encharcado cada fibra do tecido do terno.

Ele queria desistir. Queria ir para casa e dizer a Selena que nunca deveria ter aceitado o caso, e depois queria ir com a família para os míseros trinta quilômetros de praia com os quais New Hampshire tinha sido abençoado e pular de roupa e tudo no Atlântico gelado. Morrer de hipotermia não podia ser pior do que a morte lenta que Diana Leven e a promotoria pública tinham planejado para ele no tribunal.

A pequena esperança que Jordan alimentou ao descobrir uma defesa válida, apesar de nunca ter sido usada perante um juiz, tinha sido gradualmente erodida nas semanas seguintes à audiência pelas provas que chegaram da promotoria: pilhas de papéis, fotos e provas. Considerando todas aquelas informações, era difícil imaginar um júri que se importasse com o *motivo* de Peter ter matado dez pessoas, e não apenas com o fato de que ele as *matara*.

Jordan apertou o alto do nariz.

– Você colecionava armas – repetiu ele. – Imagino que estava guardando debaixo da cama até conseguir comprar um armário legal.

– Você não acredita em mim?

– Pessoas que colecionam armas não as escondem. Pessoas que colecionam armas não têm listas com fotos circuladas.

O suor brilhava na testa de Peter e ao redor da gola do uniforme da prisão, e ele apertou a boca.

Jordan se inclinou para frente.

– Quem é a garota que foi descartada?

– Que garota?

– Nas fotos. Você circulou a foto dela, mas depois escreveu DEIXAR VIVA.

Peter afastou o olhar.

– É uma pessoa que eu conhecia.

– Qual é o nome dela?

– Josie Cormier. – Peter hesitou, depois olhou para Jordan de novo. – Ela está bem, né?

Cormier, pensou Jordan. A única Cormier que ele conhecia era a juíza que presidiria o caso de Peter.

Não *podia* ser.

– Por quê? – perguntou ele. – Você machucou a garota?

Peter balançou a cabeça.

– *Essa* é uma pergunta capciosa.

Tinha acontecido alguma coisa que Jordan não sabia?

– Ela era sua namorada?

Peter sorriu, mas o sorriso não chegou aos olhos.

– Não.

Jordan tinha ido ao tribunal da juíza Cormier algumas vezes. Gostava dela. Era firme, mas justa. Na verdade, era a melhor juíza que Peter podia ter nesse caso. O outro juiz da corte superior era o juiz Wagner, velho demais e que sempre favorecia a acusação. Josie Cormier não tinha sido vítima dos tiros, mas esse não era o único cenário que podia comprometer a juíza Cormier como magistrada do julgamento. De repente, Jordan estava pensando em coerção de testemunhas, nas centenas de coisas que poderiam dar errado. Estava se perguntando como poderia descobrir o que Josie Cormier sabia sobre o tiroteio sem mais ninguém saber que ele estava investigando isso.

Estava se perguntando se o que ela sabia podia ajudar o caso de Peter.

– Você falou com ela desde que veio pra cá? – disse Jordan.

– Se eu tivesse falado com ela, estaria perguntando se ela está bem?

– Bom, *não* fale com ela – instruiu Jordan. – Não fale com ninguém além de mim.

– É como falar com uma parede de tijolos – murmurou Peter.

– Sabe, eu sou capaz de citar mil coisas que eu preferia estar fazendo em vez de estar com você em uma sala de reuniões mais quente que o inferno.

Peter apertou os olhos.

– Então por que você não vai fazer alguma dessas coisas? Você não escuta mesmo uma palavra do que eu digo.

– Eu escuto cada palavra, Peter. Escuto e penso nas caixas de provas que a promotoria largou na minha porta e que fazem você parecer um assassino frio. Escuto você me dizer que colecionava armas, como se fosse um entusiasta da Guerra Civil.

Peter fez uma careta.

– Tudo bem. Você quer saber se eu ia usar as armas? Sim, ia. Eu planejei tudo. Elaborei tudo na minha cabeça. Pensei nos mínimos detalhes. Eu ia matar a pessoa que eu mais odiava. Mas não consegui.

– Essas dez pessoas...

– Elas só estavam no caminho – disse Peter.

– Então, quem você ia matar?

Do lado oposto da sala, o ar-condicionado de repente ganhou vida, e Peter se virou.

– Eu – disse ele.

Um ano antes

— Ainda não acho uma boa ideia – disse Lewis ao abrir a porta de trás da van. O cachorro, Dozer, estava deitado de lado, se esforçando para respirar.

– Você ouviu o veterinário – disse Lacy, acariciando a cabeça do labrador.

Era um bom cachorro; eles o haviam comprado quando Peter tinha três anos. Agora, Dozer estava com doze anos e seus rins tinham parado de funcionar. Mantê-lo vivo com medicamentos seria apenas para o bem deles, não do cachorro – era difícil imaginar a casa sem o cão andando pelos corredores.

– Eu não estava falando sobre sacrificá-lo – esclareceu Lewis. – Estava falando sobre trazer todo mundo.

Os garotos se arrastaram para fora da van. Apertaram os olhos contra a luz do sol e encolheram os ombros. Suas costas largas fizeram Lacy pensar em carvalhos que se estreitavam até o chão; os dois tinham o mesmo hábito de virar o pé esquerdo quando andavam. Ela queria que eles pudessem ver como eram parecidos.

– Não acredito que você trouxe a gente até aqui – disse Joey.

Peter chutou o cascalho do estacionamento.

– Que saco.

– Olha a boca – avisou Lacy. – E, quanto a todos nós estarmos aqui, não acredito que vocês seriam egoístas o bastante para não quererem se despedir de um membro da nossa família.

– A gente podia ter se despedido em casa – murmurou Joey.

Lacy colocou as mãos nos quadris.

– A morte faz parte da vida. Eu gostaria de estar cercada das pessoas que amo quando chegasse a minha vez. – Ela esperou que Lewis pegasse Dozer nos braços para em seguida fechar a porta.

Lacy pediu a última consulta do dia, para que o veterinário não se apressasse. Eles ficaram sentados sozinhos na sala de espera, com o cachorro como um cobertor sobre as pernas de Lewis. Joey pegou uma revista *Sports Illustrated* de três anos atrás e começou a ler. Peter cruzou os braços e olhou para o teto.

– Vamos falar da nossa melhor lembrança do Dozer – disse Lacy.

Lewis suspirou.

– Pelo amor de Deus...

– Isso é ridículo – acrescentou Joey.

– Pra mim – disse Lacy, como se eles não tivessem falado nada – foi quando o Dozer era filhote e o encontrei na mesa da sala de jantar com a cabeça enfiada no peru. – Ela acariciou a cabeça do cachorro. – Foi o ano em que tomamos sopa no Dia de Ação de Graças.

Joey bateu com a revista na mesa e suspirou.

Marcia, a secretária do veterinário, era uma mulher com uma longa trança, que ia para baixo dos quadris. Lacy fizera o parto dos filhos gêmeos dela cinco anos antes.

– Oi, Lacy – ela disse, aproximando-se e tomando-a nos braços. – Você está bem?

Lacy sabia que a morte acabava fazendo as pessoas ficarem sem palavras de alento.

Marcia andou até Dozer e o acariciou atrás das orelhas.

– Vocês querem esperar aqui fora?

– Sim – disse Joey com um movimento de lábios para Peter.

– Vamos todos entrar – Lacy respondeu com firmeza.

Eles seguiram Marcia até um dos consultórios e colocaram Dozer sobre a mesa. Ele tentou se apoiar e arrastou as unhas no metal.

– Bom garoto – disse Marcia.

Lewis e os meninos entraram na sala e ficaram de pé contra a parede, como numa fila de identificação policial. Quando o veterinário chegou com a seringa, eles se encolheram ainda mais.

– Vocês gostariam de ajudar a segurá-lo? – perguntou o veterinário.

Lacy se adiantou assentindo e colocou os braços ao redor dos de Marcia.

– Bom, Dozer, você lutou até o fim – disse o veterinário, depois se virou para os garotos. – Ele não vai sentir nada.

– O que é? – perguntou Lewis, olhando para a agulha.

– Uma combinação de substâncias que relaxam a musculatura e encerram a transmissão nervosa. E sem transmissão nervosa não há pensamento, nem sentimento, nem movimento. É um pouco como adormecer.

Ele procurou uma veia na perna do cachorro enquanto Marcia segurava Dozer com firmeza. Então injetou a solução e acariciou a cabeça de Dozer.

O cachorro respirou fundo e parou de se mexer. Marcia deu um passo para trás e o deixou nos braços de Lacy.

– Vamos dar um minuto pra vocês – disse ela, saindo da sala acompanhada do veterinário.

Lacy estava acostumada a segurar vida nova nos braços, e não a senti-la deixar o corpo que abraçava. Era apenas outra transição: da gravidez ao nascimento, da criança ao adulto, da vida à morte. Mas havia alguma coisa em se despedir do animal da família que era ainda mais difícil, como se fosse bobagem ter sentimentos tão fortes por um ser que não era humano. Como se fosse tolice admitir que você amava um cachorro – um que sempre ficava no caminho, arranhava o couro e sujava a casa de lama – tanto quanto amava seus filhos.

Mas funcionava assim.

Aquele era o cachorro que permitira estoicamente e em silêncio que um Peter de três anos cavalgasse nele como um pônei pelo jardim. Era o cachorro que latira sem parar quando Joey adormecera no sofá com o jantar no forno, até que o forno inteiro estivesse pegando fogo. Era o cachorro que se sentava debaixo da escrivaninha aos pés de Lacy, no meio do inverno, enquanto ela respondia a e-mails, compartilhando o calor da barriga pálida e rosada.

Ela se inclinou sobre o corpo do cachorro e começou a chorar – baixinho a princípio, mas depois com soluços tão altos que fizeram Joey se virar e Lewis se encolher.

– Faz alguma coisa – ela ouviu Joey dizer, com a voz grave e densa.

Ela sentiu uma mão no ombro e supôs que era Lewis, mas foi Peter quem começou a falar.

– Quando ele era filhote – disse o garoto –, quando fomos buscar o Dozer no meio da ninhada. Todos os outros cachorrinhos estavam tentando pular do ninho, e ele estava no alto. Ele olhou pra gente, tropeçou e caiu em cima dos outros. – Lacy ergueu o rosto e olhou para ele. – É a minha melhor lembrança – disse Peter.

Lacy sempre se considerou uma mulher de sorte por ter ganhado um filho que não era o garoto perfeito, mas que era sensível, emotivo e tão em sintonia com o que os outros sentiam e pensavam. Ela soltou o pelo do cachorro e abriu os braços, para que Peter pudesse se colocar entre eles. Ao contrário de Joey, que já era mais alto do que ela e mais forte do que Lewis, Peter ainda cabia no seu abraço. Até a área pontuda da escápula, tão larga sob a camiseta de algodão, parecia mais delicada debaixo de suas mãos. Incompleto e inacabado, um homem ainda esperando para acontecer.

Se ao menos fosse possível deixá-los daquele jeito: modelados em âmbar, sem nunca crescer...

Em cada concerto e em cada peça escolar da vida de Josie, ela só tivera uma pessoa na plateia. Sua mãe – para crédito dela – reagendara compromissos de trabalho para poder ver Josie ser a placa na peça da escola sobre higiene bucal e para ouvir seu solo de cinco notas no coral de Natal. Havia outros alunos com mãe ou pai solteiro – os filhos de casais divorciados, por exemplo –, mas Josie era a única na escola que nunca tinha conhecido o pai. Quando era pequena e a turma do segundo ano estava fazendo cartões em forma de gravata para o Dia dos Pais, ela ficou sentada no canto com a garota cujo pai morrera prematuramente de câncer aos quarenta e dois anos.

Como qualquer criança curiosa, ela perguntou sobre isso à mãe quando estava crescendo. Josie queria saber por que seus pais não eram mais casados, mas não esperava ouvir que eles *nunca* tinham se casado.

– Ele não era do tipo que casa – dissera a mãe, e Josie não entendeu por que isso também significava que ele não era do tipo que manda presente no aniversário da filha, ou que a convida para passar uma semana em sua casa no verão, ou que liga para ouvir sua voz.

Esse ano, ela teria aula de biologia e já estava nervosa com o capítulo sobre genética. Josie não sabia se o pai tinha olhos castanhos ou azuis; se tinha cabelo encaracolado, sardas ou seis dedos no pé. A mãe tentou afastar as preocupações da filha.

— Certamente vai ter alguém adotado na sua turma – disse ela. – Voce sabe cinquenta por cento mais sobre suas origens do que essas pessoas.

O que Josie descobriu sobre o pai foi o seguinte:

Seu nome era Logan Rourke. Ele era professor na faculdade de direito onde a mãe estudou.

Seu cabelo ficou prematuramente branco, mas – sua mãe lhe garantiu – de um jeito legal, não esquisito.

Era dez anos mais velho do que a mãe, o que significava que tinha cinquenta anos.

Tinha dedos longos e tocava piano.

Não sabia assobiar.

Não era o bastante para fazer uma biografia, na opinião de Josie, mas ninguém nunca tinha se dado ao trabalho de perguntar.

Ela estava sentada no laboratório de biologia ao lado de Courtney. Josie normalmente não escolheria Courtney como parceira de laboratório – ela não era a mente mais brilhante da sala –, mas isso não parecia importar. A sra. Aracort era a professora conselheira das líderes de torcida, e Courtney era uma delas. Por piores que fossem seus relatórios de laboratório, elas sempre conseguiam tirar A.

Um cérebro de gato dissecado estava na mesa da frente, ao lado da sra. Aracort. Tinha cheiro de formaldeído e parecia um bicho atropelado, o que já teria sido bem ruim, mas além disso, eles tinham almoçado antes da aula. "Aquela coisa", disse Courtney tremendo, "vai me deixar ainda mais bulímica." Josie estava tentando não olhar enquanto trabalhava no projeto de aula: cada aluno tinha recebido um laptop com conexão sem fio para navegar na internet em busca de exemplos de testes em animais que fossem compassivos. Até aquele momento, Josie tinha catalogado um estudo com primatas feito por um fabricante de antialérgicos, no qual eles contraíam asma e depois eram curados, e outro que envolvia síndrome da morte súbita infantil e cachorrinhos.

Ela apertou um botão do navegador por engano e chegou à página inicial do *The Boston Globe*. A cobertura da eleição ocupou a tela: a disputa entre o atual promotor público e seu oponente, o supervisor da Faculdade de Direito de Harvard, um homem chamado Logan Rourke.

O peito de Josie se encheu de borboletas. Não podia haver mais do que um, podia? Ela apertou os olhos e chegou mais perto da tela, mas a foto estava granulada e o brilho do sol atrapalhava.

— Qual é o problema? — sussurrou Courtney.

Josie balançou a cabeça e fechou o laptop, como se ele também pudesse guardar o segredo muito bem.

Peter nunca usava o mictório. Mesmo se só precisasse urinar, ele não queria fazer isso ao lado de um aluno enorme do terceiro ano que poderia fazer um comentário sobre, bem, o fato de ele ser um reles aluno do nono ano, principalmente nas partes baixas. Preferia entrar em uma cabine e fechar a porta para ter privacidade.

Ele gostava de ler as paredes do banheiro. Uma delas tinha uma série de piadas de toc-toc. Outras listavam nomes de garotas que tinham feito boquete em quem escreveu. Havia um rabisco para o qual Peter acabava olhando repetidamente: TREY WILKINS É UMA BICHA. Ele não conhecia Trey Wilkins, achava que ele nem era mais aluno da Sterling High, mas se perguntou se Trey também tinha entrado no banheiro e usado a cabine para urinar.

Peter tinha saído da aula de inglês no meio de um teste-surpresa de gramática. Ele realmente achava que, no grande esquema da vida, não faria diferença se um adjetivo modificava ou não um substantivo ou um verbo ou se apenas sumisse da face da terra, que era o que ele realmente esperava que acontecesse antes de ter que voltar para a aula. Já tinha feito o que tinha que fazer no banheiro; agora, estava matando tempo. Se tirasse nota ruim no teste, seria a segunda seguida. Não era nem com a raiva dos pais que Peter se preocupava. Era com o modo como olhariam para ele, decepcionados por ele não ser como Joey.

Ele ouviu a porta do banheiro se abrir e o ruído da agitação no corredor que entrou atrás dos dois garotos. Peter se abaixou e olhou por baixo da porta. Tênis Nike.

— Estou suando que nem um porco — disse uma voz.

O segundo garoto riu.

— É por causa das suas banhas.

— Ah, tá. Eu poderia te dar uma surra na quadra de basquete com uma das mãos amarrada nas costas.

Peter ouviu a torneira se abrir e o barulho da água.

— Ei, você está me encharcando!

– Aaaah, muito melhor – disse a primeira voz. – Pelo menos agora não estou suando. Ei, olha o meu cabelo. Pareço o Alfafa.

– Quem?

– Você é retardado? O garoto dos *Batutinhas* que tem o cabelo em pé na parte de trás da cabeça.

– Na verdade, você está muito gay...

– Sabe... – mais risadas –, eu tô *mesmo* parecendo o Peter.

Assim que Peter ouviu seu nome, seu coração disparou. Ele abriu o trinco da porta e saiu. De pé, em frente à fileira de pias, estava um jogador de futebol que ele só conhecia de vista e seu próprio irmão. O cabelo de Joey estava encharcado e arrepiado na parte de trás da cabeça, como o de Peter às vezes ficava, mesmo quando ele tentava endireitar com o gel de cabelo da mãe.

Joey lançou um olhar para ele.

– Some daqui, esquisito – ordenou, e Peter saiu correndo do banheiro, se perguntando se isso era possível quando praticamente não se tinha vida.

Os dois homens no tribunal de Alex moravam um em cada andar de um sobrado, mas se odiavam. Arliss Undergroot era um instalador de placas de reboco com tatuagens nos dois braços, cabeça raspada e piercings no rosto suficientes para fazer o detector de metais do fórum disparar. Rodney Eakes era caixa de banco, vegetariano e tinha uma coleção de discos com gravações originais de peças da Broadway. Arliss morava no andar de baixo; Rodney, no de cima. Alguns meses antes, Rodney levara para casa um fardo de feno com a intenção de cobrir o jardim orgânico, mas nunca chegara a completar a tarefa, e o fardo ficara na varanda de Arliss. Este pediu que ele se livrasse do feno, mas Rodney não foi rápido o bastante. Assim, uma noite, Arliss e a namorada cortaram o barbante e espalharam o feno no gramado da frente.

Rodney chamou a polícia, e Arliss foi preso por contravenção – vocabulário legal para o ato de destruir um fardo de feno.

– Por que os contribuintes de New Hampshire estão gastando dinheiro para que um caso desses seja julgado no tribunal? – perguntou Alex.

O promotor deu de ombros.

– O chefe de polícia me pediu para dar continuidade ao caso – disse, revirando os olhos.

Ele já tinha provado que Arliss pegara o fardo de feno e o espalhara no gramado, cumprindo a parte do ônus da prova. Mas, nesse caso, uma condenação significaria que Arliss teria registro criminal pelo resto da vida.

Ele podia ser um péssimo vizinho, mas não merecia isso.

Alex se virou para o promotor.

– Quanto a vítima pagou pelo fardo de feno?

– Quatro dólares, Meritíssima.

Ela encarou o réu.

– Você tem quatro dólares aí?

Arliss assentiu.

– Ótimo. Seu caso será arquivado assim que você pagar a vítima. Pegue quatro dólares na sua carteira e entregue para aquele policial ali, que os levará para o sr. Eakes no fundo do tribunal. – Ela olhou para o escrivão. – Vamos fazer um recesso de quinze minutos.

Em sua sala, Alex tirou a toga e pegou um maço de cigarros. Seguiu a escada dos fundos até o térreo do prédio e acendeu um, tragando profundamente. Havia dias em que ela sentia orgulho do trabalho, e havia outros, como hoje, em que se perguntava por que havia saído da cama.

Encontrou Liz, a zeladora, passando o ancinho no gramado da frente do fórum.

– Trouxe um cigarro pra você – disse Alex.

– Qual é o problema?

– Como você sabe que tenho um problema?

– Porque você trabalha aqui faz sei lá quantos anos e nunca me trouxe um cigarro.

Alex se recostou em uma árvore e ficou observando as folhas, brilhantes como pedras preciosas, ficarem presas no ancinho de Liz.

– Acabei de desperdiçar três horas em um caso que nunca deveria ter chegado ao tribunal. Estou com uma dor de cabeça terrível. E fiquei sem papel higiênico no banheiro da minha sala e tive que chamar a escrivã pra ir buscar um rolo.

Liz olhou para uma árvore quando uma rajada de vento jogou mais folhas na grama já limpa.

– Alex – disse ela –, posso te fazer uma pergunta?
– Claro.
– Quando foi a última vez que você foi pra cama com alguém?
Alex se virou com o queixo caído.
– O que isso tem a ver...
– A maior parte das pessoas que sai pra trabalhar fica se perguntando quanto tempo falta pra voltar pra casa e poder fazer o que *realmente* quer fazer. Com você é o contrário.
– Não é verdade. A Josie e eu...
– O que vocês duas fizeram de divertido no último fim de semana?
Alex pegou uma folha e a despedaçou. Nos últimos três anos, o calendário social de Josie esteve lotado de telefonemas e noites na casa de amigas e grupos de adolescentes que iam ao cinema ou se reuniam no porão da casa de alguém. No fim de semana anterior, Josie tinha ido fazer compras com Haley Weaver, uma aluna do segundo ano que tinha acabado de tirar a habilitação. Alex escrevera duas sentenças e limpara as gavetas de frutas e legumes da geladeira.
– Vou arrumar um encontro pra você – disse Liz.

Havia vários estabelecimentos comerciais em Sterling que contratavam adolescentes para trabalhar depois da escola. Depois do primeiro verão trabalhando no QuikCopy, Peter deduziu que era porque os empregos eram horríveis e não conseguiam encontrar mais ninguém que os quisesse.

Ele era responsável por xerocar a maior parte do material que os professores dos cursos da Faculdade de Sterling levavam até lá. Sabia como reduzir um documento a 1/32 do tamanho original e trocar o cartucho de tinta. Quando os clientes pagavam, ele gostava de adivinhar que nota tirariam da carteira apenas pelo modo como se vestiam ou usavam o cabelo. Os universitários sempre pagavam com notas de vinte. Mães com carrinhos de bebê usavam cartão de crédito. Professores usavam notas de um dólar amassadas.

Ele estava trabalhando porque precisava de um computador novo com uma placa de vídeo melhor, para que pudesse fazer o design dos jogos que ele e Derek vinham elaborando ultimamente. Peter nunca deixava de se impressionar com o fato de ser possível pegar uma série de comandos aparentemente sem sentido e, como num passe de mágica, isso se tornava um cavaleiro, uma espada ou um castelo na tela. Ele gostava do próprio conceito: que uma coisa que alguém poderia rotular de besteira pudesse ser vibrante e atraente, se você soubesse olhar.

Na semana anterior, quando seu chefe dissera que havia contratado outro estudante, Peter ficou tão nervoso que precisou se trancar no banheiro por vinte minutos até conseguir agir como se não fosse nada de mais. Por mais idiota e chato que fosse o trabalho, era um refúgio. Peter ficava sozinho a maior parte da tarde; não precisava ter medo de cruzar o caminho dos alunos populares.

Mas, se o sr. Cargrew contratara alguém da Sterling High, essa pessoa sabia quem Peter era. E, mesmo que o garoto não fosse parte da turma popular, a loja de xerox não seria mais um lugar confortável. Peter teria que pensar duas vezes sobre o que dissesse ou fizesse, senão poderia virar fonte de boatos na escola.

Mas, para a grande surpresa de Peter, seu colega de trabalho acabou sendo Josie Cormier.

Ela entrou atrás do sr. Cargrew.

– Esta é Josie – disse ele, apresentando-os. – Vocês já se conhecem?

– Mais ou menos – respondeu Josie, na mesma hora em que Peter disse:

– Sim.

– O Peter vai te mostrar como as coisas funcionam – disse o sr. Cargrew, e saiu para jogar golfe.

Ocasionalmente, quando Peter andava pelo corredor da escola e via Josie com sua nova turma, não a reconhecia. Ela se vestia de maneira diferente agora: com jeans que exibiam a barriga chapada e um arco-íris de camisetas, uma por cima da outra. Usava maquiagem que fazia seus olhos parecerem enormes. E um pouco tristes, ele às vezes pensava, mas duvidava que ela soubesse.

A última conversa importante que tivera com Josie fora cinco anos antes, quando estavam no sexto ano. Ele tinha certeza de que a verdadeira Josie sairia daquela névoa de popularidade e se daria conta de que as pessoas com quem andava eram tão cheias de vida quanto bonecos de papelão. Tinha certeza de que, assim que eles começassem a desmoralizar as outras pessoas, ela voltaria para ele. *Ah, meu Deus,* ela diria, e eles ririam da jornada dela para o submundo. *O que eu tinha na cabeça?*

Mas Josie nunca voltou para ele rastejando, e então ele começou a andar com Derek, do time de futebol, e quando estava no sétimo ano passou a achar difícil acreditar que ele e Josie já tinham passado duas semanas elaborando um aperto de mão secreto que ninguém nunca conseguiria imitar.

– E aí – disse Josie naquele primeiro dia, como se nunca o tivesse visto antes –, o que temos que fazer?

Eles estavam trabalhando juntos havia uma semana. Bem, não *juntos*. Era mais uma dança pontuada pelos suspiros e resmungos das copiadoras e pelos toques estridentes do telefone. Em geral, se conversavam, era sobre trabalho: "Temos cartucho de tinta pra copiadora colorida?" "Quanto eu cobro pra alguém receber um fax aqui?"

Nessa tarde, Peter estava tirando cópias de artigos para um curso de psicologia da faculdade. De vez em quando, conforme as páginas percorriam a máquina, ele via ressonâncias de cérebros de esquizofrênicos, com círculos rosa-intenso nos lóbulos frontais que saíam reproduzidos em tons de cinza.

– Que palavra é aquela pra quando a gente chama uma coisa pelo nome da marca em vez de pelo que realmente é?

Josie estava grampeando outro trabalho e deu de ombros.

– Tipo xerox – disse Peter. – Ou bombril.

– Gilete – respondeu Josie depois de um momento.

– Google.

Josie olhou para frente.

– Band-aid – disse ela.

– Durex.

Ela pensou por um momento e um sorriso se espalhou em seu rosto.

– Cândida. Danone.

Peter sorriu.

– Cotonete. Frisbee.

– Isopor.

– Isso não é...

– Pode procurar – disse Josie. – Jacuzzi. Post-it.

– Chiclete.

– Pingue-pongue!

A essa altura, os dois tinham parado de trabalhar. Estavam de pé um ao lado do outro rindo quando o sino acima da porta tocou.

Matt Royston entrou na loja. Estava usando boné de hóquei da Sterling; apesar de a temporada só começar dali a um mês, todos sabiam que ele seria selecionado para o time oficial da escola, mesmo sendo calouro. Peter, que estava maravilhado com o milagre de Josie estar com ele de novo como antes, a viu se virar para Matt. As bochechas dela ficaram vermelhas; os olhos pularam como a parte mais intensa de uma chama.

– O que *você* está fazendo aqui?

Ele se apoiou na bancada.

– É assim que você trata todos os seus clientes?

– Está precisando tirar cópia de alguma coisa?

A boca de Matt se retorceu num sorriso.

– De jeito nenhum. Sou original. – Ele olhou ao redor da loja. – Então é aqui que você trabalha.

– Não, só venho aqui comer caviar e tomar champanhe – Josie brincou.

Peter observou a conversa de trás da bancada. Esperou que Josie dissesse para Matt que estava no meio de um trabalho, o que podia não ser necessariamente verdade, mas eles *estavam* tendo uma conversa. Mais ou menos.

– Que horas você sai? – perguntou Matt.

– Às cinco.

– A gente vai pra casa do Drew hoje à noite, dar um tempo por lá.

– Isso é um convite? – disse ela, e Peter reparou pela primeira vez em uma covinha quando ela sorria muito. Ou talvez ela não sorrisse assim perto dele.

– Você quer que seja? – disse Matt.

Peter andou até a bancada.

– Precisamos voltar pro trabalho – disse em um rompante.

Os olhos de Matt foram na direção dele.

– Para de olhar pra mim, bichinha.

Josie se mexeu de forma a bloquear para Peter a visão de Matt.

– Que horas?

– Às sete.

– Te vejo lá – disse ela.

Matt bateu as mãos na bancada.

– Legal – respondeu e foi embora.

– Tupperware – disse Peter. – Vaselina.

Josie se virou para ele, confusa.

– O quê? Ah. Certo.

Ela pegou os materiais que estava grampeando, empilhou algumas folhas e alinhou as beiradas.

Peter colocou papel na máquina que estava fazendo o trabalho para ele.

– Você gosta dele? – perguntou.

– Do Matt? Gosto.

– Não assim – disse Peter.

Ele apertou o botão de copiar e viu a máquina começar a parir centenas de bebês idênticos.

Como Josie não respondeu, ele foi ficar ao lado dela na mesa de separação. Pegou uma pilha de papéis e grampeou, depois entregou a ela.

– Como é? – ele perguntou.

– Como é o *quê*?

Peter pensou por um momento.

– Estar no topo.

Josie esticou a mão na frente dele para pegar outra pilha de papéis e colocar no grampeador. Ela grampeou três, e Peter teve certeza de que ela ia ignorá-lo, mas então ela falou:

– A sensação é de que, se você der um passo errado, vai acabar caindo.

Quando ela falou, Peter percebeu um tom na voz dela que era como uma cantiga de ninar. Ele conseguia se lembrar vividamente de estar sentado na entrada da casa de Josie, no calor de julho, tentando fazer fogo com serragem, luz do sol e seus óculos. Conseguia ouvi-la gritando por cima do ombro enquanto eles corriam para casa depois da escola, desafiando Peter a alcançá-la. Viu um leve rubor tingir seu rosto e se deu conta de que a Josie que era sua amiga ainda estava lá, presa dentro de vários casulos, como uma daquelas bonecas russas que escondem uma dentro da outra e mais outra, até que você chega àquela que se encaixa na palma da sua mão.

Se ele conseguisse ao menos fazê-la se lembrar dessas coisas também... Talvez o que fez Josie começar a andar com Matt e companhia não fosse o fato de querer ser popular. Talvez fosse por ela ter esquecido que gostava de andar com Peter.

Ele observou Josie com o canto do olho. Ela estava mordendo o lábio inferior, se concentrando para grampear certo. Peter queria saber ser descontraído e agir naturalmente como Matt, mas, em toda sua vida, ele sempre pareceu rir alto demais ou tarde demais – e não estar ciente do fato de que era dele que os outros riam. Ele não sabia como ser qualquer outra pessoa além de quem sempre fora, então respirou fundo e disse a si mesmo que, não muito tempo atrás, aquilo tinha sido bom o bastante para Josie.

– Ei – disse ele –, olha isso.

Ele andou até o escritório contíguo, onde o sr. Cargrew deixava uma foto da esposa e dos filhos e o computador, no qual eles não tinham permissão de mexer e que era protegido por senha.

Josie o seguiu e ficou de pé atrás da cadeira quando Peter se sentou. Ele digitou algumas letras e de repente uma tela de acesso se abriu.

– Como você fez isso? – ela perguntou.

Peter deu de ombros.

– Eu mexo muito em computadores. Invadi o do sr. Cargrew semana passada.

– Acho que a gente não devia...

– Espera.

Peter mexeu no computador até chegar a uma pasta de downloads bem escondida e abriu o primeiro site de pornografia.

– Isso é... um *anão*? – murmurou Josie. – E um burro?

Peter inclinou a cabeça.

– Pensei que fosse um gato muito grande.

– Seja o que for, é muito nojento. – Ela estremeceu. – Eca. Como vou aceitar o pagamento das mãos desse homem agora? – Ela olhou para Peter. – O que mais você sabe fazer com esse computador?

– Qualquer coisa – gabou-se ele.

– Tipo... invadir outros lugares? Escolas e coisas assim?

– Claro – disse Peter, embora não tivesse certeza. Estava começando a aprender sobre codificação e como abrir brechas nela.

– E encontrar um endereço?

– Moleza – respondeu Peter. – De quem?

– De uma pessoa aleatória – disse ela, inclinando-se por cima dele para digitar.

Ele sentiu o cheiro de maçã do cabelo dela e a pressão que seu ombro fazia contra o dele. Peter fechou os olhos, esperando que um raio o atingisse. Josie era bonita, era uma garota, mas ainda assim... ele não sentiu nada.

Seria por ela ser familiar *demais*, como uma irmã?

Ou porque não era um *garoto*?

Para de olhar pra mim, bichinha.

Ele não contou isso para Josie, mas, quando encontrou o site pornográfico do sr. Cargrew, se viu olhando para os caras, não para as mulheres. Será que isso queria dizer que se sentia atraído por eles? Por outro lado, tinha olhado também para os animais. Será que não podia ter sido apenas curiosidade? Comparação até, entre os homens e ele?

E se Matt – e todos os outros – estivesse certo?

Josie clicou algumas vezes com o mouse até a tela estar tomada por um artigo do *The Boston Globe*.

– Pronto – disse ela, apontando. – Esse cara.

Peter apertou os olhos para ler a legenda.

– Quem é Logan Rourke?

– Quem se importa? – disse Josie. – Uma pessoa que não parece estar na lista telefônica.

Não parecia mesmo, mas Peter concluiu que qualquer pessoa que estivesse concorrendo a um cargo público seria inteligente o bastante para tirar as informações pessoais do catálogo telefônico. Ele demorou dez minutos para descobrir que Logan Rourke tinha trabalhado na Faculdade de Direito de Harvard e mais quinze para invadir os arquivos dos recursos humanos de lá.

– *Tá-rá* – disse Peter. – Ele mora em Lincoln. Conant Road.

Ele olhou por cima do ombro e viu um sorriso contagiante se espalhar no rosto de Josie. Ela olhou para a tela por bastante tempo.

– Você *é* bom – disse por fim.

As pessoas costumam dizer que os economistas sabem o preço de tudo e o valor de nada. Lewis pensou nisso ao abrir o enorme arquivo do computador do escritório, a Pesquisa de Valores Mundiais. Feita por cientistas sociais noruegueses, consistia de dados coletados entre centenas de milhares de pessoas no mundo todo, com uma disposição enorme de detalhes. Alguns mais simples, como idade, sexo, ordem de nascimento, peso, religião, estado civil, número de filhos, e alguns mais complexos, como visões políticas e afiliações religiosas. A pesquisa até considerou alocação de tempo: quanto tempo a pessoa passava no trabalho, com que frequência ia à igreja, quantas vezes por semana fazia sexo e com quantos parceiros.

O que pareceria tedioso para a maioria das pessoas era para Lewis como uma volta na montanha-russa. Quando você começava a decifrar os padrões em dados tão extensos, não sabia onde seriam as viradas, quão íngreme seria a queda ou quão alto o maior pico. Ele examinava esses números com frequência suficiente para saber que conseguiria produzir rapidamente uma apresentação para a conferência da semana seguinte. Não precisava ser perfeita – a reunião seria pequena, e seus superiores não estariam presentes. Ele sempre poderia pegar o que conseguisse produzir agora e aprimorar depois para publicar em um periódico acadêmico.

O foco de sua apresentação envolvia atribuir um preço às variáveis da felicidade. Todo mundo sempre disse que o dinheiro compra a felicidade, mas quanto? A renda tinha efeito direto ou casual na felicidade? As pessoas mais felizes eram mais bem-sucedidas no trabalho, ou recebiam um salário melhor por serem mais felizes?

E a felicidade não se limitava à renda da pessoa. O casamento era mais valioso nos Estados Unidos ou na Europa? O sexo importava? Por que religiosos praticantes relatavam níveis mais altos de felicidade do que os não praticantes? Por que os escandinavos – que alcançavam a pontuação mais elevada na escala da felicidade – tinham uma das maiores taxas de suicídio do mundo?

Quando Lewis começou a avaliar as variáveis da pesquisa usando a análise de regressão multivariável no software STATA, pensou no valor que colocaria nas variáveis de sua própria felicidade. Que valor poderia compensar o fato de não ter uma mulher como Lacy em sua vida? De não conseguir uma posição permanente no quadro de docentes da Faculdade de Sterling? De não ter saúde?

Não ajudava muito uma pessoa comum saber que o estado civil era associado a um aumento de 0,07 no nível de felicidade – com margem de erro-padrão de 0,02%. Por outro lado, se você dissesse para uma pessoa qualquer que estar casado tem o mesmo efeito na felicidade geral do que um adicional de cem mil dólares por ano, isso colocaria as coisas em perspectiva.

Estas eram suas descobertas até então:

1. Renda mais alta se associava a maior felicidade, mas com retornos decrescentes. Por exemplo, uma pessoa que ganhava cinquenta mil dólares por ano relatava estar mais feliz do que um homem com salário de vinte e cinco mil dólares. Mas o ganho adicional em felicidade que vinha de um aumento de cinquenta para cem mil dólares era bem menor.
2. Apesar das melhorias materiais, a felicidade é plana ao longo do tempo: a renda relativa pode ser mais importante do que os ganhos absolutos de renda.
3. O bem-estar era maior entre as mulheres, pessoas casadas, pessoas com educação superior e aquelas cujos pais não se divorciaram.
4. A felicidade das mulheres estava diminuindo com o tempo, possivelmente porque elas alcançaram maior igualdade aos homens no mercado de trabalho.
5. Negros nos Estados Unidos eram bem menos felizes do que brancos, mas a satisfação de vida deles estava se elevando.
6. Cálculos indicavam que a "reparação" por estar desempregado custaria sessenta mil dólares por ano. A "reparação" por ser negro custaria trinta mil dólares por ano. A "reparação" por ser viúvo ou separado custaria cem mil dólares por ano.

Havia um jogo que Lewis fazia consigo mesmo depois que os meninos nasceram, quando estava se sentindo tão ridiculamente sortudo que tinha a certeza de que uma tragédia aconteceria. Ele se deitava na cama e se forçava a escolher o que estava disposto a perder primeiro: seu casamento, seu trabalho ou um filho. Ele se perguntava quanto um homem poderia suportar até ser reduzido a nada.

Fechou a janela de dados e olhou para o protetor de tela do computador. Era uma foto tirada quando os meninos tinham oito e dez anos, em um zoológico em Connecticut. Joey estava carregando o irmão nas costas e eles estavam sorrindo, com um pôr do sol cor-de-rosa ao fundo. Momentos depois, um cervo – um cervo que usava *esteroides*, dissera Lacy – empurrou as pernas de Joey e os dois meninos caíram e se acabaram de chorar... mas não era isso que Lewis gostava de lembrar.

A felicidade não era apenas o que você relatava; era também como escolhia lembrar.

Havia outra descoberta que ele catalogara: a felicidade tinha formato de U. As pessoas eram mais felizes quando eram muito novas e muito velhas. A virada acontecia por volta dos quarenta anos de idade.

Em outras palavras, Lewis pensou com alívio, não podia ficar pior.

Apesar de Josie ir bem em matemática e gostar da matéria, era a única na qual tinha de se esforçar. Os números não eram fáceis para ela, apesar de ela ser capaz de argumentar com lógica e de escrever uma redação sem suar. Nisso, ela achava que era como a mãe.

Ou talvez como o pai.

O sr. McCabe, professor de matemática, estava andando entre as carteiras, jogando uma bola de tênis contra o teto e cantando uma música de Don McLean adaptada:

Xi, xi, qual é o valor de pi
Vou lutar com algarismos
Até chegar a hora de ir...
Os alunos do nono ano não sabem o que fazer
Só dizem: Sr. McCabe, pra quê?
Ah, sr. McCabe, pra quêêê...

Josie apagou uma coordenada do papel quadriculado à sua frente.
– Nem estamos usando pi – disse um garoto.
O professor se virou e jogou a bola de tênis, que quicou na carteira dele.
– Andrew, fico feliz de ver que você acordou a tempo de reparar nisso.
– Isso conta como teste-surpresa?
– Não. Talvez eu devesse aparecer na TV – refletiu o sr. McCabe. – Existe um programa chamado *Ídolo da matemática*?

– Credo, espero que não – murmurou Matt na carteira atrás de Josie.

Ele cutucou o ombro dela, que empurrou o papel para o canto superior esquerdo da carteira, porque sabia que ele conseguiria ver as respostas do trabalho melhor ali.

Essa semana, eles estavam trabalhando com gráficos. Além de um zilhão de deveres em que você tinha de pegar dados e transformar em gráficos de barras e diagramas, cada aluno tinha de criar e apresentar um gráfico de alguma coisa que gostasse. O sr. McCabe dedicava dez minutos no final de cada aula às apresentações. No dia anterior, Matt mostrara um gráfico da idade relativa dos jogadores de hóquei da liga nacional. Josie, que apresentaria o seu no dia seguinte, tinha avaliado as amigas para ver se havia uma relação entre o número de horas que se passava fazendo dever de casa e a média final.

Hoje era a vez de Peter Houghton. Ela o tinha visto com o gráfico na escola, um cartaz enrolado.

– Olha só – disse o sr. McCabe. – Estamos falando sobre pizza. Mas do *outro* tipo.

O gráfico de Peter era em formato de pizza. Tinha sido marcado com cores, e etiquetas de computador identificavam cada sessão. O título no alto do gráfico dizia POPULARIDADE.

– Quando estiver pronto, pode começar, Peter – disse o sr. McCabe.

Quase parecia que Peter ia desmaiar, mas na verdade ele sempre tinha essa aparência. Desde que Josie começara a trabalhar na loja de xerox, eles tinham voltado a se falar, mas, seguindo uma regra subentendida, só fora da escola. Dentro era diferente: um aquário onde qualquer coisa que você fizesse e dissesse estava sendo observada por todo mundo.

Quando eles eram crianças, Peter nunca parecia reparar quando estava chamando a atenção apenas por ser ele mesmo. Como quando decidiu falar marciano durante o recreio, por exemplo. Josie achava que o lado bom disso, o lado otimista, era que ele nunca tentava ser outra pessoa. Ela não podia dizer o mesmo sobre si.

Peter limpou a garganta.

– Meu gráfico é sobre o status aqui na escola. Minha amostra estatística veio dos vinte e quatro alunos desta turma. Vocês podem ver aqui – ele apontou para uma fatia da pizza – que um pouco menos de um terço da turma é popular.

Violeta, a cor da popularidade, pintava sete fatias, cada uma com o nome de um aluno. Havia Matt e Drew. Algumas garotas que almoçavam com Josie. Mas ela reparou que o palhaço da turma também estava naquele grupo, e o garoto novo que tinha sido transferido de Washington.

– Aqui estão os nerds – disse Peter, e Josie leu os nomes do crânio da turma e da garota que tocava tuba na fanfarra. – O grupo maior é o que chamo de normal. E cerca de cinco por cento são os excluídos.

Todos ficaram em silêncio. Josie se deu conta de que era um daqueles momentos em que os orientadores seriam chamados para dar uma injeção animadora de tolerância a diferenças. Ela conseguiu ver a testa do sr. McCabe se enrugar como um origami enquanto ele pensava em como transformar a apresentação de Peter num momento especial; viu Drew e Matt sorrindo um para o outro; e, mais do que tudo, reparou em Peter, que estava alegremente inconsciente de que a situação ia começar a feder em pouco tempo.

O sr. McCabe limpou a garganta.

– Sabe, Peter, talvez você e eu devêssemos...

Matt levantou a mão.

– Sr. McCabe, tenho uma pergunta.

– Matt...

– Não, é sério. Não consigo ler aquela fatia fina da pizza. A laranja.

– Ah – disse Peter. – Essa é uma ponte. Você sabe. Uma pessoa que consegue se encaixar em mais de uma categoria ou que anda com tipos diferentes de pessoa. Tipo a Josie.

Ele se virou para ela sorrindo, e Josie sentiu os olhos de todos sobre ela, como uma onda de flechas. Encolheu-se sobre a carteira como uma onze-horas, deixando o cabelo cair sobre o rosto. Para falar a verdade, ela estava acostumada a ser olhada – andar por aí com Courtney fazia isso acontecer –, mas havia uma diferença entre as pessoas olharem por quererem ser como você e porque sua desgraça as fazia se sentir melhor.

No mínimo, os colegas lembrariam que, no passado, Josie fora uma excluída, que andava com Peter. Ou suporiam que Peter tinha uma queda esquisita por ela, o que era *doentio*, e ela teria de aguentar isso para sempre. Um murmúrio percorreu a sala de aula como um choque elétrico. "Aberração", alguém murmurou, e Josie implorou para que não estivessem falando dela.

Como Deus existia, o sinal tocou.

– Então, Josie – disse Drew –, você é a Ponte de Tobin ou a Golden Gate?

Ela tentou enfiar os livros na mochila, mas eles se espalharam no chão com as páginas abertas.

– A de Londres – disse John Eberhard, rindo. – Vejam, ela está desmoronando.

Àquela altura, alguém da aula de matemática certamente já tinha contado para alguém no corredor o que havia acontecido. Josie ouviria risadas seguindo-a como a rabiola de uma pipa durante todo o dia, talvez até mais.

Ela percebeu que alguém estava tentando ajudá-la a pegar os livros e, no instante seguinte, que esse alguém era Peter.

– Não – disse Josie, levantando a mão como um campo de força que o fez parar na mesma hora. – Nunca mais fale comigo, tá?

No corredor, ela andou cegamente até encontrar o pequeno acesso que levava à sala de carpintaria. Josie fora muito ingênua ao pensar que, uma vez dentro do grupo, estaria estabelecida. Mas *dentro* só existia porque alguém havia desenhado uma linha na areia, e todas as outras pessoas ficaram *fora*; e essa linha mudava constantemente. Você poderia de repente estar do lado errado, apesar de não ser culpa sua.

O que Peter não colocou no gráfico foi como a popularidade era frágil. A ironia era a seguinte: ela não era ponte nenhuma; apenas tinha atravessado uma para se tornar parte do grupo, excluindo as outras pessoas para chegar aonde queria desesperadamente estar. Por que essas pessoas iriam recebê-la de volta?

– Oi.

Ao ouvir a voz de Matt, Josie inspirou fundo.

– Só pra você saber, eu não sou amiga dele.

– Bom, na verdade ele está certo sobre você.

Josie ficou olhando para ele. Ela já tinha testemunhado a crueldade de Matt: quando ele jogava elásticos em alunos de intercâmbio que não tinham vocabulário suficiente para delatá-lo para os professores; quando chamava uma garota acima do peso de Terremoto Ambulante; quando escondia o livro de matemática de um garoto tímido para vê-lo surtar pensando tê-lo perdido. Era engraçado na hora porque não era com ela.

Mas ser o objeto de humilhação dele era como um tapa. Ela pensou erroneamente que andar com o grupo certo lhe daria imunidade, mas isso acabou sendo uma piada. Eles caíam em cima de você do mesmo jeito, desde que os fizesse parecer mais engraçados, mais legais, diferentes de você.

Ver Matt com aquele sorriso no rosto, como se ele achasse que ela sempre fora uma piada, doeu ainda mais, porque ela o considerava um amigo. Bem, para ser sincera, às vezes desejava mais do que isso: quando uma mecha de cabelo caía sobre seus olhos e seu sorriso se espalhava devagar, ela ficava totalmente sem palavras. Mas Matt tinha esse efeito em todo mundo – até em Courtney, que saíra com ele por duas semanas durante o sexto ano.

– Nunca achei que valia a pena ouvir qualquer coisa que a bichinha dissesse, mas pontes levam você de um lugar pro outro – disse Matt. – E é isso que você faz comigo.

Ele pegou a mão de Josie e a apertou contra o peito.

Seu coração estava batendo com tanta força que ela conseguia sentir, como se possibilidade fosse uma coisa que desse para pegar com a mão. Ela olhou para ele com os olhos bem abertos quando ele se inclinou para beijá-la, para não perder nenhum segundo. Josie conseguiu sentir o calor dele como bala de canela, do tipo que ardia.

Por fim, quando ela lembrou que tinha de respirar, afastou-se dele. Nunca tinha estado tão ciente de cada centímetro de sua pele; mesmo os pedaços escondidos sob camadas de camiseta e suéter tinham ganhado vida.

– Nossa – disse Matt, se afastando.

Ela entrou em pânico. Talvez ele tivesse acabado de lembrar que estava beijando uma garota que era uma pária social cinco minutos atrás. Ou talvez ela tivesse feito alguma coisa errada durante o beijo. Não existe manual que ensine isso.

– Acho que não sou muito boa nisso – gaguejou Josie.

Matt ergueu as sobrancelhas.

– Se você melhorar... pode acabar me matando.

Josie sentiu um sorriso crescer dentro dela como a chama de uma vela.

– É mesmo?

Ele assentiu.

– Foi meu primeiro beijo – ela admitiu.

Quando Matt encostou no lábio inferior dela com o polegar, ela conseguiu sentir o toque em todo o corpo, da ponta dos dedos até a garganta e o calor entre as pernas.

– Bom – disse ele –, não vai ser o último.

Alex estava se arrumando no banheiro quando Josie entrou procurando um barbeador.

– O que é isso? – perguntou Josie, observando o rosto de Alex no espelho como se pertencesse a uma estranha.

– Rímel?

– Ah, eu sei o que *é* – disse Josie. – Só queria saber o que está fazendo no *seu* rosto.

– Devo ter sentido vontade de usar maquiagem.

Josie se sentou na beirada da banheira e sorriu.

– E eu devo ser a rainha da Inglaterra. O que é? Uma nova foto pra uma revista? – De repente, suas sobrancelhas se ergueram. – Você não vai ter, tipo, um *encontro*, vai?

– Não "tipo" um encontro – disse Alex, passando blush. – É um encontro de verdade.

– Ai, meu Deus. Me conta sobre ele.

– Não sei nada. A Liz que marcou.

– A Liz da manutenção?

– Ela é zeladora – disse Alex.

– Não importa. Ela deve ter falado alguma coisa sobre esse cara. – Josie hesitou. – É um *cara*, certo?

– Josie!

– Bom, faz muito tempo. Seu último encontro que consigo lembrar foi com aquele homem que não comia nada verde.

– O problema não era esse – Alex disse. – Era que ele não *me* deixava comer nada verde.

Josie se levantou e pegou um batom.

– É uma cor boa pra você – disse ela, passando-o nos lábios da mãe.

Alex e Josie tinham exatamente a mesma altura; ao olhar nos olhos da filha, Alex conseguia ver um reflexo minúsculo de si mesma. Perguntou-se por que nunca tinha feito isso com Josie: sentar-se com ela no banheiro e brincar de passar sombra, pintar as unhas, fazer cachos nos cabelos. Eram lembranças que quase todas as mães de menina pareciam ter; só agora Alex estava se dando conta de que dependia dela gerá-las.

– Pronto – disse Josie, virando Alex para que se olhasse no espelho. – O que você acha?

Alex olhou fixamente, mas não para si mesma. Atrás de seu ombro estava Josie, e, pela primeira vez, ela realmente conseguia ver um pedaço de si na filha. Não era bem o formato do rosto, mas o brilho nele; não a cor dos olhos, mas o sonho preso como fumaça neles. Não havia maquiagem cara que pudesse deixá-la com o aspecto que Josie tinha naquele momento – era o que se apaixonar fazia com uma pessoa.

Era possível sentir inveja da própria filha?

– Bom – disse Josie, batendo nos ombros de Alex –, *eu* te convidaria pra um segundo encontro.

A campainha tocou.

– Não estou nem vestida – disse Alex em pânico.

– Eu enrolo.

Josie desceu a escada correndo, enquanto Alex colocava um vestido preto e sapatos de salto. Conseguiu ouvir a conversa se iniciar e o som dela subir pelo vão da escada.

Joe Urquhardt era um banqueiro canadense e tinha sido colega de quarto do primo de Liz em Toronto. Ela tinha jurado que era um cara legal. Alex perguntou por que ele ainda estava solteiro, se era tão legal.

– Como você responderia a essa pergunta? – perguntara Liz, e Alex precisou pensar por um momento.

– Não sou tão legal – ela dissera.

Ela ficou agradavelmente surpresa ao ver que Joe não tinha estatura de troll, tinha uma cabeleira castanha ondulada que não parecia presa com fita dupla-face e tinha dentes. Ele assobiou quando viu Alex.

– Todos de pé – disse ele. – E, quando digo *todos*, estou falando do sr. Feliz.

O sorriso congelou no rosto de Alex.

– Pode me dar licença um momento? – ela perguntou, arrastando Josie até a cozinha. – Pode me matar agora.

– É, foi bem horrível. Mas pelo menos ele come comida verde. Eu perguntei.

– E se você fosse até lá e dissesse que estou passando muito mal? – disse Alex. – Você e eu podemos pedir comida. E alugar um filme.

O sorriso de Josie sumiu.

– Mas, mãe, eu já tenho planos. – Ela olhou pela porta para o local onde Joe estava esperando. – Eu posso dizer pro Matt que...

– Não, não – disse Alex, forçando um sorriso. – *Uma* de nós precisa se divertir.

Ela saiu da cozinha e encontrou Joe segurando um candelabro e olhando a parte de baixo.

– Lamento muito, mas aconteceu um imprevisto.

– Pode me contar, gata – disse Joe, olhando para ela com malícia.

– Não, quero dizer que não posso sair hoje. Tenho um caso – ela mentiu. – Preciso voltar ao tribunal.

Talvez ser do Canadá tenha sido o que impediu Joe de entender quão incrivelmente improvável seria o tribunal funcionar em uma noite de sábado.

– Ah – disse ele. – Bom, longe de mim impedir as engrenagens da justiça de funcionarem. Outro dia?

Alex assentiu e o levou até a porta. Tirou os sapatos e subiu a escada para colocar o moletom mais velho. Comeria chocolate no jantar e assistiria a filmes de mulherzinha até ficar cansada de chorar. Quando passou pelo banheiro, ouviu o chuveiro ligado. Era Josie se aprontando para seu encontro.

Por um momento, Alex ficou com a mão na porta, se perguntando se Josie a receberia bem se ela entrasse e a ajudasse a passar maquiagem, se oferecesse para arrumar o cabelo dela, assim como Josie tinha feito. Mas, para a filha, isso era natural; ela tinha passado a vida aproveitando momentos do tempo de Alex quando ela estava ocupada se preparando para alguma coisa. De alguma forma, Alex tinha suposto que esse tempo seria infinito, que Josie sempre estaria lá esperando. Ela nunca supôs que poderia ser deixada para trás um dia.

No fim, Alex se afastou da porta do banheiro sem bater, com tanto medo de ouvir Josie dizer que não precisava da ajuda dela que nem se arriscou a fazer a proposta.

A única coisa que salvou Josie da completa ruína social após a apresentação de matemática de Peter foi a simultânea conquista do status de namorada de Matt Royston. Ao contrário da maior parte dos alunos, que eram casais ocasionais – ficavam em festas ou eram melhores amigos que às vezes ficavam juntos –, ela e Matt eram um *casal*. Matt a levava até as aulas e costumava deixá-la na porta com um beijo que todos viam. Qualquer pessoa burra o bastante para mencionar o nome de Peter Houghton em conjunção ao de Josie teria que responder a ele.

Qualquer pessoa exceto o próprio Peter. No trabalho, ele não parecia entender as dicas que Josie dava, virando de costas quando ele entrava na sala, ignorando-o quando ele fazia uma pergunta. Ele acabou encurralando-a no depósito uma tarde.

– Por que você está agindo assim? – disse ele.

– Porque, quando fui legal com você, você achou que a gente era amigo.

– Mas nós somos amigos – respondeu ele.

Josie o encarou.

– Não é *você* quem decide isso – disse ela.

Uma tarde no trabalho, quando Josie foi para os fundos carregando vários sacos de lixo, Peter já estava lá. Era o intervalo dele; ele costumava atravessar a rua e comprar um suco de maçã, mas naquele dia estava inclinado sobre a beirada de metal do latão de lixo.

– Sai – disse ela, e ergueu os sacos de lixo.

Assim que caíram no fundo, uma chuva de fagulhas subiu.

Quase imediatamente, o fogo subiu pelo papelão empilhado dentro do latão e rugiu contra o metal.

– Peter, sai daí! – gritou Josie.

Ele não se mexeu. As chamas dançaram em frente ao seu rosto, o calor distorceu suas feições.

– Peter, agora!

Ela esticou a mão, segurou o braço dele e o puxou para o chão na mesma hora em que alguma coisa – um cartucho de tinta? óleo? – explodiu dentro do latão.

– Temos que ligar pra emergência – Josie gritou e ficou de pé.

Os bombeiros chegaram em minutos e jogaram um produto químico no latão. Josie mandou um recado para o *pager* do sr. Cargrew, que estava jogando golfe.

– Graças a Deus vocês não se machucaram – disse ele para os dois.
– A Josie me salvou – respondeu Peter.
Enquanto o sr. Cargrew falava com os bombeiros, ela voltou para a loja com Peter logo atrás.
– Eu sabia que você ia me salvar – disse Peter. – Foi por isso que fiz aquilo.
– Fez *o quê*?
Mas Peter não precisava responder. Josie já sabia por que ele estava no latão quando deveria estar no intervalo. Ela sabia quem tinha jogado o fósforo assim que a ouviu saindo pelos fundos com os sacos de lixo.
Josie disse a si mesma, enquanto puxava o sr. Cargrew de lado, que só estava fazendo o que qualquer funcionário responsável faria: contar para o chefe quem tinha tentado destruir a propriedade dele. Não admitiu que estava com medo do que Peter tinha dito, porque era verdade. E fingiu não sentir aquele pequeno calor no peito – uma versão menor do fogo que Peter tinha provocado –, que identificou, pela primeira vez na vida, como vingança.
Quando o sr. Cargrew demitiu Peter, Josie não ouviu a conversa. Ela sentiu o olhar dele nela, quente, acusador, quando ele saiu, mas concentrou sua atenção em um trabalho de um banco local. Enquanto olhava os papéis saindo da máquina, pensou em como era estranho medir o sucesso pela forma como intimamente cada novo produto era parecido com o que surgira antes.

Depois da aula, Josie esperava por Matt na bandeira. Ele chegava por trás e ela fingia não perceber que ele estava chegando, até que ele a beijava. As pessoas olhavam, e Josie adorava isso. De certa forma, ela pensava em seu status como uma identidade secreta; agora, se ela tirasse só A ou dissesse que realmente *gostava* de ler por diversão, não seria vista como esquisita, simplesmente porque, quando as pessoas a viam, reparavam na popularidade primeiro. Concluiu que era um pouco como o que a mãe vivenciava em todos os lugares que ia: quando você era a juíza, nenhuma outra característica importava.
Às vezes, ela tinha pesadelos em que Matt percebia que ela era uma fraude: que não era bonita, não era legal, não era digna de admiração.

O que estávamos pensando?, ela imaginava seus amigos dizendo, e talvez por isso era muito difícil, mesmo quando estava acordada, pensar neles como amigos.

Ela e Matt tinham planos para o fim de semana, planos importantes sobre os quais ela mal conseguia guardar segredo. Enquanto estava sentada nos degraus de pedra que levavam à bandeira, esperando por ele, sentiu alguém cutucar seu ombro.

– Você está atrasado – disse ela com um largo sorriso, mas se virou e viu Peter.

Ele parecia tão chocado quanto ela se sentia, apesar de ter sido quem a procurou. Nos meses desde que Josie fizera Peter ser demitido da loja de xerox, ela se esforçou para não ter contato com ele, o que não era fácil, considerando que tinham aula de matemática juntos todos os dias e se cruzavam nos corredores inúmeras vezes. Josie sempre enfiava o nariz em um livro ou concentrava a atenção em outra conversa.

– Josie – disse ele –, podemos conversar um minuto?

Os alunos estavam saindo da escola; ela conseguia sentir os olhares como um chicote. Será que estavam olhando fixamente por causa de quem ela era ou por causa de sua companhia?

– Não – disse ela rispidamente.

– É que... preciso muito que o sr. Cargrew me devolva o emprego. Sei que foi um erro o que eu fiz. Pensei que, se você falasse com ele... – Ele parou de falar. – Ele gosta de você.

Josie queria dizer para ele ir embora; dizer que não queria mais trabalhar com ele, muito menos ser vista conversando com ele. Mas alguma coisa aconteceu nos meses depois que Peter ateou fogo no latão de lixo. A vingança que ela achou devida depois do lamentável episódio na aula de matemática ardia em seu peito cada vez que ela pensava no assunto. E Josie começou a se perguntar se talvez Peter tivesse entendido errado não por ser louco, mas por ela tê-lo levado a isso. Afinal, quando não tinha ninguém na loja, eles conversavam, riam. Ele era um garoto legal, só não era alguém com quem você necessariamente gostaria de ser associado em público. Mas sentir isso era bem diferente de agir com base no sentimento, certo? Ela não era como Drew e Matt e John, que empurravam Peter em uma parede cada vez que passavam por ele nos corredores e roubavam a sacola de papel com o almoço dele e brincavam de bobinho no meio do refeitório, até que a sacola se rasgasse e o conteúdo se espalhasse no chão. Era?

Ela não pretendia falar com o sr. Cargrew. Não queria que Peter pensasse que ela desejava ser amiga dele, que queria ter algum contato com ele.

Mas também não queria ser como Matt, cujos comentários para Peter às vezes a deixavam enjoada.

Peter estava sentado na frente dela, esperando uma resposta, mas de repente não estava mais. Ele rolou pelos degraus de pedra e Matt apareceu acima dele.

– Fica longe da minha namorada, bichinha – disse Matt. – Vai procurar um garotinho legal pra brincar.

Peter caiu de cara no asfalto. Quando ergueu a cabeça, o lábio estava sangrando. Ele olhou para Josie primeiro, e, para a surpresa dela, não pareceu chateado nem zangado, só profundamente cansado.

– Matt – disse Peter, ficando de joelhos. – Você tem pinto grande?

– Aposto que *você* adoraria saber – disse Matt.

– Na verdade não. – Peter cambaleou e ficou de pé. – Eu só estava curioso se é grande o bastante pra você ir se foder.

Josie sentiu o ar mudar entre eles no momento antes de Matt voar para cima de Peter como um furacão, dando socos na cara dele, lutando com ele no chão.

– Você gosta disso, não gosta? – Matt gritou enquanto o prendia ao asfalto.

Peter balançou a cabeça com lágrimas descendo pelas bochechas, manchadas de sangue.

– Sai... de... cima...

– Aposto que você está gostando – disse Matt com desprezo.

A essa altura, uma multidão havia se juntado em volta deles. Josie olhou ao redor desesperada, procurando um professor, mas as aulas já tinham acabado e não havia mais nenhum na escola.

– Para – gritou ela, vendo Peter se soltar e Matt ir atrás dele de novo. – Matt, para com isso.

Ele deu outro soco e se levantou, deixando Peter encolhido de lado como um caracol.

– Você está certa. Pra que desperdiçar meu tempo? – disse Matt, e começou a andar, esperando que Josie fosse para o lado dele.

Eles estavam indo para o carro de Matt. Josie sabia que iriam até a cidade tomar um café antes de irem para a casa dela. Lá, ela se concentraria no dever de casa até ficar impossível ignorar Matt massageando seus ombros ou beijando seu pescoço, e então eles ficariam de amasso até ouvirem o carro da mãe dela parando na garagem.

Ainda havia fúria contida em Matt; seus punhos estavam fechados nas laterais do corpo. Josie segurou um punho, abriu a mão dele e entrelaçou os dedos aos dele.

– Posso dizer uma coisa sem você ficar bravo? – perguntou ela.

Era uma pergunta retórica, Josie sabia: Matt já estava bravo. Era o outro lado da paixão que a fazia sentir como se tivesse eletricidade por dentro, só que direcionada negativamente para alguém fraco.

Como ele não respondeu, Josie foi em frente.

– Não entendo por que você precisa implicar com Peter Houghton.

– Foi aquela bichinha que começou – argumentou Matt. – Você ouviu o que ele disse.

– Bom, ouvi – disse Josie. – Depois que você empurrou ele pela escada.

Matt parou de andar.

– Desde quando você virou anjo da guarda dele?

Ele estava olhando de um jeito que a feriu até a alma. Josie estremeceu.

– Não virei – disse rapidamente e respirou fundo. – Eu só... não gosto do jeito como você trata os garotos que não são como a gente, tá? Só porque você não quer andar com fracassados, não quer dizer que precisa torturar esses coitados.

– Quer, sim – disse Matt. – Porque, se não houver *eles*, não pode haver *nós*. – Ele estreitou os olhos. – Você devia saber disso melhor do que ninguém.

Josie se sentiu entorpecer. Não sabia se Matt estava falando do gráfico de matemática de Peter ou de coisa pior, de sua história como amiga dele em séries anteriores. Mas também não queria descobrir. Esse era seu maior medo: de que o grupo se desse conta de que ela não fazia parte dele desde o começo.

Ela não falaria para o sr. Cargrew o que Peter dissera. Nem lhe daria atenção se ele voltasse a procurá-la. E também não mentiria para si mesma, fingindo ser melhor do que Matt quando ele debochava de Peter ou batia nele. Você fazia o que era preciso para solidificar seu lugar na hierarquia. E a melhor maneira de ficar no topo era pisar em outra pessoa para chegar lá.

– E aí – disse Matt –, você vem comigo?

Ela se perguntou se Peter ainda estava chorando. Se seu nariz estava quebrado. Se isso era o pior.

– Vou – disse Josie, e seguiu Matt sem olhar para trás.

Lincoln, Massachusetts, era um subúrbio de Boston que já tinha sido uma fazenda e agora era uma confusão de casas enormes com valores ridiculamente altos. Josie olhou pela janela observando o cenário em que ela poderia ter crescido, sob circunstâncias diferentes: os muros de pedra que contornavam as propriedades, as placas de "patrimônio histórico" em casas que tinham quase duzentos anos, a pequena barraca de sorvete que tinha cheiro de leite fresco. Perguntou-se se Logan Rourke sugeriria que eles andassem até o Dairy Joy e dividissem um sundae. Talvez fosse direto até a bancada e pedisse noz-pecã com manteiga sem nem precisar perguntar para ela qual era seu sabor favorito; talvez fosse o que um pai conseguisse fazer por instinto.

Matt estava dirigindo devagar, com o pulso em cima do volante. Com apenas dezesseis anos, ele tinha habilitação e estava disposto a dirigir para qualquer lugar: para comprar leite para a mãe, para levar roupa na lavanderia, para acompanhar Josie até em casa depois da aula. Para ele, o destino não era importante, e sim a jornada. E foi por isso que Josie pediu que ele a levasse para ver seu pai.

Além do mais, ela não tinha alternativa. Não podia pedir para a mãe, considerando que ela nem sabia que Josie estava procurando Logan Rourke. Poderia ter descoberto como pegar um ônibus para Boston, mas chegar a uma casa no subúrbio era mais complicado que isso. Assim, decidiu contar toda a verdade a Matt: que nunca conhecera o pai e o descobrira em um jornal porque ele estava concorrendo a uma vaga pública.

A entrada da casa de Logan Rourke não era tão grandiosa quanto algumas das outras pelas quais passaram, mas era imaculada. O gramado tinha sido bem aparado e várias flores selvagens cresciam ao redor da base de ferro da caixa de correio. Pendurado em um galho de árvore acima estava o número da casa: 59.

Josie sentiu os cabelos da nuca se arrepiarem. Quando jogara no time de hóquei na grama no ano anterior, seu número tinha sido esse.

Era um *sinal*.

Matt parou em frente à casa. Havia dois carros, um Lexus e um Jeep, e também um caminhão de bombeiro de criança. Josie não conseguia tirar os olhos dele. Por algum motivo, não imaginara que Logan Rourke pudesse ter *outros* filhos.

– Quer que eu vá com você? – perguntou Matt.

Ela balançou a cabeça.

– Estou bem.

Quando estava andando até a porta da frente, começou a se perguntar o que estava pensando. Você não podia aparecer sem avisar na casa de um cara que era uma pessoa pública, podia? Devia haver um agente do serviço secreto ou alguma coisa assim; um cão de guarda.

Como se planejado, ela ouviu um latido. Josie se virou na direção do som e viu um pequeno yorkshire com um laço rosa na cabeça correndo em direção aos pés dela.

A porta da frente se abriu.

– Titânia, deixe o carteiro em... – Logan Rourke parou de falar quando reparou em Josie de pé à sua frente. – Você não é o carteiro.

Ele era mais alto do que ela imaginara e tinha a mesma aparência da foto no *Globe*: cabelo branco, nariz aquilino, alto e magro. Os olhos eram da mesma cor dos dela e tão elétricos que Josie não conseguiu afastar o olhar. Ela se perguntou se essa tinha sido a ruína da mãe dela também.

– Você é a filha da Alex – disse ele.

– Bom – disse Josie. – *E* sua.

Pela porta aberta, ela ouviu o grito de uma criança ainda tonta e alegre de alguma brincadeira. Uma voz de mulher:

– Logan, quem é?

Ele esticou a mão e fechou a porta atrás de si, para que Josie não pudesse mais ver a vida dele. Pareceu incrivelmente desconfortável, apesar de Josie imaginar ser justo que ele se sentisse incomodado ao ser confrontado pela filha que abandonara antes de nascer.

– O que você está fazendo aqui?

Não era óbvio?

– Eu queria te conhecer. Achei que talvez você também quisesse.

Ele respirou fundo.

– Não é uma boa hora.

Josie olhou para a entrada da casa, onde o carro de Matt estava estacionado.

– Eu posso esperar.

– Olha... é que... eu estou concorrendo a um cargo político. Neste momento, é uma complicação que não posso ter...

Josie foi atingida por aquela palavra. Ela era uma *complicação*?

Ela viu Logan Rourke pegar a carteira e tirar três notas de cem dólares.

– Tome – disse ele, colocando-as na mão dela. – É o bastante?

Josie tentou respirar, mas alguém devia ter enfiado uma estaca em seu peito. Ela se deu conta de que era dinheiro sujo, que seu próprio pai achava que ela tinha ido até lá para chantageá-lo.

– Depois da eleição – disse ele –, talvez a gente possa almoçar.

As notas estavam rígidas em sua mão, eram do tipo que tinham acabado de entrar em circulação. Josie teve uma lembrança repentina de quando era pequena e acompanhava a mãe ao banco: a mãe a deixava contar as notas de vinte para ter certeza de que o funcionário lhe dera a quantia certa, e o dinheiro sempre tinha cheiro de tinta e de boa-sorte.

Logan Rourke não era seu pai, assim como o cara que pegara as moedas na cabine do pedágio ou qualquer outro estranho. Você podia ter o DNA de alguém e ainda assim não ter nada em comum com essa pessoa.

Josie se deu conta por um momento que já tinha aprendido essa lição com a mãe.

– Bom – disse Logan Rourke, e se virou para a porta. Ele hesitou com a mão na maçaneta. – Eu... não sei o seu nome.

Josie engoliu em seco.

– Margaret – disse, para que ela fosse uma mentira para ele tanto quanto ele era para ela.

– Margaret, então – ele respondeu e entrou em casa.

A caminho do carro, Josie abriu os dedos como uma flor. Viu as notas caírem no chão perto de uma planta que parecia, como todas as outras coisas ali, estar crescendo em prosperidade.

Para ser sincero, a ideia toda do jogo surgiu na cabeça de Peter quando ele estava dormindo.

Ele já criara jogos de computador antes – réplicas de Pong, pistas de corrida e até um cenário de ficção científica que permitia que você jogasse online com alguém de outro país se a pessoa fizesse login no site –, mas essa era a maior ideia que ele já concebera. Ela surgiu porque, depois de um dos jogos de futebol de Joey, eles pararam em uma pizzaria em que Peter comeu muita pizza de almôndega e calabresa, e ficou olhando um fliperama chamado CAÇA AOS CERVOS. Você colocava uma moeda de vinte e cinco centavos e atirava com um rifle falso nos cervos que exibiam a cabeça atrás das árvores; se atingisse uma fêmea, você perdia.

Naquela noite, Peter sonhou que foi caçar com o pai, mas, em vez de ir atrás de um cervo, eles estavam procurando pessoas de verdade.

Ele acordou coberto de suor e com a mão apertada, como se estivesse segurando uma arma.

Não seria tão difícil criar avatares, personalidades computadorizadas. Ele tinha feito algumas experiências, e, mesmo que o tom de pele não estivesse certo e os gráficos não estivessem perfeitos, ele sabia diferenciar raças, cor de cabelo e tipo físico em linguagem de programação. Poderia ser bem divertido fazer um jogo em que a presa fosse humana.

Mas jogos de guerra estavam batidos, e até mesmo os de gangue já tinham sido muito explorados, graças a Grand Theft Auto. Peter se deu conta de que precisava de um novo vilão, um que as pessoas quisessem acertar. Esta era a graça de um videogame: ver uma pessoa que merecia se dar mal.

Tentou pensar em outros microcosmos do universo que poderiam ser campos de batalha: invasões alienígenas, tiroteios no Velho Oeste, missões de espionagem. Então Peter pensou na linha de combate que enfrentava todos os dias.

E se você pegasse a presa... e a transformasse em caçador?

Peter saiu da cama, se sentou à mesa e tirou o anuário do oitavo ano da gaveta na qual o tinha escondido meses atrás. Ele criaria um jogo de computador que seria *A vingança dos nerds* atualizado para o século XXI. Um mundo de fantasia onde o equilíbrio de poder estaria de cabeça para baixo, onde o perdedor finalmente teria a chance de vencer os valentões.

Pegou uma caneta e começou a olhar o anuário, circulando retratos.
Drew Girard.
Matt Royston.
John Eberhard.
Peter virou a página e parou por um momento. Então circulou o rosto de Josie Cormier também.

– Pode parar aqui? – disse Josie quando achou que não conseguiria passar mais um minuto no carro fingindo que o encontro com o pai tinha ido bem.

Matt mal tinha encostado quando ela abriu a porta e saiu correndo pela grama alta no bosque na beira da estrada.

Ela afundou no tapete de folhas de pinheiro e começou a chorar. O que estava esperando, ela não sabia dizer, só que não era aquilo. Aceitação incondicional, talvez. Curiosidade, no mínimo.

– Josie? – disse Matt, surgindo atrás dela. – Você está bem?

Ela tentou dizer que sim, mas estava cansada de mentir. Sentiu a mão de Matt acariciar seu cabelo, e isso só a fez chorar mais; o carinho cortava como uma faca.

– Ele não deu a mínima pra mim.

– Então você não devia dar a mínima pra ele – respondeu Matt.

Josie o encarou.

– Não é tão simples assim.

Ele a tomou nos braços.

– Ah, Jo.

Matt era o único que lhe dera um apelido. Ela não conseguia se lembrar da mãe usando um apelido bobo, como Chuchu ou Joaninha, como outros pais faziam. Quando Matt a chamava de Jo, ela se lembrava do livro *Mulherzinhas*, e, apesar de ter certeza de que Matt nunca lera o romance de Alcott, ficava secretamente feliz de ser associada a uma personagem tão forte e segura.

– É uma idiotice. Nem sei por que estou chorando. É que... eu queria que ele *gostasse* de mim.

– Eu sou louco por você – disse Matt. – Isso conta?

Ele se inclinou para frente e a beijou, seguindo a trilha das lágrimas.

– Conta muito.

Ela sentiu os lábios de Matt se deslocarem do rosto para o pescoço, para o ponto atrás da orelha que sempre a fazia se sentir como se estivesse derretendo. Era principiante em amassos, mas Matt a persuadia a ir cada vez mais longe quando estavam sozinhos. "A culpa é sua", ele dizia e dava aquele sorriso. "Se você não fosse tão gostosa, eu conseguiria manter minhas mãos longe de você." Isso por si só era um afrodisíaco para Josie. Ela? *Gostosa?* E, como Matt prometera todas as vezes, a sensação de deixá-lo tocar em todas as partes dela *era* boa, de deixar que ele sentisse o gosto dela. Cada intimidade a mais com Matt fazia com que ela se sentisse como se estivesse caindo de um precipício: a perda de fôlego, as borboletas no estômago. Mais um passo e ela estaria voando. Não ocorria a Josie que, quando ela pulava, também tinha chance de cair.

Agora, sentiu as mãos dele sob a camiseta, passando por baixo da renda do sutiã. Suas pernas se enroscaram nas dele, e ele se esfregou nela. Quando Matt levantou a blusa dela e o ar frio percorreu sua pele, ela voltou à realidade.

– A gente não pode fazer isso – ela sussurrou.

Matt passou os dentes na extensão de seu ombro.

– Estamos parados no acostamento.

Ele olhou para ela, drogado, febril.

– Mas eu te quero – disse Matt, como já dissera uma dúzia de vezes antes.

Dessa vez, contudo, ela olhou para ele.

E eu quero você.

Josie poderia tê-lo impedido, mas percebeu que não pretendia. Ele a queria, e, naquele momento, era o que ela mais precisava ouvir.

Houve um instante em que Matt ficou parado, se perguntando se o fato de ela não ter afastado suas mãos significava o que ele pensava. Ela ouviu o alumínio de uma embalagem de preservativo se rasgando – *Há quanto tempo ele carrega isso no bolso?* Em seguida, ele abaixou o jeans e levantou a saia dela, como se ainda estivesse esperando que ela mudasse de ideia. Josie sentiu Matt puxando o elástico da calcinha dela para o lado e a queimação do dedo dele entrando nela. Não foi como nas outras vezes, em que o toque dele deixava uma marca como um cometa sobre sua pele; quando ela se via tomada de desejo depois de pedir que ele parasse. Matt mudou de posição e foi para cima dela de novo, só que dessa vez houve mais queimação, mais pressão.

– Ai – gemeu ela, e Matt hesitou.

– Não quero te machucar – disse ele.

Ela virou a cabeça para o lado.

– Vai logo – disse Josie, e Matt pressionou os quadris contra os dela. Foi o tipo de dor que, apesar de ela estar esperando, fez com que desse um grito.

Matt entendeu o grito como prazer.

– Eu sei, baby – ele gemeu.

Ela conseguia sentir os batimentos dele, mas de dentro, e então ele começou a se mover mais rápido, se contorcendo contra ela como um peixe libertado de um anzol em um píer.

Josie queria perguntar a Matt se também doera na primeira vez dele. Perguntou-se se *sempre* doeria. Talvez a dor fosse o preço que todo mundo pagava pelo amor. Ela virou o rosto de encontro ao ombro de Matt e tentou entender por que, mesmo com ele ainda dentro dela, ela se sentia tão vazia.

– Peter – disse a sra. Sandringham no final da aula de inglês –, posso falar com você um instante?

Ao ouvir o chamado da professora, Peter voltou a se sentar. Começou a pensar em desculpas que poderia dar aos pais quando voltasse para casa com outra nota baixa.

Ele gostava da sra. Sandringham. Ela tinha menos de trinta anos, e era possível olhar para ela enquanto ela falava de gramática e de Shakespeare e imaginar que, não muito tempo atrás, ela devia estar jogada no assento como qualquer aluno se perguntando por que a hora parecia não passar.

Peter esperou até o resto da turma sair para se aproximar da mesa da professora.

– Eu só queria falar sobre a sua redação – disse ela. – Ainda não dei as notas de todo mundo, mas tive a oportunidade de ler a sua e...

– Posso refazer – disse Peter.

A sra. Sandringham ergueu as sobrancelhas.

– Mas, Peter... Eu queria dizer que você tirou A.

Ela lhe entregou a redação, e ele ficou olhando para a nota de caneta vermelha na margem.

O dever era escrever sobre um evento significativo que mudou sua vida. Apesar de ter acontecido apenas uma semana antes, Peter escreveu sobre sua demissão por ter incendiado o latão de lixo no trabalho. No texto, não mencionou Josie Cormier uma única vez.

A sra. Sandringham tinha circulado uma frase da conclusão: "Aprendi que você acaba sendo pego, então é preciso pensar bem antes de agir".

A professora esticou a mão e a colocou no pulso de Peter.

– Você *realmente* aprendeu algo com esse incidente – disse ela, e sorriu para ele. – Eu confiaria em você num piscar de olhos.

Peter assentiu e pegou o papel de cima da mesa. Entrou no fluxo de alunos no corredor ainda com ele na mão. Imaginou o que sua mãe diria se chegasse em casa com um dever com um A enorme; se, pela primeira vez na vida, ele fizesse uma coisa que todo mundo esperava de Joey, não dele.

Mas isso exigiria que ele contasse à mãe sobre o incidente do latão de lixo. Ou que admitisse que tinha sido demitido, e que agora passava as horas depois da aula na biblioteca em vez de na loja de xerox.

Peter amassou a redação e a jogou na primeira lixeira que encontrou.

Assim que Josie começou a passar o tempo livre quase exclusivamente com Matt, Maddie Shaw ganhou discretamente a posição de melhor amiga de Courtney. De certa forma, ela se encaixava melhor do que Josie: se você estivesse andando atrás de Courtney e Maddie, não conseguiria diferenciar quem era quem – Maddie tinha cultivado com tanta dedicação o estilo e os movimentos de Courtney que os elevara de imitação a arte.

Essa noite, eles se reuniram na casa de Maddie porque os pais dela tinham ido visitar seu irmão mais velho, aluno do segundo ano na Universidade de Syracuse. Ninguém ia beber – era temporada de hóquei, e os jogadores tinham de assinar um contrato com o técnico –, mas Drew Girard tinha alugado a versão sem cortes de uma comédia adolescente de sexo, e os garotos estavam discutindo quem era mais gostosa, Elisha Cuthbert ou Shannon Elizabeth.

– Eu não expulsaria nenhuma das duas da minha cama – disse Drew.

– O que te faz pensar que elas iriam pra cama com você? – riu John Eberhard.

– Minha reputação vai longe...

Courtney deu uma risadinha de deboche.

– É a *única* parte sua que vai.

– Ah, Court, você bem que queria ter certeza.

– Ou não...

Josie estava sentada no chão com Maddie, tentando fazer um tabuleiro Ouija funcionar. Elas o tinham encontrado no armário do porão, junto com um Cobras e Escadas e um Trivial Pursuit. As pontas dos dedos de Josie estavam apoiadas de leve no indicador móvel.

– Você está empurrando?

– Juro por Deus que não – disse Maddie. – Você está?

Josie balançou a cabeça. Ela se perguntou que tipo de fantasma iria para uma festa adolescente. Uma pessoa que tivesse morrido tragicamente, é claro, e jovem demais, talvez em um acidente de carro.

– Qual é o seu nome? – disse Josie em voz alta.

O indicador deslizou até a letra A, depois até a B e parou.

– Abe – anunciou Maddie. – Deve ser.

– Ou Abby.

– Você é homem ou mulher? – perguntou Maddie.

O indicador saiu completamente do tabuleiro, e Drew começou a rir.

– Talvez seja gay.

– Só um gay consegue reconhecer outro – disse John.

Matt bocejou e se espreguiçou, e sua camiseta subiu. Apesar de Josie estar de costas para ele, ela conseguiu praticamente *sentir* isso, de tão sintonizados que estavam seus corpos.

– Por mais divertido que esteja isso aqui, estamos indo. Jo, vamos.

Josie viu o indicador soletrar uma palavra: N-Ã-O.

– Não vou embora – disse ela. – Estou me divertindo.

– Miau – disse Drew. – Quem é que é dominado pela gatinha?

Desde que começaram a namorar, Matt passava mais tempo com Josie do que com os amigos. E, embora ele tivesse dito que preferia ficar de amasso com ela a ficar na companhia de imbecis, Josie sabia que era importante para ele ter o respeito de Drew e John. Mas isso não significava que ele tinha que tratá-la como escrava, não é?

– Eu disse que estamos indo – repetiu Matt.

Josie olhou para ele.

– E eu disse que vou quando eu quiser.

Matt sorriu para os amigos, convencido.

– Você nunca tinha gozado na vida antes de me conhecer – disse ele.

Drew e John caíram na gargalhada, e Josie sentiu que ficou vermelha de vergonha. Ela se levantou, desviou o olhar e subiu correndo a escada do porão.

Na entrada da casa de Maddie, pegou o casaco. Quando ouviu passos atrás de si, Josie nem se virou.

– Eu estava me divertindo. Então...

Ela parou e deu um gritinho quando Matt segurou forte seu braço e a virou, prendendo-a contra a parede pelos ombros.

– Você está me machucando...

– Nunca mais faça isso.

– Foi você que...

– Você me fez passar por idiota – disse Matt. – Eu falei que estava na hora de ir embora.

Surgiram hematomas na pele de Josie onde ele a segurou com força, como se ela fosse uma tela e ele estivesse determinado a deixar sua marca. Ela ficou mole sob as mãos dele: instinto, uma rendição.

– Eu... me desculpa – ela sussurrou.

As palavras foram como uma chave, e as mãos de Matt relaxaram.

– Jo – ele suspirou, apoiando a testa na dela –, eu não gosto de dividir você. Você não pode me culpar por isso.

Ela balançou a cabeça, mas ainda não confiava em si o bastante para falar.

– É que eu te amo demais.

Ela piscou.

– Ama?

Ele ainda não tinha dito isso, e ela também não, apesar de sentir, porque, se não fosse recíproco, Josie tinha certeza de que simplesmente evaporaria de pura humilhação. Mas ali estava Matt, dizendo *primeiro* que a amava.

— Não é óbvio? – disse ele, e pegou a mão dela, levou até os lábios e beijou as dobras com tanta delicadeza que Josie quase esqueceu tudo que tinha acontecido e que os levou até aquele momento.

— Kentucky Fried People* – disse Peter, refletindo sobre a ideia de Derek, durante a aula de educação física, enquanto os times de basquete eram escolhidos. – Não sei... Não parece um pouco...

— Violento? – disse Derek. – Desde quando você está atrás de um nome politicamente correto? Imagina se você pudesse chegar na sala de artes, se tivesse pontos suficientes, e usar a fornalha como arma.

Derek vinha testando o novo jogo de computador de Peter, fazendo observações sobre melhorias e falhas no design. Eles sabiam que tinham bastante tempo para conversar, pois seriam os últimos garotos escolhidos para os times.

O treinador Spears tinha escolhido Drew Girard e Matt Royston para serem os capitães – que grande surpresa, não? Eles eram atletas do time principal da escola mesmo ainda no segundo ano.

— Força, pessoal! – gritou o treinador Spears. – Vocês têm que mostrar para os capitães que estão secos pra jogar, que são o próximo Michael Jordan.

Drew apontou para um garoto no fundo.

— Noah.

Matt indicou o garoto sentado ao lado dele.

— Charlie.

Peter se virou para Derek.

— Ouvi falar que, apesar de o Michael Jordan ter se aposentado, ele ainda recebe quarenta milhões de dólares por ano com publicidade.

— Isso significa que ele ganha 109.589 dólares por dia pra não trabalhar – calculou Derek.

— Ash – escolheu Drew.

— Robbie – disse Matt.

Peter se inclinou para perto de Derek.

---

* Kentucky Fried People (Pessoas Fritas do Kentucky): trocadilho com a rede de lanchonetes de fast-food Kentucky Fried Chicken (Frango Frito do Kentucky). (N. da T.)

– Se ele for ao cinema, vai pagar dez dólares pra entrar, mas vai receber 9.132 dólares enquanto estiver lá.

Derek sorriu.

– Se ele cozinhar um ovo por cinco minutos, vai ganhar trezentos e oitenta dólares.

– Stu.

– Freddie.

– O-boy.

– Walt.

A essa altura, só haviam sobrado três garotos para serem escolhidos: Derek, Peter e Royce, que tinha problemas de agressividade e por isso tinha um mediador que o acompanhava.

– Royce – disse Matt.

– Ele ganha 4.560,85 a mais por hora do que ganharia se trabalhasse no McDonald's – acrescentou Derek.

Drew observou Peter e Derek.

– Ganha 2.283 dólares pra ver um episódio de *Friends* – disse Peter.

– Se ele quisesse juntar dinheiro pra comprar um Maserati, demoraria vinte e uma horas – disse Derek. – Droga, eu queria saber jogar basquete.

– Derek – escolheu Drew.

O garoto começou a se levantar.

– É – disse Peter –, mas mesmo que o Michael Jordan guardasse cem por cento da sua renda pelos próximos quatrocentos e cinquenta anos, ainda não teria tanto dinheiro quanto o Bill Gates tem neste segundo.

– Tudo bem – disse Matt. – Eu fico com a bichinha.

Peter foi para trás do time de Matt.

– Você deve ser bom nesse jogo, Peter – disse Matt, alto o bastante para que todo mundo pudesse ouvir. – É só deixar as mãos nas bolas.

Peter se recostou em um tapete que havia sido preso à parede, como o interior de um manicômio. Uma sala de borracha, onde o inferno podia virar realidade.

De certa forma, ele desejava estar tão certo de quem era como todos pareciam estar.

– Tudo bem – disse o treinador Spears. – Vamos jogar.

A primeira tempestade de neve da estação chegou antes do Dia de Ação de Graças. Começou depois da meia-noite, com o vento sacudindo o velho esqueleto da casa e pedrinhas de gelo batendo nas janelas. Faltou energia, mas Alex já esperava que isso acontecesse. Ela acordou de repente com o silêncio absoluto que acompanhava a perda da tecnologia e pegou a lanterna que tinha deixado ao lado da cama.

Havia velas também. Alex acendeu duas e viu sua sombra, maior do que ela, rastejar pela parede. Conseguia se lembrar de noites assim quando Josie era pequena, quando elas deitavam juntas na cama e Josie adormecia cruzando os dedos para que não houvesse aula na manhã seguinte.

Por que os adultos nunca tinham esse tipo de folga? Mesmo que não houvesse aula no dia seguinte – e não haveria mesmo, se o palpite de Alex estivesse certo –, mesmo que o vento ainda estivesse gritando como se a terra sofresse e o gelo estivesse solidificado nos limpadores do para-brisa, Alex teria de aparecer no tribunal. Aulas de ioga, jogos de basquete e apresentações de teatro seriam adiadas, mas ninguém cancelava a vida real.

A porta do quarto se abriu. Josie estava ali, de regata e cueca boxer – Alex não fazia ideia de onde ela a tinha conseguido e rezava para que não fosse de Matt Royston. Por um momento, Alex mal conseguiu associar aquela jovem mulher curvilínea e de longos cabelos com a filha que ainda imaginava ter, uma garotinha com a trança se desfazendo, usando pijama da Mulher-Maravilha. Ela puxou as cobertas para o lado, como um convite.

Josie entrou debaixo delas e as puxou até o queixo.

– Está horrível lá fora – disse ela. – Parece que o céu está desabando.

– Estou mais preocupada com as ruas.

– Você acha que amanhã vai nevar de dia?

Alex sorriu no escuro. Josie podia estar mais velha, mas as prioridades ainda eram as mesmas.

– Provavelmente.

Com um suspiro satisfeito, Josie afundou no travesseiro.

– Bem que o Matt e eu podíamos ir esquiar em algum lugar.

– Você não vai sair de casa se as ruas estiverem ruins.

– Mas *você* vai.

– Não tenho escolha – disse Alex.

Josie se virou para ela com os olhos refletindo a luz das velas.

– Todo mundo tem escolha – retrucou, apoiando-se em um cotovelo. – Posso te perguntar uma coisa?

– Claro.

– Por que você não se casou com Logan Rourke?

Alex sentiu como se tivesse sido jogada nua na tempestade, de tão despreparada que estava para a pergunta de Josie.

– De onde veio *isso*?

– O que ele tinha que não era bom o bastante? Você me disse que ele era bonito e inteligente. E você deve ter se apaixonado, pelo menos em algum momento...

– Josie, isso é uma coisa muito antiga, você não devia se preocupar com isso, porque não tem nada a ver com você.

– Tem *tudo* a ver comigo – disse Josie. – Sou metade *ele*.

Alex olhou para o teto. Talvez o céu *estivesse* desabando; talvez fosse isso o que acontecia quando você achava que espelhos e fumaça poderiam criar uma ilusão duradoura.

– Ele era todas essas coisas – disse Alex baixinho. – O problema não foi ele. Fui eu.

– E tinha a parte de ele ser casado.

Ela se sentou na cama.

– Como você descobriu?

– Está nos jornais agora que ele está concorrendo a um cargo público. Não é preciso ser um cientista espacial.

– Você ligou pra ele?

Josie olhou nos olhos dela.

– Não.

Havia uma parte de Alex que desejava que Josie *tivesse* falado com ele, para ver se ele tinha acompanhado a carreira de Alex, se perguntaria sobre ela. O ato de deixar Logan, que pareceu tão certo em prol da filha ainda não nascida, agora parecia egoísta. Por que não tinha falado com Josie sobre isso antes?

Porque estava protegendo Logan. Josie podia ter crescido sem conhecer o pai, mas isso não era melhor do que descobrir que ele queria que você tivesse sido abortada? *Mais uma mentira*, pensou Alex, *só uma pequenininha. Só para que a Josie não seja magoada.*

– Ele não queria deixar a esposa. – Alex olhou de lado para Josie. – Eu não consegui me tornar pequena o bastante para caber no espaço em que ele queria me colocar para poder fazer parte da vida dele. Faz sentido?

– Acho que sim.

Por baixo das cobertas, Alex pegou a mão de Josie. Era o tipo de ação que teria parecido forçada se fosse feita abertamente – algo emocional demais para qualquer uma das duas –, mas ali, no escuro, com o mundo na penumbra ao redor delas, pareceu perfeitamente natural.

– Sinto muito – disse ela.

– Por quê?

– Por não te dar a escolha de ter ele por perto quando você estava crescendo.

Josie deu de ombros e afastou a mão.

– Você fez a coisa certa.

– Não sei. – Alex suspirou. – A coisa certa te deixa incrivelmente solitária às vezes. – De repente, ela se virou para Josie e deu um largo sorriso. – Por que estamos falando sobre isso? Ao contrário de mim, você tem sorte no amor, certo?

Naquele momento, a energia voltou. No andar de baixo, o micro-ondas apitou; a luz do banheiro se espalhou, amarelada, no corredor.

– Acho que vou voltar pra minha cama – disse Josie.

– Ah. Tudo bem – respondeu Alex, quando o que queria dizer era que a filha podia ficar onde estava.

Quando Josie saiu andando pelo corredor, Alex esticou a mão para acertar o rádio-relógio. Ele piscava, *12:00 12:00 12:00*, luzes em pânico, como se quisesse avisar à Cinderela que é difícil conseguir finais de contos de fadas.

Para a surpresa de Peter, o segurança do Front Runner nem olhou para sua identidade falsa. Assim, antes que ele tivesse tempo de pensar sobre o fato de que estava *finalmente* lá, foi empurrado para dentro.

Foi atingido no rosto por uma onda de fumaça, e demorou um instante para se adaptar à luz fraca. A música preenchia todos os espaços entre as pessoas, em um ritmo technodance tão alto que fazia os tímpanos de Peter latejarem. Duas mulheres altas flanqueavam a porta de entrada para verificar quem entrava. Peter precisou de um segundo olhar para se dar conta de que uma delas tinha uma barba rala no rosto. Um *deles*. A outra pessoa se parecia mais com uma garota do que a maioria das garotas que ele já tinha visto, mas, por outro lado, Peter nunca tinha visto um travesti de perto. Talvez eles fossem perfeccionistas.

Havia homens em grupos de dois ou três, exceto os que estavam como falcões em uma sacada que tinha vista para a pista de dança. Havia homens de calça de couro, homens beijando outros homens nos cantos, homens compartilhando baseados. Espelhos em todas as paredes faziam o clube parecer enorme, com salões infinitos.

Não foi difícil descobrir sobre o Front Runner, graças a salas de bate-papo na internet. Como Peter ainda estava aprendendo a dirigir, teve de pegar um ônibus até Manchester e depois um táxi até a entrada da casa noturna. Ainda não sabia bem por que estava lá; em sua cabeça, era como um experimento antropológico. Para ver se ele se encaixava nessa sociedade, em vez de na sua própria.

Não é que ele quisesse se envolver com um homem; pelo menos, ainda não. Só queria saber como era estar entre caras que eram gays e não se importavam com isso. Queria saber se podiam olhar para ele e perceber imediatamente que Peter era como eles.

Ele parou em frente a um casal que estava de amasso em um canto escuro. Ver um homem beijar outro era estranho na vida real. Claro, havia beijos gays em programas de televisão – momentos grandiosos que costumavam ser controversos o bastante para chegar à imprensa, então Peter sabia quando seriam transmitidos –, e às vezes ele os via apenas para se certificar se *sentia* alguma coisa. Mas era *atuação*, como qualquer envolvimento em programas de televisão... ao contrário da exibição à sua frente naquele momento. Ele esperou para ver se seu coração começaria a bater um pouco mais forte, se aquilo faria *sentido* para ele.

Mas não se sentiu particularmente excitado. Curioso, claro – será que a barba arranhava na hora do beijo? –, e não enojado, mas Peter não sabia dizer se sentia com convicção que era algo que ele queria experimentar também.

Os homens interromperam o beijo e um deles apertou os olhos.

– Isso aqui não é um show – ele disse, empurrando Peter para longe.

O garoto cambaleou e caiu em cima de uma pessoa sentada no bar.

– Ei – disse o homem, e seus olhos se iluminaram. – O que temos aqui?

– Me desculpe...

– Não precisa se desculpar. – Ele tinha vinte e poucos anos, cabelo louro-branco cortado curto e marcas de nicotina na ponta dos dedos. – Primeira vez aqui?

Peter se virou para ele.

– Como você sabe?

– Você tem aquele olhar de cervo pego de surpresa pelo farol do carro. – Ele apagou o cigarro e chamou o barman, que, Peter percebeu, parecia ter saído das páginas de uma revista. – Rico, traz uma bebida pro meu amigo aqui. O que você quer?

Peter engoliu em seco.

– Uma Pepsi?

O homem mostrou os dentes em um sorriso.

– Ah, tá.

– Eu não bebo.

– Ah – disse ele. – Então toma.

Ele entregou um par de pequenos tubos para Peter e pegou dois para si dentro do bolso. Não havia pó dentro, só ar. Peter o viu abrir a tampa, inalar profundamente e fazer o mesmo com o outro vidro na outra narina. Ao imitá-lo, Peter sentiu a cabeça girar, como na única vez em que tomara seis cervejas – quando os pais foram ver Joey jogar futebol americano. Mas, ao contrário daquela ocasião, quando só teve vontade de dormir depois, dessa vez Peter sentiu todas as células do corpo vibrando, bem despertas.

– Meu nome é Kurt – disse o homem, esticando a mão.

– Peter.

– Ativo ou passivo?

Peter deu de ombros, tentando parecer que sabia do que o homem estava falando, quando na verdade não fazia ideia.

– Meu Deus – disse Kurt, com o queixo caído. – Sangue novo.

O barman colocou uma Pepsi na frente de Peter.

– Deixe ele em paz, Kurt. Ele é só um garoto.

– Então acho que a gente pode jogar alguma coisa – disse Kurt. – Você gosta de bilhar?

Peter podia lidar com um jogo de bilhar.

– Seria ótimo.

Ele viu Kurt tirar uma nota de vinte da carteira e deixá-la para Rico.

– Fique com o troco – disse ele.

A sala de bilhar era adjacente à parte principal do clube, com quatro mesas, todas ocupadas. Peter se sentou em um banco encostado à parede e ficou observando as pessoas. Algumas estavam tocando nas outras – um braço nos ombros, um tapinha no traseiro –, mas a maioria agia como um grupo de homens. Como amigos.

Kurt pegou um punhado de moedas de vinte e cinco centavos no bolso e o colocou na beirada da mesa. Peter pensou que fosse o valor da aposta e pegou duas notas de um dólar amassadas de dentro do bolso do casaco.

– Não é aposta – disse Kurt rindo. – É o que se paga pra jogar.

Ele se levantou quando o grupo à sua frente encaçapou a última bola e começou a colocar as moedas no orifício da mesa, até que ela liberou uma torrente colorida de bolas lisas e listradas.

Peter pegou um taco na parede e passou giz na ponta. Não era muito bom em bilhar, mas já tinha jogado algumas vezes e não tinha feito nada muito idiota, como arranhar o taco na mesa e fazer a bola pular pela beirada.

– Então você é um homem de apostas – disse Kurt. – Isso pode tornar o jogo interessante.

– Aposto cinco dólares – disse Peter, torcendo para que isso o fizesse parecer mais velho.

– Não aposto dinheiro. Que tal assim: se eu ganhar, levo você pra casa. E, se você ganhar, você *me* leva pra casa.

Peter não via como podia ganhar de uma maneira ou de outra, pois não queria ir para a casa de Kurt e tinha certeza de que não o levaria para sua casa. Então colocou o taco na beirada da mesa.

– Acho que não estou muito a fim de jogar.

Kurt segurou o braço de Peter. Os olhos dele brilhavam demais, como pequenas estrelas quentes.

– Minhas moedas já estão lá dentro. Está tudo pronto. Você quis jogar... Isso quer dizer que tem que ir até o fim.

– Me solta – disse Peter, com a voz subindo rapidamente a escada do pânico.

Kurt sorriu.

– Mas estamos apenas começando.

Atrás de Peter, outro homem falou.

– Acho que você ouviu o garoto.

Peter se virou, ainda com a mão de Kurt lhe segurando o braço, e viu o sr. McCabe, seu professor de matemática.

Foi um daqueles momentos estranhos, como quando você está no cinema, vê a moça que trabalha nos correios, sabe que a conhece de algum lugar, mas sem as caixas postais, as balanças e as máquinas de selo ao redor dela, não consegue lembrar quem ela é. O sr. McCabe estava segurando uma cerveja e usando uma camisa feita de algum tecido sedoso. Ele colocou a garrafa na mesa e cruzou os braços.

– Não se mete com ele, Kurt, ou chamo a polícia e faço você ser expulso daqui.

Kurt deu de ombros.

– Tudo bem – disse e voltou para o bar enfumaçado.

Peter olhou para o chão, esperando que o sr. McCabe falasse. Ele tinha certeza de que o professor ligaria para seus pais, ou rasgaria sua identidade falsa, ou perguntaria por que ele achava que ir a um bar gay em Manchester era uma boa ideia.

De repente, Peter se deu conta de que poderia perguntar a mesma coisa ao sr. McCabe. Ao erguer o olhar, considerou um princípio matemático que o professor certamente já conhecia: se duas pessoas têm o mesmo segredo, ele deixa de ser segredo.

– Acho que você precisa de uma carona pra casa – disse o sr. McCabe.

Josie encostou a mão na de Matt, a pata de um gigante.

– Olha como você é pequena em comparação a mim – disse Matt. – É incrível que eu não mate você.

Então ele se mexeu, ainda duro dentro dela, e ela sentiu o peso do corpo dele. Depois ele colocou a mão no pescoço dela.

– Porque – ele disse – eu poderia.

E apertou só um pouco a garganta dela. Não o bastante para que ela ficasse sem ar, mas o suficiente para afetar sua fala.

– Não – Josie conseguiu dizer.

Matt olhou para ela, intrigado.

– Não o quê? – disse, e, quando começou a se movimentar dentro dela de novo, Josie teve certeza de ter entendido errado.

Durante a maior parte do trajeto de uma hora desde Manchester, a conversa entre Peter e o sr. McCabe foi tão superficial quanto uma libélula sobre um lago, variando entre temas de que nenhum dos dois gostava particularmente: a situação dos Bruins no campeonato de hóquei, o baile formal de inverno que se aproximava, o que as boas faculdades procuravam atualmente nos candidatos.

Só depois que eles deixaram a Route 89, na saída para Sterling, e estavam passando pelas ruas escuras em direção à casa de Peter, o sr. McCabe mencionou o motivo de estarem os dois no carro.

– Quanto a hoje – ele começou –, poucas pessoas sabem sobre mim na escola. Ainda não saí do armário.

O pequeno retângulo de luz refletida do retrovisor cobria seus olhos como os de um guaxinim.

– Por que não? – Peter se viu perguntando.

– Não é que eu ache que os professores não me dariam apoio... Só acho que não é da conta deles. Está certo?

Peter não sabia como responder, então se deu conta de que o sr. McCabe não estava pedindo a opinião dele, só as instruções do caminho.

– Está – disse Peter. – Vire aqui, é a terceira casa à esquerda.

O sr. McCabe parou em frente à casa de Peter, mas não embicou na garagem.

– Estou te contando isso porque confio em você, Peter. E porque, se você precisar de alguém com quem conversar, quero que se sinta à vontade pra me procurar.

Peter soltou o cinto de segurança.

– Eu não sou gay.

– Tudo bem – respondeu o sr. McCabe, mas alguma coisa nos olhos dele contradizia isso.

– Eu não sou gay – Peter repetiu com mais firmeza, então abriu a porta do carro e correu o mais rápido que pôde em direção à casa.

Josie sacudiu o vidro de esmalte da OPI e olhou para o adesivo no fundo. "Vermelho Não Sou Garçonete de Verdade."

– Quem você acha que inventa esses nomes? Será que é um grupo de mulheres sentadas ao redor de uma mesa de reuniões?

– Não – disse Maddie. – Devem ser velhas amigas que ficam bêbadas uma vez por ano e escrevem todos os sabores.

– Não é sabor se não é de comer – observou Emma.

Courtney se virou e seus cabelos caíram pela lateral da cama como uma cascata.

– Isso aqui está um saco – reclamou, apesar de ser a casa dela e a festa do pijama dela. – Tem que ter alguma coisa legal pra gente fazer.

– Vamos ligar pra alguém – sugeriu Emma.

Courtney pensou.

– Tipo um trote?

– A gente podia pedir pizza e mandar entregar na casa de alguém – disse Maddie.

– Fizemos isso da última vez com o Drew – disse Courtney, suspirando e sorrindo ao pegar o telefone. – Tenho uma ideia melhor.

Ela colocou no viva-voz e ligou, em uma sequência musical que pareceu familiar para Josie.

– Alô – disse uma voz com irritação do outro lado da linha.

– Matt – disse Courtney, levando um dedo aos lábios para todas fazerem silêncio. – Oi.

– São três horas da manhã, Court.

– Eu sei. É que... estou esperando há bastante tempo pra te dizer uma coisa e não sei o que fazer, porque a Josie é minha amiga e tudo mais...

Josie começou a falar, para que Matt soubesse que estava sendo enganado, mas Emma colocou a mão na boca da amiga e a empurrou sobre a cama.

– Eu gosto de você – disse Courtney.

– Eu também gosto de você.

– Não, eu quero dizer... que *gosto* de você.

– Nossa, Court. Se eu soubesse disso, acho que teria feito sexo selvagem com você, mas não dá... eu amo a Josie e sei que ela deve estar a um metro de você agora.

O silêncio foi destruído quando as gargalhadas o quebraram como vidro.

– Meu Deus! Como você sabia? – disse Courtney.

– Porque a Josie me conta tudo, inclusive quando vai dormir na sua casa. Agora me tira do viva-voz porque quero dar boa-noite pra ela.

Courtney entregou o telefone a Josie.

– Boa resposta – disse Josie.

A voz de Matt estava rouca de sono.

– Você duvidava?

– Não – ela respondeu, sorrindo.

– Bom, divirta-se. Mas não tanto quanto se estivesse comigo.

Ela ouviu Matt bocejar.

– Vá pra cama.

– Queria que você estivesse do meu lado – disse ele.

Josie virou as costas para as outras garotas.

– Eu também.

– Eu te amo, Jo.

– Eu também te amo.

– E eu – anunciou Courtney – vou vomitar.

Ela esticou a mão e desligou o telefone.

Josie jogou o aparelho sobre a cama.

– Foi ideia *sua* ligar pra ele.

– Você só está com ciúmes – disse Emma. – Eu queria ter alguém que não conseguisse viver sem mim.

– Você tem tanta sorte, Josie – concordou Maddie.

Josie abriu o vidro de esmalte e uma gota caiu do pincel na coxa dela, como uma gota de sangue. Qualquer uma de suas amigas – bem, talvez não Courtney, mas a maior parte delas – mataria para estar em seu lugar.

Mas será que morreriam para isso?, sussurrou uma voz dentro dela.

Ela olhou para Maddie e Emma e forçou um sorriso.

– Nem me falem – disse Josie.

Em dezembro, Peter conseguiu um emprego na biblioteca da escola. Ele era encarregado do equipamento audiovisual, e todos os dias, durante uma hora depois da aula, rebobinava microfilmes e organizava os DVDs em ordem alfabética. Ele levava retroprojetores e TVs com videocassete para as salas de aula, para que estivessem no local quando os professores que precisariam deles chegassem à escola de manhã. Ele gostava muito do fato de que ninguém o importunava na biblioteca. Os adolescentes populares não iriam para lá depois da aula nem mortos. Peter tinha mais chance de encontrar os alunos com necessidades especiais e seus mediadores trabalhando nos deveres.

Ele conseguiu o emprego depois de ajudar a sra. Wahl, a bibliotecária, a consertar o computador velho para que parasse de exibir tela azul toda hora. Agora, Peter era seu aluno favorito na Sterling High. Ela o deixava trancar a biblioteca quando ia embora e fez uma chave para ele do elevador de serviço, para que ele pudesse transportar o equipamento de um andar a outro da escola.

O último trabalho de Peter naquele dia era levar um projetor do laboratório de biologia no segundo andar de volta para a sala de audiovisual. Ele entrou no elevador e girou a chave para fechar a porta quando alguém gritou e pediu que ele esperasse.

Um momento depois, Josie Cormier entrou.

Ela estava de muletas e com uma bota imobilizadora. Olhou para Peter quando a porta do elevador se fechou e rapidamente voltou o olhar para o chão.

Apesar de terem se passado meses desde que ela o fizera ser demitido, Peter ainda sentia uma pontada de raiva quando via Josie. Podia praticamente ouvi-la contando os segundos em pensamento até as portas do elevador se abrirem de novo. *Também não estou feliz de estar preso aqui com você*, pensou ele, e nessa hora o elevador tremeu e parou.

– Qual é o problema do elevador? – Josie apertou o botão do primeiro andar.

– Isso não vai ajudar em nada – disse Peter.

Ele esticou a mão diante dela – e reparou que ela quase perdeu o equilíbrio tentando se inclinar para trás, como se ele tivesse uma doença contagiosa – e apertou o botão vermelho de emergência.

Nada aconteceu.

– Que droga – disse Peter.

Ele olhou para o teto do elevador. Nos filmes, os heróis de ação sempre subiam pelos dutos de ar até a passagem do elevador, mas, mesmo que ele subisse em cima do projetor, não via como poderia abrir a portinhola sem uma chave de fenda.

Josie apertou o botão de novo.

– Olá?!

– Ninguém vai ouvir você – disse Peter. – Os professores foram todos embora e o zelador assiste *Oprah* das cinco às seis no porão. – Ele olhou para ela. – O que você está fazendo aqui mesmo?

– Estudo independente.

– O que é isso?

Ela levantou uma muleta.

– É o que você faz pra conseguir pontos quando não pode fazer aula de educação física. O que *você* está fazendo aqui?

– Eu trabalho aqui agora – disse Peter, e os dois ficaram em silêncio.

Pela lógica, pensou Peter, cedo ou tarde alguém os encontraria. O zelador provavelmente os descobriria quando fosse levar a enceradeira para o andar de cima, mas, se isso não acontecesse, o máximo que teriam de esperar seria até de manhã, quando todos chegassem novamente. Ele sorriu um pouco, pensando no que poderia dizer para Derek: *Adivinha só, eu dormi com a Josie Cormier.*

Ele abriu o iBook e apertou um botão, iniciando uma apresentação de PowerPoint na tela. Amebas, blástulas. Divisão celular. Um embrião. É incrível pensar que todos começamos assim: microscópicos, indistinguíveis.

– Quanto tempo vai demorar pra acharem a gente?

– Não sei.

– As bibliotecárias não vão reparar se você não voltar?

– Nem meus *pais* reparariam se eu não voltasse.

– Ai, meu Deus... e se a gente ficar sem ar? – Josie bateu na porta com a muleta. – Socorro!

– Não vamos ficar sem ar – disse Peter.

– Como você sabe?

Ele não sabia, não de verdade. Mas o que mais poderia dizer?

– Fico nervosa em lugares pequenos – disse Josie. – Não consigo ficar aqui.

– Você é claustrofóbica?

Ele se perguntou como não sabia isso sobre Josie. Mas, por outro lado, por que saberia? Afinal, ele não fora parte ativa da vida dela nos últimos seis anos.

– Acho que vou vomitar – gemeu Josie.

– Ah, merda – disse Peter. – Não faz isso. Fecha os olhos e você nem vai perceber que está em um elevador.

Josie fechou os olhos, mas, quando fez isso, quase perdeu o equilíbrio.

– Espera.

Peter pegou as muletas, e ela ficou equilibrada em um pé. Em seguida, segurou as mãos dela enquanto ela se sentava no chão, esticando a perna machucada.

– Como você se machucou? – ele perguntou, indicando a perna imobilizada.

– Caí no gelo.

Ela começou a chorar e a ofegar. Peter achou que ela estava hiperventilando, embora só conhecesse a palavra escrita, não sabia como era ao vivo. A pessoa tinha que respirar dentro de um saco de papel, certo? Peter procurou alguma coisa que servisse no elevador. Havia um saco plástico com alguns documentos no carrinho de audiovisual, mas colocar isso na cabeça não parecia uma ideia particularmente brilhante.

– Tudo bem – disse ele, pensando –, vamos fazer alguma coisa pra tirar sua mente de onde você está.

– Tipo o quê?

– Acho que a gente pode jogar alguma coisa – sugeriu Peter, e ouviu as mesmas palavras repetidas em sua mente, com a voz de Kurt, do Front Runner. Ele balançou a cabeça para parar de pensar naquilo. – Vinte Perguntas?

Josie hesitou.

– Animal, vegetal ou mineral?

Depois de seis rodadas de Vinte Perguntas e uma hora de geografia, Peter começou a ficar com sede. Também precisava urinar, o que o preocupava, porque ele achava que não conseguiria aguentar até de manhã e nem morto mijaria com Josie olhando. Ela estava em silêncio, mas pelo menos tinha parado de tremer. Ele achou que ela poderia estar dormindo.

Mas, em seguida, ela falou:

– Verdade ou consequência?

Peter se virou para ela.

– Verdade.

– Você me odeia?

Ele baixou a cabeça.

— Às vezes.

— E deveria — disse Josie.

— Verdade ou consequência?

— Verdade — disse ela.

— Você *me* odeia?

— Não.

— Então por que — perguntou Peter — você age desse jeito?

Ela balançou a cabeça.

— Preciso agir do jeito que as pessoas esperam que eu aja. É parte da coisa... toda. Se eu não... — Ela puxou o apoio de borracha da muleta. — É complicado. Você não entende.

— Verdade ou consequência? — disse Peter.

Josie sorriu.

— Consequência.

— Lambe a sola do seu pé.

Ela começou a rir.

— Não consigo nem *andar* com a sola do meu pé — disse ela, mas se inclinou, tirou o tênis e botou a língua para fora. — Verdade ou consequência?

— Verdade.

— Covarde — disse Josie. — Você já se apaixonou?

Peter olhou para ela e lembrou que eles já tinham amarrado um bilhete com o endereço de cada um em um balão de hélio e o soltaram no quintal da casa dela, certos de que chegaria a Marte. Mas acabaram recebendo uma carta de uma viúva que morava a duas quadras.

— Já — disse ele. — Acho que sim.

Os olhos dela se arregalaram.

— Por quem?

— Essa não foi a pergunta. Verdade ou consequência?

— Verdade — disse Josie.

— Qual foi a última mentira que você contou?

O sorriso sumiu do rosto dela.

— Quando falei que escorreguei no gelo. O Matt e eu brigamos e ele bateu em mim.

— Ele *bateu* em você?

– Não foi bem assim... Eu falei uma coisa que não devia, e quando ele... Enfim, eu perdi o equilíbrio e machuquei o tornozelo.
– Josie...
Ela baixou a cabeça.
– Ninguém sabe. Você não vai contar, né?
– Não. – Peter hesitou. – Por que você *não* contou pra ninguém?
– Essa não foi a pergunta – disse Josie, repetindo o que ele dissera.
– Estou perguntando agora.
– Então prefiro consequência.
Peter fechou as mãos em forma de punhos nas laterais do corpo.
– Me beija – disse ele.
Ela se inclinou lentamente na direção dele, até que seu rosto estivesse perto demais para ele manter o foco. O cabelo dela caiu sobre o ombro de Peter como uma cortina e ela fechou os olhos. Ela tinha cheiro de outono – de cidra de maçã e de sol poente que anuncia o frio. Ele sentiu o coração pular, preso no confinamento do próprio corpo.
Os lábios de Josie pousaram na extremidade dos dele, quase na bochecha e não exatamente na boca.
– Fico feliz de não ter ficado presa aqui sozinha – disse ela timidamente, e ele saboreou as palavras, doces como bala de menta no hálito dela.
Peter olhou para baixo e rezou para que Josie não reparasse que ele estava duro como pedra. Deu um sorriso tão largo que doeu. Não era que ele não gostasse de garotas – era que só havia uma certa.
Naquele momento, alguém bateu na porta de metal.
– Tem alguém aí?
– Tem! – gritou Josie, lutando para ficar de pé com as muletas. – Socorro!
Houve batidas e marteladas, e o som de um pé de cabra forçando o metal. As portas se abriram, e Josie saiu rapidamente do elevador. Matt Royston estava esperando ao lado do zelador.
– Fiquei preocupado quando vi que você não estava em casa – ele disse e abraçou Josie.
Mas você bateu nela, Peter pensou, mas lembrou que tinha feito uma promessa a Josie. Ele ouviu o gritinho de surpresa de Josie quando Matt a tomou nos braços, carregando-a para que ela não precisasse usar as muletas.

Peter empurrou o carrinho com o iBook e o projetor até a biblioteca e trancou a sala de audiovisual. Estava tarde, e ele precisaria ir andando para casa, mas quase não se importava. Decidiu que a primeira coisa que faria seria apagar o círculo ao redor do retrato de Josie no anuário e tirar as características dela dos vilões em seu jogo.

Estava revisando mentalmente a logística disso em termos de programação quando chegou em casa. Demorou um momento para se dar conta de que alguma coisa estava errada – as luzes não estavam acesas, mas os carros estavam lá.

– Olá? – gritou, andando da sala de estar para a sala de jantar e a cozinha. – Tem alguém em casa?

Encontrou os pais sentados no escuro à mesa da cozinha. A mãe olhou para frente, atordoada. Era óbvio que ela estava chorando.

Peter sentiu alguma coisa quente se libertar em seu peito. Ele tinha dito para Josie que os pais não notariam sua ausência, mas isso não era verdade. Obviamente, seus pais estavam *desesperados*.

– Estou bem – Peter disse para eles. – De verdade.

O pai se levantou, piscando para afastar as lágrimas, e tomou o garoto nos braços. Peter não conseguia se lembrar da última vez em que fora abraçado assim. Apesar de querer parecer seguro por já ter dezesseis anos, ele derreteu contra o corpo do pai e o abraçou com força. Primeiro Josie, e agora isso? Esse estava sendo o melhor dia da vida de Peter.

– É o Joey – disse o pai em meio às lágrimas. – Ele morreu.

Pergunte a uma adolescente qualquer se ela quer ser popular e ela vai dizer que não, mesmo que a verdade seja que, se ela estivesse em um deserto morrendo de sede e pudesse escolher entre um copo de água e a popularidade instantânea, ela provavelmente escolheria a segunda opção. Você não pode admitir que quer ser popular, porque isso te torna menos bacana. Para ser verdadeiramente popular, tem que parecer uma coisa que você é, quando na verdade é o que você se <u>faz</u>.

Eu me pergunto se alguma pessoa se dedica mais a qualquer coisa do que os adolescentes para serem populares. Até os controladores de tráfego aéreo e o presidente dos Estados Unidos tiram férias, mas observe um aluno comum de ensino médio e você verá uma pessoa que se dedica vinte e quatro horas por dia durante todo o ano letivo.

E como se entra nesse santuário interno? Bem, eis o problema: não depende de você. O importante é o que todo mundo pensa sobre como você se veste, o que você come no almoço, que programas de TV você assiste, que músicas você tem no seu iPod.

Mas eu sempre me perguntei: Se a opinião de todo mundo é o que importa, então você chega a ter opinião própria?

Um mês depois

Apesar de o relatório investigativo de Patrick Ducharme estar na mesa de Diana desde o décimo dia após os disparos, a promotora nem tinha olhado para ele. Primeiro ela teve que se preparar para a audiência preliminar, depois esteve diante de um júri para pedir que fizessem o indiciamento. Só agora ela estava começando a ler as análises de digitais, balística e marcas de sangue, assim como os relatórios policiais originais.

Ela passou a manhã toda lendo a logística do tiroteio e organizando mentalmente a declaração inicial, seguindo o mesmo caminho de destruição de Peter Houghton, acompanhando o movimento dele de vítima a vítima. A primeira a ser atingida foi Zoe Patterson, na escada da escola. Alyssa Carr, Angela Phlug, Maddie Shaw. Courtney Ignatio. Haley Weaver e Brady Pryce. Lucia Ritolli, Grace Murtaugh.

Drew Girard.

Matt Royston.

Mais.

Diana tirou os óculos e esfregou os olhos. Um livro dos mortos, um mapa dos feridos. E esses eram apenas aqueles cujos ferimentos foram sérios o bastante para envolver internação no hospital. Havia dezenas de adolescentes que foram tratados e liberados, centenas cujas cicatrizes eram profundas demais para serem vistas.

Diana não tinha filhos – na posição dela, os homens que ela conhecia ou eram criminosos, o que era horrível, ou advogados de defesa, o que era pior. Mas ela tinha um sobrinho de três anos, que levou bronca na creche por apontar para um colega e dizer: "Bang, você morreu".

Quando a irmã ligou indignada citando a Declaração dos Direitos dos Cidadãos, por acaso Diana pensou que o sobrinho cresceria e viraria um psicopata? Nem por um segundo. Ele era só uma criança brincando.

Será que a família Houghton pensara o mesmo?

Diana olhou para a lista de nomes à sua frente. Seu trabalho era ligar esses pontos, mas o que realmente precisava ser feito era encontrar um momento bem antes disso: o ponto de virada em que a mente de Peter Houghton mudara sutilmente de *e se* para *quando*.

Outra lista chamou sua atenção, a do hospital. Cormier, Josie. De acordo com os registros médicos, a garota de dezessete anos tinha sido internada para observação depois de um desmaio e tinha uma laceração na cabeça. A assinatura da mãe estava no final do consentimento para exames de sangue. Alex Cormier.

Não *podia* ser.

Diana se recostou na cadeira. Ninguém jamais queria ser a pessoa que pediria a um juiz para se afastar de um caso. Era o mesmo que anunciar que você duvidava da capacidade dele de ser imparcial. E, como Diana estaria naquele tribunal muitas vezes no futuro, não era uma ação inteligente para sua carreira. Mas a juíza Cormier certamente sabia que não tinha como julgar esse caso com justiça, não com a filha como testemunha. Era verdade que Josie não tinha levado um tiro, mas tinha se *ferido* durante o tiroteio. A juíza Cormier se afastaria, certamente. O que significava que ela não tinha com que se preocupar.

Diana voltou a atenção para a descoberta sobre sua mesa, lendo até as letras se embaralharem na página, até Josie Cormier ser apenas mais um nome.

A caminho de casa, depois de sair do fórum, Alex passou pelo memorial improvisado que fora erigido para as vítimas da Sterling High. Havia dez cruzes brancas de madeira, apesar de um dos adolescentes mortos, Justin Friedman, ser judeu. As cruzes não estavam perto da escola, mas em uma área da Route 10 em que havia uma várzea do rio Connecticut. Nos dias após os disparos, sempre havia pessoas perto das cruzes, depositando objetos às pilhas de fotos, bichos de pelúcia e buquês.

Alex percebeu que estava parando no acostamento. Não sabia por que estava parando naquele momento, por que não tinha parado antes.

Seus saltos afundaram na grama esponjosa. Ela cruzou os braços e andou até as cruzes.

Não estavam em nenhuma ordem em particular, e o nome de cada aluno morto estava entalhado na parte horizontal da cruz. Alex não conhecia a maior parte dos alunos, mas as cruzes de Courtney Ignatio e Maddie Shaw estavam lado a lado. As flores que tinham sido deixadas ali tinham murchado, e os papéis de embrulho estavam apodrecendo no chão. Alex se ajoelhou e passou o dedo por um poema apagado preso à cruz de Courtney.

Courtney e Maddie tinham ido dormir na casa de Alex várias vezes. Ela se lembrava de encontrar as garotas na cozinha, comendo massa crua de biscoito em vez de assá-los, com os corpos fluidos como ondas enquanto se moviam. Conseguia se lembrar de sentir inveja delas, por serem tão jovens e saberem que ainda não tinham cometido um erro que mudaria suas vidas. Então Alex ruborizou de desgosto: pelo menos, ainda tinha vida e podia mudá-la.

Mas foi na cruz de Matt Royston que Alex começou a chorar. Encostada na base de madeira branca havia uma foto em um porta-retratos, embrulhada em um saco plástico para que não se estragasse nas intempéries. Ali estava Matt, com os olhos brilhantes e o braço ao redor do pescoço de Josie.

Josie não estava olhando para a câmera. Estava olhando para Matt, como se não conseguisse ver mais nada.

De alguma forma, pareceu mais seguro desmoronar ali, em frente a um memorial improvisado, do que em casa, onde Josie poderia ouvi-la chorar. Por mais que permanecesse tranquila e controlada, pelo bem de Josie, a única pessoa que não conseguia enganar era ela mesma. Podia retomar a rotina naturalmente, podia dizer para si mesma que Josie tinha tido sorte, mas, quando estava sozinha no chuveiro ou presa no espaço intersticial entre acordar e dormir, Alex começava a tremer incontrolavelmente, como acontece quando você desvia para evitar um acidente e precisa parar no acostamento para se certificar de que ainda está inteira.

A vida era o que acontecia quando todos os "e se" não aconteciam, quando o que você sonhava ou esperava ou, nesse caso, temia passava despercebido. Alex passara noites suficientes pensando em boa sorte, em como ela era tênue como um véu, em como era possível passar facilmente de um lado ao outro. A cruz diante da qual estava ajoelhada poderia facilmente ser de Josie, o memorial da filha que servia de apoio para a foto. Um tremor de mão do atirador, um passo em falso, um ricochete de bala, e tudo poderia ter sido diferente.

Alex ficou de pé e respirou fundo para se fortalecer. Ao voltar para o carro, viu o buraco estreito onde houvera uma décima primeira cruz. Depois que as dez foram posicionadas, alguém acrescentara uma com o nome de Peter Houghton. Noite após noite, aquela cruz foi removida ou vandalizada. Houve editoriais nos jornais sobre isso: Peter Houghton merecia uma cruz, mesmo estando vivo? Montar um memorial para ele era uma tragédia ou uma caricatura? A pessoa que fez a cruz de Peter acabou decidindo deixar a questão de lado e parou de recolocá-la todos os dias.

Quando Alex entrou novamente no carro, perguntou-se como – até ter ido ali sozinha – tinha conseguido esquecer que alguém, em algum momento, considerou Peter Houghton uma vítima também.

Desde Aquele Dia, como Lacy Houghton tinha passado a chamá-lo, ela fizera o parto de três bebês. A cada vez, apesar de os partos não terem incidentes e tudo ter sido fácil, alguma coisa dava errado. Não para a mãe, mas para a parteira. Quando Lacy entrava na sala de parto, ela se sentia tóxica, negativa demais para ser quem receberia outro ser humano neste mundo. Ela sorria durante os partos e oferecia o apoio e os cuidados médicos necessários às novas mães, mas, assim que lhes dava alta, cortando o último cordão umbilical entre o hospital e a casa, Lacy sabia que estava dando a elas conselhos errados. Em vez de trivialidades fáceis como "Deixem que mamem quando sentirem fome" e "Vocês não podem ficar com o bebê no colo o tempo todo", ela devia falar a verdade: "Essa criança que vocês esperaram não é quem vocês imaginam que seja. Agora vocês são estranhos, e serão estranhos daqui para frente".

Anos atrás, ela costumava se deitar na cama e imaginar como a vida seria se ela não fosse mãe. Imaginava Joey colhendo para ela um buquê de dentes-de-leão e trevos; Peter adormecendo em seu peito com a ponta de sua trança ainda na mão. Revivia as dores do parto e o mantra que usara para passar por elas: *Quando isso acabar, imagine o que você terá*. A maternidade pintara as cores do mundo de Lacy com mais vividez, a preenchera com a crença de que a vida não poderia ser mais completa. O que ela não tinha percebido é que às vezes, quando sua visão era tão intensa e verdadeira, ela podia ferir você. Que só quem se sentia tão preenchida poderia entender a dor de estar vazia.

Ela não contou aos pacientes – por Deus, não contou nem a Lewis –, mas, atualmente, quando se deitava na cama e imaginava como a vida teria sido se não fosse mãe, se via remoendo duas palavras amargas: *mais fácil*.

Hoje, Lacy estava fazendo visitas de rotina; tinha visto cinco pacientes e estava a caminho de ver a sexta. "Janet Isinghoff", ela leu, passando os olhos pela pasta. Apesar de ser paciente de outra parteira, a política do grupo era de que todas as mulheres passassem por todas as parteiras, pois nunca se sabia quem estaria de plantão na hora do parto.

Janet Isinghoff tinha trinta e três anos, estava em sua primeira gestação e tinha histórico familiar de diabetes. Tinha sido hospitalizada uma vez antes, em virtude de uma apendicite, tinha asma controlada e era saudável de modo geral. Estava de pé na porta do consultório, segurando a camisola de hospital, enquanto discutia calorosamente com Priscilla, a enfermeira.

– Não quero saber – dizia Janet. – Se precisar, vou pra outro hospital.
– Mas não é assim que as coisas funcionam por aqui – explicou Priscilla.
Lacy sorriu.
– Posso ajudar em alguma coisa?
Priscilla se virou e ficou entre ela e a paciente.
– Não é nada.
– Não me pareceu ser nada – respondeu Lacy.
– Não quero que o parto do meu bebê seja feito por uma mulher que tem um filho assassino – disse Janet.

Lacy sentiu os pés grudarem no chão e a respiração ficar tão fraca como se tivesse levado um soco. E não tinha?

Priscilla ficou vermelha.
– Sra. Isinghoff, acho que posso falar por toda a equipe de parteiras quando digo que a Lacy é...
– Não tem problema – murmurou Lacy. – Eu entendo.

A essa altura, as outras enfermeiras e parteiras estavam olhando. Lacy sabia que falariam em sua defesa, que mandariam Janet Isinghoff procurar outro hospital, que explicariam que Lacy era uma das melhores e mais experientes parteiras de New Hampshire. Mas isso não importava, na verdade. A questão não era Janet Isinghoff exigir outra parteira para o parto de seu bebê; era que, mesmo depois que Janet fosse embora, haveria outra mulher ali amanhã ou no dia seguinte com o mesmo pedido desconfortável. Quem iria querer que as primeiras mãos a tocar seu recém-nascido fossem as mesmas que seguraram a de um assassino quando ele atravessava a rua, que tiraram o cabelo dele da testa quando ele estava doente, que o embalaram até dormir?

Lacy andou pelo corredor até a saída de incêndio e subiu correndo quatro lances de escada. Às vezes, quando tinha um dia particularmente difícil, ela se refugiava no telhado do hospital. Deitava de costas, olhava para o céu e fingia, com aquela vista, que podia estar em qualquer lugar do mundo.

Um julgamento era apenas uma formalidade – Peter seria declarado culpado. Não importava quanto ela tentasse se convencer ou convencer Peter do contrário, o fato estava lá entre eles, intenso e silencioso, naquelas horríveis visitas à cadeia. Lacy fez um paralelo com quando você encontra uma pessoa que não vê há algum tempo e percebe que ela está careca e sem as sobrancelhas: você sabe que ela está fazendo quimioterapia, mas finge que não sabe, porque é mais fácil para os dois lados.

O que Lacy teria gostado de dizer, se alguém tivesse lhe dado espaço para isso, era que as ações de Peter eram tão surpreendentes e *arrasadoras* para ela quanto para qualquer outra pessoa. Ela também tinha perdido um filho naquele dia. Não apenas fisicamente, para a cadeia, mas pessoalmente, porque o garoto que ela conhecia tinha desaparecido, tinha sido engolido por esse monstro que ela não reconhecia, capaz de atos que ela não conseguia conceber.

Mas e se Janet Isinghoff estivesse certa? E se tivesse sido alguma coisa que Lacy dissera ou fizera... ou *não* dissera, ou *não* fizera... que levara Peter àquele ponto? Você podia odiar seu filho pelo que ele fizera e ainda amá-lo por quem ele fora?

A porta se abriu e Lacy se virou. Ninguém nunca ia lá, mas, por outro lado, ela raramente saía do andar tão aborrecida. Mas não era Priscilla nem nenhuma de suas colegas: Jordan McAfee estava na passagem, com uma pilha de papéis na mão. Lacy fechou os olhos.

– Perfeito.

– Sim, é o que a minha esposa me diz – gracejou ele, andando em direção a Lacy com um sorriso largo no rosto. – Ou talvez seja o que eu *gostaria* que ela dissesse... Sua secretária me disse que você provavelmente estaria aqui e... Lacy, você está bem?

Ela assentiu, mas depois balançou a cabeça. Jordan segurou o braço dela e a conduziu até uma cadeira dobrável que alguém tinha levado para o telhado.

– Dia ruim?

– Pode-se dizer que sim – respondeu Lacy.

Ela tentou impedir que Jordan visse suas lágrimas. Era burrice, ela sabia, mas não queria que o advogado de Peter pensasse que ela era o tipo de pessoa que tinha que ser tratada com cuidado extra. Senão, ele poderia não contar a ela todas as verdades cruéis sobre Peter, e ela queria saber de tudo, fosse o que fosse.

– Preciso que você assine uma papelada... mas posso voltar mais tarde...

– Não – disse Lacy. – Agora está... ótimo.

Estava melhor do que ótimo, ela percebeu. Era bom estar sentada ao lado de alguém que acreditava em Peter, mesmo que ela estivesse pagando para isso.

– Posso fazer uma pergunta profissional?

– Claro.

– Por que é tão fácil as pessoas apontarem o dedo pra outra?

Jordan se sentou na frente dela, na beirada do telhado, o que deixou Lacy nervosa. Mas, mais uma vez, ela não podia demonstrar, porque não queria que Jordan pensasse que ela era frágil.

– As pessoas precisam de um bode expiatório – disse ele. – É a natureza humana. Essa é a maior barreira que precisamos superar como advogados de defesa, porque, apesar de todos serem inocentes até que se prove o contrário, o próprio ato da prisão faz as pessoas suporem a culpa. Você sabe quantos policiais se equivocaram em uma prisão? Eu sei, é loucura. Quer dizer, você acha que eles pedem desculpas profusamente e se certificam de que a família, os amigos e os colegas da pessoa saibam que foi um grande erro, ou apenas dizem "foi mal" e pulam fora? – Ele olhou nos olhos dela. – Tenho certeza que é difícil ler os editoriais que já condenaram o Peter antes mesmo de o julgamento começar, mas...

– Não é o Peter – disse Lacy baixinho. – Estão culpando a *mim*.

Jordan assentiu, como se já esperasse por aquilo.

– Ele não fez isso por causa do modo como o criamos. Fez apesar disso – disse Lacy. – Você tem um bebê, não tem?

– Tenho. O Sam.

– E se ele acabar sendo uma pessoa que você jamais achou que seria?

– Lacy...

– Por exemplo, e se o Sam disser que é gay?

Jordan deu de ombros.

– E daí?

– E se ele decidir se converter ao islamismo?

– É uma escolha dele.

– E se ele se tornar um homem-bomba?

Jordan fez uma pausa.

– Eu não quero pensar numa coisa dessas, Lacy.

– Não – disse ela, encarando-o. – Eu também não queria.

Philip O'Shea e Ed McCabe estavam juntos havia quase dois anos. Patrick começou com as fotos sobre a lareira: dois homens com os braços ao redor um do outro, com as montanhas Rochosas do Canadá ao fundo, o Corn Palace, a Torre Eiffel.

– Nós gostávamos de viajar – disse Philip, ao entregar um copo de chá gelado para Patrick. – Para o Ed, às vezes era mais fácil viajar do que ficar aqui.

– Por quê?

Philip deu de ombros. Era um homem alto e magro com sardas que apareciam quando seu rosto se tomava de emoção.

– O Ed não tinha contado pra todo mundo sobre... nosso estilo de vida. E, para ser bem sincero, guardar segredos em uma cidade pequena é uma droga.

– Sr. O'Shea...

– Philip. Por favor.

Patrick assentiu.

– Eu queria saber se o Ed alguma vez mencionou o nome de Peter Houghton pra você.

– Ele dava aula pro Peter, você sabe.

– Sei. Eu estava me referindo... bom, a mais do que isso.

Philip o levou até uma varanda com tela, para um par de cadeiras de vime. Todos os aposentos que ele viu na casa pareciam ter acabado de ser o cenário de fotos para uma revista: as almofadas nos sofás inclinadas em um ângulo de quarenta e cinco graus, os vasos repletos de contas de vidro, as plantas exuberantes e viçosas. Patrick pensou na sala de sua casa, onde hoje ele havia encontrado um pedaço de torrada entre as almofadas do sofá, que tinha o que só podia ser chamado de penicilina crescendo em sua superfície. Podia ser um estereótipo ridículo, mas a casa de Philip tinha um ar de Martha Stewart* para todos os lados, enquanto a de Patrick parecia uma boca de crack.

– O Ed conversou com o Peter – disse Philip. – Ou pelo menos tentou.

– Sobre o quê?

– Sobre ser meio que uma alma perdida, eu acho. Adolescentes estão sempre tentando se encaixar. Se você não se encaixa na turma popular, tenta ir pra dos atletas. Se isso não funciona, você tenta a do teatro... ou a dos drogados – disse ele. – O Ed achava que o Peter talvez estivesse experimentando a turma dos gays e lésbicas.

– Então o Peter foi falar com o Ed sobre ser gay?

– Ah, não. O *Ed* procurou o Peter. A gente lembrava como foi tentar entender o que havia de diferente com a gente na idade dele. Morríamos de medo de algum outro garoto gay se aproximar e acabar com o nosso disfarce.

– Você acha que o Peter podia estar com medo de o Ed acabar com o disfarce dele?

– Eu realmente duvido, especialmente no caso do Peter.

– Por quê?

Philip sorriu para Patrick.

– Você já ouviu falar de gaydar?

Patrick sentiu que ficou vermelho. Era como estar na presença de um afro-americano que fazia uma piada racista, pelo simples fato de que podia.

---

* Martha Stewart: apresentadora americana de programas sobre cuidados com o lar e culinária. (N. da T.)

— Já.

— Gays não vêm com uma marca evidente, não é como ter uma cor de pele diferente ou alguma deficiência física. Você aprende a perceber comportamentos ou olhares que duram um pouco demais. Acaba ficando bom em descobrir se alguém é gay ou se só está olhando fixamente pra você porque *você* é gay.

Antes de perceber o que estava fazendo, Patrick se reclinou um pouco para longe de Philip, que começou a rir.

— Relaxa. Sua energia diz claramente que você prefere o outro time. — Ele olhou para Patrick. — E Peter Houghton também.

— Não entendi...

— O Peter podia estar confuso sobre a sexualidade dele, mas ela estava claríssima para o Ed — disse Philip. — Aquele garoto é hétero.

Peter entrou explosivamente pela porta da sala de reuniões, enfurecido.

— Por que você não veio me ver?

Jordan ergueu o olhar das anotações que estava fazendo em um bloco. Reparou distraidamente que Peter ganhara peso e, aparentemente, músculos.

— Tenho andado ocupado.

— Bom, eu estou preso aqui sozinho.

— É, e eu estou dando duro pra garantir que essa condição não seja permanente — respondeu Jordan. — Sente-se.

Peter se sentou em uma cadeira com expressão de raiva.

— E se eu não estiver a fim de falar com você hoje? É claro, você nem sempre está a fim de falar comigo.

— Peter, que tal deixarmos essa baboseira de lado pra que eu possa fazer o meu trabalho?

— Como se eu me importasse se você pode ou não fazer o seu trabalho.

— Mas deveria — disse Jordan —, considerando que quem se beneficia dele é *você*.

Quando isso acabar, pensou Jordan, *vou ser ou massacrado ou canonizado*.

— Quero falar sobre os explosivos — disse ele. — Onde é possível conseguir uma coisa assim?

– No www.boom.com – respondeu Peter.

Jordan ficou olhando para ele fixamente.

– Bom, não está tão longe da verdade – disse Peter. – O *Livro de receitas do anarquista* está disponível online. Assim como umas dez mil receitas de coquetel molotov.

– Não encontraram nenhum coquetel molotov na sua escola. Encontraram explosivos plásticos com detonadores e um dispositivo de relógio.

– É – disse Peter.

– Digamos que eu quisesse fazer uma bomba com coisas que tenho em casa. O que eu usaria?

Peter deu de ombros.

– Jornal. Fertilizante, tipo Green Thumb, o tipo químico. Algodão. E um pouco de diesel, mas isso você provavelmente teria que arrumar em um posto de gasolina, então tecnicamente não seria na sua casa.

Jordan o viu contar ingredientes. Havia uma segurança na voz de Peter que era de arrepiar, mas mais perturbador ainda era o tom embutido nas palavras: Peter tinha orgulho disso.

– Você já tinha feito esse tipo de coisa antes.

– A primeira vez que construí uma, foi só pra ver se eu conseguia. – A voz de Peter ficou mais animada. – Fiz mais algumas depois. Do tipo que você joga e sai correndo em disparada.

– O que tornou essa diferente?

– Os ingredientes, antes de tudo. Você precisa obter o clorato de potássio a partir da água sanitária, o que não é fácil, mas é meio como fazer um experimento no laboratório de química. Meu pai entrou na cozinha quando eu estava filtrando os cristais – disse Peter. – Foi isso que eu falei que estava fazendo, pra ganhar pontos extras.

– Meu Deus.

– Depois que você consegue isso, só precisa de vaselina, que fica debaixo da pia do banheiro, do gás que tem em um fogareiro de acampamento e do tipo de cera que se usa para enlatar picles. Fiquei meio nervoso de usar um detonador – disse Peter. – Eu nunca tinha feito nada tão *grande* antes. Mas você sabe, quando comecei a bolar o plano todo...

– Pare – interrompeu Jordan. – Pare bem aí.

– Foi você quem perguntou – disse Peter, magoado.

– Mas essa é uma resposta que não posso ouvir. Meu trabalho é fazer com que você seja absolvido, e não posso mentir diante do júri. Por outro lado, não posso mentir sobre coisas que eu não sei. E neste momento eu posso dizer com sinceridade que você não planejou o que aconteceu naquele dia. Eu gostaria que continuasse assim, e, se você tiver qualquer senso de autopreservação, também devia querer.

Peter andou até a janela. O vidro estava embaçado, arranhado depois de tantos anos. *De quê?*, perguntou-se Jordan. *Detentos usando as unhas para tentar sair?* Peter não conseguiria ver que, àquela altura, a neve já tinha derretido e os primeiros açafrões tinham brotado da terra. Talvez fosse melhor assim.

– Tenho ido à igreja – anunciou Peter.

Jordan não gostava muito de religião organizada, mas não tinha nada contra o alento da escolha de cada um.

– Que ótimo.

– Estou indo porque me deixam sair da cela para ir aos cultos – disse Peter. – Não porque encontrei Jesus nem nada do tipo.

– Tudo bem.

Jordan se perguntou o que isso tinha a ver com os explosivos ou com qualquer outra coisa relacionada à defesa de Peter. Sinceramente, ele não tinha tempo para uma discussão filosófica com Peter sobre a essência de Deus, pois tinha que encontrar Selena em duas horas para falar sobre uma potencial testemunha de defesa, mas alguma coisa o impediu de interromper o garoto.

Peter se virou.

– Você acredita em inferno?

– Acredito. E ele está cheio de advogados de defesa. Pode perguntar pra qualquer promotor.

– Não, sério – disse Peter. – Aposto que vou pra lá.

Jordan forçou um sorriso.

– Não faço apostas se não tenho como saber o resultado.

– O padre Moreno, que faz os cultos daqui, sabe? Ele diz que, se você aceita Jesus e se arrepende, você é perdoado... como se a religião fosse um passe gigantesco que te livra de qualquer problema. Mas, sabe, isso não pode estar certo... porque o padre Moreno também diz que todas as vidas valem alguma coisa... mas e os dez garotos que morreram?

Jordan sabia que não devia, mas mesmo assim se ouviu fazendo uma pergunta a Peter.

– Por que você elaborou essa frase assim?

– Assim como?

– *Os dez garotos que morreram*. Como se fosse uma progressão natural.

Peter franziu a testa.

– Porque foi.

– Como assim?

– É que nem os explosivos. Depois que você acende o pavio, ou você destrói a bomba antes que ela exploda... ou a bomba destrói tudo.

Jordan ficou de pé e deu um passo na direção de seu cliente.

– E quem acendeu o fósforo, Peter?

Ele ergueu o rosto.

– Quem *não* acendeu?

Josie agora pensava nos amigos como os que tinham ficado para trás. Haley Weaver fora enviada a Boston para fazer cirurgia plástica; John Eberhard estava em alguma clínica de reabilitação lendo livros infantis e aprendendo a beber usando canudo; Matt, Courtney e Maddie estavam mortos para sempre. Restavam apenas Josie, Drew, Emma e Brady – uma turma que diminuíra tanto que mal dava para continuar chamando de turma.

Eles estavam no porão de Emma vendo um DVD. Essa era a extensão da vida social deles atualmente, porque Drew e Brady ainda estavam com curativos e gessos, e, além do mais, mesmo que nenhum deles quisesse dizer em voz alta, ir a qualquer lugar que eles costumavam frequentar significava lembrar dos que não estavam mais lá.

Brady tinha levado o filme. Josie não conseguia se lembrar do nome, mas era um daqueles filmes que saíram depois de *American Pie*, na esperança de fazer o mesmo sucesso de bilheteria, juntando garotas nuas e rapazes ousados com o que Hollywood imaginava que era a vida adolescente e misturando tudo numa espécie de salada cósmica. Naquele momento, uma perseguição de carro enchia a tela. O personagem principal estava gritando e passando por uma ponte levadiça que se abria lentamente.

Josie sabia que ele ia conseguir passar. Primeiro, porque o filme era comédia. Segundo, porque ninguém tinha coragem de matar o personagem principal antes de a história acabar. Terceiro, seu professor de física usara esse mesmo filme para provar cientificamente que, dada a velocidade de um carro e a trajetória dos vetores, o ator podia realmente pular a ponte, mas só se não houvesse vento.

Josie também sabia que a pessoa no carro não era real, não era nem o ator que fazia o papel, mas um dublê que já tinha feito isso mil vezes. Ainda assim, enquanto assistia à ação que se desenrolava na tela da televisão, ela viu uma coisa completamente diferente: o para-choque do carro batendo na extremidade da ponte que se abria. O metal retorcido girando no ar, batendo na água e afundando.

Adultos sempre diziam que adolescentes dirigiam rápido demais ou ficavam bêbados ou não usavam camisinha porque pensavam que eram invencíveis. Mas a verdade era que a qualquer momento você podia morrer. Brady podia ter um derrame no campo de futebol, como aqueles jovens atletas de faculdade que caíam mortos de repente. Emma podia ser atingida por um raio. Drew podia entrar em uma escola comum em um dia incomum.

Josie se levantou.

– Preciso de ar – murmurou e correu pela escada do porão até a porta da casa de Emma.

Sentou-se na varanda e olhou para o céu, para duas estrelas que se encostavam. Não se era invencível quando se era adolescente. Só se era burro.

Ela ouviu a porta abrir e fechar.

– E aí?– disse Drew, indo se sentar ao lado dela. – Tudo bem?

– Tudo ótimo.

Josie deu um sorriso. Parecia grudento, como um papel de parede que não tinha sido esticado direito. Mas ela tinha se tornado tão boa nisso, tão boa em fingir, que era natural. Quem teria imaginado que ela herdaria alguma coisa da mãe, afinal?

Drew pegou uma folha de grama e começou a parti-la em fiapos com o polegar.

– Eu digo a mesma coisa quando aquele psicólogo idiota da escola me chama pra perguntar como eu estou.

– Eu não sabia que ele chama você também.

– Acho que ele chama todo mundo que estava, você sabe, perto...

Ele não terminou a frase: Perto dos que não sobreviveram? Perto da morte naquele dia? Perto de acabar com a própria vida?

– Você acha que alguém diz alguma coisa importante pro psicólogo? – perguntou Josie.

– Duvido. Ele não estava lá naquele dia. Ele não entende.

– Alguém entende?

– Você. Eu. O pessoal lá embaixo – disse Drew. – Bem-vinda ao clube do qual ninguém quer fazer parte. Você é sócia vitalícia.

Josie não pretendia, mas as palavras de Drew, o cara idiota no filme tentando pular a ponte e o modo como as estrelas espetavam a pele dela, como inoculações para uma doença terminal, de repente a fizeram chorar. Drew esticou o braço bom e passou pelos ombros dela, e ela se apoiou nele. Ela fechou os olhos e apertou o rosto contra a camisa de flanela. A sensação era muito familiar, como se ela tivesse voltado para a própria cama depois de anos navegando pelo mundo e descobrisse que o colchão ainda se adaptava à forma do seu corpo. Mas, por outro lado, o tecido da camisa não tinha o mesmo cheiro de antes. O garoto que a abraçava não era do mesmo tamanho, não tinha o mesmo formato, não era o mesmo garoto.

– Acho que não consigo fazer isso – sussurrou Josie.

Drew imediatamente se afastou. O rosto dele ficou vermelho, e ele não conseguiu olhar nos olhos de Josie.

– Eu não quis passar essa impressão. Você e o Matt... – A voz dele ficou sem inflexão. – Eu sei que você ainda é dele.

Josie olhou para o céu. Ela assentiu para ele, como se fosse isso que quisesse dizer desde o começo.

Tudo começou quando a oficina deixou um recado na secretária eletrônica. Peter não tinha comparecido para fazer a vistoria do carro. Ele gostaria de remarcar?

Lewis estava sozinho em casa quando ouviu o recado. Ligou para o número antes de perceber o que estava fazendo, e não foi surpresa para ele comparecer ao horário remarcado. Ele saiu do carro e entregou a chave para o funcionário.

– Pode esperar lá dentro – disse o homem. – Tem café.

Lewis se serviu de um copo e colocou três colheres de açúcar e muito leite, do mesmo jeito que Peter faria. Sentou-se e, em vez de pegar um exemplar velho da revista *Newsweek*, folheou uma *PC Gamer*.

Um, pensou ele. *Dois, três*.

Na hora, o funcionário entrou na sala de espera.

– Sr. Houghton – disse ele –, o carro lá fora só precisa fazer vistoria estadual em julho.

– Eu sei.

– Mas você... você marcou esse horário.

Lewis assentiu.

– O outro carro não está comigo no momento.

Estava confiscado em algum lugar. Com os livros, o computador, os diários e só Deus sabe o que mais de Peter.

O funcionário olhou para ele como se faz quando você se dá conta de que a conversa que você está tendo saiu do plano racional.

– Senhor – disse ele –, não podemos vistoriar um carro que não está aqui.

– Não – disse Lewis. – Claro que não. – Ele colocou a revista na mesa de centro e ajeitou a capa amassada. Em seguida, passou a mão pela testa. – É que... o meu filho marcou esse horário – disse ele. – Eu quis cumpri-lo por causa dele.

O funcionário assentiu e se afastou lentamente.

– Certo... Que tal eu deixar o carro estacionado lá fora?

– Só pra você saber – disse Lewis baixinho –, ele teria passado na vistoria.

Uma vez, quando Peter era pequeno, Lacy o mandou para um acampamento para o qual Joey já tinha ido e adorado. Era em algum lugar depois do rio Vermont, e os campistas faziam esqui aquático no lago Fairlee, tinham aulas de vela e faziam percursos noturnos de canoa. Peter ligou na primeira noite implorando para voltar para casa. Apesar de Lacy estar pronta para ligar o carro e ir buscá-lo, Lewis a convenceu a não ir. "Se ele não for até o fim", dissera Lewis, "como vai saber se consegue?"

Ao final de duas semanas, quando Lacy viu Peter novamente, havia mudanças nele. Estava mais alto e tinha ganhado peso. Mas também havia alguma coisa diferente em seus olhos, uma luz que tinha se consumido e virado cinzas de alguma maneira. Quando Peter olhou para ela, pareceu na defensiva, como se entendesse que ela não era mais uma aliada.

Agora, ele estava olhando para ela do mesmo jeito enquanto ela sorria para ele, fingindo que não havia brilho de luz fluorescente acima da cabeça dele, que ela podia esticar a mão e tocá-lo em vez de olhar do outro lado da linha vermelha que tinha sido desenhada no chão da cadeia.

– Sabe o que encontrei no sótão ontem? Aquele dinossauro que você adorava, o que rugia quando você puxava o rabo. Eu achava que você ia carregar aquilo até o altar no dia do seu casamento... – Lacy parou de falar ao se dar conta de que talvez nunca existisse casamento para Peter, nem qualquer caminhada que não fosse dentro da prisão. – Bom – disse ela, aumentando a força do sorriso –, eu o coloquei na sua cama.

Peter olhou para ela.

– Tá bom.

– Acho que a sua festa de aniversário que eu mais gostei foi a de dinossauro, quando enterramos aqueles ossos de plástico na caixa de areia e você teve que cavar pra encontrar – disse Lacy. – Lembra?

– Lembro que ninguém foi.

– É claro que foi...

– Cinco crianças, talvez, as que as mães obrigaram a estar lá – disse Peter. – Meu Deus. Eu tinha seis anos. Por que estamos *falando* sobre isso?

Porque eu não sei o que mais dizer, pensou Lacy, e olhou para a sala de visitação. Só havia alguns detentos e uns poucos devotados que ainda acreditavam neles, em lados opostos daquela linha vermelha. Lacy se deu conta de que, na verdade, aquela linha divisória entre ela e Peter existia havia anos. Se você mantivesse o queixo erguido, podia até se convencer de que não havia nada separando vocês. Só quando você tentava atravessar a linha, como agora, entendia como uma barreira podia ser real.

– Peter – disse Lacy de repente –, desculpa por não ter ido buscar você naquele acampamento.

Ele olhou para ela como se ela fosse louca.

– Hum, valeu, mas já superei isso faz uns cem anos.

– Eu sei. Mas ainda posso pedir desculpas.

Ela lamentava umas mil coisas de repente: não ter prestado mais atenção quando Peter mostrou para ela algumas habilidades novas em programação; não ter comprado para ele outro cachorro depois que Dozer morreu; não terem voltado para o Caribe nas últimas férias de inverno, porque Lacy supusera erroneamente que tinham todo o tempo do mundo.

– Pedir desculpas não muda nada.
– Muda pra pessoa que pede.
Peter gemeu.
– Que porra é essa? *Histórias para aquecer o garoto sem coração?*
Lacy se encolheu.
– Você não precisa falar palavrão pra...
– Porra – cantarolou Peter. – Porra porra porra porra porra.
– Não vou ficar aqui sentada ouvindo isso...
– Vai, sim – disse Peter. – Sabe por quê? Porque, se você for embora, vai ser só mais uma coisa que vai lamentar.

Lacy estava se levantando da cadeira, mas a verdade nas palavras de Peter pesou sobre ela e a fez sentar novamente. Parecia que ele a conhecia bem mais do que ela algum dia o conhecera.

– Mãe – ele disse com gentileza, a voz mal passando da linha vermelha. – Eu não quis dizer isso.

Ela olhou para ele com a garganta entalada de lágrimas.
– Eu sei, Peter.
– Fico feliz de você vir aqui. – Ele engoliu em seco. – Você é a única.
– Seu pai...

Peter deu uma risada debochada.
– Não sei o que ele anda dizendo pra você, mas não vejo meu pai desde a primeira vez que ele veio.

Lewis não ia ver Peter? Isso era novidade para Lacy. Para onde ele ia quando saía de casa dizendo que ia até a cadeia?

Ela imaginou Peter sentado na cela a cada duas semanas, esperando uma visita que não chegava. Lacy forçou um sorriso – ela se aborreceria quando estivesse sozinha, não com Peter – e imediatamente mudou de assunto.

– Para a audiência... eu trouxe um bom paletó pra você usar.
– O Jordan disse que eu não preciso. Pra audiência, tenho que usar essas roupas. Só preciso de paletó no julgamento. – Peter sorriu um pouco. – Espero que você ainda não tenha tirado as etiquetas.

– Eu não comprei. É o blazer de entrevistas do Joey.

Eles se olharam.

– Ah – murmurou Peter. – Então era isso que você estava fazendo no sótão.

Eles fizeram silêncio ao se lembrar de Joey descendo a escada com o blazer de marca que Lacy comprara em Boston com um bom desconto. Era para as entrevistas de faculdade; Joey as estava marcando na época do acidente.

– Você às vezes deseja que eu tivesse morrido no lugar do Joey? – Peter perguntou.

O coração de Lacy pesou como uma pedra.

– É claro que não.

– Mas você ainda teria o Joey – disse ele. – E nada disso teria acontecido.

Ela pensou em Janet Isinghoff, a mulher que não a quisera como parteira. Parte de crescer era aprender a não ser tão sincero, aprender quando era melhor mentir em vez de magoar alguém com a verdade. Era por isso que Lacy ia para aquelas visitas com um sorriso na cara como uma máscara de Halloween, quando na verdade queria cair no choro cada vez que via Peter sendo levado para a sala de visitação por um agente penitenciário. Era por isso que falava sobre o acampamento e os bichos de pelúcia, as marcas do filho de quem ela lembrava, em vez de descobrir o que ele havia se tornado. Mas Peter nunca aprendera a dizer uma coisa quando sentia outra. Era uma das razões por que se magoava tantas vezes.

– Teria sido um final feliz – disse Peter.

Lacy inspirou.

– Não sem você junto.

Ele olhou para ela por um longo instante.

– Você está mentindo – disse ele, sem se zangar, sem acusar. Apenas como se estivesse declarando os fatos de uma maneira que ela não estava.

– Não estou...

– Você pode repetir isso um milhão de vezes que não vai se tornar verdade. – Peter sorriu então, com tanta sinceridade que Lacy sentiu a mesma dor de um golpe de chicote. – Você pode enganar o meu pai, a polícia e qualquer outra pessoa que te escute – disse ele. – Mas não pode enganar outro mentiroso.

Quando Diana parou na frente do quadro com a agenda do tribunal para ver qual juiz presidiria a audiência de acusação de Houghton, Jordan McAfee já estava lá. Diana o odiava por mero princípio, porque ele não tinha rasgado dois pares de meia-calça ao tentar vesti-los, porque não estava com o cabelo ruim, porque não parecia estar nada incomodado com o fato de toda a cidade de Sterling estar na entrada do fórum querendo sangue.

– Bom dia – ele disse, sem nem olhar para ela.

Diana não respondeu. Seu queixo quase caiu quando ela leu o nome do juiz que presidiria o caso.

– Acho que há algum erro – ela disse para a escrivã.

A escrivã olhou para o quadro, por cima do ombro dela.

– A juíza Cormier está presidindo hoje.

– No caso Houghton? Você está *brincando*?

A escrivã balançou a cabeça.

– Não.

– Mas a filha dela... – Diana fechou a boca, com o pensamento em torvelinho. – Precisamos de uma reunião privada com a juíza antes da audiência.

Assim que a escrivã saiu, Diana olhou para Jordan.

– Que diabos Cormier está pensando?

Não era comum Jordan ver Diana Leven suar e, francamente, era divertido. Para ser sincero, Jordan tinha ficado tão chocado quanto ela ao ver o nome da juíza Cormier no quadro, mas não ia dizer isso para Diana. Não entregar o jogo era a única vantagem que ele tinha agora, porque, honestamente, a situação estava feia para ele.

Diana franziu a testa.

– Você não esperava que ela...

A escrivã voltou. Jordan se divertia com Eleanor; ela aliviava a barra dele no fórum e até ria das piadas bobas de loira que ele sempre lhe contava, enquanto a maioria dos escrivães se achava muito importante.

– A Meritíssima vai receber vocês agora – disse Eleanor.

Quando Jordan a estava seguindo até a sala da juíza, ele se inclinou e sussurrou a frase final que ia falar antes de Leven interromper grosseiramente sua piada ao chegar.

— Então o marido dela olha para a caixa e diz: "Querida, não é um quebra-cabeça... é Sucrilhos!"

Eleanor riu e Diana fez cara de raiva.

— O que é isso, alguma espécie de código?

— É, Diana. É a linguagem secreta dos advogados de defesa e significa: *Faça o que fizer, não conte para a promotora o que estou dizendo.*

— Eu não ficaria surpresa — murmurou Diana, e logo eles chegaram à sala.

A juíza Cormier já estava de toga, pronta para começar a audiência de acusação. Estava de braços cruzados, encostada à mesa.

— Muito bem, senhores advogados, temos muitas pessoas no tribunal esperando. Qual é o problema?

Diana olhou para Jordan, mas ele apenas ergueu as sobrancelhas. Se ela queria cutucar o vespeiro, tudo bem, mas ele ficaria longe quando isso acontecesse. Que Cormier tivesse ressentimento da acusação, não da defesa.

— Juíza — disse Diana hesitante —, pelo que sei, sua filha estava na escola na hora dos disparos. Na verdade, nós a entrevistamos.

Jordan tinha que dar crédito a Cormier; ela conseguiu encarar Diana como se a promotora não tivesse acabado de apresentar um fato válido e perturbador, mas tivesse dito uma coisa ridícula. Como a frase final de uma piada de loiras, por exemplo.

— Estou ciente disso — disse a juíza. — Havia mil crianças na escola na hora dos disparos.

— É claro, Meritíssima. É que... eu queria perguntar, antes de entrarmos no tribunal, se a corte está planejando conduzir apenas a acusação ou se a senhora está planejando presidir o caso todo.

Jordan olhou para Diana, se perguntando por que ela tinha tanta certeza de que Cormier não deveria presidir o caso. O que *ela* sabia sobre Josie Cormier que ele não sabia?

— Como falei, havia milhares de crianças na escola. Alguns dos pais delas são policiais, alguns trabalham aqui na corte superior. Um até trabalha no seu gabinete, sra. Leven.

— Sim, Meritíssima... mas esse advogado em particular não está trabalhando neste caso.

A juíza a encarou calmamente.

— A senhora vai convocar minha filha como testemunha, sra. Leven?

Diana hesitou.

— Não, Meritíssima.

— Bom, eu li a declaração da minha filha, senhora promotora, e não vejo razão para não irmos em frente.

Jordan repassou o que sabia até então:

Peter tinha perguntado sobre o bem-estar de Josie.

Josie estava presente durante o tiroteio.

A foto de Josie no anuário, uma das provas, era a única que tinha sido marcada com as palavras DEIXAR VIVA.

Mas, de acordo com a mãe, o que ela havia contado à polícia não afetaria o caso. Segundo Diana, nada do que Josie sabia era importante o bastante para que ela se tornasse testemunha de acusação.

Ele baixou o olhar, a mente repassando os fatos sem parar, como um vídeo que se repetia.

Mas que não fazia sentido.

A antiga escola fundamental que estava servindo de instalação para a Sterling High não tinha refeitório; afinal, as criancinhas comiam na sala, sentadas na carteira. Mas, por algum motivo, isso não era considerado saudável para os adolescentes. Dessa forma, a biblioteca se transformara em um refeitório improvisado. Não havia mais livros nem prateleiras, mas o tapete ainda tinha o ABC bordado e ainda havia um pôster do Gato da Cartola pendurado ao lado das portas duplas.

Josie não se sentava mais com os amigos no refeitório. Não parecia certo, como se uma massa crítica estivesse faltando e eles provavelmente fossem se romper como um átomo sob pressão. Em vez disso, se escondia em um canto da biblioteca, a área com elevações atapetadas, onde ela gostava de imaginar uma professora lendo em voz alta para os alunos pequenos.

Hoje, quando os alunos chegaram à escola, as câmeras de TV já estavam esperando. Era preciso passar por elas para chegar à porta da frente. Elas tinham diminuído ao longo da semana anterior – sem dúvida havia alguma outra tragédia em algum outro lugar para os repórteres cobrirem –, mas voltaram com força total para acompanhar a audiência de acusação. Josie se perguntava como eles iriam da escola até o fórum a tempo. Perguntava-se quantas vezes ao longo do ensino médio eles voltariam. No último dia de aula? Nos aniversários do tiroteio? Na formatura? Ela imaginava o artigo da revista *People* que seria escrito em uma década sobre os sobreviventes do massacre de Sterling. "Onde eles estão agora?" Será que John Eberhard estaria jogando hóquei de novo, ou mesmo andando? Será que os pais de Courtney teriam se mudado de Sterling? Onde Josie estaria?

E Peter?

A mãe dela era a juíza do julgamento dele. Mesmo que ela não falasse sobre isso com a filha – legalmente, não podia –, Josie sabia. Estava presa em algum ponto entre puro alívio por saber que a mãe presidiria o caso e absoluto pavor. Por um lado, sabia que a mãe começaria a juntar as peças do que aconteceu naquele dia, e isso significava que Josie não precisaria falar sobre isso. Por outro lado, quando a mãe começasse a juntar as peças, o que mais descobriria?

Drew entrou na biblioteca jogando uma laranja no ar e pegando-a repetidamente. Olhou ao redor, para os alunos sentados em pequenos grupos no tapete, equilibrando as bandejas do almoço nos joelhos, e viu Josie.

– E aí? – ele perguntou, sentando-se ao lado dela.

– Nada de novo.

– Os chacais pegaram você?

Ele estava se referindo aos repórteres de televisão.

– Eu meio que passei correndo.

– Queria que eles fossem todos se foder – disse Drew.

Josie apoiou a cabeça na parede.

– Eu queria que tudo voltasse ao normal.

– Talvez depois do julgamento. – Drew se virou para ela. – É estranho? Você sabe, com a sua mãe e tal?

– A gente não fala sobre isso. A gente não fala sobre nada, na verdade.

Ela pegou a garrafa de água e tomou um gole para que Drew não percebesse que sua mão estava tremendo.

– Ele não é louco.

– Quem?

– Peter Houghton. Vi os olhos dele naquele dia. Ele sabia exatamente que merda estava fazendo.

– Drew, cala a boca – Josie suspirou.

– Bom, é verdade. Não importa o que uma porra de um advogado fodão vai dizer pra livrar a cara dele.

– Acho que quem decide isso é o júri, não você.

– Nossa, Josie – disse ele. – Você é a última pessoa que eu imaginaria que ia querer defender o cara.

– Não estou defendendo. Só estou dizendo como a lei funciona.

– Ah, valeu, Marcia Clark.* Mas de alguma forma você liga bem menos pra isso quando é você que tem uma bala tirada de dentro do ombro. Ou quando você vê seu melhor amigo, ou seu *namorado*, sangrar até morrer na sua... – Ele parou de falar de repente, quando Josie derrubou a garrafa de água, molhando a si mesma e Drew.

– Desculpa – disse ela, limpando a bagunça com um guardanapo.

Drew suspirou.

– Desculpa também. Acho que estou um pouco nervoso com essas câmeras e tudo mais.

Ele arrancou um pedaço do guardanapo molhado e o enfiou na boca, depois cuspiu a bolinha nas costas de uma garota acima do peso que tocava tuba na banda da escola.

Ai, meu Deus, pensou Josie. *Nada mudou*. Drew pegou outro pedaço de guardanapo e fez uma bolinha na palma da mão.

– *Para* – disse Josie.

– O quê? – Drew deu de ombros. – Era você que queria que tudo voltasse ao normal.

Havia quatro câmeras de televisão no tribunal: ABC, NBC, CBS e CNN; além disso, repórteres da *Time*, *Newsweek*, *The New York Times*, *The Boston Globe* e da Associated Press. A imprensa havia se reunido com Alex na semana anterior na sala dela, para que ela pudesse decidir quem seria representado no tribunal enquanto os outros esperavam do lado de fora, nos degraus do fórum. Ela estava ciente das luzinhas vermelhas das câmeras que indicavam que estavam gravando, do som de canetas

---

* Marcia Clark: advogada que ganhou fama ao ser a promotora no caso O. J. Simpson. (N. da T.)

no papel, dos repórteres escrevendo as palavras que ela dizia. Peter Houghton tinha ficado famoso, e, como resultado disso, Alex agora teria seus quinze minutos de fama. *Talvez sessenta*, ela pensou. Ela demoraria esse tempo todo somente para ler as acusações.

– Sr. Houghton – disse Alex –, você está sendo acusado de, no dia 6 de março de 2007, ter cometido homicídio qualificado, conforme o item 631:1-A, tendo causado propositalmente a morte de outra pessoa, a saber, Courtney Ignatio. Você está sendo acusado de, no dia 6 de março de 2007, ter cometido homicídio qualificado, conforme o item 631:1-A, tendo causado propositalmente a morte de outra pessoa, a saber... – Ela olhou para o nome. – Matthew Royston.

As palavras eram rotina, coisa que Alex podia fazer até dormindo. Mas se concentrou nelas, em manter a voz comedida e regular, em dar peso ao nome de cada adolescente. Os assentos estavam lotados, e Alex reconheceu os pais desses alunos, e até mesmo alguns estudantes. Uma mãe, que Alex não conhecia de vista nem de nome, estava sentada na fileira da frente, atrás da mesa da defesa, e segurava uma foto de vinte por vinte e cinco centímetros de uma garota sorridente.

Jordan McAfee estava sentado ao lado de seu cliente, que estava com o macacão laranja da prisão e algemas e estava fazendo tudo que podia para evitar olhar para Alex enquanto ela lia as acusações.

– Você está sendo acusado de, no dia 6 de março de 2007, ter cometido homicídio qualificado, conforme o item 631:1-A, tendo causado propositalmente a morte de outra pessoa, a saber, Justin Friedman... Você está sendo acusado de, no dia 6 de março de 2007, ter cometido homicídio qualificado, conforme o item 631:1-A, tendo causado propositalmente a morte de outra pessoa, a saber, Christopher McPhee...Você está sendo acusado de, no dia 6 de março de 2007, ter cometido homicídio qualificado, conforme o item 631:1-A, tendo causado propositalmente a morte de outra pessoa, a saber, Grace Murtaugh...

A mulher com a foto ficou de pé enquanto Alex lia as acusações. Ela se inclinou por cima da barra divisória, entre Peter Houghton e seu advogado, e bateu o porta-retratos com tanta força na mesa que o vidro rachou.

– Você se lembra dela? – gritou a mulher com a voz grossa. – Se lembra da Grace?

McAfee se virou rapidamente. Peter baixou a cabeça, mantendo o olhar na mesa à sua frente.

Alex já tivera pessoas descontroladas no tribunal antes, mas não conseguia se lembrar de nenhuma que lhe tivesse tirado o fôlego. A dor dessa mãe parecia ocupar todo o espaço vazio do aposento, parecia aumentar as emoções dos outros espectadores ao ponto de fervura.

Suas mãos começaram a tremer, e ela as colocou debaixo da mesa para que ninguém pudesse vê-las.

– Senhora – disse Alex –, vou ter que pedir que se sente...

– Você olhou na cara dela quando atirou nela, seu filho da mãe?

Olhou?, pensou Alex.

– *Meritíssima* – disse McAfee.

A capacidade de Alex de julgar esse caso imparcialmente já tinha sido desafiada pela promotoria. Apesar de não precisar justificar suas decisões para ninguém, ela disse aos advogados que conseguia facilmente separar o envolvimento pessoal e profissional nesse caso. Ela pensava que seria uma questão de ver Josie não como filha especificamente, mas como uma das centenas de pessoas presentes durante os disparos. Não tinha se dado conta que acabaria sendo questão de ver a si mesma não como juíza, mas como mais uma mãe.

Você consegue, disse a si mesma. *Lembre-se apenas do motivo pelo qual está aqui.*

– Meirinhos – murmurou Alex, e os dois homens musculosos pegaram a mulher pelos braços para escoltá-la para fora do tribunal.

– Você vai queimar no inferno! – gritou a mulher, enquanto as câmeras de televisão acompanhavam sua condução pelo corredor.

Alex não a seguiu com o olhar. Manteve os olhos em Peter Houghton, enquanto McAfee estava distraído.

– Sr. McAfee – disse ela.

– Sim, Meritíssima?

– Por favor, peça ao seu cliente que abra a mão.

– Me desculpe, Meritíssima, mas acho que já houve preconceito suficiente...

– Obedeça, advogado.

McAfee assentiu para Peter, que ergueu as mãos algemadas e as abriu. Brilhando na palma da mão de Peter havia um pedaço de vidro do porta-retratos. O advogado empalideceu e o pegou da mão dele.

– Obrigado, Meritíssima – ele murmurou.

– Disponha. – Alex olhou para o público e limpou a garganta. – Acredito que não haverá mais rompantes assim, senão serei forçada a fechar a audiência ao público.

Ela continuou a ler as acusações, em um tribunal tão silencioso que dava para ouvir corações se partindo e sentir a esperança flutuando até o teto.

– Você está sendo acusado de, no dia 6 de março de 2007, ter cometido homicídio qualificado, conforme o item 631:1-A, tendo causado propositalmente a morte de outra pessoa, a saber, Madeleine Shaw. Você está sendo acusado de, no dia 6 de março de 2007, ter cometido homicídio qualificado, conforme o item 631:1-A, tendo causado propositalmente a morte de outra pessoa, a saber, Edward McCabe. Você está sendo acusado de, no dia 6 de março de 2007, ter cometido homicídio qualificado, conforme o item 631:1-A, tendo causado propositalmente a morte de outra pessoa, a saber, Emma Alexis. Você está sendo acusado de porte de armas de fogo em área escolar. Posse de aparatos explosivos. Uso ilegal de aparato explosivo. Recepção de mercadoria roubada, a saber, armas de fogo.

Quando Alex terminou, estava com a voz rouca.

– Sr. McAfee – disse ela –, como seu cliente se declara?

– Inocente de todas as acusações, Meritíssima.

Um murmúrio se espalhou como vírus pelo tribunal, coisa que sempre acontecia após uma declaração de inocência, e isso sempre pareceu ridículo para Alex. O que o réu *podia* fazer? Dizer que era *culpado*?

– Considerando a natureza das acusações, você não tem direito a fiança. Vai permanecer sob custódia do xerife.

Alex encerrou a audiência e foi para sua sala. Lá dentro, com a porta fechada, andou de um lado para o outro como um atleta em uma disputa brutal. Se havia uma coisa da qual estava segura era sua capacidade de ser uma juíza justa. Mas, se tinha sido tão difícil na audiência de acusação, como ela agiria quando a promotoria começasse a delinear os eventos daquele dia?

– Eleanor – disse Alex, apertando o botão do interfone para chamar a escrivã –, deixe minha agenda livre por duas horas.

– Mas a senhora...

– Faça isso – ela ordenou.

Ela ainda conseguia ver o rosto dos pais no meio do público. O que eles haviam perdido estava estampado como uma cicatriz coletiva.

Alex tirou a toga e seguiu para a escada dos fundos, que levava ao estacionamento. Mas, em vez de parar para fumar um cigarro, entrou no carro. Dirigiu direto até a escola e estacionou na área para carros de bombeiro. Ainda havia uma van da imprensa no estacionamento dos professores. Alex entrou em pânico até se dar conta de que a placa era de Nova York, e de que a chance de alguém reconhecê-la sem a toga era pequena.

A única pessoa que tinha o direito de pedir a Alex para se retirar do caso era Josie, mas ela sabia que a filha entenderia. Era seu primeiro grande caso na corte superior. Seria dar o exemplo para Josie de comportamento saudável, de seguir com a vida normal. Alex tentou ignorar a última razão pela qual estava lutando para permanecer no caso, a que a perfurava como um espinho, como uma farpa, e que a machucava fosse qual fosse a abordagem: ela tinha uma chance maior de descobrir tudo que sua filha havia passado pela promotoria e pela defesa do que pela boca de Josie.

Alex entrou na secretaria.

– Preciso pegar minha filha – disse, e a secretária da escola empurrou uma prancheta na direção dela, com informações a serem preenchidas. ALUNO, leu Alex. HORA DE SAÍDA. MOTIVO. HORA DE CHEGADA.

"Josie Cormier", escreveu. "10h45. Ortodontista."

Ela sentia os olhos da secretária sobre ela. Estava claro que a mulher queria saber por que a juíza Cormier estava de pé em frente à mesa dela em vez de estar no fórum presidindo a acusação que todos estavam esperando.

– Se você puder mandar a Josie para o carro... – disse Alex, retirando-se da secretaria.

Em cinco minutos, a garota abriu a porta do passageiro e se sentou.

– Eu não uso aparelho.

– Precisei pensar rápido em uma desculpa – respondeu Alex. – Foi a primeira que surgiu na minha cabeça.

– Então por que você está aqui?

Alex viu Josie aumentar o fluxo da ventilação dentro do veículo.

– Preciso de motivo pra almoçar com a minha filha?
– São umas dez e meia.
– Então vamos matar aula.
– Você que *sabe* – disse Josie.

Alex saiu dirigindo. Josie estava a meio metro dela, mas era como se estivessem em continentes diferentes. A filha olhava com firmeza pela janela, vendo o mundo passar.

– Acabou? – perguntou Josie.
– A audiência? Sim.
– Foi por isso que você veio aqui?

Como Alex podia descrever a sensação de ver todas aquelas mães e pais sem nome no meio do público, sem os filhos entre eles? Se você perdia a filha, será que ainda podia ser chamada de mãe?

E se você tivesse sido burra o bastante para deixar que ela se afastasse?

Alex dirigiu até o fim da rua que dava vista para o rio. Ele fluía rapidamente, como sempre acontecia na primavera. Se você não soubesse, se estivesse olhando para uma foto, poderia querer dar um mergulho. Não dava para perceber só de olhar que a água roubaria seu fôlego, que a correnteza o levaria para longe.

– Eu queria te ver – confessou Alex. – Tinha pessoas no meu tribunal hoje... pessoas que provavelmente acordam todos os dias desejando ter *feito* isso, ter saído no meio do dia pra almoçar com os filhos em vez de dizer a si mesmas que poderiam fazer isso outro dia. – Ela se virou para Josie. – Essas pessoas não tiveram a chance de ter outros dias.

Josie puxou uma linha solta e ficou em silêncio por tanto tempo que Alex começou a se dar chutes mentais. Sua investida espontânea na maternidade fora um fracasso. Alex tinha sido abalada pelas próprias emoções durante a audiência de acusação e, em vez de dizer a si mesma que estava sendo ridícula, agiu com base nisso. Mas isso era exatamente o que acontecia, não era, quando você começava a remexer na areia movediça dos sentimentos, em vez de se basear nos fatos? Para o inferno com a demonstração de sentimentos; nunca dava certo.

– Matar aula – disse Josie baixinho. – Almoço, não.

Alex se recostou no banco, aliviada.

– Você que *sabe* – brincou, esperando até que Josie olhasse em seus olhos. – Quero conversar com você sobre o caso.

– Achei que você não pudesse.

– É mais ou menos sobre isso que eu queria conversar. Mesmo que essa fosse a maior oportunidade do mundo na minha carreira, eu desistiria se acreditasse que permanecer no caso tornaria as coisas mais difíceis pra você. Você ainda pode me procurar na hora que quiser pra me falar o que quiser.

As duas fingiram por um momento que Josie fazia isso regularmente, quando na verdade havia anos que ela não compartilhava nada particular com a mãe.

Josie olhou de lado para ela.

– Mesmo sobre a audiência?

– Mesmo sobre a audiência.

– O que o Peter disse no tribunal? – perguntou Josie.

– Nada. É o advogado quem fala.

– Como ele estava?

Alex pensou por um instante. Ao ver Peter pela primeira vez com o macacão da prisão, ela ficou impressionada com quanto ele tinha crescido. Apesar de tê-lo visto ao longo dos anos – no fundo da sala de aula durante eventos escolares, no xerox onde ele e Josie trabalharam juntos por algum tempo, até mesmo dirigindo pela Rua Main –, ela ainda esperava que ele fosse o mesmo garotinho do jardim de infância de Josie. Alex pensou na roupa laranja, nos chinelos de borracha, nas algemas.

– Ele parecia um réu – disse ela.

– Se ele for condenado – perguntou Josie –, ele nunca vai sair da prisão, vai?

Alex sentiu o coração se apertar. Josie estava tentando não demonstrar, mas como podia não ter medo de que alguma coisa acontecesse de novo? Por outro lado, como Alex, sendo juíza, poderia prometer condenar Peter antes mesmo de ele ser julgado? Ela se sentiu caminhando na corda bamba entre a responsabilidade pessoal e a ética profissional, esforçando-se ao máximo para não cair.

– Você não precisa se preocupar com isso...

– Isso não é resposta – disse Josie.

– Ele provavelmente vai passar a vida na cadeia, sim.

– Se ele ficar na prisão, as pessoas podem ir falar com ele?

De repente, Alex não conseguiu mais seguir a lógica de Josie.

— Por quê? Você *quer* falar com ele?
— Não sei.
— Não consigo imaginar por que você iria querer, depois...
— Eu era amiga dele — disse Josie.
— Você não é amiga do Peter há anos — respondeu Alex, mas de repente uma coisa estalou em sua mente e ela entendeu por que a filha, que aparentemente estava apavorada pela potencial saída de Peter da prisão, poderia ainda querer se comunicar com ele após a condenação: remorso. Talvez Josie acreditasse que alguma coisa que fez ou deixou de fazer tivesse levado Peter ao ponto de sair atirando pela Sterling High.

Se Alex não entendesse o significado de uma consciência culpada, quem entenderia?

— Querida, tem gente cuidando do Peter, gente cujo *trabalho* é cuidar dele. Você não precisa fazer isso. — Alex sorriu um pouco. — Você só precisa cuidar de si mesma, está certo?

Josie afastou o olhar.

— Tenho prova na próxima aula — disse ela. — Podemos voltar pra escola agora?

Alex dirigiu em silêncio, porque àquela altura já era tarde para fazer qualquer correção, para dizer à filha que havia alguém cuidando dela também, que ela não estava sozinha.

Às duas da manhã, quando Jordan já balançava um bebê choroso e doente nos braços havia cinco horas, ele se virou para Selena.

— Por que tivemos um filho mesmo?

Selena estava sentada à mesa da cozinha — bem, não, na verdade estava espalhada sobre a mesa, com a cabeça apoiada nos braços.

— Porque você queria passar adiante a marca genética aprimorada da minha linhagem.

— Sinceramente, acho que estamos todos passando adiante algum vírus.

De repente, Selena se sentou.

— Ei — sussurrou ela. — Ele dormiu.

— Graças a Deus. Pegue ele aqui.

— Nem se eu estivesse louca. Ele não ficou melhor em nenhum outro lugar o dia todo.

Jordan olhou bravo para ela e afundou na cadeira em frente, com as mãos ainda ao redor do filho adormecido.

— Ele não é o único.

— Estamos falando sobre o seu caso de novo? Porque, pra ser sincera, Jordan, estou tão cansada que preciso de alguma dica se formos mudar de assunto...

— Só não consigo entender por que ela não se afastou. Quando a promotoria tocou no assunto da filha, a Cormier deixou de lado... e, o mais importante, a Leven também.

Selena bocejou e ficou de pé.

— Você está olhando os dentes de um cavalo dado, querido. A Cormier com certeza é uma juíza melhor pra você do que o Wagner.

— Mas alguma coisa está me incomodando nisso.

Ela sorriu para ele com indulgência.

— Está com assadura, é?

— Mesmo que a filha dela não lembre de nada agora, isso não significa que não vai lembrar. E como a Cormier pode ser imparcial sabendo que o namorado da filha levou um tiro do meu cliente com ela olhando?

— Bom, você pode entrar com uma petição para tirar a Cormier do caso – disse Selena. – Ou pode esperar que a Diana faça isso.

Jordan olhou para ela.

— Se eu fosse você, ficaria de boca calada – ela completou.

Ele esticou a mão e puxou o cinto do roupão dela, que desamarrou.

— Quando é que eu fico de boca calada?

Selena riu.

— Sempre tem uma primeira vez.

Cada pavimento na prisão de segurança máxima tinha quatro celas, de dois por dois e meio metros. Dentro da cela havia um beliche e um vaso sanitário. Peter demorou três dias para conseguir defecar com os agentes penitenciários andando de um lado para o outro sem que o intestino se contraísse, mas – e foi assim que ele soube que estava se acostumando a estar ali – agora provavelmente conseguiria defecar quando quisesse.

Em uma extremidade do corredor da prisão de segurança máxima, havia uma pequena televisão. Como só havia lugar para uma cadeira na frente da TV, o cara mais antigo era quem se sentava. Todos os outros ficavam em pé atrás dele, como mendigos na fila da sopa, para poderem ver. Não havia muitos programas com os quais os detentos concordavam. A maioria era da MTV, apesar de eles sempre colocarem no de Jerry Springer.* Peter concluiu que isso acontecia porque, independentemente de quanto você ferrava sua vida, era sempre bom saber que havia pessoas mais burras do que você por aí.

Se algum detento fizesse alguma coisa errada – nem precisava ser Peter, mas, por exemplo, um babaca como Satan Jones (Satan não era o nome verdadeiro dele; era Gaylord, mas, se você mencionasse isso, mesmo que em sussurro, ele pulava no seu pescoço), que desenhou na parede da cela uma caricatura de dois dos agentes penitenciários fazendo atividades horizontais –, todos perdiam o privilégio da televisão durante uma semana. Isso deixava a outra extremidade para que eles perambulassem: um chuveiro com cortina de plástico e um telefone, do qual você podia ligar a cobrar por um dólar por minuto, e a cada poucos segundos ouvia "Esta ligação está sendo feita do Departamento de Correção do Condado de Grafton", para o caso de você ter tido sorte o bastante para esquecer.

Peter estava fazendo abdominais, coisa que odiava. Ele odiava todos os tipos de exercício, na verdade. Mas a alternativa era ficar sentado murchando para que todos achassem que podiam implicar com você, ou ir para fora durante o horário de exercícios. Ele foi algumas vezes, não para jogar basquete nem para correr, e muito menos para fazer acordos secretos perto da cerca em troca de drogas e cigarros que eram contrabandeados para dentro da cadeia, mas só para ficar ao ar livre, respirando o ar que não tinha sido respirado pelos outros detentos. Infelizmente, do pátio de exercícios dava para ver o rio. Era de pensar que seria um bônus, mas, na verdade, era a pior das provocações. Às vezes o vento soprava de forma que Peter conseguia sentir o cheiro dele, do solo ao longo da beirada, da água gélida, e quase o derrubava saber que não podia andar até lá, tirar os sapatos e meias e entrar, nadar, se afogar se quisesse. Depois disso, ele parou de ir lá para fora.

---

* Jerry Springer: apresentador de um programa de auditório sensacionalista. (N. da T.)

Peter terminou o centésimo abdominal – a ironia era que, depois de um mês, ele estava tão mais forte que provavelmente poderia ter dado uma surra em Matt Royston e Drew Girard ao mesmo tempo – e se sentou na cama com o formulário de compras. Uma vez por semana, você podia comprar coisas como enxaguante bucal e papel, com preços ridiculamente altos. Peter se lembrava de ir a St. John com a família uma vez; no mercado, uma caixa de cereais custava uns dez dólares, por ser um artigo muito raro. Xampu não era um artigo raro, mas na cadeia você estava à mercê da administração, o que significava que eles podiam cobrar 3,25 dólares por um vidro de xampu ou dezesseis dólares por um circulador de ar. A outra opção era torcer para que um detento que saísse da prisão estadual lhe desse seus pertences, mas, para Peter, isso parecia um pouco coisa de abutre.

– Houghton – disse um agente penitenciário, com as pesadas botas soando no corredor de metal –, tem carta pra você.

Dois envelopes voaram para dentro da cela e caíram debaixo da cama de Peter. Ele os pegou, passando as unhas no piso de cimento. A primeira carta era da mãe, que ele já estava quase esperando. Peter recebia cartas da mãe pelo menos três ou quatro vezes por semana. As cartas costumavam falar de coisas bobas, como os editoriais no jornal local e o desenvolvimento das plantas dela. Por um tempo, ele pensou que ela estava escrevendo em código – alguma coisa de que ele precisava saber, alguma coisa transcendental e inspiradora –, mas começou a se dar conta de que aquilo era apenas para ocupar espaço. Foi quando parou de abrir as cartas da mãe. Ele não se sentia mal quanto a isso. Peter sabia que o motivo de ela lhe escrever não era para que ele lesse as cartas. Era para que ela pudesse dizer para si mesma que as tinha escrito.

Ele não culpava os pais por serem sem noção. Primeiro de tudo, ele tinha muita prática com essa situação. Segundo, as únicas pessoas que realmente o entendiam eram as que estavam na escola naquele dia, e elas não estavam exatamente enchendo sua caixa postal de cartas.

Peter jogou a carta da mãe no chão de novo e olhou para o endereço no segundo envelope. Não o reconheceu; não era de Sterling, nem de New Hampshire. "Elena Battista", leu. Elena de Ridgewood, New Jersey.

Ele rasgou o envelope e leu a carta.

> Peter,
> Sinto que já conheço você, porque venho acompanhando o que aconteceu na escola. Estou na faculdade agora, mas acho que sei como eram as coisas com você... porque também era assim comigo. Na verdade, estou escrevendo minha tese agora sobre os efeitos de sofrer bullying na escola. Sei que é presunçoso achar que você aceitaria conversar com alguém como eu... Mas acho que, se eu tivesse conhecido alguém como você quando eu estava no ensino médio, minha vida teria sido diferente, e talvez nunca seja tarde demais.
>
> Atenciosamente,
> Elena Battista

Peter bateu o envelope rasgado na coxa. Jordan tinha dito especificamente que não era para ele conversar com ninguém, exceto os pais e o próprio Jordan. Mas os pais eram inúteis, e o advogado não estava exatamente mantendo seu lado do acordo, que envolvia estar fisicamente presente com frequência suficiente para Peter desabafar sobre qualquer coisa que o estivesse incomodando.

E tinha outra coisa. Ela era uma garota de *faculdade*. Era meio bacana pensar que uma garota de faculdade quisesse falar com ele; e ele não ia contar a ela nada que ela já não soubesse.

Peter pegou a lista de compras e marcou o quadradinho pedindo um cartão genérico.

Um julgamento podia ser dividido em duas partes: o que tinha acontecido no dia do evento, que era a prioridade da promotoria, e tudo que tinha levado a isso, que era o que a defesa tinha que apresentar. Por isso, Selena se ocupou entrevistando todo mundo que tinha entrado em contato com o cliente durante os dezessete anos da vida dele. Dois dias depois da audiência de acusação de Peter na corte superior, ela se sentou com o diretor da Sterling High em sua sala na escola de ensino fundamental adaptada. Arthur McAllister tinha barba cor de areia, uma barriga arredondada e dentes que ele não mostrava quando sorria. Ele lembrava um daqueles assustadores ursos falantes vendidos quando Selena era pequena, Teddy Ruxpin, o que se tornou ainda mais estranho quando ele começou a responder às perguntas dela sobre as políticas antibullying da escola.

– Não é tolerado – disse McAllister, apesar de Selena já estar esperando ouvir isso. – Ficamos sempre de olho.

– Então se um aluno procura o senhor para reclamar que estão implicando com ele, quais são as consequências para quem praticou o bullying?

– Uma das coisas que descobrimos, Selena... posso chamar você de Selena?... é que, se a administração intervém, tudo fica pior para o aluno que está sofrendo bullying. – Ele hesitou. – Eu sei o que as pessoas estão dizendo sobre o tiroteio. Estão comparando com os massacres de Columbine e Paducah e os que aconteceram antes. Mas acredito firmemente que não foi o bullying em si que levou o Peter a fazer o que fez.

– O que ele supostamente fez – corrigiu Selena, de forma automática. – O senhor mantém registros de incidentes de bullying?

– Se a coisa ganha proporções maiores e os alunos são trazidos a mim, sim.

– Alguém foi trazido até o senhor por cometer bullying contra Peter Houghton?

McAllister se levantou e pegou um arquivo em um armário. Começou a folheá-lo e parou em uma página.

– Na verdade, o *Peter* foi trazido até aqui duas vezes este ano. Ele levou suspensão por brigar nos corredores.

– Brigar? – disse Selena. – Ou se defender?

Quando Katie Riccobono enfiou uma faca quarenta e seis vezes no peito do marido enquanto ele dormia, Jordan chamou o dr. King Wah, psiquiatra forense especialista em síndrome da mulher espancada. Era uma vertente específica do transtorno de estresse pós-traumático, que sugeria que uma mulher que tivesse sido repetidamente abusada, tanto mental quanto fisicamente, poderia temer tão constantemente pela vida que a linha entre realidade e fantasia se tornava indistinta, a ponto de ela chegar a sentir medo mesmo quando a ameaça estava adormecida, ou, no caso de Joe Riccobono, apagado depois de uma bebedeira de três dias.

King ganhou o caso para eles. Nos anos seguintes, tornou-se um dos maiores especialistas em síndrome da mulher espancada, e comparecia de forma rotineira como testemunha de defesa em todo o país. Seu preço tinha subido vertiginosamente; seu tempo agora era precioso.

Jordan seguiu para o escritório de King, em Boston, sem marcar hora, pois achava que seu charme o faria passar por qualquer secretária que o bom doutor empregasse. Mas não contava com um dragão próximo da idade de se aposentar chamado Ruth.

– Os horários do doutor estão ocupados pelos próximos seis meses – disse ela, sem nem se dar ao trabalho de levantar o olhar para Jordan.

– Mas é uma visita pessoal, não profissional.

– E daí? – disse Ruth, em um tom que sugeria claramente que ela não se importava.

Jordan concluiu que não ajudaria em nada dizer que ela estava linda hoje, ou tentar fazê-la rir com uma piada de loira burra, ou usar sua carreira bem-sucedida de advogado de defesa.

– É uma emergência familiar – disse ele.

– Sua família está tendo uma emergência psicológica – repetiu Ruth secamente.

– *Nossa* família – improvisou Jordan. – Sou irmão do dr. Wah. – Quando viu que Ruth ficou olhando fixamente para ele, Jordan acrescentou: – Irmão *adotado* do dr. Wah.

Ela ergueu uma sobrancelha e apertou um botão do telefone. Um momento depois, ele tocou.

– Doutor – disse ela –, um homem que alega ser seu irmão está aqui para vê-lo. – Ela desligou o telefone. – Ele falou para você entrar.

Jordan abriu a pesada porta de mogno e encontrou King comendo um sanduíche com os pés cruzados sobre a escrivaninha.

– Jordan McAfee – disse sorrindo. – Eu devia ter desconfiado. Me conta... como vai a mamãe?

– Como é que eu vou saber, ela sempre gostou mais de você – brincou Jordan, adiantando-se para apertar a mão de King. – Obrigado por me receber.

– Eu precisava descobrir quem tinha *chutzpah* suficiente pra dizer que era meu irmão.

– *Chutzpah* – repetiu Jordan. – Você aprendeu isso na escola chinesa?

– É. A aula de iídiche era logo depois da introdução ao ábaco. – Ele gesticulou para que Jordan se sentasse. – Como você está?

– Bem – disse Jordan. – Quer dizer, talvez não tão bem quanto você. Não consigo sintonizar a TV Justiça sem ver seu rosto na tela.

– É, eu ando mesmo ocupado. Na verdade, só tenho dez minutos antes do meu próximo cliente.

– Eu sei. Foi por isso que me arrisquei pra que você me recebesse. Quero que você avalie o meu cliente.

– Jordan, meu caro, você sabe que eu faria isso, mas estou com seis meses de julgamento agendados.

– Esse é diferente, King. São acusações de assassinatos múltiplos.

– Assassinatos? – disse King. – Quantos maridos ela matou?

– Nenhum. E não é ela, é um garoto. Um *adolescente*. Foi vítima de bullying durante anos, depois virou a mesa e saiu atirando pela Sterling High School.

King entregou metade de seu sanduíche de atum para Jordan.

– Tudo bem, irmãozinho – disse ele. – Vamos conversar enquanto almoçamos.

Josie olhou do piso cinza resistente para as paredes de cimento, das barras de ferro que isolavam o despacho da área de espera para a porta pesada com a tranca automática. Era parecido com uma prisão, e ela se perguntou se os policiais lá dentro pensavam nessa ironia. Mas, assim que a imagem de cadeia surgiu na mente de Josie, ela pensou em Peter e começou a entrar em pânico de novo.

– Não quero ficar aqui – disse ela, virando-se para a mãe.

– Eu sei.

– Por que ele quer falar comigo de novo? Já falei que não consigo lembrar de nada.

Elas haviam recebido a carta pelo correio. O detetive Ducharme tinha "mais algumas perguntas" para fazer a ela. Para Josie, isso significava que ele devia saber de alguma coisa agora que não sabia na primeira vez que a interrogara. A mãe explicou que uma segunda entrevista era apenas uma maneira de se certificar de que a promotoria tinha feito tudo certo; que não significava nada, mas que ela tinha que ir à delegacia mesmo assim, para não comprometer a investigação.

– Tudo que você precisa fazer é dizer para ele de novo que não lembra de nada... e pronto – disse a mãe, gentilmente colocando a mão no joelho de Josie, que tinha começado a tremer.

O que Josie queria fazer era se levantar, sair pelas portas duplas da delegacia e começar a correr. Queria correr pelo estacionamento e para o outro lado da rua, pelos campos da escola e no bosque que seguia em direção ao lago, para as montanhas que ela às vezes via da janela do quarto se as folhas tivessem caído das árvores, até estar o mais alto que pudesse ir. E então...

E então ela talvez abrisse os braços e pulasse do precipício do mundo.

E se tudo isso fosse uma armação?

E se o detetive Ducharme já soubesse... de tudo?

– Josie – disse uma voz. – Muito obrigado por vir até aqui.

Ela ergueu o olhar e viu o detetive de pé na frente delas. A mãe se levantou. Josie tentou, de verdade, mas não conseguiu encontrar coragem.

– Juíza, agradeço você ter trazido sua filha aqui.

– A Josie está transtornada – disse Alex. – Ela ainda não consegue lembrar de nada daquele dia.

– Preciso ouvir isso da própria Josie.

O detetive se ajoelhou para poder olhar nos olhos dela. Josie percebeu que ele tinha olhos bonitos. Um pouco tristes, como os de um bassê. Isso a fez se perguntar como seria ouvir todas essas histórias dos feridos e dos perturbados, se era inevitável absorver tudo por osmose.

– Prometo que não vai demorar – disse ele com delicadeza.

Josie começou a imaginar como seria quando a porta da sala de reuniões se fechasse, como as perguntas poderiam se intensificar, feito a pressão dentro de uma garrafa de champanhe. Perguntou-se o que doía mais: não se lembrar do que tinha acontecido, por mais que você tentasse fazer com que voltasse à mente, ou se lembrar de cada momento terrível.

Com o canto do olho, Josie viu sua mãe se sentar.

– Você não vai entrar comigo?

Na última vez em que o detetive conversara com ela, a mãe dera a mesma desculpa: ela era a juíza, não podia acompanhar uma entrevista policial. Mas elas tiveram aquela conversa depois da audiência de acusação; sua mãe fizera questão de que Josie soubesse que agir como juíza nesse caso e agir como mãe não seriam mutuamente exclusivos. Ou, em outras palavras: Josie fora burra o bastante para achar que as coisas entre elas poderiam ter começado a mudar.

Sua mãe abriu e fechou a boca, como um peixe fora d'água. *Deixei você desconfortável?*, pensou Josie, com as palavras crescendo como uma bolha em sua mente. *Bem-vinda ao clube.*

– Quer uma xícara de café? – perguntou o detetive, depois balançou a cabeça. – Ou uma Coca. Sei lá, os adolescentes da sua idade já tomam café ou estou te oferecendo um vício porque sou burro demais pra saber?

– Eu gosto de café – disse Josie.

Ela evitou o olhar da mãe quando o detetive Ducharme a levou até o santuário da delegacia.

Eles entraram em uma sala de reuniões, e o detetive lhe serviu uma caneca de café.

– Leite? Açúcar?

– Açúcar – disse Josie.

Ela pegou dois sachês na tigela e os derramou na caneca. Em seguida, olhou ao redor, para a mesa de fórmica, para as luzes fluorescentes, para a *normalidade* da sala.

– O quê?

– O que *o quê*? – disse Josie.

– Algum problema?

– Eu só estava pensando que essa sala não parece o tipo de lugar onde se arranca uma confissão de alguém.

– Depende se você tem uma confissão pra ser arrancada – disse o detetive. Quando Josie empalideceu, ele riu. – Estou brincando. Sinceramente, a única vez em que arranco confissões de alguém é quando faço o papel de policial na TV.

– *Você* faz papel de policial na TV?

Ele suspirou.

– Deixa pra lá. – Esticou a mão para um gravador no meio da mesa. – Vou gravar a nossa conversa, como da outra vez... principalmente porque sou muito lerdo pra lembrar de tudo certinho.

O detetive apertou o botão e se sentou diante de Josie.

– As pessoas dizem o tempo todo que você parece a sua mãe?

– Humm... nunca. – Ela inclinou a cabeça. – Você me trouxe aqui pra perguntar isso?

Ele sorriu.

– Não.

– De qualquer forma, eu não pareço com ela.

– Parece sim. São os olhos.

Josie olhou para a mesa.

– A cor dos meus é completamente diferente dos dela.

– Eu não estava falando da cor – disse o detetive. – Josie, me conte de novo o que você viu no dia do tiroteio na Sterling High.

Por baixo da mesa, ela apertou as mãos. Enfiou as unhas de uma das mãos na palma da outra, para que alguma coisa doesse mais do que as palavras que ele estava fazendo com que ela dissesse.

– Eu tinha uma prova de ciências. Tinha estudado até tarde e estava pensando nela quando acordei de manhã. É tudo que sei. Já te falei, não consigo nem lembrar de ter ido pra escola naquele dia.

– Você lembra o que fez você desmaiar no vestiário?

Josie fechou os olhos. Ela conseguia visualizar o vestiário: o piso, os armários cinza, a meia sozinha esquecida em um canto do chuveiro. E depois tudo ficou vermelho como raiva. Vermelho como sangue.

– Não – disse Josie, mas as lágrimas deixaram a voz dela entrecortada. – Nem sei por que pensar nisso me faz chorar.

Ela odiava ser vista assim, odiava *estar* assim; mais do que tudo, odiava não saber quando ia acontecer: uma mudança no vento, uma virada da maré. Josie pegou o lenço de papel que o detetive ofereceu.

– Por favor – ela sussurrou –, posso ir agora?

Houve um momento de hesitação, e Josie conseguiu sentir o peso da piedade do detetive caindo sobre ela como uma rede que se prendia às palavras dela, enquanto todo o resto – a vergonha, a raiva, o medo – passava direto.

– Claro, Josie – ele disse. – Pode ir.

Alex estava fingindo ler o Relatório Anual da Cidade de Sterling quando Josie saiu de repente pela porta reforçada que levava à área de espera da delegacia. Estava chorando muito, e Patrick Ducharme não estava por perto. *Vou matar esse cara*, Alex pensou racionalmente, calmamente, *depois que eu cuidar da minha filha*.

– Josie – ela chamou, quando a garota saiu correndo do prédio em direção ao estacionamento.

Alex correu atrás dela e finalmente a alcançou em frente ao carro. Passou os braços pela cintura da filha e a sentiu tentar se desvencilhar.

– Me deixa em paz – disse Josie, chorando.

– Josie, querida, o que ele disse pra você? Fale comigo.

– Não posso falar com você! Você não entende. Nenhum de vocês entende. – Josie se afastou. – As pessoas que entendem estão todas mortas!

Alex hesitou, sem saber o que fazer. Podia abraçar Josie com mais força e deixá-la chorar. Ou podia fazê-la ver que, independentemente de quanto estivesse aborrecida, era uma coisa que ela tinha meios para controlar. Mais ou menos como as instruções do júri, percebeu Alex – as instruções que o juiz dá a um júri que não está chegando a lugar nenhum com suas deliberações, que basicamente os lembra de seus deveres como cidadãos e os assegura de que podem chegar a um consenso.

Sempre funcionou para ela no tribunal.

– Sei que é difícil, Josie, mas você é mais forte do que pensa e...

Josie a empurrou com força, soltando-se dela.

– Para de falar assim comigo!

– Assim como?

– Como se eu fosse uma porra de uma testemunha ou um advogado que você está tentando impressionar!

– Meritíssima. Lamento interromper.

Alex se virou e viu Patrick Ducharme a meio metro dela, ouvindo cada palavra. Suas bochechas ficaram vermelhas; esse era exatamente o tipo de comportamento que você não tinha em público quando era juíza. Ele provavelmente voltaria para a delegacia e mandaria um e-mail para toda a força policial: "Adivinhem o que acabei de ouvir".

– Sua filha... – disse ele. – Ela esqueceu o casaco.

Rosa e de capuz, estava dobrado cuidadosamente sobre o braço dele. Ele o entregou para Josie, mas, em vez de se afastar, colocou a mão no ombro dela.

– Não se preocupe, Josie – disse ele, olhando nos olhos dela como se eles fossem as duas únicas pessoas no mundo. – Vamos fazer com que fique tudo bem.

Alex esperava que Josie respondesse agressivamente, mas ela ficou calma com o toque dele. Assentiu, como se acreditasse nisso pela primeira vez desde que os disparos aconteceram.

Alex sentiu alguma coisa crescer dentro dela: alívio, percebeu enfim, pela filha finalmente ter demonstrado um pouco de esperança. E arrependimento, amargo como amêndoas, por não ter sido ela a devolver a paz ao rosto da filha.

Josie limpou os olhos com a manga do casaco.

– Você está bem? – perguntou Ducharme.

– Acho que sim.

– Que bom. – O detetive assentiu na direção de Alex. – Juíza.

– Obrigada – murmurou ela, quando ele se virou e começou a andar de volta para a delegacia.

Alex ouviu a porta do carro bater depois que Josie se sentou no banco do passageiro, mas ficou olhando Patrick Ducharme até ele desaparecer de vista. *Queria que tivesse sido comigo*, pensou Alex, e deliberadamente se impediu de completar a frase.

Como Peter, Derek Markowitz era fera no computador. Como Peter, não tinha sido abençoado com músculos e altura – aliás, com nenhum dom da puberdade. Seu cabelo se erguia em pequenos tufos, como se tivesse sido plantado. Usava a camisa para dentro da calça o tempo todo e nunca tinha sido popular.

Ao contrário de Peter, ele não foi para a escola um dia e matou dez pessoas.

Selena estava sentada à mesa da cozinha da família Markowitz enquanto Dee Dee Markowitz a observava como um falcão. Estava lá para entrevistar Derek na esperança de que ele pudesse ser testemunha de defesa. Mas, para ser honesta, as informações que Derek lhe dera até então o tornavam um candidato muito melhor para a promotoria.

– E se for tudo culpa minha? – dizia Derek. – Quero dizer, ele me deu algumas pistas. Se eu tivesse prestado mais atenção, talvez pudesse ter impedido. Eu podia ter contado pra alguém, mas achei que ele estava brincando.

– Acho que ninguém teria feito nada diferente na sua situação – disse Selena gentilmente, e era o que pensava de verdade. – O Peter que você conhecia não era o mesmo que entrou aquele dia na escola.

– É – disse Derek, assentindo para si mesmo.

– Terminou? – perguntou Dee Dee, dando um passo à frente. – O Derek tem aula de violino.

– Quase, sra. Markowitz. Eu só queria perguntar pro Derek sobre o Peter que ele *realmente* conhecia. Como vocês se conheceram?

– Fizemos parte do time de futebol no sexto ano – disse Derek –, e nós dois éramos uma merda.

– Derek!

– Desculpa, mãe, mas é verdade. – Ele olhou para Selena. – Por outro lado, nenhum daqueles atletas sabia programar em HTML, nem que a vida deles dependesse disso.

Selena sorriu.

– Ah, pode me acrescentar à lista dos tecnologicamente prejudicados. Então vocês ficaram amigos quando eram do time?

– A gente ficava conversando no banco, porque nunca éramos chamados pra jogar – disse Derek. – Mas não, só ficamos amigos depois, quando ele parou de andar com a Josie.

Selena mexeu na caneta.

– Josie?

– É, Josie Cormier. Ela também é da escola.

– E é amiga do Peter?

– Ela era, tipo, a única pessoa que andava com ele – explicou Derek –, mas aí ela virou uma das populares e deixou ele de lado. – Ele olhou para Selena. – Mas o Peter nem ligou. Ele disse que ela tinha virado uma vaca.

– Derek!

– Desculpa, mãe – disse ele. – Mas, de novo, é verdade.

– Vocês podem me dar licença? – pediu Selena.

Ela saiu da cozinha e entrou no banheiro, onde pegou o celular no bolso e ligou para casa.

– Sou eu – disse quando Jordan atendeu, e então hesitou. – Por que tanto silêncio?

– O Sam está dormindo.

– Você não colocou outro vídeo dos Wiggles só pra ter tempo de ler, né?

– Você me ligou especificamente pra me acusar de ser mau pai?

– Não – disse Selena. – Liguei pra dizer que o Peter e a Josie já foram melhores amigos.

Na prisão de segurança máxima, Peter só podia receber um visitante de verdade por semana, mas certas pessoas não contavam. Por exemplo, seu advogado podia ir ver você quantas vezes precisasse. E a coisa louca é que os repórteres também. Tudo que Peter precisou fazer foi assinar um comunicado dizendo que estava fazendo a escolha voluntária de falar com a imprensa, e Elena Battista teve permissão para vê-lo.

Ela era gostosa. Peter reparou nisso imediatamente. Em vez de usar um suéter enorme e sem forma, ela tinha colocado uma blusa apertada com botões. Se ele se inclinasse para frente, conseguia ver o decote.

Ela tinha cabelos longos, volumosos e encaracolados e olhos castanhos, e Peter achou difícil acreditar que tivesse sofrido provocações na escola. Mas ela estava sentada na frente dele, isso era verdade, e mal conseguia olhar nos olhos dele.

– Não consigo acreditar – disse ela, com os dedos dos pés encostando na linha vermelha que os separava. – Não consigo acreditar que estou realmente conhecendo você.

Peter fingiu que ouvia isso o tempo todo.

– É – disse ele. – Legal você ter vindo até aqui.

– Ah, era o mínimo que eu podia fazer – disse Elena.

Peter pensou em histórias que tinha ouvido sobre tietes que escreviam para detentos e se casavam com eles em cerimônias na prisão. Pensou no agente penitenciário que levara Elena até lá e se perguntou se ele ia contar para todo mundo que Peter Houghton estava recebendo a visita de uma gostosa.

– Você não se importa se eu tomar notas, né? – perguntou Elena. – Pro meu trabalho?

– Tá tudo legal.

Ele a viu pegar um lápis e encostá-lo no lábio enquanto abria o caderno em uma página em branco.

– Como eu te falei, estou escrevendo sobre os efeitos do bullying.

– Por quê?

– Ah, teve vezes, quando eu estava na escola, que pensei que era melhor eu me matar do que voltar pra aula no dia seguinte, porque seria mais fácil. Concluí que, se eu estava pensando isso, devia ter outras pessoas pensando também... e foi aí que tive a ideia. – Ela se inclinou para frente (*alerta de decote*) e olhou nos olhos de Peter. – Espero conseguir publicar em uma revista de psicologia, talvez.

– Seria legal.

Ele fez uma careta – meu Deus, quantas vezes ia repetir a palavra *legal*? Devia estar se passando por um completo retardado.

– Então acho que você pode começar me contando com que frequência acontecia. O bullying.

– Todos os dias, eu acho.

– Que tipo de coisas eles faziam?

– O de sempre – disse Peter. – Me enfiavam em um armário, jogavam meus livros pela janela do ônibus.

Então ele começou a recitar a ladainha mil vezes repetida para Jordan: lembranças de levar cotoveladas ao subir a escada, momentos em que os óculos eram arrancados e esmagados, calúnias jogadas como bolas.

Os olhos de Elena se derreteram.

– Deve ter sido muito difícil pra você.

Peter não sabia o que dizer. Ele queria que ela ficasse interessada na história, mas não se significasse que ela o acharia um chorão. Ele deu de ombros, esperando que fosse uma resposta boa o suficiente.

Ela parou de escrever.

– Peter, posso te perguntar uma coisa?

– Claro.

– Mesmo que seja meio que fora do nosso assunto?

Peter assentiu.

– Você planejou matar esses caras?

Ela estava inclinada para frente de novo, com os lábios abertos, como se o que Peter estava prestes a dizer fosse uma hóstia, uma comunhão pela qual ela esperara a vida toda. Peter conseguiu ouvir os passos de um guarda passando pela porta atrás dele, conseguiu praticamente sentir o hálito de Elena. Queria dar a ela a resposta certa, soar perigoso o bastante para que ela ficasse intrigada e quisesse voltar.

Ele sorriu de uma forma que esperava que fosse um tanto sedutora.

– Digamos apenas que era preciso dar um basta naquilo – respondeu Peter.

As revistas no consultório do dentista de Jordan tinham a longevidade do plutônio. Eram tão velhas que a noiva famosa na capa já tinha dois bebês com nomes bíblicos ou de frutas, e o presidente listado como homem do ano já tinha deixado o cargo. Assim, quando deu de cara com a edição mais recente da revista *Time* enquanto esperava a hora de fazer uma restauração, Jordan sentiu que tinha descoberto ouro.

ESCOLA: A NOVA LINHA DE FRENTE DE BATALHA?, dizia a capa, com uma imagem da Sterling High tirada de um helicóptero, com alunos saindo de todos os cantos do prédio. Ele folheou sem prestar muita atenção até chegar ao artigo e suas seções, sem esperar ver nada que já não soubesse ou tivesse visto no jornal, mas um trecho chamou sua atenção: "Dentro da mente de um assassino", ele leu e viu a foto bastante explorada de Peter do anuário do oitavo ano.

Em seguida começou a ler.

– Droga – exclamou, se levantando e andando em direção à porta.

– Sr. McAfee – disse a secretária –, pode entrar.

– Vou ter que remarcar...

– Bom, você não pode levar a nossa revista...

– Acrescente à minha conta – respondeu Jordan bruscamente, e correu para o carro.

O celular tocou na hora em que ele girou a chave na ignição – ele esperou que fosse Diana Leven, se vangloriando de sua boa sorte, mas era Selena.

– Oi, já saiu do dentista? Preciso que você compre fraldas no caminho pra casa. Não tem mais nenhuma.

– Eu não vou pra casa. Tenho um problema bem maior agora.

– Meu amor – disse Selena –, não *existe* problema maior.

– Depois eu explico – disse Jordan, e desligou o telefone, para que, se Diana ligasse, não conseguisse falar com ele.

Ele chegou à prisão em vinte e seis minutos, um recorde pessoal, e entrou correndo. Lá, encostou a revista no plástico que o separava do agente penitenciário que registrava sua chegada.

– Preciso levar isso quando for ver meu cliente – disse Jordan.

– Bom, sinto muito – disse o agente –, mas você não pode levar nada que tenha grampos.

Frustrado, Jordan equilibrou a revista na perna e arrancou os grampos.

– Tudo bem. Posso ir ver meu cliente agora?

Ele foi levado para a mesma sala de reunião que sempre usava na prisão, e andou de um lado para o outro enquanto esperava por Peter. Quando ele chegou, Jordan bateu com a revista na mesa, aberta no artigo.

– Que merda você estava pensando?

O queixo de Peter caiu.

– Ela... ela nunca falou que escrevia para a *Time*! – disse, passando os olhos pelas páginas. – Não acredito – murmurou.

Jordan sentiu todo o sangue do corpo subindo para a cabeça. Sem dúvida era assim que as pessoas tinham derrames.

– Você faz ideia de como as acusações contra você são sérias? De como o seu caso é terrível? De quantas provas existem contra você? – Ele bateu com a mão aberta no artigo. – Você acha mesmo que isso vai atrair algum tipo de solidariedade?

Peter olhou para ele com raiva.

– Olha, valeu pelo sermão. Talvez se você tivesse vindo algumas semanas atrás, a gente não estaria tendo essa discussão.

– Ah, que incrível – disse Jordan. – Como não venho com a frequência que você espera, você decide se vingar de mim falando com a imprensa?

– Ela não era da imprensa. Era minha amiga.

– Adivinha só – disse Jordan. – Você não tem nenhum amigo.

– Me conta uma novidade – respondeu Peter.

Jordan abriu a boca para gritar com Peter de novo, mas não conseguiu. A verdade da frase o atingiu, e ele se lembrou da entrevista de Selena no começo da semana com Derek Markowitz. Os amigos de Peter o desertavam, ou o traíam, ou contavam seus segredos para quem quisesse ouvir.

Se realmente quisesse fazer seu trabalho direito, Jordan não poderia ser apenas um advogado para Peter. Tinha que ser seu confidente, e até agora ele só tinha enrolado o garoto, como todas as outras pessoas na vida dele.

Jordan se sentou ao lado de Peter.

– Olha – disse baixinho –, você não pode fazer uma coisa assim de novo. Se alguém fizer contato com você por qualquer motivo, você precisa me contar. E em troca eu venho te ver com mais frequência. Tudo bem?

Peter deu de ombros e concordou. Por um longo momento, eles ficaram sentados um ao lado do outro, em silêncio, sem saber o que viria depois.

– E agora? – perguntou Peter. – Vou ter que falar sobre o Joey de novo? Ou me preparar para aquela entrevista psiquiátrica?

Jordan hesitou. O único motivo de ter ido ver Peter foi para cair em cima dele por falar com uma repórter; se não fosse por isso, ele não teria ido à prisão. Ele sabia que podia pedir a Peter para recontar sua infância, sua história na escola ou seus sentimentos sobre sofrer bullying, mas nada disso parecia certo.

– Na verdade, preciso de um conselho – ele disse. – Minha esposa me deu um jogo de computador no Natal, Agents of Stealth, sabe? Só que eu não consigo passar da primeira fase sem morrer.

Peter olhou para ele de lado.

– Você está se registrando como Droid ou como Regal?

Como ele podia saber? Nem tinha tirado o CD da caixa.

– Como Droid.

– Esse foi seu primeiro erro. Você não pode se alistar na Legião Pyrhphorus, precisa ser escolhido pra servir. O jeito de fazer isso é começando no Educationary em vez de no Mines. Entendeu?

Jordan olhou para o artigo, ainda aberto sobre a mesa. Seu caso tinha se tornado imensamente mais difícil, mas talvez isso fosse compensado pelo fato de seu relacionamento com seu cliente ter ficado mais fácil.

– Sim – disse Jordan. – Estou começando a entender.

– Você não vai gostar disso – disse Eleanor, entregando um documento para Alex.

– Por quê?

– É uma petição solicitando seu afastamento do caso Houghton. A promotoria está requisitando uma audiência.

Uma audiência significava que a imprensa estaria presente, as vítimas estariam presentes, as famílias estariam presentes. Significava que Alex estaria sob escrutínio público antes que o caso fosse adiante.

– Bom, ela não vai conseguir uma – disse Alex com desprezo.

A escrivã hesitou.

– Eu pensaria duas vezes sobre isso.

Alex olhou nos olhos dela.

– Pode ir.

Ela esperou que Eleanor fechasse a porta e cerrou os olhos. Não sabia o que fazer. Era verdade que ficara mais abalada do que esperava durante a audiência de acusação. Também era verdade que a distância entre ela e Josie podia ser medida pelos mesmos parâmetros do papel dela como juíza. Mas, por Alex ter firmemente suposto que era infalível, porque tinha tanta certeza de conseguir ser uma juíza justa nesse caso, ela tinha se colocado em uma sinuca de bico. Uma coisa era se afastar antes de os procedimentos começarem. Contudo, se ela mudasse de ideia agora, isso faria com que parecesse distraída – na melhor das hipóteses – ou inepta – na pior. Nenhum dos dois era um adjetivo que ela quisesse ter associado à sua carreira judicial.

Se não desse a Diana Leven a audiência que ela estava pedindo, pareceria que Alex estava se escondendo. Era melhor deixar que eles expressassem suas posições e agir como adulta. Alex apertou um botão do telefone.

– Eleanor – disse ela –, pode marcar a audiência.

Então passou os dedos pelo cabelo e o ajeitou. Precisava de um cigarro. Revirou as gavetas da escrivaninha, mas só encontrou um maço vazio de Merits.

– Droga – murmurou, mas então se lembrou do maço de emergência, escondido no porta-malas do carro.

Alex pegou a chave, se levantou e saiu da sala, correndo pela escada dos fundos.

Abriu a porta de incêndio e ouviu um som terrível quando ela bateu em alguém.

– Ai, meu Deus – gritou ela, esticando a mão em direção ao homem que tinha abaixado o tronco de dor. – Você está bem?

Patrick Ducharme voltou a ficar de pé, fazendo uma careta.

– Meritíssima – disse ele –, preciso parar de esbarrar com você. Literalmente.

Ela franziu a testa.

– Você não devia estar atrás de uma porta de incêndio.

– Você não devia abrir a porta de repente. Onde é o de hoje? – perguntou Patrick.

– Onde é o quê?

– O incêndio. – Ele assentiu para outro policial, que estava andando até uma viatura estacionada ali atrás.

Alex deu um passo para trás e cruzou os braços.

– Acredito que já tivemos uma conversa sobre, bem, conversas.

– Primeiro de tudo, não estamos falando sobre o caso, a não ser que haja alguma coisa metafórica acontecendo e eu não saiba. Segundo, sua posição nesse caso parece estar sendo posta em dúvida, pelo menos se você acreditar no editorial do *Sterling News* de hoje.

– Tem um editorial sobre mim? – disse Alex, estupefata. – O que diz?

– Bom, eu até contaria, mas isso seria falar sobre o caso, não é? – Ele sorriu e saiu andando.

– Espere – disse Alex, chamando o detetive. Quando ele se virou, ela olhou ao redor para se certificar de que estavam sozinhos no estacionamento. – Posso te perguntar uma coisa? Extraoficialmente?

Ele assentiu devagar.

– A Josie pareceu... não sei... *bem* quando você falou com ela naquele dia?

O detetive se encostou na parede de tijolos do fórum.

– Você a conhece melhor do que eu.

– Bom... é claro – disse Alex. – Só pensei que ela poderia ter dito alguma coisa pra você, sendo um estranho, que não estava disposta a dizer pra mim. – Ela olhou para o chão entre eles. – Às vezes, é mais fácil assim.

Ela podia sentir os olhos de Patrick sobre ela, mas não tinha coragem de encará-lo.

– Posso te contar uma coisa? Extraoficialmente?

Alex assentiu.

– Antes de eu aceitar esse emprego, eu trabalhava no Maine, e tive um caso que não foi apenas um caso, se é que você me entende.

Alex entendia. Percebeu na voz dele uma nota que não tinha ouvido antes, uma nota baixa que ressoava com angústia, como um diapasão que nunca parava de vibrar.

– Tinha uma mulher lá que era tudo pra mim, e ela tinha um filhinho que era tudo pra ela. E quando ele foi ferido de uma maneira que nenhuma criança jamais deveria ser, movi o céu e a terra pra trabalhar naquele caso, porque achei que ninguém poderia fazer melhor do que eu. Ninguém poderia se importar mais com o resultado. – Ele olhou diretamente para Alex. – Eu tinha certeza absoluta que era capaz de separar meus sentimentos do meu trabalho.

Alex engoliu em seco, como se engolisse poeira.

– E separou?

– Não. Porque quando você ama alguém, não importa o que você diz a si mesmo, aquilo deixa de ser trabalho.
– E vira o quê?
Patrick pensou por um momento.
– Vingança.

Certa manhã, depois que Lewis disse para Lacy que ia visitar Peter na prisão, ela entrou no carro e o seguiu. Nos dias desde que Peter confessara que o pai não ia vê-lo, durante a audiência de acusação e depois, Lacy guardara bem o segredo. Ela falava cada vez menos com Lewis, porque tinha medo de que, se abrisse a boca, tudo escaparia como um furacão.

Lacy teve o cuidado de deixar um carro entre o dela e o de Lewis. Isso a fez pensar em uma vida atrás, quando eles namoravam e ela o seguia até o apartamento dele, ou vice-versa. Eles brincavam um com o outro, ligando o limpador de para-brisa traseiro como cachorros balançam o rabo, piscando os faróis em código Morse.

Ele dirigiu para o norte, como se estivesse indo para a prisão, e por um momento Lacy teve uma crise de dúvida: Será que Peter mentira para ela por algum motivo? Ela achava que não. Mas, por outro lado, também achava que Lewis não mentiria.

Começou a chover quando chegaram à área verde do Lyme Center. Lewis sinalizou e entrou em um pequeno estacionamento com um banco, um ateliê e uma floricultura. Ela não podia entrar atrás dele, pois ele reconheceria o carro dela imediatamente, então foi até a loja de materiais de construção ao lado e estacionou atrás do prédio.

Talvez ele precise tirar dinheiro, pensou Lacy, mas saiu do carro, se escondeu atrás dos tanques de óleo e viu Lewis entrar na floricultura e sair cinco minutos depois com um buquê de rosas cor-de-rosa.

Lacy perdeu completamente o fôlego. Será que ele estava tendo um caso? Ela nunca considerou a possibilidade de que as coisas pudessem ficar ainda piores, de que a pequena família deles pudesse se partir ainda mais.

Lacy cambaleou até o carro e conseguiu continuar seguindo Lewis. Era verdade que andava obcecada com o julgamento de Peter. E talvez ela fosse culpada de não ouvir o marido quando ele precisava conversar, porque nada do que ele tinha a dizer sobre seminários de economia, publicações ou eventos atuais parecia importar, não com o filho dela na cadeia. Mas *Lewis*? Ela sempre se imaginara como o espírito livre da união; ela o via como a âncora. Segurança era uma miragem; estar preso com firmeza contava quando a outra ponta da corda se havia desenrolado.

Ela limpou os olhos na manga. É claro que Lewis diria para ela que era apenas sexo, não amor. Que não significava nada. Ele diria que havia várias maneiras de as pessoas lidarem com o sofrimento, com um buraco no coração.

Lewis ligou a seta de novo e entrou à direita – dessa vez, em um cemitério.

Uma queimação lenta começou dentro do peito de Lacy. Isso era doentio. Era aqui que ele se encontrava com ela?

Lewis saiu do carro carregando as rosas, sem guarda-chuva. A chuva estava caindo com mais força agora, mas Lacy estava decidida a ir até o fim. Ficou atrás e o seguiu até uma área mais nova do cemitério, com túmulos recentes. Não havia lápides ainda; os túmulos pareciam patchwork de terra marrom, ao lado do gramado verde e aparado.

No primeiro túmulo, Lewis se ajoelhou e colocou uma rosa na terra. Em seguida, foi para o do lado e fez o mesmo. E para o outro, e para o outro, até o cabelo estar pingando no rosto e a camisa ficar encharcada, até ter deixado dez flores no chão.

Lacy parou atrás dele quando ele estava colocando a última rosa.

– Eu sei que você está aí – ele disse, sem se virar.

Ela mal conseguia falar: a compreensão de que Lewis não a estava traindo havia se misturado ao entendimento do que ele passava os dias fazendo. Ela não conseguia saber se ainda estava chorando ou se o céu estava fazendo isso por ela.

– Como você ousa vir aqui – ela o acusou – e não ir visitar o nosso filho?

Ele ergueu o rosto para ela.

– Você sabe o que é a teoria do caos?

– Não quero saber de porra de teoria do caos nenhuma, Lewis. Só me importo com o Peter. O que é mais do que eu posso dizer sobre...

– Existe uma crença – interrompeu ele – de que você só pode explicar o último momento do tempo, linearmente... Mas que tudo que leva a ele pode ter vindo de uma série de eventos. Então, sabe, um garoto joga uma pedra no mar e, em algum lugar do planeta, acontece um tsunami. – Lewis se levantou com as mãos nos bolsos. – Eu levei ele pra caçar, Lacy. Falei pra insistir no esporte, mesmo sabendo que ele não gostava. Falei mil coisas. E se uma delas foi o que levou o Peter a fazer isso?

Ele se inclinou para a frente, chorando. Quando Lacy esticou a mão, a chuva bateu nos ombros e nas costas dela.

– Fizemos o melhor que pudemos – disse Lacy.

– Mas não foi o bastante – disse Lewis, virando a cabeça em direção aos túmulos. – Olha isso. *Olha* isso.

Lacy olhou. Pela chuva forte, com o cabelo e as roupas grudadas no corpo, ela avaliou o cemitério e viu o rosto dos adolescentes que ainda estariam vivos se seu filho nunca tivesse nascido.

Ela colocou a mão na barriga. A dor a partiu ao meio, como um truque de mágica, só que ela sabia que jamais voltaria a ser uma só.

Um de seus filhos usava drogas. O outro era um assassino. Será que ela e Lewis tinham sido os pais errados para os filhos que tiveram? Ou será que nunca deveriam ter sido pais?

Os filhos não cometiam seus próprios erros. Eles mergulhavam nos poços para onde tinham sido levados pelos pais. Ela e Lewis realmente acreditaram que o caminho era aquele, mas talvez ela devesse ter parado para pedir instruções. Talvez então eles nunca precisassem ver Joey e depois Peter darem um passo trágico e caírem.

Lacy se lembrou de comparar as notas de Joey com as de Peter, de dizer para Peter que talvez ele devesse experimentar futebol, porque Joey gostava tanto. A aceitação começava em casa, mas a intolerância também. Quando Peter foi excluído na escola, Lacy se deu conta de que ele já estava acostumado a se sentir um pária na própria família.

Lacy apertou bem os olhos. Pelo resto da vida, seria conhecida como a mãe de Peter Houghton. Em determinado ponto, isso a teria empolgado, mas você precisa ter cuidado com o que deseja. Levar crédito pelo que um filho fazia também significava aceitar a responsabilidade pelo que ele fazia de errado. E, para Lacy, isso significava que, em vez de tentar compensar para essas vítimas, ela e Lewis precisavam começar mais perto de casa, com Peter.

– Ele precisa de nós – disse Lacy. – Mais do que nunca.

Lewis balançou a cabeça.

– Eu não posso ir ver o Peter.

Ela se afastou.

— Por quê?

— Porque ainda penso, todos os dias, no bêbado que bateu no carro do Joey. Penso em como eu queria que ele tivesse morrido no lugar do Joey, em quanto ele *merecia* morrer. Os pais de cada uma dessas crianças estão pensando a mesma coisa sobre o Peter — disse Lewis. — E, Lacy... eu não culpo nenhum deles.

Lacy deu um passo para trás, tremendo. Lewis amassou o cone de papel que embrulhava as flores e o enfiou no bolso. A chuva caiu entre eles como uma cortina, tornando impossível que um visse o outro claramente.

Jordan esperou em uma pizzaria perto da prisão que King Wah chegasse depois da entrevista psiquiátrica com Peter. Ele chegou dez minutos atrasado, e Jordan não sabia se isso era bom ou ruim.

King entrou pela porta com uma rajada de vento, com o casaco voando atrás de si. Deslizou no banco da mesa de Jordan e pegou um pedaço de pizza do prato dele.

— Dá pra fazer — anunciou e deu uma mordida. — Psicologicamente, não existe uma diferença significativa entre o tratamento de uma vítima de bullying ao longo do tempo e o tratamento de uma mulher adulta com síndrome da mulher espancada. A questão é que os dois são uma espécie de transtorno de estresse pós-traumático. — Ele colocou a borda de volta no prato de Jordan. — Sabe o que o Peter me contou?

Jordan pensou no cliente por um momento.

— Que é um saco estar na prisão?

— Bom, todos dizem isso. Ele me disse que preferia ter morrido a passar mais um dia pensando no que podia acontecer com ele na escola. Com quem isso parece?

— Katie Riccobono — disse Jordan. — Depois que ela decidiu fazer uma ponte de safena tripla no marido com uma faca de carne.

— Katie Riccobono — corrigiu King —, a mulher símbolo da síndrome da mulher espancada.

— Então o Peter vai se tornar o primeiro exemplo da síndrome da vítima de bullying — disse Jordan. — Seja sincero comigo, King. Você acha que o júri vai se identificar com uma síndrome que nem existe?

– O júri não é composto de esposas espancadas, mas já as absolveu em várias ocasiões. Por outro lado, cada membro daquele júri já passou pelo ensino médio. – Ele pegou a Coca de Jordan e tomou um gole. – Sabia que um único incidente de bullying na escola pode ser tão traumático para uma pessoa ao longo do tempo quanto um único incidente de abuso sexual?

– Você só pode estar brincando.

– Pense nisso. O denominador comum é ser humilhado. Qual é a lembrança mais forte que você tem do ensino médio?

Jordan precisou pensar por um momento para que qualquer lembrança da escola começasse a surgir em sua mente. Em seguida, sorriu.

– Eu estava na aula de educação física fazendo um teste de aptidão. Parte do teste envolvia subir em uma corda pendurada no teto. No ensino médio, eu não tinha o físico maciço que tenho agora...

King riu.

– Naturalmente.

– ... então eu estava com medo de não chegar ao topo. No fim das contas, o problema não foi esse. O problema foi descer, porque subir com a corda entre as pernas me deixou com uma ereção enorme.

– Está vendo? – disse King. – Faça essa pergunta a dez pessoas, e metade delas nem vai conseguir lembrar de alguma coisa concreta sobre a escola, porque bloqueou. A outra metade vai lembrar de um momento incrivelmente doloroso ou embaraçoso. Eles grudam como cola.

– Isso é muito deprimente – observou Jordan.

– Bom, a maior parte de nós cresce e entende que, no grande esquema da vida, esses incidentes são uma pequena parte do quebra-cabeça.

– E os que não entendem?

King olhou para Jordan.

– Eles acabam como o Peter.

O motivo de Alex estar no closet de Josie era porque a filha tinha pegado sua saia preta emprestada e não tinha devolvido, e Alex precisava dela naquela noite. Ia se encontrar com uma pessoa para jantar: Whit Hobart, seu ex-chefe, que se aposentara da defensoria pública. Depois da audiência de hoje, em que a promotoria entrara com a petição para o afastamento dela, Alex precisava de um conselho.

Ela encontrou a saia, mas também encontrou um depósito de tesouros. Alex se sentou no chão com uma caixa aberta no colo. Os adereços da velha fantasia de jazz de Josie, das aulas que fazia aos seis ou sete anos, caíram-lhe na palma da mão como um sussurro. A seda era suave ao toque. Estava sobre uma fantasia de pele falsa de tigre que Josie usara em um Halloween e guardara para usar mais tarde – tinha sido a primeira e última aventura de Alex na costura. Na metade, ela desistiu e prendeu o tecido com uma pistola de cola quente. Alex planejava levar Josie para pedir doces naquele ano, mas era defensora pública na época e um dos clientes havia sido preso novamente. Josie saiu com a vizinha e com os filhos dela; e, naquela noite, quando Alex chegou em casa, Josie tinha coberto seu travesseiro de doces. *Pode ficar com metade*, dissera ela, *porque você perdeu toda a diversão.*

Ela folheou o atlas que Josie fez no primeiro ano, no qual coloriu cada continente e plastificou as páginas. Leu os boletins dela. Encontrou um elástico de cabelo e o colocou ao redor do pulso. No fundo da caixa, viu um bilhete, escrito com a caligrafia curva de uma garotinha: "Quirida mamãe eu te amo muito beijos".

Alex passou os dedos sobre as letras. Perguntou-se por que Josie ainda guardava aquilo, por que nunca entregara à destinatária. Será que Josie decidiu esperar e acabou esquecendo? Será que ficou com raiva de Alex por alguma coisa e decidiu não entregar?

Alex se levantou e colocou cuidadosamente a caixa onde a tinha encontrado. Dobrou a saia preta por cima do braço e foi para o seu quarto. Ela sabia que a maior parte dos pais revirava as coisas dos filhos em busca de preservativos e sacos de maconha, para tentar pegá-los no flagra. Para Alex, era diferente. Para Alex, revirar as coisas de Josie era uma forma de se aproximar de tudo que tinha perdido.

A triste verdade sobre ser solteiro era que Patrick não podia justificar o trabalho de cozinhar para si mesmo. Ele comia a maior parte das refeições de pé, na frente da pia, então qual era o sentido de sujar várias panelas e usar ingredientes frescos? Ele não viraria para ele mesmo e diria: "Patrick, que receita ótima, onde você a encontrou?"

Para ele, era uma ciência, na verdade. Segunda, era noite de pizza. Terça, de Subway. Quarta, de comida chinesa. Quinta, de sopa, e na sexta ele comia um hambúrguer no bar, onde costumava tomar uma cerveja antes de ir para casa. Os fins de semana eram dias de comer os restos – muitos, por sinal. Às vezes, era muito solitário pedir comida – haveria expressão mais triste do que "uma porção para uma pessoa?" –, mas, na maior parte, sua rotina lhe tinha ajudado a conquistar uma coleção de amigos. Sal, da pizzaria, lhe dava pão de alho de graça porque ele era um cliente regular. O cara do Subway, cujo nome Patrick não sabia, apontava para ele e sorria. "Italiano-peru-queijo-maionese-azeitona-picles-extra-sal-e-pimenta", dizia ele, o equivalente verbal de um aperto de mãos secreto.

Como era quarta, ele estava no Golden Dragon, esperando que o pedido para viagem fosse preparado. Viu May levar a comanda para a cozinha – onde se comprava uma wok tão grande, ele sempre se perguntava – e voltou a atenção para a televisão sobre o bar, onde um jogo do Sox estava começando. Uma mulher estava sentada sozinha, rasgando uma franja ao redor de um guardanapo enquanto esperava que o barman trouxesse sua bebida.

Ela estava de costas para ele, mas Patrick era detetive, e havia certas coisas que conseguia descobrir vendo apenas esse lado dela. Como o fato de que tinha uma bunda linda e que o cabelo precisava se libertar do coque de bibliotecária, para que pudesse cair em ondas sobre seus ombros. Ele viu o barman – um coreano chamado Spike, o que Patrick sempre achava engraçado depois da primeira cerveja Tsingtao – abrir uma garrafa de pinot noir e arquivou essa informação também: ela tinha classe. Para ela, nada que tivesse um guarda-chuvinha de papel.

Ele se aproximou da mulher e entregou uma nota de vinte a Spike.
– Cortesia minha – disse Patrick.

Ela se virou, e, por uma fração de segundo, Patrick ficou grudado no chão, perguntando-se como aquela mulher misteriosa podia ter o rosto da juíza Cormier.

Isso o fez se lembrar de quando estava no ensino médio, viu a mãe de um amigo de longe no estacionamento e a classificou automaticamente como Gata Gostosa em Potencial, até se dar conta de quem era. A juíza tirou a nota de vinte da mão de Spike e a devolveu para Patrick.

– Você não pode me pagar uma bebida – disse ela, tirando dinheiro da carteira e entregando ao barman.

Patrick se sentou no banco ao lado.

– Tudo bem, então – disse ele. – Mas você pode *me* pagar.

– Acho que não. – Ela olhou pelo restaurante. – Acho que não devemos ser vistos conversando.

– As únicas testemunhas são as carpas chinesas no laguinho ao lado do caixa. Acho que você está em segurança – disse Patrick. – Além do mais, só estamos conversando. Não estamos falando do caso. Você ainda lembra como se conversa fora do tribunal, não lembra?

Ela pegou a taça de vinho.

– O que você está fazendo aqui, afinal?

Patrick baixou a voz.

– Estou fazendo uma apreensão-surpresa de drogas da máfia chinesa. Eles importam ópio puro nos pacotes de açúcar.

Ela arregalou os olhos.

– Sério?

– Não. E eu te contaria se *fosse* verdade? – Ele sorriu. – Só estou esperando minha comida pra viagem. E você?

– Estou esperando uma pessoa.

Até ela falar isso, ele não tinha se dado conta de que estava gostando da companhia dela. Ele se divertia ao irritá-la, coisa que não era tão difícil. A juíza Cormier o lembrava do Mágico de Oz: muitos brados, sinos e apitos, mas, quando você puxava a cortina, era apenas uma mulher comum.

Que, por acaso, tinha uma bunda linda.

Ele sentiu calor lhe subir ao rosto.

– Família feliz – disse Patrick.

– Como?

– Foi o que eu pedi. Só estou tentando ajudar você com aquela história de conversa casual de novo.

– Você só pediu um prato? Ninguém vai a um restaurante chinês e pede só um prato.

– Bom, nem todos têm filhos em idade de crescimento.

Ela passou o dedo pela borda da taça.

– Você não tem filhos?

– Nunca me casei.

– Por que não?

Patrick balançou a cabeça e sorriu de leve.

– Melhor não falar sobre isso.

– Caramba – disse a juíza. – Ela deve ter feito muito mal a você.

O queixo dele caiu. Será que ele era mesmo tão fácil de ler?

– Acho que você não é o único no mercado com ótimas habilidades de detetive – disse ela rindo. – Só que chamamos isso de intuição feminina.

– É, isso vai te ajudar a conseguir seu distintivo pra ontem. – Ele olhou para a mão dela, sem aliança. – Por que *você* não é casada?

A juíza repetiu a resposta dele.

– Melhor não falar sobre isso.

Ela tomou o vinho em silêncio por um momento, e Patrick batucou com o dedo na bancada de madeira do bar.

– Ela já era casada – ele admitiu.

A juíza colocou a taça vazia na bancada.

– Ele também – confessou, e, quando Patrick se virou, ela olhou bem nos olhos dele.

Os olhos dela eram de um cinza pálido que fazia você pensar no cair da noite, em balas de prata e no começo do inverno. A cor que enchia o céu antes de ser partido em dois por um relâmpago.

Patrick nunca tinha reparado nisso antes, e de repente se deu conta do motivo.

– Você não está usando óculos.

– Fico feliz em saber que Sterling tem uma pessoa tão sagaz quanto você protegendo e servindo a cidade.

– Você costuma usar óculos.

– Só quando estou trabalhando. Preciso deles pra ler.

E, quando costumo te ver, você está trabalhando.

Foi por isso que ele não reparou antes que Alex Cormier era atraente: antes disso, quando seus caminhos se cruzaram, ela estava completamente no modo juíza. Não estava encostada no bar como uma flor de estufa. Não era tão... humana.

– Alex!

A voz veio de trás deles. O homem era elegante, usava um bom terno, sapatos de bico fino e tinha cabelo grisalho o suficiente nas têmporas para lhe conferir um aspecto distinto. Tinha a palavra advogado estampada no rosto e no visual. Sem dúvida, era rico e divorciado; o tipo de cara que falaria sobre o código penal antes de fazer amor e depois dormiria do lado dele da cama em vez de com os braços apertados em torno dela de tal maneira que, mesmo depois de adormecer, os corpos continuassem embolados.

Meu Deus, pensou Patrick, olhando para o chão. *De onde veio* isso?

Que importância tinha para ele com quem Alex Cormier saía, mesmo que o cara fosse praticamente velho o bastante para ser pai dela?

– Whit – disse ela. – Que bom que você pôde vir. – Ela o beijou na bochecha e então, ainda segurando a mão dele, se virou para Patrick. – Whit, este é o detetive Patrick Ducharme. Patrick, Whit Hobart.

O homem tinha um bom aperto de mão, o que só irritou Patrick ainda mais. Patrick esperou para ver o que mais a juíza ia dizer sobre ele na apresentação. Mas, por outro lado, que opções ela tinha? Patrick não era um velho amigo. Não era uma pessoa que ela tinha conhecido no bar. Ela não podia nem dizer que os dois estavam envolvidos no julgamento Houghton, porque, nesse caso, ele não deveria estar conversando com ela.

E Patrick se deu conta de que era isso que ela estava tentando dizer para ele o tempo todo.

May veio da cozinha segurando um saco de papel dobrado e grampeado.

– Aqui está, Pat – disse ela. – Até semana que vem, certo?

Ele conseguia sentir a juíza olhando.

– Família feliz – disse ela, oferecendo um prêmio de consolação, o menor dos sorrisos.

– Foi bom ver você, Meritíssima – disse Patrick polidamente.

Ele abriu a porta do restaurante com tanta força que ela bateu na parede do lado de fora. Estava a caminho do carro quando se deu conta de que nem estava mais com fome.

A reportagem principal do noticiário local das onze da noite foi a audiência na corte superior para o afastamento da juíza Cormier do caso. Jordan e Selena estavam sentados na cama no escuro, cada um com uma tigela de cereal equilibrada na barriga, vendo a mãe lacrimosa de uma garota paraplégica chorar em frente à câmera de TV.

– Ninguém está falando em nome das nossas crianças – disse ela. – Se esse caso ficar enrolado por causa de alguma complicação legal... Bom, elas não são fortes o bastante para passar por isso duas vezes.

— Nem o Peter – observou Jordan.

Selena colocou a colher na mesa.

— A Cormier vai permanecer no caso nem que tenha que rastejar no tribunal.

— Bom, não posso mandar alguém acabar com os joelhos dela, posso?

— Vamos ver o lado positivo – disse Selena. – Nada na declaração da Josie pode afetar o Peter negativamente.

— Meu Deus, você está certa. – Jordan se sentou tão rápido que derramou leite na colcha. Ele colocou a tigela na mesa de cabeceira. – É brilhante.

— O quê?

— A Diana não vai chamar a Josie como testemunha de acusação porque não tem nada que possa usar. Mas nada *me* impede de chamar a garota como testemunha de defesa.

— Você está brincando? Vai colocar a filha da *juíza* na sua lista de testemunhas?

— Por que não? Ela era amiga do Peter. E ele tem poucos e preciosos amigos. É tudo de boa-fé.

— Você não...

— Ah, tenho certeza que vou acabar não usando a Josie. Mas a promotora não precisa saber disso. – Ele sorriu ao pensar em Diana. – E aliás... nem a juíza.

Selena também colocou sua tigela de lado.

— Se você colocar a Josie na lista de testemunhas... a Cormier vai ser *obrigada* a se afastar.

— Exatamente.

Selena esticou as mãos, colocou-as nas laterais do rosto dele, e deu um beijo em seus lábios.

— Você é *terrivelmente* bom.

— Que foi?

— Você me ouviu muito bem.

— Eu sei – Jordan sorriu –, mas não me importo de ouvir de novo.

A colcha escorregou quando ele passou os braços ao redor dela.

— Coisinha gulosa, você, não é? – murmurou Selena.

— Não foi isso que fez você se apaixonar por mim?

Ela riu.

— Bom, não foi seu charme e sua graça, querido.

Jordan se inclinou sobre ela e a beijou, até – ele esperava – que ela tivesse esquecido que estava prestes a debochar dele.

– Vamos ter outro bebê – ele sussurrou.

– Ainda estou amamentando o primeiro!

– Então vamos só *praticar* fazer outro.

Não havia ninguém no mundo como sua esposa, pensou Jordan: altiva e linda, mais inteligente que ele – não que ele um dia fosse admitir isso na cara dela – e tão perfeitamente sintonizada com ele que ele quase tinha que abrir mão de seu ceticismo e acreditar que havia médiuns entre nós. Ele afundou o rosto na parte que mais amava de Selena: aquela em que o pescoço se junta ao ombro, onde sua pele era da cor de xarope de bordo e tinha gosto ainda mais doce.

– Jordan? – disse ela. – Você se preocupa com os nossos filhos? O que quero dizer é... você sabe. Considerando o que você faz... e o que a gente vê?

Ele se deitou de costas.

– Poxa – disse –, isso certamente acabou com o momento.

– Estou falando sério.

Ele suspirou.

– É claro que eu penso nisso. Me preocupo com o Thomas. E com o Sam. E com qualquer outra pessoa que ainda possa nascer. – Ele se apoiou em um cotovelo para olhar nos olhos dela no escuro. – Mas acho que foi esse o motivo que nos fez tê-los.

– Como assim?

Ele olhou por cima do ombro de Selena, para a luz verde piscante da babá eletrônica.

– Talvez – disse Jordan – sejam eles que vão mudar o mundo.

Whit não tomou a decisão por Alex; isso já tinha sido feito quando ela o encontrou para jantar. Mas ele foi o calmante que ela precisava passar nas feridas, a justificativa que ela tinha medo de dar a si mesma. "Você vai ter outro caso importante no futuro", disse ele. "Mas não vai ter esse momento com Josie de volta."

Ela entrou em sua sala de supetão, principalmente porque sabia que essa era a parte fácil. Divorciar-se do caso, escrever a petição para se afastar, isso não era tão apavorante quanto o que aconteceria no dia seguinte, quando não fosse mais a juíza no caso Houghton.

Quando passaria a ter que ser mãe.

Eleanor não estava por perto, mas deixara a papelada na mesa de Alex. Ela se sentou e leu.

Jordan McAfee, que no dia anterior nem abrira a boca na audiência, estava comunicando sua intenção de convocar Josie como testemunha.

Ela sentiu um fogo se acender na barriga. Era uma emoção para a qual Alex não tinha palavras, o instinto animal que acompanhava a percepção de que alguém que você amava fora tomado de refém.

McAfee cometera o pecado terrível de arrastar Josie para o caso, e a mente de Alex espiralou loucamente quando ela se perguntou o que poderia fazer para levá-lo a ser demitido ou até perder a permissão de advogar. Pensando bem, nem se importava se a vingança viesse de dentro dos confins da lei ou de fora. Mas, de repente, Alex parou. Não seria Jordan McAfee que ela perseguiria até o fim do mundo, seria Josie. Ela faria qualquer coisa para impedir que a filha se magoasse de novo.

Talvez devesse agradecer a Jordan McAfee por fazê-la perceber que já tinha a matéria-prima para ser uma boa mãe, afinal.

Alex se sentou em frente ao laptop e começou a digitar. O coração estava disparado quando ela andou até a mesa da escrivã e entregou a folha de papel para Eleanor; mas isso era normal, não era, quando você estava prestes a pular de um precipício?

– Você precisa ligar para o juiz Wagner – disse Alex.

Não era Patrick quem precisava de um mandado de busca. Mas, quando ele ouviu outro policial falar sobre passar no fórum, intercedeu.

– Estou indo pra lá – disse ele. – Faço isso pra você.

Na verdade, ele não estava indo para o fórum, pelo menos não até se oferecer. E não era tão bom samaritano a ponto de dirigir sessenta quilômetros apenas por ter bondade no coração. Patrick queria ir lá apenas por uma razão: era outra desculpa para ver Alex Cormier.

Ele parou em uma vaga, saiu do carro e imediatamente viu o Honda dela. Essa era uma coisa boa: até onde sabia, ela podia nem ter ido ao fórum naquele dia. Mas então ele olhou de novo ao perceber que havia alguém no carro... e que esse alguém era a juíza.

Ela estava imóvel, olhando para o para-brisa. Os limpadores estavam ligados, mas não estava chovendo. Parecia que ela nem tinha percebido que estava chorando.

Ele sentiu aquele mesmo tremor desconfortável na boca do estômago que costumava sentir quando chegava a uma cena de crime e via as lágrimas de uma vítima. *Estou atrasado*, pensou ele. *De novo.*

Patrick se aproximou do carro, mas a juíza não o viu chegando. Quando ele bateu na janela, ela deu um pulo e limpou os olhos apressadamente. Então ele fez um gesto para que ela abrisse a janela.

– Tudo bem? – ele perguntou.

– Tudo.

– Você não *parece* bem.

– Então para de olhar – respondeu ela bruscamente.

Ele colocou os dedos na porta do carro.

– Quer ir pra algum lugar conversar? Eu pago o café.

A juíza suspirou.

– Você *não pode* pagar meu café.

– Mesmo assim, podemos tomar um.

Ele se endireitou e andou até o lado do passageiro, abriu a porta e se sentou ao lado dela.

– Você está em serviço – ela observou.

– Estou em horário de almoço.

– Às dez da manhã?

Ele esticou a mão até a chave pendurada na ignição e ligou o carro.

– Saia do estacionamento e vire à esquerda, tudo bem?

– Senão o quê?

– Pelo amor de Deus, você não sabe que não deve discutir com uma pessoa que tem uma arma?

Ela olhou para ele por um longo instante.

– Você não pode me sequestrar – disse a juíza, mas começou a dirigir, como ele havia pedido.

– Me lembre de me prender mais tarde – retrucou Patrick.

Alex tinha sido criada pelo pai para se esforçar ao máximo em tudo, e, aparentemente, isso incluía se aborrecer. Por que não se afastar do maior julgamento de sua carreira, pedir licença administrativa e ir tomar café com o detetive do caso de uma tacada só?

Por outro lado, disse a si mesma, se não tivesse saído com Patrick Ducharme, jamais saberia que o restaurante chinês Golden Dragon abre às dez horas.

Se não tivesse saído com ele, teria que dirigir para casa e recomeçar a vida.

Todas as pessoas no restaurante pareciam conhecer o detetive e não se importaram com o fato de ele entrar na cozinha para pegar uma xícara de café para Alex.

– O que você viu lá... – disse Alex, hesitante. – Você não vai...

– Contar pra ninguém que você estava surtando dentro do carro?

Ela olhou para a caneca que ele colocou na frente dela, sem nem saber como responder. Pela experiência que ela tinha, quando você mostrava que era fraca diante de alguém, essa pessoa usava isso contra você.

– É difícil ser juíza às vezes. As pessoas esperam que você aja como tal, mesmo quando está com gripe e só tem vontade de se encolher e morrer, ou xingar o caixa que deu troco a menos de propósito. Não tem muito espaço pra erros.

– Seu segredo está seguro – disse Patrick. – Não vou contar pra ninguém da comunidade da lei que você tem emoções.

Alex tomou um gole de café e olhou para ele.

– Açúcar?

Patrick cruzou os braços em cima do balcão do bar e se inclinou na direção dela.

– Querida? – Ao ver a expressão de Alex, ele começou a rir e lhe entregou o pote de açúcar. – Sinceramente, não tem nada de mais nisso. Todos nós temos dias ruins no trabalho.

– *Você* se senta no carro e chora?

– Não nos últimos tempos, mas sou conhecido por derrubar armários de provas em ataques de frustração. – Ele colocou leite em uma cremeira e a pousou no balcão. – Sabe, uma coisa não exclui a outra.

– O quê?

– Ser juíza e ser humana.

Alex colocou leite na caneca.

– Diga isso pra todo mundo que quer que eu me afaste do caso.

– Não é essa a parte em que você me diz que não podemos falar sobre o caso?

– É – disse Alex. – Só que não estou mais no caso. A partir do meio-dia, será de conhecimento público.

Patrick adquiriu uma postura mais sóbria.

– Era por isso que você estava chateada?

– Não. Eu já tinha tomado a decisão de me afastar. Mas aí eu soube que a Josie está na lista de testemunhas de defesa.

– Por quê? – disse Patrick. – Ela não lembra de nada. O que ela poderia dizer?

– Não sei. – Alex olhou para a frente. – Mas e se for culpa minha? E se o advogado só fez isso pra me tirar do caso, porque fui teimosa demais pra me afastar quando o assunto surgiu? – Para sua grande vergonha, ela se deu conta de que estava começando a chorar de novo, e olhou para o bar na esperança de Patrick não reparar. – E se ela tiver que ficar na frente de todo mundo no tribunal e reviver tudo que aconteceu naquele dia?

Patrick lhe entregou um guardanapo, e ela limpou os olhos.

– Me desculpe. Não costumo ser assim – desabafou.

– Qualquer mãe que teve a filha tão perto de morrer tem direito de desmoronar – disse Patrick. – Olha só. Eu já conversei com a Josie duas vezes. Conheço a declaração dela de trás pra frente. Não importa se o McAfee a colocar no banco, não tem nada que ela possa falar que vá magoá-la. A parte boa é que agora você não precisa se preocupar com conflito de interesses. No momento, a Josie precisa mais de uma boa mãe do que de uma boa juíza.

Alex sorriu com tristeza.

– Pena que ela só tem a mim.

– Para com isso.

– É verdade. A minha vida toda com a Josie tem sido uma série de desconexões.

– Bom – observou Patrick –, isso quer dizer que em algum ponto vocês foram conectadas.

– Nenhuma de nós duas lembra de tanto tempo atrás. *Você* teve conversas melhores com a Josie do que eu ultimamente. – Alex olhou para a caneca de café. – Tudo que digo pra ela sai errado. Ela me olha como se eu fosse de outro planeta. Como se eu não tivesse direito de agir como uma mãe preocupada agora, só porque não agia assim antes de tudo acontecer.

– Por que você não agia assim?

– Eu estava trabalhando. Muito – disse Alex.

– Muitos pais trabalham muito...

– Mas eu sou *boa* em ser juíza. E péssima em ser mãe.

Alex cobriu a boca com a mão, mas era tarde demais para engolir a verdade, que se encolhia no bar diante dela, como um veneno. O que ela estava pensando ao confessar isso para alguém quando mal conseguia admitir para si mesma? Era melhor ter desenhado um alvo em seu calcanhar de Aquiles.

– Acho que você devia tentar conversar com a Josie do mesmo modo como conversa com as pessoas que vão ao seu tribunal – sugeriu Patrick.

– Ela odeia quando ajo como advogada. Além do mais, eu quase não falo no tribunal. Em geral eu escuto.

– Bom, Meritíssima – disse Patrick. – Isso também pode funcionar.

Uma vez, quando Josie era bebê, Alex a deixou sozinha tempo suficiente para que ela subisse em um banquinho. Do outro lado da sala, Alex viu, apavorada, quando o pequeno peso de Josie perturbou o equilíbrio. Ela não conseguiria chegar lá rápido o bastante para impedir que Josie caísse; não queria gritar porque tinha medo de assustar Josie e fazê-la cair também. Então, Alex ficou parada, esperando que um acidente acontecesse.

Mas Josie conseguiu se equilibrar no banquinho, ficar de pé no assento redondo e alcançar o interruptor de luz, que era seu objetivo desde o começo. Alex a viu acender e apagar a luz, viu seu rosto se abrir com um sorriso cada vez que ela se dava conta de que suas ações podiam transformar o mundo.

– Como não estamos no tribunal – disse ela com hesitação –, eu gostaria que você me chamasse de Alex.

Patrick sorriu.

– E eu gostaria que você me chamasse de Vossa Majestade Rei Kamehameha.

Alex não conseguiu se controlar e riu.

– Mas, se for muito difícil de lembrar, pode ser Patrick mesmo. – Ele pegou a jarra de café e serviu-lhe mais. – Refil de graça.

Ela o viu colocar açúcar e creme, as quantidades exatas que ela tinha usado na primeira caneca. Ele era detetive; seu trabalho era reparar em detalhes. Mas Alex achou que provavelmente não era isso que o tornava tão bom policial. Era o fato de ele ser capaz de usar a força, como qualquer outro policial, mas preferir emboscar você com gentilezas.

Alex sabia que isso era mais perigoso.

Não era algo que ele colocaria no currículo, mas Jordan tinha um talento especial para dançar as músicas dos Wiggles. Sua favorita era "Hot Potato", mas a que deixava Sam doido era "Fruit Salad". Enquanto Selena estava no andar de cima tomando um banho quente, Jordan colocou o DVD. Ela se opunha a bombardear Sam com esse tipo de estímulo e não queria que ele soubesse soletrar D-O-R-O-T-H-Y, a dinossauro, antes de saber escrever o próprio nome. Selena sempre queria que Jordan estivesse fazendo outra coisa com o bebê, como decorar Shakespeare ou resolver equações diferentes, mas Jordan acreditava em deixar a televisão fazer seu trabalho de transformar o cérebro das pessoas em mingau... pelo menos tempo suficiente para que elas dançassem um tango bobo.

Os bebês sempre tinham o peso certo, de forma que, quando você os tirava dos braços, sentia que estava faltando alguma coisa.

– Salada de frutas... que delícia! – cantarolou Jordan, rodopiando até Sam abrir a boca e soltar uma série de gargalhadas.

A campainha tocou, e Jordan seguiu com seu pequeno parceiro até a entrada para atendê-la. Em harmonia – mais ou menos – com Jeff, Murray, Greg e Anthony ao fundo, Jordan abriu a porta.

– Vamos fazer salada de frutas hoje – cantou ele, e então viu quem estava de pé em sua varanda. – Juíza Cormier!

– Desculpe interromper.

Ele já sabia que ela tinha se afastado do caso. O feliz comunicado tinha sido feito naquela tarde.

– Não, tudo bem. Entre.

Jordan olhou para a trilha de brinquedos que ele e Sam haviam deixado no caminho – ele teria que arrumar tudo antes que Selena descesse. Chutando tantos quanto conseguiu para trás do sofá, levou a juíza para a sala e desligou o DVD.

– Esse deve ser o seu filho.

– É – disse Jordan, olhando para o bebê, que estava a caminho de decidir se daria um ataque ou não pela música ter sido desligada. – Sam.

Ela esticou a mão, e Sam fechou a dele ao redor do dedo indicador dela. Sam conseguiria encantar até mesmo Hitler, mas vê-lo só pareceu deixar a juíza Cormier mais agitada.

– Por que você colocou a minha filha na lista de testemunhas?

Ah.

– Porque – disse Jordan – a Josie e o Peter eram amigos, e posso precisar dela como testemunha de caráter.

– Eles foram amigos dez anos atrás. Seja sincero. Você fez isso pra me tirar do caso.

Jordan segurou Sam mais para cima, apoiado no quadril.

– Meritíssima, com todo o respeito, não vou permitir que ninguém julgue esse caso por mim. Especialmente uma juíza que não está mais envolvida nele.

Ele viu alguma coisa se acender por detrás dos olhos dela.

– É claro que não – ela retrucou rispidamente, então se virou e foi embora.

Pergunte a uma adolescente qualquer se ela quer ser popular e ela vai dizer que não, mesmo que a verdade seja que, se ela estivesse em um deserto morrendo de sede e pudesse escolher entre um copo de água e a popularidade instantânea, ela provavelmente escolheria a segunda opção.

Assim que ouviu a batida na porta, Josie enfiou o caderno entre o colchão e a base da cama box, que devia ser o pior esconderijo do mundo.

A mãe entrou no quarto, e, por um segundo, Josie não conseguiu identificar o que não estava certo. Mas então ela entendeu: ainda não tinha escurecido. Normalmente, quando a mãe chegava do fórum, já era hora do jantar, mas agora eram apenas quinze para as quatro da tarde e Josie tinha acabado de chegar da escola.

– Preciso conversar com você – disse a mãe, se sentando ao lado dela sobre o edredom. – Eu me afastei do caso hoje.

Josie ficou olhando fixamente para ela. Em toda sua vida, ela nunca vira a mãe se afastar de qualquer desafio legal; além do mais, elas não tinham acabado de ter uma conversa sobre o fato de que ela *não ia* se afastar?

Ela sentiu aquela compreensão doentia que acompanhava o chamado da professora quando ela não estava prestando atenção. O que a mãe tinha descoberto que não sabia dias atrás?

– O que aconteceu? – perguntou Josie, esperando que a mãe não estivesse prestando muita atenção para ouvir a forma como sua voz soou desafinada.

– Bom, essa é outra coisa que preciso conversar com você – disse a mãe. – A defesa te colocou na lista de testemunhas. Podem pedir que você vá ao tribunal.

– *O quê?* – gritou Josie, e por um momento tudo parou: sua respiração, seu coração, sua coragem. – Não posso ir ao tribunal, mãe – disse ela. – Não me obrigue. Por favor...

A mãe esticou a mão na direção dela, o que foi uma boa coisa, porque Josie tinha certeza de que, a qualquer segundo, ia simplesmente desaparecer. *Sublimação*, pensou ela, *o ato de passar de sólido a vapor*. E então se deu conta de que esse termo era um dos que tinha estudado para a prova de ciências, que nunca fizera por causa de tudo que havia acontecido.

– Andei conversando com o detetive e sei que você não lembra de nada. A única razão pra você estar naquela lista é porque você era amiga do Peter muito tempo atrás.

Josie se afastou.

– Você jura que não vou ter que ir ao tribunal?

A mãe hesitou.

– Querida, eu não posso...

– Você precisa!

– E se formos falar com o advogado de defesa? – Alex sugeriu.

– O que mudaria?

– Bom, se ele vir como isso está te perturbando, talvez pense duas vezes antes de te usar como testemunha.

Josie se deitou na cama. Por um momento, a mãe acariciou seu cabelo. A garota pensou tê-la ouvido sussurrar *desculpa*, e depois ela se levantou e fechou a porta ao sair.

— Matt — sussurrou Josie, como se apenas ele pudesse ouvir, como se ele pudesse responder.

Matt. Ela inspirou o nome dele como oxigênio e o imaginou se quebrando em mil pedacinhos, entrando em seus glóbulos vermelhos, batendo em seu coração.

Peter quebrou um lápis no meio e enfiou a ponta com a borracha no pão de milho.

— Parabéns para mim — cantou baixinho. Não terminou a música; qual era o sentido quando você já sabia o que vinha depois?

— Ei, Houghton — disse um agente penitenciário —, temos um presente pra você.

De pé atrás dele havia um garoto não muito mais velho que Peter. Estava se balançando para frente e para trás e tinha catarro escorrendo do nariz. O agente o levou para dentro da cela.

— Não vai esquecer de dividir o bolo — disse o agente.

Peter se sentou na cama de baixo do beliche só para que o garoto soubesse quem mandava. O garoto ficou parado com os braços cruzados com força ao redor do cobertor que recebera, olhando para o chão. Ele esticou a mão e empurrou os óculos no nariz, e foi nessa hora que Peter percebeu que havia alguma coisa, bem, de *errado* com ele. Ele tinha aquele olhar vidrado e as gengivas largas de um garoto com necessidades especiais.

Peter se deu conta do motivo de terem colocado o garoto na cela dele em vez de em qualquer outra: concluíram que Peter seria o que menos provavelmente mexeria com ele.

Ele sentiu as mãos se fecharem em formato de punho.

— Ei, você — disse Peter.

O garoto virou a cabeça na direção dele.

— Eu tenho um cachorro — disse. — Você tem um cachorro?

Peter visualizou os agentes penitenciários assistindo àquela comédia pela câmera de vídeo, esperando que ele aguentasse aquela merda.

Esperando alguma coisa dele, ponto.

Esticou a mão e tirou os óculos do garoto. Eram grossos como fundos de garrafa, com moldura preta de plástico. O garoto começou a gritar e bater no próprio rosto. Seus gritos pareciam uma buzina.

Peter colocou os óculos no chão e pisou neles, mas, com os chinelos de borracha, o dano não foi grande. Assim, ele os pegou e bateu nas barras da cela até o vidro se partir.

Àquela altura, os agentes penitenciários já tinham chegado para afastar Peter do garoto, mesmo ele nem estando com as mãos nele. Eles o algemaram enquanto os outros detentos comemoravam, e foi arrastado pelo corredor até a sala do superintendente.

Sentou-se em uma cadeira, com um guarda observando-o respirar, até que o superintendente entrou.

– O que foi aquilo, Peter?

– É meu aniversário – disse ele. – Eu só queria ficar sozinho.

O engraçado, ele percebeu, era que, antes dos tiros, ele acreditava que a melhor coisa do mundo era ser deixado sozinho, para que ninguém pudesse dizer que ele não se encaixava. Mas, na verdade – não que ele fosse dizer isso ao superintendente –, ele não gostava muito de si mesmo também.

O superintendente começou a falar sobre ação disciplinar e como isso poderia afetá-lo no caso de uma condenação, que poucos privilégios ele ainda tinha e que poderiam ser retirados. Peter deliberadamente parou de escutar.

Pensou em quanto os outros detentos ficariam furiosos quando esse incidente os levasse à privação de TV por uma semana.

Pensou na síndrome da vítima de bullying de Jordan e se perguntou se acreditava naquilo, se alguém acreditaria.

Pensou em como ninguém que o visitava na cadeia – nem a mãe, nem o advogado – dizia o que deveria dizer: que Peter ficaria preso para sempre, que morreria em uma cela bem parecida com aquela.

Pensou em como preferia terminar a vida com uma bala.

Pensou em como, à noite, você conseguia ouvir as asas dos morcegos batendo nos cantos das paredes da cadeia e os gritos. Ninguém era burro o bastante para chorar.

Às nove horas da manhã de sábado, quando Jordan abriu a porta, ainda estava com a calça do pijama.

– Só pode ser brincadeira – disse ele.

A juíza Cormier deu um sorriso.

– Lamento muito termos começado com o pé esquerdo – disse ela. – Mas você sabe como é quando é o seu filho que está com problema... Não dá pra pensar direito.

Ela estava com a miniatura dela ao seu lado. *Josie Cormier*, pensou Jordan, avaliando a garota, que tremia como vara verde. Ela tinha cabelos castanhos que caíam sobre os ombros e olhos azuis que não olhavam para ele.

– A Josie está com muito medo – disse a juíza. – Eu queria saber se podemos conversar um minuto... Talvez você possa tranquilizá-la sobre ser testemunha. Dizer se o que ela sabe vai ou não ajudar no seu caso.

– Jordan? Quem é?

Ele se virou e encontrou Selena na entrada, segurando Sam. Ela estava usando um pijama de flanela, que podia ou não ser um passo para o mais formal.

– A juíza Cormier quer saber se podemos falar com a Josie sobre o testemunho dela – disse ele enfaticamente, tentando desesperadamente telegrafar para Selena que estava encrencado, pois todos eles sabiam, com a exceção de Josie, talvez, que a única razão para ele ter elaborado por escrito a intenção de usá-la fora para tirar Cormier do caso.

Jordan se virou para a juíza de novo.

– É que eu ainda não estou nesse estágio do planejamento.

– Sem dúvida você tem uma noção do que pretende ao chamá-la como testemunha... senão não teria colocado a Josie na lista – observou Alex.

– Por que você não liga para a minha secretária e marca uma hora?

– Eu estava pensando em conversarmos agora – disse a juíza Cormier. – Por favor. Não estou aqui como juíza. Só como mãe.

Selena deu um passo à frente.

– Podem entrar – disse ela, usando o braço livre para envolver os ombros de Josie. – Você deve ser a Josie, certo? Este é o Sam.

A garota sorriu timidamente para o bebê.

– Oi, Sam.

– Querido, por que você não oferece um café ou um suco para a juíza?

Jordan ficou olhando para a esposa, se perguntando o que ela estava tramando agora.

– Certo. Por que vocês não entram?

Por sorte, a casa não estava como na primeira vez em que Cormier aparecera sem avisar: não havia pratos na pia, nem papéis amontoados nas mesas, e os brinquedos estavam misteriosamente escondidos. O que Jordan poderia dizer? Sua esposa era maníaca por arrumação. Ele puxou uma das cadeiras da mesa da cozinha e a ofereceu para Josie, depois fez o mesmo com a juíza.

– Como vocês gostam do café? – ele perguntou.

– Ah, estamos bem, obrigada – disse ela, segurando a mão da filha por baixo da mesa.

– O Sam e eu vamos para a sala brincar – disse Selena.

– Por que não fica? – disse Jordan, lançando-lhe um olhar calculado, pedindo que ela não o deixasse sozinho para ser estripado.

– Você não precisa da nossa distração – disse Selena, levando o bebê para a sala.

Jordan se sentou pesadamente diante das duas Cormiers. Ele era bom em argumentação improvisada; com certeza conseguiria passar por isso.

– Bom – disse ele –, não é nada pra ter medo. Eu só ia perguntar algumas coisas básicas sobre a sua amizade com o Peter.

– Nós não somos amigos – disse Josie.

– Sim, eu sei disso. Mas já foram. Estou interessado em quando você conheceu o Peter.

Josie olhou para Alex.

– Por volta do maternal, talvez antes.

– Certo. Vocês brincavam na sua casa? Na dele?

– Nas duas.

– Vocês tinham outros amigos que brincavam com vocês?

– Não – disse Josie.

Alex prestou atenção, mas não conseguia evitar o "modo advogada" ao ouvir as perguntas de McAfee. *Ele não tem nada*, pensou ela. *Isso não vai dar em nada.*

– Quando vocês pararam de andar juntos?

– No sexto ano – respondeu Josie. – Começamos a gostar de coisas diferentes.

– Você teve algum contato com o Peter depois disso?

Josie se mexeu na cadeira.

– Só nos corredores e tal.

– Mas você trabalhou com ele, não foi?

Ela olhou para a mãe de novo.

– Não por muito tempo.

Tanto a mãe quanto a filha estavam olhando fixamente para ele, na expectativa, o que era incrivelmente engraçado, porque Jordan estava inventando tudo conforme falava.

– E o relacionamento entre o Matt e o Peter?

– Não tinha relacionamento – disse Josie, mas suas bochechas ficaram rosadas.

– O Matt fez alguma coisa com o Peter que pode ter sido desagradável?

– Talvez.

– Você pode ser mais específica?

Ela balançou a cabeça, com os lábios bem apertados.

– Quando foi a última vez que você viu o Matt e o Peter juntos?

– Não lembro – sussurrou Josie.

– Eles brigaram?

Lágrimas encheram os olhos dela.

– Não sei.

Ela se virou para a mãe e lentamente abaixou a cabeça até a mesa, com o rosto escondido na dobra do braço.

– Querida, por que você não vai esperar na sala? – disse a juíza calmamente.

Os dois viram Josie ir se sentar em uma poltrona na sala, secando os olhos, e se inclinar para ver o bebê brincar no chão.

– Olha. – A juíza Cormier suspirou. – Eu saí do caso. Sei que foi por isso que você colocou a Josie na lista de testemunhas, mesmo que nunca tenha pretendido chamá-la. Mas não estou questionando isso agora. Estou falando de mãe para pai. Se eu lhe der um depoimento juramentado assinado pela Josie dizendo que ela não lembra de nada, você pensaria duas vezes antes de colocá-la no banco?

Jordan olhou para a sala. Selena tinha convencido Josie a se sentar no chão. Ela estava empurrando um avião de brinquedo na direção dos pés de Sam. Quando ele deu uma risada do tipo que só os bebês conseguem, Josie deu um sorrisinho também. Selena olhou para ele e ergueu as sobrancelhas em uma pergunta.

Ele tinha conseguido o que queria: o afastamento de Cormier. Podia ser generoso o bastante para fazer isso por ela.

– Tudo bem – disse ele para a juíza. – Me consiga o depoimento.

– Quando dizem pra ferver o leite – disse Josie, esfregando outra esponja de lã de aço no fundo preto da panela –, acho que não querem dizer assim.

A mãe pegou um pano de prato.

– Bom, como eu podia saber?

– Acho que a gente devia começar com uma coisa mais fácil do que pudim – sugeriu Josie.

– Tipo?

Ela sorriu.

– Torrada?

Agora que a mãe ficava em casa durante o dia, estava agitada. Por isso, tinha começado a cozinhar, o que era uma boa ideia apenas se você trabalhasse para os bombeiros e precisasse de estabilidade no emprego. Mesmo quando a mãe seguia a receita, não ficava como devia, e inevitavelmente Josie exigia detalhes e descobria que ela usara fermento em vez de bicarbonato, ou farinha integral em vez de farinha de milho. "Não tinha farinha de milho", ela reclamava.

A princípio, Josie sugerira aulas noturnas de culinária por autopreservação, pois não sabia o que dizer quando a mãe tirava do forno um tijolo queimado de bolo de carne com a mesma reverência dramática que poderia ser dada ao Cálice Sagrado. Mas acabou sendo divertido. Quando a mãe não estava agindo como se soubesse de tudo – coisa que *não* fazia quando o assunto era culinária –, ela era uma companhia bem divertida. E também era legal para Josie ter a sensação de estar no controle de uma situação; de qualquer situação, mesmo que fosse fazer pudim de chocolate ou raspar o fundo de uma panela.

Nessa noite, elas fizeram pizza, o que Josie contou como sucesso até a mãe tentar deslizar a pizza para fora do forno e ela dobrar na metade em cima da resistência, o que significou que tiveram que fazer queijo quente para o jantar. Comeram salada direto do saco, coisa que a mãe não tinha como estragar, concluiu Josie, mesmo que tentasse. Mas agora, graças ao desastre do pudim, não havia sobremesa.

– E como foi que você conseguiu ser a Julia Child? – perguntou a mãe.

– A Julia Child morreu.

– A Nigella Lawson,[*] então.

---

[*] Julia Child e Nigella Lawson são apresentadoras de programas culinários na TV. (N. da T.)

Josie deu de ombros, fechou a torneira e tirou a luva amarela de borracha.

– Enjoei de sopa – disse ela.

– Eu não te falei pra não ligar o fogão quando eu não estivesse em casa?

– Falou, mas eu não dei atenção.

Uma vez, quando Josie estava no quinto ano, os alunos tiveram que construir uma ponte com palitos de picolé. A ideia era criar um design que suportasse o máximo de pressão. Ela conseguia se lembrar de passar de carro por cima do rio Connecticut e de estudar os arcos, estacas e suportes das pontes verdadeiras, tentando copiá-los da melhor maneira possível. Ao final do trabalho, dois engenheiros do exército foram até a escola com uma máquina feita para colocar peso e torque em cada ponte, para ver qual era a mais forte.

Os pais foram convidados para o teste. A mãe de Josie estava no tribunal e foi a única a não comparecer naquele dia. Ou pelo menos era o que ela lembrava até o momento em que percebeu que a mãe *estava* lá, nos últimos dez minutos. Ela podia ter perdido o teste na ponte de Josie, durante o qual os palitos racharam e gemeram, e acabaram explodindo em um fracasso catastrófico, mas chegou a tempo de ajudá-la a recolher os restos.

A panela estava brilhando, prateada. A caixa de leite estava pela metade.

– Podemos recomeçar – sugeriu Josie.

Quando não houve resposta, ela se virou.

– Eu gostaria muito – respondeu a mãe, baixinho, mas àquela altura nenhuma das duas estava falando sobre cozinhar.

Alguém bateu à porta, e aquela ligação entre elas, passageira como uma borboleta que pousa em sua mão, se rompeu.

– Você está esperando alguém? – Alex perguntou.

Josie não estava, mas foi atender. Quando abriu a porta, deu de cara com o detetive que a tinha entrevistado.

Os detetives não apareciam na sua porta só quando você estava seriamente encrencado?

Respire, Josie, disse para si mesma, e reparou que ele estava segurando uma garrafa de vinho na mesma hora em que a mãe foi ver o que estava acontecendo.

– Ah – disse a mãe. – Patrick.

Patrick?

Josie se virou e percebeu que a mãe estava *ruborizando*.

Ele ergueu a garrafa de vinho.

– Como isso parece ser o pomo da discórdia entre nós...

– Sabem de uma coisa? – disse Josie, desconfortável. – Vou, hum... estudar.

Ela deixaria que a mãe descobrisse como ela ia fazer isso, pois tinha terminado o dever de casa antes do jantar.

Subiu a escada correndo, batendo com força com os pés para não ouvir o que a mãe estava dizendo. No quarto, colocou a música no volume mais alto, se jogou na cama e ficou olhando para o teto.

O horário de Josie voltar para casa era meia-noite, não que ela estivesse saindo muito nos últimos tempos. Mas, antes, a negociação era assim: Matt levava Josie para casa à meia-noite; em troca, Alex desaparecia como fumaça quando eles entravam em casa, indo para o andar de cima para que ela e Matt pudessem namorar na sala. Ela não fazia ideia de *qual* era o raciocínio da mãe, a não ser que era mais seguro para Josie fazer isso em sua própria sala do que em um carro ou debaixo das arquibancadas. Ela conseguia lembrar como eles atingiam o clímax juntos no escuro, com os corpos fundindo e o silêncio medido. Saber que a qualquer momento a mãe dela podia descer para tomar água ou aspirina só tornava tudo mais excitante.

Às três ou quatro da madrugada, quando seus olhos estavam embaçados e o queixo ardendo por causa da barba por fazer de Matt, Josie se despedia dele com um beijo na porta da frente. Via as luzes do carro dele desaparecerem como o brilho de um cigarro se apagando. Ia na ponta dos pés para o andar de cima e passava pelo quarto da mãe, pensando: *Você não me conhece mesmo.*

– Se eu não deixo você me pagar uma bebida – disse Alex –, o que te faz pensar que eu aceitaria uma garrafa de vinho?

Patrick sorriu.

– Não estou dando pra você. Vou abrir, e você pode escolher pegar um pouco emprestado.

Quando ele disse isso, entrou na casa como se já conhecesse o caminho. Foi para a cozinha, farejou duas vezes – ainda estava com cheiro de massa de pizza queimada e leite incinerado – e começou a abrir aleatoriamente as gavetas até encontrar um saca-rolhas.

Alex cruzou os braços, não por estar com frio, mas porque não conseguia se lembrar de se sentir tão leve por dentro, como se seu corpo fosse o lar de um segundo sistema solar. Viu Patrick pegar duas taças de vinho em um armário e servir.

– A ser um civil – disse ele, brindando.

O vinho era intenso e encorpado, como veludo, como outono. Alex fechou os olhos. Gostaria de apreender aquele momento, fazê-lo se arrastar o máximo possível, até que cobrisse tantos outros que aconteceram antes.

– Então, como é? – perguntou Patrick. – Estar desempregada?

Ela pensou por um instante.

– Fiz queijo quente hoje sem queimar a frigideira.

– Espero que tenha emoldurado.

– Não, deixei isso pra promotoria.

Ela sorriu com a piadinha que fez e sentiu a graça se dissolver diante dos pensamentos que teve ao imaginar o rosto de Diana Leven.

– Você alguma vez se sente culpado? – perguntou Alex.

– Por quê?

– Por quase esquecer, por meio segundo, tudo que aconteceu.

Patrick colocou a taça de vinho sobre a mesa.

– Às vezes, quando estou examinando as provas e vejo uma impressão digital, uma foto ou um sapato que pertencia a um dos adolescentes que morreram, me demoro um pouco mais olhando. É loucura, mas parece que alguém tem que fazer isso, para que eles sejam lembrados por mais um minuto ou dois. – Ele olhou para ela. – Quando alguém morre, a vida dessa pessoa não é a que para naquele momento, sabia?

Alex levantou a taça de vinho e bebeu tudo.

– Me conta como você a encontrou.

– Quem?

– A Josie. Naquele dia.

Patrick olhou nos olhos dela, e Alex sabia que ele estava avaliando o direito de ela saber o que a filha tinha vivenciado contra o desejo dele de poupá-la de uma verdade que a feriria até a alma.

— Ela estava no vestiário — ele começou a dizer baixinho. — E eu pensei... pensei que também estivesse morta, porque estava coberta de sangue, com o rosto para baixo, ao lado de Matt Royston. Mas então ela se mexeu e... — A voz dele falhou. — Foi a coisa mais bonita que já vi.

— Você sabe que é um herói, não sabe?

Ele balançou a cabeça.

— Sou um covarde. O único motivo de ter entrado naquele prédio foi porque, se eu não entrasse, teria pesadelos pelo resto da vida.

Alex tremeu.

— Eu tenho pesadelos, e nem estava lá.

Ele tirou a taça de vinho dela e observou a palma de sua mão, como se fosse ler as linhas da vida.

— Talvez você devesse experimentar não dormir — disse Patrick.

De perto assim, a pele dele tinha cheiro de sempre-viva e hortelã. Alex sentia o coração batendo nas pontas dos dedos. Imaginou que ele também conseguia sentir.

Ela não sabia o que ia acontecer depois, o que deveria acontecer depois, mas seria aleatório, imprevisível, desconfortável. Estava se preparando para se afastar de Patrick quando as mãos dele a seguraram com firmeza.

— Pare de ser tão juíza, Alex — ele sussurrou e a beijou.

Quando o sentimento voltava, em uma tempestade de cor, força e sensações, o máximo que se podia fazer era se segurar à pessoa ao seu lado e torcer para conseguir aguentar. Alex fechou os olhos e esperou o pior, mas não foi ruim, foi apenas diferente. Mais bagunçado, mais complicado. Ela hesitou e em seguida retribuiu o beijo de Patrick, disposta a aceitar que talvez tivesse de perder o controle antes de conseguir encontrar o que estava faltando.

No mês anterior

Quando se ama alguém, há um padrão no modo como os dois se juntam. Pode-se nem perceber, mas os corpos seguem uma coreografia: um toque no quadril, uma carícia no cabelo. Um beijo ritmado, um afastamento, outro mais longo, a mão dele entrando debaixo da blusa dela. É uma rotina, mas não no sentido chato da palavra. É só o jeito como os dois aprenderam a se encaixar, e é o motivo pelo qual, quando se fica com a mesma pessoa por muito tempo, os dentes não se chocam, o nariz e o queixo não se esbarram quando os dois se beijam.

Matt e Josie tinham um padrão. Quando começavam os amassos, ele se inclinava sobre ela e a olhava como se não conseguisse ver mais nada no mundo. Era como se ficasse hipnotizado. Ela percebeu isso porque, depois de um tempo, ela meio que se sentia assim também. Em seguida, ele a beijava, tão devagar que mal havia pressão em sua boca, até que fosse ela a se pressionar contra ele, querendo mais. Ele descia pelo corpo dela, da boca para o pescoço, do pescoço para os seios, e então seus dedos faziam uma missão de busca e resgate abaixo da cintura do jeans. A coisa toda durava cerca de dez minutos, e então Matt saía de cima dela e tirava a camisinha da carteira para que pudessem transar.

Não que Josie se importasse. Para falar a verdade, ela gostava do padrão. Parecia uma montanha-russa: subir a rampa *sabendo* o que vinha depois e sabendo que não se podia fazer nada para impedir.

Eles estavam na sala da casa dela, no escuro, com a televisão ligada para terem ruído de fundo. Matt já tinha tirado as roupas dela e agora estava deitado sobre ela como uma onda gigante, puxando a cueca. Liberto, aninhou-se entre as pernas de Josie.

– Ei – disse ela, quando ele tentou penetrá-la. – Você não está esquecendo nada?

– Ah, Jo. Só uma vez não quero que tenha nada entre a gente.

Suas palavras a faziam derreter tanto quanto seu beijo e seu toque; ela já sabia disso. Ela odiava o cheiro de borracha que se espalhava no ar quando ele abria o pacote de camisinha, o qual ficava nas mãos dele até o fim. E, Deus, será que havia sensação melhor do que ter Matt dentro dela? Josie se mexeu só um pouquinho, sentiu seu corpo se ajustar ao dele, e suas pernas tremeram.

Quando Josie ficou menstruada, aos treze anos, a mãe não teve com ela a típica conversa de mãe e filha. Em vez disso, entregou a Josie um livro sobre probabilidade e estatística.

– Cada vez que você faz sexo, pode ou não engravidar – disse a mãe. – É uma chance de cinquenta por cento. Portanto, não se engane pensando que se só fizer uma vez sem proteção as chances estarão a seu favor

Josie empurrou Matt.

– Acho que não devemos fazer isso – sussurrou ela.

– Fazer sexo?

– Fazer sexo sem... você sabe. Sem nada.

Ele ficou decepcionado; Josie percebeu pelo modo como o rosto dele ficou paralisado por apenas um momento. Então ele saiu de dentro dela, procurou a carteira e encontrou um preservativo. Josie o pegou da mão dele, abriu o pacote e o ajudou a colocar.

– Um dia – disse ela, mas ele a beijou, e Josie esqueceu o que ia dizer.

Lacy começava a espalhar milho no gramado em novembro para ajudar os cervos no inverno. Muitos vizinhos estranhavam essa ajuda artificial durante o inverno – geralmente as mesmas pessoas cujos jardins eram destruídos pelos cervos sobreviventes no verão –, mas para Lacy era uma questão de carma. Enquanto Lewis insistisse em caçar, ela ia fazer o pouco que pudesse para compensar as ações dele.

Colocou as pesadas botas, pois ainda havia muita neve no chão, apesar de ter esquentado o bastante para a seiva começar a fluir, o que significava, ao menos em teoria, que a primavera estava chegando. Assim que Lacy saiu, sentiu o cheiro do xarope de bordo na refinaria de açúcar do vizinho, como cristais doces no ar. Carregou o balde com milho até o balanço no quintal, uma estrutura de madeira onde os meninos brincavam quando eram pequenos e que Lewis nunca desmontara.

– Oi, mãe.

Lacy se virou e viu Peter parado ali perto, com as mãos enfiadas nos bolsos do jeans. Estava usando uma camiseta e um colete acolchoado, e ela imaginou que ele devia estar congelando.

– Oi, querido – disse ela. – O que foi?

Ela achava que podia contar nos dedos de uma das mãos a quantidade de vezes que Peter saíra do quarto recentemente, e menos ainda as que saíra de casa. Fazia parte da puberdade, ela sabia, que os adolescentes se enfiassem em tocas e fizessem o que quer que fosse por trás de portas fechadas. No caso de Peter, isso envolvia o computador. Ele ficava online o tempo todo, não tanto para navegar na internet, mas para fazer programação. Como ela podia criticar esse tipo de paixão?

– Nada. O que você está fazendo?

– A mesma coisa que fiz o inverno todo.

– É mesmo?

Ela olhou para ele. Ali, em meio à beleza da energia ao ar livre, Peter parecia incrivelmente deslocado. Suas feições eram delicadas demais para acompanhar a linha escarpada das montanhas que se erguiam atrás dele, e sua pele parecia quase tão branca quanto a neve. Ele não se encaixava, e Lacy se deu conta de que a maior parte das vezes em que via Peter em algum lugar, podia fazer a mesma observação.

– Aqui – disse Lacy, entregando-lhe o balde.

Peter o pegou e começou a espalhar punhados de milho pelo chão.

– Posso perguntar uma coisa?

– Claro.

– É verdade que foi você quem chamou o papai pra sair?

Lacy sorriu.

– Bom, se eu não tivesse chamado, acho que teria que esperar pra sempre. Seu pai é muitas coisas, mas não é nada observador.

Ela conhecera Lewis em uma passeata a favor do aborto. Embora Lacy fosse a primeira a dizer que não havia bênção maior do que ter um bebê, ela era realista: já tinha mandado para casa diversas mães que eram ou jovens demais, ou pobres demais, ou ocupadas demais para saber que as chances de aquela criança ter uma vida saudável eram poucas. Ela foi com uma amiga para uma passeata em frente ao palácio do governo em Concord e ficou de pé na escada com uma irmandade de mulheres com cartazes que diziam: SOU A FAVOR DA ESCOLHA E DO VOTO... É CONTRA O ABORTO? NÃO FAÇA UM. Ela olhou para a multidão naquele dia e percebeu que havia um único homem, bem-vestido, de terno e gravata, bem no meio das manifestantes. Lacy ficou fascinada por ele. Como participante, ele era completamente diferente do resto.

– Uau – disse Lacy, aproximando-se dele. – Que dia.

– Nem me fale.

– Você já esteve aqui antes? – perguntou ela.

– É minha primeira vez – disse Lewis.

– Minha também.

Eles se separaram quando um outro grupo de manifestantes subiu os degraus de pedra. Um papel voou da pilha que Lewis carregava, mas, quando Lacy conseguiu pegá-lo, ele tinha sido engolido pela multidão. Era a capa de algo maior – ela soube pelos buracos de grampeador em cima –, e tinha um título que quase lhe deu sono: "A alocação dos recursos da educação pública em New Hampshire: uma análise crítica". Mas também havia o nome do autor: Lewis Houghton, Departamento de Economia da Faculdade de Sterling.

Quando ela ligou para dizer a Lewis que estava com o papel, ele disse que não precisava, que podia imprimir outro.

– Sim – disse Lacy – mas preciso levar esse de volta pra você.

– Por quê?

– Pra que você possa me explicar durante o jantar.

Somente quando eles saíram para comer sushi, Lacy soube que o motivo de Lewis estar no palácio do governo não tinha nada a ver com a passeata a favor da escolha, mas com um compromisso que ele tinha com o governador.

– Mas como você contou pra ele? – perguntou Peter. – Que você gostava dele, sabe, *daquele* jeito?

– Pelo que me lembro, eu agarrei seu pai depois do nosso terceiro encontro e o beijei. Por outro lado, pode ter sido pra que ele calasse a boca, porque ele estava falando sem parar sobre o livre comércio. – Ela olhou por cima do ombro, e de repente todas as perguntas fizeram sentido. – Peter – disse ela, abrindo um sorriso –, você está gostando de alguém?

Ele nem precisou responder. Seu rosto ficou vermelho.

– Posso saber o nome dela?

– Não – disse Peter, enfaticamente.

– Bom, não importa. – Ela passou o braço pelo dele. – Meu Deus, tenho inveja de você. Não tem nada que se compare a esses primeiros meses, em que um só consegue pensar no outro. O amor é fantástico de qualquer jeito... mas se apaixonar... ah...

– Não é assim – disse Peter. – O que quero dizer é que é meio unilateral.

– Aposto que ela está tão nervosa quanto você.

Ele fez uma careta.

– Mãe, ela mal percebe minha existência. E eu não... não ando com o tipo de pessoa com quem ela anda.

Lacy olhou para o filho.

– Ah – disse ela. – Então a primeira coisa que você precisa fazer é mudar isso.

– Como?

– Encontre formas de se encontrar com ela. Talvez em lugares onde você saiba que os amigos dela não vão estar por perto. E tente mostrar o lado de você que ela não costuma ver.

– Tipo o quê?

– Seu interior – Lacy bateu no peito de Peter. – Se você disser a ela o que sente, acho que pode ter uma surpresa com a reação.

Peter baixou a cabeça e chutou um monte de neve. Em seguida, olhou para ela timidamente.

– É mesmo?

Lacy assentiu.

– Funcionou pra *mim*.

– Tudo bem – disse Peter. – Obrigado.

Ela o viu entrar em casa e em seguida voltou a atenção para os cervos. Lacy teria que alimentá-los até a neve derreter. Quando você começava a cuidar deles, tinha que ir até o fim, senão eles não sobreviveriam.

Eles estavam no chão da sala, quase nus. Josie sentia gosto de cerveja no hálito de Matt, mas sabia que também devia estar com esse gosto. Os dois tinham tomado algumas na casa de Drew – não o bastante para ficarem bêbados, só alegres, o suficiente para a mão de Matt não conseguir sair do corpo dela, para a pele dele incendiar a dela.

Ela estava flutuando agradavelmente em uma névoa familiar. Sim, Matt a beijou: um beijo curto e depois outro longo e faminto, enquanto a mão trabalhava para abrir o fecho do sutiã. Ela estava deitada, relaxada, espalhada debaixo dele como um banquete, quando ele tirou o jeans dela. Mas, em vez de fazer o que costumava vir depois, Matt se deitou sobre ela de novo e a beijou com tanta força que doeu.

– Mmm – resmungou ela, empurrando-o.

– Relaxa – murmurou Matt, e afundou os dentes no ombro dela. Então prendeu as mãos dela sobre a cabeça e esfregou os quadris contra os dela. Ela conseguia sentir a ereção quente em sua barriga.

Não estava da maneira que costumava ser, mas Josie tinha que admitir que era excitante. Não conseguia se lembrar de se sentir tão pesada, como se o coração estivesse batendo entre as pernas. Enfiou as unhas nas costas de Matt para puxá-lo para mais perto.

– Isso – ele gemeu e abriu as coxas dela. E de repente Matt estava dentro dela, bombeando com tanta força que ela foi empurrada no tapete, o que fez a parte de trás de suas pernas arder.

– Espera – disse Josie, tentando rolar para longe dele, mas ele cobriu sua boca com a mão e bombeou com mais força até Josie senti-lo gozar.

O sêmen quente e grudento fez uma poça embaixo dela no tapete. Matt colocou as mãos em seu rosto.

– Meu Deus, Josie – sussurrou, e ela se deu conta de que ele estava chorando. – Eu te amo tanto.

Josie afastou o rosto.

– Eu também te amo.

Ela ficou deitada nos braços dele por dez minutos e disse que estava cansada e precisava dormir. Depois de lhe dar um beijo de boa-noite na porta, foi até a cozinha e pegou o limpador de tapete debaixo da pia. Esfregou o local molhado e rezou para que não ficasse manchado.

```
# include <stdio.h>
main ( )
{
    int time;
```

```
    for (time=0; time<infinity (1) ; time ++)
    { printf ("eu te amo|n"; }
}
```

Peter selecionou o texto na tela do computador e o apagou. Apesar de achar que seria bem legal abrir um e-mail e automaticamente ter uma mensagem de EU TE AMO escrita por toda a tela, ele conseguia entender que outra pessoa – alguém que não desse a menor bola para C++ – pudesse achar estranho.

Ele escolheu fazer isso por e-mail porque, assim, se ela desse um fora nele, ele podia sofrer a vergonha em particular. O problema era que sua mãe tinha dito para mostrar o que havia dentro dele, e ele não era bom no uso das palavras.

Ele pensava algumas vezes que, quando a via, era apenas uma parte dela: o braço apoiado na janela do passageiro do carro, o cabelo soprando ao vento. Pensou em quantas vezes fantasiou estar naquele volante.

"Minha jornada era sem sentido", ele escreveu. "Até que fiz um retorno."

Peter gemeu e apagou isso também. Fazia com que parecesse um escritor de cartões da Hallmark, um que nem a Hallmark contrataria.

Pensou no que gostaria de poder dizer para ela se tivesse coragem e colocou as mãos sobre o teclado.

"Sei que você não pensa em mim.

E com certeza jamais nos imaginaria juntos.

Mas o creme de amendoim deve ter sido apenas creme de amendoim por muito tempo, antes que alguém pensasse em colocar no sanduíche junto com geleia. E havia o sal, mas o gosto dele ficou melhor acompanhado da pimenta. E qual é o sentido da manteiga sem o pão?

(Por que todos esses exemplos são de COMIDA?!?!??)

Enfim, sozinho eu não sou nada de mais. Mas, com você, acho que eu poderia ser especial."

Ele sofreu com o final.

"Seu amigo, Peter Houghton."

Bem, tecnicamente, isso não era verdade.

"Com sinceridade, Peter Houghton."

Isso era verdade, mas era meio sem graça. É claro que havia o óbvio:

"Com amor, Peter Houghton."

Ele digitou e releu tudo. E, antes que pudesse desistir, apertou Enter e mandou seu amor para Josie Cormier pela rede local.

Courtney Ignatio estava extremamente entediada.

Josie era amiga dela e tudo o mais, mas não havia *nada* para fazer. Elas já tinham visto três filmes de Paul Walker em DVD, acessado o site de *Lost* para ler as informações do cara lindo que fazia o papel de Sawyer e lido todas as *Cosmo* não recicladas, mas não havia HBO, nada de chocolate na geladeira e nenhuma festa da Faculdade de Sterling para que entrassem de penetras. Era a segunda noite de Courtney na casa de Josie, graças a seu irmão CDF que arrastara os pais para uma visita a faculdades na costa leste. Courtney colocou um hipopótamo de pelúcia sobre a barriga e olhou com a testa franzida para os olhos de botão. Já tinha tentado na noite anterior arrancar detalhes sobre Matt, de coisas importantes como o tamanho do membro dele e se ele sabia usá-lo, mas Josie deu uma de Hilary Duff* e agiu como se nunca tivesse ouvido a palavra "sexo".

Josie estava no banheiro tomando banho; Courtney ainda conseguia ouvir o barulho da água. Ela se deitou de lado e observou uma foto de Josie e Matt em um porta-retratos. Teria sido fácil odiar Josie, porque Matt era um supernamorado – sempre ficava perto dela nas festas, ligava para ela para dar boa-noite, mesmo quando a tinha deixado em casa meia hora antes (sim, Courtney tinha testemunhado uma demonstração dessas na noite anterior). Ao contrário da maior parte dos caras do time de hóquei, com vários dos quais Courtney já saíra, Matt parecia realmente preferir a companhia de Josie à de outras pessoas. Mas havia alguma coisa em Josie que impedia Courtney de ter inveja – era o modo como a expressão dela mudava de vez em quando, como lentes de contato coloridas, permitindo que você visse o que realmente havia por detrás. Josie podia ser metade do casal mais fiel da Sterling High School, mas parecia que a maior razão de ela se apegar a esse rótulo era porque ele lhe permitia saber quem ela era de verdade.

---

* Hilary Duff: cantora pop que declarou ser virgem aos 20 anos, mas depois alegou nunca ter dado tal declaração. (N. da T.)

"Você tem um e-mail", falou a voz no computador de Josie. Até então, Courtney nem tinha percebido que elas deixaram o computador ligado e online. Ela se sentou à mesa e mexeu no mouse para que a tela entrasse em foco. Talvez Matt tivesse escrito algum tipo de pornografia. Seria divertido zoar um pouco com ele e fingir ser Josie.

Mas Courtney não identificou o endereço de envio; ela e Josie tinham uma lista de amigos quase idêntica. Não havia assunto. Courtney clicou no link, supondo ser algum tipo de lixo eletrônico: aumente seu pênis em trinta dias, refinancie sua casa, oportunidades de compra de cartuchos de tinta.

O e-mail abriu e Courtney começou a ler.

– Ah, meu Deus – murmurou ela. – Isso é bom demais da conta.

Então ela encaminhou o e-mail para RTWING90@yahoo.com. "Drew", escreveu, "espalhe isso pra todo mundo."

A porta do banheiro se abriu e Josie entrou no quarto com um roupão e uma toalha na cabeça. Courtney fechou a janela do servidor. "Adeus", disse a voz eletrônica.

– O que foi? – perguntou Josie.

Courtney girou a cadeira, sorrindo.

– Só estava vendo meus e-mails – disse ela.

Josie não conseguia dormir; sua mente estava agitada. Esse era exatamente o tipo de problema sobre o qual ela desejava poder conversar com alguém, mas com quem? Com a mãe? Até parece. Matt estava fora de questão. E Courtney, ou qualquer uma de suas amigas... Bem, ela tinha medo de falar sobre seus piores medos e, com isso, fazer com que virassem verdade.

Josie esperou até ouvir a respiração regular de Courtney. Saiu da cama e entrou no banheiro. Fechou a porta e baixou a calça do pijama.

Nada.

Sua menstruação estava três dias atrasada.

Na tarde de terça, Josie se sentou em um sofá no porão de Matt e escreveu uma redação de estudos sociais para ele sobre o abuso histórico de poder nos Estados Unidos enquanto ele e Drew malhavam.

– Tem um milhão de coisas sobre as quais você poderia falar – disse Josie. – Watergate. Abu Ghraib. Kent State.

Matt se esforçou debaixo do peso da barra enquanto Drew o ajudava.

– O que for mais fácil, Jo – disse ele.

– Vamos lá, veadinho – disse Drew. – Desse jeito, você vai ser rebaixado pro time de calouros.

Matt sorriu e esticou os braços.

– Vamos ver *você* fazer isso – resmungou.

Josie viu o movimento dos músculos dele, imaginou-os fortes o bastante para fazer o que ele estava fazendo e também suaves o bastante para abraçá-la. Ele se sentou e secou a testa, depois secou o banco para que Drew pudesse se sentar.

– Eu podia escrever alguma coisa sobre a Lei Patriota – sugeriu Josie, mordendo a ponta do lápis.

– Só estou pensando no que é melhor pra você, cara – disse Drew. – Se você não quer ganhar músculos pro técnico, faça isso pela Josie.

Ela olhou para frente.

– Drew, você nasceu idiota ou foi evolução?

– Sou *inteligentemente planejado* – brincou ele. – Só estou dizendo que é melhor o Matt tomar cuidado, agora que tem concorrência.

– Do que você está *falando*?

Josie olhou para ele como se ele fosse louco, mas estava secretamente em pânico. Não importava se tinha dado atenção a outra pessoa ou não; só importava que Matt *achasse* que tinha.

– *Brincadeira*, Josie – disse Drew, deitando-se no banco e fechando as mãos na barra de metal.

Matt riu.

– É, essa é uma boa descrição de Peter Houghton.

– Você vai acabar com ele?

– Espero que sim – disse Matt. – Só não decidi ainda como.

– Acho que você precisa de inspiração poética pra elaborar um plano adequado – disse Drew. – Ei, Jo, pega meu fichário. O e-mail está no bolso da frente.

Josie pegou a mochila de Drew na outra ponta do sofá e remexeu nos livros dele. Pegou um pedaço dobrado de papel, abriu e viu o próprio endereço de e-mail no alto e todo o corpo estudantil da Sterling High como destinatário.

De onde tinha vindo aquilo? E por que ela nem tinha *visto*?

– Leia – disse Drew, levantando o peso.

Josie hesitou.

– "Sei que você não pensa em mim. E com certeza jamais nos imaginaria juntos."

As palavras pareciam pedras em sua garganta. Ela parou de falar, mas não importava, porque Drew e Matt estavam recitando o e-mail palavra por palavra.

– "Sozinho eu não sou nada de mais" – disse Matt.

– "Mas, com você... acho..." – Drew teve um ataque de riso, com o peso caindo de novo na base. – Porra, não consigo fazer isso dando risada.

Matt se sentou no sofá ao lado de Josie e passou o braço nos ombros dela, com o dedão roçando em seu seio. Ela se mexeu, porque não queria que Drew visse, mas Matt queria, e se mexeu junto com ela.

– Você inspira poesia – disse ele, sorrindo. – Poesia ruim, mas até Helena de Troia deve ter começado com uma rima infantil, né?

O rosto de Josie ficou vermelho. Ela não conseguia acreditar que Peter escrevera aquelas coisas para ela, que pensara que ela pudesse ser receptiva. Não conseguia acreditar que a escola inteira sabia que Peter Houghton gostava dela. Não era bom para ela que as pessoas achassem que ela sentia qualquer coisa por ele.

Até mesmo pena.

Mais arrasador ainda era o fato de que alguém tinha decidido fazê-la de boba. Não era surpresa alguém ter entrado na conta de e-mail dela, pois todos sabiam as senhas uns dos outros; podia ter sido qualquer uma das garotas, ou até mesmo Matt. Mas o que levaria os amigos a fazerem uma coisa assim, tão humilhante?

Josie já sabia a resposta. Aquele grupinho... eles não eram seus amigos. Pessoas populares não tinham amigos, tinham aliados. Você só estaria seguro enquanto escondesse seus segredos. A qualquer momento, eles podiam fazer de você o alvo de risadas, porque dessa maneira eles sabiam que ninguém estaria rindo *deles*.

Josie estava sofrendo, mas também sabia que parte da brincadeira era um teste para ver como ela reagiria. Se ela se virasse e acusasse os amigos de invadir o e-mail e a privacidade dela, estaria ferrada. Acima de tudo, não podia demonstrar emoção. Estava tão socialmente acima de

Peter Houghton que um e-mail como aquele não era nem humilhante, era hilário.

Em outras palavras: ria, não chore.

– Que fracassado – disse Josie, como se aquilo não a incomodasse em nada, como se ela achasse tudo tão engraçado quanto Drew e Matt. Ela amassou o e-mail e o jogou atrás do sofá. Suas mãos estavam tremendo.

Matt deitou a cabeça no colo dela, ainda suado.

– Sobre o que eu decidi oficialmente escrever?

– Índios americanos – respondeu Josie distraidamente. – Como o governo rompeu acordos e tirou a terra deles.

Era uma coisa com a qual ela podia se solidarizar: a falta de raízes, a compreensão de que você jamais se sentiria em casa.

Drew se sentou com uma perna de cada lado do banco.

– Ei, como consigo uma garota que aumente a minha média?

– Pergunte a Peter Houghton – respondeu Matt, sorrindo. – Ele é o mestre do amor.

Quando Drew deu risada, Matt pegou a mão de Josie, a que estava segurando o lápis, e beijou-lhe os dedos.

– Você é boa demais pra mim – disse ele.

Os armários na Sterling High eram amontoados, uma fileira em cima e outra embaixo, o que significava que, se seu armário fosse o de baixo, você tinha que pegar os livros, o casaco e as outras coisas com outra pessoa praticamente em cima da sua cabeça. O armário de Peter não só ficava na fileira de baixo como também era de canto, o que significava que ele nunca conseguia ficar pequeno o bastante para pegar o que precisava.

Peter tinha cinco minutos para ir de uma aula à outra, mas era o primeiro nos corredores quando o sinal tocava. Era um plano cuidadosamente calculado: se ele saísse o mais rápido possível, estaria no corredor durante o maior movimento e teria menos chance de ser visto por um dos garotos populares. Ele andava com a cabeça baixa, os olhos no chão, até chegar ao armário.

Estava ajoelhado na frente do armário, trocando o livro de matemática pelo de estudos sociais, quando um par de saltos pretos anabela parou ao seu lado. Ele olhou para cima, para a meia-calça estampada, a minissaia de tweed, o suéter assimétrico e a longa cascata de cabelos louros. Courtney Ignatio parada com os braços cruzados, como se Peter já tivesse tomado tempo demais dela, quando nem tinha sido ele a fazê-la parar.

– Levanta – disse ela. – Não quero me atrasar pra aula.

Peter ficou de pé e fechou o armário. Não queria que Courtney visse que ali dentro ele tinha colado uma foto sua com Josie de quando eles eram pequenos. Ele teve que subir no sótão onde a mãe guardava os velhos álbuns de fotos, pois ela tinha passado a usar câmera digital dois anos antes e agora eles só tinham CDs. Na foto, ele e Josie estavam sentados na beirada de uma caixa de areia no maternal. A mão de Josie estava no ombro de Peter. Era a parte de que ele mais gostava.

– Olha, a última coisa que quero é ficar aqui parada e ser vista falando com você, mas a Josie é minha amiga, e foi por isso que me ofereci pra fazer isso. – Courtney olhou de um lado para o outro do corredor, para se certificar de que ninguém estava se aproximando. – Ela gosta de você.

Peter ficou olhando fixamente para ela.

– Quero dizer que ela *gosta* de você, seu retardado. Ela já desencanou do Matt. Só não quer largar dele até ter certeza que você tem intenções sérias com ela. – Courtney olhou para Peter. – Eu falei pra ela que é suicídio social, mas acho que é o tipo de coisa que as pessoas fazem por amor.

Peter sentiu todo o sangue lhe subir à cabeça, como um oceano em seus ouvidos.

– Por que eu acreditaria em você?

Courtney jogou o cabelo para o lado.

– Não estou nem aí se você acredita ou não. Só estou contando o que ela disse. O que você faz é você quem sabe.

E foi andando pelo corredor, até desaparecer em uma esquina quando o sinal tocou. Peter ia se atrasar agora; ele odiava se atrasar, porque dava para sentir os olhos de todo mundo quando ele entrava na aula, como mil abutres bicando-lhe a pele.

Mas isso não importava, não no grande esquema das coisas.

A melhor coisa servida no refeitório eram as batatas fritas, afogadas em gordura. Praticamente dava para sentir a cintura do jeans ficando mais apertada e as espinhas estourando no rosto; ainda assim, quando a moça do refeitório serviu a colherada enorme, Josie não conseguiu resistir. Ela às vezes se perguntava: Se fossem tão nutritivas quanto brócolis, será que ela iria querê-las do mesmo jeito? Será que teriam um gosto tão bom se não fizessem tão mal?

A maior parte das amigas de Josie só tomava refrigerante zero nas refeições; comer alguma coisa substancial e com base em carboidratos praticamente rotulava você como baleia ou bulímica. Normalmente, Josie se limitava a três batatas e dava o resto para os garotos. Mas hoje ela praticamente passou duas aulas salivando só de *pensar* nas batatas, e não conseguia parar de comer uma em seguida da outra. Se não fosse picles e sorvete, ainda dava para classificar aquilo como *desejo*?

Courtney se inclinou por cima da mesa e passou o dedo pela gordura na bandeja de batatas.

– Nojento – disse ela. – Como pode a gasolina ser tão cara se tem óleo o bastante nesse treco pra encher a picape do Drew?

– É um tipo diferente de óleo, Einstein – disse Drew. – Você acha mesmo que tem óleo de cozinha nos postos de gasolina?

Josie se inclinou e abriu a mochila. Tinha levado uma maçã, devia estar em algum lugar ali dentro. Revirou os papéis soltos e a maquiagem, tão concentrada em sua busca que não reparou que a conversa de Drew, Courtney e de todo mundo tinha sido silenciada.

Peter Houghton estava de pé ao lado da mesa, segurando um saco de papel pardo em uma das mãos e uma caixa de leite aberta na outra.

– Oi, Josie – disse ele, como se ela estivesse ouvindo, como se ela não estivesse morrendo mil vezes e de mil maneiras naquele momento. – Achei que você podia querer almoçar comigo.

A palavra "humilhada" soava como se você tivesse virado granito, como se não conseguisse se mexer nem para salvar sua alma. Josie imaginou que, anos depois, os alunos apontariam para a gárgula petrificada que já tinha sido ela um dia, ainda presa à cadeira de plástico do refeitório, e diriam: "Ah, sim, eu soube o que aconteceu com ela".

Josie ouviu um movimento atrás de si, mas não conseguiria se mexer naquele momento mesmo que sua vida dependesse disso. Ela olhou para Peter, desejando haver algum tipo de língua secreta na qual o que você dizia não era o que queria dizer, e o ouvinte automaticamente saberia que você estava falando essa língua.

– Humm... – disse Josie. – Eu...

– Ela adoraria – disse Courtney. – Quando o inferno congelar.

A mesa toda caiu na risada com a piada interna que Peter não entendeu.

– O que tem no saco? – perguntou Drew. – Sanduíche de creme de amendoim com geleia?

– Sal e pimenta? – disse Courtney.

– Pão com manteiga?

O sorriso no rosto de Peter murchou quando ele se deu conta de como era fundo o poço no qual tinha caído e quantas pessoas o tinham cavado. Olhou de Drew para Courtney e para Emma, depois de novo para Josie – e, quando o fez, ela teve de afastar o olhar, para que ninguém, inclusive Peter, percebesse quanto a magoava ter de magoá-lo, quanto a magoava perceber que, apesar do que Peter acreditara, ela não era diferente de ninguém.

– Acho que a Josie devia pelo menos poder experimentar a mercadoria – disse Matt, e, quando ele falou, ela se deu conta de que ele não estava mais sentado ao lado dela. Estava de pé atrás de Peter e, em um movimento rápido, prendeu os polegares nos passadores da calça do garoto e a puxou até os tornozelos.

A pele de Peter era branca como a lua sob as intensas lâmpadas fluorescentes do refeitório, e seu pênis era como uma pequena concha espiralada em um ninho esparso de pelos pubianos. Ele imediatamente cobriu os genitais com o saco do almoço e, ao fazer isso, deixou a caixa de leite cair no chão. O leite se espalhou entre seus pés.

– Ei, olha isso – disse Drew. – Ejaculação precoce.

O refeitório todo começou a girar como um carrossel, em luzes intensas e cores fortes. Josie conseguia ouvir risadas e tentou fazer com que sua própria risada acompanhasse. O sr. Isles, um professor de espanhol sem pescoço, correu até Peter quando ele estava puxando a calça para cima. Pegou Matt com uma das mãos e Peter com a outra.

– Vocês dois terminaram – gritou ele –, ou precisamos ir pra sala do diretor?

Peter saiu correndo, mas àquela altura todo mundo no refeitório estava revivendo os gloriosos momentos em que ele ficou sem calça. Drew bateu na mão de Matt.

– Cara, foi o almoço mais divertido que já vi.

Josie enfiou a mão na mochila, fingindo estar procurando a maçã, mas não estava mais com fome. Só não queria vê-los agora; não queria deixar que a vissem.

O saco com o almoço de Peter Houghton estava ao lado do pé dela, onde ele o soltara quando saiu correndo. Ela olhou dentro. Um sanduíche, talvez de peru. Um saco de pretzels. Cenouras, que tinham sido descascadas e cortadas em tiras regulares por alguém que gostava dele.

Josie enfiou o saco de papel pardo na mochila, dizendo a si mesma que procuraria Peter para devolvê-lo, ou que o deixaria perto do armário dele, mas ela sabia que não faria nem uma coisa nem outra. Ela o carregaria até que começasse a feder, até que precisasse jogá-lo fora e pudesse fingir que era muito fácil se livrar dele.

Peter saiu correndo do refeitório e disparou pelos corredores estreitos como uma bola de pinball até chegar em seu armário. Caiu de joelhos e apoiou a cabeça no metal frio. Como pôde ser tão burro de confiar em Courtney, de pensar que Josie poderia dar alguma bola para ele, de pensar que ele poderia ser alguém por quem ela se apaixonaria?

Bateu a cabeça até doer, depois apertou cegamente os botões com o número do armário. Ao abrir, pegou a foto dele com Josie e a esmagou na palma da mão, descendo pelo corredor.

No caminho, foi parado por um professor. O sr. McCabe estava com a testa franzida para ele e colocou uma das mãos em seu ombro, mas com certeza ele conseguia ver que Peter não podia suportar ser tocado, que parecia que cem agulhas lhe penetravam a pele.

– Peter – disse o sr. McCabe –, você está bem?

– Banheiro – disse Peter com dificuldade, apressando-se pelo corredor.

Ele se trancou em uma cabine e jogou a foto com Josie na privada. Em seguida, abriu o zíper e urinou em cima.

– Foda-se – sussurrou, e depois repetiu alto o bastante para fazer as paredes da cabine tremerem. – Fodam-se vocês *todos*.

Assim que a mãe de Josie saiu do quarto, ela tirou o termômetro da boca e o encostou na lâmpada do abajur de cabeceira. Apertou os olhos para identificar os pequenos números e o enfiou de volta na boca ao ouvir os passos da mãe.

– Humm... – murmurou a mãe, segurando o termômetro perto da janela para enxergar melhor. – Acho que você *está* mesmo doente.

Josie deu um gemido que esperava ser convincente e rolou para o lado.

– Tem certeza que você vai ficar bem sozinha aqui?

– Tenho.

– Pode me ligar se precisar. Posso colocar o tribunal em recesso e voltar pra casa.

– Tá.

Ela se sentou na cama e beijou a testa da filha.

– Quer um suco? Uma sopa?

Josie balançou a cabeça.

– Acho que só preciso voltar a dormir – e fechou os olhos para que a mãe entendesse a mensagem.

Ela esperou até ouvir o carro se afastar, mas mesmo assim permaneceu na cama por mais dez minutos, para ter certeza de que estava sozinha. Em seguida, saiu da cama e ligou o computador. Procurou no Google "abortivo", a palavra que encontrara no dia anterior, a que significava "alguma coisa que acaba com uma gravidez".

Josie andava pensando nisso. Não que ela não quisesse um bebê; não era nem que não quisesse um bebê de Matt. A única coisa da qual tinha certeza era que não queria ter que tomar essa decisão ainda.

Se contasse à mãe, ela xingaria, gritaria e encontraria formas de levá-la à clínica de planejamento familiar ou ao médico. Para ser sincera, nem eram os xingamentos e os gritos que a preocupavam – era perceber que, se sua mãe tivesse feito isso dezessete anos atrás, Josie nem estaria viva para ter esse problema.

Ela pensara na ideia de fazer contato de novo com o pai, o que teria exigido uma dose gigantesca de humildade. Ele não quisera que a filha nascesse, então, teoricamente, faria o possível para ajudá-la a fazer um aborto.

Mas.

Tinha alguma coisa em ir a um médico, ou a uma clínica, ou até falar com a mãe ou o pai que ela não conseguia engolir. Parecia tão... deliberado.

Assim, antes de chegar a esse ponto, Josie escolheu pesquisar um pouco. Não podia correr o risco de ser vista em um computador da escola procurando essas coisas, então decidiu matar aula. Afundou na cadeira, com uma perna dobrada embaixo do corpo, e ficou maravilhada ao encontrar quase noventa e nove mil resultados.

Alguns ela já sabia: as velhas lendas sobre enfiar uma agulha de tricô na vagina e tomar laxante ou óleo de rícino. Outros ela nunca havia imaginado: fazer lavagem com potássio, engolir raiz de gengibre, comer abacaxi verde. E havia também as ervas: infusões em óleo de cálamo, artemísia, sálvia e gaultéria; coquetéis feitos com acteia e poejo. Josie se perguntou onde se conseguia esse tipo de coisa; não era algo que se encontrava no corredor de aspirina da farmácia.

Remédios feitos à base de ervas, dizia o site, funcionavam em quarenta a quarenta e cinco por cento das vezes. O que, supunha ela, pelo menos era um começo.

Ela se inclinou para frente para ler.

"Não comece o tratamento com ervas depois da sexta semana de gravidez."

"Lembre-se de que essas não são formas seguras de encerrar uma gestação."

"Tome os chás também à noite, para não estragar o progresso feito durante o dia."

"Pegue o sangue e acrescente água para diluí-lo. Dê uma olhada nos coágulos e no tecido para ter certeza de que a placenta foi expelida."

Josie fez careta.

"Use de ½ a 1 colher (chá) da erva seca por xícara de água, de três a quatro vezes ao dia. Não confunda atanásia com erva-de-santiago, fatal para vacas que a comem no pasto."

Mas então ela encontrou uma coisa que parecia menos... medieval: vitamina C. Isso não podia fazer mal, não é? Josie clicou no link. "Ácido ascórbico, oito gramas, durante cinco dias. A menstruação deve começar no sexto ou sétimo dia."

Josie saiu da frente do computador e foi até o armário de remédios da mãe. Havia um vidro grande de vitamina C, ao lado de outros menores de comprimidos para a flora intestinal, vitamina B12 e suplemento de cálcio.

Ela abriu o vidro e hesitou. O outro aviso que todos os sites davam era que você tivesse certeza de ter motivos para sujeitar seu corpo a essas ervas antes de começar a tomá-las.

Josie voltou para o quarto e abriu a mochila. Lá dentro, ainda no saco plástico da farmácia, estava o teste de gravidez que comprara no dia anterior antes de chegar em casa, depois da aula.

Ela leu as instruções duas vezes. Como alguém podia mijar em um palito por tanto tempo? Franziu a testa, foi para o banheiro e se sentou com o pequeno objeto entre as pernas. Em seguida, colocou-o no suporte e lavou as mãos.

Josie ficou sentada na beirada da banheira e observou a linha de controle ficar azul. E então, lentamente, viu a segunda linha, perpendicular, aparecer: um sinal de mais, um positivo, uma cruz a carregar.

Quando o limpador de neve ficou sem combustível no meio da entrada da garagem, Peter foi até a lata extra que eles guardavam na garagem, mas a encontrou vazia. Ele a virou e viu uma única gota cair no chão entre seus tênis.

Normalmente tinham de lhe pedir umas seis vezes para que ele fosse limpar o caminho até a porta da frente e a dos fundos, mas hoje ele aceitara a tarefa sem os pais precisarem perturbá-lo. Ele queria... não, risque isso, ele *precisava* sair para que os pés se movessem no mesmo ritmo da mente. Contudo, quando apertou os olhos na direção do sol poente, ainda conseguia ver uma série de imagens no fundo das pálpebras: o ar frio batendo em seu traseiro quando Matt Royston baixou sua calça, o leite se espalhando em seus tênis, o olhar de Josie se afastando.

Peter andou pela calçada até a casa do vizinho do outro lado da rua. O sr. Weatherhall era um policial aposentado, e sua casa parecia exatamente isso. Havia um grande mastro no meio do jardim da frente; no verão, a grama era cortada bem rente; nunca havia folhas no gramado no outono. Peter se perguntava se Weatherhall saía no meio da noite para varrê-las.

Até onde Peter sabia, o sr. Weatherhall agora passava o tempo assistindo ao canal de game shows e fazendo jardinagem militarista de sandálias e meias pretas. Como não deixava a grama crescer mais do que um centímetro, ele costumava ter um galão de gasolina a mais em casa; Peter já tinha pegado emprestado a pedido do pai outras vezes, para o cortador de grama e para o limpador de neve.

Peter tocou a campainha, que fez ecoar a melodia "Hail to the Chief" – o hino presidencial –, e então o sr. Weatherhall atendeu.

– Filho – disse ele, apesar de saber o nome de Peter havia anos –, como você está?

– Bem, sr. Weatherhall. Mas eu gostaria de saber se o senhor tem gasolina pra emprestar, para o limpador de neve. Bom, gasolina pra eu *usar*. Quer dizer, não vou poder devolver, né?

– Entre, entre. – Ele segurou a porta para que Peter entrasse. O cheiro era de cigarro e comida de gato. Uma tigela de salgadinho estava ao lado da poltrona; na televisão, o apresentador mostrou uma vogal. – *Grandes esperanças* – gritou o sr. Weatherhall para os participantes ao passar. – Vocês são o quê, idiotas?

Ele levou Peter até a cozinha.

– Espere aqui. O porão não é lugar pra você.

Peter pensou que isso provavelmente significava que havia um pouquinho de poeira nas prateleiras.

Ele se recostou na bancada, com as mãos espalmadas na fórmica. Peter gostava do sr. Weatherhall porque, mesmo quando ele tentava ser grosseiro, dava para ver que era só porque sentia falta de ser policial e não tinha com quem praticar. Quando Peter era mais novo, Joey e os amigos sempre tentavam aprontar alguma coisa com o vizinho, empilhando neve na extremidade da calçada limpa ou levando cachorros para fazer cocô no gramado bem cuidado. Ele conseguia lembrar quando Joey tinha uns onze anos e jogou ovo na casa do sr. Weatherhall no Halloween. Ele e os amigos foram pegos no flagra. O sr. Weatherhall os arrastou para dentro de casa, para uma conversa "apavorante". "O cara é doido", Joey dissera para ele. "Guarda uma arma na lata de farinha."

Peter virou o ouvido para a escada que levava ao porão. Ainda conseguia ouvir o sr. Weatherhall mexendo lá para pegar a lata de gasolina.

Chegou perto da pia, onde havia quatro latas de aço inoxidável. FERMENTO, estava escrito na menor, e em tamanhos cada vez maiores: AÇÚCAR MASCAVO. AÇÚCAR. FARINHA. Peter abriu com cuidado a lata de farinha.

Uma nuvem de pó branco voou em seu rosto.

Ele tossiu e balançou a cabeça. Fazia sentido: Joey mentira.

Devagar, Peter abriu a lata de açúcar ao lado e se viu olhando para uma semiautomática de nove milímetros.

Era uma Glock 17, provavelmente a mesma que o sr. Weatherhall usava quando era policial. Peter sabia disso porque conhecia armas, tinha crescido com várias. Mas havia uma diferença entre um rifle de caça ou uma espingarda e essa arma compacta e graciosa. Seu pai dissera que qualquer pessoa que não estivesse na força ativa da lei e tivesse uma pistola era um idiota; tinha mais chance de ferir do que de proteger você. O problema com as pistolas era o fato de o cano ser tão curto que você se esquecia de afastá-las do corpo por questão de segurança; mirar era tão simples e descomplicado quanto apontar o dedo.

Peter tocou nela. Fria, lisa. Hipnotizante. Encostou no gatilho, segurando a arma com a mão; era leve e reluzente.

Passos.

Peter recolocou a tampa da lata e se virou, cruzando os braços na frente do corpo. O sr. Weatherhall apareceu no alto da escada, segurando uma lata vermelha de gasolina.

– Pronto – disse ele. – Traga de volta cheia.

– Pode deixar – respondeu Peter.

E saiu da cozinha sem nem olhar na direção da lata, mas era o que mais queria fazer.

Depois da aula, Matt chegou à casa de Josie trazendo uma canja que comprara em um restaurante local e revistas em quadrinhos.

– O que você está fazendo fora da cama? – perguntou.

– Você tocou a campainha – disse Josie. – Eu tinha que atender, não tinha?

Ele estava agitado, como se ela tivesse mononucleose ou câncer, não apenas um vírus, que foi o que ela disse quando ele ligou para o celular dela da escola naquela manhã. Ao colocá-la na cama, ele pôs a sopa no colo dela.

– Isso cura qualquer coisa, né?

– E as revistinhas?

Matt deu de ombros.

— Minha mãe comprava pra mim quando eu era pequeno e ficava em casa doente. Não sei. Sempre fizeram me sentir melhor.

Quando ele se sentou ao lado dela na cama, Josie pegou uma das revistas. Por que a Mulher-Maravilha era tão destemida? Se você tivesse seios tão grandes, iria mesmo pular de prédios e lutar contra o crime sem um bom sutiã de sustentação?

Pensar nisso fez Josie lembrar que mal conseguia vestir o sutiã ultimamente, de tão sensíveis que estavam seus seios. E isso a fez se lembrar do teste de gravidez que tinha embrulhado em toalhas de papel e jogado fora na lixeira da rua, para que a mãe não o encontrasse.

— O Drew está planejando uma festa na sexta à noite. Os pais dele vão pra Foxwoods passar o fim de semana — disse Matt, franzindo a testa. — Espero que você já esteja se sentindo melhor até lá, pra poder ir. O que você acha que tem, afinal?

Ela se virou para ele e respirou fundo.

— O problema é o que eu não tenho. Minha menstruação. Está duas semanas atrasada. Fiz um teste de gravidez hoje.

— Ele já falou com um cara da Faculdade de Sterling pra comprar uns barris de cerveja de uma fraternidade. Estou dizendo, essa festa vai ser animal.

— Você me *ouviu*?

Matt sorriu para ela do jeito que se sorriria para uma criança que acabou de falar que o céu está caindo.

— Acho que você está exagerando.

— Deu positivo.

— Pode ser estresse.

O queixo de Josie caiu.

— E se não for estresse? E se, sabe, for *de verdade*?

— Então estamos juntos nisso — disse Matt, inclinando-se para frente e beijando a testa dela. — Você nunca vai conseguir se livrar de mim, gata.

Alguns dias depois, quando nevou, Peter tirou deliberadamente toda a gasolina do limpador de neve e andou até o outro lado da rua, para a casa do sr. Weatherhall.

– Não me diga que acabou de novo – disse ele, ao abrir a porta.

– Acho que o meu pai ainda não conseguiu encher o nosso tanque extra – respondeu Peter.

– Tem que arrumar tempo – disse o sr. Weatherhall, já indo para dentro de casa depois de deixar a porta bem aberta para que Peter pudesse ir atrás. – Tem que planejar, é assim que se faz.

Ao passarem em frente à televisão, Peter viu o elenco de *Match Game*.

– Big Bertha é tão grande – dizia Gene Rayburn – que, em vez de pular de paraquedas, ela usa um _____.

Assim que o sr. Weatherhall desapareceu na escada, Peter abriu a lata de açúcar na bancada da cozinha. A arma ainda estava dentro. Ele a pegou e se lembrou de respirar.

Tampou a lata e a colocou exatamente onde estava antes. Em seguida, enfiou a arma com o cano para baixo na cintura da calça jeans. O casaco acolchoado ficava frouxo na frente, então nem dava para ver o volume.

Ele abriu com cuidado a gaveta de talheres e olhou nos armários. Foi quando passou a mão na área poeirenta acima da geladeira que sentiu o corpo liso de outra arma.

– Sabe, é uma boa ideia ter uma lata extra... – a voz do vizinho subiu pela escada do porão, acompanhada da percussão de seus passos. Peter soltou a arma e colocou as mãos rapidamente nas laterais do corpo.

Ele estava suando quando o sr. Weatherhall entrou na cozinha.

– Você está bem? – perguntou ele, olhando para Peter. – Parece meio pálido.

– Fiquei acordado até tarde fazendo dever. Obrigado pela gasolina. De novo.

– Diga pro seu pai que da próxima vez eu não o salvo – disse o sr. Weatherhall, levando Peter até a varanda.

Ele esperou até o vizinho fechar a porta e começou a correr, chutando neve para trás. Deixou a lata de gasolina ao lado do limpador de neve e entrou em casa. Trancou a porta do quarto, tirou a arma de dentro da calça e se sentou.

Era preta e pesada, feita de liga de aço. O que era surpreendente de verdade era como a Glock parecia falsa, como uma arma de brinquedo, apesar de Peter supor que poderia ficar maravilhado com quanto as armas de brinquedo pareciam verdadeiras. Ele ejetou a bala da câmara e retirou o pente.

Fechou os olhos e levou a arma até a cabeça.

– Bam – sussurrou.

Colocou a arma na cama e tirou a fronha do travesseiro. Enrolou a Glock nela como um curativo. Colocou-a entre o colchão e a base da cama box e se deitou.

Seria como aquele conto de fadas, em que a princesa conseguia sentir a fava, ou a ervilha, ou sei lá o quê. Só que Peter não era príncipe, e o volume não o manteria acordado à noite.

Na verdade, poderia até fazê-lo dormir melhor.

No sonho de Josie, ela estava de pé em uma oca linda. As paredes eram feitas de pele de cervo e costuradas com linha dourada. Havia histórias pintadas ao redor dela toda em tons de vermelho, ocre, violeta e azul, histórias de caçadas, amores e perdas. Peles densas de búfalo estavam empilhadas para servirem de almofadas, e carvões brilhavam como rubis na lareira. Quando ela olhou para cima, conseguiu ver estrelas pelo buraco de saída de fumaça.

De repente, Josie começou a sentir que seus pés estavam deslizando; pior, que não havia como impedir. Olhou para baixo e só viu céu; perguntou-se se ainda seria boba o bastante para acreditar que conseguia andar entre as nuvens, ou se o chão abaixo dos pés tinha desaparecido quando ela olhou para outra direção.

Então começou a cair. Conseguia sentir que estava caindo de qualquer jeito, que a saia que estava usando se inflou e o vento soprou entre suas pernas. Não queria abrir os olhos, mas não conseguiu evitar espiar: o chão estava chegando perto em uma velocidade alarmante, com quadrados verdes, marrons e azuis parecendo selos postais cada vez maiores, mais detalhados, mais realistas.

Ali estava sua escola. Sua casa. O telhado sobre seu quarto. Josie se sentiu cair rapidamente na direção dele e se preparou para o choque inevitável. Mas você nunca cai no chão nos sonhos; nunca se vê morrer. O que Josie sentiu foi um jato de água, com suas roupas se mexendo como uma água-viva enquanto ela mergulhava em água morna.

Acordou sem fôlego e se deu conta de que ainda se sentia molhada. Sentou-se, ergueu as cobertas e viu uma poça de sangue debaixo de si.

Depois de três testes positivos de gravidez, depois de sua menstruação estar três semanas atrasada, ela estava sofrendo um aborto.

Graçasadeusgraçasadeusgraçasadeus. Josie afundou o rosto no lençol e começou a chorar.

Lewis estava sentado à mesa da cozinha na manhã de sábado, lendo a edição mais recente de *The Economist* e metodicamente comendo um waffle de farinha integral quando o telefone tocou. Ele olhou para Lacy, que, ao lado da pia, estava mais perto do telefone, mas ela mostrou as mãos, pingando de água e sabão.

– Você pode...?

Ele se levantou e atendeu.

– Alô?

– Sr. Houghton?

– O próprio – disse Lewis.

– Aqui é Tony, da loja Burnside's. Seus projéteis de ponta côncava estão prontos.

Burnside's era uma loja de armas. Lewis ia lá no outono para comprar solvente Hoppe e munição. Uma vez, tivera sorte o bastante de levar um cervo para ser pesado. Mas era fevereiro, e a temporada de caça aos cervos tinha terminado.

– Não pedi isso – disse Lewis. – Deve ter havido algum engano.

Ele desligou o telefone e voltou a se sentar em frente ao waffle. Lacy ergueu uma frigideira grande da pia e a colocou no escorredor.

– Quem era?

Lewis virou a página da revista.

– Engano – disse ele.

Matt tinha um jogo de hóquei em Exeter. Josie ia aos jogos dele em casa, mas raramente naqueles em que o time viajava. Mas hoje ela pediu o carro emprestado para a mãe e dirigiu até a costa, saindo bem cedo para se encontrar com ele antes do início da partida. Ela colocou a cabeça no vestiário do time visitante e foi imediatamente atingida pelo fedor do equipamento. Matt estava de costas para ela, usando o protetor de peito, a calça acolchoada e os patins. Ainda não tinha colocado a camisa.

Alguns caras repararam nela primeiro.

– Ei, Royston – disse um dos alunos do último ano. – Acho que a presidente do seu fã-clube chegou.

Matt não gostava quando ela aparecia antes de um jogo. Depois... bem, era obrigatório, pois ele precisava de companhia para comemorar a vitória. Mas tinha deixado bem claro que não tinha tempo para Josie quando estava se aprontando; que só ia ouvir merda dos caras se ela ficasse grudenta demais; que o técnico queria que o time ficasse sozinho para se concentrar no jogo. Ainda assim, ela achou que poderia ser uma exceção.

Uma sombra anuviou o rosto dele quando o time começou a brincar.

– Precisa de ajuda pra se arrumar, Matt?

– Ei, rápido, arrumem um taco maior pra ele...

– É – respondeu Matt ao andar pelo tapete de borracha na direção de Josie –, vocês bem que queriam ter alguém que fosse capaz de chupar o cromo de um enfeite de carro.

Josie sentiu que ficou vermelha quando o vestiário inteiro caiu na risada à custa dela, e os comentários rudes mudaram de foco, de *Matt* para *ela*. Ele a segurou pelo braço e a arrastou para fora.

– Já falei pra não me procurar antes do jogo – disse ele.

– Eu sei, mas era importante.

– *Isso* é importante – corrigiu Matt, indicando o rinque.

– Eu estou bem – disse Josie de repente.

– Que bom.

Ela o encarou.

– Não, Matt. Quero dizer que... estou *bem*. Você estava certo.

Quando ele percebeu o que Josie estava tentando dizer, colocou os braços ao redor da cintura dela e a levantou do chão. O equipamento ficou entre os dois e ele a beijou. Isso fez Josie pensar nos cavaleiros que iam para a batalha e nas garotas que ficavam para trás.

– Nunca se esqueça disso – disse Matt e sorriu.

Parte 2

Quando você iniciar uma jornada de vingança,
comece cavando dois túmulos:
um para o seu inimigo e outro para você.

– Provérbio chinês

Sterling não é uma cidade pobre. Você não encontra traficantes de crack na Rua Main, nem lares abaixo do nível de pobreza. A taxa de criminalidade é praticamente inexistente.

É por isso que as pessoas ainda estão tão chocadas.

Elas perguntam: <u>Como isso pôde acontecer aqui?</u>

Bem. Como podia <u>não</u> acontecer aqui?

Basta haver um garoto perturbado com acesso a armas.

Não é preciso ir a uma cidade pobre para encontrar alguém que se encaixa nesses critérios. Só é preciso abrir os olhos. O candidato mais provável pode estar no andar de cima, ou sentado em frente à sua TV agora mesmo. Mas simplesmente vamos em frente, fingindo que não vai acontecer aqui. Você diz a si mesmo que é imune por causa de onde mora ou de quem é.

É mais fácil assim, não é?

Cinco meses depois

Dá para saber muito sobre as pessoas pelos hábitos. Por exemplo, Jordan tinha encontrado jurados em potencial que levavam religiosamente suas xícaras de café para a frente do computador e liam o *New York Times* todo online. Havia outros cuja tela de abertura do AOL nem incluía notícias, porque eles achavam isso muito deprimente. Havia pessoas do campo que tinham televisão, mas só tinham um canal público com qualidade ruim, por não terem dinheiro para passar cabos pelas estradas de terra; e havia outros que compravam elaborados sistemas de satélite para que pudessem ver novelas japonesas ou a hora da oração da irmã Mary Margaret às três horas da manhã. Havia os que assistiam à CNN e os que assistiam ao FOX News.

Era a sexta hora do *voir dire* individual, o processo pelo qual o júri seria selecionado para o julgamento de Peter. Isso envolvia longos dias no tribunal com Diana Leven e o juiz Wagner, enquanto o grupo de jurados seguia um a um para o banco das testemunhas para responder a várias perguntas da defesa e da promotoria. O objetivo era encontrar doze pessoas e uma suplente que não estivessem afetadas pessoalmente pelo tiroteio; um júri que se comprometeria com um longo julgamento se necessário, em vez de se preocupar com o que tinha de fazer em casa ou com quem ia cuidar das crianças. Um grupo de pessoas que não estivesse vivendo e respirando as notícias sobre esse julgamento nos últimos cinco meses – ou, como Jordan estava começando a pensar sobre eles com afeição: os poucos abençoados que viviam debaixo de uma pedra.

Era agosto, e, desde a semana anterior, as temperaturas vinham chegando a quase trinta e oito graus durante o dia. Para piorar, o ar-condicionado do tribunal estava quebrado, e o juiz Wagner tinha cheiro de naftalina e chulé quando suava.

Jordan já tinha tirado o paletó e afrouxado o botão de cima da camisa. Até Diana, que ele secretamente acreditava ser alguma espécie de robô, tinha prendido o cabelo e enfiado um lápis no coque para segurá-lo.

– O que vem agora? – perguntou o juiz Wagner.

– Jurado número 6.730.000 – murmurou Jordan.

– Jurado número 88 – anunciou o escrivão.

Era um homem dessa vez, usando calça cáqui e camisa de mangas curtas. Estava ficando calvo, usava docksiders e tinha aliança de casamento. Jordan anotou isso tudo no bloco.

Diana ficou de pé, se apresentou e começou com sua ladainha de perguntas. As respostas determinariam se o jurado em potencial poderia ser dispensado por justa causa – se tivesse um filho, por exemplo, que tivesse morrido na Sterling High, o que atestaria sua incapacidade de ser imparcial. Se não fosse o caso, Diana poderia querer usar uma dispensa definitiva. Tanto ela quanto Jordan tinham quinze oportunidades de dispensar um jurado em potencial por pura intuição. Até o momento, Diana tinha usado uma, com um desenvolvedor de software baixinho, careca e silencioso. Jordan dispensou um ex-militar da força de operações especiais da Marinha.

– Com o que o senhor trabalha, sr. Alstrop? – perguntou Diana.

– Sou arquiteto.

– É casado?

– Vai fazer vinte anos em outubro.

– Tem filhos?

– Dois, um garoto de catorze anos e uma garota de dezenove.

– Eles frequentam escola pública?

– Meu filho, sim. Minha filha está na faculdade. Em Princeton – disse ele com orgulho.

– O senhor sabe alguma coisa sobre esse caso?

Jordan sabia que dizer sim não o excluiria. O importante era no que ele acreditava ou não, apesar do que a imprensa dissera.

– Bom, só o que leio nos jornais – disse Alstrop, e Jordan fechou os olhos.

– O senhor lê algum jornal específico diariamente?

– Eu era assinante do *Union Leader* – disse ele –, mas os editoriais me irritavam. Agora tento ler pelo menos a parte principal do *New York Times*.

Jordan pensou nisso. O *Union Leader* era um jornal notoriamente conservador, e o *New York Times*, liberal.

– E televisão? – perguntou Diana. – Tem algum programa específico do qual o senhor gosta?

Não era bom ter um jurado que assistisse a dez horas de TV Justiça por dia. Também não era bom ter o cara que gostava de assistir a maratonas de filmes de Jerry Lewis.

– *60 Minutes* – respondeu Alstrop. – E *Os Simpsons*.

Esse é um cara normal, pensou Jordan. Ele ficou de pé quando Diana passou o interrogatório para ele.

– O que o senhor se lembra de ter lido sobre esse caso? – perguntou Jordan.

Alstrop deu de ombros.

– Houve um tiroteio na escola e um dos alunos foi acusado.

– O senhor conhecia algum dos alunos?

– Não.

– Conhece alguém que trabalhe na Sterling High?

Alstrop balançou a cabeça.

– Não.

– Conversou com alguém envolvido no caso?

– Não.

Jordan andou até o banco das testemunhas.

– Existe uma regra neste estado que diz que você pode virar à direita no sinal vermelho, se você parar primeiro no semáforo. O senhor a conhece?

– Claro – disse Alstrop.

– E se o juiz dissesse que o senhor não pode virar quando o semáforo estiver vermelho, que precisa ficar parado até ficar verde de novo, mesmo que haja uma placa na sua frente que diga explicitamente: PERMITIDO VIRAR À DIREITA NO SINAL VERMELHO? O que o senhor faria?

Alstrop olhou para o juiz Wagner.

– Acho que eu faria o que ele diz.

Jordan sorriu internamente. Não dava a menor bola para os hábitos de direção de Alstrop; aquele cenário e aquela pergunta eram uma forma de identificar as pessoas que não conseguiam ver além das convenções. Haveria informações nesse julgamento que não eram necessariamente intuitivas, e ele precisava de pessoas no júri que tivessem a mente aberta o suficiente para entender que as regras não eram sempre o que você achava que elas eram, que conseguiam ouvir novos regulamentos e segui-los direito.

Quando Jordan terminou suas perguntas, ele e Diana andaram em direção ao juiz.

– Há algum motivo para dispensar este jurado por justa causa? – perguntou o juiz Wagner.

– Não, Meritíssimo – disse Diana, e Jordan balançou a cabeça.

– Então?

Diana assentiu. Jordan olhou para o homem, ainda sentado no banco das testemunhas.

– Pra mim, ele está bom – disse ele.

Quando Alex acordou, fingiu não ter acordado. Manteve os olhos quase fechados para conseguir olhar para o homem deitado a seu lado na cama. Esse relacionamento, com quatro meses agora, ainda era um mistério para ela, tanto quanto a constelação de sardas nos ombros de Patrick, o vale da coluna dele, o contraste impressionante do cabelo preto contra o lençol branco. Parecia que ele tinha invadido a vida dela por osmose: ela encontrava uma camisa dele misturada com suas roupas para lavar, sentia cheiro do xampu dele na fronha, pegava o telefone, pensando em ligar para ele, e ele já estava na linha. Alex tinha ficado solteira por tanto tempo. Era prática, decidida e acostumada com as coisas do seu jeito – ah, quem ela queria enganar... esses eram apenas eufemismos para o que ela *realmente* era: teimosa –, e achava que esse ataque repentino em sua privacidade seria irritante. Mas, na verdade, ela se via desorientada quando Patrick não estava por perto, como o marinheiro que acabou de atracar depois de meses no mar e ainda sente o oceano abaixo dos pés, mesmo quando ele não está mais lá.

– Consigo sentir você me olhando, sabia? – murmurou Patrick, com um sorriso preguiçoso aquecendo-lhe o rosto, mas os olhos ainda fechados.

Alex se inclinou e deslizou a mão por debaixo das cobertas.

– *O que* você consegue sentir?

– O que *não* consigo?

Rápido como um relâmpago, ele segurou o pulso dela e a puxou para baixo dele. Seus olhos, ainda entorpecidos de sono, eram de um azul bem claro, que fazia Alex pensar em geleiras e mares do norte. Ele a beijou, e ela o abraçou.

De repente, ela abriu os olhos.

– Ah, merda – disse.

– Não era bem isso que eu esperava...

– Você sabe que horas são?

Eles tinham fechado as janelas do quarto por causa da claridade da lua na noite anterior, mas agora o sol entrava por uma pequena abertura na parte de baixo da janela. Alex ouviu Josie mexendo nas panelas na cozinha.

Patrick esticou o braço por cima dela para pegar o relógio de pulso que deixara na mesa de cabeceira.

– Ah, merda – repetiu ele, e empurrou as cobertas. – Já estou uma hora atrasado pro trabalho.

Ele pegou a cueca na hora em que Alex pulou da cama para vestir o roupão.

– E a Josie?

Eles não estavam escondendo o relacionamento de Josie. Patrick costumava aparecer depois do trabalho para jantar ou para passar um tempo com Alex à noite. Algumas vezes, Alex tentou falar com Josie sobre ele, para ver o que ela pensava do milagre que era sua mãe namorando de novo, mas Josie fazia o possível para evitar aquela conversa. Alex não tinha certeza de onde isso ia dar, mas sabia que ela e Josie eram uma unidade havia tanto tempo que acrescentar Patrick à mistura significava que Josie se tornava a solitária. E agora Alex estava determinada a impedir que isso acontecesse. Estava compensando o tempo perdido, na verdade, pensando em Josie antes de pensar em qualquer outra coisa. Por isso, se Patrick passava a noite lá, ela se certificava de que ele saísse antes de Josie acordar e encontrá-lo.

Menos hoje, uma quinta-feira preguiçosa de verão, quase dez horas da manhã.

– Acho que pode ser uma boa hora pra contar pra ela – sugeriu Patrick.

– Contar o quê?

– Que nós estamos... – Ele olhou para ela.

Alex o encarou fixamente. Não conseguia terminar a frase dele. Não sabia a resposta. Ela jamais esperara que fosse assim que ela e Patrick teriam essa conversa. Será que ela estava com Patrick porque ele era bom nisso, em resgatar a vítima que precisava? Quando o julgamento acabasse, será que ele partiria para outra? Ou ela?

– Que estamos juntos – disse Patrick, resoluto.

Alex virou as costas para ele e amarrou o cinto do roupão. Parafraseando Patrick um pouco antes, não era bem isso que ela esperava. Mas, por outro lado, como ele poderia saber? Se ele lhe perguntasse naquele instante a respeito do que ela queria do relacionamento deles... bem, ela sabia: queria amor. Queria ter alguém esperando por ela. Queria sonhar com a viagem que fariam quando tivessem sessenta anos e saber que ele estaria lá no dia em que ela entrasse no avião. Mas jamais admitiria nada disso para ele. E se admitisse e ele olhasse para ela com indiferença? E se fosse cedo demais para pensar em coisas assim?

Se ele lhe perguntasse naquele momento, ela não responderia, porque responder era a maneira mais certa de se decepcionar.

Alex remexeu embaixo da cama em busca dos chinelos. Acabou encontrando o cinto de Patrick e o jogou para ele. Talvez o motivo de ela não ter falado abertamente para Josie que estava dormindo com Patrick não tivesse nada a ver com proteger a filha, mas tudo a ver com proteger a si mesma.

Patrick passou o cinto pelo jeans.

– Não precisa ser segredo de estado – disse ele. – Você tem permissão para... você sabe.

Alex olhou para ele.

– Fazer sexo?

– Eu estava tentando pensar em alguma coisa menos escancarada – admitiu Patrick.

– Também tenho permissão para manter as coisas em particular – observou Alex.

– Acho que preciso pegar de volta o depósito do outdoor então.

– Poderia ser uma boa ideia.

– Acho que posso comprar joias pra você em vez disso.

Alex olhou para o tapete, para que Patrick não pudesse vê-la tentando desmembrar a frase e encontrar o compromisso entre as palavras.

Meu Deus, era *sempre* tão frustrante não ser a pessoa no comando?

– Mãe – gritou Josie do pé da escada –, fiz panquecas, se você quiser.

– Olha só – Patrick suspirou. – Ainda podemos impedir que a Josie descubra. Você só precisa distraí-la enquanto saio escondido.

Ela assentiu.

– Vou tentar prender a Josie na cozinha, e você... – ela olhou para Patrick – anda logo.

Quando Alex ia saindo do quarto, Patrick segurou a mão dela e a puxou.

– Ei – disse ele –, tchau.

Então se inclinou e a beijou.

– Mãe, está esfriando!

– Até mais tarde – disse Alex, se afastando.

Ela desceu a escada correndo e encontrou Josie comendo um prato de panquecas de mirtilo.

– Que cheiro bom... Não consigo acreditar que dormi até tão tarde – Alex começou a dizer, e então percebeu que havia três lugares na mesa.

Josie cruzou os braços.

– Como ele toma o café?

Alex afundou em uma cadeira de frente para ela.

– Não era pra você descobrir.

– A, sou uma garota crescida. B, o brilhante detetive não devia ter deixado o carro dele na frente da garagem.

Alex puxou um fio do jogo americano.

– Sem leite, com dois torrões de açúcar.

– Ótimo – disse Josie. – Agora já sei pra próxima vez.

– Como você se sente sobre isso? – Alex perguntou baixinho.

– Sobre preparar café pra ele?

– Não. A parte da *próxima vez*.

Josie espetou um mirtilo gordo em cima da panqueca.

– Não é uma escolha minha, é?

– É – disse Alex. – Porque se você não se sentir bem com isso, Josie, eu paro de me encontrar com ele.

– Você gosta dele? – perguntou Josie, olhando para o prato.

– Gosto.

– E ele gosta de você?

– Acho que gosta.

Josie ergueu o olhar.

– Então você não devia se preocupar com o que os outros pensam.

– Eu me preocupo com o que *você* pensa – disse Alex. – Não quero que você sinta que é menos importante pra mim por causa dele.

– Só seja responsável – respondeu Josie com um sorriso lento. – Cada vez que faz sexo, você pode ou não engravidar. É uma chance de cinquenta por cento.

Alex ergueu as sobrancelhas.

– Uau. Eu nem achava que você estava ouvindo quando fiz esse discurso.

Josie passou o dedo em uma gota de xarope de bordo que tinha pingado na mesa, com os olhos grudados na madeira.

– Então você... tipo... *ama* o Patrick?

As palavras pareciam feridas, doloridas.

– Não – disse Alex rapidamente, porque, se conseguisse convencer Josie, certamente conseguiria se convencer de que o que ela sentia por Patrick tinha tudo a ver com paixão e nada com... bem... *aquilo*. – Começamos faz poucos meses.

– Acho que não tem período de carência – disse Josie.

Alex decidiu que o melhor caminho a tomar por esse campo minado era o que impedisse tanto ela quanto Josie de se magoarem: fingir que não era nada, um caso, uma diversão.

– Eu não saberia como é me apaixonar mesmo que desse de cara com isso – ela continuou despretensiosamente.

– Não é como na TV, como se tudo ficasse perfeito de repente. – A voz de Josie ficou mais baixa, até chegar a um tom pouco mais alto do que um pensamento. – Na verdade, quando acontece, você passa o tempo todo percebendo quanto pode dar errado.

Alex olhou para ela, paralisada.

– Ah, Josie.

– É assim.

– Eu não queria fazer você...

– Vamos deixar pra lá, tá? – Josie forçou um sorriso. – Ele não é feio, sabe, pra alguém tão velho.

– Ele é um ano mais novo que eu – observou Alex.

– Minha mãe, a papa-anjo. – Josie pegou o prato de panquecas e passou para ela. – Estão esfriando.

Alex pegou o prato.

– Obrigada – disse ela, sustentando o olhar de Josie por tempo o bastante para que a filha percebesse por que ela estava agradecida.

Naquele momento, Patrick desceu cuidadosamente as escadas. Ao chegar embaixo, se virou e fez sinal de positivo para Alex.

– Patrick – disse ela –, a Josie fez panqueca pra gente.

Selena conhecia a diretiva – você tinha de dizer que não havia diferença entre meninos e meninas –, mas também sabia que, se você perguntasse a qualquer mãe ou professora de berçário, elas diriam o contrário, extraoficialmente. Nessa manhã, ela estava sentada em um banco de parque vendo Sam interagir com um grupo de outras crianças pequenas em uma caixa de areia. Duas garotinhas estavam fingindo assar pizzas feitas de areia e pedrinhas. O garoto ao lado de Sam estava tentando destruir um caminhão batendo com ele repetidamente na beirada da caixa. *Não tem diferença*, pensou Selena. *Até parece.*

Ela observou com interesse quando Sam se afastou do garoto ao seu lado para imitar as garotas, colocando areia em um balde para fazer um bolo.

Selena sorriu, torcendo para que isso fosse uma pequena indicação de que o filho cresceria contrariando os estereótipos e fazendo o que o deixasse mais à vontade. Mas será que funcionava assim? Dava para olhar para uma criança e ver quem ela se tornaria? Às vezes, quando ela observava Sam, conseguia ver o adulto que ele se tornaria um dia; estava lá, nos olhos dele, a casca que o homem que ele viria a ser habitaria. Mas era mais do que atributos físicos que às vezes dava para identificar. Será que aquelas garotinhas virariam donas de casa ou seriam empresárias? Será que o comportamento destrutivo do garotinho acabaria se transformando em vício em drogas e alcoolismo? Será que Peter Houghton empurrava amiguinhos, pisava em grilos ou fazia alguma coisa quando criança que pudesse indicar seu futuro como assassino?

O garoto na caixa de areia colocou o caminhão de lado e passou a cavar, aparentemente, até a China. Sam abandonou o bolo e pegou o veículo de plástico, mas acabou perdendo o equilíbrio e caiu, batendo com o joelho no contorno de madeira.

Selena pulou do banco em um segundo, pronta para pegar o filho no colo antes que ele começasse a berrar. Mas Sam olhou para as outras crianças, como se percebesse que tinha plateia. E, apesar de seu rostinho ter se enrugado e ficado vermelho, como um concentrado de dor, ele não chorou.

Era mais fácil para as garotas. Elas podiam dizer "Isso dói", ou "Não gosto do que isso me faz sentir", e a reclamação seria socialmente aceitável. Já os garotos não falavam essa língua. Eles não a aprendem quando crianças e não conseguem captá-la quando adultos. Selena se lembrava do último verão, quando Jordan foi pescar com um velho amigo cuja esposa tinha acabado de pedir o divórcio.

– Sobre o que vocês conversaram? – perguntara ela quando Jordan voltou para casa.

– Nada – dissera ele. – Estávamos pescando.

Isso não fez sentido para Selena; eles ficaram seis horas fora. Como você podia se sentar ao lado de alguém em um barquinho por tanto tempo e não ter uma conversa íntima sobre como ele estava; se estava bem, apesar da crise, se se preocupava com o resto da vida.

Ela olhou para Sam, que agora estava com o caminhão na mão e o empurrava por cima do seu antigo bolo. A mudança podia acontecer rápido assim, Selena sabia. Ela pensava em como Sam passava seus pequenos bracinhos ao redor dela e a beijava, como ia correndo para ela se ela abrisse os braços. Mas, cedo ou tarde, ele perceberia que os amigos não seguravam a mão das mães quando atravessavam a rua, que não faziam bolos e pizzas na caixa de areia, mas construíam cidades e cavavam cavernas. Um dia, no segundo ciclo do ensino fundamental, ou talvez até antes, Sam começaria a se entocar no quarto, a se afastar do toque dela. Resmungaria suas respostas, agiria com dureza, seria um homem.

Talvez fosse nossa culpa os homens ficarem do jeito que ficavam, pensou Selena. Talvez a empatia, como um músculo sem uso, acabasse se atrofiando.

Josie falou para a mãe que conseguira um emprego de verão como voluntária na escola para dar aulas particulares de matemática para crianças do ensino fundamental. Falou sobre Angie, cujos pais se separaram durante o ano letivo, e que, em decorrência disso, ela acabou reprovando em álgebra. Descreveu Joseph, um paciente de leucemia que precisou faltar muito por causa do tratamento e que tinha dificuldade em entender frações. Todos os dias, no jantar, quando a mãe lhe perguntava sobre o trabalho, Josie sempre tinha uma história para contar. O problema era que não passava disso: ficção. Joseph e Angie não existiam; aliás, nem o emprego de professora particular.

Nessa manhã, como em todas as outras, Josie saiu de casa. Pegou o ônibus e cumprimentou Rita, a motorista que fazia esse trajeto durante o verão. Quando os demais passageiros desceram no ponto mais perto da escola, Josie ficou no ônibus. Na verdade, ela só se levantava na última parada, um quilômetro e meio ao sul do cemitério Whispering Pines.

Ela gostava de lá. No cemitério, não encontrava ninguém com quem não tinha vontade de conversar. Não precisava falar nada se não quisesse. Josie subia o caminho cheio de curvas, que já era tão familiar que ela conseguia saber, com os olhos fechados, quando o asfalto tinha um afundamento e quando virava à esquerda. Ela sabia que o arbusto carregado de hortênsias azuis ficava na metade do caminho para o túmulo de Matt, que dava para sentir cheiro de madressilva quando estava a poucos passos dele.

Agora já havia uma lápide, um bloco impecável de mármore branco com o nome de Matt entalhado com capricho. A grama tinha começado a crescer. Josie se sentou em um montículo de terra, que estava quente, como se o sol tivesse penetrado nele, guardando o calor à sua espera. Enfiou a mão na mochila e pegou uma garrafa de água, um sanduíche de manteiga de amendoim e um pacote de cream cracker.

– Você acredita que as aulas começam em uma semana? – disse ela para Matt, porque às vezes fazia isso. Ela não esperava que ele respondesse; apenas era bom falar com ele depois de tantos meses *sem* falar. – Mas ainda não vão abrir a escola de verdade. Dizem que talvez por volta do Dia de Ação de Graças, quando as obras estiverem terminadas.

O que estavam fazendo na escola era um mistério. Josie passara em frente diversas vezes para saber que o saguão de entrada e a biblioteca tinham sido demolidos, assim como o refeitório. Ela se perguntou se a administração era ingênua o bastante para pensar que, se reformassem a cena do crime, os alunos seriam enganados a ponto de pensar que nada acontecera ali.

Ela leu em algum lugar que fantasmas não apenas ficavam em um local físico; que, às vezes, uma *pessoa* podia ser assombrada. Josie não se considerava paranormal, mas acreditava nisso. Ela sabia que havia lembranças das quais você poderia tentar fugir para sempre, mas que jamais se livraria delas.

Josie se deitou, com o cabelo espalhado sobre a grama nova.

– Você gosta que eu venha aqui? – sussurrou. – Ou me mandaria sumir se pudesse falar?

Ela não queria ouvir a resposta. Nem queria pensar sobre o assunto. Assim, abriu os olhos o máximo que pôde e olhou para o céu, até que o azul intenso queimasse o fundo de seus olhos.

Lacy estava no departamento masculino da loja de departamentos, passando a mão no tweed áspero, no azul-escuro e nas listras enrugadas dos tecidos dos paletós esportivos. Ela dirigira duas horas até Boston para ter as melhores escolhas para vestir Peter para o julgamento. Brooks Brothers, Hugo Boss, Calvin Klein, Ermenegildo Zegna. Feitos na Itália, na França, na Grã-Bretanha, na Califórnia. Ela olhou para a etiqueta com o preço, perdeu o fôlego e se deu conta de que não ligava. Essa provavelmente seria a última vez que compraria roupas para o filho.

Então percorreu sistematicamente o departamento. Pegou uma cueca boxer feita do melhor algodão egípcio, um pacote de camisetas brancas Ralph Lauren, meias de casimira. Encontrou uma calça cáqui do tamanho dele. Pegou uma camisa com gola presa por botão, porque Peter sempre odiou quando a gola da camisa aparecia por cima da gola do suéter. Escolheu um blazer azul, como Jordan instruíra. "Queremos que ele vá vestido como se você o estivesse mandando para um colégio interno na Suíça", dissera ele.

Ela lembrou que, quando Peter tinha uns onze anos, desenvolveu aversão a botões. Pode parecer fácil contornar uma coisa assim, mas isso eliminava a maior parte das calças. Lacy conseguia se lembrar de dirigir até o fim do mundo para encontrar um pijama de elástico quadriculado de flanela que pudesse passar por roupa de sair. Lembrava-se de ver garotos usando calças de pijama para ir à escola desde o ano anterior e de se perguntar se Peter tinha lançado a moda ou se simplesmente estava fora de sincronia.

Mesmo depois de Lacy pegar o que precisava, ela continuou a andar pelo departamento masculino. Tocou em um arco-íris de lenços de seda que derreteram sob seus dedos e escolheu um que era da cor dos olhos de Peter. Mexeu nos cintos, pretos, marrons, de couro de avestruz, de crocodilo, e nas gravatas de bolinhas, flores-de-lis e listras. Pegou um roupão tão macio que quase a levou às lágrimas, chinelos de pele de cordeiro, uma sunga vermelho-cereja. Pegou tanta roupa que parecia que estava carregando uma criança nos braços.

– Ah, me deixe ajudar com isso – disse uma vendedora, pegando parte das peças dos braços dela e levando-as até o caixa. Então começou a dobrar uma a uma. – Sei como é – disse ela, sorrindo com solidariedade. – Quando meu filho foi embora, achei que eu ia morrer.

Lacy ficou olhando para ela. Será que ela não era a única mulher a ter passado por uma coisa tão horrível? Será que, tal qual essa vendedora, era possível identificar outras pessoas na multidão, como se houvesse uma sociedade secreta de mães cujos filhos as magoaram profundamente?

– Parece que é pra sempre – disse a mulher –, mas, pode acreditar, quando eles voltam pro Natal ou pras férias de verão e começam a comer tudo que tem pela casa, você deseja que a faculdade dure o ano todo.

O rosto de Lacy ficou petrificado.

– Certo – disse ela. – Faculdade.

– Tenho uma menina na Universidade de New Hampshire, e meu filho está em Rochester – disse a vendedora.

– Harvard. É pra lá que o meu filho vai.

Eles tinham conversado sobre isso uma vez. Peter gostava mais do departamento de ciência da computação de Stanford, e Lacy brincou dizendo que jogaria fora os livretos das faculdades a oeste de Mississippi, por serem longe demais.

A prisão estadual ficava menos de cem quilômetros ao sul, em Concord.

– Harvard – disse a vendedora. – Seu filho deve ser inteligente.

– É mesmo – disse Lacy, e continuou contando para aquela mulher sobre a ida fictícia de Peter para a faculdade, até a mentira não ter mais um gosto amargo na boca, até ela mesma quase conseguir acreditar.

Pouco depois das três da tarde, Josie se deitou de bruços, abriu bem os braços e encostou o rosto na grama. Parecia que estava tentando abraçar o chão, o que não estava muito longe da verdade. Inspirou profundamente. De modo geral, não sentia outro cheiro além de planta e terra, mas, de vez em quando, depois de uma chuva, sentia um leve aroma de gelo e xampu Pert, como se o próprio Matt ainda estivesse sob a superfície.

Pegou a embalagem do sanduíche e a garrafa de água vazia e as colocou na mochila, depois seguiu pelo caminho cheio de curvas até os portões do cemitério. Havia um carro bloqueando a entrada; apenas duas vezes durante o verão Josie testemunhou uma procissão funeral, e ficou enjoada. Começou a andar mais rápido, na esperança de conseguir estar longe, sentada no ônibus, bem antes de o enterro começar. Mas então percebeu que o carro que bloqueava a entrada não era um rabecão, nem era preto. Era o mesmo carro que estava estacionado na entrada da casa dela de manhã, e Patrick estava recostado nele com os braços cruzados.

– O que você está fazendo aqui? – perguntou Josie.
– Eu poderia fazer a mesma pergunta.
Ela deu de ombros.
– Moramos em um país livre.
Josie não tinha nada contra Patrick Ducharme. Ele apenas a deixava nervosa de várias maneiras. Ela não conseguia olhar para ele sem pensar Naquele Dia. Mas agora precisava, porque ele também era amante de sua mãe (quão estranho era dizer *isso*?) e, de certa forma, esse fato era ainda mais perturbador. Sua mãe estava nas nuvens, se apaixonando, enquanto Josie tinha que ir escondida a um cemitério para visitar o *seu* namorado.

Patrick se afastou do carro e deu um passo em direção a ela.
– Sua mãe acha que você está dando aula de matemática agora.
– Ela mandou você me seguir? – disse Josie.
– Prefiro a palavra *observar* – corrigiu Patrick.
Josie riu com deboche. Não queria parecer tão arrogante, mas não conseguia evitar. O sarcasmo era como um campo de força; se ela o desligasse, ele talvez conseguisse ver que ela estava *tão* perto de desmoronar.
– Sua mãe não sabe que estou aqui – disse Patrick. – Eu queria falar com você.

– Vou perder o ônibus.

– Eu te levo pra onde você quiser – disse ele, irritado. – Sabe, quando estou fazendo meu trabalho, passo muito tempo desejando poder voltar o relógio. Chegar à vítima de estupro antes que o crime aconteça, estar vigiando a casa quando o ladrão chega. Sei como é sentir que nada do que você faça ou diga vai tornar as coisas melhores. E sei como é acordar no meio da noite revivendo um momento sem parar, tão nitidamente que parece que você está passando por tudo de novo. Na verdade, aposto que você e eu revivemos o mesmo momento.

Josie engoliu em seco. Em todos esses meses, em todas as conversas bem-intencionadas que ela tivera com médicos, psiquiatras e até mesmo com outros alunos da escola, ninguém havia capturado de forma tão sucinta a maneira como ela se sentia. Mas ela não podia permitir que Patrick soubesse disso, não podia admitir sua fraqueza, embora tivesse a sensação de que ele podia vê-la de qualquer modo.

– Não finja que temos alguma coisa em comum – disse Josie.

– Mas nós temos – respondeu Patrick. – Sua mãe – e olhou nos olhos de Josie. – Eu gosto dela, muito. E gostaria de saber se você está à vontade com isso.

Josie sentiu a garganta se fechando. Tentou se lembrar de Matt dizendo que gostava dela; perguntou-se se alguém voltaria a lhe dizer isso.

– Minha mãe é adulta. Ela pode decidir sozinha com quem f...

– Não – interrompeu Patrick.

– Não *o quê*?

– Não diga uma coisa que vai desejar não ter dito.

Josie deu um passo para trás, com os olhos brilhando.

– Se você acha que ficar meu amiguinho vai ajudar a conquistar minha mãe, está enganado. Você vai se sair melhor com flores e chocolate. Ela não está nem aí pra mim.

– Não é verdade.

– Você não está na nossa vida há muito tempo, não é?

– Josie – disse Patrick –, ela é louca por você.

Ela se sentiu engasgar com a verdade. Mais difícil ainda foi falar do que engolir.

– Mas não tão louca quanto é por você. Ela está feliz. Está feliz e eu... eu sei que devia estar feliz por ela...

— Mas você está aqui – disse Patrick, indicando o cemitério. – E está sozinha.

Josie assentiu e começou a chorar. Olhou para o outro lado, constrangida, e sentiu Patrick passar os braços ao redor do seu corpo. Ele não disse nada, e, por aquele único momento, ela até gostou dele. Qualquer palavra, até uma bem-intencionada, teria ocupado o espaço onde a dor precisava estar. Ele simplesmente a deixou chorar até que parasse, e ela descansou por um instante no ombro dele, se perguntando se aquilo era apenas o olho do furacão ou seu final.

— Sou uma vaca – sussurrou ela. – Estou com ciúmes.

— Acho que ela entenderia.

Josie se afastou dele e limpou os olhos.

— Você vai contar pra ela que eu venho aqui?

— Não.

Ela olhou para ele, surpresa. Imaginava que ele tomaria o lado da mãe.

— Você está errada, sabia? – disse Patrick.

— Sobre o quê?

— Sobre estar sozinha.

Josie olhou para o alto da colina. Não dava para ver o túmulo de Matt do portão, mas ele ainda estava lá, assim como todo o resto Daquele Dia.

— Fantasmas não contam.

Patrick sorriu.

— Mas mães contam.

O que Lewis mais odiava era o som das portas de metal se fechando. Não importava que em trinta minutos ele pudesse ir embora da prisão. O importante era que os detentos não podiam. E que um desses detentos era o mesmo garoto que ele ensinara a andar de bicicleta sem rodinhas, o mesmo garoto cujo peso de papel feito no maternal ainda estava em sua mesa, o mesmo garoto que ele vira respirar pela primeira vez.

Ele sabia que seria um choque para Peter vê-lo. Havia quantos meses que ele dizia para si mesmo que essa seria a semana em que ele tomaria coragem de ir ver o filho na cadeia, mas acabava achando alguma coisa para fazer ou um texto para estudar? Mas, quando o agente penitenciário abriu a porta e levou Peter para a sala de visitas, Lewis se deu conta de que tinha subestimado o choque que *ele* sentiria ao ver *Peter*.

Ele estava maior. Talvez não mais alto, mas mais robusto. Os ombros preenchiam a camisa e os braços tinham engrossado com os músculos. A pele estava transparente, quase azul sob a luz artificial. As mãos não pararam de se mover. Ficavam se balançando ao lado do corpo, e, quando ele se sentou, nas laterais da cadeira.

– Ah – disse Peter. – Mas olha só.

Lewis tinha ensaiado seis ou sete discursos, explicações do motivo de não conseguir ir ver o filho, mas, quando viu Peter sentado ali, só duas palavras lhe subiram aos lábios.

– Me desculpa.

Peter apertou os lábios.

– Por quê? Por me dar o cano por seis meses?

– Está mais pra dezoito anos – admitiu Lewis.

Peter se recostou na cadeira, olhando fixamente para o pai. Ele se forçou a retornar o olhar. Será que Peter podia lhe dar a absolvição, mesmo que ele não estivesse completamente seguro de poder retribuir?

Peter passou uma das mãos pelo rosto e balançou a cabeça. Em seguida, começou a sorrir. Lewis sentiu os ossos se afrouxarem, os músculos relaxarem. Até aquele momento, não sabia o que esperar de Peter. Podia racionalizar consigo mesmo o quanto quisesse e afirmar que um pedido de desculpas sempre seria aceito, podia dizer para si mesmo que *ele* era o pai, quem mandava. Mas tudo isso era muito difícil de se lembrar quando você estava sentado em uma cadeira de visitação em uma prisão, com uma mulher ao lado que tentava encostar o pé no do amante por cima da linha vermelha, e um homem à direita que xingava sem parar.

O sorriso no rosto de Peter se endureceu e virou deboche.

– Foda-se – disse ele. – Foda-se por vir aqui. Você não liga porra nenhuma pra mim. Não quer me pedir desculpas. Só quer se ouvir *dizer* isso. Você está aqui por você, não por mim.

A cabeça de Lewis pareceu cheia de pedras. Ele se inclinou para frente, com o pescoço incapaz de sustentar o peso, até apoiar a testa nas mãos.

— Eu não consigo fazer nada, Peter — sussurrou. — Não posso trabalhar, não consigo comer, não consigo dormir. — Ele ergueu o rosto. — Os alunos novos estão chegando ao campus agora. Olho pra eles da janela, e eles sempre estão apontando pros prédios, ou pra Rua Main, ou ouvindo os guias turísticos que os levam pelos pátios, e penso em como eu estava ansioso pra fazer essas mesmas coisas com você.

Ele havia escrito um trabalho anos atrás, depois de Joey nascer, sobre o aumento exponencial de felicidade, os momentos em que o quociente mudava rapidamente depois de um acidente deflagrador. O que concluiu foi que o resultado era variável, baseado não no evento que provocara a felicidade, mas no estado em que você estava quando ele acontecia. Por exemplo, o nascimento do seu filho seria uma coisa se você tivesse um casamento feliz e tivesse planejado uma família, e seria algo completamente diferente se você tivesse dezesseis anos e tivesse engravidado uma garota. O tempo frio seria perfeito se você estivesse de férias esquiando, mas decepcionante se você estivesse na praia. Um homem que já fora rico poderia ficar loucamente feliz com um dólar no meio de uma depressão, e um chef gourmet poderia comer minhocas se estivesse preso em uma ilha deserta. Um pai que desejasse que um filho fosse estudado, bem-sucedido e independente poderia, sob circunstâncias diferentes, simplesmente ficar feliz por ele estar vivo e em segurança, para poder dizer ao garoto que jamais deixara de amá-lo.

— Mas você sabe o que dizem sobre a faculdade — disse Lewis, sentando-se um pouco mais ereto. — É superestimada.

As palavras dele surpreenderam Peter.

— Todos aqueles pais gastando quarenta mil por ano — disse Peter, sorrindo de leve. — E aqui estou eu, aproveitando ao máximo o dinheiro do contribuinte.

— O que mais um economista poderia desejar? — brincou Lewis, apesar de não ser engraçado; jamais seria engraçado.

Então ele se deu conta de que isso era uma espécie de felicidade também; você diria qualquer coisa, *faria* qualquer coisa, para fazer seu filho sorrir daquele jeito, como se houvesse algo de que sorrir, mesmo que cada palavra parecesse que você estava engolindo vidro.

Os pés de Patrick estavam cruzados na mesa da promotora enquanto Diana olhava os relatórios que haviam chegado da balística nos dias seguintes ao tiroteio, em preparação para o testemunho dele no julgamento.

– Tem duas armas que não foram usadas – explicou Patrick –, e duas pistolas correspondentes, duas Glock 17, que estavam registradas no nome do vizinho da frente. Um policial aposentado.

Diana ergueu os olhos do papel.

– Que legal.

– É. Ah, você conhece os policiais. Qual é o sentido de colocar a arma em um armário trancado quando você precisa pegá-la rapidamente? De qualquer modo, a Arma A é a que foi disparada em quase toda a escola. As marcas nas balas corresponderam. A Arma B foi disparada, a balística nos disse isso, mas não acharam nenhuma bala correspondente. Essa arma foi encontrada emperrada no chão do vestiário. O Houghton ainda estava segurando a Arma A quando foi preso.

Diana se recostou na cadeira, com os dedos esticados sobre o peito.

– O McAfee vai perguntar por que o Houghton teria sacado a Arma B no vestiário se a Arma A estava funcionando tão esplendidamente até aquele ponto.

Patrick deu de ombros.

– Ele pode ter usado essa arma pra atirar na barriga do Royston, e, quando ela emperrou, ele voltou pra Arma A. Ou, por outro lado, pode ter sido mais simples que isso. Como a bala da Arma B não foi recuperada, é possível que tenha sido o primeiro tiro disparado. O projétil pode estar alojado no revestimento de fibra de vidro do refeitório, até onde sabemos. Ela emperrou, o garoto mudou para a Arma A e enfiou a arma emperrada no bolso... e depois, no final da matança, descartou-a ou deixou-a cair sem querer.

– *Ou*. Odeio essa palavra. Mesmo com duas letras, está cheia de dúvidas...

Ela parou quando ouviu uma batida na porta e a secretária colocou a cabeça dentro da sala.

– Seu compromisso das catorze horas chegou.

Diana se virou para ele.

– Estou preparando Drew Girard para testemunhar. Por que você não fica?

Patrick passou para uma cadeira na lateral da sala para dar o lugar na frente da promotora para Drew. O garoto entrou com uma batida leve.

– Sra. Leven?

Diana se levantou.

– Drew, obrigada por vir – e indicou Patrick. – Você se lembra do detetive Ducharme?

Drew assentiu para ele. Patrick observou a calça passada do garoto, a camisa com gola, a atitude. Esse não era o astro do hóquei metido e famoso, como tinha sido pintado pelos alunos durante a investigação de Patrick. Mas, por outro lado, Drew tinha visto seu melhor amigo ser morto; tinha levado um tiro no ombro. O mundo no qual ele mandava não existia mais.

– Drew – disse Diana –, trouxemos você aqui porque você recebeu uma intimação, e isso significa que vai testemunhar em algum momento na semana que vem. Vamos te avisar conforme chegar mais perto... Mas por enquanto quero me certificar de que você não está nervoso com a ideia de ir ao tribunal. Hoje vamos falar sobre algumas das coisas que vão te perguntar e como é o procedimento. Se você tiver alguma dúvida, podemos falar sobre isso também. Certo?

– Sim, senhora.

Patrick se inclinou para a frente.

– Como está o ombro?

Drew se virou para encará-lo, flexionando inconscientemente essa parte do corpo.

– Ainda estou fazendo fisioterapia, mas está bem melhor. Só que... – Ele parou de falar.

– Só que o quê? – perguntou Diana.

– Não vou poder participar da temporada de hóquei.

Ela olhou nos olhos de Patrick; isso traria solidariedade pela testemunha.

– Você acha que vai voltar a jogar?

Drew ruborizou.

– Os médicos dizem que não, mas acho que estão errados. – Ele hesitou. – Estou no último ano, e eu estava contando com uma bolsa de atleta pra faculdade.

Houve um silêncio desconfortável quando ninguém admitiu a coragem de Drew nem a verdade.

— Então, Drew — disse Diana —, quando formos pro tribunal, vou começar perguntando o seu nome, onde você mora, se estava na escola naquele dia.

— Certo.

— Vamos ensaiar um pouco, tá? Quando você chegou à escola naquela manhã, qual foi sua primeira aula?

Drew se sentou um pouco mais ereto.

— História americana.

— E a segunda?

— Inglês.

— Pra onde você foi depois da aula de inglês?

— Tive o terceiro tempo livre, e a maior parte das pessoas com período livre fica no refeitório.

— Foi pra lá que você foi?

— É.

— Tinha alguém com você? — prosseguiu Diana.

— Fui sozinho, mas, quando cheguei lá, encontrei várias pessoas. — Ele olhou para Patrick. — Amigos.

— Quanto tempo você ficou no refeitório?

— Não sei. Meia hora, eu acho.

Diana assentiu.

— O que aconteceu depois?

Drew olhou para a calça e passou o dedão pelo vinco. Patrick reparou que a mão dele estava tremendo.

— A gente estava só conversando... e aí ouvi um estrondo muito alto.

— Você percebeu de onde vinha o som?

— Não. Eu não sabia o que era.

— Você viu alguma coisa?

— Não.

— O que você fez quando ouviu o barulho? — perguntou Diana.

— Fiz uma piada — disse Drew. — Disse que devia ser o almoço da escola pegando fogo. "Ah, finalmente, o macarrão com queijo radioativo."

— Você ficou no refeitório depois do estouro?

— Fiquei.

– E depois?

Drew olhou para as mãos.

– Houve um som parecido com fogos. Antes de qualquer pessoa entender o que era, o Peter entrou no refeitório. Estava com uma mochila e segurando uma arma. Então ele começou a atirar.

Diana levantou a mão.

– Vou interromper você por um momento, Drew... Quando você estiver no banco e disser isso, quero que olhe para o réu e o identifique, para os registros. Entendeu?

– Entendi.

Patrick se deu conta de que não estava vendo os disparos como veria qualquer outro crime, nem o estava visualizando como uma introdução ao vídeo apavorante que tinha visto. Estava imaginando Josie, uma das amigas de Drew, sentada a uma mesa longa, ouvindo os estouros, sem ter ideia do que estava para acontecer.

– Há quanto tempo você conhece o Peter? – perguntou Diana.

– Nós dois crescemos em Sterling. Frequentamos a mesma escola desde sempre.

– Vocês eram amigos? – Drew balançou a cabeça. – Inimigos?

– Não – disse ele. – Não exatamente inimigos.

– Já teve problemas com ele?

Drew olhou para frente.

– Não.

– Você já praticou bullying contra ele?

– Não, senhora – disse ele.

Patrick fechou as mãos com força. Ele sabia, por ter entrevistado centenas de adolescentes, que Drew Girard tinha enfiado Peter Houghton em armários, que o tinha derrubado quando ele estava descendo escadas, que tinha jogado bolinhas de papel com cuspe no cabelo dele. Nada disso justificava o que Peter havia feito, mas, mesmo assim... Havia um garoto apodrecendo na cadeia; dez pessoas se decompondo em túmulos; dezenas em processo de reabilitação e cirurgia reconstrutiva; centenas, como Josie, que ainda não conseguiam repassar aquele dia sem desabar em lágrimas; e havia pais, como Alex, que confiavam que Diana conseguiria que a justiça fosse feita em nome deles. E aquele babaquinha ali, mentindo até os fios de cabelo.

Diana ergueu os olhos das anotações e encarou Drew.

— Então, se te perguntarem sob juramento se você já implicou com o Peter, qual vai ser sua resposta?

Drew olhou para ela, a coragem sumindo apenas o suficiente para Patrick se dar conta de que o garoto estava morrendo de medo de que eles soubessem mais do que estavam admitindo. Diana olhou para Patrick e soltou a caneta. Foi o convite que ele estava esperando. Ele deu um pulo da cadeira e segurou o pescoço de Drew Girard.

— Escuta aqui, seu escrotinho — disse Patrick —, não vai fazer merda. Nós sabemos o que você fazia com Peter Houghton. Sabemos que você era o líder. Dez pessoas morreram e dezoito nunca vão ter a vida que pensavam que teriam... Tem tantas famílias nessa comunidade destinadas a sofrer pelo resto da vida que não dá nem pra contar. Não sei qual é a sua estratégia aqui, se você quer bancar o santo pra proteger a sua reputação ou se está só com medo de contar a verdade. Mas, pode acreditar, se você subir no banco das testemunhas e mentir sobre as suas ações no passado, vou garantir que você vá parar na cadeia por obstrução de justiça.

Então soltou Drew e se afastou para olhar pela janela do escritório de Diana. Ele não tinha autoridade para prender o garoto por nada, mesmo que ele cometesse perjúrio, mas Drew jamais saberia disso. E talvez fosse o bastante para assustá-lo, para que se comportasse. Patrick respirou fundo e entregou a Diana a caneta que ela havia deixado cair.

— Vou perguntar de novo, Drew — disse ela com delicadeza. — Você já cometeu bullying contra Peter Houghton?

Drew olhou para Patrick e engoliu em seco. Em seguida, abriu a boca e começou a falar.

— É churrasco de lasanha — anunciou Alex depois que Patrick e Josie deram a primeira garfada. — O que vocês acham?

— Eu não sabia que dava pra fazer churrasco de lasanha — disse Josie lentamente. Ela começou a separar a massa do queijo, como se estivesse escalpelando-a.

— Como é isso exatamente? — perguntou Patrick, pegando a jarra de água para encher o copo.

– Era uma lasanha comum. Mas uma parte do recheio derramou no forno, e ficou cheio de fumaça... Eu ia começar tudo de novo, mas então percebi que eu só estava acrescentando um sabor extra de carvão à mistura. – Ela sorriu largamente. – Engenhoso, não é? Olhei em todos os livros de receitas, Josie, e nunca fizeram isso antes, pelo que pude perceber.

– Por que será? – disse Patrick, e tossiu no guardanapo.

– Eu *gosto* de cozinhar – disse Alex. – Gosto de pegar uma receita e sair pela tangente pra ver o que acontece.

– As receitas são meio que como a lei – respondeu Patrick. – É melhor segui-las para não cometer uma infração...

– Não estou com fome – disse Josie de repente. Ela afastou o prato, se levantou e saiu correndo para o andar de cima.

– O julgamento começa amanhã – disse Alex, tentando explicar.

Então foi atrás de Josie sem nem pedir licença, porque sabia que Patrick entenderia. A garota tinha batido a porta e aumentado a música; não adiantaria bater. Alex girou a maçaneta e entrou, abaixando o volume do som.

Josie estava deitada na cama com o travesseiro em cima da cabeça. Quando Alex se sentou no colchão, ela nem se mexeu.

– Quer conversar? – perguntou Alex.

– Não – disse Josie, com a voz abafada.

Alex tirou o travesseiro de cima da cabeça dela.

– Tente.

– É que... Meu Deus, mãe, qual é o meu problema? É como se o mundo tivesse voltado a girar pra todas as pessoas, mas eu não consigo nem voltar pro carrossel. Até vocês dois, vocês devem estar pensando loucamente no julgamento também, mas estão aqui, rindo e se divertindo, como se pudessem tirar da cabeça o que aconteceu e o que *vai* acontecer. Já eu não consigo *deixar* de pensar nisso um só segundo. – Josie olhou para Alex com os olhos cheios de lágrimas. – Todo mundo seguiu em frente. Menos eu.

Alex colocou a mão no braço de Josie e lhe fez um carinho. Ela se lembrou do prazer que sentia em estar com a filha depois que ela nasceu. Que, de alguma forma, do nada, ela havia criado aquela criatura pequenina, cheia de vida, perfeita. Passava horas na cama com a filha ao lado, tocando sua pele, vendo seus dedos dos pés como pérolas, sentindo a pulsação da moleira.

– Uma vez – disse Alex –, quando eu ainda trabalhava como defensora pública, um cara do escritório deu uma festa de 4 de Julho pra todos os advogados e suas famílias. Você devia ter uns três anos, mas eu te levei. Soltaram fogos e eu afastei o olhar por um segundo para ver. Então, quando olhei de novo, você tinha sumido. Comecei a gritar e alguém te encontrou, deitada no fundo da piscina.

Josie se sentou ereta, fascinada pela história que nunca tinha ouvido.

– Eu mergulhei, tirei você de lá, fiz respiração boca a boca e você cuspiu a água. Eu nem conseguia falar, de tanto medo que estava sentindo. Quando você voltou a si, começou a brigar comigo, furiosa, dizendo que estava procurando sereias e que eu te atrapalhei.

Josie puxou os joelhos para debaixo do queixo e sorriu um pouco.

– Sério?

Alex assentiu.

– Eu disse que da próxima vez você tinha que me levar com você.

– E *teve* uma próxima vez?

– Me diga você – disse Alex, e hesitou. – Você não precisa de água pra ter a sensação de que está se afogando, precisa?

Quando Josie balançou a cabeça, as lágrimas rolaram. Ela mudou de posição e se encaixou nos braços da mãe.

Patrick sabia que essa era sua derrocada. Pela segunda vez na vida, estava ficando tão próximo de uma mulher e da filha dela que esquecia que não era parte da família. Olhou para a mesa, para os detritos do jantar horrível de Alex, e começou a limpar os pratos intocados.

O churrasco de lasanha tinha endurecido na travessa como um tijolo enegrecido. Ele empilhou os pratos na pia e abriu a água quente, pegou uma esponja e começou a esfregá-los.

– Ah, meu Deus – disse Alex por trás dele. – Você *é* mesmo o homem perfeito.

Patrick se virou com as mãos cheias de sabão.

– Longe disso. – Ele pegou um pano de prato. – A Josie está...?

– Ela está bem. Vai ficar bem. Pelo menos nós duas vamos ficar repetindo isso até que se torne verdade.

– Sinto muito, Alex.

– Quem não sente? – Ela se sentou em uma cadeira virada, apoiando o queixo no encosto. – Vou ao julgamento amanhã.

– Eu não esperaria que fosse diferente.

– Você acha que o McAfee consegue a absolvição dele?

Patrick dobrou o pano de prato ao lado da pia e andou na direção de Alex, ajoelhando-se na frente da cadeira.

– Alex – disse ele –, o garoto entrou na escola como se estivesse executando um plano de batalha. Começou no estacionamento, explodindo uma bomba pra distrair as pessoas. Entrou pela frente da escola e atirou em uma aluna na escada. Entrou no refeitório, atirou em um bando de alunos, matou alguns deles e depois se sentou e comeu uma tigela de *cereal* antes de prosseguir com o banho de sangue. Não vejo como, considerando todas essas provas, um júri possa rejeitar as acusações.

Alex ficou olhando para ele fixamente.

– Me diz uma coisa... Por que a Josie teve sorte?

– Porque está viva.

– Não, o que quero dizer é *por que* ela está viva? Ela estava no refeitório e no vestiário. Viu pessoas morrendo ao redor dela. Por que o Peter não atirou *nela*?

– Não sei. Acontecem coisas que nem sempre dá pra entender. Algumas delas... bom, são como o tiroteio. E outras... – ele cobriu a mão de Alex com a sua sobre o encosto da cadeira. – Outras não são.

Alex olhou para ele, e Patrick se lembrou de novo que encontrá-la, *estar* com ela, era como aquele primeiro açafrão que se via na neve. Quando se achava que o inverno ia durar para sempre, aquela beleza inesperada tomava você de surpresa, e, se você não afastasse o olhar, se mantivesse o foco, o resto da neve de alguma forma derreteria.

– Se eu te perguntar uma coisa, você vai ser sincero comigo? – perguntou Alex.

Patrick assentiu.

– Minha lasanha não estava muito boa, estava?

Ele sorriu para ela.

– Não abra mão do seu emprego – disse ele.

No meio da noite, sem conseguir dormir, Josie foi para fora e se deitou no gramado da frente. Olhou para o céu, que ficava tão baixo àquela hora da noite que ela conseguia sentir as estrelas espetando-lhe o rosto. Ali fora, sem o quarto a sufocando, era quase possível acreditar que os problemas que ela tinha eram pequenos no grande esquema do universo.

Amanhã, Peter Houghton seria julgado por dez assassinatos. Até mesmo o pensamento daquele massacre deixava Josie de estômago embrulhado. Ela não podia acompanhar o julgamento, por mais que quisesse, porque estava na lista idiota de testemunhas. Tinha de ficar isolada, uma palavra bonita para não saber de nada.

Josie respirou fundo e pensou em uma aula de estudos sociais que teve no segundo ciclo do ensino fundamental, na qual aprendeu que alguém – esquimós, talvez? – acreditava que as estrelas eram buracos no céu pelos quais as pessoas que morreram sempre podiam espiar. Era para ser reconfortante, mas Josie sempre achou aquilo meio assustador, como se significasse que estava sendo vigiada.

Isso também a fez pensar em uma piada muito boba sobre um cara que passa por um manicômio com um muro alto, ouve os pacientes gritando "Dez! Dez! Dez!" e vai espiar por um buraco no muro para ver o que está acontecendo... Então é cutucado no olho com uma vareta e ouve os pacientes gritarem: "Onze! Onze! Onze!"

Matt tinha contado essa piada para ela.

Talvez ela até tenha rido.

Isto é o que os esquimós não contam: essas pessoas do outro lado precisam parar o que estão fazendo para observar você. Mas você consegue vê-las o tempo todo. Só precisa fechar os olhos.

Na manhã do julgamento de seu filho por assassinato, Lacy tirou do armário uma saia preta, uma blusa preta e meia-calça da mesma cor. Vestiu-se como se estivesse indo a um enterro, o que talvez não estivesse muito longe da verdade. Rasgou três pares de meias-calças, porque suas mãos tremiam, o que a fez desistir de usá-las. No fim do dia, os sapatos teriam feito bolhas em seus pés, e Lacy achava que isso seria uma coisa boa; talvez acabasse se concentrando em uma dor que fizesse sentido.

Não sabia onde Lewis estava nem se ele ia ao julgamento. Eles não se falavam desde o dia em que ela o seguiu até o cemitério, quando ele passou a dormir no quarto de Joey. Nenhum dos dois entrava no de Peter.

Mas, nessa manhã, ela se forçou a virar à esquerda no corredor e abriu a porta do quarto de Peter. Depois que a polícia esteve lá, ela o arrumara um pouco, dizendo para si mesma que não queria que Peter voltasse para uma casa revirada. Ainda havia buracos: a mesa parecia nua sem o computador, as prateleiras estavam meio vazias. Andou até uma e pegou um livro. *O retrato de Dorian Gray*, de Oscar Wilde. Peter o estava lendo para a aula de inglês quando foi preso. Ela se perguntou se ele tivera tempo de terminá-lo.

Dorian Gray tinha um retrato no qual ele envelhecia e ficava cruel enquanto seu ser permanecia jovem e com aparência inocente. Talvez a mãe silenciosa e reservada que fosse testemunhar pelo filho tivesse um retrato em algum lugar tomado pela culpa, retorcido de dor. Talvez a mulher naquele retrato tivesse permissão de chorar e gritar, de desabar, de segurar os ombros do filho e dizer: "O que foi que você fez?"

Ela levou um susto com o barulho de alguém abrindo a porta. Lewis estava na entrada, com um terno que reservava para conferências e formaturas da faculdade. Estava segurando uma gravata azul de seda e não falou nada.

Lacy pegou a gravata da mão de Lewis, passou-a por trás dele, ao redor do pescoço, arrumou o nó com delicadeza e ergueu o colarinho. Ao fazer isso, Lewis segurou sua mão e não a soltou.

Não havia palavras para momentos assim, quando você se dava conta de que tinha perdido um filho e o outro estava escapando das suas mãos. Ainda segurando a mão de Lacy, Lewis a tirou do quarto de Peter, fechando a porta ao passar.

Às seis horas da manhã, quando Jordan desceu a escada silenciosamente para ler suas notas em preparação para o julgamento, encontrou a mesa arrumada com um lugar: uma tigela, uma colher e uma caixa de cereal de chocolate, a refeição com a qual ele sempre iniciava uma batalha. Ele sorriu, porque Selena devia ter acordado no meio da noite para fazer isso, pois eles foram juntos para a cama na noite anterior. Sentou-se e se serviu de uma porção caprichada. Depois, foi até a geladeira pegar o leite.

Havia um bilhete grudado na caixa. BOA SORTE.

Assim que Jordan se sentou para comer, o telefone tocou. Ele atendeu correndo, pois Selena e o bebê ainda estavam dormindo.
– Alô?
– Pai?
– Thomas – disse ele. – O que está fazendo acordado a essa hora?
– Bom, humm... Eu ainda não fui dormir.
Jordan sorriu.
– Ah, ser jovem e estar na faculdade de novo.
– Só liguei pra te desejar boa sorte. Começa hoje, certo?
Ele olhou para o cereal e se lembrou da filmagem feita pela câmera do refeitório da Sterling High: Peter se sentando, assim como ele, para comer uma tigela de cereal ao lado de alunos mortos. Jordan afastou a tigela.
– É – disse ele. – Começa.

O agente penitenciário abriu a cela de Peter e lhe entregou uma pilha de roupas dobradas.
– Hora do baile, Cinderela – disse.
Peter esperou que ele saísse. Ele sabia que a mãe tinha levado aquelas roupas para ele; ela até deixara as etiquetas, para que ele pudesse ver que não eram as do armário de Joey. Eram elegantes, o tipo de roupas que ele imaginava que seriam usadas em uma partida de polo, embora nunca tivesse visto uma.
Peter tirou o macacão e vestiu a cueca boxer e as meias. Sentou-se na cama para colocar a calça, que ficou um pouco justa na cintura. Abotoou a camisa errado da primeira vez e precisou fazer de novo. Não sabia dar o nó da gravata direito. Então a enrolou e a enfiou no bolso, para que Jordan a amarrasse depois.
Não havia espelho na cela, mas Peter imaginou que parecia uma pessoa comum agora. Se ele fosse transportado dali para uma rua movimentada de Nova York ou para as arquibancadas de um jogo de futebol americano, as pessoas provavelmente nem olhariam para ele duas vezes e não perceberiam que, por baixo da lã e do algodão egípcio, havia uma pessoa que jamais imaginariam. Ou, em outras palavras, depois disso tudo, nada havia mudado.

Ele estava prestes a sair da cela quando percebeu que não lhe deram o colete à prova de balas, como acontecera na audiência preliminar. Não por haver menos ódio agora; deve ter sido apenas um descuido. Ele ia perguntar ao guarda, mas acabou ficando quieto.

Talvez, pela primeira vez na vida, Peter tivesse sorte.

Alex se vestiu como se estivesse indo trabalhar, o que estava indo mesmo fazer, mas não como juíza. Perguntou-se como seria se sentar no tribunal no papel de civil. Perguntou-se se aquela mãe desesperada que ela vira na audiência de acusação estaria lá.

Ela sabia que seria difícil assistir ao julgamento e entender novamente como esteve perto de perder Josie. Alex tinha parado de fingir que só ia até lá porque aquilo tinha algo a ver com seu trabalho. Ela ia até lá porque precisava. Um dia Josie se lembraria e precisaria de alguém para apoiá-la; e, como Alex não estava lá da primeira vez para protegê-la, prestaria atenção agora.

Ela desceu a escada correndo e encontrou Josie à mesa da cozinha, vestida com saia e blusa.

– Eu também vou – ela anunciou.

Aquilo já havia acontecido antes, no dia da audiência de acusação de Peter. Só que parecia ter acontecido havia tanto tempo, e ela e Josie eram pessoas bem diferentes naquela época. Agora, ela estava na lista de testemunhas de defesa, mas não tinha recebido intimação, o que significava que não precisava ficar no fórum durante o julgamento.

– Sei que não posso entrar, mas o Patrick também tem que ficar isolado, não tem?

Na última vez em que Josie pedira para ir ao tribunal, Alex a impedira. Mas dessa vez ela se sentou diante da filha.

– Você faz ideia de como vai ser? Vai ter câmeras, um monte delas. E adolescentes em cadeiras de rodas. E pais furiosos. E o Peter.

O olhar de Josie foi para seu colo como uma pedra.

– Você quer me impedir de ir de novo.

– Não, quero impedir que você se machuque.

– Eu *não* me machuquei – disse Josie. – É por isso que preciso ir.

Cinco meses antes, Alex tinha tomado essa decisão pela filha. Agora, ela sabia que Josie merecia falar por si mesma.

— Encontro você no carro – disse ela, calmamente.

Ela manteve a máscara até Josie fechar a porta ao passar, então correu para o banheiro e vomitou.

Estava com medo de que, se a filha revivesse as lembranças do tiroteio, mesmo de longe, isso a levasse além do ponto de recuperação. Mas estava com mais medo de, pela segunda vez, não conseguir impedir que a filha sofresse.

Alex apoiou a cabeça na beirada fria de porcelana da banheira. Em seguida, de pé, escovou os dentes e molhou o rosto. Foi correndo para o carro, onde a filha já a esperava.

Como a babá chegou atrasada, Jordan e Selena tiveram que lutar para passar pela multidão na escada do fórum. Selena já esperava, mas ainda não estava completamente preparada para as hordas de repórteres, as vans de televisão, os espectadores com as câmeras dos celulares prontas para capturar uma imagem da confusão.

Jordan estava bancando o vilão; a grande maioria dos espectadores era de Sterling, e, como Peter seria transportado para o tribunal por um túnel subterrâneo, Jordan era o bode expiatório.

— Como você consegue dormir à noite? – gritou uma mulher, quando Jordan subiu as escadas correndo e passou por ela.

Outra levantou um cartaz: "Ainda há pena de morte em NH".

— Ah, rapaz – disse Jordan baixinho. – Esse vai ser divertido.

— Você vai ficar bem – respondeu Selena.

Mas ele tinha parado de andar. Havia um homem de pé em um degrau segurando uma cartolina com duas fotos grandes: uma de uma garota, outra de uma bela mulher. Kaitlyn Harvey, percebeu Selena ao reconhecer o rosto. E sua mãe. No alto havia duas palavras: DEZENOVE MINUTOS.

Jordan olhou nos olhos do homem. Selena sabia o que ele estava pensando – que esse podia ser ele, que ele tinha exatamente o mesmo a perder.

— Sinto muito – murmurou Jordan, e Selena passou o braço pelo dele e o puxou pela escada.

Mas havia um grupo diferente lá. Usavam camisetas amarelas com VBA no peito e cantarolavam:

— Peter, você não está sozinho. Peter, você não está sozinho.

Jordan se inclinou para perto dela.
– Que porra é essa?
– As Vítimas de Bullying da América.
– Você só pode estar brincando – disse Jordan. – Isso existe?
– Pode acreditar – disse Selena.
Ele começou a sorrir pela primeira vez desde que saíram para o fórum.
– E você os encontrou pra gente?
Selena apertou o braço dele.
– Pode me agradecer depois – disse ela.

Parecia que seu cliente ia desmaiar. Jordan assentiu para o policial que abriu a porta da cela onde Peter ficava no fórum e se sentou.
– Respire – ordenou ele.
Peter concordou com a cabeça e encheu os pulmões. Estava tremendo. Jordan esperava por isso, era comum no início de cada julgamento. Até o criminoso mais calejado entrava em pânico quando se dava conta de que era o dia em que sua vida estava em jogo.
– Tenho uma coisa pra você – disse Jordan, tirando um par de óculos do bolso.
Eram grossos e com aro de casco de tartaruga, com lentes do tipo fundo de garrafa, bem diferentes dos óculos finos de armação de metal que Peter usava.
– Não preciso – disse Peter, e sua voz falhou. – Não preciso de óculos novos.
– Coloque mesmo assim.
– Por quê?
– Porque todo mundo vai reparar nesses óculos no seu rosto – disse Jordan. – Quero que você pareça alguém que nem em um milhão de anos enxergaria bem o bastante para atirar em dez pessoas.
As mãos de Peter se fecharam na beirada de metal do banco.
– Jordan? O que vai acontecer comigo?
Havia alguns clientes para os quais era preciso mentir para que conseguissem encarar o julgamento. Mas, a essa altura, Jordan achava que Peter merecia a verdade.
– Não sei, Peter. Você não tem um ótimo caso, por causa de todas as provas contra você. A probabilidade de ser absolvido é pequena, mas

mesmo assim vou fazer o que puder por você. Está bem? – Peter assentiu. – Só quero que tente parecer calmo lá. Que pareça patético.

Peter baixou a cabeça e contorceu o rosto. *É, assim mesmo*, pensou Jordan, mas então percebeu que Peter havia começado a chorar.

Jordan andou até a frente da cela. Esse também era um momento familiar para ele como advogado de defesa. Ele costumava permitir que o cliente tivesse esse momento de desabar em particular antes de entrarem no tribunal. Não era da conta dele, e, para ser honesto, Jordan só se preocupava com o que interessava. Mas conseguia ouvir Peter soluçando atrás de si; e, naquela música triste, havia uma nota que o atingiu. Antes de conseguir pensar melhor, ele se virou e se sentou no banco de novo. Passou os braços ao redor de Peter e sentiu o garoto relaxar contra seu corpo.

– Vai ficar tudo bem – disse ele, e torceu para não estar mentindo.

Diana Leven observou a área lotada da plateia e pediu ao meirinho para apagar as luzes. Apertou um botão no laptop e começou uma apresentação em PowerPoint.

A tela ao lado do juiz Wagner se encheu com uma imagem da Sterling High School. Havia um céu azul ao fundo e algumas nuvens, parecidas com algodão-doce. Uma bandeira tremulava ao vento. Três ônibus escolares estavam estacionados como uma caravana perto da entrada. Diana deixou a foto em exibição, em silêncio, por quinze segundos.

O tribunal ficou tão silencioso que dava para ouvir o zumbido do laptop da pessoa que fazia a transcrição.

Ai, meu Deus, pensou Jordan. *Vou ter que aguentar isso pelas próximas três semanas.*

– A Sterling High School era assim no dia 6 de março de 2007. Eram 7h50, e as aulas tinham acabado de começar. Courtney Ignatio estava fazendo um teste na aula de química. Whit Obermeyer estava na secretaria pegando uma autorização para entrar atrasado, pois tinha tido um problema com o carro. Grace Murtaugh estava saindo da enfermaria, onde tinha ido tomar Tylenol por causa de uma dor de cabeça. Matt Royston estava na aula de história com seu melhor amigo, Drew Girard. Ed McCabe estava escrevendo o dever de matemática no quadro. Não havia nada que indicasse, para qualquer uma dessas pessoas e para nenhum dos outros membros da comunidade da Sterling High School às 7h50 do dia 6 de março, que esse não seria um dia como outro qualquer na escola.

Diana apertou um botão e uma nova foto apareceu: Ed McCabe deitado no chão com os intestinos saindo pela barriga, enquanto um aluno em lágrimas apertava as duas mãos por cima do ferimento aberto.

– Era assim que estava a Sterling High School às 10h19 do dia 6 de março de 2007. Ed McCabe não passou o dever de matemática para sua turma porque, dezenove minutos antes, Peter Houghton, um aluno de dezessete anos da Sterling High School, entrou pela porta com uma mochila com quatro armas: duas espingardas de caça serradas e duas pistolas semiautomáticas de nove milímetros carregadas.

Jordan sentiu um puxão no braço.

– Jordan – sussurrou Peter.

– Agora não.

– Mas eu vou vomitar...

– Engula – ordenou Jordan.

Diana voltou para o slide anterior, a imagem perfeita da Sterling High.

– Eu falei para vocês, senhoras e senhores, que nenhuma das pessoas na Sterling High School tinha indicação de que o dia não seria típico. Mas uma pessoa *sabia* que tudo ia ser diferente. – Ela andou até a mesa da defesa e apontou diretamente para Peter, que olhava fixo para o próprio colo. – Na manhã de 6 de março de 2007, Peter Houghton começou o dia enchendo uma mochila azul com quatro armas e uma bomba, além de munição suficiente para matar cento e noventa e oito pessoas. As provas vão mostrar que, quando ele chegou à escola, armou a bomba no carro de Matt Royston para desviar a atenção de si mesmo. Enquanto ela explodia, ele subiu os degraus de entrada da escola e atirou em Zoe Patterson. Depois, no corredor, atirou em Alyssa Carr. Prosseguiu até o refeitório e atirou em Angela Phlug e Maddie Shaw, a primeira a morrer, e em Courtney Ignatio. Quando os alunos começaram a correr, ele atirou em Haley Weaver e Brady Pryce, em Natalie Zlenko, Emma Alexis, Jada Knight e Richard Hicks. Depois, enquanto os feridos choravam e morriam ao redor dele, vocês sabem o que Peter Houghton fez? Ele se sentou no refeitório e comeu uma tigela de cereal.

Diana deixou que a informação fosse absorvida.

— Quando terminou, ele pegou a arma e saiu do refeitório, atirando em Jared Weiner, Whit Obermeyer e Grace Murtaugh no corredor, depois em Lucia Ritolli, uma professora de francês que estava tentando levar os alunos para um local seguro. Ele parou no banheiro masculino e atirou em Steven Babourias, Min Horuka e Topher McPhee, depois entrou no banheiro feminino e atirou em Kaitlyn Harvey. Subiu as escadas e atirou em Ed McCabe, o professor de matemática, e em John Eberhard e Trey MacKenzie, antes de chegar ao ginásio e atirar em Austin Prokiov, no técnico Dusty Spears, em Noah James, Justin Friedman e Drew Girard. Por fim, no vestiário, o réu atirou duas vezes em Matthew Royston, uma vez na barriga e outra na cabeça. Vocês devem se lembrar desse nome; ele era o dono do carro em que Peter Houghton colocou a bomba no começo do surto de violência.

Diana encarou o júri.

— O rompante todo durou dezenove minutos na vida de Peter Houghton, mas as provas mostrarão que seus efeitos durarão para sempre. E há muitas provas, senhoras e senhores. Há muitas testemunhas, e muitos depoimentos pela frente... Mas, no fim deste julgamento, vocês estarão convencidos, sem margem de dúvida, de que Peter Houghton provocou a morte de dez pessoas e tentou provocar a morte de outras dezenove na Sterling High School, intencionalmente e com conhecimento de causa, além de premeditação.

Ela andou na direção de Peter.

— Em dezenove minutos, você pode cortar a grama da frente de casa, pintar o cabelo, ver um terço de um jogo de hóquei. Consegue assar pãezinhos ou que um dentista faça uma restauração no seu dente. Pode dobrar as roupas lavadas de uma família de cinco pessoas. Ou, como Peter Houghton sabe... em dezenove minutos, você pode fazer o mundo parar de repente.

Jordan andou até os jurados com as mãos nos bolsos.

— A sra. Leven falou para vocês que, na manhã do dia 6 de março de 2007, Peter Houghton entrou na Sterling High School com uma mochila cheia de armas carregadas e atirou em muitas pessoas. Bem, ela está certa. As provas vão mostrar isso, e não colocamos isso em questão. Sabemos que é uma tragédia tanto para as pessoas que morreram quanto para as que viverão com as consequências. Mas eis o que a sra. Leven *não* falou para vocês: que, quando Peter entrou na Sterling High School naquela manhã, ele não tinha a intenção de se tornar um assassino em massa. Ele entrou com a intenção de se defender dos abusos que sofrera por doze anos seguidos. No primeiro dia de aula de Peter, sua mãe o colocou no ônibus do jardim de infância com uma lancheira novinha do Super-Homem. No trajeto até a escola, a lancheira foi jogada pela janela. Todos nós temos lembranças da escola de outras crianças nos provocando ou sendo cruéis, e a maior parte de nós consegue deixar isso de lado. Mas, na vida de Peter Houghton, essas coisas não aconteciam só de vez em quando. Desde aquele primeiro dia no jardim de infância, Peter vivenciou uma enxurrada diária de provocações, tormentos, ameaças e bullying. Colocaram esse garoto dentro de armários, enfiaram a cabeça dele em privadas, o derrubaram, socaram e chutaram. Espalharam um e-mail particular dele para a escola inteira. Arrancaram a calça dele no meio do refeitório. A realidade de Peter era um mundo em que, independentemente do que ele fizesse, independentemente de quanto se fizesse ficar pequeno e insignificante, ele era sempre a vítima. E, como resultado, ele começou a se voltar para um mundo alternativo: um mundo criado por ele mesmo na segurança do código HTML. Peter montou seu próprio website, criou videogames e os encheu com o tipo de pessoas que desejava que estivessem ao seu redor.

Jordan passou a mão pela barra na frente da área dos jurados.

— Uma das testemunhas que vocês ouvirão é o dr. King Wah. Ele é psiquiatra forense, examinou o Peter, conversou com ele. Ele vai explicar a vocês que o Peter sofre de uma doença chamada transtorno de estresse pós-traumático. Trata-se de um diagnóstico médico complicado, mas verdadeiro, e crianças que sofrem desse mal não conseguem distinguir entre uma ameaça imediata e uma ameaça distante. Apesar de você e eu sermos capazes de andar pelo corredor e identificar um praticante de bullying que não estivesse prestando atenção em nós, o Peter veria essa mesma pessoa e seus batimentos cardíacos dispararíam... seu corpo chegaria mais perto da parede... porque ele teria certeza de que seria percebido, ameaçado, surrado e ferido. O dr. Wah vai contar a vocês não só sobre os estudos feitos em crianças iguais ao Peter, mas como o próprio Peter foi diretamente afetado pelos anos e anos de tormento que passou nas mãos da comunidade da Sterling High School.

Jordan encarou os jurados de novo.

– Vocês se lembram do começo desta semana, quando estávamos discutindo se vocês seriam jurados apropriados ou não para este caso? Uma das coisas que perguntei a cada um de vocês durante esse processo foi se entendiam que precisavam ouvir as provas no tribunal e aplicar a lei como o juiz os instruísse. Por mais que tenhamos aprendido na aula de educação cívica do oitavo ano ou vendo *Law & Order* nas noites de quarta na TV... até vocês estarem aqui, ouvindo as provas e as instruções do tribunal, vocês não sabem quais são as verdadeiras regras.

Ele sustentou o olhar de um jurado de cada vez.

– Por exemplo, quando a maior parte das pessoas ouve o termo "legítima defesa", automaticamente supõe que alguém está apontando uma arma ou segurando uma faca na garganta de outra pessoa, que há uma ameaça física imediata. Mas, neste caso, legítima defesa pode não significar o que vocês acham. E o que as provas mostrarão, senhoras e senhores, é que a pessoa que entrou na Sterling High e fez todos aqueles disparos não era um assassino frio e calculista, como a promotoria quer que vocês acreditem. – Jordan foi para trás da mesa de defesa e colocou as mãos nos ombros de Peter. – Era um garoto com muito medo que tinha pedido proteção... e que nunca a recebeu.

Zoe Patterson não parava de roer as unhas, apesar de sua mãe ter lhe dito para não fazer isso, apesar de um zilhão de pares de olhos e (caramba) câmeras de TV estarem apontados para ela quando se sentou no banco das testemunhas.

– O que você tinha depois da aula de francês? – perguntou a promotora. Ela já tinha dado seu nome, seu endereço e já tinha falado do começo daquele dia horrível.

– Matemática com o sr. McCabe.

– Você foi à aula?

– Fui.

– E a que horas a aula começou?

– Nove e quarenta – disse Zoe.

– Você viu Peter Houghton antes da aula de matemática?

Ela não conseguiu controlar o olhar, que seguiu na direção de Peter, sentado à mesa da defesa. O estranho era que ela era caloura no ano anterior e não o conhecia. E, mesmo agora, mesmo depois de ele ter *atirado* nela, se ela passasse por ele na rua, achava que não o teria reconhecido.

– Não – disse Zoe.

– Aconteceu alguma coisa incomum na aula de matemática?

– Não.

– Você ficou até o fim da aula?

– Não – disse Zoe. – Eu tinha consulta no ortodontista às 10h15, então saí um pouco antes das dez para assinar a saída na secretaria e esperar minha mãe.

– Onde ela ia encontrar você?

– Na escada da frente. Ela ia passar de carro.

– Você assinou sua saída da escola?

– Assinei.

– Foi até a escada da frente?

– Fui.

– Tinha mais alguém lá fora?

– Não. As aulas já tinham começado.

Ela viu a promotora pegar uma grande fotografia aérea da escola e do estacionamento como eram antes. Zoe tinha passado de carro pela construção e agora havia uma grande cerca ao redor do local todo.

– Você pode me mostrar onde estava? – Zoe apontou. – Que fique registrado que a testemunha apontou para a escada da frente da Sterling High – disse a sra. Leven. – O que aconteceu enquanto você estava esperando por sua mãe?

– Teve uma explosão.

– Você sabe de onde ela veio?

– De algum lugar atrás da escola – disse Zoe, e olhou para o grande pôster de novo, como se a bomba pudesse ser detonada naquele mesmo instante.

Ela esfregou a mão na perna.

– Ele... ele veio pela lateral da escola e começou a subir a escada...

– Quando você diz "ele", está falando do réu, Peter Houghton?

Zoe assentiu e engoliu em seco.

– Ele subiu a escada, eu olhei pra ele, e ele... ele apontou uma arma e atirou em mim.

Ela começou a piscar muito rápido, tentando não chorar.

– Onde ele atirou em você, Zoe? – perguntou a promotora, com delicadeza.
– Na perna.
– O Peter falou alguma coisa antes de atirar em você?
– Não.
– Você sabia quem ele era naquele momento?
Zoe balançou a cabeça.
– Não.
– Você reconheceu o rosto dele?
– Sim, da escola e tudo...

A sra. Leven virou as costas para o júri e deu uma piscadela para Zoe, o que a fez se sentir melhor.

– Que tipo de arma ele estava usando, Zoe? Era uma pequena, que ele segurava com apenas uma das mãos, ou era uma grande, que ele precisava segurar com as duas?
– Era uma arma pequena.
– Quantas vezes ele atirou?
– Uma.
– Ele disse alguma coisa depois que atirou em você?
– Não me lembro – disse Zoe.
– O que você fez?
– Eu queria ir pra longe dele, mas minha perna parecia estar pegando fogo. Tentei correr, mas não consegui. Eu meio que desmoronei e rolei pela escada, e também não consegui mexer o braço.
– O que o réu fez?
– Ele entrou na escola.
– Você viu pra que lado ele foi?
– Não.
– Como está sua perna agora? – perguntou a promotora.
– Ainda preciso usar bengala – disse Zoe. – Tive uma infecção, porque a bala levou tecido do meu jeans pra dentro da perna. O tendão está ligado ao tecido da cicatriz, e isso ainda está muito sensível. Os médicos não sabem se vão fazer outra cirurgia, porque pode provocar mais danos.
– Zoe, você participava de algum esporte no ano passado?
– Eu jogava futebol – disse ela, e olhou para a perna. – O treino da temporada começa hoje.

A sra. Leven se virou para o juiz.

– Não tenho mais perguntas – disse ela. – Zoe, o sr. McAfee talvez tenha algumas perguntas pra você.

O outro advogado ficou de pé. Zoe estava nervosa por causa dessa parte, porque, apesar de ter ensaiado com a promotora, não fazia ideia do que o advogado de Peter lhe perguntaria. Era como uma prova qualquer; ela queria ter as respostas certas.

– Quando o Peter estava segurando a arma, ele estava a cerca de um metro de você? – perguntou o advogado.

– Sim.

– Ele não pareceu estar correndo na sua direção, pareceu?

– Acho que não.

– Ele parecia estar tentando subir a escada correndo, certo?

– É.

– E você só estava esperando na escada, certo?

– Sim.

– Então é justo dizer que você estava no lugar errado na hora errada?

– Protesto – disse a sra. Leven.

O juiz, um homem grande com uma cabeleira branca que assustava Zoe, balançou a cabeça.

– Negado.

– Não tenho mais perguntas – disse o advogado, e a sra. Leven se levantou de novo.

– Depois que o Peter entrou – perguntou ela –, o que você fez?

– Comecei a gritar por socorro.

Zoe olhou para a plateia tentando encontrar a mãe. Se olhasse para a mãe, conseguiria dizer o que tinha de dizer agora, porque já tinha acabado e era isso que você tinha de ter em mente, não importava se não parecesse verdade.

– A princípio, ninguém veio – murmurou Zoe. – E então... *todo mundo* apareceu.

Michael Beach tinha visto Zoe Patterson sair da sala onde as testemunhas estavam isoladas. Era uma coleção estranha de adolescentes, de todos os tipos: de fracassados, como ele próprio, a populares, como Brady Pryce. O que era mais estranho era que ninguém parecia inclinado a se separar nos grupinhos de sempre: os nerds em um canto, os atletas no outro, e assim por diante. Todos haviam se sentado uns ao lado dos outros ao redor de uma grande mesa de reuniões. Emma Alexis, que era uma das garotas populares e bonitas, agora estava paralisada da cintura para baixo e dirigiu a cadeira de rodas para o lado de Michael. Perguntou se podia comer metade do donut dele.

– Quando o Peter entrou no ginásio – perguntou a promotora –, o que ele fez?

– Balançou uma arma – disse Michael.

– Você conseguiu ver que tipo de arma era?

– Era uma meio pequena.

– Uma pistola?

– É.

– Ele falou alguma coisa?

Michael olhou para a mesa da defesa.

– Ele disse: "Todos os atletas para a frente e para o centro".

– O que aconteceu?

– Um garoto começou a correr na direção dele, como se fosse derrubá-lo.

– Quem era?

– Noah James. Ele é... *era*... do último ano. O Peter atirou nele e ele desabou.

– O que aconteceu depois? – perguntou a promotora.

Michael respirou fundo.

– O Peter disse: "Quem é o próximo?", e o meu amigo Justin me agarrou e começou a me arrastar pra porta.

– Há quanto tempo você e o Justin eram amigos?

– Desde o terceiro ano – disse Michael.

– E depois?

– O Peter deve ter visto alguma coisa se mover, porque ele se virou e começou a atirar.

– Ele acertou você?

Michael balançou a cabeça e apertou os lábios.

– Michael – disse a promotora com gentileza –, quem ele acertou?

– O Justin entrou na minha frente quando os tiros começaram. E então ele... ele caiu. Tinha sangue pra todo lado e eu estava tentando estancar, como fazem na TV, apertando a barriga dele. E não estava prestando atenção em mais nada, só no Justin, mas de repente senti uma arma encostar na minha cabeça.

– O que aconteceu?

– Eu fechei os olhos – disse Michael. – Pensei que ele fosse me matar.

– E depois?

– Ouvi um barulho, e, quando abri os olhos, ele estava puxando aquela coisa onde ficam todas as balas e estava colocando outra.

A promotora andou até a mesa e ergueu um pente de balas. A mera visão daquilo fez Michael tremer.

– Foi isso que ele enfiou na arma? – ela perguntou.

– Sim.

– O que aconteceu depois?

– Ele não atirou em mim – disse Michael. – Três pessoas correram pelo ginásio e ele foi atrás delas no vestiário.

– E o Justin?

– Eu fiquei olhando – sussurrou Michael. – Fiquei olhando o rosto dele enquanto ele morria.

Era a primeira coisa que ele via de manhã quando acordava e a última antes de dormir: aquele momento em que o brilho nos olhos de Justin sumiu. Quando a vida deixava uma pessoa, não era aos poucos. Era instantâneo, como alguém que fecha uma janela.

A promotora chegou mais perto.

– Michael – disse ela –, você está bem?

Ele assentiu.

– Você e o Justin eram atletas?

– Nem de longe – admitiu ele.

– Faziam parte da turma popular?

– Não.

– Você e o Justin já sofreram bullying na escola?

Michael olhou pela primeira vez para Peter Houghton.

– Quem nunca sofreu? – disse ele.

Enquanto Lacy esperava sua vez de falar a favor de Peter, ela lembrou a primeira vez em que se deu conta de que podia odiar o próprio filho.

Lewis ia receber para o jantar um economista figurão de Londres, e Lacy tinha tirado o dia de folga no trabalho para limpar a casa. Apesar de não ter dúvida quanto a sua capacidade como parteira, a natureza de seu trabalho fazia com que banheiros não fossem limpos regularmente, que bolas de poeira se formassem debaixo dos móveis. Ela normalmente não ligava, pois achava que era preferível uma casa com vida a uma estéril, a não ser que fossem receber visitas. Nesse caso, o orgulho falava mais alto. Assim, naquela manhã, ela acordou, preparou o café da manhã e já tinha limpado a sala quando Peter, naquela época no segundo ano do ensino médio, se sentou irritado na cadeira à mesa da cozinha.

– Não tenho nenhuma cueca limpa – disse ele com raiva, apesar de a regra da casa ser que, quando seu cesto de roupa suja ficasse cheio, ele mesmo tinha que lavá-la. Lacy pedia que ele fizesse tão poucas coisas que não achava essa tarefa um exagero. Então sugeriu que ele pegasse uma cueca do pai, mas Peter ficou enojado e ela decidiu deixar que ele resolvesse o problema sozinho. Já tinha muito o que fazer.

Ela costumava deixar o quarto de Peter ficar uma desordem total, mas, ao passar por ele naquela manhã, reparou no cesto de roupa suja. Bem, ela já estava em casa trabalhando, e ele estava na escola. Podia fazer isso por ele. Quando Peter chegou em casa naquele dia, Lacy não só tinha aspirado e esfregado o piso, preparado uma refeição de quatro pratos e limpado a cozinha. Tinha também lavado, secado e dobrado três levas de roupas de Peter. Tudo estava empilhado na cama, roupas limpas que cobriam todo o colchão, separadas em grupos de calças, camisas e cuecas. Tudo que ele tinha de fazer era guardá-las no armário.

Peter chegou, emburrado e mal-humorado, e subiu correndo a escada para o quarto e para o computador, onde passava a maior parte do tempo. Lacy, que naquele momento estava esfregando a privada, esperou que ele visse o que ela tinha feito por ele. Mas o que ouviu foi ele resmungando:

– *Meu Deus!* Eu tenho que guardar tudo isso? – e bateu a porta do quarto com tanta força que a casa tremeu.

De repente, Lacy não conseguiu se controlar. Ela tinha feito por iniciativa própria uma coisa boa para o filho, o filho ridiculamente *mimado*, e era assim que ele agia em retribuição? Ela lavou as luvas de borracha e as deixou na pia. Em seguida, subiu a escada batendo os pés, foi até o quarto de Peter e abriu a porta.

– *Qual* é o seu problema?

Peter olhou para ela com raiva.

– Qual é o *seu* problema? Olha essa bagunça.

Alguma coisa dentro de Lacy estalou e a deixou incendiada.

– Bagunça? – repetiu ela. – Eu *arrumei* a bagunça. Quer ver o que é bagunça?

Ela esticou a mão e derrubou uma pilha de camisetas cuidadosamente dobradas. Pegou as cuecas dele e as jogou no chão. Empurrou as calças para fora da cama e as jogou no computador, de forma que a torre de CD-ROMs caiu e os discos prateados se espalharam.

– Eu te odeio! – gritou Peter, e, sem hesitar, Lacy gritou em resposta:

– Eu também te odeio!

Só naquele momento ela percebeu que ela e Peter agora tinham a mesma altura, que ela estava discutindo com um filho que olhava diretamente em seus olhos.

Ela saiu do quarto de Peter e ele bateu a porta. Quase imediatamente, Lacy caiu no choro. Ela não quis dizer aquilo, é claro que não. Ela amava Peter, só que, naquele momento, odiava o que ele tinha dito, odiava o que ele tinha feito. Quando ela bateu na porta, ele não respondeu.

– Peter – ela chamou. – Peter, me desculpa por ter dito aquilo.

Então colocou o ouvido na porta, mas não havia som vindo de dentro. Lacy desceu a escada e terminou de limpar o banheiro. Moveu-se como um zumbi ao longo do jantar, conversou com o economista sem realmente saber o que estava dizendo. Peter não se juntou a eles. Ela não o viu até a manhã seguinte, quando Lacy foi acordá-lo e encontrou o quarto já vazio e impecável. As roupas tinham sido redobradas e colocadas nas gavetas, a cama tinha sido arrumada e os CDs estavam novamente organizados na torre.

Peter estava sentado à mesa da cozinha, comendo uma tigela de cereal, quando Lacy desceu. Ele não a olhou nos olhos, e ela também não. O terreno entre os dois ainda estava instável demais para isso. No entanto, ela lhe serviu um copo de suco, e ele agradeceu.

Eles nunca conversaram a respeito do que disseram um ao outro, e Lacy prometeu para si mesma que, independentemente de quanto se sentisse frustrada como mãe de adolescente e de quanto Peter se tornasse egoísta e egocêntrico, ela jamais se permitiria chegar a um ponto em que odiasse de verdade o próprio filho.

Mas, enquanto as vítimas da Sterling High contavam suas histórias em um tribunal no final do corredor de onde Lacy estava, ela esperava que não fosse tarde demais.

A princípio, Peter não a reconheceu. A garota que estava sendo levada pela rampa por uma enfermeira, a garota cujo cabelo tinha sido cortado para a colocação dos curativos e cujo rosto estava contorcido com cicatrizes e ossos fraturados e deformados, se sentou no banco das testemunhas de uma forma que lhe lembrou um peixe sendo colocado em um aquário novo. Ele nadaria pela área cuidadosamente, como se soubesse que tinha de avaliar os perigos desse novo local antes de poder começar a viver.

– Você pode nos dizer o seu nome, para o registro? – pediu a promotora.

– Haley – disse a garota baixinho. – Haley Weaver.

– No ano passado, você era formanda na Sterling High?

A boca da garota se arredondou e se achatou. A cicatriz cor-de-rosa, que se curvava como a costura em uma bola de beisebol sobre a têmpora dela, ficou mais escura, de um vermelho raivoso.

– Sim – disse ela, fechando os olhos e sentindo uma lágrima escorrer pela bochecha afundada. – Eu era a rainha do baile.

Ela se inclinou para frente e se balançou um pouco enquanto chorava.

O peito de Peter doeu como se fosse explodir. Ele pensou que talvez fosse morrer ali mesmo e poupar a todos o incômodo de passar por isso. Estava com medo de olhar para frente, porque, se olhasse, teria que ver Haley Weaver de novo.

Certa vez, quando era pequeno, ele estava brincando com uma bola de futebol americano no quarto dos pais e derrubou um vidro antigo de perfume que tinha sido da bisavó dele. O vidro se quebrou em vários pedacinhos. Sua mãe disse que sabia que tinha sido sem querer e que colaria tudo. Ela o deixava sobre a cômoda, e todas as vezes que ele via o vidro, percebia as linhas. Durante anos, ele pensou que aquilo talvez fosse pior do que ser castigado.

– Vamos fazer um breve recesso – disse o juiz Wagner, e Peter encostou a cabeça na mesa da defesa, um peso grande demais para sustentar.

As testemunhas estavam isoladas, as da promotoria em uma sala e as da defesa em outra. Os policiais tinham sua própria sala. As testemunhas não deveriam se ver, mas ninguém reparava se você saísse para ir à lanchonete comprar um café ou um donut, e Josie passou a sair durante horas seguidas. Foi lá que encontrou Haley, tomando suco de laranja de canudo. Brady estava com ela, segurando o copo.

Eles ficaram felizes em ver Josie, mas ela ficou feliz quando eles foram embora. Doía fisicamente ter de sorrir para Haley e fingir que não estava vendo as partes afundadas do rosto dela. Ela disse para Josie que já tinha feito três cirurgias com um cirurgião plástico de Nova York, que trabalhara de graça.

Brady não soltou a mão dela nem por um momento; às vezes ele passava os dedos pelos cabelos dela. Isso fez Josie ter vontade de chorar, porque ela sabia que, quando ele olhava para Haley, ainda conseguia vê-la de uma forma que ninguém jamais voltaria a ver.

Também havia outras pessoas lá que Josie não via desde o tiroteio. Professores, como a sra. Ritolli e o técnico Spears, que foram até ela dizer "oi". O DJ que cuidava da estação de rádio da escola, o aluno que só tirava A e tinha um problema terrível de acne. Todos passaram pela lanchonete enquanto ela estava sentada com um copo de café.

Ela ergueu o olhar quando Drew se sentou na cadeira à frente dela.

– Por que você não está na sala com o resto de nós?

– Estou na lista da defesa.

Ou, como ela tinha certeza de que todo mundo na outra sala pensava, o lado dos traidores.

– Ah – disse Drew, como se entendesse, apesar de Josie ter certeza de que não entendia. – Você está pronta pra isso?

– Não preciso estar pronta. Não vão me chamar.

– Então por que está aqui?

Antes que ela pudesse responder, Drew acenou, e ela percebeu que John Eberhard tinha chegado.

– Cara – disse Drew, e John foi na direção deles.

Ela reparou que ele estava mancando. Ele se inclinou para bater na mão de Drew e, ao fazer isso, Josie conseguiu ver o inchaço na cabeça dele, onde a bala tinha entrado.

– Por onde você tem andado? – perguntou Drew, dando espaço para John se sentar a seu lado. – Pensei que fosse te ver no verão.

Ele assentiu para os dois.

– Eu... sou... o John.

O sorriso de Drew sumiu de repente.

– Isso... é...

– Isso é inacreditável, porra – murmurou Drew.

– Ele está ouvindo – disse Josie, e se agachou na frente de John. – Oi, John. Eu sou a Josie.

– *Jooooz.*

– Isso mesmo. Josie.

– Eu... sou... o John – disse ele.

John Eberhard era goleiro no time de hóquei estadual desde o primeiro ano. Sempre que o time ganhava, o técnico dava crédito aos reflexos dele.

– *Papato* – disse ele, e mexeu o pé.

Josie olhou para baixo e viu a tira aberta do tênis de John.

– Pronto – disse ela, depois de fechá-la.

De repente, não conseguiu mais suportar ficar ali e ver aquilo.

– Tenho que voltar – disse ela, se levantando. Quando estava se afastando e virou em um corredor sem olhar, esbarrou em alguém. – Desculpa – murmurou ela, e então ouviu a voz de Patrick.

– Josie? Você está bem?

Ela deu de ombros e balançou a cabeça negativamente.

– Somos dois, então.

Patrick estava segurando um copo de café e um donut.

– Eu sei – disse ele –, eu sou um clichê ambulante. Servida? – e esticou o doce para ela, que aceitou, apesar de não estar com fome. – Você está chegando ou saindo?

– Chegando – ela mentiu, antes mesmo de perceber o que estava fazendo.

– Então me faça companhia por alguns minutos.

Ele a levou até uma mesa do outro lado da lanchonete, longe de Drew e John; ela conseguia senti-los olhando para ela e se perguntando por que ela estaria com um policial.

– Odeio esperar – disse Patrick.

– Pelo menos você não fica nervoso pra testemunhar.

– Fico, sim.

– Você não faz isso o tempo todo?

Ele assentiu.

– Mas isso não torna mais fácil ficar na frente de uma sala cheia de gente. Não sei como sua mãe consegue.

– E o que você faz pra superar o medo? Imagina o juiz de cueca?

– Bom, não *esse* juiz – disse Patrick, e então, ao perceber o que tinha acabado de insinuar, ficou muito vermelho.

– Deve ser uma coisa boa – disse Josie.

Patrick pegou o donut e deu uma mordida, depois o devolveu para ela.

– Eu tento dizer pra mim mesmo, quando entro lá, que não tem como dar errado se eu falar a verdade. E deixo a Diana fazer todo o trabalho – disse, tomando um gole do café. – Você precisa de alguma coisa? Uma bebida? Mais comida?

– Estou bem.

– Então eu acompanho você de volta. Vamos.

A sala das testemunhas de defesa era bem pequena, porque elas eram bem poucas. Um homem oriental que Josie nunca tinha visto antes estava sentado de costas para ela digitando em um laptop. Havia uma mulher que não estava lá quando Josie saiu, mas não dava para ver seu rosto.

Patrick fez uma pausa em frente à porta.

– Como você acha que estão indo as coisas no tribunal? – ela perguntou.

Ele hesitou.

– Indo.

Ela passou pelo meirinho que fazia o papel de babá deles e foi em direção ao banco da janela, onde estava encolhida antes, lendo. Mas, no último minuto, se sentou à mesa no meio da sala. A mulher que estava sentada lá tinha as mãos cruzadas na frente do corpo e olhava para o nada.

– Sra. Houghton – murmurou Josie.

A mãe de Peter se virou.

– Josie? – e apertou os olhos, como se isso pudesse colocar a garota mais em foco.

– Sinto muito – sussurrou Josie.

A sra. Houghton assentiu.

— Bem — disse ela, mas parou de repente, como se a frase não passasse de um precipício de onde pular.

— Como você está?

Josie imediatamente desejou poder retirar a pergunta. Como *achava* que a mãe de Peter estava, pelo amor de Deus? Ela provavelmente estava usando todo seu autocontrole naquele momento para não se dissolver em espuma, espalhada na atmosfera. E Josie se deu conta de que isso significava que elas tinham algo em comum.

— Eu não esperava ver você aqui — disse a sra. Houghton, baixinho.

Ao dizer *aqui*, ela não estava falando do tribunal; estava falando daquela sala, com as outras parcas testemunhas arroladas para ficar ao lado de Peter.

Josie limpou a garganta para abrir espaço para as palavras que não dizia havia anos, palavras que ainda teria medo de usar na frente de quase todo mundo, por medo do eco.

— Ele é meu amigo — disse ela.

— Nós começamos a correr — disse Drew. — Foi como um êxodo em massa. Eu só queria ir o mais longe que conseguisse do refeitório, então fui pro ginásio. Dois dos meus amigos tinham ouvido os tiros, mas não sabiam de onde estavam vindo, então eu chamei eles e mandei me seguirem.

— Quem eram? — perguntou Leven.

— Matt Royston — disse Drew. — E Josie Cormier.

Ao ouvir o nome da filha ser dito em voz alta, Alex tremeu. Tornava tudo tão... real, tão *imediato*. Drew tinha localizado Alex na plateia e estava olhando diretamente para ela quando disse o nome de Josie.

— Para onde vocês foram?

— A gente achou que, se conseguíssemos chegar ao vestiário, poderíamos pular da janela para o bordo ao lado e ficaríamos em segurança.

— Vocês chegaram ao vestiário?

— A Josie e o Matt chegaram — disse Drew. — Mas eu levei um tiro.

Alex ouviu a promotora levar Drew a falar sobre a extensão de seus ferimentos e como eles tinham feito com que sua carreira no hóquei fosse encerrada. Em seguida, olhou diretamente para ele.

— Você conhecia o Peter antes do dia do tiroteio?

– Sim.

– Como?

– A gente era do mesmo ano. Todo mundo conhece todo mundo.

– Vocês eram amigos? – perguntou Leven.

Alex olhou para o outro lado do corredor, para Lewis Houghton. Ele estava sentado bem atrás do filho, com os olhos fixos no juiz. Alex teve uma lembrança dele anos atrás abrindo a porta quando ela foi buscar Josie. "Lá vem a juíza", dissera ele, e rira da própria piada.

– Vocês eram amigos?

– Não – disse Drew.

– Você tinha algum problema com ele?

Drew hesitou.

– Não.

– Você já teve alguma discussão com ele? – perguntou Leven.

– Provavelmente já trocamos algumas palavras – disse Drew.

– Você já fez piada dele?

– Às vezes. Era só brincadeira.

– Você já o atacou fisicamente?

– Quando éramos mais novos, eu devo ter dado uns empurrões nele.

Alex olhou para Lewis Houghton. Seus olhos estavam fechados e bem apertados.

– Você fez isso depois que vocês passaram para o ensino médio?

– Sim – admitiu Drew.

– Você já ameaçou o Peter com uma arma?

– Não.

– Você já ameaçou matar o Peter?

– Não... A gente estava... você sabe. Só sendo criança.

– Obrigada.

Ela se sentou e Alex viu Jordan McAfee ficar de pé.

Ele era um bom advogado, melhor do que ela havia acreditado. Montava um bom show, sussurrando com Peter, colocando a mão no braço do garoto quando ele ficava perturbado, tomando notas das perguntas da promotora e compartilhando-as com seu cliente. Ele estava humanizando Peter, apesar de a promotoria o estar transformando em um monstro, apesar de a defesa nem ter começado ainda sua parte.

– Você não tinha problemas com o Peter – repetiu McAfee.

– Não.

– Mas ele tinha problemas com você, não tinha?
Drew não respondeu.
– Sr. Girard, você vai ter que responder – disse o juiz Wagner.
– Às vezes – disse Drew.
– Você já enfiou o cotovelo no peito do Peter?
Drew olhou para o lado.
– Talvez. Sem querer.
– Ah, sim. É sempre fácil esticar um cotovelo quando menos se espera...
– Protesto...
McAfee sorriu.
– Na verdade, não foi sem querer, foi, sr. Girard?
À mesa da promotoria, Diana Leven levantou a caneta e a deixou cair no chão. O barulho fez Drew olhar para ela, e um músculo se flexionou no maxilar dele.
– A gente só estava brincando – disse ele.
– Você já enfiou o Peter em um armário?
– Talvez.
– Só brincando? – disse McAfee.
– É.
– Certo – disse ele. – Você já o derrubou?
– Acho que sim.
– Espere... Vou adivinhar... Brincando, não é?
Drew olhou para ele com raiva.
– É.
– Na verdade, você tem feito esse tipo de coisa como brincadeira com o Peter desde que vocês eram crianças, certo?
– Nós nunca fomos amigos, só isso – disse Drew. – Ele não era como a gente.
– Quem é *a gente*? – perguntou McAfee.
Drew deu de ombros.
– Matt Royston, Josie Cormier, John Eberhard, Courtney Ignatio. Gente assim. Nós andamos juntos durante anos.
– O Peter conhecia todo mundo desse grupo?
– É uma escola pequena, claro.
– O Peter conhece Josie Cormier?
Na plateia, Alex prendeu a respiração.

– Sim.

– Você já viu o Peter conversando com a Josie?

– Não sei.

– Bom, mais ou menos um mês antes dos disparos, quando vocês estavam todos juntos no refeitório, o Peter foi falar com a Josie. Você pode nos contar sobre isso?

Alex se inclinou para frente. Ela conseguia sentir olhares nela, quentes como o sol no deserto. Deu-se conta, pela direção, que agora Lewis Houghton estava olhando para *ela*.

– Eu não sei sobre o que eles estavam conversando.

– Mas você estava lá, certo?

– Estava.

– E a Josie é sua amiga? Ela não andava com o Peter?

– É – disse Drew. – Ela é uma de nós.

– Você lembra como terminou essa conversa no refeitório? – perguntou McAfee.

Drew olhou para o chão.

– Vou te ajudar, sr. Girard. Terminou com Matt Royston indo para trás de Peter e abaixando a calça dele enquanto ele tentava falar com Josie Cormier. É isso?

– Sim.

– O refeitório estava lotado de alunos naquele dia, não estava?

– Estava.

– E o Matt não tirou apenas a calça do Peter... Ele também tirou a cueca dele, certo?

A boca de Drew se retorceu.

– É.

– E você viu tudo isso.

– Vi.

McAfee se virou para os jurados.

– Deixe-me adivinhar – disse ele. – Brincadeira, certo?

O tribunal tinha ficado completamente silencioso. Drew estava olhando intensamente para Diana Leven, implorando subliminarmente para ser tirado do banco das testemunhas, supunha Alex. Ele era a primeira pessoa além de Peter que tinha sido oferecida como sacrifício.

Jordan McAfee andou até a mesa onde Peter estava sentado e pegou um pedaço de papel.

– Você lembra em que dia o Peter ficou sem calça, sr. Girard?
– Não.
– Então vou lhe mostrar a Prova da Defesa Um. Você reconhece isso?

Ele entregou o pedaço de papel para Drew, que o pegou e deu de ombros.

– Este é um e-mail que você recebeu no dia 3 de fevereiro, dois dias antes de Peter ficar sem calça no refeitório da Sterling High School. Você pode nos dizer quem te mandou isso?
– Courtney Ignatio.
– Era uma carta que havia sido escrita pra ela?
– Não – disse Drew. – Tinha sido escrita pra Josie.
– Por quem? – perguntou McAfee.
– Pelo Peter.
– E o que ele dizia?
– Era sobre a Josie. E como ele estava a fim dela.
– Você quer dizer que era uma carta romântica.
– Acho que sim – disse Drew.
– O que você fez com este e-mail?

Drew olhou para frente.

– Eu espalhei pra todos os alunos da escola.
– Deixe-me ver se entendi direito – disse McAfee. – Você pegou um recado muito particular, que não pertencia a você, um pedaço de papel com os sentimentos mais profundos e secretos do Peter, e encaminhou para todos os alunos da sua escola?

Drew ficou em silêncio.

Jordan McAfee bateu o e-mail na barra à frente dele.

– E então, Drew? – disse ele. – Foi uma brincadeira boa?

Drew Girard estava suando tanto que não conseguia acreditar que todas aquelas pessoas não estavam apontando para ele. Conseguia sentir o suor escorrendo nas costas e umedecendo a camisa debaixo dos braços. E por que não? Aquela vadia da promotora o tinha deixado com a batata quente na mão. Deixara que fosse destroçado pelo veado do advogado de defesa, de forma que agora, pelo resto da vida, todo mundo pensaria que ele era um babaca, quando – como todos os outros alunos da Sterling High – ele só estava se divertindo um pouco.

Ele ficou de pé, pronto para sair correndo do tribunal, provavelmente até o limite municipal de Sterling, mas Diana Leven estava andando na direção dele.

– Sr. Girard – disse ela –, eu ainda não terminei.

Ele afundou no assento, desanimado.

– Você já xingou outras pessoas além de Peter Houghton?

– Sim – ele respondeu com cautela.

– É o que os rapazes fazem, não é?

– Às vezes.

– Alguma pessoa que você xingou já atirou em você?

– Não.

– Você já viu outra pessoa além de Peter Houghton ficar sem calça na escola?

– Claro – disse Drew.

– Algum desses outros garotos que ficaram sem calça já atirou em você?

– Não.

– Você já espalhou e-mails de mais alguém de brincadeira?

– Uma vez ou outra.

Diana cruzou os braços.

– Alguma dessas pessoas já atirou em você?

– Não, senhora – disse ele.

Ela voltou para sua cadeira.

– Isso é tudo.

Dusty Spears entendia garotos como Drew Girard porque já tinha sido assim. Na opinião dele, valentões eram bons o bastante para conseguir bolsas de estudos como jogadores de futebol americano em faculdades que pertenciam ao Big Ten, onde podiam fazer contatos para jogar em pistas de golfe pelo resto da vida, ou estouravam o joelho e acabavam dando aula de educação física no ensino médio.

Ele estava usando camisa social e gravata, e isso o irritava, porque seu pescoço ainda tinha a mesma aparência de quando ele jogava no ataque no time de futebol americano de Sterling em 1988, mesmo que a barriga não.

– O Peter não era um atleta – disse ele à promotora. – Nunca o vi fora da aula.

– O senhor já viu outros garotos implicando com o Peter?

Dusty deu de ombros.

– As coisas comuns de vestiário, eu acho.

– O senhor intervinha?

– Devo ter mandado os garotos pararem. Mas isso faz parte do crescimento, certo?

– O senhor já ouviu falar que o Peter ameaçava alguém?

– Protesto – disse Jordan McAfee. – É uma pergunta hipotética.

– Aceito – respondeu o juiz.

– Se o senhor tivesse ouvido isso, teria interferido?

– Protesto!

– Aceito. *De novo.*

A promotora nem hesitou.

– Mas o Peter não pedia ajuda, pedia?

– Não.

Ela voltou a se sentar, e o advogado de Houghton ficou de pé. Ele era um desses caras bajuladores que irritavam Dusty. Devia ter sido um garoto que mal conseguia lançar uma bola, mas dava um sorrisinho de deboche quando você tentava ensinar, como se já soubesse que ganharia o dobro do salário de Dusty um dia.

– Existe uma diretriz antibullying na Sterling High?

– Não permitimos que haja bullying.

– Ah – disse McAfee secamente. – Bom, isso é reconfortante. Então vamos dizer que o senhor testemunhe bullying quase diariamente em um vestiário, bem debaixo do seu nariz... De acordo com a diretriz, o que o senhor deve fazer?

Dusty olhou fixamente para ele.

– Está na diretriz. Obviamente, não a tenho aqui na minha frente.

– Por sorte, eu tenho – disse McAfee. – E vou lhe mostrar o que está marcado como Prova da Defesa Dois. Esta é a diretriz contra bullying da Sterling High School?

Dusty esticou a mão e deu uma olhada na página impressa.

– Sim.

– O senhor recebe isso junto com o manual do professor todos os anos em agosto, certo?

– Sim.
– E essa é a versão mais recente, do ano acadêmico de 2006-2007?
– Suponho que sim – disse Dusty.
– Sr. Spears, quero que o senhor observe essa diretriz cuidadosamente, todas as duas páginas, e me mostre onde diz o que fazer se o senhor, como professor, testemunhar bullying.

Dusty suspirou e começou a passar os olhos pelos papéis. Normalmente, quando recebia o manual, ele o enfiava em uma gaveta com os menus de restaurante. Sabia as coisas importantes: não faltar em dia de treinamento, mandar mudanças no currículo para o chefe de departamento, não ficar sozinho em uma sala com uma aluna.

– Diz bem aqui – disse ele, lendo – que o Comitê Escolar de Sterling se compromete a oferecer um ambiente de aprendizado e trabalho que garanta segurança pessoal a seus membros. Ameaças físicas ou verbais, assédio, trotes, bullying, agressão verbal e intimidação não serão tolerados. – Dusty ergueu o olhar e disse: – Isso responde à sua pergunta?

– Não, na verdade não responde. O que o senhor, como professor, deve fazer se um aluno comete bullying contra outro aluno?

Dusty continuou lendo. Havia a definição de trote, de bullying, de agressão verbal. Havia a menção de relato a um professor ou funcionário da escola se o comportamento fosse observado por outro aluno. Mas não havia regras nem uma sequência de eventos a ser executada pelo professor ou funcionário.

– Não estou encontrando aqui – disse ele.
– Obrigado, sr. Spears – respondeu McAfee. – Isso é tudo.

Teria sido simples para Jordan McAfee anunciar sua intenção de chamar Derek Markowitz para testemunhar, pois ele era uma das poucas testemunhas de caráter que Peter Houghton tinha em termos de amigos. Mas Diana sabia que ele tinha valor para a promotoria por causa do que tinha visto e ouvido, não por causa de sua lealdade. Ela já testemunhara vários amigos delatarem uns aos outros ao longo dos anos em que estava nessa área.

– Então, Derek – disse Diana, tentando deixá-lo à vontade –, você era amigo do Peter.

Ela o viu trocar um olhar com Peter e tentar sorrir.
– Sim.
– Vocês dois andavam juntos depois da escola, às vezes?
– Sim.
– Que tipo de coisas vocês gostavam de fazer?
– Nós dois gostávamos muito de computador. Às vezes a gente jogava videogame, e depois começamos a aprender programação pra poder criar os nossos jogos.
– O Peter alguma vez criou um jogo sem você? – perguntou Diana.
– Claro.
– O que acontecia quando ele terminava?
– A gente jogava. Mas também tem sites onde você pode postar seu jogo e outras pessoas avaliam pra você.
Derek ergueu o olhar naquele momento e reparou nas câmeras de TV no fundo da sala. Seu queixo caiu e ele ficou paralisado.
– Derek – disse Diana. – Derek? – Ela esperou que ele se concentrasse nela. – Vou entregar a você um CD-ROM. Está marcado como Prova do Estado 302. Você pode me dizer o que é?
– É o jogo mais recente do Peter.
– Como se chama?
– Hide-n-Shriek.
– É sobre o quê?
– É um daqueles jogos em que você sai atirando nos bandidos.
– Quem são os bandidos nesse jogo? – perguntou Diana.
Derek olhou para Peter de novo.
– Os atletas.
– Onde esse jogo acontece?
– Em uma escola – disse Derek.
Com o canto do olho, Diana conseguiu ver Jordan se mexendo na cadeira.
– Derek, você estava na escola na manhã de 6 de março de 2007?
– Estava.
– Qual era sua aula no primeiro tempo?
– Trigonometria avançada.
– E no segundo? – perguntou Diana.
– Inglês.

– Pra onde você foi depois?

– Eu tinha educação física no terceiro tempo, mas minha asma estava atacada, então eu tinha atestado médico pra não ir à aula. Como terminei meu trabalho de inglês mais cedo, pedi pra sra. Eccles me deixar ir até o carro buscar o atestado.

Diana assentiu.

– Onde o seu carro estava estacionado?

– No estacionamento dos alunos, atrás da escola.

– Você pode me mostrar neste diagrama que porta você usou para sair da escola no final do segundo tempo?

Derek esticou a mão e apontou para uma das portas dos fundos da escola.

– O que você viu quando saiu?

– Humm... um monte de carros.

– Alguma pessoa?

– Sim – disse Derek. – O Peter. Parecia que ele estava pegando uma coisa no banco de trás do carro dele.

– O que você fez?

– Fui até lá pra dizer "oi". Perguntei por que ele estava atrasado pra aula, e ele ficou de pé e me olhou de um jeito estranho.

– Estranho? O que você quer dizer?

Derek balançou a cabeça.

– Não sei. Como se não soubesse quem eu era por um segundo.

– Ele disse alguma coisa pra você?

– Ele disse: "Vai pra casa. Vai acontecer uma coisa".

– Você achou estranho?

– Bom, era meio *Além da imaginação*...

– O Peter já tinha dito alguma coisa assim pra você antes?

– Já – disse Derek baixinho.

– Quando?

Jordan protestou, como Diana esperava, e o juiz Wagner recusou, como ela desejava.

– Algumas semanas antes – disse Derek –, na primeira vez em que jogamos Hide-n-Shriek.

– O que ele disse?

Derek olhou para baixo e murmurou uma resposta.

— Derek – disse Diana, se aproximando. – Tenho que pedir que fale mais alto.

— Ele disse: "Quando isso acontecer de verdade, vai ser incrível". Um murmúrio surgiu na plateia, como um enxame de abelhas.

— Você sabia o que ele queria dizer com isso?

— Eu pensei... eu pensei que ele estava brincando – disse Derek.

— No dia do tiroteio, quando você encontrou o Peter no estacionamento, você viu o que ele estava fazendo no carro?

— Não... – Derek se interrompeu e limpou a garganta. – Eu só ri do que ele disse e falei que tinha que voltar pra aula.

— O que aconteceu depois?

— Eu voltei pra escola pela mesma porta e fui até a secretaria pra sra. Whyte, a secretária, assinar minha dispensa da educação física. Ela estava falando com outra garota, que estava assinando a saída pra uma consulta no ortodontista.

— E depois? – perguntou Diana.

— Quando ela saiu, a sra. Whyte e eu ouvimos uma explosão.

— Você viu de onde veio?

— Não.

— O que aconteceu depois?

— Eu olhei pra tela do computador na mesa da sra. Whyte – disse Derek. – Estava passando tipo uma mensagem.

— O que dizia?

— *Prontos ou não... aí vou eu.* – Derek engoliu em seco. – Nós ouvimos uns pequenos estouros, como um monte de garrafas de champanhe, e a sra. Whyte me pegou e me levou pra sala do diretor.

— Tinha um computador na sala dele?

— Sim.

— O que havia na tela?

— *Prontos ou não... aí vou eu.*

— Quanto tempo você ficou na sala do diretor?

— Não sei. Dez, vinte minutos. A sra. Whyte tentou ligar pra polícia, mas não conseguiu. Tinha algum problema no telefone.

Diana se virou para o juiz.

— Meritíssimo, neste momento, a promotoria gostaria de exibir a Prova do Estado 303 por completo, e pedimos que seja mostrada para o júri.

Ela observou enquanto um policial entrava com um carrinho com um monitor de TV e um computador ligado nele, para que o CD-ROM pudesse ser inserido.

HIDE-N-SHRIEK, exibia a tela. ESCOLHA SUA PRIMEIRA ARMA!

Um garoto em 3D usando óculos com armação escura e camisa polo cruzou a tela e olhou para uma variedade de arcos, Uzis, AK-47s e armas biológicas. Ele pegou uma arma e, com a outra mão, a munição. Houve um close do rosto dele: sardas, aparelho nos dentes, olhar febril.

Em seguida, a tela ficou azul e começou a rolar.

"Prontos ou não", dizia, "aí vou eu."

Derek gostava do sr. McAfee. Ele não tinha um visual muito bom de se olhar, mas a mulher dele era a maior gata. Além do mais, provavelmente ele era a única outra pessoa de Sterling que não era parente de Peter, mas ainda assim sentia pena dele.

– Derek – disse o advogado –, você é amigo do Peter desde o sexto ano, certo?

– Sim.

– Você passava bastante tempo com ele, tanto dentro quanto fora da escola.

– É.

– Você já viu o Peter sofrer implicância de outros garotos?

– O tempo todo – disse Derek. – Eles chamavam a gente de veado e bichinha. Puxavam nossa cueca. Quando andávamos pelos corredores, eles nos derrubavam ou nos empurravam nos armários. Coisas assim.

– Você já falou com algum professor sobre isso?

– Eu falava, mas só piorava as coisas. Eu era atacado por ser delator.

– Você e o Peter já conversaram sobre sofrer implicâncias?

Derek balançou a cabeça.

– Não. Era legal ter alguém por perto que *entendia*, sabe?

– Com que frequência isso acontecia? Uma vez por semana?

Ele riu com deboche.

– Estava mais pra uma vez por *dia*.

– Só você e o Peter?

– Não, tem outros.

— Quem fazia a maior parte do bullying?

— Os atletas — disse Derek. — Matt Royston, Drew Girard, John Eberhard...

— Alguma garota participava do bullying?

— Sim, as que nos olhavam como se fôssemos insetos no para-brisa — disse Derek. — Courtney Ignatio, Emma Alexis, Josie Cormier, Maddie Shaw.

— O que você faz quando alguém te empurra contra um armário? — perguntou o sr. McAfee.

— Não dá pra reagir, porque você não é tão forte quanto eles e não consegue impedir... Então você meio que espera acabar.

— Seria justo dizer que o grupo que você citou, Matt, Drew, Courtney, Emma e o resto, implicava com uma pessoa mais do que com as outras?

— Sim — disse Derek. — Com o Peter.

Derek viu o advogado de Peter se sentar ao lado dele, e a advogada se levantou e voltou a falar.

— Derek, você disse que também sofria bullying.

— É.

— Você nunca ajudou o Peter a montar uma bomba pra explodir o carro de alguém, ajudou?

— Não.

— Você nunca ajudou o Peter a invadir as linhas telefônicas e os computadores da Sterling High, para que, quando o tiroteio começasse, ninguém conseguisse pedir socorro, ajudou?

— Não — disse Derek.

— Você nunca roubou uma arma e guardou no seu quarto, roubou?

— Não.

A promotora se aproximou mais um passo.

— Você nunca elaborou um plano, como o Peter, de percorrer a escola matando sistematicamente as pessoas que mais o tinham magoado, elaborou, Derek?

Derek se virou para Peter, para que pudesse olhar bem nos olhos dele quando respondesse.

— Não — disse ele. — Mas às vezes eu queria ter feito isso.

De tempos em tempos, ao longo de sua carreira como parteira, Lacy encontrava uma ex-paciente no mercado, no banco ou na ciclovia. Elas apresentavam seus bebês, com três, sete, quinze anos. "Olha que ótimo trabalho você fez", às vezes diziam, como se trazer uma criança ao mundo tivesse alguma coisa a ver com quem ela se tornava.

Lacy não sabia o que sentir quando encarou Josie Cormier. Elas passaram o dia jogando forca, ironia que não passou despercebida para ela, considerando o destino do filho. Lacy conhecera Josie como recém-nascida, mas também como garotinha e amiguinha de Peter. Por causa disso, houve um momento em que ela visceralmente odiou Josie de uma forma que nem Peter parecia odiar, por ser cruel o bastante a ponto de deixar seu filho para trás. Josie podia não ter iniciado as provocações que Peter sofrera ao longo do ensino fundamental e médio, mas também não intervinha, e, para Lacy, isso a tornava igualmente responsável.

Mas a verdade era que Josie Cormier tinha crescido e se tornado uma jovem linda, quieta e pensativa, nada parecida com as garotas vazias e materialistas que andavam pelo shopping de New Hampshire ou formavam a elite social da Sterling High – garotas que Lacy sempre comparava a viúvas-negras, em busca de alguém que pudessem destruir. Lacy ficou surpresa quando Josie fez várias perguntas educadas sobre Peter: Ele estava nervoso com o julgamento? Era difícil estar na cadeia? Implicavam com ele lá? "Você devia mandar uma carta pra ele", sugeriu Lacy. "Tenho certeza que ele ia gostar de ter notícias suas."

Mas ela afastou o olhar, e foi nessa hora que Lacy se deu conta de que Josie não estava realmente interessada em Peter, só estava tentando ser gentil com ela.

Quando o tribunal entrou em recesso até o dia seguinte, as testemunhas foram liberadas para irem para casa, desde que não vissem o noticiário, nem lessem os jornais, nem conversassem sobre o caso. Lacy pediu licença para ir ao banheiro enquanto esperava Lewis, que lutava contra a multidão de repórteres que lotava o saguão do lado de fora do tribunal. Ela tinha acabado de sair da cabine e estava lavando as mãos quando Alex Cormier entrou.

A barulheira do corredor entrou atrás dela, depois foi interrompida abruptamente quando a porta se fechou. Seus olhares se encontraram no longo espelho acima da fileira de pias.

– Lacy – murmurou Alex.

Lacy se empertigou e pegou uma toalha de papel para secar as mãos. Ela não sabia o que dizer para Alex Cormier. Mal conseguia imaginar que em algum momento tivera *alguma coisa* a dizer para ela.

Havia uma planta no consultório de Lacy que estava morrendo aos poucos, até que a secretária retirou uma pilha de livros que estava bloqueando a passagem de luz pela janela. Mas ela se esqueceu de mudar a planta de lugar, e metade dos galhos começou a se direcionar para a luz, crescendo em uma direção lateral improvável que parecia desafiar a gravidade. Lacy e Alex eram como essa planta: Alex tinha seguido um caminho diferente, e Lacy... bem, ela não. Ela murchara, definhara, ficara enrolada em suas melhores intenções.

– Sinto muito – disse Alex. – Sinto muito que você tenha que passar por isso.

– Eu também sinto muito – respondeu Lacy.

Parecia que Alex ia falar de novo, mas não falou, e Lacy não tinha mais o que dizer. Ela ia saindo do banheiro para procurar Lewis, mas Alex a chamou de volta.

– Lacy – disse ela. – Eu lembro.

Lacy se virou para olhar para ela.

– Ele gostava do creme de amendoim na metade de cima do pão e de marshmallow na parte de baixo. – Alex sorriu um pouco. – E tinha os cílios mais longos que já vi em um garotinho. Ele conseguia encontrar qualquer coisa que eu deixasse cair, um brinco, uma lente de contato, um alfinete, antes que ficasse perdido para sempre.

Ela deu um passo na direção de Lacy.

– Uma coisa ainda existe desde que haja alguém pra lembrar, certo?

Lacy olhou para ela em meio às lágrimas.

– Obrigada – sussurrou, e saiu antes de desmoronar completamente diante de uma mulher – uma estranha, na verdade – que podia fazer o que Lacy não podia: agarrar-se ao passado como se ele fosse uma coisa a ser valorizada, em vez de vasculhá-lo em busca de pistas do fracasso.

– Josie – disse sua mãe quando elas estavam indo de carro para casa. – Leram um e-mail hoje no tribunal. Um que Peter escreveu pra você.

Josie olhou para ela chocada. Devia ter se dado conta de que isso seria mencionado no julgamento. Como fora tão burra?

– Eu não sabia que a Courtney tinha encaminhado o e-mail. Só vi quando todo mundo viu.

– Deve ter sido constrangedor – disse Alex.

– Bom, *foi*. A escola toda ficou sabendo que ele estava a fim de mim.

A mãe olhou para ela.

– Eu quis dizer para o *Peter*.

Josie pensou em Lacy Houghton. Dez anos tinham se passado, mas Josie ainda se surpreendera com quanto a mãe de Peter tinha emagrecido, quanto seu cabelo estava quase todo grisalho. Perguntou-se se o sofrimento podia fazer o tempo correr mais rápido, como um relógio com defeito. Era incrivelmente deprimente, pois Josie se lembrava da mãe de Peter como uma pessoa que nunca usava relógio de pulso, uma pessoa que não se importava com a bagunça se o resultado final valesse a pena. Quando Josie era pequena e eles brincavam na casa de Peter, Lacy fazia biscoitos com o que tinha no armário: aveia, germe de trigo, jujuba e marshmallow; alfarroba, amido de milho e flocos de arroz. Uma vez, ela derramou um monte de areia no porão durante o inverno para que eles pudessem fazer castelos. Ela deixava que eles desenhassem no pão do sanduíche com corante alimentício e leite, de forma que todo almoço era uma obra de arte. Josie gostava de ir à casa de Peter; era como sempre imaginara uma *família*.

Agora, ela olhou pela janela.

– Você acha que tudo isso é culpa minha, não acha?

– Não...

– Foi isso que os advogados disseram hoje? Que o tiroteio aconteceu porque eu não gostava do Peter... do jeito que ele gostava de mim?

– Não. Os advogados não disseram nada disso. De modo geral, a defesa falou sobre quanto implicavam com o Peter. Que ele não tinha muitos amigos. – Alex parou no sinal vermelho e se virou, com o pulso apoiado de leve no volante. – Por que você parou de andar com o Peter, afinal?

Não ser popular era uma doença contagiosa. Josie conseguia se lembrar de Peter no ensino fundamental, transformando o papel-alumínio do sanduíche do almoço em um capacete com antenas e usando-o no playground para tentar captar transmissões de rádio alienígenas. Ele não percebia que as pessoas zombavam dele. Nunca percebeu.

Ela teve uma lembrança repentina dele de pé no refeitório, uma estátua com as mãos tentando cobrir a virilha, a calça caída nos tornozelos. Lembrou-se do comentário de Matt depois: "Os objetos no espelho são bem menores do que parecem".

Talvez Peter finalmente *tivesse* entendido o que as pessoas pensavam dele.

– Eu não queria ser tratada como ele – disse Josie, respondendo à mãe, quando o que realmente queria dizer era: *Não fui corajosa o suficiente.*

Voltar para a cadeia era como um retrocesso. Você tinha de renunciar aos paramentos da humanidade – sapatos, terno e gravata – e se inclinar para ser revistado, cutucado por um dos guardas usando uma luva de borracha. Recebia outro macacão da prisão e chinelos largos demais para seus pés, para ficar com a mesma aparência de todo mundo de novo e não poder fingir para si mesmo que era melhor do que eles.

Peter se deitou na cama com o braço sobre os olhos. O detento ao seu lado, um cara esperando julgamento pelo estupro de uma mulher de sessenta e seis anos, perguntou como tinha sido no tribunal, mas ele não respondeu. Era praticamente a única liberdade que ele ainda tinha, e queria guardar a verdade para si mesmo: que, quando foi colocado na cela, ele ficou aliviado por ter voltado (*será que conseguia dizer isso?*) para casa.

Ali, ninguém ficava o encarando como se ele fosse um organismo que cresceu em uma placa de Petri. Ninguém olhava para ele.

Ali, ninguém falava sobre ele como se fosse um animal.

Ali, ninguém o culpava, porque todos estavam no mesmo barco.

A prisão não era tão diferente da escola pública, na verdade. Os agentes penitenciários eram como os professores: seu trabalho era manter todo mundo no lugar, alimentar todo mundo e se certificar de que ninguém se ferisse seriamente. Fora isso, você estava por sua conta. E, como a escola, a cadeia era uma sociedade artificial, com sua própria hierarquia e suas próprias regras. Se você fizesse algum trabalho, ele era sem sentido – limpar os banheiros todas as manhãs ou empurrar um carrinho de biblioteca na área de segurança mínima não era tão diferente de escrever uma redação sobre a definição de *civitas* ou decorar números primos –, pois você não os usaria na vida real. E, como na escola, o único jeito de passar pela cadeia era perseverar e cumprir seu tempo.

Sem contar que Peter também não era popular na cadeia.

Ele pensou nas testemunhas que Diana Leven acompanhara, arrastara ou empurrara em uma cadeira de rodas até o banco. Jordan tinha explicado que era uma questão de solidariedade, que a promotoria queria apresentar todas aquelas vidas arruinadas antes de se virar para as evidências, e que ele logo teria a chance de mostrar como a vida de *Peter* também tinha sido arruinada. Peter nem ligava para isso. Tinha ficado mais impressionado, depois de ver todos aqueles alunos de novo, com quão pouco as coisas tinham mudado.

Peter olhou para as molas da cama de cima do beliche, piscando rápido. Em seguida, se virou para a parede e enfiou o canto do travesseiro na boca, para que ninguém o ouvisse chorar.

Apesar de John Eberhard não poder mais chamá-lo de veado, muito menos falar...

Apesar de Drew Girard nunca mais poder ser o atleta que era...

Apesar de Haley Weaver não ser mais linda...

Todos ainda eram parte de um grupo do qual Peter não podia participar. Aliás, jamais poderia.

6h30 da manhã do dia fatídico

— Peter. Peter?!
Ele rolou de lado e viu o pai de pé na porta do quarto.
– Está acordado?
Ele *parecia* acordado? Peter resmungou e deitou de costas. Fechou os olhos de novo por um momento e avaliou o dia. *Inglêsfrancêsmatemáticahistóriaquímica.* Uma frase longa e sobreposta, uma aula sangrando até a seguinte.
Ele se sentou e passou as mãos pelo cabelo, que ficou em pé. No andar de baixo, conseguia ouvir o pai guardando a louça e as panelas, como uma sinfonia techno. Ele pegaria sua caneca térmica, colocaria café e deixaria Peter se virar sozinho.
As pernas da calça do pijama de Peter se arrastaram para debaixo dos calcanhares quando ele andou da cama até a escrivaninha e se sentou. Entrou na internet porque queria ver se alguém tinha dado mais feedback sobre Hide-n-Shriek. Se fosse tão bom quanto ele achava que era, ele pensava em inscrevê-lo em alguma competição amadora. Havia garotos como ele no país todo, no *mundo* todo, dispostos a pagar facilmente 39,99 dólares para se divertir com um jogo em que a história era reescrita pelos fracassados. Peter imaginava quanto poderia ficar rico com os direitos autorais. Talvez pudesse escapar da faculdade, como Bill Gates. Talvez um dia as pessoas ligassem para ele fingindo que antes eram seus amigos.
Ele apertou os olhos e pegou os óculos, que deixava ao lado do teclado. Mas, como eram apenas 6h30 da manhã, quando ninguém deveria precisar ter muita coordenação motora, deixou o estojo dos óculos cair sobre as teclas.

A tela de login na internet foi minimizada e os conteúdos da lixeira se abriram na tela.

Sei que você não pensa em mim.
E com certeza jamais nos imaginaria juntos.

Peter sentiu a cabeça começar a girar. Apertou Delete, mas nada aconteceu.

Enfim, sozinho eu não sou nada de mais. Mas, com você, acho que eu poderia ser especial.

Ele tentou reiniciar o computador, mas a máquina tinha travado. Peter não conseguia respirar, não conseguia se mover. Não conseguia fazer nada além de olhar para a própria burrice, bem ali, em preto e branco.

Seu peito doía, e ele pensou que talvez estivesse tendo um ataque cardíaco, ou talvez fosse essa a sensação de quando um músculo virava pedra. Com movimentos caóticos, Peter se inclinou em direção ao fio do computador, mas bateu a cabeça na lateral da escrivaninha. Isso o fez ficar com lágrimas nos olhos, ou pelo menos foi o que ele disse a si mesmo.

Puxou o fio da tomada e o monitor ficou preto.

Voltou a se sentar e se deu conta de que não havia feito diferença. Ainda conseguia ver aquelas palavras, claras como o dia, escritas na tela. Conseguia sentir as teclas cedendo sobre seus dedos.

Com amor, Peter.

Conseguia ouvir todo mundo rindo.

Peter olhou para o computador de novo. Sua mãe sempre dizia que, se uma coisa ruim acontecesse, você podia encará-la como um fracasso ou como uma chance de seguir em outra direção.

Talvez fosse um sinal.

A respiração de Peter estava rasa quando ele tirou da mochila os livros e fichários, a calculadora, os lápis e os testes amassados que tinha recebido de volta. Enfiou a mão debaixo do colchão e tateou as duas pistolas que guardava para uma necessidade.

Quando eu era criança, jogava sal em lesmas. Eu gostava de vê-las se dissolver. A crueldade é sempre meio divertida até você se dar conta de que alguma coisa está sofrendo.

Seria uma coisa ser um fracasso se significasse que ninguém prestaria atenção em você, mas na escola isso significa que as pessoas buscam você o tempo todo. Você é a lesma, e eles estão com o sal. E ainda não desenvolveram consciência.

Tem uma palavra que aprendemos em estudos sociais: Schadenfreude. É quando você gosta de ver outra pessoa sofrer. Mas a verdadeira questão é: por quê? Acho que em parte é por autopreservação. E em parte é porque um grupo sempre se sente mais como um grupo quando se une contra um inimigo. Não importa se esse inimigo nunca fez nada contra você. Você tem que fingir que odeia alguém ainda mais do que se odeia.

Sabe por que o sal funciona nas lesmas? Porque ele se dissolve na água que compõe a pele da lesma, e a água dentro do corpo dela começa a vazar. A lesma desidrata. Também funciona com caracóis. E com sanguessugas. E com pessoas como eu.

Na verdade, funciona com qualquer criatura que tenha a pele fina demais para ficar de pé por conta própria.

Cinco meses depois

Durante quatro horas no banco das testemunhas, Patrick reviveu o pior dia da sua vida. O sinal que chegara pelo rádio enquanto ele estava dirigindo; o fluxo de alunos correndo para fora da escola, como se fosse uma hemorragia; os sapatos escorregando em uma poça oleosa de sangue enquanto ele corria pelos corredores. O teto caindo ao redor dele. Os gritos de socorro. As lembranças que estavam impressas em sua mente, mas que só foram registradas depois: um garoto morrendo nos braços do amigo debaixo da cesta de basquete do ginásio; os dezesseis alunos encontrados enfiados no armário do zelador três horas depois da prisão porque não sabiam que a ameaça tinha terminado; o cheiro de alcaçuz das canetas permanentes usadas para escrever os números na testa dos feridos, para que pudessem ser identificados depois.

Naquela primeira noite, quando as únicas pessoas que ficaram na escola foram os técnicos criminais, Patrick andou pelas salas de aula e pelos corredores. Às vezes se sentia como o guardião de lembranças, a pessoa que tinha de facilitar a transição invisível entre o modo como as coisas eram e como seriam dali em diante. Ele passara por cima de manchas de sangue para entrar em salas onde alunos estiveram escondidos com professores, esperando para ser resgatados, com os casacos ainda sobre as cadeiras, como se estivessem prestes a voltar a qualquer momento. Havia buracos de bala nos armários; por outro lado, na biblioteca, um aluno tivera tempo e disposição para arrumar bonecos de Gumby e Pokey da bibliotecária em uma posição comprometedora. Os sprinklers transformaram um corredor em mar, mas as paredes ainda estavam tomadas de pôsteres vibrantes anunciando o baile da primavera.

Diana Leven ergueu uma fita de vídeo, a Prova do Estado número 522.

— Consegue identificar isto, detetive?

— Sim, peguei na secretaria da Sterling High. Tinha a filmagem de uma câmera localizada no refeitório no dia 6 de março de 2007.

— Há uma representação precisa nesta fita?

— Sim.

— Quando foi a última vez em que o senhor a assistiu?

— No dia anterior ao início deste julgamento.

— Ela sofreu alguma alteração?

— Não.

Diana caminhou até o juiz.

— Peço que esta fita seja exibida para o júri — disse ela, e a mesma televisão do começo do julgamento foi levada em um carrinho por um policial.

A gravação estava granulada, mas ainda inteligível. No canto superior direito estavam as merendeiras, colocando comida em bandejas de plástico conforme os alunos seguiam a fila um a um, como gotas em um tubo intravenoso. Havia mesas cheias de alunos. O olhar de Patrick gravitou para uma mesa central, onde Josie estava sentada com o namorado.

Ele estava comendo as batatas fritas dela.

Pela porta da esquerda entrou um garoto. Ele estava com uma mochila azul, e, apesar de não dar para ver o seu rosto, tinha o mesmo corpo franzino e os ombros caídos que alguém que conhecia Peter Houghton reconheceria. Ele saiu do ângulo da câmera. Um tiro soou, e uma garota caiu para trás em uma das cadeiras do refeitório, com uma mancha de sangue crescendo na camisa branca.

Alguém gritou, e de repente todos também estavam gritando, e houve mais disparos. Peter reapareceu na imagem segurando uma arma. Alunos saíram correndo e começaram a se esconder debaixo das mesas. Alguns caíram onde foram atingidos; outros, feridos, tentaram rastejar para longe. Uma garota que tinha caído foi pisoteada pelo resto dos alunos e ficou ali, imóvel. Quando as únicas pessoas que sobraram no refeitório estavam mortas ou feridas, Peter se virou. Desceu por um corredor, fazendo uma pausa aqui e ali. Andou até a mesa ao lado da de Josie e colocou a arma sobre ela. Abriu uma caixa fechada ainda na bandeja do refeitório, colocou o cereal em uma tigela de plástico e acrescentou leite de uma caixinha. Comeu cinco colheradas e parou, pegou um pente de balas na mochila, colocou-o na arma e saiu do refeitório.

Diana colocou a mão debaixo da mesa da promotoria, pegou um pequeno saco plástico e o entregou para Patrick.

– O senhor reconhece isto, detetive Ducharme?

A caixa de cereal Rice Krispies.

– Sim.

– Onde o senhor a encontrou?

– No refeitório – disse ele. – Na mesma mesa que a senhora viu no vídeo agora mesmo.

Patrick se permitiu olhar para Alex, sentada na plateia. Até aquele momento, não tinha conseguido, pois achava que não seria capaz de fazer bem seu trabalho se estivesse preocupado com a forma como as informações e o nível de detalhes a estavam afetando. Agora, ao olhar para ela, conseguiu ver o quanto tinha ficado pálida, o quanto estava tensa na cadeira. Foi preciso ter muito autocontrole para não se afastar de Diana, pular a divisória e se ajoelhar ao lado dela. "Está tudo bem", ele queria dizer. "Está quase acabando."

– Detetive – disse Diana –, quando o senhor encurralou o réu no vestiário, o que ele estava segurando?

– Uma pistola.

– O senhor viu alguma outra arma perto dele?

– Sim, uma segunda pistola, a cerca de três metros dele.

Diana ergueu uma foto ampliada.

– O senhor reconhece isso?

– É o vestiário onde Peter Houghton foi apreendido. – Ele apontou para uma arma no chão perto dos armários e para outra próximo dali. – Essa é a arma que ele soltou no chão, a Arma A – disse Patrick –, e essa é a Arma B, a que já estava no chão.

Três metros depois, no mesmo caminho linear, estava o corpo de Matt Royston. Uma grande poça de sangue se espalhava debaixo do quadril, e a metade de cima da cabeça tinha sumido.

Houve gritos sufocados dos jurados, mas Patrick não estava prestando atenção. Estava encarando Alex, que não estava olhando para o corpo de Matt, mas para um ponto ao lado – uma mancha de sangue da testa de Josie, onde ela tinha sido encontrada.

A vida era uma sequência de "se", com resultados diferentes se você tivesse jogado na loteria ontem à noite, se tivesse escolhido uma faculdade diferente, se tivesse investido em ações em vez de títulos, se não estivesse levando seu filho para o primeiro dia no jardim de infância na manhã de 11 de Setembro. Se um professor tivesse impedido outro garoto, apenas uma vez, de atormentar Peter no corredor. Se Peter tivesse colocado a arma na própria boca em vez de tê-la apontado para outra pessoa. Se Josie estivesse de pé na frente de Matt, talvez fosse ela quem estivesse enterrada no cemitério. Se Patrick tivesse chegado um segundo depois, ela talvez tivesse levado um tiro. Se ele não fosse o detetive nesse caso, não teria conhecido Alex.

– Detetive, o senhor recolheu essas armas?
– Sim.
– Elas foram testadas em busca de digitais?
– Sim, pelo laboratório criminal do estado.
– O laboratório encontrou alguma digital válida na Arma A?
– Sim, uma, na empunhadura.
– Onde obtiveram digitais de Peter Houghton?
– Na delegacia, quando o registramos.

Ele guiou o júri pelo processo da testagem de digitais: a comparação de dez pontos, a similaridade nos sulcos e espirais, o programa de computador que sobrepunha as digitais e encontrava a correspondência.

– O laboratório comparou a digital na Arma A com as digitais de qualquer outra pessoa? – perguntou Diana.
– Sim, de Matt Royston. Foram obtidas do corpo dele.
– Quando o laboratório obteve a digital na empunhadura da arma e a comparou com as digitais de Matt Royston, os técnicos conseguiram determinar se eram compatíveis ou não?
– Não eram compatíveis.
– E quando o laboratório a comparou com as digitais de Peter Houghton, os técnicos conseguiram identificar se eram compatíveis ou não?
– Sim – disse Patrick. – Eram.

Diana assentiu.

– E na Arma B? Alguma digital?
– Só uma parcial, no gatilho. Nada de valor.
– O que isso significa exatamente?

Patrick se virou para os jurados.

– Para uma impressão ser válida na identificação de digitais, ela tem que poder ser comparada com outra digital conhecida e ser excluída ou incluída como compatível com essa impressão. As pessoas deixam digitais em objetos que pegam o tempo todo, mas não necessariamente registros que podemos usar. Elas podem estar borradas ou incompletas demais para ser consideradas judicialmente válidas.

– Então, detetive, o senhor não sabe quem deixou a digital na Arma B.

– Não.

– Mas *pode* ter sido Peter Houghton?

– Sim.

– O senhor tem alguma prova de que qualquer outra pessoa na Sterling High School estivesse com uma arma naquele dia?

– Não.

– Quantas armas foram encontradas no vestiário?

– Quatro – disse Patrick. – Uma pistola com o réu, uma no chão e duas espingardas serradas em uma mochila.

– Além de analisar as armas encontradas no vestiário em busca de digitais, o laboratório fez outros testes forenses nelas?

– Sim, um teste de balística.

– O senhor pode explicar?

– Bem – disse Patrick –, basicamente, você atira com a arma na água. Cada bala que sai de uma arma tem marcas que são feitas quando ela gira pelo cano. Isso significa que o teste permite que se relacione cada bala a uma arma, e assim podemos ver como seria uma bala disparada por ela e compará-la com as recolhidas no local do crime. Também dá para saber se uma arma foi disparada pelo exame de resíduos no cano.

– As quatro armas foram testadas?

– Sim.

– E quais foram os resultados dos testes?

– Só duas das quatro armas foram disparadas – disse Patrick. – As pistolas, Armas A e B. Das balas que encontramos, todas foram determinadas como provenientes da Arma A. A Arma B, quando a recolhemos, estava emperrada com dupla alimentação. Isso significa que duas balas entraram na câmara ao mesmo tempo, o que impede que a arma funcione corretamente. Quando o gatilho foi puxado, ela travou.

– Mas o senhor disse que a Arma B foi disparada.

– Pelo menos uma vez. – Patrick olhou para Diana. – A bala não foi recuperada até agora.

Diana Leven guiou Patrick meticulosamente por toda a descoberta dos dez alunos mortos e os dezenove feridos. A operação começou quando o detetive saiu da Sterling High com Josie Cormier nos braços e a colocou em uma ambulância e terminou com o último corpo sendo levado para o necrotério. Depois disso, o juiz decretou recesso até o dia seguinte.

Ao descer do banco de testemunhas, Patrick conversou com Diana por um momento sobre o que aconteceria no dia seguinte. As portas duplas do tribunal foram abertas, e por elas Patrick conseguia ver os repórteres sugando histórias de qualquer pai zangado disposto a dar entrevista. Ele reconheceu a mãe de uma garota, Jada Knight, que tinha levado um tiro nas costas ao sair correndo do refeitório.

– Minha filha só vai pra escola este ano depois das onze horas, porque não consegue suportar estar lá quando começa o terceiro tempo – disse a mulher. – Tudo a assusta. Isso estragou a vida dela inteira; por que a punição de Peter Houghton deveria ser menor?

Patrick não queria entrar no corredor polonês da imprensa, e, como única testemunha do dia, as chances de ele ser cercado eram imensas. Então se sentou no corrimão de madeira que separava os profissionais do tribunal da plateia.

– Oi.

Ele se virou ao ouvir a voz de Alex.

– O que você ainda está fazendo aqui?

Ele achava que ela estaria no andar de cima, escoltando Josie para fora da sala isolada das testemunhas, como tinha feito no dia anterior.

– Eu poderia te fazer a mesma pergunta.

Patrick indicou a porta com um movimento de cabeça.

– Eu não estava no clima de entrar numa batalha.

Alex chegou mais perto, até estar entre as pernas dele, e o abraçou. Afundou o rosto no pescoço dele e, quando respirou fundo, Patrick sentiu a respiração dela no próprio peito.

– Você poderia ter me enganado – disse ela.

Jordan McAfee não estava tendo um bom dia. O bebê tinha golfado nele quando estava saindo de casa. Ele chegou dez minutos atrasado no tribunal, porque a maldita imprensa se multiplicava como coelhos e não havia vagas, e o juiz Wagner o repreendeu pelo atraso. Acrescente a isso o fato de que, por alguma razão, Peter tinha parado de se comunicar com Jordan, exceto por um ocasional resmungo, e que sua primeira ordem do dia seria interrogar o cavaleiro de armadura que tinha entrado na escola para confrontar o atirador malvado – bem, ser advogado de defesa não ficava mais fabuloso que isso.

– Detetive – disse ele, aproximando-se de Patrick Ducharme no banco das testemunhas –, depois que terminou com o legista, o senhor voltou para a delegacia?

– Sim.

– O Peter estava detido lá, não estava?

– Estava.

– Em uma cela de prisão... com barras e porta trancada?

– Uma cela de delegacia – corrigiu Ducharme.

– O Peter já tinha sido acusado de algum crime?

– Não.

– Ele não foi acusado de nada até a manhã seguinte, correto?

– Correto.

– Onde ele passou a noite?

– Na prisão do condado de Grafton.

– Detetive, o senhor falou com o meu cliente? – perguntou Jordan.

– Sim, falei.

– O que perguntou a ele?

O detetive cruzou os braços.

– Se ele queria café.

– Ele aceitou sua oferta?

– Sim.

– O senhor perguntou a ele sobre o incidente na escola?

– Eu perguntei o que tinha acontecido – disse Ducharme.

– Como o Peter respondeu?

O detetive franziu a testa.

– Ele disse que queria a mãe.

– Ele começou a chorar?

– Sim.

– Na verdade, ele não parou de chorar durante todo o tempo em que o senhor tentou interrogá-lo, não é verdade?

– É verdade.

– O senhor fez outras perguntas a ele, detetive?

– Não.

Jordan deu um passo à frente.

– O senhor não insistiu, porque meu cliente não estava em condições de passar por um interrogatório.

– Não fiz nenhuma outra pergunta a ele – disse Ducharme controladamente. – Não faço ideia do estado em que ele estava.

– Então o senhor levou um garoto, um garoto de dezessete anos que estava chorando e pedindo pela mãe, de volta para a cela?

– Sim. Mas falei que queria ajudá-lo.

Jordan olhou para o júri e deixou a frase ser absorvida por um momento.

– Qual foi a resposta de Peter?

– Ele olhou para mim – respondeu o detetive – e disse: "Foram eles que começaram".

Curtis Uppergate era psiquiatra forense havia vinte e cinco anos. Tinha diplomas de três excelentes faculdades de medicina e um currículo grosso o bastante para servir de peso de porta. Era branco como um lírio e usava o cabelo grisalho na altura dos ombros preso em trancinhas. Tinha ido ao tribunal com uma túnica africana. Diana quase esperava que a chamasse de *irmã* quando ela o interrogasse.

– Qual é o seu campo de especialidade, doutor?

– Eu trabalho com adolescentes violentos. Eu os avalio para o tribunal, para determinar a natureza de suas doenças mentais, se houver alguma, e elaborar um plano de tratamento apropriado. Também aconselho o tribunal quanto ao estado mental em que eles poderiam estar quando o crime foi cometido. Trabalhei com o FBI para criar perfis de atiradores de escola e para analisar paralelos entre os casos de Thurston High, Paducah, Rocori e Columbine.

– Quando o senhor se envolveu neste caso?

– Em abril.

– O senhor avaliou os registros de Peter Houghton?

– Sim – disse Uppergate. – Avaliei todos os registros que recebi da senhora, sra. Leven: extensos registros escolares e médicos, relatórios policiais, entrevistas feitas pelo detetive Ducharme.

– O que o senhor estava procurando em particular?

– Evidências de doença mental – disse ele. – Explicações físicas para o comportamento dele. Um constructo psicossocial que pudesse se parecer com aqueles de outros autores de violência escolar.

Diana olhou para os jurados; seus olhos estavam vidrados.

– Como resultado do seu trabalho, o senhor chegou a alguma conclusão com um grau razoável de certeza médica quanto ao estado mental de Peter Houghton em 6 de março de 2007?

– Sim – disse Uppergate, e olhou para o júri, falando lenta e claramente. – Peter Houghton não estava sofrendo de nenhuma doença mental no momento em que começou a atirar na Sterling High School.

– O senhor pode nos dizer como chegou a essa conclusão?

– A definição de sanidade implica estar em contato com a realidade do que você está fazendo na hora em que faz. Há evidências de que Peter planejava esse ataque havia um tempo, devido ao acúmulo de munição e armas, à lista de vítimas, ao ensaio de seu Armagedon por meio de um videogame criado por ele mesmo. O tiroteio não foi um desvio para Peter, era uma coisa que ele considerava o tempo todo, com grande premeditação.

– Há outros exemplos da premeditação de Peter?

– Quando chegou à escola e viu um amigo no estacionamento, ele tentou avisá-lo, por questão de segurança. Ele detonou uma bomba caseira em um carro antes de entrar na escola, para servir como distração, para que pudesse entrar desimpedido com as armas. Escondeu armas carregadas. Escolheu áreas da escola onde ele mesmo tinha sido vítima. Esses não são atos de alguém que não sabe o que está fazendo; são indicadores de um jovem racional, furioso, talvez até em sofrimento, mas certamente não insano.

Diana andou em frente ao banco das testemunhas.

– Doutor, o senhor conseguiu comparar informações de tiroteios escolares anteriores com este, para poder fundamentar sua conclusão de que o réu estava são e era responsável por suas ações?

Uppergate jogou as tranças por cima do ombro.

– Nenhum dos atiradores de Columbine, Paducah, Thurston e Rocori tinha status. Não que fossem solitários, mas, na cabeça deles, percebiam que não eram membros do grupo no mesmo grau que as outras pessoas. Peter estava no time de futebol, por exemplo, mas era um dos dois alunos que nunca eram colocados para jogar. Era inteligente, mas suas notas não refletiam isso. Tinha um interesse romântico, mas esse interesse não foi retribuído. A única situação em que ele se sentia confortável era em um mundo de sua própria criação. Os jogos de computador eram o lugar onde Peter não só se sentia confortável... ele era Deus.

– Isso significa que ele estava vivendo em um mundo de fantasia no dia 6 de março?

– De jeito nenhum. Se estivesse, não teria planejado esse ataque tão racional e metodicamente.

Diana se virou.

– Há evidências, doutor, de que o Peter era vítima de bullying na escola. O senhor analisou essa informação?

– Sim, analisei.

– Sua pesquisa demonstrou alguma coisa sobre o efeito do bullying em garotos como Peter?

– Em todos os casos de tiroteio escolar – disse Uppergate –, faz-se uso da carta do bullying. Alegam que foi o bullying que fez o atirador surtar um dia e reagir com violência. No entanto, em metade dos casos, e também neste, na minha opinião, o bullying parece exagerado pelo atirador. A provocação não é significativamente pior para o atirador do que para qualquer outra pessoa na escola.

– Então por que atirar?

– É uma maneira pública de tomar controle de uma situação na qual eles costumam se sentir indefesos – disse Curtis Uppergate. – O que, mais uma vez, significa que é algo que planejaram por um tempo.

– A testemunha é sua – disse Diana.

Jordan ficou de pé e se aproximou do dr. Uppergate.

– Quando o senhor conheceu Peter?

– Bom, não fomos oficialmente apresentados.

– Mas o senhor é psiquiatra?

– Na última vez que verifiquei, sim – disse Uppergate.

– Pensei que o campo da psiquiatria fosse baseado em criar uma ligação com seu cliente para saber o que ele pensa sobre o mundo e como o avalia.

– É parte do trabalho.

– É uma parte incrivelmente *importante*, não é? – perguntou Jordan.

– Sim.

– O senhor passaria uma receita médica para o Peter hoje?

– Não.

– Porque o senhor precisaria conhecê-lo fisicamente antes de decidir se ele precisa tomar determinado medicamento, certo?

– Sim.

– Doutor, o senhor teve oportunidade de conversar com o atirador da Thurston High?

– Tive, sim – disse Uppergate.

– E com o garoto de Paducah?

– Sim.

– Rocori?

– Sim.

– Columbine não...

– Sou psiquiatra, sr. McAfee – disse Uppergate –, não médium. No entanto, conversei muito com a família dos dois garotos. Li os diários deles e examinei seus vídeos.

– Doutor – perguntou Jordan –, o senhor alguma vez falou diretamente com Peter Houghton?

Curtis Uppergate hesitou.

– Não – disse ele. – Não falei.

Jordan se sentou e Diana encarou o juiz.

– Meritíssimo – disse ela. – A promotoria terminou.

– Aqui – disse Jordan, lançando para Peter metade de um sanduíche quando entrou na cela. – Ou você também está fazendo greve de fome?

Peter olhou para ele com raiva, mas abriu o sanduíche e deu uma mordida.

– Não gosto de peru.

– Não estou nem aí. – Ele se recostou na parede de cimento da cela. – Quer me contar quem mijou no seu cereal hoje?

– Você faz alguma ideia de como é ficar sentado naquela sala ouvindo todas aquelas pessoas falando de mim como se eu não estivesse lá? Como se eu não pudesse ouvir o que estão *dizendo* sobre mim?

– É assim que se joga o jogo – disse Jordan. – Agora é a nossa vez.

Peter se levantou e andou até a frente da cela.

– É isso que é pra você? Um jogo?

Jordan fechou os olhos e contou até dez para ter paciência.

– É claro que não.

– Quanto você recebe? – perguntou Peter.

– Não é da sua...

– Quanto?

– Pergunte aos seus pais – disse Jordan friamente.

– Você recebe seu dinheiro se eu ganhar ou perder, certo?

Jordan hesitou, mas assentiu.

– Então você não está nem aí pro resultado, está?

Jordan foi atingido pela incrível percepção de que Peter tinha o talhe para se tornar um excelente advogado de defesa. Esse tipo de raciocínio circular, do tipo que deixava a pessoa interrogada em situação delicada, era exatamente o que se procurava em um tribunal.

– O quê? – acusou Peter. – Agora você também está rindo de mim?

– Não. Eu só estava pensando que você seria um bom advogado.

Peter se sentou de novo.

– Que ótimo. Talvez a prisão estadual ofereça esse diploma junto com o supletivo.

Jordan pegou o sanduíche na mão de Peter e deu uma mordida.

– Vamos esperar e ver como as coisas se desenrolam – disse ele.

O júri sempre se impressionava com a experiência de King Wah, e Jordan sabia. Ele havia entrevistado mais de quinhentas pessoas. Atuara como testemunha especialista em duzentos e quarenta e oito julgamentos, sem incluir o de Peter. Tinha escrito mais artigos do que qualquer outro psiquiatra forense especialista em transtorno de estresse pós-traumático. E a parte bonita era que tinha ministrado três seminários frequentados pela testemunha da promotoria, o dr. Curtis Uppergate.

– Dr. Wah – começou Jordan –, quando o senhor começou a trabalhar neste caso?

– O senhor fez contato comigo, sr. McAfee, em junho. Concordei em me encontrar com Peter naquela época.

– O senhor se encontrou com ele?

– Sim, foram mais de dez horas de entrevistas. Também li os relatórios policiais, os registros médicos e escolares de Peter, assim como de seu irmão mais velho. Conheci os pais dele. Depois, o encaminhei para ser examinado pelo meu colega, o dr. Lawrence Ghertz, que é neuropsiquiatra pediátrico.

– O que um neuropsiquiatra pediátrico faz?

– Estuda causas orgânicas para sintomas mentais e desvios em crianças.

– O que o dr. Ghertz fez?

– Fez várias ressonâncias magnéticas no cérebro de Peter – disse King. – O dr. Ghertz usa ressonâncias do cérebro para demonstrar que existem mudanças estruturais no cérebro adolescente que não apenas explicam a ocorrência de importantes doenças mentais, como esquizofrenia e bipolaridade, mas também dão razões biológicas para algumas das condutas selvagens que os pais costumam atribuir aos hormônios em ebulição. Isso não quer dizer que não existam hormônios em ebulição nos adolescentes, mas também há uma escassez dos controles cognitivos necessários para um comportamento maduro.

Jordan se virou para o júri.

– Vocês entenderam isso? Porque eu estou perdido...

King sorriu.

– Em termos leigos, dá para saber muito sobre um adolescente ao olhar para o cérebro dele. Pode haver uma razão fisiológica para, quando você manda seu filho de dezessete anos guardar o leite na geladeira, ele assentir e ignorar você completamente.

– O senhor mandou Peter para o dr. Ghertz porque achava que ele era bipolar ou esquizofrênico?

– Não. Mas parte da minha responsabilidade envolve excluir esses motivos antes de começar a procurar outros para o comportamento dele.

– O dr. Ghertz mandou um relatório para o senhor detalhando as descobertas dele?

– Sim.

– O senhor pode nos mostrar?

Jordan ergueu o diagrama de um cérebro que já tinha apresentado como prova e o entregou a King.

– O dr. Ghertz disse que o cérebro de Peter era bem parecido com o cérebro de um adolescente típico, no sentido de que o córtex pré-frontal não era tão desenvolvido quanto se veria em um cérebro adulto maduro.

– Opa – disse Jordan. – Estou ficando perdido de novo.

– O córtex pré-frontal fica bem aqui, atrás da testa. É meio que como o presidente do cérebro, encarregado do pensamento calculado e racional. Também é a última parte do cérebro a amadurecer, e é por isso que adolescentes se metem em tanta confusão. – Ele apontou para um pequeno ponto no diagrama, localizado centralmente. – Isso se chama amígdala. Como o centro de tomada de decisões de um adolescente não está funcionando completamente, eles recorrem a esse pequeno pedaço do cérebro. Esse é o epicentro impulsivo do cérebro, o que guarda sentimentos como medo, raiva e intuição. Ou, em outras palavras, a parte do cérebro que corresponde a "Porque meus amigos também acharam que era uma boa ideia".

A maior parte dos jurados riu, e Jordan olhou nos olhos de Peter. Ele não estava mais caído na cadeira; estava sentado ereto, ouvindo com atenção.

– É fascinante, na verdade – disse King –, porque uma pessoa de vinte anos pode ser fisiologicamente capaz de tomar uma decisão informada... mas uma pessoa de dezessete, não.

– O dr. Ghertz fez algum outro teste psicológico?

– Fez. Ele fez uma segunda ressonância magnética, executada enquanto Peter fazia uma tarefa simples. Peter recebeu fotos de rostos e tinha que identificar as emoções expressas nelas. Ao contrário de um grupo de teste de adultos, que fez a maior parte das avaliações corretamente, Peter tendia a cometer erros. Em particular, ele identificava expressões de medo como raiva, confusão ou tristeza. A ressonância mostrou que, enquanto ele estava concentrado nessa tarefa, era a amígdala que estava trabalhando... não o córtex pré-frontal.

– O que o senhor pode inferir disso, dr. Wah?

– Bom, a capacidade do Peter de pensamento racional, planejado e premeditado ainda não está totalmente desenvolvida. Fisiologicamente, ele ainda não é capaz de fazer isso.

Jordan observou a reação dos jurados a essa afirmação.

— Dr. Wah, o senhor disse que também esteve com o Peter?

— Sim, na prisão, em dez sessões de uma hora de duração.

— Onde se encontrou com ele?

— Em uma sala de reuniões. Eu expliquei quem eu era e que estava trabalhando com o advogado dele – disse King.

— O Peter ficou relutante em falar com o senhor?

— Não – disse o psiquiatra, fazendo uma pausa. – Ele pareceu apreciar a companhia.

— Alguma coisa nele chamou sua atenção a princípio?

— Ele me pareceu sem emoção. Não chorava, não sorria, não ria nem demonstrava hostilidade. Na minha área, chamamos isso de embotamento afetivo.

— Sobre o que vocês dois conversaram?

King olhou para Peter e sorriu.

— Sobre os Red Sox – disse ele. – E sobre a família dele.

— O que ele lhe contou?

— Que Boston merecia outra bandeira. E, sendo torcedor dos Yankees, isso foi o bastante para eu duvidar da capacidade de pensamento racional dele.

Jordan sorriu.

— O que ele disse sobre a família?

— Ele explicou que morava com a mãe e o pai, e que o irmão mais velho, Joey, tinha sido morto por um motorista bêbado um ano antes, aproximadamente. Joey era um ano mais velho que Peter. Também conversamos sobre as coisas que ele gostava de fazer, principalmente programação e computadores, e sobre a infância dele.

— O que ele lhe contou sobre isso? – perguntou Jordan.

— A maior parte das lembranças de infância de Peter envolvia situações em que ele era vítima de outras crianças ou de adultos que ele via como capazes de ajudá-lo, mas que não o ajudavam. Ele descreveu de tudo, desde ameaças físicas do tipo "Saia do meu caminho, senão vou te socar até você apagar", a ações físicas, como andar pelo corredor e ser empurrado contra a parede, porque por acaso ele chegou perto demais de alguém que passava por ele, e também zombarias emocionais, como ser chamado de bichinha ou veado.

— Ele contou quando o bullying começou?

— No primeiro dia do jardim de infância. Ele entrou no ônibus, foi derrubado enquanto andava pelo corredor e jogaram a lancheira do Super-Homem dele pela janela. Prosseguiu até antes dos disparos, quando ele sofreu humilhação pública após a revelação de seu interesse romântico por uma colega de sala.

— Doutor — disse Jordan —, o Peter não pedia ajuda?

— Pedia, mas, mesmo quando alguém o ajudava, o resultado dava errado. Uma vez, por exemplo, depois de ser empurrado por um garoto na escola, Peter o agrediu. Um professor viu e levou os dois para a diretoria, para que fossem suspensos. Na mente do Peter, ele se defendeu, mas também foi punido. — King relaxou no banco. — Lembranças mais recentes tratavam da morte de seu irmão e de sua incapacidade de alcançar os mesmos padrões que o irmão tinha estabelecido como aluno e filho.

— O Peter falou dos pais?

— Sim. Peter amava os pais, mas não sentia que podia contar com eles para ter proteção.

— Proteção de quê?

— Dos problemas que enfrentava na escola, dos sentimentos que tinha, das ideias de suicídio.

Jordan se virou para o júri.

— Com base em suas conversas com o Peter e nas descobertas do dr. Ghertz, o senhor conseguiu diagnosticar o estado mental do Peter em 6 de março de 2007 com um grau razoável de certeza médica?

— Sim. Peter estava sofrendo de transtorno de estresse pós-traumático.

— O senhor pode explicar o que é isso?

King assentiu.

— É um distúrbio psiquiátrico que pode ocorrer depois de uma experiência na qual a pessoa é oprimida ou é vítima. Por exemplo, todos ouvimos falar de soldados que voltam para casa depois da guerra e não conseguem se ajustar ao mundo por causa de TEPT. Pessoas que sofrem de TEPT costumam reviver a experiência em pesadelos, têm dificuldade de dormir, se sentem alheias. Em casos extremos, depois da exposição a um trauma sério, elas podem ter alucinações ou dissociação.

— O senhor está dizendo que o Peter estava tendo uma alucinação na manhã do dia 6 de março?

– Não. Acredito que ele estava em estado de dissociação.

– O que é isso?

– É quando você está fisicamente presente, mas mentalmente afastado – explicou King. – Quando você consegue separar seus sentimentos por um evento da percepção desse evento.

Jordan uniu as sobrancelhas.

– Espere, doutor. O senhor quer dizer que uma pessoa em estado dissociativo conseguiria dirigir um carro?

– Certamente.

– E montar uma bomba caseira?

– Sim.

– E carregar armas?

– Sim.

– E disparar essas armas?

– Claro.

– E, todo esse tempo, essa pessoa não saberia o que estava fazendo?

– Sim, sr. McAfee – disse King. – É exatamente isso.

– Na sua opinião, quando o Peter entrou nesse estado de dissociação?

– Durante as nossas entrevistas, Peter explicou que, na manhã do dia 6 de março, ele acordou cedo e foi verificar em um site na internet os feedbacks sobre o videogame dele. Sem querer, puxou um arquivo antigo no computador, o e-mail que ele tinha enviado a Josie Cormier explicando seus sentimentos por ela. Era o mesmo e-mail que, semanas antes, tinha sido enviado para toda a escola e que precedeu um evento de grande humilhação, em que sua calça foi abaixada no refeitório. Depois que ele viu esse e-mail, ele disse que não consegue se lembrar do resto que aconteceu.

– Eu abro arquivos antigos no meu computador o tempo todo – disse Jordan –, mas não entro em estado de dissociação.

– O computador sempre foi um santuário seguro para Peter. Era o veículo que ele usava para criar um mundo confortável para ele, habitado por personagens que gostavam dele e que ele controlava, como não acontecia na vida real. O fato de essa única zona de segurança ter se tornado mais um lugar onde a humilhação acontecia foi o que deflagrou a dissociação.

Jordan cruzou os braços, bancando o advogado do diabo.

– Não sei... Estamos falando de um e-mail. É justo comparar o bullying ao trauma vivido por veteranos da Guerra do Iraque ou por sobreviventes do 11 de Setembro?

– É importante lembrar que o TEPT é um evento traumático, que afeta as pessoas diferentes de maneiras diferentes. Por exemplo, para alguns, um estupro violento pode desencadear TEPT. Para outros, o fato de ser apalpado, ainda que por pouco tempo, pode ter o mesmo efeito. Não importa se o evento traumático é uma guerra, um ataque terrorista, uma agressão sexual ou bullying. O que conta é de onde a vítima está começando emocionalmente.

King se virou para o júri.

– Vocês podem ter ouvido falar, por exemplo, da síndrome da mulher espancada. Não faz sentido, vendo de fora, que uma mulher, mesmo que tenha sofrido abuso durante anos, mate o marido quando ele está dormindo profundamente.

– Protesto – disse Diana. – Alguém vê uma mulher espancada em julgamento?

– Vou permitir – respondeu o juiz Wagner.

– Mesmo quando uma mulher espancada não está diretamente sob ameaça física, psicologicamente ela acredita que está, graças ao padrão crônico e crescente de violência que a levou a sofrer de TEPT. É viver nesse constante estado de medo de que alguma coisa vai acontecer, vai continuar acontecendo, que a leva a pegar a arma naquele momento, apesar de o marido estar roncando. Para ela, ele *ainda* é uma ameaça imediata – disse King. – Uma criança que sofre de TEPT, como Peter, vive com medo de que o agressor acabe matando-o. Mesmo que o agressor não esteja naquele momento o empurrando em um armário ou dando um soco nele, isso pode acontecer a qualquer momento. Assim, da mesma maneira que a mulher espancada, ele toma uma atitude mesmo quando, para você e para mim, nada parece justificar o ataque.

– Alguém não perceberia esse tipo de medo irracional? – perguntou Jordan.

– Provavelmente não. Uma criança que sofre de TEPT faz tentativas malsucedidas de pedir ajuda, mas, como continua a ser vítima, para de pedir. Ela se recolhe socialmente, pois nunca tem certeza de quando a interação vai levar a outro incidente de bullying. Provavelmente pensa em se matar. Escapa para um mundo de fantasia, onde pode dar as ordens. No entanto, ela começa a se refugiar lá com tanta frequência que fica cada vez mais difícil separá-la da realidade. Durante os incidentes de bullying, uma criança com TEPT pode se refugiar em um estado alterado de consciência, uma dissociação da realidade, para impedir que sinta dor e humilhação durante o desenrolar do incidente. É exatamente o que acho que aconteceu com Peter no dia 6 de março.

– Apesar de nenhum dos garotos que praticavam bullying contra ele estar presente no quarto quando aquele e-mail apareceu?

– Correto. Peter tinha passado a vida toda apanhando, sendo provocado e ameaçado, a ponto de acreditar que seria morto pelos mesmos garotos se não fizesse alguma coisa. O e-mail deflagrou um estado dissociativo, e, quando ele foi para a Sterling High e fez os disparos, estava completamente alheio ao que estava fazendo.

– Quanto tempo pode durar um estado de dissociação?

– Depende. Peter podia estar nesse estado há horas.

– *Horas?* – repetiu Jordan.

– Certamente. Não há nada durante os disparos que ilustre percepção consciente de suas ações.

Jordan olhou para a promotora.

– Todos nós vimos um vídeo no qual o Peter se sentou depois de disparar tiros no refeitório e comeu uma tigela de cereal. Isso é significativo no seu diagnóstico?

– Sim. Na verdade, não consigo pensar em prova mais clara de que Peter estava dissociado naquele momento. Você tem um garoto completamente inconsciente do fato de que está cercado de colegas que matou, feriu ou fez saírem correndo. Ele se senta e calmamente serve uma tigela de cereal, sem se afetar pela carnificina ao seu redor.

– E o fato de muitos dos alunos em quem Peter atirou não serem parte do que podia ser chamado de "turma popular"? Que havia crianças com necessidades especiais, alunos estudiosos e até um professor que foram vítimas dele?

– Mais uma vez – disse o psiquiatra –, não estamos falando de comportamento racional. Peter não estava calculando suas ações; no momento em que estava atirando, tinha se separado da realidade da situação.

Qualquer pessoa que ele encontrasse durante aqueles dezenove minutos era uma ameaça em potencial.

– Na sua opinião, quando o estado dissociativo de Peter terminou? – perguntou Jordan.

– Quando ele já estava sob custódia, falando com o detetive Ducharme. Foi quando ele começou a reagir normalmente, considerando o horror da situação. Ele começou a chorar e chamou pela mãe, o que indica tanto um reconhecimento do ambiente quanto uma reação apropriada e infantil.

Jordan se encostou na grade da área do júri.

– Há evidências neste caso, doutor, de que o Peter não era a única criança na escola a sofrer bullying. Então por que ele reagiu dessa forma?

– Bom, como eu falei, pessoas diferentes têm reações diferentes ao estresse. No caso de Peter, constatei extrema vulnerabilidade emocional, que, aliás, era a razão de implicarem com ele. Peter não agia seguindo os códigos dos garotos. Não era um grande atleta. Não era durão. Era sensível. E a diferença nem sempre é respeitada, particularmente quando se é adolescente. A adolescência é a época de ser como os outros, não de se destacar.

– Como uma criança emocionalmente vulnerável acaba um dia carregando quatro armas para a escola e atirando em vinte e nove pessoas?

– Parte disso é o TEPT, a reação de Peter à vitimização crônica. Mas grande parte também é a sociedade que criou tanto Peter quanto os agressores. A reação de Peter é reforçada pelo mundo em que ele vive. Ele vê videogames violentos vendendo absurdamente nas lojas, escuta músicas que glorificam o assassinato e o estupro. Vê seus torturadores o empurrarem, baterem nele, o diminuírem. Ele vive em um estado, sr. McAfee, em cuja placa de carros se lê "Viva livre ou morra". – King balançou a cabeça. – Tudo que Peter fez uma certa manhã foi se transformar na pessoa que esperavam que ele fosse o tempo todo.

Ninguém sabia, mas uma vez Josie terminara com Matt Royston.

Eles estavam juntos havia quase um ano quando Matt a pegou em casa em uma noite de sábado. Um garoto rico do time de futebol, que Brady conhecia, estava dando uma festa em casa.

– Está a fim? – perguntara Matt, apesar de já estar dirigindo para lá.

A casa pulsava como um parque de diversões quando eles chegaram, com carros parados em frente, na calçada e no gramado. Pelas janelas do andar de cima, Josie conseguia ver pessoas dançando; quando estavam indo em direção à casa, viram uma garota vomitando nas plantas.

Matt não soltou a mão dela. Eles andaram em meio a corpos que ocupavam toda a casa, abrindo caminho até a cozinha, onde havia um barril de cerveja, e depois voltaram para a sala de jantar, onde a mesa tinha sido empurrada para o lado para aumentar o espaço de dança. Passaram por gente não só da Sterling High, mas também de outras cidades. Algumas tinham os olhos vermelhos e o queixo caído de quem tinha fumado maconha. Garotos e garotas farejavam uns aos outros em busca de sexo.

Ela não conhecia ninguém, mas isso não era importante, porque estava com Matt. Eles chegaram mais perto um do outro em meio ao calor de cem outros corpos. Matt enfiou a perna entre as dela enquanto a música pulsava como sangue, e ela ergueu os braços para se encaixar nele.

Tudo deu errado quando ela foi ao banheiro. Primeiro, Matt quis ir atrás dela, pois disse que não era seguro ela ficar sozinha. Ela acabou por convencê-lo de que voltaria em um minuto, mas, quando saiu andando, um garoto com uma camiseta do Green Day e uma argola na orelha se virou muito rápido e derramou cerveja nela.

– Ah, merda – disse ele.

– Tudo bem.

Josie tinha um lenço de papel no bolso; ela o pegou e começou a secar a blusa.

– Eu limpo – disse o garoto, e pegou o lenço da mão dela. Ao mesmo tempo, os dois perceberam como era ridículo tentar absorver tanto líquido com um pedacinho de papel. Ele começou a rir, e ela também, e a mão dele ainda estava pousada levemente no ombro dela quando Matt apareceu e deu um soco na cara dele.

– O que você está fazendo?! – gritou Josie. O garoto desmaiou no chão, e as pessoas tentavam sair do caminho, mas ficar perto o bastante para ver a briga. Matt segurou o pulso dela com tanta força que ela pensou que fosse quebrar. Ele a arrastou para fora da casa, até o carro, onde ela se sentou em silêncio absoluto.

– Ele só estava tentando ajudar – disse Josie por fim.

Matt engatou a ré e saiu.

– Você quer ficar? Quer ser uma piranha?

E começou a dirigir como um louco, passando por sinais vermelhos, fazendo curvas a toda, andando no dobro do limite de velocidade. Ela o mandou ir devagar três vezes, mas então apenas fechou os olhos e torceu para tudo terminar logo.

Quando Matt parou na porta da casa dela cantando pneus, ela se virou para ele, incomumente calma.

– Não quero mais namorar você – disse e saiu do carro. A voz dele a seguiu até a porta.

– Que bom. Por que eu iria querer namorar uma porra de uma puta?

Ela conseguiu passar pela mãe fingindo estar com dor de cabeça. No banheiro, olhou-se no espelho, tentando entender quem era aquela garota que de repente tinha ficado tão corajosa e por que ainda sentia vontade de chorar. Deitou-se na cama por uma hora, com lágrimas escorrendo do canto dos olhos, perguntando-se por que, se tinha sido *ela* a terminar, se sentia tão infeliz.

Quando o telefone tocou depois das três da madrugada, Josie atendeu e desligou, para que, quando a mãe atendesse, pensasse que tinha sido engano. Prendeu a respiração por alguns segundos, depois ergueu o fone e apertou a tecla que identificaria o número de origem da chamada. Ela sabia, mesmo antes de ver a sequência familiar de números, que era Matt.

– Josie – disse ele quando ela ligou de volta. – Você estava mentindo?

– Sobre o quê?

– Sobre me amar.

Ela tinha enfiado o rosto no travesseiro.

– Não – sussurrou.

– Não consigo viver sem você – disse Matt, e ela ouviu uma coisa que parecia um vidro de comprimidos sendo sacudido.

Josie ficou paralisada.

– O que você está fazendo?

– Por que você se importa?

A mente dela disparou. Ela tinha habilitação, mas não podia sair sozinha de carro, muito menos à noite. Morava longe demais de Matt para ir correndo até lá.

— Não se mexa — disse ela. — Apenas... não faça nada.

Na garagem, ela encontrou uma bicicleta na qual não andava desde o ensino fundamental II, e pedalou os quase sete quilômetros até a casa de Matt. Quando chegou lá, estava chovendo; o cabelo e as roupas estavam grudados na pele. A luz ainda estava acesa no quarto de Matt, que era no térreo. Josie bateu na janela e ele a abriu para que ela pudesse entrar.

Sobre a mesa havia um vidro de Tylenol e uma garrafa aberta de uísque. Josie olhou para ele.

— Você...?

Mas Matt a abraçou. Estava com cheiro de bebida.

— Você me mandou não fazer. Eu faria qualquer coisa por você. — E então se afastou dela. — Você faria qualquer coisa por mim?

— Qualquer coisa — prometeu ela.

Matt a tomou nos braços.

— Me diz que não estava falando sério.

Ela sentiu uma jaula se fechando ao seu redor; tarde demais, percebeu que Matt a tinha prendido pelo coração. E, como qualquer animal inconsciente verdadeiramente capturado, Josie só poderia escapar se deixasse um pedaço de si para trás.

— Sinto muito — disse Josie pelo menos mil vezes naquela noite, porque era tudo culpa dela.

— Dr. Wah — disse Diana —, quanto o senhor recebeu para trabalhar neste caso?

— Meus honorários são de dois mil dólares por dia.

— Seria justo dizer que um dos componentes mais importantes no diagnóstico do réu foi o tempo que o senhor passou entrevistando-o?

— Sim.

— O senhor não teria como saber se ele *não* estivesse sendo sincero, teria?

— Eu faço isso há bastante tempo, sra. Leven — disse o psiquiatra. — Entrevistei pessoas o suficiente para saber quando alguém está tentando me enganar.

— Parte do que o senhor usa para determinar se um adolescente está ou não o enganando é observar as circunstâncias em que ele está, correto?

– Claro.

– E as circunstâncias em que o senhor encontrou Peter incluíam estar trancado em uma cadeia por múltiplos homicídios qualificados?

– Isso mesmo.

– Então, basicamente – disse Diana –, o Peter tinha um enorme incentivo para encontrar um meio de se livrar.

– Ou, sra. Leven – retrucou o dr. Wah –, também é possível dizer que ele não tinha nada a perder por falar a verdade.

Diana apertou os lábios; uma resposta de sim ou não teria sido ótima.

– O senhor disse que parte de seu diagnóstico de TEPT veio do fato de que o réu tentava obter ajuda e não conseguia. Isso foi baseado em informações que ele deu durante as entrevistas?

– Sim, corroboradas pelos pais dele e alguns dos professores que testemunharam para a senhora, sra. Leven.

– O senhor também disse que parte do seu diagnóstico de TEPT foi ilustrado pelo isolamento de Peter em um mundo de fantasia, correto?

– Sim.

– E o senhor baseou isso nos jogos de computador sobre os quais Peter lhe contou durante as entrevistas?

– Correto.

– É verdade que, quando mandou Peter para o dr. Ghertz, o senhor disse a ele que seriam feitas ressonâncias magnéticas do cérebro?

– Sim.

– O Peter não poderia ter dito ao dr. Ghertz que um rosto sorridente parecia zangado se achasse que isso ajudaria o senhor em seu diagnóstico?

– Acho que seria possível...

– O senhor também disse, doutor, que ler um e-mail na manhã do dia 6 de março foi o que colocou Peter em estado de dissociação, forte o bastante para se estender por toda a duração dos assassinatos na Sterling High...

– Protesto...

– Aceito – disse o juiz.

– O senhor baseou essa conclusão em alguma outra coisa além do que Peter Houghton lhe contou? Peter, que estava em uma cela de cadeia, acusado de dez assassinatos e dezenove tentativas de assassinato?

King Wah balançou a cabeça.

– Não, mas qualquer outro psiquiatra teria feito o mesmo.

Diana apenas ergueu uma sobrancelha.

– Qualquer psiquiatra que ganhasse dois mil dólares por dia – disse e, antes mesmo que Jordan protestasse, ela retirou o comentário. – O senhor disse que Peter estava sofrendo de ideias suicidas.

– Sim.

– Então ele queria se matar?

– Sim. É muito comum em pacientes com TEPT.

– O detetive Ducharme testemunhou que foram encontrados cento e dezesseis cartuchos de balas na escola naquela manhã. Mais trinta balas não disparadas foram encontradas com o Peter, e havia mais cinquenta e duas na mochila que ele estava carregando, junto com duas armas que ele não usou. Portanto, faça as contas para mim, doutor. De quantas balas estamos falando?

– Cento e noventa e oito.

Diana o encarou.

– Em um período de dezenove minutos, o Peter teve duzentas chances de se matar em vez de os alunos que ele encontrou na Sterling High. Isso está correto, doutor?

– Sim. Mas há uma linha extremamente tênue entre um suicídio e um homicídio. Muitas pessoas deprimidas que tomaram a decisão de atirar em si mesmas escolhem, no último momento, atirar em outra pessoa.

Diana franziu a testa.

– Pensei que o Peter estivesse em estado de dissociação – disse ela. – Pensei que estivesse incapaz de fazer escolhas.

– E estava. Estava puxando o gatilho sem qualquer pensamento sobre consequências e sem qualquer conhecimento do que estava fazendo.

– Ou isso, ou era uma fronteira fina como um lenço de papel que ele sentiu vontade de cruzar, certo?

Jordan se levantou.

– Protesto. Ela está intimidando minha testemunha.

– Ah, pelo amor de Deus, Jordan – respondeu Diana –, você não pode usar sua defesa contra *mim*.

– Senhores – avisou o juiz.

– O senhor também disse, doutor, que o estado dissociativo de Peter terminou quando o detetive Ducharme começou a fazer perguntas a ele na delegacia, correto?

– Sim.

– Seria justo dizer que o senhor baseou essa suposição no fato de que, naquele momento, Peter começou a reagir de maneira apropriada, considerando a situação em que estava?

– Sim.

– Então como o senhor explica que, horas antes, quando três policiais apontaram uma arma para Peter e mandaram que ele soltasse a pistola, ele tenha conseguido fazer o que pediram?

O dr. Wah hesitou.

– Bom...

– Essa não é uma reação apropriada quando três policiais estão com as armas apontadas para você?

– Ele baixou a arma – disse o psiquiatra – porque, mesmo em nível subliminar, entendia que levaria um tiro se não obedecesse.

– Mas, doutor – disse Diana –, pensei que o senhor tivesse dito que o Peter *queria* morrer.

Ela voltou a se sentar, satisfeita por Jordan não poder fazer nada em seguida para prejudicar o avanço que ela tinha conseguido.

– Dr. Wah – disse ele –, o senhor passou muito tempo com o Peter, não passou?

– Ao contrário de alguns médicos na minha área – disse ele enfaticamente –, eu acredito em conhecer o cliente sobre quem vou falar no tribunal.

– Por que isso é importante?

– Para criar um entendimento – disse o psiquiatra. – Para gerar uma relação entre médico e paciente.

– O senhor acreditaria totalmente em tudo que um paciente lhe contasse?

– Certamente não, sobretudo sob essas circunstâncias.

– Na verdade, há muitas maneiras de corroborar a história de um cliente, não há?

– É claro. No caso de Peter, conversei com os pais dele. Houve ocasiões nos registros escolares em que o bullying foi mencionado, apesar de não haver resposta da administração. O pacote policial que recebi confirmava a declaração de Peter sobre o e-mail ter sido enviado para centenas de membros da comunidade escolar.

— O senhor encontrou algum ponto corroborativo que ajudou a diagnosticar o estado de dissociação em que o Peter entrou no dia 6 de março? — perguntou Jordan.

— Sim. Apesar de as investigações policiais afirmarem que Peter tinha criado uma lista de vítimas, bem mais pessoas que não estavam naquela lista levaram tiros... e eram, na verdade, alunos que ele nem conhecia de nome.

— Por que isso é importante?

— Porque me diz que, na hora em que estava atirando, ele não estava mirando em alunos específicos. Estava apenas se deixando levar.

— Obrigado, doutor — disse ele e assentiu para Diana.

Ela olhou para o psiquiatra.

— O Peter contou ao senhor que tinha sido humilhado no refeitório — disse ela. — Ele mencionou algum outro local?

— O parquinho. O ônibus escolar. O banheiro dos meninos e o vestiário.

— Quando o Peter começou a atirar na Sterling High, ele entrou na sala do diretor?

— Não que eu saiba.

— E na biblioteca?

— Não.

— Na sala dos professores?

O dr. Wah balançou a cabeça.

— Não.

— Na sala de artes?

— Acho que não.

— Na verdade, o Peter foi do refeitório para os banheiros, dali para o ginásio e depois para o vestiário. Foi metodicamente de um local onde tinha sofrido bullying para o seguinte, certo?

— É o que parece.

— O senhor disse que ele estava se deixando levar, doutor — disse Diana. — Mas o senhor não chamaria isso de plano?

Quando Peter voltou para a prisão naquela noite, o agente penitenciário que o levou até a cela lhe entregou uma carta.

– Você não estava na hora em que a correspondência foi entregue – disse ele, e Peter não conseguiu falar, pois estava desacostumado com uma dose tão grande de gentileza.

Ele se sentou com as costas contra a parede na cama de baixo e observou o envelope. Estava um pouco nervoso agora com as correspondências, desde que Jordan chamou sua atenção por falar com aquela repórter. Mas esse envelope não era impresso, como o outro. Tinha sido manuscrito, com círculos gordinhos flutuando sobre os is como nuvens.

Ele o abriu e desdobrou a carta que havia dentro. Tinha cheiro de laranja.

Caro Peter,

Você não sabe meu nome, mas fui a vítima número 9. Foi assim que saí da escola, com uma enorme marca de caneta na testa. Você tentou me matar.

Não estou no seu julgamento, então não tente me encontrar no meio da plateia. Eu não suportei ficar na cidade, então meus pais se mudaram um mês atrás. Comecei a ir à escola aqui em Minnesota, e as pessoas já ouviram falar sobre mim. Só me conhecem como vítima da Sterling High. Não tenho interesses, não tenho personalidade. Nem tenho história, exceto a que você me deu.

Minha média era 9,0, mas agora não ligo mais para notas. Que sentido tem isso? Eu tinha muitos sonhos, mas agora não sei se vou para a faculdade, pois ainda não consigo dormir a noite toda. Não consigo suportar pessoas que chegam por trás em silêncio, nem portas que batem com força, nem fogos de artifício. Estou fazendo terapia há tempo suficiente para lhe dizer o seguinte: nunca mais vou botar os pés em Sterling.

Você me deu um tiro nas costas. Os médicos dizem que tive sorte, que, se eu tivesse espirrado ou me virado para olhar para você, eu estaria em uma cadeira de rodas agora. Em vez disso, só preciso lidar com as pessoas que ficam me olhando fixamente quando esqueço e coloco uma camiseta regata — qualquer pessoa que consiga ver as cicatrizes da bala, dos tubos e dos pontos. Eu não ligo. As pessoas costumavam olhar para as espinhas no meu rosto; agora, só têm outra parte do corpo onde concentrar a atenção.

Eu pensei muito sobre você. Acho que você deveria ir preso. É justo, e o que aconteceu não foi, e há uma espécie de equilíbrio nisso.

Eu era da sua turma de francês, sabia? Eu me sentava na fileira ao lado da janela, era a penúltima. Você sempre pareceu meio misterioso, e eu gostava do seu sorriso.

Eu teria gostado de ser sua amiga.

Atenciosamente,
Angela Phlug

Peter dobrou a carta e a colocou dentro da fronha. Dez minutos depois, voltou a pegá-la. Ele a leu a noite toda, repetidas vezes, até o sol nascer, até não precisar ver as palavras para recitá-las de cor.

Lacy se vestiu para o filho. Apesar de estar fazendo quase trinta graus lá fora, ela estava usando um suéter que tinha tirado de uma caixa no sótão, feito de angorá rosa, que Peter gostava de acariciar como um gatinho quando era pequeno. No pulso, usava uma pulseira que ele fizera para ela no quarto ano com pedacinhos de revista cobertos de contas coloridas. Vestia uma saia cinza estampada da qual Peter rira imediatamente, dizendo que parecia uma placa-mãe de computador, e que não lhe servia direito. E seu cabelo estava trançado com cuidado, porque ela lembrava como a ponta encostara no rosto de Peter na última vez em que ela lhe dera um beijo de boa-noite.

Ela tinha feito uma promessa a si mesma. Independentemente de quanto ficasse difícil, de quanto tivesse de soluçar durante as perguntas, não tiraria os olhos de Peter. Decidiu que seria como as fotos de praias brancas que as mães em trabalho de parto às vezes levavam para se concentrar. O rosto dele a forçaria a se concentrar, apesar de sua pulsação estar incerta e seu coração estar batendo irregularmente; ela mostraria a Peter que ainda havia alguém cuidando dele com atenção.

Quando Jordan McAfee a chamou para o banco, uma coisa estranha aconteceu. Ela andou com o meirinho, mas, em vez de caminhar em direção à pequena plataforma onde a testemunha tinha que se sentar, seu corpo se moveu por conta própria em outra direção. Diana Leven soube para onde ela estava indo antes mesmo que Lacy soubesse. Ela se levantou para protestar, mas decidiu não fazer isso. Os passos de Lacy foram rápidos, com os braços na lateral do corpo, até ficar na frente da mesa da defesa. Ela se ajoelhou ao lado de Peter, de forma que o rosto dele fosse a única coisa que ela conseguisse ver. Em seguida, esticou a mão esquerda e tocou no rosto dele.

A pele dele ainda era lisa como a de uma criança e quente ao toque. Quando ela colocou a mão sobre a bochecha dele, seus cílios encostaram no polegar dela. Ela visitava o filho semanalmente na cadeia, mas sempre houvera uma linha entre eles. Isso – a sensação dele debaixo de suas mãos, vital e real – era o tipo de presente que você tinha que tirar da caixa de tempos em tempos e olhar maravilhada, para não esquecer que ele ainda era seu. Lacy se lembrou do momento em que Peter foi colocado em seus braços pela primeira vez, ainda escorregadio de gordura e sangue, com a boca vermelha redonda pelo choro de recém-nascido, os braços e pernas espalhados naquele repentino espaço infinito. Ela se inclinou para a frente e fez a mesma coisa que fez na primeira vez em que viu o filho: fechou os olhos, fez uma oração e beijou a testa dele.

Um meirinho tocou no ombro dela.

– Senhora – disse ele.

Lacy o afastou e ficou de pé. Andou até o banco das testemunhas, abriu o trinco do portão e entrou.

Jordan McAfee se aproximou dela segurando uma caixa de lenços de papel. Então se virou de forma que o júri não pudesse vê-lo falar.

– Você está bem? – sussurrou ele.

Lacy assentiu, encarou Peter e ofereceu um sorriso como um sacrifício.

– A senhora pode dizer seu nome, para o registro? – pediu Jordan

– Lacy Houghton.

– Onde a senhora mora?

– Em Goldenrod Lane, 1616, Sterling, New Hampshire.

– Quem mora com a senhora?

– Meu marido, Lewis, e meu filho, Peter.

– A senhora tem outros filhos, sra. Houghton?

– Eu tinha, Joseph, mas ele foi morto por um motorista embriagado no ano passado.

– A senhora pode nos contar – disse Jordan McAfee – quando soube que tinha acontecido alguma coisa na Sterling High School no dia 6 de março?

– Eu dei plantão à noite no hospital. Sou parteira. Depois que terminei um parto naquela manhã, fui para a sala das enfermeiras e todas estavam reunidas ao redor do rádio. Tinha havido uma explosão na escola.

– O que a senhora fez quando soube?

– Pedi para alguém me cobrir e fui até a escola. Eu precisava ter certeza de que o Peter estava bem.

– Como o Peter costumava ir para a escola?

– De carro – disse Lacy. – Ele tem um.

– Sra. Houghton, me conte sobre o seu relacionamento com o Peter.

Lacy sorriu.

– Ele é o meu bebê. Eu tinha dois filhos, mas o Peter sempre foi mais quieto, mais sensível. Sempre precisou de um pouco mais de encorajamento.

– Vocês dois eram próximos quando ele era criança?

– Muito.

– Como era o relacionamento do Peter com o irmão?

– Era bom...

– E com o pai?

Lacy hesitou. Ela conseguia sentir Lewis na sala como se ele estivesse ao seu lado, e pensou nele andando na chuva pelo cemitério.

– Acho que o Lewis tinha uma ligação mais forte com o Joey, enquanto o Peter e eu temos mais em comum.

– O Peter alguma vez lhe contou sobre os problemas que tinha com as outras crianças?

– Sim.

– Protesto – disse a promotora. – Boato.

– Vou rejeitar por enquanto – respondeu o juiz. – Mas tome cuidado com o caminho que está seguindo, sr. McAfee.

Jordan se virou para ela de novo.

– Por que a senhora acha que o Peter tinha problemas com aqueles garotos?

– Eles implicavam com o Peter porque ele não era como eles. Não era atlético. Não gostava de brincar de polícia e ladrão. Gostava de artes, era criativo e sonhador, e os garotos debochavam dele por isso.

– O que a senhora fez?

– Eu tentei – admitiu Lacy – deixá-lo mais durão. – Quando ela falou, dirigiu as palavras para Peter e torceu para que ele entendesse aquilo como um pedido de desculpas. – O que qualquer mãe faz quando vê seu filho sendo provocado por outra pessoa? Eu disse para o Peter que o amava, que aqueles garotos não sabiam de nada. Disse que ele era incrível, solidário, gentil e inteligente, todas as coisas que queremos que os adultos sejam. Eu sabia que todos os atributos pelos quais os garotos implicavam com ele aos cinco anos funcionariam a favor dele quando ele chegasse aos trinta e cinco… mas eu não podia fazê-lo chegar nessa idade de um dia pro outro. Não se pode adiantar a vida do seu filho, não importa quanto você queira fazer isso.

– Quando o Peter começou o ensino médio, sra. Houghton?

– No outono de 2004.

– Ainda implicavam com ele lá?

– Mais do que nunca – disse Lacy. – Eu até pedi pro irmão dele ficar de olho.

Jordan andou na direção dela.

– Me conte sobre o Joey.

– Todo mundo gostava do Joey. Ele era inteligente e um ótimo atleta. Conseguia se relacionar com a mesma facilidade com adultos e com garotos da idade dele. Ele… bom, ele era popular na escola.

– A senhora devia sentir muito orgulho dele.

– Sentia, sim. Mas acho que, por causa do Joey, os professores e alunos tinham um certo tipo de ideia em mente para um garoto da família Houghton antes mesmo do Peter chegar. E, quando ele entrou lá e as pessoas perceberam que ele não era como o Joey, as coisas só ficaram piores para ele.

Ela viu o rosto de Peter se transformar conforme falava, como uma mudança de estação. Por que não tinha dedicado um tempo antes, quando podia, para dizer a Peter que ela entendia? Que sabia que Joey provocava uma sombra tão grande que era difícil achar a luz do sol?

– Quantos anos o Peter tinha quando o Joey morreu?

– Foi no final do segundo ano dele.

– Deve ter sido arrasador para a família – disse Jordan.

– Foi mesmo.

– O que a senhora fez para ajudar o Peter a lidar com a dor?

Lacy olhou para o próprio colo.

– Eu não estava em condições de ajudar o Peter. Tive muita dificuldade em passar por isso.

– E o seu marido? Ele foi de ajuda para o Peter naquele momento?

– Acho que nós dois estávamos tentando viver um dia de cada vez... Na verdade, foi o Peter quem segurou a família.

– Sra. Houghton, o Peter alguma vez disse que queria ferir pessoas da escola?

A garganta de Lacy se fechou.

– Não.

– Alguma vez houve alguma coisa na personalidade dele que fez a senhora acreditar que ele era capaz de um ato assim?

– Quando você olha nos olhos do seu bebê – disse Lacy baixinho –, você vê tudo que espera que ele *possa* ser... não tudo que deseja que ele não se torne.

– A senhora alguma vez encontrou algum plano ou bilhete que indicasse que o Peter estava planejando esse evento?

Uma lágrima desceu pelo rosto dela.

– Não.

Jordan suavizou o tom de voz.

– A senhora procurou, sra. Houghton?

Ela pensou no momento em que tirou tudo da escrivaninha de Joey, em que ficou de pé na frente do vaso sanitário e deu descarga nas drogas que encontrou escondidas na gaveta dele.

– Não – confessou Lacy. – Não procurei. Achei que o estava ajudando. Depois que o Joey morreu, tudo que eu queria fazer era manter o Peter próximo. Eu não queria invadir a privacidade dele, não queria brigar com ele, não queria que mais ninguém o machucasse, nunca mais. Eu só queria que ele fosse criança para sempre. – Ela ergueu o olhar, chorando mais agora. – Mas não se pode fazer isso como mãe. Porque parte do seu trabalho é permitir que os filhos cresçam.

Houve um ruído na plateia quando um homem ao fundo ficou de pé, quase derrubando uma câmera de TV. Lacy nunca o tinha visto antes. Ele tinha alguns poucos cabelos pretos e bigode, e seus olhos estavam em chamas.

– Adivinha só – disse ele de maneira ríspida. – Minha filha Maddie nunca vai crescer. – Então apontou para uma mulher ao lado dele e para um ponto mais distante no banco. – Nem a filha dela. Nem o filho dele. Sua vaca filha da mãe. Se você tivesse feito o *seu* trabalho melhor, eu ainda poderia estar fazendo o *meu* trabalho.

O juiz começou a bater o martelo.

– Senhor – disse ele. – Senhor, tenho que pedir que...

– O seu filho é um monstro. É uma porra de um monstro! – gritou o homem quando dois meirinhos o pegaram pelos braços, arrastando-o para fora do tribunal.

Uma vez, Lacy estivera presente ao nascimento de um bebê que não tinha metade do coração. Os pais sabiam que a filha não sobreviveria, mas preferiram levar a gravidez a termo, na esperança de poderem ter breves momentos com ela antes que partisse. Lacy ficara em um canto do quarto enquanto os pais abraçavam a filha. Não olhou o rosto deles; não era *capaz*. O que fez foi se concentrar nas necessidades médicas daquela recém-nascida. Ela a viu, imóvel e azulada, mexer um pequeno pulso em câmera lenta, como um astronauta no espaço. Depois, um a um, seus dedos se abriram, e ela se foi.

Lacy pensou naqueles dedos em miniatura, em partir. Virou-se para Peter. "Sinto muito", disse ela, sem emitir som algum. Em seguida, cobriu o rosto com as mãos e soluçou.

Depois que o juiz decretou recesso e o júri saiu, Jordan caminhou em direção a ele.

– Meritíssimo, a defesa pede para ser ouvida – disse. – Gostaríamos de pedir invalidação do julgamento.

Mesmo de costas para ela, ele conseguia sentir Diana revirando os olhos.

– Que conveniente.

– Bom, sr. McAfee – disse o juiz –, baseado em quê?

Baseado no fato de que não tenho absolutamente nada melhor para salvar o meu caso, pensou Jordan.

– Meritíssimo, houve uma explosão incrivelmente emocional do pai de uma vítima na frente do júri. Não tem como esse tipo de discurso ser ignorado, e não há instrução que Vossa Excelência possa dar a eles que desfaça o efeito provocado.

– Isso é tudo, advogado?

– Não – disse Jordan. – Antes disso, o júri podia não saber que havia membros das famílias das vítimas na plateia. Agora sabe, e também sabe que cada movimento que cada um deles fizer está sendo observado por essas mesmas pessoas. É uma quantidade enorme de pressão sobre o júri de um caso que já é extremamente emocional e de alto conhecimento público. Como eles vão poder colocar de lado as expectativas dessas famílias e fazer o trabalho deles com justiça e imparcialidade?

– Você está brincando? – disse Diana. – Quem o júri *achou* que estava na plateia? Pessoas comuns? É claro que está cheio de pessoas afetadas pelo tiroteio. É por isso que elas estão aqui.

O juiz Wagner olhou para frente.

– Sr. McAfee, não vou anular o julgamento. Entendo sua preocupação, mas acho que consigo resolver com uma instrução para os jurados ignorarem qualquer espécie de explosão emocional da plateia. Todo mundo envolvido neste caso entende que as emoções estão a mil e que as pessoas nem sempre conseguem se controlar. No entanto, também vou emitir uma instrução cautelar para a plateia manter o controle, caso contrário vou fechar o tribunal a observadores.

Jordan inspirou.

– Por favor, reflita sobre minha objeção, Meritíssimo.

– É claro, sr. McAfee – disse ele. – Vejo você em quinze minutos.

Quando o juiz saiu para sua sala, Jordan seguiu para a mesa da defesa, tentando conjurar alguma espécie de magia que pudesse salvar Peter. A verdade era que, independentemente do que King Wah dissera, de quão clara fora a explicação sobre TEPT, de o júri ter empatia total por Peter, Jordan tinha esquecido um ponto saliente: eles sempre sentiriam mais pena das vítimas.

Diana sorriu para ele ao sair do tribunal.

– Boa tentativa – disse ela.

A sala favorita de Selena no tribunal ficava perto do armário do zelador e era lotada de mapas velhos. Ela não fazia ideia do que eles estavam fazendo em um tribunal em vez de em uma biblioteca, mas gostava de se esconder lá às vezes, quando se cansava de ver Jordan andar de um lado para o outro na frente do juiz. Ela fora lá algumas vezes durante o julgamento para amamentar Sam nos dias em que não tinham babá para cuidar dele.

Agora, ela levou Lacy para seu santuário e a fez se sentar em frente a um mapa-múndi que tinha o hemisfério sul como centro. A Austrália era roxa e a Nova Zelândia era verde. Era o favorito de Selena. Ela gostava dos dragões vermelhos pintados nos mares e das violentas nuvens de tempestade nos cantos. Gostava da bússola desenhada à mão, para indicar as direções. Gostava de pensar que o mundo poderia parecer completamente diferente de outro ângulo.

Lacy Houghton não tinha parado de chorar, e Selena sabia que ela precisava, senão o interrogatório seria um desastre. Ela se sentou ao lado de Lacy.

– Quer alguma coisa? Uma sopa? Um café?

Lacy balançou a cabeça e limpou o nariz com um lenço de papel.

– Não posso fazer nada pra salvar meu filho.

– Esse é o trabalho do Jordan – disse Selena, embora, para ser sincera, não conseguisse imaginar um cenário para Peter que não envolvesse um longo período na cadeia. Ela revirou o cérebro tentando pensar no que mais poderia dizer ou fazer para acalmar Lacy, na hora em que Sam esticou a mão e puxou uma das tranças dela.

Bingo.

– Lacy – disse Selena –, você se importa de segurar o Sam enquanto procuro uma coisa na bolsa?

Lacy ergueu o olhar.

– Você... você não se importa?

Selena balançou a cabeça e colocou o bebê no colo dela. Sam olhou para Lacy enquanto se esforçava para fazer o próprio punho caber na boca.

– Gah – disse ele.

Um sorriso começou a surgir no rosto de Lacy.

– Rapazinho – sussurrou ela, e mudou a posição do bebê para poder segurá-lo com mais firmeza.

– Com licença?

Selena se virou e viu a porta se entreabrir e o rosto de Alex Cormier surgir. Imediatamente se levantou.

– Meritíssima, a senhora não pode entrar...

– Pode deixar – disse Lacy.

Selena deu um passo para trás, e a juíza entrou na sala e se sentou ao lado de Lacy. Colocou um copo de isopor sobre a mesa e esticou a mão, sorrindo um pouco quando Sam pegou o dedo mindinho dela e o puxou.

– O café daqui é horrível, mas eu trouxe mesmo assim.

– Obrigada.

Selena se deslocou com cautela para trás das pilhas de mapas até estar atrás das duas mulheres, observando-as com a mesma curiosidade perplexa que teria demonstrado se uma leoa se aconchegasse a um antílope em vez de comê-lo.

– Você se saiu bem lá dentro – disse a juíza.

Lacy balançou a cabeça.

– Não bem o bastante.

– Ela não vai fazer muitas perguntas no interrogatório dela, isso se fizer.

Lacy levou o bebê ao peito e acariciou as costas dele.

– Acho que não consigo voltar lá – disse ela com a voz trêmula.

– Consegue e vai voltar – disse a juíza. – Porque o Peter precisa que você volte.

– Eles odeiam o Peter. Eles *me* odeiam.

A juíza Cormier colocou uma das mãos no ombro de Lacy.

– Nem todos – disse ela. – Quando voltarmos, vou estar sentada na fileira da frente. Você não precisa olhar para a promotora. Apenas olhe pra mim.

O queixo de Selena caiu. Era comum que, com uma testemunha frágil ou com crianças pequenas, se colocasse uma pessoa como ponto focal para tornar o ato de testemunhar menos assustador. Para fazer com que sentissem que, em meio a todas aquelas pessoas, elas tinham ao menos um amigo.

Sam encontrou o polegar e começou a chupá-lo, terminando por adormecer no peito de Lacy. Selena viu Alex esticar a mão e acariciar os tufos escuros dos cabelos de seu filho.

– Todo mundo pensa que as pessoas cometem erros quando são jovens – disse a juíza para Lacy. – Mas acho que não cometemos menos quando somos adultos.

Quando Jordan entrou na cela onde estava Peter, já estava demonstrando ter o controle dos fatos.

– Isso não vai nos afetar – anunciou. – O juiz vai dar instruções ao júri para desconsiderar aquela manifestação toda.

O garoto estava sentado no banco de metal com a cabeça nas mãos.

– Peter – disse Jordan. – Você me ouviu? Sei que pareceu ruim, e sei que foi perturbador, mas legalmente não vai afetar o seu...

– Preciso dizer pra ela por que fiz aquilo – interrompeu Peter.

– Pra sua mãe? – disse Jordan. – Você não pode. Ela ainda está isolada. – Ele hesitou. – Olha, assim que eu conseguir que você fale com ela, eu...

– Não. Quero dizer que eu preciso contar pra todo mundo.

Jordan olhou para o cliente. Peter estava com os olhos secos; os punhos estavam apoiados no banco. Quando ergueu o olhar, seu rosto não era o rosto apavorado da criança ao lado de quem ele se sentou no tribunal no primeiro dia de julgamento. Era de alguém que tinha crescido da noite para o dia.

– Nós vamos contar o seu lado da história – disse Jordan. – Você só precisa ser paciente. Sei que é difícil acreditar, mas vai dar tudo certo. Nós estamos fazendo o nosso melhor.

– *Nós* não estamos – disse Peter. – *Você* está. – Ele se levantou e foi para perto de Jordan. – Você prometeu. Disse que era a *nossa* vez. Mas, quando você disse isso, queria dizer a *sua* vez, não é? Você nunca quis que eu sentasse lá pra contar pra todo mundo o que realmente aconteceu.

– Você viu o que fizeram com a sua mãe? – argumentou Jordan. – Tem ideia do que vai acontecer se você se sentar no banco das testemunhas?

Naquele instante, alguma coisa em Peter se rompeu: não era raiva, não era medo, era aquele último fio de esperança. Jordan pensou no testemunho de Michael Beach sobre como era quando a vida deixava o rosto de uma pessoa. Não era preciso testemunhar alguém morrer para ver isso.

– Jordan – disse Peter –, se eu vou passar o resto da vida na cadeia, quero que ouçam o meu lado da história.

O advogado abriu a boca com a intenção de dizer a seu cliente que era absolutamente impossível, que ele não iria testemunhar e estragar a torre de cartas que Jordan criara na esperança da absolvição. Mas quem ele queria enganar? Certamente não Peter.

Ele respirou fundo e disse:

– Tudo bem. Me conte o que você vai dizer.

Diana Leven não tinha perguntas para Lacy Houghton, o que, Jordan sabia, provavelmente era uma bênção. Além do fato de que não havia nada que a promotora pudesse perguntar a ela que não tivesse sido coberto melhor pelo pai de Maddie Shaw, ele não sabia que nível de estresse Lacy ainda conseguiria suportar sem se tornar incompreensível. Quando ela foi levada do tribunal, o juiz ergueu o olhar de seu arquivo.

– Sua próxima testemunha, sr. McAfee?

Jordan inspirou profundamente.

– A defesa chama Peter Houghton.

Atrás dele, houve um surto de atividade. Movimento de repórteres pegando canetas nos bolsos e virando páginas nos blocos. Murmúrio das famílias das vítimas seguindo os passos de Peter até o banco das testemunhas. Ele conseguia ver Selena na lateral com os olhos arregalados com o desenvolvimento inesperado.

Peter se sentou e olhou apenas para Jordan, como tinha sido instruído. *Bom menino*, pensou ele.

– Você é Peter Houghton?

– Sim – disse Peter, mas não estava perto o bastante do microfone para que sua voz fosse ampliada. Ele se inclinou para frente e repetiu a palavra. – *Sim* – disse, e dessa vez o som agudo dos amplificadores reverberou pelos alto-falantes do tribunal.

– Em que série você está, Peter?

– Eu estava no segundo ano quando fui preso.

– Quantos anos você tem agora?

– Dezoito.

Jordan deu passos na direção do júri.

– Peter, você é a pessoa que entrou na Sterling High School na manhã de 6 de março de 2007, fez vários disparos e matou dez pessoas?

– Sim.

– E feriu outras dezenove?

– Sim.

– E provocou danos a inúmeras outras pessoas e a uma grande parte do imóvel?

– Eu sei – disse Peter.

– Você não está negando isso hoje, está?

– Não.

– Você pode contar para o júri – disse Jordan – por que fez isso?

Peter olhou nos olhos dele.

– Eles que começaram.

– Quem?

– Os valentões. Os atletas. Os que me chamaram de aberração durante toda minha vida.

– Você se lembra do nome deles?

– Eram tantos... – disse Peter.

– Pode nos contar por que você sentiu que precisava recorrer à violência?

Jordan tinha dito a Peter que, não importava o que ele fizesse, não podia ficar com raiva. Que tinha de ficar calmo e controlado enquanto falava, senão seu testemunho acabaria funcionando contra ele, ainda mais do que Jordan já esperava.

– Eu tentei fazer o que a minha mãe queria que eu fizesse – explicou Peter. – Tentei ser como eles, mas não deu certo.

– O que você quer dizer com isso?

– Eu entrei nos treinos de futebol, mas nunca fui colocado em campo. Uma vez, ajudei alguns garotos a fazerem uma brincadeira com um professor, levando o carro dele do estacionamento para o ginásio... Fui suspenso, mas os outros garotos não, porque eram do time de basquete e tinham jogo no sábado.

– Mas, Peter – disse Jordan –, por que *isso*?

Peter molhou os lábios.

– Não era pra terminar assim.

– Você planejou matar todas aquelas pessoas?

Eles tinham ensaiado na cela. Tudo que Peter precisava dizer era o que tinha dito antes, quando Jordan o treinou. "Não, não planejei."

Peter olhou para as próprias mãos.

– Quando eu fazia isso no jogo – disse ele baixinho –, eu vencia.

Jordan ficou paralisado. Peter tinha se desviado do roteiro, e agora o advogado não sabia qual era sua fala. Só sabia que a cortina se fecharia antes de ele terminar. Confuso, ele repassou a resposta de Peter na mente. Não foi *tão* ruim. Fez com que ele parecesse deprimido, solitário.

Você pode salvar isso, pensou Jordan.

Ele andou até Peter, tentando desesperadamente comunicar que ele precisava se concentrar, que precisava acompanhá-lo. Ele tinha de mostrar ao júri que aquele garoto tinha escolhido ficar na frente deles para demonstrar remorso.

– Você entende agora que não houve vencedores naquele dia, Peter?

Jordan viu alguma coisa brilhar nos olhos de Peter. Uma pequena chama que renasceu: otimismo. Jordan tinha feito seu trabalho bem demais: depois de cinco meses dizendo para Peter que poderia conseguir a absolvição, que tinha uma estratégia, que sabia o que estava fazendo... Peter, maldito, tinha escolhido aquele momento para finalmente acreditar nele.

– O jogo ainda não acabou, certo? – disse Peter, e sorriu esperançoso para Jordan.

Quando dois dos jurados olharam para o outro lado, Jordan lutou para se recompor. Andou até a mesa da defesa, xingando baixinho. Essa sempre fora a ruína de Peter, não fora? Ele não fazia ideia da imagem que passava e de como soava para um observador comum, para a pessoa que não sabia que ele não estava ativamente tentando parecer um homicida, mas tentando compartilhar uma piada interna com um de seus únicos amigos.

– Sr. McAfee – disse o juiz. – O senhor tem mais alguma pergunta?

Ele tinha mil: *Como você pôde fazer isso comigo? Como pôde fazer isso consigo mesmo? Como posso fazer esse júri entender que você não estava falando do jeito que pareceu?* Ele balançou a cabeça, refletindo sobre seu curso de ação, e o juiz tomou isso como resposta.

– Sra. Leven? – disse ele.

A cabeça de Jordan se ergueu de repente. *Espere*, ele queria dizer. *Espere, eu ainda estava pensando*, e prendeu a respiração. Se Diana perguntasse qualquer coisa a Peter, mesmo que fosse o segundo nome dele, então ele teria a chance de voltar a perguntar. E certamente conseguiria deixar o júri com uma impressão bem diferente de Peter.

Diana mexeu nas notas que estava tomando, mas as colocou viradas para baixo na mesa.

— O estado não tem mais perguntas, Meritíssimo — disse ela

O juiz Wagner chamou um meirinho.

— Leve o sr. Houghton de volta ao assento dele. Vamos fazer um recesso durante o fim de semana.

Assim que o júri foi dispensado, o tribunal entrou em erupção com perguntas. Repórteres nadaram contra a corrente da plateia em direção à área do tribunal, na esperança de conseguirem um depoimento de Jordan. Ele pegou sua pasta e saiu rapidamente pela porta de trás, pela qual os meirinhos estavam levando Peter.

— Esperem — gritou ele, correndo para mais perto dos homens, que estavam com Peter entre eles, de mãos algemadas. — Preciso falar com o meu cliente sobre segunda-feira.

Os meirinhos trocaram um olhar e depois olharam para Jordan.

— Dois minutos — disseram eles, mas não se afastaram. Se Jordan quisesse falar com seu cliente, essa era a única circunstância na qual conseguiria.

O rosto de Peter estava vermelho e ele sorria.

— Eu me saí bem?

Jordan hesitou, procurando o que dizer.

— Você disse o que queria dizer?

— Disse.

— Então se saiu bem — disse Jordan.

Ele ficou parado no corredor e viu os meirinhos levarem Peter. Antes de dobrar a esquina, o garoto ergueu as mãos unidas em um aceno. Jordan assentiu com as mãos nos bolsos.

Ele saiu da cadeia por uma porta dos fundos e passou por três vans da imprensa com antenas no alto como enormes pássaros brancos. Pela janela de trás de cada van, Jordan conseguia ver os produtores editando vídeos para o noticiário noturno. Seu rosto estava em cada monitor de TV.

Ele passou pela última van e ouviu pela janela aberta a voz de Peter. *O jogo ainda não acabou.*

Jordan colocou a pasta por cima do ombro e andou um pouco mais rápido.

— Ah, acabou, sim — disse ele.

Selena fez para o marido o que ele chamava de Refeição do Carrasco, a mesma coisa que servia todas as noites anteriores ao argumento conclusivo: batata assada, como na expressão "Sua batata está assando". Com Sam já na cama, ela colocou um prato na frente de Jordan e se sentou diante dele.

– Eu nem sei o que dizer – admitiu ela.

Jordan afastou o prato de comida.

– Ainda não estou pronto pra isso.

– De que você está falando?

– Não posso terminar o caso com *aquilo*.

– Querido – observou Selena –, depois de hoje, você não conseguiria salvar esse caso nem com um corpo de bombeiros inteiro.

– Não posso simplesmente desistir. Eu falei pro Peter que ele tinha chance. – Ele virou o rosto angustiado para Selena. – Fui eu quem o deixou subir no banco das testemunhas, mesmo sabendo que não devia. Tem que ter alguma coisa que eu possa fazer... alguma coisa que eu possa dizer pra que o testemunho do Peter não seja o último na mente dos jurados.

Selena suspirou e puxou o prato. Pegou o garfo e a faca de Jordan e cortou um pedaço para si, coberto de molho.

– Essa batata está ótima, Jordan – disse ela. – Você não sabe o que está perdendo.

– A lista de testemunhas – disse Jordan, ficando de pé e revirando uma pilha de papéis na outra extremidade da mesa de jantar. – Tem que ter alguém que ainda não chamamos que possa nos ajudar. – Ele olhou os nomes. – Quem é Louise Herrman?

– A professora do Peter do terceiro ano – disse Selena com a boca cheia.

– Por que diabos ela está na lista de testemunhas?

– Ela ligou pra gente – disse Selena. – Disse que, se precisássemos dela, estaria disposta a testemunhar que ele era um bom menino no terceiro ano fundamental.

– Bom, isso não vai servir. Preciso de alguém recente. – Ele suspirou. – Não tem mais ninguém aqui... – Ao virar para a segunda página, viu um único nome. – Exceto Josie Cormier – disse Jordan lentamente.

Selena colocou o garfo no prato.

– Você vai chamar a filha da Alex?

– Desde quando você chama a juíza Cormier de *Alex*?

– A garota não lembra de nada.

– Bom, eu estou completamente ferrado. Talvez ela se lembre de alguma coisa agora. Vamos chamá-la e ver se ela fala alguma coisa.

Selena mexeu nas pilhas de papéis que cobriam a mesa, a prateleira acima da lareira, o andador de Sam.

– Eis a declaração dela – disse, entregando o papel para Jordan.

A primeira página era o depoimento que a juíza Cormier tinha levado para ele, que dizia que Jordan não colocaria Josie no banco das testemunhas porque ela não sabia de nada. A segunda era a entrevista mais recente que a garota tinha dado a Patrick Ducharme.

– Eles são amigos desde o jardim de infância.

– Eles *eram* amigos.

– Não importa. A Diana já preparou a base aqui: o Peter estava a fim da Josie e matou o namorado dela. Se pudermos fazer com que a garota diga alguma coisa boa sobre ele, talvez até demonstrar que o perdoa, vai ter um peso perante o júri. – Ele ficou de pé. – Vou voltar para o tribunal – disse. – Preciso de uma intimação.

Quando a campainha tocou no sábado de manhã, Josie ainda estava de pijama. Ela dormiu como um cadáver, o que não era surpreendente, pois não tinha conseguido dormir bem a semana toda. Seus sonhos eram cheios de estradas apenas para cadeiras de rodas, de cadeados numéricos sem números, de meninas bonitas sem rosto.

Ela era a única pessoa que sobrara na sala isolada, o que significava que estava quase acabando, que, em breve, conseguiria respirar de novo.

Josie abriu a porta e encontrou a bela e alta mulher afrodescendente, que era casada com Jordan McAfee, sorrindo para ela e segurando um pedaço de papel.

– Preciso te entregar isso, Josie – disse ela. – Sua mãe está em casa?

Josie pegou o papel azul dobrado. Talvez fosse como uma festa de elenco para o final do julgamento. Isso seria legal. Ela chamou a mãe por cima do ombro. Alex apareceu com Patrick logo atrás.

– Ah – disse Selena, piscando.

Imperturbável, a mãe cruzou os braços.

– O que está acontecendo?

– Juíza, me desculpe incomodá-la em um sábado, mas meu marido gostaria de saber se a Josie está livre para conversar com ele hoje.

– Por quê?

– Porque ele a intimou a testemunhar na segunda.

O aposento começou a girar.

– Testemunhar? – repetiu Josie.

Sua mãe deu um passo à frente, e, pela expressão em seu rosto, ela provavelmente teria provocado um sério dano se Patrick não tivesse passado o braço pela cintura dela para segurá-la. Ele pegou o papel azul da mão de Josie e leu.

– Não posso ir ao tribunal – murmurou Josie.

A mãe balançou a cabeça.

– Você tem um depoimento assinado pela Josie dizendo que ela não lembra de nada...

– Eu sei que você está preocupada. Mas a verdade é que o Jordan vai chamar a Josie na segunda, e gostaríamos de conversar com ela antes sobre o testemunho, em vez de deixá-la fazer tudo sozinha. É melhor pra nós e pra Josie. – Ela hesitou. – Você pode fazer da maneira mais difícil, juíza, ou pode fazer dessa maneira.

A mãe de Josie contraiu o maxilar.

– Às duas da tarde – disse e bateu a porta na cara de Selena.

– Você *prometeu*! – gritou Josie. – Você prometeu que eu não ia ter que testemunhar. Você disse que eu não ia precisar fazer isso!

Alex a segurou pelos ombros.

– Querida, eu sei que é assustador. Sei que você não quer ir lá, mas nada que você diga vai ajudar o Peter. Vai ser rápido e indolor. – Ela olhou para Patrick. – Por que diabos ele está fazendo isso?

– Porque o caso dele está descendo pela privada – disse Patrick. – Ele quer que a Josie o salve.

Foi o que bastou: Josie começou a chorar.

Jordan abriu a porta do escritório carregando Sam nos braços como uma bola de futebol americano. Eram duas horas da tarde em ponto quando Josie Cormier e a mãe chegaram. A juíza Cormier parecia tão receptiva quanto a parede de um penhasco; em contraste, a filha tremia como vara verde.

– Obrigado por virem – disse ele, com um enorme sorriso simpático no rosto. Acima de tudo, ele queria que Josie se sentisse à vontade.

Nenhuma das duas disse nada.

– Peço desculpas por isso – disse Jordan indicando Sam. – Minha mulher já devia ter chegado pra pegar o bebê pra podermos conversar, mas um caminhão tombou na Autoestrada 10. – Ele abriu ainda mais o sorriso. – Ela deve chegar em um minuto.

Ele indicou o sofá e as cadeiras do escritório, convidando-as a se sentar. Havia biscoitos na mesa e uma jarra de água.

– Por favor, comam ou bebam alguma coisa.

– Não – disse a juíza.

Jordan se sentou, balançando o bebê no joelho.

– Certo.

Ele olhou para o relógio, impressionado com o quanto sessenta segundos podiam demorar quando você queria que passassem rapidamente, e, de repente, a porta se abriu e Selena entrou correndo.

– Me desculpem, me desculpem – disse ela apressada, pegando o bebê. Quando fez isso, a bolsa de fraldas caiu de seu ombro e deslizou pelo chão, até parar na frente de Josie.

A garota se levantou, olhando para a mochila caída de Selena, então deu alguns passos para trás e esbarrou nas pernas da mãe e na lateral do sofá.

– Não – choramingou e se encolheu no canto do sofá, cobrindo a cabeça com as mãos ao irromper em lágrimas. O barulho fez Sam começar a berrar, e Selena o apertou contra o ombro enquanto Jordan observava sem palavras.

A juíza Cormier se agachou ao lado da filha.

– Josie, qual é o problema? Josie? O que está acontecendo?

A garota se balançava para frente e para trás, soluçando. Ela olhou para a mãe.

– Eu lembro – sussurrou ela. – Mais do que falei que lembrava.

O queixo da juíza caiu, e Jordan usou o choque dela para aproveitar o momento.

— *Do que* você se lembra? — ele perguntou, ajoelhando-se ao lado de Josie.

A juíza Cormier o empurrou para longe e ajudou a filha a ficar de pé. Depois, ajudou-a a se sentar no sofá e lhe serviu um copo de água da jarra que estava na mesa.

— Está tudo bem — murmurou a juíza.

Josie respirou fundo, tremendo.

— A mochila — disse ela, indicando o chão com o queixo. — Ela caiu do ombro do Peter, que nem essa. O zíper estava aberto e... uma arma caiu... e o Matt pegou. — Seu rosto se contorceu. — Ele atirou no Peter, mas errou. E o Peter... ele... — Ela fechou os olhos. — Foi nessa hora que o Peter atirou nele.

Jordan olhou para Selena. A defesa de Peter era articulada em cima do TEPT, da forma como um evento podia desencadear outro, como uma pessoa traumatizada podia ser incapaz de se lembrar de qualquer coisa a respeito do acontecimento. Como alguém como Josie podia ver uma mochila cair e lembrar o que tinha acontecido no vestiário meses antes. Peter com uma arma apontada para ele: uma ameaça real e presente, um agressor prestes a matá-lo.

Ou, em outras palavras, o que Jordan vinha dizendo o tempo todo.

— É uma confusão — disse Jordan para Selena depois que as duas Cormier foram embora. — E pra mim está bom.

Selena não tinha saído com o bebê; Sam agora dormia em uma gaveta vazia de arquivo. Ela e Jordan estavam sentados à mesa onde, menos de uma hora antes, Josie confessara que tinha começado a se lembrar de trechos do dia do tiroteio, mas que não tinha contado a ninguém por medo de ter de ir ao tribunal. No entanto, quando a mochila caiu, as lembranças voltaram com força total.

— Se eu tivesse descoberto isso antes do julgamento começar, teria levado pra Diana e usado taticamente — disse Jordan. — Mas, como o júri já está escolhido, talvez eu possa fazer algo ainda melhor.

— Nada como uma última tentativa desesperada — disse Selena.

— Vamos supor que a gente coloque a Josie no banco das testemunhas pra dizer isso tudo no tribunal. De repente, aquelas dez mortes não são o que pareciam ser. Ninguém sabia a verdadeira história por trás dos acontecimentos, e isso põe em xeque tudo o mais que a promotoria falou para o júri sobre os disparos. Em outras palavras, se o estado não sabia disso, o que mais não sabia?

— E — observou Selena — isso salienta o que King Wah disse. Ali estava um dos garotos que atormentavam Peter, segurando uma arma apontada pra ele, como ele sempre achou que aconteceria. — Ela hesitou. — É verdade que foi o Peter quem levou a arma...

— Isso é irrelevante — disse Jordan. — Não tenho que ter todas as respostas. — Ele beijou Selena na boca. — Só preciso me certificar de que o estado também não tenha.

Alex estava sentada no banco vendo um grupo animado de universitários jogar Frisbee como se não tivesse ideia de que o mundo tinha se partido. Ao seu lado, Josie abraçava os joelhos contra o peito.

— Por que você não me contou? — perguntou Alex.

Josie ergueu o rosto.

— Eu não podia. Você era a juíza do caso.

Alex sentiu uma pontada no peito.

— Mas mesmo depois que eu me afastei, Josie... Quando fomos ver o Jordan e você disse que não se lembrava de nada... Foi por isso que fiz você assinar aquele depoimento.

— Pensei que era o que você *queria* que eu fizesse — disse Josie. — Você me disse que, se eu assinasse, não teria que ser testemunha... e eu não queria ir ao tribunal. Não queria ver o Peter de novo.

Um dos universitários pulou, mas não conseguiu pegar o Frisbee. Ele voou na direção de Alex e pousou na terra a seus pés.

— Desculpa — gritou o garoto, acenando.

Alex o pegou e jogou. O vento levou o Frisbee ainda mais alto, como uma mancha contra o perfeito céu azul.

— Mamãe — disse Josie, apesar de não chamar Alex assim havia anos. — O que vai acontecer comigo?

Ela não sabia. Nem como juíza, nem como advogada, nem como mãe. A única coisa que podia fazer era oferecer um bom conselho e esperar que a ajudasse no que ainda ia acontecer.

— De agora em diante — Alex disse a Josie —, tudo o que você tem que fazer é falar a verdade.

Patrick tinha sido chamado para uma negociação de reféns de violência doméstica em Cornish e só chegou em Sterling perto de meia-noite. Em vez de ir para a própria casa, foi para a de Alex, que dava mais a sensação de casa, de qualquer maneira. Tinha tentado ligar para ela várias vezes durante o dia para saber o que tinha acontecido com Jordan McAfee, mas não conseguia sinal de celular onde estava.

Ele a encontrou sentada no escuro, no sofá da sala, e se sentou ao lado dela. Por um momento, ficou olhando para a parede, como Alex.

— O que estamos fazendo? — ele sussurrou.

Ela o encarou, e foi quando ele percebeu que ela estava chorando. Ele se culpou. *Você devia ter se esforçado mais pra ligar, devia ter voltado mais cedo.*

— Qual é o problema?

— Eu fiz besteira, Patrick — disse Alex. — Pensei que estava ajudando. Pensei que sabia o que estava fazendo. No fim das contas, eu não sabia de nada.

— É a Josie? — ele perguntou, tentando encaixar as peças. — Onde ela está?

— Dormindo. Dei um comprimido pra ela.

— Quer conversar sobre isso?

— Nós fomos ver o Jordan McAfee hoje e a Josie contou pra ele... Ela contou pra ele que se lembrava de uma coisa sobre o tiroteio Na verdade, ela se lembrava de tudo.

Patrick assobiou baixinho.

— Então ela estava *mentindo*?

— Não sei. Acho que estava com medo. — Alex ergueu o olhar para Patrick. — Isso não é tudo. De acordo com a Josie, o Matt atirou no Peter primeiro.

— O quê?

— A mochila que o Peter estava carregando caiu na frente do Matt e ele pegou uma das armas. Atirou, mas errou.

Patrick passou a mão no rosto. Diana Leven *não* ia ficar feliz.

– O que vai acontecer com a Josie? – disse Alex. – Na melhor das hipóteses, ela sobe no banco e a cidade toda passa a odiá-la por testemunhar a favor do Peter. Na pior, ela comete perjúrio e é indiciada por isso.

Os pensamentos de Patrick estavam a mil.

– Você não pode se preocupar com isso. Não está nas suas mãos. Além do mais, a Josie vai ficar bem. Ela é uma sobrevivente.

Ele se inclinou e a beijou suavemente nos lábios, para fugir de coisas que ainda não podia contar a ela e de promessas que tinha medo de fazer. Ele a beijou até sentir a rigidez da coluna dela sumir.

– Você devia tomar um desses comprimidos pra dormir – ele sussurrou.

Alex inclinou a cabeça.

– Você não vai ficar?

– Não posso. Ainda tenho trabalho pra fazer.

– Você veio até aqui pra me dizer que vai embora?

Patrick olhou para ela, desejando poder explicar o que tinha de fazer.

– Vejo você mais tarde, Alex – disse ele.

Alex tinha confiado nele, mas, como juíza, sabia que Patrick não podia guardar seu segredo. Na manhã de segunda, quando ele se encontrasse com a promotora, teria de contar a Diana o que sabia agora sobre Matt Royston ter dado o primeiro tiro no vestiário. Legalmente, ele era obrigado a revelar esse novo dado. No entanto, tecnicamente, ele tinha o domingo inteiro para fazer o que quisesse com a informação.

Se Patrick conseguisse encontrar provas que sustentassem as alegações de Josie, o golpe sobre ela no banco das testemunhas seria menor – e isso o tornaria um herói aos olhos de Alex. Mas havia outra parte dele que queria examinar o vestiário de novo por outro motivo. Patrick sabia que tinha vasculhado pessoalmente aquele pequeno espaço em busca de provas e que nenhuma outra bala tinha sido encontrada. E se Matt *tivesse* atirado em Peter primeiro, tinha que haver uma.

Ele não quis dizer para Alex, mas Josie tinha mentido para eles uma vez. Não havia motivo para não estar fazendo isso de novo.

Às seis da manhã, a Sterling High School era um gigante adormecido. Patrick destrancou a porta da frente e percorreu os corredores no escuro. Tinham sido limpos por uma equipe profissional, mas isso não o impedia de ver, na luz da lanterna, os pontos onde as balas tinham quebrado janelas e o sangue tinha manchado o chão. Ele se moveu rapidamente, com os saltos das botas ecoando, empurrou as lonas azuis da equipe de reforma e desviou de pilhas de madeira.

Abriu as portas duplas do ginásio e andou desviando das marcas em código Morse nas placas de poliuretano. Mexeu em interruptores, e o ginásio se encheu de luz. Na última vez em que estivera lá, havia cobertores de emergência no chão, correspondentes aos números marcados na testa de Noah James, Michael Beach, Justin Friedman, Dusty Spears e Austin Prokiov. Havia técnicos de cena criminal agachados, tirando fotos de marcas nos blocos de cimento, arrancando balas da placa da cesta de basquete.

Ele tinha passado horas na delegacia, sua primeira parada depois de sair da casa de Alex, avaliando a digital aumentada que havia na Arma B. Uma digital inconclusiva; uma que ele tinha suposto, preguiçosamente, ser de Peter. Mas, e se fosse de Matt? Será que havia outra maneira de provar que Royston tinha segurado a arma, como Josie alegava? Patrick tinha observado a digital tirada do corpo de Matt e a comparado em todas as posições à digital parcial, até as linhas e curvas se mancharem ainda mais do que deviam.

Se ele ia encontrar provas, tinha que ser na própria escola.

O vestiário estava exatamente como a foto que ele usara durante seu testemunho no começo da semana, exceto pelo fato de que os corpos, claro, tinham sido removidos. Diferentemente dos corredores e salas de aula, o vestiário não tinha sido limpo nem reformado. A pequena área estava muito danificada, não fisicamente, mas psicologicamente, e a administração tinha concordado unanimemente em destruí-la, assim como o restante do ginásio e o refeitório, no final daquele mês.

O vestiário era um retângulo. A porta que levava a ele, vinda do ginásio, ficava no meio de uma longa parede. Havia um banco de madeira bem em frente, e uma fileira de armários de metal. No canto esquerdo do vestiário havia uma pequena porta que levava a chuveiros comunitários. Nesse canto, o corpo de Matt tinha sido encontrado, com Josie deitada ao seu lado; a nove metros de distância, no canto direito do vestiário, Peter estava agachado. A mochila azul estava caída à esquerda da porta.

Se Patrick resolvesse acreditar em Josie, então Peter tinha entrado no vestiário correndo, onde Josie e Matt tinham ido se esconder. Presumivelmente, ele segurava a Arma A. Ele soltou a mochila, e Matt, que devia estar de pé no meio do vestiário, perto o bastante para conseguir alcançá-la, pegou a Arma B. Matt atirou em Peter e errou, mas a bala, que provava que a Arma B tinha sido disparada, nunca foi encontrada. Quando tentou atirar de novo, a arma emperrou. Naquele momento, Peter atirou nele duas vezes.

O problema era que o corpo de Matt tinha sido encontrado a pelo menos quatro metros e meio da mochila de onde ele havia pegado a arma.

Por que Matt teria se afastado e *depois* atirado em Peter? Não fazia sentido. Era possível que os disparos de Peter tivessem mandado o corpo de Matt para longe, mas a física básica dizia para Patrick que um tiro disparado de onde Peter estava não teria enviado Matt para onde ele tinha sido encontrado. Além disso, não havia mancha de sangue que sugerisse que Matt estava perto da mochila quando foi atingido por Peter. Ele caiu no local onde levou o tiro.

Patrick andou em direção à parede onde tinha apreendido Peter. Começou no canto superior e passou os dedos metodicamente por cada fissura e reentrância, pelas extremidades de armários e dentro deles, nas dobras das paredes perpendiculares. Rastejou para baixo do banco de madeira e revistou aquela área. Apontou a lanterna para o teto. Em um ambiente tão pequeno, qualquer bala disparada por Matt deveria ter causado dano o suficiente para ser perceptível, mas, ainda assim, não havia evidência nenhuma de que qualquer arma tivesse sido disparada sucessivamente na direção de Peter.

Patrick andou até o canto oposto do vestiário. Ainda havia uma mancha escura no chão e uma marca de bota feita com sangue seco. Ele passou por cima da mancha e entrou na área dos chuveiros, repetindo a mesma investigação meticulosa da parede azulejada que estaria atrás de Matt.

Se ele encontrasse a bala desaparecida ali, onde o corpo de Matt estava, então Matt claramente não teria sido quem disparara a Arma B; teria de ser Peter a portar aquela arma, assim como a Arma A. Ou, em outras palavras: Josie estaria mentindo para Jordan McAfee.

Aquele era um trabalho fácil, porque os azulejos eram brancos e impecáveis. Não havia rachaduras nem falhas, nada lascado, nada que sugerisse que uma bala tinha passado pela barriga de Matt e atingido a parede do chuveiro.

Patrick se virou, olhando em lugares que não faziam sentido: em cima do chuveiro, no teto, no ralo. Tirou os sapatos e meias e andou pelo chão dos chuveiros.

Quando passou o dedinho do pé no contorno do ralo, ele sentiu.

Patrick ficou de quatro e tateou na beirada de metal. Havia um arranhão longo e áspero no azulejo que contornava a grade do ralo. Seria fácil passar despercebido por causa da localização; os técnicos que viram devem ter suposto que era rejunte. Ele esfregou com o dedo e olhou dentro do ralo com a lanterna. Se a bala tivesse entrado, já estaria longe; por outro lado, buracos de ralo eram pequenos o bastante para isso não ser possível.

Patrick abriu um armário, pegou um quadrado pequeno de espelho e o colocou virado para cima no chão do chuveiro, onde havia a marca de arranhão. Em seguida, apagou as luzes e pegou uma lanterna de laser. Ficou onde Peter tinha sido preso, apontou a luz para o espelho e a viu refletir na parede mais distante dos chuveiros, onde não havia marca de bala.

Ele foi caminhado em círculo e continuou a apontar a luz até que ela ricocheteou para cima, pelo centro de uma pequena janela que servia de ventilação. Ele se ajoelhou e marcou o ponto onde estava com um lápis que tirou do bolso. Em seguida, pegou o celular.

– Diana – disse ele quando a promotora atendeu –, não deixe o julgamento começar amanhã.

– Sei que é incomum – disse Diana no tribunal na manhã seguinte – e que temos um júri aqui, mas preciso pedir recesso até o meu detetive chegar. Ele está investigando uma nova informação no caso... possivelmente algo escusatório.

– A senhora ligou pra ele? – perguntou o juiz Wagner.

– Várias vezes.

Patrick não estava atendendo o telefone. Se estivesse, ela poderia ter dito diretamente o quanto queria matá-lo.

– Vou ter que protestar, Meritíssimo – disse Jordan. – Estamos prontos para seguir em frente. Tenho certeza de que a sra. Leven vai me dar a informação escusatória, se e quando chegar, mas estou disposto a arriscar neste ponto. E, já que estamos todos aqui, eu gostaria de acrescentar que tenho uma testemunha pronta para depor agora.

– Que testemunha? – disse Diana. – Você não tem mais ninguém pra chamar.

Ele sorriu para ela.

– A filha da juíza Cormier.

Alex estava sentada do lado de fora do tribunal, segurando com força a mão de Josie.

– Vai acabar antes de você perceber.

Alex sabia que a grande ironia daquilo era que, meses atrás, quando lutara tanto para ser a juíza naquele caso, foi porque se sentia mais à vontade oferecendo consolo legal à filha do que consolo emocional. Bem, ali estava ela, e Josie estava prestes a testemunhar na arena que Alex conhecia melhor do que qualquer outra pessoa, e ainda não tinha nenhum grande conselho judicial que pudesse ajudá-la.

Seria assustador. *Seria* doloroso. E tudo o que Alex podia fazer era vê-la sofrer.

Um meirinho se aproximou.

– Juíza – disse ele. – Se a sua filha estiver pronta...

Alex apertou a mão de Josie.

– Apenas conte a eles o que você sabe – disse ela, e ficou de pé para ir se sentar na plateia.

– Mãe? – Josie chamou e Alex se virou. – E se o que você sabe não é o que as pessoas querem ouvir?

Alex tentou sorrir.

– Conte a verdade – disse ela. – Assim você não tem como perder.

Para agir de acordo com a lei das provas, Jordan entregou a Diana a sinopse do testemunho de Josie quando ela estava indo para o banco.

– Quando você conseguiu isso? – sussurrou a promotora.

– Este fim de semana. Lamento – disse ele, apesar de não lamentar verdadeiramente.

Ele andou na direção de Josie, que parecia pequena e pálida. Seu cabelo estava preso em um rabo de cavalo arrumado e suas mãos estavam unidas no colo. Ela estava deliberadamente evitando o olhar de qualquer pessoa e concentrando sua atenção nas marcas da madeira na grade ao redor do banco das testemunhas.

– Você pode dizer o seu nome?
– Josie Cormier.
– Onde você mora, Josie?
– Em East Prescott Street, 45, em Sterling.
– Quantos anos você tem?
– Dezessete – disse ela.

Jordan deu um passo para mais perto, de forma que só ela pudesse ouvi-lo.

– Está vendo? – murmurou ele. – Moleza.

Ele piscou para ela, e achou que talvez ela tivesse sorrido um pouquinho.

– Onde você estava na manhã do dia 6 de março de 2007?
– Eu estava na escola.
– Que aula você teve no primeiro tempo?
– Inglês – disse Josie baixinho.
– E no segundo tempo?
– Matemática.
– E no terceiro?
– Tive tempo vago.
– Onde você passou o tempo vago?
– Com o meu namorado – disse ela. – Matt Royston.

Ela olhou para o lado, piscando muito rápido.

– Onde você e o Matt estavam no terceiro tempo?
– A gente saiu do refeitório pra ir até o armário dele, antes da aula seguinte.
– O que aconteceu nessa hora?

Josie olhou para o colo.

– Teve muito barulho. E as pessoas começaram a correr. Algumas pessoas gritavam sobre armas, que tinha alguém com uma arma. Um amigo nosso, Drew Girard, contou que era o Peter.

Ela ergueu o olhar nesse momento, e seus olhos se encontraram com os de Peter. Por um bom tempo, ela apenas olhou para ele, mas depois fechou os olhos e se virou.

– Você sabia o que estava acontecendo?

– Não.

– Viu alguém atirando?

– Não.

– Para onde vocês foram?

– Pro ginásio. Atravessamos o ginásio em direção ao vestiário. Eu sabia que ele estava chegando perto, porque conseguia ouvir os tiros.

– Quem estava com você quando você entrou no vestiário?

– Pensei que eram o Drew e o Matt, mas, quando me virei, percebi que o Drew não estava mais com a gente. Ele tinha levado um tiro.

– Você viu o Drew levando um tiro?

Josie balançou a cabeça.

– Não.

– Você viu o Peter antes de entrar no vestiário?

– Não.

Seu rosto se franziu e ela limpou os olhos.

– Josie – disse Jordan –, o que aconteceu depois?

10h16 do dia fatídico

— Abaixa – sibilou Matt, e empurrou Josie de forma que ela caiu atrás do banco de madeira.

Não era um bom lugar para se esconder, mas na verdade nenhum lugar no vestiário era bom. O plano de Matt era pular pela janela do chuveiro, e ele até a abrira, mas então eles ouviram os tiros no ginásio e se deram conta de que não tinham tempo de arrastar o banco até lá e subir. Eles tinham se encurralado, literalmente.

Ela se encolheu, e Matt se agachou na frente dela. Seu coração saltava contra as costas dele, e ela sempre se esquecia de respirar.

Ele esticou a mão para trás até encontrar a dela.

– Se alguma coisa acontecer, Jo – sussurrou ele –, saiba que eu te amei.

Josie começou a chorar. Ela ia morrer; todos eles iam morrer. Ela pensou em mil coisas que ainda não tinha feito e queria tanto fazer: ir para a Austrália, nadar com golfinhos. Apender a letra inteira de "Bohemian Rhapsody". Formar-se.

Casar-se.

Ela secou o rosto nas costas da camisa de Matt, e, naquele momento, a porta do vestiário se abriu. Peter cambaleou para dentro, com olhos enlouquecidos, segurando uma arma. Seu tênis esquerdo estava desamarrado, Josie percebeu, mas não conseguia acreditar que tinha reparado nisso. Ele apontou a arma para Matt, e ela não conseguiu evitar: gritou.

Talvez tenha sido o barulho, talvez tenha sido a voz dela, mas Peter levou um susto e deixou a mochila cair. Ela escorregou por seu ombro, e, com isso, outra arma caiu de uma parte aberta.

A arma deslizou pelo chão e parou logo atrás do pé esquerdo de Josie.

Você sabe aqueles momentos em que o mundo se move tão devagar que você consegue sentir seus ossos se mexendo, sua mente disparando? Quando você acha que, não importa o que aconteça com você pelo resto da vida, você vai se lembrar de cada detalhe daquele minuto para sempre? Josie viu sua mão se esticar e seus dedos se curvarem ao redor do cabo preto da arma. Segurando-a sem jeito, ela cambaleou até ficar em pé e apontou a arma para Peter.

Matt andou de costas em direção aos chuveiros, sob a proteção de Josie. Peter segurava a arma com firmeza, apontando-a para Matt, apesar de Josie estar mais perto.

– Josie – disse ele –, me deixa terminar isso.

– Atira nele, Josie – disse Matt. – Atira nele, porra.

Peter puxou o ferrolho da arma para que uma bala do cartucho entrasse em posição. Josie o observou com atenção e imitou seus gestos.

Ela se lembrava de estar no maternal com Peter, da forma como os outros garotos pegavam varetas ou pedras e corriam a esmo gritando "Mãos ao alto". Para que ela e Peter usavam as varetas? Ela não conseguia lembrar.

– Josie, pelo amor de Deus! – Matt estava suando, com os olhos arregalados. – Você é burra, porra?

– Não fala assim com ela! – gritou Peter.

– Cala a boca, babaca – disse Matt. – Você acha que ela vai te salvar? – E se virou para Josie. – O que você está esperando? *Atira*.

E ela atirou.

Quando a arma disparou, arrancou duas tiras da pele dela, na base do polegar. Suas mãos saltaram para cima, dormentes, latejando. O sangue era preto na camiseta cinza de Matt. Ele ficou parado por um momento, chocado, com a mão sobre o ferimento na barriga. Ela viu a boca dele se fechar ao redor do nome dela, mas não conseguia ouvir de tão alto que seus ouvidos zumbiam. *Josie?*, e ele caiu no chão.

A mão de Josie começou a tremer violentamente; ela não ficou surpresa quando a arma caiu, tão singularmente repelida por seu toque quanto tinha ficado grudada a ele momentos antes.

– Matt! – gritou ela, correndo em direção a ele. Apertou as mãos por cima do sangue, porque era isso que se devia fazer, não era?, mas ele se contorceu e gritou de dor. Começou a sair sangue de sua boca e a escorrer pelo pescoço. – Faz alguma coisa – ela soluçou, virando-se para Peter. – Me ajuda.

Peter chegou mais perto, ergueu a arma que estava segurando e atirou na cabeça de Matt.

Horrorizada, ela se arrastou para trás, para longe dos dois. *Não era isso que ela quis dizer; não podia ter sido isso que ela quis dizer.*

Ela olhou fixamente para Peter e se deu conta de que, naquele momento, quando não estava pensando, ela soube exatamente o que ele sentira quando caminhara pela escola com a mochila e as armas. Cada aluno da escola tinha um papel: atleta, nerd, beldade, aberração. Tudo que Peter tinha feito era o que todos secretamente sonhavam em fazer: mesmo que por apenas dezenove minutos, ser alguém que ninguém tinha permissão de julgar.

– Não conte – sussurrou Peter, e Josie percebeu que ele estava lhe oferecendo uma saída, um pacto selado em sangue, uma parceria de silêncio. *Não vou contar seu segredo se você não contar o meu.*

Josie assentiu lentamente, e o mundo ficou preto.

Acho que a vida de uma pessoa deveria ser como um DVD. Você poderia ver a versão que todo mundo vê ou poderia escolher a versão do diretor – o modo como ele queria que você visse antes de todo o resto atrapalhar.

Provavelmente haveria um menu, para que você pudesse começar dos pontos bons e não tivesse que reviver os ruins. Você poderia medir sua vida pelo número de cenas às quais sobreviveu, ou pelos minutos em que ficou preso nelas.

Mas, provavelmente, a vida é mais como uma daquelas filmagens idiotas de segurança. Granulada, não importa quanto você se esforce para olhar. E repetida: as mesmas coisas sem parar.

Cinco meses depois

Alex passou pelas pessoas na plateia, que tinham se agitado logo após a confissão de Josie. Em algum lugar em meio à multidão estavam os Royston, que tinham acabado de saber que seu filho tinha levado um tiro da filha dela, mas ela não podia pensar nisso agora. Só conseguia ver Josie, presa no banco das testemunhas, enquanto Alex lutava para passar pela grade. Ela era juíza, caramba; devia ter permissão de ir até lá, mas dois meirinhos a seguraram com firmeza.

Wagner estava batendo com o martelo, mas ninguém se importou.

– Vamos fazer um recesso de quinze minutos – ordenou ele, e, quando outro meirinho levou Peter por uma porta nos fundos, o juiz se virou para Josie. – Mocinha – disse ele –, você ainda está sob juramento.

Alex viu Josie ser levada por outra porta e gritou por ela. Um momento depois, Eleanor estava ao seu lado. A escrivã pegou o braço de Alex.

– Juíza, venha comigo. A senhora não está em segurança aqui agora.

Segundo suas lembranças, pela primeira vez na vida Alex se permitiu ser guiada.

Patrick chegou ao tribunal quando ele explodia. Viu Josie no banco das testemunhas, chorando desesperadamente; viu o juiz Wagner lutando para manter o controle; mas, acima de tudo, viu Alex obstinadamente tentando chegar até a filha.

Ele teria puxado a arma naquele momento e naquele local para ajudá-la.

Quando chegou ao corredor central do tribunal, Alex tinha sumido. Ele a viu de relance quando ela entrou em uma sala atrás da cadeira do juiz, e pulou por cima da grade para ir atrás, mas sentiu alguém lhe segurar a manga. Irritado, olhou para o lado e viu Diana Leven.

– Que diabos está acontecendo? – perguntou ele.

– Você primeiro.

Ele suspirou.

– Passei a noite na Sterling High tentando comprovar a veracidade da declaração da Josie. Não fazia sentido. Se o Matt tivesse atirado no Peter, teria marcas na parede atrás dele. Supus que ela estava mentindo de novo, que o Peter tinha atirado no Matt sem ter sido provocado. Quando descobri o local que aquela primeira bala atingiu, usei uma lanterna de laser para ver onde poderia ter ricocheteado, e entendi por que não a encontramos da primeira vez.

Ele enfiou a mão no casaco e pegou um saquinho plástico com um cartucho de bala dentro.

– O corpo de bombeiros me ajudou a retirar de um bordo em frente à janela do chuveiro. Fui direto pro laboratório pra fazer o teste, e fiquei em cima deles a noite inteira até que concordassem em fazer imediatamente. Não só a bala foi disparada da Arma B, mas também tem sangue e tecido compatíveis com Matt Royston. A questão é que, quando você reverte o ângulo daquela bala, quando você fica na árvore e ricocheteia o laser no azulejo onde bateu, para ver de onde ela saiu, você não chega nem perto de onde o Peter estava. Foi...

A promotora suspirou pesadamente.

– A Josie acabou de confessar que atirou no Matt Royston.

– Bom – disse Patrick, entregando o saquinho para Diana –, ela finalmente está falando a verdade.

Jordan se encostou nas barras da cela.

– Você *esqueceu* de me contar isso?

– Não – disse Peter.

Ele se virou.

– Sabe, se você tivesse mencionado isso no começo, seu caso poderia ter um resultado muito diferente.

Peter estava deitado no banco em sua cela, com as mãos atrás da cabeça. Para a surpresa de Jordan, estava sorrindo.

– Ela era minha amiga de novo – explicou Peter. – Não se quebra uma promessa pra uma amiga.

Alex estava no escuro, na sala de reuniões para onde os réus costumavam ser levados durante os intervalos, e se deu conta de que a filha agora se qualificava como tal. Haveria outro julgamento, e dessa vez Josie seria o centro dele.

– Por quê? – perguntou.

Ela só conseguia ver o contorno do perfil de Josie.

– Porque você me mandou falar a verdade.

– Qual *é* a verdade?

– Eu amava o Matt. E também odiava. Eu *me* odiava por amá-lo, mas, se não estivesse com ele, eu não era mais ninguém.

– Eu não entendo...

– Como você *poderia* entender? Você é *perfeita*. – Josie balançou a cabeça. – O resto de nós... somos todos como o Peter. Alguns apenas disfarçam melhor. Qual é a diferença entre passar a vida tentando ser invisível e fingindo ser a pessoa que você acha que todo mundo quer que você seja? Seja como for, é fingimento.

Alex pensou em todas as festas a que fora em que a primeira pergunta que lhe faziam era "O que você faz?", como se isso fosse o bastante para definir quem você é. Ninguém perguntava quem você realmente era porque isso mudava. Você podia ser juíza, mãe ou sonhadora. Podia ser solitária, visionária ou pessimista. Podia ser a vítima e podia ser o agressor. Podia ser o pai e também o filho. Podia ferir um dia e se curar no seguinte.

Não sou perfeita, pensou Alex, e talvez esse tenha sido o primeiro passo para ficar assim.

– O que vai acontecer comigo? – perguntou Josie, a mesma pergunta que tinha feito um dia antes, quando Alex se achava qualificada para dar respostas.

– O que vai acontecer *com a gente* – corrigiu Alex.

Um sorriso surgiu no rosto de Josie, mas se foi quase tão rapidamente quanto surgiu.

— Eu perguntei primeiro.

A porta da sala de reuniões se abriu e a luz do corredor entrou, delineando o que viria depois. Alex pegou a mão da filha e respirou fundo.

— Vamos ver — disse ela.

Peter foi condenado por oito homicídios qualificados e dois homicídios privilegiados. O júri decidiu que, no caso de Matt Royston e Courtney Ignatio, ele não agiu com premeditação e deliberação. Tinha sido provocado.

Depois que o veredito foi dado, Jordan se reuniu com Peter na cela. Ele seria levado para a cadeia apenas até a audiência da sentença; depois, seria transferido para a prisão estadual em Concord. Cumpriria oito sentenças consecutivas por assassinato e não sairia de lá vivo.

— Você está bem? — perguntou Jordan, colocando a mão no ombro de Peter.

— Estou. — Ele deu de ombros. — Eu meio que sabia que isso ia acontecer.

— Mas eles *ouviram* você. Foi por isso que deram o veredito de homicídio privilegiado para dois casos.

— Acho que eu preciso te agradecer por ter tentado. — Ele deu um sorriso torto para Jordan. — Tenha uma boa vida.

— Vou te visitar quando for a Concord — disse Jordan.

Ele olhou para Peter. Nos seis meses desde que aquele caso caíra em seu colo, seu cliente havia crescido. Peter estava tão alto quanto Jordan agora. Devia pesar um pouco mais. Tinha voz grave, uma sombra de barba no queixo. Jordan ficou impressionado de só ter percebido essas coisas agora.

— Bom — disse ele —, uma pena não ter sido como eu esperava.

— Também acho.

Peter esticou a mão, mas Jordan o abraçou.

— Se cuida.

Ele estava saindo da cela quando Peter o chamou. Estava segurando os óculos que Jordan tinha levado para ele, para o julgamento.

— São seus — disse Peter.

— Fique com eles. Têm mais utilidade pra você.

Peter colocou os óculos no bolso da frente do paletó de Jordan.

– Eu gosto de saber que você está cuidando deles – disse. – E não tem tanta coisa assim que eu queira ver.

Jordan assentiu. Saiu da cela e se despediu dos policiais. Em seguida, foi para o saguão, onde Selena o aguardava.

Quando ele se aproximou dela, colocou os óculos de Peter.

– Pra que isso? – ela perguntou.

– Eu meio que gosto deles.

– Mas você tem uma visão perfeita – observou Selena.

Jordan pensou na maneira como as lentes faziam o mundo se curvar nas extremidades, de forma que ele tinha que se mover com mais cautela.

– Nem sempre – disse ele.

Nas semanas seguintes ao julgamento, Lewis começou a brincar com números. Tinha feito algumas pesquisas preliminares e os colocou no STATA para ver que tipos de padrões surgiam. E, o que era interessante, não tinha nada a ver com felicidade. Ele tinha começado a observar comunidades em que tiroteios escolares tinham acontecido no passado e ver como estavam no presente, para verificar como um único ato de violência podia afetar a estabilidade econômica. Ou, em outras palavras, quando o mundo era puxado debaixo dos seus pés, você voltava a pisar em terra firme novamente?

Voltara a dar aulas na Faculdade de Sterling, de microeconomia básica. As aulas tinham começado no fim de setembro, e Lewis se viu entrando com facilidade no circuito de palestrantes. Quando estava falando sobre modelos keynesianos, widgets e competição, tudo era rotina; tão simples que ele quase conseguia se convencer de que aquele era como outro curso de pesquisa qualquer que dera para calouros no passado, antes de Peter ser condenado.

Lewis ensinava andando pelos corredores da sala – um mal necessário, agora que o campus tinha wifi e os alunos jogavam pôquer online ou mandavam mensagens instantâneas uns para os outros enquanto ele falava –, e foi assim que viu os garotos no fundo. Dois jogadores de futebol americano estavam se revezando em apertar uma garrafa com bico para que a água fizesse um arco e molhasse a nuca de outro garoto. Este, que estava duas fileiras na frente, ficava se virando para ver quem estava fazendo isso, mas então os atletas olhavam para os gráficos na tela na frente da sala, com o rosto tão inocente quanto o de cantores de coral.

– Agora – disse Lewis, sem hesitar –, quem pode me dizer o que acontece se você coloca o preço acima do ponto A no gráfico? – e pegou a garrafa de água das mãos de um dos atletas. – Obrigado, sr. Graves. Eu estava ficando com sede.

O garoto duas fileiras à frente ergueu a mão como uma flecha, e Lewis assentiu para ele.

– Ninguém iria querer comprar o widget por tanto dinheiro – disse ele. – Assim, a demanda cairia, e isso significa que o preço teria que cair, senão eles acabariam com excesso nos armazéns.

– Excelente – disse Lewis, e olhou para o relógio. – Muito bem, pessoal, na segunda vamos falar do próximo capítulo de Mankiw. E não fiquem surpresos se tiver um teste-surpresa.

– Se você conta, não é mais surpresa – observou uma garota.

Lewis sorriu.

– Ops.

Ele ficou parado ao lado da cadeira do garoto que tinha dado a resposta certa. O aluno estava colocando o livro na mochila, tão cheia de papéis que o zíper não fechava. Seu cabelo era longo demais, e sua camiseta tinha uma foto de Einstein.

– Bom trabalho hoje.

– Obrigado. – O garoto se mexeu com desconforto, e Lewis percebeu que ele não sabia bem o que dizer. Então o garoto esticou a mão. – Humm... É um prazer te conhecer. Quer dizer, você já conhecia todos nós, mas não, tipo, pessoalmente.

– Certo. Qual é mesmo o seu nome?

– Peter. Peter Granford.

Lewis abriu a boca para falar, mas apenas balançou a cabeça.

– O quê? – disse o garoto, abaixando a cabeça. – Você fez uma cara de quem ia dizer alguma coisa importante.

Lewis olhou para aquele homônimo, para o modo como ele mantinha os ombros encolhidos, como se não merecesse tanto espaço no mundo. Sentiu aquela dor familiar que parecia um martelo sobre seu peito sempre que pensava em Peter, em uma vida que se perderia na prisão. Desejou ter passado mais tempo olhando para o filho quando ele estava bem na sua frente, porque agora seria forçado a compensar isso com lembranças imperfeitas, ou, até pior, a encontrar o filho no rosto de estranhos.

Lewis buscou dentro de si um sorriso que guardava para momentos assim, quando não havia absolutamente nada para fazê-lo feliz.

– *Era* importante – disse ele. – Você me lembra uma pessoa que eu conheci.

Lacy levou três semanas para reunir coragem para entrar no quarto de Peter. Agora que o veredito tinha sido dado, agora que sabiam que o filho jamais voltaria para casa, não havia razão para mantê-lo como ela tinha feito nos últimos cinco meses: um santuário de otimismo.

Ela se sentou na cama do filho e levou seu travesseiro ao rosto. Ainda tinha o cheiro dele, e ela se perguntou quanto tempo demoraria para se dissipar. Olhou ao redor, para os livros espalhados nas prateleiras, os que a polícia não tinha levado. Abriu a gaveta da mesa de cabeceira e passou o dedo em um marcador de livros com um pompom na ponta, nos dentes de metal de um grampeador. Na barriga vazia de um controle remoto de televisão sem as pilhas. Em uma lente de aumento. Em um velho maço de cartas de Pokémon, em um truque de mágica, em um pen drive preso em um chaveiro.

Lacy pegou a caixa que tinha trazido do porão e colocou cada coisa dentro. Ali estava a cena do crime: olhe o que foi deixado para trás e tente recriar o garoto.

Ela dobrou a colcha dele, depois os lençóis, e tirou a fronha do travesseiro. Lembrou-se repentinamente de uma conversa durante o jantar em que Lewis lhe contara que, por dez mil dólares, você podia destruir uma casa com uma bola de demolição. Imagine quanto menos era preciso para destruir uma coisa do que para construí-la: em menos de uma hora, aquele quarto ficaria como se Peter nunca tivesse morado ali.

Quando tudo estava em uma pilha organizada, Lacy se sentou na cama e olhou para as paredes vazias, com a tinta um pouco mais forte nos pontos onde antes havia os pôsteres. Ela tocou no desenho no colchão e se perguntou por quanto tempo continuaria a pensar nele como sendo de Peter.

O amor deveria mover montanhas, fazer o mundo girar, ser tudo que você precisa, mas ele desmoronava nos detalhes. Não conseguiu salvar uma única criança. Nem as que foram para a Sterling High naquele dia esperando um dia normal, nem Josie Cormier, e certamente nem Peter. Então, qual era a receita? Amor misturado com outra coisa para garantir? Sorte? Esperança? Perdão?

De repente ela se lembrou do que Alex Cormier dissera durante o julgamento: "Uma coisa ainda existe desde que haja alguém pra lembrar".

Todo mundo se lembraria de Peter por dezenove minutos da vida dele, mas e os outros nove milhões? Lacy teria que ser a guardiã deles, porque era o único jeito de essa parte de Peter ficar viva. Para cada lembrança dele que envolvia uma bala ou um grito, ela teria cem outras: de um garotinho pulando em uma poça, ou andando de bicicleta pela primeira vez, ou acenando do alto do trepa-trepa no parquinho. De um beijo de boa-noite, de um cartão de Dia das Mães feito com giz de cera ou de uma música desafinada no chuveiro. Ela os teceria, os momentos em que seu filho tinha sido igual ao de todo mundo. Ela os usaria como pérolas preciosas todos os dias de sua vida, porque, se os perdesse, então o garoto que ela amara e criara e conhecera realmente teria partido.

Lacy começou a esticar os lençóis na cama de novo. Arrumou a colcha, prendeu as pontas, amaciou o travesseiro. Colocou os livros nas prateleiras, e os brinquedos, ferramentas e enfeites de volta na mesa de cabeceira. Por fim, desenrolou os pôsteres e os recolocou nas paredes. Teve o cuidado de colocar as tachinhas nos buracos originais. Assim, não estaria provocando mais danos.

Exatamente um mês depois do veredito, quando as luzes ficaram mais fracas e os agentes penitenciários deram uma última olhada no corredor, Peter tirou a meia direita. Ele se virou de lado na cama de baixo, para ficar de frente para a parede. Enfiou a meia na boca, o mais fundo que conseguiu.

Quando ficou difícil de respirar, ele começou a sonhar. Ainda tinha dezoito anos, mas era seu primeiro dia no jardim de infância. Estava com a mochila nas costas e a lancheira do Super-Homem. O ônibus escolar alaranjado parou e, com um suspiro, abriu a mandíbula. Peter subiu os degraus e olhou para o fundo do ônibus, mas dessa vez era o único aluno dentro. Andou pelo corredor até o final, perto da saída de emergência. Colocou a lancheira ao seu lado e olhou pela janela de trás. O dia estava tão iluminado que ele pensou que o sol devia estar atrás deles na rua.

– Quase lá – disse uma voz, e Peter se virou para olhar para o motorista. Mas, assim como não tinha nenhum passageiro, também não tinha ninguém ao volante.

Eis o mais incrível: no sonho, Peter não estava com medo. De alguma forma, ele sabia que estava indo exatamente para onde queria ir.

6 de março de 2008

Talvez você não reconhecesse a Sterling High. Havia o teto verde de metal novo, a grama fresca crescendo na frente e um átrio de vidro com dois andares nos fundos da escola. Uma placa nos tijolos ao lado da porta da frente dizia: UM PORTO SEGURO.

Mais tarde haveria uma cerimônia em homenagem aos que haviam morrido ali um ano antes, mas, como Patrick estava envolvido em novos protocolos de segurança para a escola, conseguiu levar Alex para dar uma olhada antes.

Lá dentro, não havia armários, só nichos abertos, para que nada ficasse escondido. Os alunos estavam em aula; só alguns professores andavam pelo saguão. Eles usavam crachá de identificação no pescoço, assim como os alunos. Alex não tinha entendido o motivo, pois a ameaça vinha sempre de dentro, não de fora, mas Patrick disse que aquilo fazia as pessoas se sentirem seguras, e isso era metade da batalha.

O celular de Alex tocou, e Patrick suspirou.

– Pensei que você tivesse avisado...

– Eu avisei – disse Alex, atendendo a ligação. O secretário da defensoria pública do condado de Grafton começou a recitar uma ladainha de reclamações. – Para – disse ela, interrompendo-o. – Não estou trabalhando hoje, lembra?

Ela tinha renunciado ao cargo de juíza. Josie tinha sido acusada de cúmplice de homicídio privilegiado e aceitou um acordo de homicídio culposo, com sentença de cinco anos. Depois disso, todas as vezes que havia um adolescente no tribunal de Alex acusado de algum crime, ela não conseguia ser imparcial. Como juíza, avaliar as provas tinha precedência; mas, como mãe, não eram os fatos que importavam, apenas os sentimentos. Voltar para suas raízes de defensora pública pareceu não só natural, mas também confortável. Ela entendia o que os clientes estavam sentindo. Visitava-os quando ia visitar a filha na penitenciária feminina. Os réus gostavam dela porque não era condescendente e porque dizia a verdade sobre as chances deles: o que você via de Alex Cormier era o que obtinha.

Patrick a levou para o local que já tinha abrigado a escadaria dos fundos da Sterling High. Agora havia lá um enorme átrio de vidro, que ocupava o espaço onde antes eram o ginásio e o vestiário. Do lado de fora, dava para ver as quadras de esportes, onde, em uma aula de educação física naquele momento, os alunos jogavam futebol, aproveitando a primavera antecipada, já que a neve tinha derretido. Do lado de dentro, havia mesas de madeira com bancos nos quais os alunos podiam se reunir, lanchar ou ler. Havia alguns alunos lá agora, estudando para uma prova de geometria. Os sussurros deles subiam como fumaça até o teto: *complementar... suplementar... interseção... extremidade.*

De um lado do átrio, em frente à parede de vidro, havia dez cadeiras. Ao contrário do resto dos assentos no saguão, elas tinham encosto e estavam pintadas de branco. Era preciso olhar de perto para ver que tinham sido presas ao chão, em vez de arrastadas por alunos e deixadas lá. Não estavam enfileiradas; o espaço entre elas nem era regular. Não tinham nomes nem placas, mas todo mundo sabia por que estavam ali.

Ela sentiu Patrick chegar por trás e abraçá-la.

– Está quase na hora – disse ele, e ela assentiu.

Quando ela esticou a mão e começou a arrastar um banco vazio para perto da parede de vidro, Patrick o tirou da mão dela.

– Pelo amor de Deus, Patrick – ela murmurou. – Estou grávida, não com uma doença terminal.

Isso também tinha sido uma surpresa. O bebê ia nascer no fim de maio. Alex tentava não pensar nele como substituição à filha, que ainda ficaria na prisão por mais quatro anos; imaginava que talvez ele salvaria todos eles.

Patrick se sentou ao lado dela em um banco quando Alex olhou no relógio: 10h02.

Ela respirou fundo.

– Não parece mais a mesma coisa.

– Eu sei – disse Patrick.

– Você acha que é uma coisa boa?

Ele pensou por um momento.

– Acho que é uma coisa necessária.

Ela reparou que o bordo, o que ficava do lado de fora da janela do vestiário do segundo andar, não tinha sido derrubado durante a construção do átrio. De onde ela estava, não dava para ver o buraco feito para retirar a bala. A árvore era enorme, com o tronco grosso e retorcido e os galhos tortos. Devia estar ali bem antes de a escola existir, talvez antes mesmo da fundação da cidade.

10h09.

Alex sentiu a mão de Patrick em seu colo enquanto assistia ao jogo de futebol. Os times pareciam desequilibrados, com os alunos que já tinham chegado à puberdade jogando contra os que ainda eram magricelas e pequenos. Alex viu um atacante acertar um jogador da defesa do outro time, e o garoto menor ficar caído enquanto a bola batia com força na rede.

Tudo aquilo, pensou Alex, *e nada mudou*. Olhou para o relógio de novo: 10h13.

Os últimos minutos, é claro, eram os mais difíceis. Alex se viu de pé, com as mãos pressionadas contra o vidro. Sentiu o bebê chutar dentro da barriga, reagindo ao sentimento sombrio de seu coração. 10h16. 10h17.

O atacante voltou para o local onde o jogador de defesa tinha caído e esticou a mão para ajudar o menino menor a se levantar. Eles andaram até o centro do campo, conversando sobre alguma coisa que Alex não conseguia ouvir.

Eram 10h19.

Ela olhou para o bordo de novo. A seiva ainda escorria. Algumas semanas depois, haveria um tom avermelhado nos galhos. Depois, botões. O nascimento das primeiras folhas.

Alex pegou a mão de Patrick. Eles saíram do átrio em silêncio, percorreram corredores, passaram por fileiras de nichos. Cruzaram o saguão e a porta da frente, refazendo os passos anteriores.

Impresso no Brasil pelo
Sistema Cameron da Divisão Gráfica da
DISTRIBUIDORA RECORD DE SERVIÇOS DE IMPRENSA S.A.
Rua Argentina 171 – Rio de Janeiro, RJ – 20921-380 – Tel.: 2585-2000